Alan Savage

Die Königin der Sonne

Aus dem Englischen von
Karin Meddekis

BASTEI LÜBBE

BASTEI LÜBBE TASCHENBUCH
Band 14 720

Erste Auflage: Mai 2002

Bastei Lübbe Taschenbücher ist ein Imprint der Verlagsgruppe Lübbe

Deutsche Erstveröffentlichung
Titel der englischen Originalausgabe: QUEEN OF THE SUN

Dieses Werk wurde vermittelt durch die Literarische Agentur
Thomas Schlück GmbH, 30827 Garbsen
Umschlaggestaltung: Gisela Kullowatz
Titelbild: Artothek
Satz: hanseatenSatz-bremen, Bremen
Druck und Verarbeitung: Ebner Ulm
Printed in Germany
ISBN 3-404-14720-0

Ich bin die Mutter eines Genies, doch ich musste mein ganzes Leben kämpfen, um aus meinem Sohn ein Genie zu machen.

1. Kapitel

Als ich im November 1615 in Paris ankam, war ich sicherlich das unschuldigste Mädchen der Welt. Man hatte mich an einen Königshof geschickt, an dem das Chaos regierte und Mord und Verbrechen an der Tagesordnung waren!

☆

Zum ersten Mal in meinem Leben überquerte ich die Pyrenäen. In meiner Heimat Spanien gibt es viele Berge und Hochebenen, doch so hohe Berge wie diese hatte ich noch nie gesehen. Ende Oktober waren einige schon mit Schnee bedeckt.

Und diese Fruchtbarkeit jenseits der Berge! Ich war in dem Glauben erzogen worden, dass Spanien das fruchtbarste Land der Welt sei, und das stimmte zweifellos. Das Land war aber oft ausgedörrt, und daher holten wir nicht immer eine gute Ernte ein. Als wir über den Gebirgspass hinunter ins Tal kamen, sah ich nichts als grüne Ebenen und Felder mit gelben Sonnenblumen. Hier gab es wahren Reichtum – den Reichtum der Erde.

Wenn ich auch noch sehr jung war, so wurde mir dennoch schnell bewusst, dass hier nicht alles zum Besten stand. Meine Eskorte aus spanischen Ulanen war an der Grenze gegen französische Gendarmen, die nicht leichter bewaffnet waren, ausgetauscht worden. Nach Meinung meiner Anstandsdame, Doña Encarna, waren sie unbedingt notwendig, und uns wurden tatsächlich feindliche Blicke zugeworfen, als wir durch die Dörfer fuhren oder anhielten, um die Pferde unserer Kutschen zu wechseln.

»Das ist kein Wunder!«, bemerkte Encarna. »Das sind alles Ketzer. Sie können durchs Land ziehen und ihre Missetaten planen. Frankreich ist ein gespaltenes Land.«

Sie war verstimmt, weil der König uns nicht an der Grenze begrüßt hatte. Das war ich natürlich auch, denn schließlich war ich Ludwigs Gemahlin.

»Staatsangelegenheiten«, hatte sein Abgesandter erklärt, ein gewisser Charles d'Albert.

Er war ein gut aussehender Mann mit einem breiten gepflegten Schnurrbart, und er war nach der neuesten Mode gekleidet. Da er mein Vater hätte sein können, fand ich ihn vollkommen uninteressant. Ich dachte nur an den Mann, mit dem ich kürzlich vermählt worden war und den ich noch nie gesehen hatte.

☆

Ich war erst 14 Jahre alt, in einem Alter, in dem die meisten jungen Damen noch unschuldig sind. Und ich war die Prinzessin von Spanien, einem Land, das weithin als mächtigstes der Welt angesehen wurde. Da meine Familie vom Hause Österreich abstammte, wurde ich Anna von Österreich genannt. Allerdings gehörten meine Vorfahren mütterlicherseits zur gleichen Familie wie mein Vater und Großvater auch, zum Hause Habsburg nämlich, der Dynastie, die die europäische Politik über mehrere Generationen bestimmte.

Ich heiratete also unter meiner Würde, doch das ist das Schicksal von Prinzessinnen.

Durch meine Erziehung war ich auf das Leben in Frankreich und vor allem auf die Ehe nicht vorbereitet worden. – Das war ein Thema, über das nur andeutungsweise in Madrid oder im Escorial außerhalb der Stadt gesprochen wurde. Den Escorial hatte mein Großvater erbaut. Das Schloss wurde als unser Heim angesehen.

Es war ein großer, düsterer Ort, auch wenn er auf dem

Lande lag und immer von der spanischen Sonne beschienen wurde. Meine Eltern zogen es vor, in Valladolid zu leben, das etwas weiter nördlich lag.

Hier wurden meine Brüder, meine jüngeren Schwestern und ich – als die Älteste – unterrichtet, wenn man es überhaupt so bezeichnen kann. Man lehrte mich die französische Sprache, weil Frankreich unser Nachbarland war, aber nicht weil irgendjemand annahm, dass ich eines Tages die Königin dieses Landes, unseres Erbfeindes, werden würde. Ich wurde auch in anderen Fächern unterrichtet, damit ich mit der Mathematik, der Philosophie und auch der Politik bestens vertraut wäre. Denn man nahm an, dass ich eines Tages Königin werden würde, welches Landes auch immer. Zudem erhielt ich eine sehr gründliche religiöse Unterweisung. Ich betete zu Gott, akzeptierte den Papst und beichtete jeden Tag, obwohl es nicht viel zu beichten gab. Meiner Meinung nach sollten alle Ketzer auf dem Scheiterhaufen verbrannt werden. Und jetzt war ich in diesem Land scheinbar mitten unter ihnen.

Ich glaube nicht, dass mich jemand für engstirnig hielt, wobei die Sicht eines vierzehnjährigen Mädchens natürlich immer ein wenig beschränkt ist. Doch ich war sehr belesen. Die Bibel kannte ich fast auswendig, und mir war erlaubt worden, beide Bände von Alemáns *Das Leben des Guzmán von Alfarache* zu lesen, wodurch ich eine sehr romantische Vorstellung vom Leben erhielt. Cervantes' *Don Quijote de la Mancha* hatte ich ebenfalls sehr sorgfältig gelesen, wenn auch vielleicht etwas weniger vergnügt als viele andere Dinge, die mir Spaß machten und die ich für wichtig hielt. Mich interessierte mehr der Schriftsteller selbst. Er hatte in der Flotte meines Großvaters bei Lepanto gekämpft, als ein entscheidender Sieg über die Türken errungen wurde. Einmal war Cervantes von algerischen Piraten, die in den Meeren vor unserer Südküste ihr Unwesen trieben, gefangen genommen worden. Das war ein Mann, der ein so *abenteuerli-*

ches Leben gelebt hatte, dass es sich eine Frau kaum vorstellen konnte.

Über meine Vermählung wurde in meiner Kindheit kaum gesprochen, obgleich in meine Erziehung und Ausbildung sehr viel Sorgfalt gelegt wurde. Die Sexualität, die zur Ehe gehört oder gehören sollte, wurde noch mehr vernachlässigt. Ich hatte zu Hause Hunde und Katzen, die immer eine Art *Pantalons*, eine Art Hosen trugen, sodass ich sie nie *in flagranti* beobachten konnte. Es war mir auch nicht erlaubt, die Pferde und Rinder auf dem Hof meines Vaters zu beobachten, wenn sie sich ungehemmt ihren Trieben hingaben. Heute weiß ich, dass sie damit nur der Natur folgen.

Als ich eine Frau wurde und die Ängste und Unbehaglichkeiten kennen lernte, die diese natürliche Entwicklung gezwungenermaßen begleiten, wurde mir bloß gesagt, dass dieses monatliche Missgeschick ein Fluch sei, den die Frauen ertragen müssen. Es gab keine Hinweise auf die Tatsache, dass es einen Zusammenhang mit dem Kinderkriegen gab, was wiederum mit der Notwendigkeit in Zusammenhang stand, Geschlechtsverkehr mit einem Mann zu haben!

Wie ich weiter oben schon erwähnte, wurde mir beigebracht, dass Spanien das mächtigste Land der Erde war, das es vielleicht je gegeben hatte. Der Seefahrer Christoph Columbus hatte ja zu Zeiten meiner Ur-Urgroßeltern Ferdinand und Isabella eine neue Welt entdeckt, die dann meiner Familie gehörte! Ich habe in meinem ganzen Leben niemanden getroffen, der bestritten hätte, dass mein Großvater, Philipp II., der größte Monarch seiner Zeit gewesen war. Sein grenzenloser Ehrgeiz hatte ihn dazu gebracht, mit der *Unüberwindlichen Armada* den katastrophalen Angriff auf England zu wagen, um das Land zu erobern. Es war demütigend, dass er daraufhin trotz der Millionen in Gold und Silber, die aus den Minen in Mexiko und Peru nach Spanien flossen, den Bankrott des Landes verkünden musste. Allerdings wurde es ihm nicht vorgehalten.

Ich lernte meinen Großvater niemals kennen, da er vor dem 22. September 1601, dem Tag meiner Geburt, starb. Meine kindliche Welt wurde dennoch durch sein Andenken beherrscht und durch seine Worte, denn er hatte unter anderem gesagt, dass mein Vater, der als Philipp III. den Thron bestieg, nicht tauglich sei, das Land zu regieren. Als ich älter wurde und alles genau verfolgte, kam ich zu dem unvermeidlichen Schluss, dass Großvaters Urteil richtig war. Trotzdem bürdete er seinem Sohn und Erben eine große Last damit auf.

Für mich und meine jüngeren Geschwister war Vater immer der angenehmste Mensch, den man sich vorstellen konnte. Er lachte und scherzte und liebte seine Pferde und Haustiere wie seine Kinder. Vater trug einen hübschen kleinen Schnurrbart und einen Spitzbart und schien überhaupt keine Sorgen zu haben. Erst Jahre später erkannte ich, dass er überhaupt keine Sorgen hatte, weil er alle Staatsgeschäfte an seinen Günstling, Francisco Gomez de Sandoval y Rojas, den Marques von Denia, übertragen hatte. Schließlich machte er ihn zum Herzog von Lerma.

Als junges Mädchen begriff ich nur vage, dass diese Entwicklung nicht jedem gefiel. Großvater, Philipp II., und auch mein noch viel berühmterer Urgroßvater Kaiser Karl V. hatten sich niemals Günstlinge gegönnt. Ich nehme auch an, dass meine Mutter, die Erzherzogin Margarete von Österreich, nicht besonders begeistert war, dass Vater praktisch alle Verantwortlichkeiten abgab. Er zog es vor, sich um extravagante Bauten und seine eigene Unterhaltung zu kümmern, aber die Kosten dafür konnten noch nicht einmal durch den enormen Reichtum, der über den Atlantik zu uns floss, aufgefangen werden. Mutter hatte keine Möglichkeit, sich Vaters Neigungen zu widersetzen.

Es war Sandovals Idee, dass ich den König von Frankreich heiraten sollte. Die Königinmutter, Maria von Medici, hatte nach dem Tod ihres Gatten – Heinrich von Navarra war ein großer Spaniengegner gewesen – nach einer Annäherung gesucht. Sie hatte versprochen, sich nicht länger wie ihr verstorbener Gatte in die Angelegenheiten des spanischen Königreiches einzumischen, wenn es zu einer Eheschließung zwischen den beiden Häusern kommen sollte.

Mama war entsetzt. »Dieses Volk war schon immer unser Feind«, erklärte sie.

»Die Politik dieses Landes hat sich seit dem Tod von König Heinrich geändert«, betonte Vater, der offensichtlich von seinem Günstling instruiert worden war. »Jetzt wollen sie unsere Freunde sein, und sie leben genau auf der anderen Seite der Pyrenäen.«

»Das sind Massenmörder«, schimpfte Mutter.

»Sie bringen nur die Protestanten um«, entgegnete Vater und spielte auf das Massaker der St. Bartholomäusnacht vor etwa 40 Jahren an, die die damalige Königinmutter, Katharina von Medici, angeordnet hatte.

»Und sie haben einen Protestanten zum König«, jammerte Mutter.

»König Heinrich ist Katholik geworden«, beruhigte Vater sie. »Und sein Sohn ist ein noch besserer Katholik. Seine Mutter hat sehr viel Wert darauf gelegt.«

»Dort herrscht ständig Bürgerkrieg. Gerade jetzt wieder ...«

»Der wird bald ein Ende haben. Das hat mir die Königinmutter versichert. Er wird nur von einem Jungen geführt, einem gewissen Enghien, dem Herzog von Condé. Offenbar wirft er der Königinmutter vor, dass sie weiterhin als Regentin agiere, obwohl Ludwigs Volljährigkeit bereits erklärt wurde. Der Krieg wird sicherlich lange vorbei sein, ehe Anna nach Paris geht.«

Vater dachte an die Zukunft, oder vielleicht wäre es richtiger zu sagen, dass Sandoval in die Zukunft blickte. Vater war gar nicht dazu imstande, derartig anstrengende pragmatische Denkprozesse zu vollziehen. Daher wurde ich mit dem französischen König vermählt und sollte sofort Kinder gebären. Diese Kinder hätten dann spanisches und französisches Blut in den Adern und würden im Laufe der Zeit ihre Cousins südlich der Grenze heiraten. Die Pyrenäen würden dadurch immer kleiner werden, bis sie nicht mehr existierten. Das war traditionelles Habsburger Vorgehen, und es kursierten tatsächlich unangenehme Verleumdungen an den europäischen Höfen. So wurde behauptet, meine Familie habe ihre Macht weniger durch heldenhafte Kriege oder geschickte Diplomatie als durch vorteilhafte Eheschließungen erlangt.

Es schien ihnen entfallen zu sein, dass spanische Infanten in der Vergangenheit immer französische Prinzessinnen und französische Prinzen spanische Prinzessinnen geheiratet hatten und sich die beiden Länder noch immer hassten. Im Herzen der Menschen blüht dennoch stets die Hoffnung. Dass all diese Hoffnungen bei der allerersten *Hürde* scheiterten – wenn das ein passender Ausdruck für das wichtigste Körperteil des Mannes ist –, konnte niemand vorhersehen. Am allerwenigsten ich selbst. Ich wusste damals noch nicht einmal, dass Männer so etwas besaßen, da mir niemals erlaubt war, meine Brüder nackt zu sehen – doch den Wunsch hatte ich auch nie verspürt.

☆

Da selbst Mutter jetzt einsah, dass meine Eheschließung unwiderruflich war, musste auch ich es erfahren.

Ich wurde zu einem privaten Treffen beordert, an dem nur Mutter, Doña Encarna und Pater Jaime, mein Beichtvater, teilnahmen. Encarna und der Pater sollten mich nach Frankreich begleiten.

»Mit dem König verheiratet!«, rief Mutter.

Ich klatschte vor Freude in die Hände. »Ist er hübsch?«

»Alle Könige sind hübsch«, erklärte mir Mutter.

»Ich meine, ob er sehr hübsch ist.«

»Gewiss ist er das, oder er wird einmal ein hübscher Mann werden. König Ludwig ist dreizehn Jahre alt.«

Als dieses Treffen stattfand, waren wir beide im gleichen Alter, ich war nur fünf Tage älter als er. Ich wusste nicht, ob mir das gefiel oder ob ich es bedauerte, dass mein Gatte genauso alt war wie ich.

»Er ist ein erwachsener Mann«, fuhr Mutter fort. »Kürzlich wurde seine Volljährigkeit erklärt. Und wenn das der Fall ist, wird er zweifellos die Triebe eines Mannes haben.«

»Welch eine Schande«, jammerte Doña Encarna.

»Encarna«, sagte Mutter in ernstem Ton, »die Ehe und ihre Folgen sind notwendig, um die menschliche Art zu erhalten.«

Ich hatte keine Ahnung, worüber sie sprachen. »Wird er mich mögen?«, fragte ich.

»Aber gewiss. Ihr seid ein sehr hübsches Mädchen«, sagte Mutter.

Es ist eine Sünde, sich selbst zu bewundern, doch immer, wenn ich in den Spiegel schaute, musste ich ihr Recht geben. Mit 13 Jahren war ich schon groß gewachsen – seitdem sind höchstens noch ein paar Zentimeter dazugekommen – und schlank. Letzteres hat sich im Laufe der Jahre verändert, aber schon mit 13 Jahren waren meine Hüften ausgeprägt, und ich hatte kleine, wohlgeformte Brüste und hübsche, lange Beine. Mein gewelltes Haar war ebenfalls lang und rotblond. Die Gesichtszüge waren makellos, wenn ich auch das berühmte Habsburger Kinn hatte – in den Augen der Puristen war es zu ausgeprägt. Sie behaupteten, das sei das Ergebnis der seit Generationen betriebenen Inzucht, da es für einen Habsburger ungewöhnlich war, keinen Habsburger zu heiraten. Abgesehen davon hatte ich klassische Gesichtszüge, die gut zu meiner Charakterstärke passten, auf die mein ausgeprägtes Kinn hinwies.

Ich wusste damals nicht, wie viel Kraft ich brauchen würde, um die kommenden Jahre zu überstehen.

»Seine Hoheit der König wird Euch so sehr mögen, dass er Euch berühren will«, wagte Pater Jaime zu äußern, den seine Dreistigkeit erröten ließ.

Daran hatte ich nichts auszusetzen. »Und wir werden Kinder bekommen«, sagte ich fröhlich.

Die drei Erwachsenen schauten sich an.

»Ja«, sagte Mutter, »aber nicht durch die Berührung.«

»Er wird mir einen Ring an den Finger stecken.«

»Gewiss, doch als Mann und Frau werdet Ihr auch im gleichen Bett schlafen.«

Daran hatte ich noch nie gedacht.

»Und Euer Gatte möchte Euch umarmen und küssen und streicheln«, fuhr Mutter fort, der das Thema am Herzen lag.

»Er möchte auch von Euch umarmt und geküsst und gestreichelt werden«, sagte Encarna mit finsterer Miene.

Zum ersten Mal war ich erleichtert, dass mein Gatte im gleichen Alter war wie ich. Ich konnte mir einfach nicht vorstellen, einen erwachsenen Mann zu umarmen, zu küssen und zu streicheln.

»Ich freue mich darauf«, verkündete ich, um zu beweisen, dass mir das keine Angst einflößte. Die hässliche Encarna war vermutlich nie in so einer Situation gewesen.

»Und dann ...« Mutter schaute Pater Jaime an.

Dieser wurde puterrot. »Euer Gatte hat ein ... Instrument«, sagte der unglückliche Priester, »das er in Euren Körper stecken will.«

»Ein Instrument?«, fragte ich erstaunt.

»Ein Anhängsel«, erklärte Mutter, der Jaimes Ausdrucksweise nicht gefiel. »Es ist ein Teil seines Körpers. Durch diesen Akt werden Kinder gezeugt.«

Ich schaute von einem zum anderen und fragte mich, ob sie einen Scherz auf meine Kosten machten. »Durch unsere Kleider?«

»Nein, nein«, sagte Mutter. »Er wird Euch die Kleider ausziehen oder zumindest Eure Röcke hochheben.«

»Oh«, stieß ich hervor. Wenn mich der Gedanke, einen Mann zu umarmen und zu küssen, auch neugierig machte, so konnte ich die Vorstellung, dass ein Mann meine Röcke hochhob, nicht ertragen.

»Was für eine Schande«, jammerte Encarna.

»Wenn du dich weiterhin so benimmst, muss ich dich auffordern zu gehen«, schimpfte Mutter. »Es ist überhaupt nicht schändlich. Zwischen Mann und Frau ist es sogar schicklich. Du musst lernen, es zu genießen. Wenn der erste Schmerz vorüber ist, wird es dir gefallen.«

»Der Schmerz?«, schrie ich verängstigt auf.

»Nun«, erklärte Mutter ein wenig mürrisch, »beim ersten Mal tut es weh.«

»Und das Blut! Das Blut!«, jammerte Encarna.

»Das Blut?«, schrie ich.

»Nur ein wenig«, beruhigte mich Mutter. »Ihr werdet Euch nicht verletzen, und Ihr werdet die Königin von Frankreich sein!«

☆

Ich war zu jenem Zeitpunkt nicht geneigt, das als hinreichende Belohnung für die offensichtliche Tortur anzusehen, der ich mich unterziehen sollte. Schon mein ganzes Leben hatten sich meine Eltern und ihre Höflinge sehr geringschätzig über Frankreich geäußert. Jetzt hatte sich das seltsamerweise geändert. Doch wohin ging eigentlich meine Reise?

Zunächst einmal gab es dort die Hugenotten. In Spanien gibt es keine Gotteslästerer. Das ist einfach nicht erlaubt. Wir haben oder hatten eine große maurische Bevölkerung. Die Mauren hatten vor mehreren Jahrhunderten die Halbinsel überrannt. Meine Vorfahren bemühten sich, sie wieder zu vertreiben, und meinen berühmten Ur-Urgroßeltern Ferdinand und Isabella gelang dies im Jahre 1492. Viele dieser dunkelhäutigen Menschen blieben im Land, und viele von ihnen traten zum christlichen Glauben über. Die in Spanien lebenden Mauren wurden Morisken genannt. Ehrlich gesagt, waren diese Menschen dank ihres Fleißes und ihrer Geschicklichkeit in geschäftlichen Angelegenheiten schon allein darum wertvolle Mitglieder der Gesellschaft, weil sie Steuern zahlten. Der Heiligen Kirche waren sie verhasst, denn sie erkannte nicht an, dass die Mehrheit tatsächlich zum christlichen Glauben übergetreten war.

Mein Großvater hatte es als nützlich angesehen, diese Menschen im Land zu haben, und außerdem herrschte er über die Kirche und nicht die Kirche über ihn. Meinem Vater fehlte die Charakterstärke, und kurz vor meiner Verlobung mit Ludwig verwies er auf Drängen der Kirche alle Morisken des Königreiches.

Da ich meine Gedanken einige Jahre nach diesem Ereignis niederschreibe, kann ich behaupten, dass das ein sehr schwerer Fehler und eine ausgesprochen grausame Tat war. All diese Menschen lebten schon seit Generationen in Spanien und hatten keine andere Heimat. Aus der Sicht eines jungen Mädchens, das gelernt hatte, dass alles, was ihr Vater oder die Heilige Kirche tat, richtig war, schien es jedoch ein angemessener und vielleicht sogar notwendiger Schritt zu sein.

Die Franzosen hatten ein viel größeres Problem, das noch verschlimmert wurde, weil *ihre* Ketzer rein äußerlich nicht von der Gesamtbevölkerung zu unterscheiden waren. Der Süden des Landes war schon immer eine Brutstätte für Glaubenskämpfe. Das ging bis zu den Albigensern zurück, die an Orten wie Carcassonne lebten und sich den abscheulichsten Bräuchen hingaben, sodass der damalige Papst es für notwendig hielt, einen der Kreuzzüge, die zu jener Zeit sehr verbreitet waren, gegen sie zu führen. Sie wurden schließlich besiegt und buchstäblich ausgerottet, doch im Keim blieb die Ketzerei bestehen und führte im letzten Jahrhundert zu einer Reihe von Glaubenskriegen.

Diese Kriege spiegelten die Gefahr und die Absurdität des Hofes, an dem ich fortan leben sollte, denn der Anführer der neuen Ketzer, der Hugenotten, war kein anderer als König Heinrich von Navarra. Sein kleines Königreich lag in den Pyrenäen, die ich gerade überquert hatte ... und er war der Vater des Mannes, den ich jetzt heiraten sollte!

Diese scheinbare Unstimmigkeit ist schnell gelöst. Da Frankreich in dieser Zeit von einer Reihe sehr unfähiger Könige regiert wurde, drei vollkommen untauglichen Brüdern, war es für die katholische Mehrheit unmöglich, König Heinrich zu besiegen. Die Brüder starben nacheinander. Als zum Entsetzen und Erstaunen der katholischen Kirche festgestellt wurde, dass keiner der Männer lange genug gelebt hatte, um Kinder zu zeugen, wurde der rechtmäßige Erbe des französischen Throns genau dieser Hugenotte, Heinrich von Navarra!

Wie man sich denken kann, führte das zu großer Aufregung, aber schließlich stimmte Heinrich, der seine große Chance sah, zu, den katholischen Glauben anzunehmen. Und er sprach die berühmten Worte: »Paris ist eine Messe wert.« Wer das als Hinweis darauf versteht, dass mein Schwiegervater nicht die höchsten moralischen Prinzipien besaß, liegt ganz richtig. Ich habe ihn nie kennen gelernt und sehe keinen Grund, daran zu zweifeln, dass er der große Kämpfer oder der große Mann war, als der er mir beschrieben wurde.

Alle großen Männer haben ihre Schwächen, und Heinrichs Schwäche war neben seinem Ehrgeiz der weibliche Körper. Bei seinen häufigen Feldzügen musste ihm an jedem Ort, an dem er die Nacht verbrachte, eine Frau zur Verfügung gestellt werden. Da er oft in Schlössern übernachtete, war die Frau häufig die Schlossherrin, was zu großem Unmut führte. Heinrich nämlich hatte vor der Bartholomäusnacht eine französische Prinzessin geheiratet, die Schwester der drei oben erwähnten Brüder. Die Ehe war nicht von Dauer, da Königin Margarete genauso wahllos ihre Männer für ihre Schäferstündchen auswählte wie ihr Gatte seine Frauen. Es wurde sogar behauptet, dass sie die Gunst ihrer drei Brüder genoss, und das nicht immer zu unterschiedlichen Zeiten. Ihr Verhalten bestürzte Heinrich, denn es ist eine alte Weisheit, dass ein Mann kein Verständnis für die Seitensprünge seiner Frau hat, selbst wenn *er* mit jeder Frau ins Bett steigt.

Es war kein Problem, die Ehe aufzulösen, denn man findet immer einen Bischof, den man bestechen kann und der eine seit langer Zeit übersehene Blutsverwandtschaft zwischen den Ehegatten anführt. Heinrich heiratete erneut, und zwar die Frau, die jetzt meine Schwiegermutter werden sollte.

Maria von Medici war wie Katharina von Medici, ihre Vorgängerin als Königinmutter, Italienerin. Die Namen legen die Vermutung nahe, dass sie miteinander verwandt waren, und das waren sie auch, aber sehr entfernt. Sie waren beide Nachfahren des berühmten Giovanni di Bicci von Medici, dem die Familie die Bedeutung und den Reichtum, die sie seit einigen Generationen genoss, verdankt.

Katharina von Medici war das Unglück beschieden, Mutter der drei untauglichen Söhne zu sein, die ich schon erwähnte, und sie musste daher die Regierungsgeschäfte größtenteils selbst in die Hand nehmen. Ich befand mich praktisch in der gleichen Situation, und es machte mich sehr nachdenklich, dass das meiste, was sie machte, falsch war. Sie war es auch gewesen, die das schreckliche Massaker der Bartholomäusnacht befohlen hatte.

Maria von Medici hatte vielleicht den Vorteil, eine Cousine von mir zu sein, denn ihre Mutter war die Erzherzogin Johanna von Österreich. Ich weiß, dass sie die Tatsache, eine Schwiegertochter zu haben, als Unglück betrachtete, ein Schicksal, das Katharina niemals besonders beeindruckte. Offensichtlich betrachtete Maria es nicht als Unglück, als ich mit 14 Jahren in Paris ankam. Das war ein Jahr nach meiner Verlobung, und mittlerweile war ich auch schon mit ihrem 14-jährigen Sohn verheiratet. Sie leitete seit dem unglücklichen Tod ihres Gatten alle Staatsgeschäfte.

Ihr Gatte war vor fünf Jahren verstorben, und sein Tod passte zur allgemeinen Familiengeschichte. Heinrich, der seinem Glauben abgeschworen hatte und Katholik geworden war, regierte Frankreich mit beachtlichem Geschick und aller Energie, die ihm zur Verfügung stand. Doch ein Mönch namens Ravaillac, der vielleicht nicht ganz an seine Bekehrung glaubte, erschoss ihn. Ich erfuhr von diesem Ereignis und von Ravaillacs unglücklichem Schicksal.

Können Sie sich vorstellen, dass ich niemals einem Ketzergericht beiwohnte, da das für ein junges Mädchen als unschicklich angesehen wurde? Dennoch wusste ich, was es bedeutete. Die Unglücklichen, die von der Heiligen Inquisition verurteilt worden waren, wurden der weltlichen Obrigkeit übergeben, auf den Marktplatz einer geeigneten Stadt geführt, in ein Büßerhemd gehüllt und nach einer langen Zurschaustellung auf dem Scheiterhaufen verbrannt. Diesem schrecklichen Schauspiel wohnten Tausende eifriger Schaulustiger bei.

Diese Zeremonie mag vielleicht das Herz der wahren katholischen Gläubigen erwärmen, doch für den Verurteilten ist es entsetzlich. Die Hinrichtung wird mit angemessenem Ernst durchgeführt, und es wird sehr auf das Wohlergehen der Opfer geachtet, bis die tödliche Fackel auf den Scheiterhaufen geworfen wird. Diejenigen, die rechtzeitig Abbitte leisten, werden erwürgt, bevor sie auf dem Scheiterhaufen verbrannt werden. Dadurch bleibt ihnen der Todeskampf erspart.

Ich will damit nur deutlich machen, dass ein Ketzergericht eine gut organisierte und zivilisierte Angelegenheit ist.

Was kann man nun über die Hinrichtung des unglücklichen Ravaillac sagen? Er erlitt auf einem öffentlichen Platz in Paris einen unvorstellbar schrecklichen Tod, denn er wurde von vier Pferden gevierteilt. Das ist weit schlimmer, als man vielleicht annehmen mag, denn der menschliche Körper ist viel robuster, als man gemeinhin glaubt. Da die Pferde es nicht schafften, ihre Aufgabe zu erfüllen, obwohl sie zogen und rissen und zerrten, mussten die Vollstrecker sie zurückrufen und Ravaillacs Knochen und Sehnen zerschneiden, um die Sache voranzutreiben. Das Opfer verlor immer wieder vor Schmerzen die Besinnung und musste mit kaltem Wasser aus der Bewusstlosigkeit zurückgeholt werden. Schließlich schafften sie es, und die wild gewordenen Pferde galoppierten mit ihren verschiedenen grässlichen Trophäen davon. Ravaillac aber war noch nicht tot und musste getötet werden, indem ihm ein Dolch ins Herz gestoßen wurde.

Dieses schreckliche Schauspiel wurde von Zigtausend Männern, Frauen und sogar Kindern verfolgt, die alle laut jubelten und Wetten abschlossen, welches Körperglied zuerst oder als Nächstes abgetrennt werden würde.

Das war die Gesellschaft, in der ich von da an leben und der ich notwendigerweise als Vorbild dienen sollte. Glücklicherweise wusste ich zum damaligen Zeitpunkt nicht, was auf mich zukam.

☆

Die Ermordung des eigenen Vaters geht nicht spurlos an einem Sohn vorüber. Wahrscheinlich war das auch einer der Gründe, warum Ludwig mich nicht an der Grenze begrüßte. Er oder seine Berater fürchteten offenbar, ihn könnte das gleiche Schicksal ereilen. Am meisten Angst hatte seine Mutter, was ich sehr gut verstand. Sie befand sich in einer prekären Lage. Neben der Liebe, die sie für ihren ältesten Sprössling empfunden haben mag, hatte sie einzig und allein deshalb die Macht in Händen, weil sie seine Mutter war.

Ein Jahr zuvor war zwar seine Volljährigkeit erklärt worden, doch vorläufig war es scheinbar in seinem Sinne, Maria die Herrschaft über das Land zu überlassen. Sie kam dem mit Unterstützung ihres Günstlings nach, eines abscheulichen Burschen namens Concini, der schon lange vor ihrer Ehe mit Heinrich von Navarra in ihren Diensten gestanden hatte. Böse Zungen behaupteten, er hätte auch in ihrem Bett gelegen. Wenn Ludwig sterben würde, bevor er heiratete und Kinder zeugte, würde Maria vermutlich die Regentschaft für ihren zweiten Sohn, einen Burschen namens Gaston, übernehmen. Und dadurch bestand die Gefahr, dass das Land wieder in die Anarchie zurückfallen würde, die unter den drei Brüdern des letzten Jahrhunderts geherrscht hatte. Maria strebte in erster Linie nach Stabilität und einer geeigneten Erbfolge, wobei sie bewundernswerte Führungsqualitäten enthüllte. Ich glaube, sie war ebenso ängstlich darauf bedacht wie mein Vater, dass die Ehe erfolgreich wurde, als sie ihr Haus mit dem mächtigsten der Welt vereinte. Sicher hoffte sie, dass bald ein Sohn und Thronerbe die Ehe segnen würde. Mütter werden oft enttäuscht.

☆

Ich war also bereits mit meinem Gatten, den ich noch nie gesehen hatte, verheiratet und Königin von Frankreich. Die Ferntrauung hatte vor meiner Abreise in meine neue Heimat in der Kapelle im Escorial stattgefunden. Der französische Botschafter nahm den Platz des Königs ein. Ich wurde folglich mit dem größten Respekt behandelt und mit dem größten Eifer beschützt.

In der Obhut von Sieur d'Albert und seinem Gefolge verlief meine Reise nach Norden ohne Zwischenfälle. Bald ließen wir die finsteren Gefilde des Languedoc hinter uns und näherten uns Paris. In jeder Stadt und in jedem Dorf wurden wir herzlich begrüßt. Würdenträger verneigten sich, Jungen und Mädchen tanzten, Rosen wurden gestreut, und die Menge jubelte uns zu.

»Sehen Eure Majestät, wie glücklich sie sind, ihre Königin zu begrüßen?«, fragte d'Albert.

Er hatte viel Zeit mit mir in der Kutsche verbracht. Natürlich waren immer Encarna oder eine meiner anderen Zofen dabei. Seit meinem Gespräch mit Mutter, Encarna und Pater Jaime, der auch oft in meiner Nähe war, sah ich die Männer mit anderen Augen, wenn ich auch noch immer keine Ahnung von dem Aussehen, der Größe und der Form dieses *Anhängsels* hatte, dem ich geopfert werden sollte. Ich war hingegen nicht so dumm, dass ich nicht herausbekam, wo es zu finden war. Im Fall von d'Albert war es schwer, einen Beweis dafür zu finden, da er sehr modische, weite Hosen trug. Ein so alter Mann – ich hatte herausgefunden, dass er 37 Jahre alt war – konnte in Herzensdingen für niemanden mehr von Interesse sein. Diese Vermutung wurde noch bekräftigt, da ich ihn offensichtlich als Frau überhaupt nicht interessierte.

Er war sehr charmant, und ich beschloss, seine Freundschaft – auch wenn er zu ihr gezwungen war – zu meinem Vorteil zu nutzen.

»Erzählt mir vom König«, bat ich.

»Seine Majestät besitzt viele Talente«, versicherte er mir.

»Erzählt mir davon.«

»Nun, Ihr wisst, dass er noch sehr jung ist.«

»Er ist genauso alt wie ich, Monsieur.«

»Ja, Eure Majestät. Aber Mädchen sind immer älter, als sie scheinen. Ich meine«, fügte er etwas verwirrt hinzu, »sie sind reifer. Oder nicht?« Er schaute Encarna flehend an.

»Ja schon«, bestätigte Encarna. »Wollt Ihr damit sagen, dass der König unreif ist, Monsieur?«

»Gott bewahre«, widersprach d'Albert, der begriff, dass er

sich ungeschickt ausgedrückt hatte. »Aber er ist noch sehr jung.«

Daraufhin zog er sich zurück und ließ mich mit meinen trübsinnigen Gedanken über die wahre Bedeutung seiner Worte allein.

☆

Drei Tage später standen wir vor den Toren von Paris, und ich konnte die hohen Türme der Bastille, des größten Bollwerkes der Stadt, das jetzt hauptsächlich als Gefängnis benutzt wurde, sehen. In Paris wurde ich wirklich herzlich empfangen. Wieder wurden Rosen gestreut, und Kinder tanzten trotz des Regens, der mittlerweile eingesetzt hatte, barfuß auf den Straßen. Auch Vertreter des Pariser Parlamentes begrüßten mich. Diese Institution nahm sich viel mehr Macht heraus, als es nach Ansicht der königlichen Familie zu wünschen war, denn sie rief von Zeit zu Zeit die Bürger von Paris zu ihrer Unterstützung auf. Wie ich später herausfinden sollte, konnten dadurch sehr missliche Situationen entstehen.

Paris hielt dem Vergleich mit Madrid oder Valladolid nicht stand. Vielleicht lag das an dem starken Regen, der mittlerweile eingesetzt hatte und für alle sehr unangenehm war. In dieser Stadt gab es viele enge Straßen, an denen dicht gedrängt die Häuser standen. Auf der Insel mitten auf der Seine war das besonders auffällig. Dort stand die große Kathedrale Notre-Dame, in der meine Vermählung feierlich vollzogen und in der ich gekrönt werden sollte.

Meine Gefolgschaft passierte den Kirchvorplatz, auf dem es von Menschen wimmelte, um die Brücke zu überqueren und das Nordufer zu erreichen. Dort stand der Louvre, der Sitz der französischen Könige. Es war ein sehr imposanter Bau, etwas kleiner als der Escorial und im Gegensatz zu unserem Palast leider mitten in der Stadt gelegen. Zum Glück war der Louvre von großen Parkanlagen umgeben. Am Portal meines zukünftigen Heims traf ich meinen Gatten zum ersten Mal.

Ich war sprachlos und nicht alt genug, um es zu verbergen. Ludwig war sehr klein. Er reichte mir gerade bis zur Schulter, und er hatte weder einen Backen- noch einen Spitzbart, sondern nur einen zarten Flaum auf dem Kinn. Das war bei einem 14-jährigen Jungen ganz normal. Ich war allerdings sehr verwirrt, als ich entdeckte, dass die Röte, die seine Wangen überzog, als er mich begrüßte, Schminke war!

Er war dennoch ein recht hübscher Bursche. Mein endgültiges Urteil würde ich erst später fällen können. Seine Gesichtszüge waren die eines Jungen, und zudem wirkte er gereizt. Außerdem fehlte seiner Begrüßung die Wärme, die ich eigentlich erwartet hatte.

»Madame«, sagte er zu mir. »Willkommen in Frankreich. Sollen wir hineingehen? Es ist sehr nass hier draußen.«

»Es ist für mich eine Ehre, hier zu sein, Sire«, erwiderte ich.

Es waren erst ein paar Minuten verstrichen, seitdem ich aus der Kutsche gestiegen war, doch ich war schon nass bis auf die Haut. Mein Hut und mein sorgfältig frisiertes Haar lösten sich allmählich in Wohlgefallen auf, und mein weißes Seidenkleid war so durchnässt, dass ich befürchtete, meine Krinoline würde gleich zusammenfallen und mich als lächerliche Bohnenstange entlarven. Mein Fächer war nur noch ein nasser Lappen. Daher folgte ich Ludwig schnell unter das schützende Portal. Hier standen viele Männer, die ihre Hüte zogen und sich verneigten, und viele Damen, die mich mit einem Hofknicks begrüßten.

Ein weiterer Schock. In Spanien war keine ehrbare Frau in Kleidern zu sehen, die nicht bis zum Nacken reichten. Jetzt hatte ich das Gefühl, nur noch auf nacktes Fleisch zu blicken.

Fast alle Kleider waren schulterfrei, und waren sie es nicht, so hatten sie tiefe Dekolletés, die fast alles oberhalb der Taille enthüllten. Ich schluckte und musste meine ganze Kraft zusammennehmen, um mich in ihre Mitte zu wagen. Ich traute mich nicht, einen Blick zurückzuwerfen, um zu sehen, wie Encarna und Jaime auf diese unverhüllten Schönheiten reagierten.

Drinnen wartete die Königinmutter.

»Mein liebes Kind«, sagte sie. »Mein liebes, liebes Kind.«

Ich musste einen Knicks machen, als ich eine kleine, schlanke und noch immer attraktive Frau erblickte, die viel schicklicher gekleidet war als all ihre Hofdamen. Maria von Medici war 42 Jahre alt. Sie hatte ein wenig spitze Gesichtzüge, aber sie steckte voller Energie.

»Willkommen in Frankreich«, sagte sie, als sie meine Hand hielt, um mir aufzuhelfen. Sie umarmte mich und war augenblicklich so nass wie ich. Offenbar hatte sie das Portal eine Weile schon beobachtet, denn sie fügte hinzu: »Ludwig, Ihr habt Eure Braut nicht geküsst.«

Das holte er schnell nach und gab mir einen flüchtigen Kuss auf die Wange.

»Nun darf ich Euch meinen Staatsminister vorstellen«, sagte Maria. »Graf Concini!«

Mein Anblick entzückte ihn offenbar.

»Eure Anwesenheit erhellt diesen finsteren Tag, Eure Majestät«, sagte er mutig, als er sich über meine Hand beugte. »Seid Ihr nicht ein glücklicher Mann, Eure Majestät?«, fragte er den König, als wäre er der Vater des Monarchen.

»Ja nun, wir werden sehen«, erwiderte der Junge.

»Und die Gräfin«, fuhr Maria fort, als sie mir Concinis Gattin vorstellte, eine Frau, die mir überhaupt nicht gefiel und die Eleonore hieß. Wie ich erfuhr, war sie die Pflegeschwester der Königinmutter.

Anschließend lernte ich die Geschwister des Königs kennen. Allerdings fand ich es recht seltsam, dass mir der Staatsminister vor ihnen vorgestellt worden war. Ludwig hatte drei Schwestern (zwei weitere waren als Säuglinge gestorben). Sie hießen Elisabeth – ein Mädchen, das nur ein wenig jünger war als ich – Christine und Henriette-Marie, die noch ein Kind war. Sein einziger Bruder, der noch lebte, hieß Gaston. Er war der Herzog von Orléans und ein ausgesprochen lebhafter junger Mann, der meine Hände mit Wonne küsste.

Außerdem wartete eine Menge anderer Leute darauf, mir vorgestellt zu werden. Unter ihnen befand sich der spanische Botschafter, den ich schon kannte, seine Gemahlin, eine große Anzahl von Hofbeamten und Bediensteten und natürlich Bischöfe, Priester und weitere Mitglieder des Pariser Parlamentes. Für mich war das alles sehr verwirrend, und nur zwei Personen fielen mir besonders auf. Die eine war ein bemerkenswert reizendes Mädchen, das etwa in meinem Alter war und Marie de Rohan-Montbazon hieß. Ihr Vater, der Herzog von Montbazon, war an ihrer Seite. Ihr blondes Haar, ihre hübschen Gesichtszüge und ihr gewagtes Dekolleté machten einen großen Eindruck auf mich.

Die andere Person war ein Priester, ein großer, schlanker, asketischer Bursche mit den spitzesten Gesichtszügen, die ich je gesehen hatte. Sein Name war Armand-Jean du Plessis. Sein Aussehen gefiel mir nicht besonders, und er fiel mir nur deshalb auf, weil ich mehrmals niesen musste, als ich vor ihm stand, denn zu dem Zeitpunkt war ich bereits ganz durchgefroren.

Dieser Zwischenfall rief allgemeine Heiterkeit hervor, und Maria sagte scherzhaft: »So wirkt der Bischof von Luçon auf die Menschen ... Ihr müsst Eure Kleider wechseln, meine Liebe, sonst holt Ihr Euch noch den Tod.«

»Danke, Madame«, sagte ich. »Wenn Eure Majestät mich bitte entschuldigen?«

»Was?«, fragte Ludwig, der sich gerade mit d'Albert unterhielt und sich zweifellos nach meinem Gesundheitszustand erkundigte.

»Die Königin wird uns jetzt verlassen«, erklärte Maria.

Das schien ihn nicht zu stören.

☆

»Was für schreckliche Leute«, sagte Encarna, als sie mich in einen tiefen Zuber steckte und mir meinen Rücken einseifte.

»Wir müssen uns daran gewöhnen«, entgegnete ich weise.

»Aber diese Kleider ... Ihr werdet niemals so etwas tragen, Eure Majestät.«

»Hm«, sagte ich nachdenklich. »Das werde ich wohl müssen.«

Zum ersten Mal betrachtete ich meine Brüste genau, und ich hätte mir gewünscht, sie wären etwas größer gewesen. Ich setzte auf die Zeit. Wie ich festgestellt hatte, scheuten sich die französischen Frauen nicht, der Natur ein wenig nachzuhelfen, indem sie ihre Kleider so eng schnürten, dass ihre Brüste zusammengepresst wurden und dadurch größer wirkten, als sie in Wirklichkeit waren.

»Was würde Eure Mutter sagen ...«

»Meine Mutter ist weit weg«, stieß ich hervor und erlaubte ihr, mir aus dem Zuber zu helfen und mich in ein Hauskleid zu hüllen.

Wir waren allein in dem Gemach, zu dem man uns begleitet hatte. Plötzlich klopfte jemand an die Tür und rief: »Ihre Majestät, die Königinmutter.«

»Oh, mein Gott«, murmelte Encarna und lief hin und her.

Ich war so geistesgegenwärtig, mir noch ein Hauskleid über das erste zu streifen, und dann schaute ich auf die Tür, die gerade aufgestoßen wurde.

Im Vorzimmer standen mehrere Personen, doch nur Maria kam herein. Hinter ihr wurden die Türen wieder geschlossen. Sie schaute mich an, und ich glaube, ich bot einen recht entzückenden Anblick, denn Encarna hatte auch mein Haar gewaschen, das jetzt nass auf meine Schultern und meinen Rücken fiel. Doch selbst zwei Hauskleider verschafften mir kein würdevolles Aussehen.

Maria wandte sich sogleich an Encarna, die immer wieder vor ihr knickste und die Hände rang.

»Geh hinaus«, befahl die Königinmutter.

Encarna schaute mich bestürzt an.

»Geh hinaus«, wiederholte ich Marias Wunsch. Es war nicht in meinem Sinne, mir die Frau zum Feind zu machen, die ab jetzt die wichtigste Person in meinem Leben sein würde.

Encarna verbeugte sich und eilte zur Tür.

»Ihr seid ganz reizend«, sagte Maria. »Ich hätte nicht ... Nun, ich hätte nicht erwartet, dass mir so ein Glück vergönnt sein würde.«

»Ihr seid sehr liebenswürdig, Madame«, bedankte ich mich.

»Wir speisen um vier Uhr, und anschließend spielen wir Karten.«

»Karten, Madame?«

»Spielt Ihr keine Karten?«

»Das habe ich noch nie gemacht, Madame.«

»Dann werde ich es Euch zeigen.« Sie lächelte. »Es kann anfangs ziemlich teuer für Euch werden.«

»Ich habe kein Geld, Madame.«

»Selbstverständlich habt Ihr Geld. Ihr bekommt ein Taschengeld von zehntausend Pistolen, und wenn es nötig ist, stelle ich Euch mehr Geld zur Verfügung. Ihr sollt nicht in Verlegenheit geraten. Nach dem Kartenspiel essen wir zu Abend, und dann ziehen wir uns zurück. Das ist der normale Tagesablauf. Morgens geht mein Sohn zur Jagd. In der nächsten Woche müssen wir uns auf die Feierlichkeiten Eurer Vermählung und Eurer Krönung vorbereiten. Morgen kommt die Näherin zu uns. Am nächsten Samstag werdet Ihr gesegnet. Wie gefällt Euch das?«

All diese Informationen wirbelten wie ein Sturm durch meinen Kopf, sodass ich völlig aus der Fassung geriet. »Es gefällt mir sehr, Madame.«

»Schön. Gefällt Euch mein Sohn?«

Ich riss den Mund auf, denn ihre Offenheit überraschte mich. »Er wird mir bestimmt gefallen, Madame. Ich bin hierher gekommen, um ihn zu lieben.«

»Ihr seid hierher gekommen, um seine Frau zu sein«, entgegnete sie.

»Sollte eine Frau ihren Gatten nicht lieben?«

Sie musterte mich mehrere Sekunden. »Es ist wünschenswert, doch vielleicht nicht immer möglich.«

Erst etwas später wurde mir klar, dass sie an ihren Gatten dachte, dessen ständige Affären sie nicht akzeptieren konnte.

»Aber«, fügte sie fröhlich hinzu, »Ihr seid beide noch sehr jung, und daher wird sich die Liebe schon einstellen. Es würde mich sehr glücklich machen.«

»Ich werde mich bemühen, Madame.«

»Ihr seid ein sehr liebes Kind.« Sie setzte sich auf einen Stuhl neben dem Bett, und ich folgte ihrem Beispiel. »Ihr werdet sehen, dass hier vieles anders ist als in Spanien.«

»Ich verstehe, Madame.«

»Versteht Ihr auch, dass es wichtig ist, Euch ganz auf Euer neues Leben einzustellen? Dann werdet Ihr vom Hof und vom Volk willkommen geheißen. Und von Eurem Gatten.«

»Ich verstehe, Madame.«

»Eure Kleider sind ... Wie soll ich mich ausdrücken? Man könnte sie als unmodern oder auch als schäbig bezeichnen. Eure Näherin wird Euch eine neue Garderobe anfertigen.«

Ich schluckte.

»Es muss sich auch jemand um Eure persönlichen Belange kümmern. Ich glaube nicht, dass diese Frau, die Euch umsorgt, und die anderen, die Ihr mitgebracht habt, zu Eurem Leben hier passen.«

»Aber ... Doña Encarna ist schon, solange ich denken kann, meine Anstandsdame.«

»Die Königin von Frankreich braucht keine Anstandsdame. Ich stelle ein paar Zofen in Eure Dienste, die sich um Euch kümmern werden. Ihr müsst lernen, zu lachen und zu spielen ... Seid Ihr musikalisch?«

»Ich spiele Cembalo, Madame.«

Dieses Instrument, das vor kurzem erfunden wurde, hatte die Harfe fast in jedem Haushalt, der es sich leisten konnte, ersetzt.

»Ausgezeichnet. Ihr müsst für mich spielen.«

Mich beunruhigte noch immer das, was sie soeben gesagt hatte. »Und was wird aus Doña Encarna?«

»Nun, sie wird wie Eure anderen Zofen nach Spanien zurückkehren. Und Pater Jaime natürlich auch.«

»Ich brauche doch einen Beichtvater.«

»Gewiss. Ihr bekommt einen französischen Beichtvater. Ich habe da schon eine Idee.« Sie lächelte. »Ihr seid jetzt eine Französin, mein liebes Kind. Nun erzählt mir mal, was Ihr über Männer wisst?«

»Männer?«, fragte ich piepsend.

»Seid Ihr in dieser Sache nicht unterrichtet worden? Ihr seid vierzehn Jahre alt.«

Ich öffnete meinen Mund und schloss ihn sofort wieder. »Ich weiß, was von mir erwartet wird.«

Maria runzelte die Stirn. »Bekommt Ihr Eure Menstruation?«

Wieder öffnete ich den Mund. »Ja, Madame. Ich bin eine erwachsene Frau.«

»Ich bin froh, das zu hören. Mein Sohn, Euer Gatte, weiß nichts über Frauen.«

»Madame?«

»Ja, das ist eine traurige Sache. Ich habe mich bemüht, ihn

einweisen zu lassen, aber er hat die Frauen wieder weggeschickt, ohne sie zu berühren. Ich verlasse mich ganz auf Euch, ihn in der Liebe zu unterrichten.«

Ich strich mir mit der Zunge über die Lippen. Mit Sicherheit hatte ich nicht mehr Ahnung als er!

»Natürlich, wenn Ihr einander ein wenig besser kennt. Er ist für sein Alter noch sehr jung, doch junge Männer werden älter«, fügte sie fröhlich hinzu. »Denkt immer daran, dass Ihr die Königin von Frankreich seid, wenn er zu Euch kommt.«

☆

Plötzlich musste ich ein ganz neues Leben führen. Obwohl ich schon fast ein Jahr die Königin von Frankreich war, wurde ich erst jetzt mit dieser Tatsache konfrontiert. Gleichzeitig musste ich erfahren, dass ich mich meiner Schwiegermutter und den französischen Bräuchen vorerst unterordnen musste. Mir wurde zugestanden, dass Encarna, meine Zofen und Pater Jaime zu den Feierlichkeiten bleiben durften. Anschließend mussten sie sofort nach Spanien zurückkehren. Encarna war sehr betrübt, und ich bemühte mich, sie zu trösten. Pater Jaime war ebenfalls besorgt, da dem französischen Klerus, aus dessen Reihen mein neuer Beichtvater ausgewählt wurde, seiner Meinung nach nicht zu trauen war.

Damit hatte er nicht ganz Unrecht.

Ich konnte nichts dagegen tun, da ich sehr schnell erkannte, dass meine Schwiegermutter keinen Widerspruch duldete. Sie regierte zumindest im Palast mit eiserner Strenge. Und es sah so aus, als regiere sie das Land mittels ihres Geschöpfes Concini ebenfalls mit eiserner Hand. Vielleicht verstand ich sogar trotz meines zarten Alters, dass das möglicherweise zu Krisen führen könnte, doch damit musste ich mich später beschäftigen, denn vorerst waren meine Tage – wie Maria vorhergesagt hatte – ganz ausgefüllt. Die Näherin kam, um mir eine neue Garderobe anzufertigen.

Der Priester unterwies mich in der Religion, und Hofbeamte unterrichteten mich im Benehmen und in der Etikette.

Es war menschlich, dass ich einen leichten Widerwillen hegte. Immerhin kam ich aus einem Land, dessen Kultur höher entwickelt war als die Frankreichs, und jetzt wurde von mir verlangt, mich den oft seltsamen Umgangsformen hier anzupassen. Das war sehr anstrengend und aufregend für mich.

Im Moment beunruhigte mich die Beziehung zu meinem Gatten, die im Grunde gar nicht existierte, am meisten. Ich verstand natürlich, dass eine richtige Beziehung zu meinem Gatten erst entstehen konnte, wenn wir uns besser kannten. Ludwigs Mutter hatte mich darauf bereits hingewiesen. Doch verständlicherweise erwartete oder erhoffte ich zumindest vor diesem großen Tag ein wenig Interesse, wenn mein Gatte mir schon keine Zuneigung entgegenbrachte.

Wie mir Maria mitgeteilt hatte, ging der junge König fast jeden Morgen zur Jagd und kehrte erst zu unserem Mahl am Nachmittag zurück. Das war eine sehr umständliche und letztlich unbefriedigende Angelegenheit. Vom König wurde verlangt, in Gesellschaft zu essen. Er saß in einem langen Bankettsaal am Ende eines hohen Tisches. Ich saß zu seiner Rechten und seine Mutter zu seiner Linken. Verschiedene hohe Notabeln saßen an den Seiten des Tisches, der fast 15 Meter lang war. Andere hoch stehende Persönlichkeiten standen mit Servietten und Fingerschalen hinter unseren Stühlen.

Sobald wir unsere Plätze eingenommen hatten, wurde das Essen gebracht. Da sich die Küchen am anderen Ende des Gebäudes befanden, war das eine sehr langwierige Prozedur. Langsam zog eine Prozession von Dienern mit großen Platten und riesigen Servierlöffeln durch das Haus. Von einer Schar weiterer Bediensteter, die sich in den verschiedenen Vorzimmern drängten, wurde alles begutachtet. Es dauerte ungefähr eine Viertelstunde, um das Essen von der Küche an den Tisch zu bringen. Wenn das Essen schließlich bei uns ankam, konnten wir allerdings nicht sofort beginnen, da jeder Gang von den unglücklichen Dienern, die für diesen Dienst bestimmt worden waren, gekostet werden musste, ehe wir den ersten Bissen zu uns nehmen durften. Ich schwöre, dass ich nie ein heißes Essen serviert bekam, bevor ich die Dinge selbst in die Hand nahm, doch das kam erst sehr viel später.

Während dieser ermüdenden Prozedur, die bis zu zwei Stunden dauerte, wurden kaum Gespräche geführt. Ludwig starrte ein wenig finster auf den Tisch und schaute mich kaum an. Nur gelegentlich scherzte er mit d'Albert, der mich als sein Stellvertreter abgeholt hatte und ihm bei Tisch servierte. Maria, die von der Gräfin Concini bedient wurde, wechselte ein paar Worte mit ihr und kaum ein Wort mit mir. Sie begnügte sich damit, mich ab und zu anzulächeln. Ich stand in jenen ersten Tagen im Mittelpunkt der Aufmerksamkeit. Die Schar der Gäste klatschte jedes Mal Beifall, wenn ich einen Bissen zu mir nahm, und das war sehr unangenehm.

Meine Dienerin war diese Marie de Rohan-Montbazon, die mir bei meiner Ankunft in Paris aufgefallen war. *Sie* war sehr gesprächig, oder vielmehr tratschte sie gern, wenn sie mir Finger und Mund abputzte und das Essen auf meinem Teller anordnete. Ich fand es allerdings nicht sehr schicklich, wenn sie mir den neuesten Hofklatsch ins Ohr flüsterte. Monsieur Soundso schlief angeblich mit Madame Soundso, die nicht seine Frau war. Mademoiselle Soundso war zu ihr ins Bett gebracht und für immer vom Hofe verbannt worden –, und niemand wusste, wer der Vater war! Und Sieur d'Albert war wie ein Bulle gebaut. Woher *wusste* sie das alles, und warum hatte ich das während unserer Reise nicht bemerkt?

Der Sonnabend rückte schnell näher, und wir marschierten in einer Prozession nach Notre-Dame. In dieser imposanten Kathedrale wurden wir inmitten lauten Beifalls vom Erzbischof von Paris gesegnet, und ich wurde gekrönt. Nach einer sehr langatmigen Zeremonie kehrten wir schließlich unter den Hochrufen der Menge über die Brücke zum Louvre zurück.

Wir hatten den Palast noch nicht erreicht, als plötzlich große Aufregung herrschte. Jemand löste sich aus der Menge und rannte auf unsere Kutsche zu. Er hielt etwas in der erhobenen Hand. Allerdings konnte ich nicht erkennen, ob es eine Waffe war.

»Hilfe!«, schrie der König. »Mörder!« Er rollte sich wie ein Säugling auf seinem Sitz zusammen, zog die Beine an und umklammerte sie mit den Armen. Um mich schien er nicht im Geringsten besorgt zu sein.

Die Wachen zogen sofort ihre Schwerter und gingen auf den unglücklichen Burschen los. Es gelang ihm jedoch, die Kutsche zu erreichen, und er warf etwas durchs Fenster hinein. Ich muss gestehen, dass auch ich schrie, aber er wurde schon ergriffen und weggezogen.

»Mörder!«, schrie Ludwig noch einmal mit hoher Stimme. »Erschlagt ihn!«

Die Wachen folgten dem Befehl, und ich sah entsetzt zu, wie einer von ihnen sein Schwert in den Rücken des armen Teufels stach, sodass er blutüberströmt auf die Kopfsteine fiel.

»Nein!«, schrie ich.

Diesem Mann konnte niemand mehr helfen, er war bereits tot.

Ludwig richtete sich langsam wieder auf, und die Kutsche beschleunigte ihr Tempo. Die Postillione hatten beschlossen, den Ort der Aufregung so schnell wie möglich hinter sich zu lassen. Ich bückte mich, um den Gegenstand, den der Mann in die Kutsche geworfen hatte, aufzuheben, und entdeckte einen hübsch gebundenen Blumenstrauß.

»Ein Geschenk«, stammelte ich. »Er wollte mir ein Geschenk machen, und jetzt ist er tot.« Ich fühlte mich ganz elend.

»Sie hassen uns wirklich«, sagte Ludwig, der aus dem Fenster starrte und der Menge, die immer lauter schrie, gedankenlos zuwinkte.

»Sire?«, fragte ich beunruhigt.

Zum ersten Mal war ich allein mit meinem Gatten. Ich erwartete nicht von ihm, dass er mich in der Öffentlichkeit in die Arme schloss, um mir die Küsse zu geben, von denen man mir berichtet hatte, aber ich hatte gehofft, dass er vielleicht jetzt meine Hand halten würde. Auf diesen Gedanken kam er offensichtlich gar nicht.

»Ja, sie hassen uns«, versicherte er mir. »In keinem Land auf Erden kam es in der Vergangenheit häufiger zu Rebellionen gegen die Obrigkeiten als in Frankreich.« Endlich schaute er mich an. »Habt Ihr das nicht gewusst?«

»Ihr müsst es mir erklären«, bat ich mit einem gewinnenden Lächeln.

»Das ist keine schöne Geschichte«, erwiderte er und starrte wieder aus dem Fenster.

☆

Ich war von Herzen froh, als ich endlich in der Sicherheit des Louvre war, wo wir von unseren eifrigen Höflingen und den anderen Mitgliedern der königlichen Familie umringt wurden. Wir ließen uns zum Hochzeitsfrühstück nieder. Da mittlerweile schon die übliche Essenszeit war, wurde uns ein üppiges Mahl serviert. Bei diesem großen Fest wurde viel getrunken, sodass ich ein wenig ausgelassen war, als wir uns erhoben. Inzwischen war es auch schon dunkel geworden. Ich trank mehr, als schicklich war, da mich noch immer der Anblick des armen ermordeten Mannes rührte. Auch das Desinteresse, das der Hof dieser Sache entgegenbrachte, belastete mich. Nur Maria von Medici hatte sich besorgt erkundigt, ob ihrem Sohn oder mir etwas zugestoßen sei.

»Er wollte mir ein Geschenk machen«, sagte ich.

»Er hat das Gesetz übertreten«, erklärte mir meine Schwiegermutter.

»Dann hätte man ihn bestrafen müssen. Aber ihn einfach zu ermorden ...«

»Er hat Euch angegriffen. Das ist ein Verbrechen, das mit der Todesstrafe geahndet wird.«

Es war gut, dass ich an jenem Abend leicht beschwipst war, denn ich musste mich von Encarna, meinen Zofen und Pater Jaime verabschieden. Der Pater hatte mir am Morgen die Beichte abgenommen und mir wie üblich nichts vorzuwerfen gehabt. Mein Eingeständnis, dass sich meine Gedanken um meinen Gatten und unsere bevorstehende Intimität drehten, war in seinen Augen nicht verwerflich. Er drückte meine Hände, schaute mir in die Augen und sagte: »Denkt immer daran, dass Ihr eine spanische Prinzessin seid, Eure Majestät.« Mir kamen diese Worte recht seltsam vor, doch ich versprach es ihm.

Encarna stand kurz vor einem Zusammenbruch. Sie weinte und jammerte. »Was wird nun aus meiner Kleinen?«

Ich hätte sie daran erinnern können, dass ich schon lange nicht mehr ihre Kleine war, aber ich wollte sie nicht verletzen. Als ich sah, dass sie in ihrem schwarzen Kleid das Zimmer verließ, war ich fast erleichtert.

Ich war nur für kurze Zeit allein, als mich plötzlich wieder viele Menschen umringten, unter denen sich auch meine Schwiegermutter befand.

»Nun, mein liebes Kind«, sagte sie. »Jetzt seid Ihr wahrhaftig die Königin von Frankreich. Die Ehe muss nur noch vollzogen werden.«

»Wann wird das geschehen, Madame?«, fragte ich. Da mich der Wein gestärkt hatte, verspürte ich überhaupt keine Angst und wartete ungeduldig auf das große Ereignis.

»Es wird nicht mehr lange dauern«, erwiderte sie. »Ein paar Zofen werden sich übrigens in Eurem Schlafgemach um Euch kümmern. Sie kommen im Laufe der nächsten Tage zu Euch. Zunächst einmal umsorgt Euch Marie de Montbazon.«

Marie stand tatsächlich unmittelbar hinter der Königinmutter und lächelte schmeichelnd.

»Ich habe schon gesehen, dass ihr gute Freundinnen geworden seid«, sagte Maria von Medici.

Ich war mir nicht sicher, ob wir gute Freundinnen waren oder ob ich mir überhaupt wünschte, mit ihr befreundet zu sein. Immerhin bot sie mir angenehme Gesellschaft, und ich wollte nicht allein sein. Daher sagte ich: »Gewiss, Madame, und mit der Zeit wird sich unsere Freundschaft noch festigen.«

»Dann lasse ich Euch jetzt allein, damit Ihr auf Euren Gatten warten könnt«, sagte die Königinmutter und ging mit den anderen Zofen hinaus.

☆

Marie de Montbazon und ich schauten einander an, als die Türen geschlossen waren.

»Seid Ihr nicht aufgeregt, Eure Majestät?«, fragte sie.

»Ich glaube schon«, gab ich zu. »Doch ich bin auch sehr gekränkt. Hast du gesehen, was auf der Straße geschehen ist?«

»Der Mann war ein Verbrecher.«

»Woher willst du das wissen? Weiß es irgendjemand?«

»Oh, die Bürger sind alle Verbrecher, Eure Majestät. Ihr habt Euch großartig verhalten. Ihr wart so ruhig. Ihr *seid* ruhig. Wenn man bedenkt ... Kennt Ihr Euch aus mit Männern?«

Wann hörten die Leute endlich auf, mir diese Frage zu stellen? Wahrscheinlich wenn feststand, dass ich mich mit Männern auskannte. Jetzt würde ich allerdings nur Erfahrungen mit einem Jungen sammeln.

»Nein«, sagte ich. »Ich kenne mich mit Männern nicht aus.«

»Oje.«

»Und du?«, fragte ich.

»Ja ... schon.«

»Bist du noch Jungfrau?«

»Madame! Ich bin noch nicht einmal fünfzehn Jahre alt!«

Sie war im Dezember 1600 geboren und daher nur neun Monate älter als ich.

»Aber du behauptest, dich mit Männern auszukennen?«

»Ja ...« Sie errötete. »Ich habe Brüder und einen Onkel. Das ist ein sehr eifriger Bursche.«

»Hast du ihn gesehen?«

»Er wollte es so, Eure Majestät. Er wollte, dass ich es berühre.«

Ich war schockiert.

»Und hast du es getan?«

»Ja, ich wollte ihn nicht kränken. Außerdem wollte ich es auch.«

Ich starrte sie entsetzt an. Es war mir nie in den Sinn gekommen, so etwas tun zu müssen. »Wie hast du das gebeichtet?«

»Es war eigentlich ganz einfach.«

»Und wie sah deine Strafe aus?«

Sie kicherte. »Ich musste den Priester auch berühren.«

»Das glaube ich dir nicht.«

»Ich lüge nicht«, sagte sie schmollend. Später erfuhr ich, dass das nicht der Wahrheit entsprach. »Möchten sich Eure Majestät auskleiden?«

Es blieb mir wohl nichts anderes übrig. Als Marie mit ihren geschickten Fingern Knöpfe und Schleifen an meinen Gewändern öffnete, sehnte ich Encarna herbei. Marie stand fast die ganze Zeit hinter mir, sodass ich ihr nicht ins Gesicht sehen konnte. Unnötigerweise streichelte sie meine Körperteile, die nacheinander enthüllt wurden. Als sie vor mir niederkniete, um mir Schuhe und Strümpfe auszuziehen, glitten ihre Hände lüstern zu meinen Oberschenkeln hoch, um meine Strumpfbänder zu lösen, die sie anschließend langsam über meine Beine streifte. Dann schaute sie mich mit großen Augen und leicht geöffnetem Mund an. »Ich spüre, dass wir gute Freundinnen werden, Eure Majestät.«

Ich wusste nicht, wie sie das meinte. Was sie tat, gefiel mir jedoch sehr. Noch nie zuvor hatte ich eine solche Wollust verspürt, und ich hätte so ein Gefühl nicht für möglich gehalten. In diesem Moment erkannte ich, dass weltliche Genüsse wie schmackhafte Gerichte, gute Weine, Singen oder Reiten nicht an das heranreichten, was das Leben noch zu bieten hatte. Aber von Seiten einer Frau? Und dann noch von einer Frau, die eigentlich meine Dienerin war?

»Das glaube ich auch«, stimmte ich ihr zu, und dann fragte ich mich, ob mein Gatte auch meine Beine streicheln würde. Bei diesem Gedanken wurde mir ganz schwindelig.

»Eure Majestät!?« Marie beugte sich besorgt über mich.

»Schon gut«, beruhigte ich sie. »Du hast gesagt, dass du dich mit Männern auskennst. Was soll ich tun, wenn der König kommt?«

»Das hängt von den Wünschen des Königs ab, Eure Majestät.« Sie entkleidete mich vollständig und parfümierte alle notwendigen Körperstellen – zumindest die Stellen, die *sie* für notwendig erachtete. Als ihre Hände über meinen Nacken, meine Achselhöhlen, meine Brustwarzen und meine Leiste glitten, wuchs meine Erregung. »Ihr werdet im Bett auf ihn warten«, sagte sie. »Ihr sitzt im Bett und seht wunderschön aus. Normalerweise werdet Ihr nackt sein ...«

»Nackt?«, rief ich. Im Moment war ich wahrhaftig splitternackt.

»Das gefällt den Männern bei einer Frau. Normalerweise wird auch Euer Gemahl unter seinem Nachtgewand nackt sein. Doch da es das erste Mal ist ...« Sie streifte mir zu meiner Erleichterung ein seidenes Nachtgewand über den Kopf.

Es verwirrte mich, dass sie es über allen Wölbungen glatt strich. »Ihr könnt es ja ausziehen.«

Sie machte sich an meinem Haar zu schaffen und löste die Löckchen, die mir für die Zeremonie frisiert worden waren. Dann strich sie mein Haar glatt und bürstete es kräftig. »Ihr habt wunderschönes Haar«, sagte sie.

Ihr blondes Haar war gelockt und schwer zu bändigen.

»So«, sagte sie und hob die Bettdecke hoch.

Ich stieg aufs Bett und setzte mich hin, wie sie es mir empfohlen hatte, während sie die Kissen hinter meinem Kopf richtete. Marie stellte sich ans Fußende des Bettes und schaute mich prüfend an.

»Ihr seht so reizend aus, dass ich am liebsten selbst zu Euch ins Bett steigen würde.«

Ich war sprachlos und auch ein wenig verwirrt, weil ich plötzlich das Gefühl hatte, es wäre vielleicht viel angenehmer, das Bett mit so einem hübschen, eifrigen Wesen, das sich so gut auskannte, zu teilen, als mit ... »Und wenn er nicht kommt?«

»Doch, er wird kommen, Eure Majestät. Hört, er kommt schon.«

Auf dem Flur waren laute Geräusche zu hören, und einen Moment später wurden die Türen meines Schlafgemachs aufgestoßen. Dort stand der König, der ein Nachtgewand trug, wie es Marie vermutet hatte. Mehrere Männer begleiteten ihn, die alle ausgelassen und beschwipst waren.

Ich zog die Decke sofort bis an meine Kehle.

»Haha«, rief d'Albert, der neben dem König stand. »Dort ist sie, Eure Majestät. Eine Ente auf dem Trockenen, was?«

Ich nahm mir vor, ihm in nächster Zeit die kalte Schulter zu zeigen. Im Moment war ich aber mehr um Maries Wohlergehen besorgt. Sie versuchte, sich gegen all die Männer zur Wehr zu setzen, die an ihren Armen und Hüften zerrten, aber ihre Beine bekamen sie unter der Krinoline nicht zu fassen. Sie hoben sie vom Boden hoch, und dann bahnten sich mehrere Hände den Weg unter ihre Röcke. Marie schrie, als die Männer sie durch die Luft wirbelten, doch weniger vor Entsetzen als vor Vergnügen.

»Ein reizendes Geschöpf«, sagte jemand. »Erforscht sie ein wenig, Eure Majestät. Dann kommt Ihr auf den Geschmack.«

Ludwig kam dem Vorschlag zögernd nach und schob eine Hand unter Maries Mieder, ohne großes Interesse zu zeigen. Zu dem Zeitpunkt gefiel mir das sehr, da es eine gewisse Schicklichkeit in seinem Benehmen vermuten ließ. Einige Männer drängten ihn ans Bett, während Marie in den Armen der anderen hin und her zappelte.

»Soll ich bleiben, Eure Majestät?«, fragte d'Albert mich.

»Bestimmt nicht!«, stieß ich hervor, als er die Decke hochheben wollte. »Ihr seid widerwärtig, Monsieur.«

»Ja, ja, Charles«, stimmte Ludwig zu. »Ihr seid widerwärtig. Hinaus mit Euch. Nehmt die Jungfrau mit.«

»Sie ist Jungfrau?«, erkundigte sich d'Albert, der seinem Herrn gehorchte und sich zu den anderen Burschen gesellte, die die kreischende Marie zur Tür trugen.

»Werden sie ihr wehtun?«, fragte ich.

»Nein, nein«, erwiderte Ludwig. »Sie wollen nur ein wenig Spaß mit ihr haben.« Nachdem die Tür geschlossen war, schaute er mich an. »Madame, was ist es für ein Gefühl, die Königin von Frankreich zu sein?«

»Es gefällt mir«, entgegnete ich so hochmütig wie möglich. Ich war noch immer betrübt, dass er sich in der Kutsche überhaupt nicht um mich gesorgt hatte.

»Ja, es muss ein sehr schönes Gefühl sein, die mächtigste Frau der Welt zu sein.«

»Bitte?«

»Nun, im Moment hat Mutter diese Position inne«, gab er zu. »Aber das wird nicht ewig so bleiben, nicht wahr?«

So sollte man nicht über seine Mutter sprechen, doch etwas anderes störte mich mehr. »Ich wusste nicht, dass die Königin von Frankreich die mächtigste Frau der Welt ist«, sagte ich.

»Und wer ist Eurer Meinung nach mächtiger als sie? Eigentlich Ihr, oder?«

»Meine Mutter«, stieß ich hervor. »Oder die Kaiserin von Österreich.«

Meine Tante.

»Haha«, spottete er. »Rückt ein wenig zur Seite.«

Ich gehorchte und rutschte zur Seite.

Er hob die Decke hoch und kroch in seinem Nachtgewand ins Bett.

»Es wird von uns etwas erwartet«, erklärte er mir. »Wisst Ihr Bescheid?«

Schon wieder die gleiche Frage, dachte ich. Wie unromantisch!

»Ich weiß, was Ihr tun müsst, Eure Majestät.«

»Ja ... Ihr müsst Euer Nachtgewand hochheben.«

»Soll ich es ausziehen?«

»Nein, nein. Zieht es nur bis zur Hüfte hoch.«

Ich gehorchte und hob meinen Po, um das Nachtgewand an die gewünschte Stelle zu schieben. Die Decke lag noch immer über meinem Körper.

»So«, sagte er, als er sein Nachtgewand öffnete und meine Beine spreizte. Dabei fielen die Decken zur Seite, und wir wurden beide entblößt. Ich hatte beschlossen, die Augen zu schließen, wenn es soweit war, aber ich konnte der Versuchung nicht widerstehen, mir alles anzuschauen. Allerdings war ich ausgesprochen irritiert, als ich dieses ziemlich schlaffe Stück Fleisch erblickte. Ich hatte keine Ahnung, wie er das Ding in mich hineinstoßen wollte.

Auch ihm entging das nicht. »Verdammt«, rief er. »Man hat mir gesagt, es würde hart werden, wenn ich Euch erblicke.«

»Vielleicht, wenn Ihr mich küssen würdet«, schlug ich vor, während ich versuchte, meine wachsende Panik zu bekämpfen.

»Euch küssen?« Er dachte kurz darüber nach, beugte sich

dann über mein Gesicht und presste seine Lippen auf die meinen. Das ermutigte weder ihn noch mich. »Ihr müsst es festhalten.«

»Festhalten?« Doch, Marie hatte gesagt, dass Männern das gefiel. Sie hatte behauptet, es bei ihrem Onkel und dem *Priester* getan zu haben. Schon der Gedanke allein! Wenn es meine Aufgabe war, meinen Gatten zu unterstützen ... Vorsichtig ergriff ich das erschlaffte Stück Fleisch und spürte zum ersten Mal diese Erregung wieder, die mich erfasst hatte, als Marie mich gestreichelt hatte. Meine Bemühung wurde durch eine kleine Regung belohnt, die allerdings nicht ausreichte.

Während ich meiner Aufgabe nachkam, lagen wir mit zugewandten Gesichtern nebeneinander. Ludwig hielt seine Augen fest geschlossen. Ich hätte meine sofort geschlossen, wenn er mich angesehen hätte, da ich sehr verlegen war. Gleichzeitig war ich auch neugierig und schob die Decke zur Seite, damit ich sehen konnte, was ich in Händen hielt. Noch immer fragte ich mich verwirrt, was er mit so einem albernen Ding anstellen könnte.

Als ich die Decke zurückschlug, öffnete er die Augen und schaute mich zum ersten Mal an. Mein Nachthemd war noch immer um meine Hüfte geschlungen. Daher konnten wir uns beide nur zum Teil sehen. Ich hatte angenommen, er würde einen erfreulicheren Anblick bieten. Seine Beine waren kurz und dürr, wohingegen meine lang und sehr hübsch geformt waren. Eigentlich hatte ich erwartet, er würde mich wie Marie de Montbazon berühren, und daher war ich überrascht, als er plötzlich ein Stück zur Seite rückte. Ich konnte ihn gerade noch rechtzeitig loslassen, um ihm nicht wehzutun.

Ludwig setzte sich auf den Bettrand und ließ die Beine baumeln.

»Das ist eine dumme Sache«, sagte er.

»Wie bitte?« Auch ich setzte mich hin.

»Dieser Vollzug der Ehe. Heute Nacht wird es nicht klappen.«

»Hm ... Was wird Eure Mutter dazu sagen?«

»Sie braucht es ja nicht zu erfahren. Charles!«, schrie er. »Charles!«

Sofort zog ich die Decke bis zu meinem Kinn hoch und legte mich hin, sodass nur noch meine Nase und mein Haar hervorguckten.

D'Albert stürmte ins Zimmer und hielt die anderen zurück, die ihm folgen wollten. »Eure Majestät!«

»Mein Gewand, Charles. Ich möchte in mein Zimmer zurückkehren.«

D'Albert öffnete den Mund, schloss ihn dann wieder und griff nach dem Gewand. Er runzelte die Stirn, schaute mich kurz an und ging Ludwig zur Hand.

Der König warf mir noch schnell einen Blick zu. »Ich werde Euch wieder besuchen, Madame«, sagte er. »Vielleicht morgen.«

Als die Tür geschlossen wurde, brach ich in Tränen aus. Konnte es eine schlimmere Katastrophe geben?

2. Kapitel

Ich hatte nicht erwartet, schlafen zu können, doch schließlich muss ich wohl eingeschlafen sein. Als die Vorhänge vor meinen Fenstern zurückgezogen wurden und das Licht ins Gemach fiel, erwachte ich. Da die Bettvorhänge nicht ganz geschlossen waren, sah ich, dass mehrere Frauen in meinem Gemach standen. Nur eine von ihnen zählte. Maria von Medici stand neben dem Bett und schaute mich mit einem nicht gerade erfreuten Blick an.

»So«, sagte sie. »Es ist also wahr.«

Ich setzte mich hin und zog die Decke bis an meinen Hals hinauf, während ich mir mit der anderen Hand eine Strähne aus der Stirn strich.

»Was ist wahr, Madame?«, fragte ich.

Statt mir zu antworten, ergriff sie die Decke und zog sie mir mit einer solchen Kraft aus der Hand, dass sie sofort auf dem Boden landete. Ich war ihrem Blick schutzlos ausgeliefert. Zum Glück trug ich mein Nachtgewand.

»Madame!«, schrie ich, indem ich meine Beine anzog und meine Arme um die Knie schlang.

Wieder schritt sie zur Tat, anstatt etwas zu sagen, und stieß so kräftig gegen meine Schulter, dass ich umkippte, zur Seite rollte und fast aus dem Bett fiel.

»Nicht ein einziger Tropfen«, sagte meine Schwiegermutter in verächtlichem Ton. »Ist mein Sohn gestern Abend zu Euch gekommen?«

Ich strich mit der Zunge über meine Lippen. Im Moment hatte ich ihr den Rücken zugewandt, und ich wagte es nicht, mich zu bewegen, weil ich Angst hatte, aus dem Bett zu fallen. Außerdem hatte ich Angst, ihr in die Augen zu sehen. »Ja, Madame, aber er ist nicht lange geblieben.«

»Warum nicht?« Ihre Stimme hallte wie ein Peitschenhieb durch mein Schlafgemach.

»Ich ... ich weiß es nicht, Madame. Vielleicht fand er kein Gefallen an mir.«

»Um Gottes willen, mein Kind. Wie könnte denn ein Mann kein Gefallen an Euch finden? Ihr habt gestritten.«

»Nein, Madame, ich schwöre. Er hat ein paar Minuten hier bei mir gelegen und ist dann wieder gegangen.«

Maria von Medici schaute ihre Zofen an, die alle sehr verlegene Gesichter machten. »Der ganze Palast spricht schon darüber. Bald wird ganz Paris darüber sprechen. Dann ganz Frankreich und dann ...« Sie überlegte kurz, wie man diese Nachricht in Madrid aufnehmen würde. »Es muss geschehen«, verkündete sie.

Niemand wusste einen Rat. Ich freute mich, Marie de Montbazon zu sehen, die *ihren* Spaß scheinbar unbeschadet überstanden hatte. Sie sagte mit leiser Stimme: »Vielleicht der Bischof von Luçon ...«

Maria von Medici schnippte mit den Fingern. »Ja. Ich habe gehört, dass dieser Mann sehr scharfsinnig ist. Lasst ihn sofort holen.«

»Ich werde mich ankleiden«, beschloss ich. Niemand hatte mir Frühstück angeboten, doch ich hatte auch gar keinen Hunger. Offenbar schrieb man mir allein die Schuld an dem gestrigen Fiasko zu.

»Ihr bleibt so, wie Ihr seid«, befahl meine Schwiegermutter.

»Aber wenn der Priester kommt ...«

»Er kommt, um uns zu sagen, woran es liegt«, sagte Maria. »Darum muss er Euch betrachten können.«

Ich schluckte und versuchte, an der Decke zu ziehen. Wie ich schon sagte, lag sie auf dem Boden. Marie de Montbazon hob sie auf und bedeckte mich.

Der Bischof konnte nicht weit entfernt gewesen sein, denn er war wenige Minuten später bei uns. Es schien ihn überhaupt nicht zu beunruhigen, sich inmitten einer schnatternden Schar ängstlicher Frauen, von der eine sogar im Bett lag, zu befinden.

»Die Ehe wurde nicht vollzogen.« Maria von Medici kam sofort zum Thema. Vielleicht kannte sie den Bischof besser, als sie behauptete.

Du Plessis kam näher und stellte sich neben das Bett. Er wirkte vollkommen ungerührt, und wie ich Jahre später herausfand, war das meistens der Fall. Seine Augen strahlten, als er mich anstarrte. Ich hatte mich wieder hingesetzt und die Decke bis zu meiner Kehle hochgezogen.

»Darf ich fragen, was passiert ist?«, fragte er mit ruhiger Stimme.

»Er ist gekommen, hat seine Frau angesehen und ist wieder gegangen«, erklärte Maria meiner Meinung nach etwas schonungslos.

»Gibt es ein Hindernis?«

Alle Augen waren auf mich gerichtet.

»Nein«, murmelte ich.

»Vielleicht wisst Ihr es nicht, Eure Majestät. Darf ich Euch untersuchen?«

»Nein«, sagte ich noch einmal.

Schon der Gedanke allein!

»Seid nicht töricht«, schimpfte Maria. »Natürlich dürft Ihr sie untersuchen, werter Bischof.«

Ich starrte sie mit offenem Mund an.

»Der Bischof ist ein Mann Gottes«, erklärte Maria. »Von einem Mann Gottes untersucht zu werden, hat nichts mit Sinnlichkeit zu tun.«

»Wird er meinen Gatten auch untersuchen?«, fragte ich. »Es lag an ihm und nicht an mir.«

»Also wirklich«, ereiferte sich Maria. »Hütet Euch vor Verrat, Anna. Jetzt untersucht der Bischof Euch. Schickt Ihr Euch, oder müssen wir Euch ans Bett binden?«

Danach stand mir nicht der Sinn, und daher fügte ich

mich. Vielleicht würde ich den Bischof von Luçon nie wiedersehen. Die Hoffnung erfüllte sich jedoch nicht. Im Moment war die Decke wieder zur Seite gezogen und mein Nachthemd bis zur Hüfte hochgeschoben worden. Ich schloss die Augen, damit ich niemanden ansehen musste. Nachdem er meine Beine gespreizt hatte, spürte ich, dass er mich an der Stelle untersuchte, vor der mein Gatte Angst gehabt hatte. Seine Berührung war zart, aber dennoch sehr erregend. Da ich noch Jungfrau war, was ich auch bleiben musste, bis mein Gatte das Jungfernhäutchen durchstoßen hatte, erforschte der Bischof mehr das Umfeld.

»Und?«, fragte Maria.

»Ihre Majestät ist in jeder Hinsicht vollkommen«, erwiderte der Schurke.

»Dann ... deutet Ihr damit an, dass es die Schuld *meines* Sohnes ist?«

»Das werden wir herausfinden müssen, Eure Majestät.«

»Bringen wir es hinter uns«, sagte sie und marschierte hinaus.

☆

Als ich die Augen öffnete, war nur Marie de Montbazon bei mir, die mich freundlich anlächelte. »Soll ich Eure Majestät ankleiden?«

»Ja«, erwiderte ich. »Für dich ist das alles nur ein netter Spaß, nicht wahr?«

»Keineswegs, Eure Majestät«, sagte sie, als sie mir bei meiner Toilette half. »Manchmal ist es aber ein Fehler, zu viel Aufhebens um diese Sache zu machen. Der König war wahrscheinlich nur zu schüchtern.«

»Glaubst du, Marie?«

»Wir müssen es glauben, Eure Majestät. Sonst ... ach, egal.«

»Was ist sonst? Sag es mir.«

»Es wird gemunkelt, der König hätte kein Interesse an Frauen.«

Ja, das hatte die Königinmutter mir praktisch selbst gesagt. Musste nicht jeder Mann Interesse an seiner Frau haben, und besonders ein König, der rechtmäßige Erben zeugen musste?

»Das Interesse an Euch wird sich gewiss noch einstellen, Eure Majestät«, fuhr Marie fort. »Mit der Zeit.«

»Mit der Zeit!«, stieß ich hervor. »Wenn ich nicht mehr mit ihm verheiratet bin.«

»Ihre Majestät wird nicht zulassen, dass Eure Ehe scheitert, Eure Majestät.«

Als ich angekleidet war und gefrühstückt hatte, fühlte ich mich etwas besser. Allerdings war ich noch immer sehr verwirrt und weigerte mich, mein Gemach zu verlassen. Ich hatte Angst, von allen Höflingen angestarrt zu werden. Sicher wussten sie schon alle, was passiert war oder vielmehr, was nicht passiert war. Nach einer Stunde kehrten Maria von Medici und der Bischof zurück. Der Bischof schloss sorgfältig die Türen meines Schlafgemachs, denn auf dem Korridor drängten sich viele Menschen. Dann warf der Bischof Marie de Montbazon einen feindseligen Blick zu.

»Das ist eine Staatsangelegenheit«, sagte er.

»Ich möchte, dass Mademoiselle de Montbazon bleibt«, entgegnete ich. Es ging mir weniger um ihren Beistand als um ihre bloße Anwesenheit. Ich wollte nicht mit zwei Personen, die mir in diesem Moment feindlich gesinnt waren, allein sein.

»Wie Ihr möchtet«, sagte du Plessis. »Ich möchte Euch mitteilen, dass Seine Majestät keine körperlichen Mängel aufweist und ebenso zeugungsfähig ist wie jeder andere Mann.«

»Ha!«, stieß Maria von Medici verächtlich hervor.

»Dann hasst er mich«, sagte ich.

»Er schwört, dass er Euch nicht hasst. Er möchte, dass Ihr seine Frau seid, aber ...«

»Ja, Monsieur?«

»Ich möchte nicht taktlos sein, Eure Majestät. Dem König ist es leider unmöglich, in Eurer Gesellschaft eine Erektion zu bekommen. Ich möchte schnell hinzufügen, dass es ihm scheinbar bei jeder Frau so ergeht. Es ist keineswegs Eure Schuld.«

»Danke«, sagte ich kühl. »Kann er denn eine Erektion bekommen?« Dieses Wort hatte ich soeben zum ersten Mal gehört!

»Ja natürlich, Eure Majestät.«

»Hm ...« Du Plessis schaute die Königinmutter an.

Diese seufzte tief und ließ sich auf den Stuhl neben meinem Bett fallen. »Das habe ich schon seit einiger Zeit befürchtet.«

Ich hatte keine Ahnung, worüber sie sprach.

»Was sollen wir tun?«, fragte meine Schwiegermutter, die sehr verzweifelt aussah.

»Nun, Madame, das ist keine große Katastrophe«, sagte der Bischof. »In Frankreich hat es schon früher Könige gegeben, deren Neigungen von der Norm abwichen. Sie waren jedoch größtenteils älter, als sie heirateten, und daher vielleicht besser in der Lage, ihre Gefühle zu kontrollieren. Auch dem König wird das gelingen, wenn er älter wird. Im Moment ist er von bestimmten Reizen abhängig und nicht in der Lage, sich über sie zu erheben.«

»Würdet Ihr mir bitte sagen, worüber Ihr sprecht?«, bat ich. »Ihr habt gesagt, der König sei kerngesund und normal, und jetzt hört es sich so an, als habe er eine schlimme Krankheit.«

»Mein Sohn zieht Jungen den Mädchen vor«, sagte Maria von Medici beschämt.

Als ich bemerkte, dass ich meinen Mund aufgerissen hatte, schloss ich ihn schnell. Es war mir nie in den Sinn gekommen, dass es so etwas geben könnte.

»Ich habe es gelegentlich beobachtet«, fuhr die Königinmutter fort. »Doch ich schob es auf jugendlichen Leichtsinn. Ich hatte gehofft, dass seine Braut, und zudem eine so schöne wie Ihr ...« Sie seufzte wieder.

Ich schaute den Bischof an.

»Das kommt vor«, räumte der Bischof ein. »Wie ich schon sagte, ist das nicht unabänderlich. Unser erstes Ziel muss der Vollzug der Ehe sein. Sobald das geschehen ist, lassen wir die Sache zunächst einmal auf sich beruhen. Das Wichtigste ist, dass Eure Majestät die legitime, unwiderrufliche Gemahlin des Königs von Frankreich sind.«

Will ich denn die Gemahlin des Königs von Frankreich sein?, fragte ich mich. Wenn ich auf seine Sinne wirkte wie ein Klumpen Fleisch?

Das war wahrlich eine sehr bestürzende Situation für ein 14-jähriges Mädchen. Dennoch konnte ich den König nicht verdammen. Hatte nicht auch ich gestern Abend gespürt, dass es vielleicht viel schöner wäre, das Bett mit einem Mädchen wie Marie de Montbazon zu teilen als mit einem unerfahrenen Jungen?

Ich spürte den Blick meiner Zofe auf mir ruhen und schaute ihr in die Augen. Wir erröteten beide.

»Was schlagt Ihr vor, wie wir dieses wichtigste Ziel erreichen?«, erkundigte sich Maria von Medici.

»Es gibt Möglichkeiten, Eure Majestät.«

Maria runzelte die Stirn. »Ich hoffe, Ihr schlagt keine Zauberei vor, Eure Exzellenz.«

»Um Gottes willen, Eure Majestät. Ich verlange aber *freie Hand,* um das Problem zu lösen.«

Maria schaute ihn ein paar Sekunden an. »Ihr wollt uneingeschränkte Macht über den König und die Königin von Frankreich haben?«

»Nur für eine ganz kurze Zeit, Eure Majestät«, widersprach der Schurke, doch genau diese Macht strebte er an – und nicht nur für ganz kurze Zeit.

»Hm.« Maria sah mich nachdenklich an. »Willigt Ihr ein, Anna?«

Ich hatte mich bereits entschieden. »Ich bin gewillt, allem zuzustimmen, was mir hilft, die Gemahlin Eures Sohnes zu werden, Madame.«

»Und Ludwig?«, fragte Maria, die sich wieder an den Bischof wandte.

»Ich werde ihn von seinen Pflichten überzeugen, Eure Majestät. Er kennt sie bereits.«

☆

Sie gingen hinaus und ließen mich mit dieser Ungewissheit allein. Der König war wie üblich mit seinen Freunden zur Jagd gegangen. Mit seinen männlichen Freunden, dachte ich verbittert. Vor seiner Rückkehr konnte nichts geschehen. Während ich ...

Ich schaute Marie de Montbazon an. »Kennst du dich mit diesen Dingen aus?«

»Ja, Eure Majestät, ich glaube, es ist bekannt, dass einige Männer ... Gibt es das in Spanien nicht?«

Ich hatte keine Ahnung, aber es musste wohl so sein. Mir war es lieber, beim Thema zu bleiben. »Was können sie denn *tun*«, fragte ich. »Ich meine ...« Ich spürte, dass mir die Röte ins Gesicht schoss.

»Nun, Eure Majestät, das männliche Glied ist die Quelle vieler schöner Gefühle, und es ist nicht unbedingt erforderlich, dass es richtig eingesetzt wird, damit der Mann befriedigt wird. Mein Onkel zum Beispiel ... Er ist nie in mich eingedrungen, doch ich glaube, ich habe ihn ab und zu sehr glücklich gemacht.«

Und deinen Beichtvater auch, dachte ich. Aber ... »Ist das Glied deines Onkels steif geworden, als du es berührt hast?«

»Ja natürlich, Eure Majestät. Es wurde steinhart und ist dann explodiert.«

»Explodiert?«

»Das ist bei Männern der Fall, wenn sie befriedigt sind, Eure Majestät.« Sie kicherte. »Bei Frauen auch, aber bei ihnen ist es nicht so ausdrucksvoll.«

Wieder einmal wusste ich nicht, worüber sie sprach. Ich ging nicht näher darauf ein, denn mir war es lieber, bei dem Thema zu bleiben, das mir im Moment am meisten am Herzen lag.

»Seine Majestät hat nicht reagiert, als ich ... Nun, er empfahl mir, es zu berühren.«

»Ihr habt den König berührt?«

»Er hat darum gebeten«, erklärte ich.

»Und er hat nicht reagiert. Das ist ein ernsthaftes Problem«, sagte sie nachdenklich. »Ich frage mich ...« Plötzlich verstummte sie.

Ich wusste ziemlich genau, was sie dachte. Wenn es *ihr* möglicherweise erlaubt wäre, ihn zu berühren ...

»Menschen haben noch eine andere Öffnung, die für die sexuelle Befriedigung benutzt werden kann«, fuhr Marie fort. Sie schien wirklich gut Bescheid zu wissen.

Ich stand mal wieder vor einem Rätsel. »Du meinst den Mund?«

»Nein, Eure Majestät. Obwohl man ihn auch für dieses Vergnügen benutzen kann.«

»Dann ...« Ich starrte sie an. »Das glaube ich nicht.«

»Das ist die Wahrheit. Ich ...« Sie biss sich auf die Lippe.

»Jemand ist so in dich eingedrungen?«

Ich konnte kaum noch klar denken.

»Ja, Eure Majestät. Ich wollte meine Jungfräulichkeit nicht verlieren.«

»Dein Onkel! Man sollte den Mann aufhängen.«

»Das wird sicher eines Tages geschehen«, sagte sie gelassen.

»Hm ... Ich kann mir nicht vorstellen, wie das möglich sein soll.«

»Es ist möglich, wenn man sich entsprechend darauf vorbereitet.«

»Und du meinst, der König will mir diese Schande aufbürden? Das werde ich nicht zulassen. Der Gedanke ist einfach widerlich.«

»Vielleicht wird er es wünschen, Eure Majestät. Es wäre klug von Euch, es zuzulassen. Doch die Ehe kann nur auf die übliche Weise vollzogen werden.«

Es klopfte an der Tür. Wir schauten uns beide um, als erwarteten wir, im nächsten Moment vergewaltigt zu werden. Zumindest glaubte ich das allmählich.

»Herein«, rief ich.

Die Türen wurden aufgestoßen. Auf dem Korridor standen wieder zahlreiche Menschen, die versuchten, einen Blick auf mich zu werfen. Die Königinmutter, der König, der Bischof und Charles d'Albert betraten das Zimmer.

Mir gefiel das ganz und gar nicht, denn der König wirkte ängstlich und verärgert.

D'Albert schloss die Tür.

»Wir haben über die Situation gesprochen«, begann Maria von Medici. »Seine Majestät versteht, dass er eine Aufgabe zu erfüllen hat, und zwar noch heute. Und Ihr auch, Anna.«

»Ich verstehe, Madame.«

»Gut«, fuhr Maria fort. »Wir alle wissen, dass Seine Majestät ein gewisses Problem hat. Der Bischof von Luçon, der schon seit vielen Jahren Erfahrung in diesen Dingen hat, glaubt, eine Lösung gefunden zu haben. Der König ist bereit, sich auf diese Erfahrung zu verlassen. Ich werde mich jetzt zurückziehen, damit Ihr die Ehe vollziehen könnt. Komm mit, Mädchen«, sagte sie zu Marie de Montbazon, die mich ängstlich anschaute.

»Soll die Ehe in Gegenwart des Bischofs und von Monsieur d'Albert vollzogen werden?«, fragte ich.

»Ich fürchte, das wird notwendig sein.«

Was für eine Situation!

»Dann möchte ich, dass Mademoiselle de Montbazon auch bleibt«, sagte ich.

Maria von Medici hob die Augenbrauen und warf du Plessis einen Blick zu.

Dieser zuckte mit den Schultern. »Es könnte nützlich sein, Eure Majestät.«

»Einverstanden. Hauptsache, die Ehe wird vollzogen«, sagte sie und stolzierte aus dem Zimmer.

☆

Es herrschte einen Moment Schweigen, bevor der Bischof sagte: »Wir fangen gleich an. Mademoiselle de Montbazon, da deine Herrin deine Unterstützung verlangt hat, möchte ich, dass du dich ausziehst.«

»Was? Hier vor Euch?«

»Hast du dich noch nie vor einem Mann ausgezogen?«

»Doch, aber nicht vor dreien gleichzeitig und noch nie vor einem König und einem Bischof.« Sie starrte d'Albert an, als überlegte sie, wie sie ihn betiteln sollte.

»Dann machst du jetzt Fortschritte«, sagte der Bischof. »Bitte!«

Marie starrte mich an, als wartete sie auf meine Einwilligung. Allerdings sah ich deutlich, dass es sie glücklich machte, dem Bischof zu gehorchen. Sie hatte nur protestiert, weil sie es für schicklich hielt. Ich nickte, und das hübsche Mädchen zog langsam seine Kleider aus.

Marie war ein reizendes Geschöpf. Sie war kaum ein Jahr älter als ich und hatte im Gegensatz zu mir schon ausgeprägte Formen und einen üppigen Körper. Ich beobachtete die Männer, als Marie nach und nach ihre Kleidungsstücke fallen ließ, und ich konnte erkennen, dass ihr Körper auf alle eine große Wirkung ausübte. Du Plessis zeigte keinerlei Regung und war vielleicht am wenigsten an Marie interessiert.

Als ich ihn anschaute, sah ich, dass sein Blick wieder einmal auf mir ruhte.

Auf Ludwigs Gesicht spiegelten sich Verlegenheit und Bewunderung. Er runzelte ein wenig die Stirn und schaute beharrlich zu d'Albert, der von den wunderschönen Kurven, die vor seinen Augen enthüllt wurden, am meisten angetan war. Ich hätte eigentlich gekränkt sein müssen, da er mir nicht so ein großes Interesse entgegenbrachte, doch dann fiel mir ein, dass er mich ja auch noch nie nackt gesehen hatte.

Das sollte jetzt nachgeholt werden. Nachdem sich Marie vollständig entkleidet hatte, stand sie reglos und leise keuchend vor uns.

»Wenn Ihr bitte so freundlich wäret, Eure Majestät«, forderte mich der Bischof auf.

»Ich?«, piepste ich albern, denn ich hatte ja gewusst, was auf mich zukam. »Ich bin die Königin von Frankreich. Ich kann mich unmöglich vor fremden Männern entkleiden.«

»Vor Männern, Eure Majestät? Ich bin ein Bischof und über die Fleischeslust erhaben. Hier steht Euer Gatte. Er ist begierig darauf, von Eurem Körper Besitz zu ergreifen ...« Sogar er verstummte einen Moment, nachdem die zweite Lüge so schnell über seine Lippen gedrungen war. Ludwig sah keineswegs so aus, als könnte er es nicht erwarten, von meinem Körper Besitz zu ergreifen. Er machte ein Gesicht, als würde er am liebsten um sein Leben laufen. »Und Monsieur d'Albert«, fuhr du Plessis fort, »könnte Euer Vater sein.«

Damit hatte er zur Abwechslung mal Recht. Mit 14 Jahren war mir noch nicht klar, dass Männer, die vom Alter her mein Vater hätten sein können, besonders lüstern waren.

»Mademoiselle de Montbazon wird Euch helfen«, sagte der Bischof, der spürte, dass er sich mit seinen Argumenten durchgesetzt hatte. In den fast 30 Jahren unserer persönlichen Beziehung sollte ich nie erleben, dass ihm die Argumente ausgingen, wenn er auch von Zeit zu Zeit bei einer Streitfrage den Kürzeren zog.

Ein paar Minuten später stand ich splitternackt vor meinen Richtern, wie ich sie im Stillen nannte. Ich muss gestehen, dass meine Figur damals nicht dem Vergleich mit Maries standhielt, doch mein noch nicht voll entwickelter Körper und meine Unerfahrenheit verfehlten ihre Wirkung nicht.

»Jetzt Ihr, Eure Majestät«, befahl der Bischof dem König.

»Nein«, erwiderte Ludwig. »Zuerst Charles.«

Der Bischof schaute d'Albert an, der durchaus nicht abgeneigt war. Abgesehen von dem flüchtigen Blick, den ich gestern Nacht auf meinen Gatten geworfen hatte, war er der erste nackte Mann, den ich je zu Gesicht bekam. Im Gegensatz zu Ludwig war er ein richtiger Mann und so gut gebaut, dass Marie einen leisen Schrei ausstieß und fast die Besinnung verlor. Ich sage *fast,* denn sie hatte mir ja erzählt, dass er wie ein Bulle gebaut war. Möglicherweise erhoffte sie sich zukünftige Begegnungen mit ihm. Ich hingegen war ein wenig erleichtert, als ich sah, dass es Männer gab, die in meiner Gegenwart zu einer solchen Leistung fähig waren. Natürlich wusste ich nicht, ob ihn mein oder Maries Körper so erregt hatte. Allerdings erleichterte mich der Gedanke sehr, dass er diese schreckliche Waffe ganz sicher niemals in *mich* hineinstoßen würde.

Schließlich war der König an der Reihe, und zwischen den Männern und Frauen stand nun dieser nackte Junge. Es schien auch nur eine kurze Wirkung auf ihn auszuüben, dass wir uns entkleidet hatten, wobei er offensichtlich mehr Interesse an d'Albert als an Marie oder mir zeigte. Ich schaute den Bischof an, weil ich annahm, dass sein Plan gescheitert war.

Du Plessis war auch jetzt die Ruhe in Person. Zu meiner Bestürzung holte er einen Stock hervor, der mir das Blut in den Adern gefrieren ließ. Was hatte er vor?

»Wenn sich Eure Majestät bitte hinunterbeugen würden«, sagte er.

Ludwig gehorchte.

Ich war erschüttert. »Ihr wollt den König schlagen?«

»Es geschieht mit dem Einverständnis Seiner Majestät, und es ist zu unserem Besten.«

Ich sah mit Entsetzen, wie der Stock mehrmals auf dem Hinterteil des Königs landete und dieser sein Gesicht vor Schmerzen verzog. Vielleicht heiligte in diesem Fall der Zweck die Mittel, denn die Stockschläge waren von Erfolg gekrönt.

»Jetzt, Eure Majestät«, sagte du Plessis. »Jetzt, jetzt, jetzt.«

So wurde meine Ehe vollzogen, und ich war nun wahrhaftig die Königin von Frankreich.

☆

Ich kann nicht sagen, welche Wirkung dieser unangenehme Beginn meines Ehelebens auf meinen Charakter ausübte. Es war eine schlimme Erfahrung für mich, dass mein Gatte mit einem Stock geschlagen werden musste, um eine Erektion zu bekommen – zumindest wenn es um mich ging. Meine Träume, die ich über die Romantik der Ehe und sogar über das Leben selbst gehabt hatte, waren zerbrochen. Vielleicht war das der Grund, warum ich für wahre Romantik so empfänglich war, als ich ihr begegnete.

Bedeutsamer war jedoch, dass meine Beziehung zum König damit vorläufig zu Ende war. Das war nicht meine Absicht, auch wenn diese erste Tortur sehr schmerzhaft und demütigend war. Ludwig ging sofort davon, nachdem er mein Jungfernhäutchen durchstoßen hatte, und ließ mich in der Blutlache zurück. Ich blieb allein mit diesem Unbehagen und meiner unerfüllten Leidenschaft. Nach dem *Vollzug meiner Ehe* sah ich ihn lange Zeit nur beim gemeinsamen Mahl und beim Kartenspiel. Beim Essen war er eifrig bemüht, jedes Gespräch mit mir zu vermeiden, und beim Spielen richtete er es immer wieder so ein, dass er an einem anderen Tisch saß als ich. Da er bei unserem ersten Zusammensein allerdings nur mein Jungfernhäutchen durchstoßen hatte, war die Zeugung eines Kindes ausgeschlossen.

»Es wird noch geschehen«, beruhigte mich du Plessis. »Ihr seid auch noch zu jung, um Euch der Gefahr einer Schwangerschaft auszusetzen. Habt Geduld. Wichtig ist, dass Ihr die Königin von Frankreich seid.«

Mir schoss der Gedanke durch den Kopf, dass es für ihn möglicherweise wichtiger war als für mich.

☆

Diese Situation stellte meine Schwiegermutter nicht zufrieden. Natürlich war sie ebenso froh und erleichtert wie wir alle, dass die Ehe vollzogen worden war, wenn auch auf etwas ungewöhnliche Weise. Sie sehnte sich indes nach Enkeln, und darauf deutete gar nichts hin.

Verständlicherweise beunruhigte es sie auch sehr, dass ihr Sohn immer weiter in die Welt der Homosexualität abglitt. Ihre Sorge war mehr als begründet.

»Es wird gemunkelt«, vertraute mir Marie de Montbazon an, »dass der König und Monsieur d'Albert jede Nacht das Bett Seiner Majestät teilen, und ...« Sie rollte mit den Augen.

»Der König schläft mit diesem alten Mann?« Ich war sprachlos.

»Nun«, erwiderte Marie ein wenig mürrisch. »So alt ist er auch wieder nicht.«

Ich hätte selbst auf die Idee kommen können, dass da etwas im Busch war, aber ich war fest entschlossen, mich abzulenken. Wenn meine Ehe auch nur auf dem Papier existierte, so war ich immerhin – wie der gute Bischof immer wieder betonte – die Königin von Frankreich. Und meiner Meinung nach war es wichtig, mich meiner Position entsprechend zu verhalten. Ich durfte meine eigene Hofhaltung führen, nachdem die Königinmutter anscheinend ihren Segen erteilt hatte. Du Plessis, der eine so große Unterstützung für uns gewesen war und mit dem mich eine sehr enge Beziehung verband, ernannte ich zum Kontrolleur meiner Hofhaltung. Marie wurde aus verschiedenen Gründen meine erste Zofe. Diese Entscheidung traf bei meinen anderen Bediensteten, die fast alle älter waren als Marie, nicht auf ungeteilte Zustimmung, doch ich war die Königin.

Marie und du Plessis waren in meinen ersten Jahren als Königin die wichtigsten Menschen für mich, und das blieben sie viele Jahre hindurch, wenn die Umstände auch nicht immer die glücklichsten waren. Ich war damals – immerhin war ich noch ein junges Mädchen – sehr froh, dass ich sie hatte. Meine Mutter und meine Geschwister lebten viele Meilen von mir entfernt und durch eine hohe Gebirgskette von mir getrennt. Hinzu kam der nicht weniger hohe Anspruch des Protokolls. Wenn ich einen Brief nach Madrid schickte, schrieb ich immer, wie glücklich ich sei, wie gut es mir gehe und wie sehr ich mich auf eine baldige Schwangerschaft freue.

Zuallererst muss eine Königin lernen, wie man erfolgreich lügt.

Der Bischof ging mir bei meiner gesamten Korrespondenz zur Hand. Ehrlich gesagt, wusste ich am Anfang unserer Bekanntschaft nicht, was ich von ihm zu halten hatte. Armand-Jean du Plessis war ein hübscher Mann, und er war mit seinen 29 Jahren noch recht jung. Die Diözese von Luçon war ein Geschenk von König Heinrich an seine Familie, und diesem Umstand hatte er seine Ernennung zum Bischof in so jungen Jahren zu verdanken. Jetzt war du Plessis in allen Fragen mein persönlicher Berater. Mir war diese Abhängigkeit durchaus bewusst, doch im zarten Alter von 14 Jahren war mir nicht bewusst, dass unsere Beziehung sich anders gestalten könnte. Er war Priester, hatte den Zölibat versprochen und war fast doppelt so alt wie ich. Bei der Untersuchung meines nackten Körpers hatte er sicherlich nicht die Frau in mir gesehen. Mir wäre niemals in den Sinn gekommen, dass er mich begehren könnte.

In seinem Verhalten wies nichts darauf hin. Es kam oft vor, dass wir einander zufällig berührten, wenn wir an meinem Schreibtisch saßen. Er war immer höflich und zuvorkommend, wobei er mich allerdings nie im Zweifel darüber ließ, dass er mir intellektuell überlegen war. Mir fiel sein großer Ehrgeiz auf, doch ich wusste nicht, welche Ambitionen er genau hatte.

Vielleicht interessierte es mich auch nicht besonders, da ich mehr als genug mit meinen eigenen Problemen beschäftigt war. Hätte ich die leiseste Ahnung gehabt, was er im Schilde führte, wäre ich entsetzt gewesen. Heute weiß ich, dass er meinen Körper begehrte und vor allem von meinem Geist Besitz ergreifen wollte. Seine kühle, berechnende Art verbot es ihm, sich durch seine Sinneslust von den wichtigsten Zielen abbringen zu lassen.

Der Bischof von Luçon strebte nach Macht, und er hoffte, diese Macht durch mich zu erlangen. Er hatte bereits erkannt, dass mein Gemahl ein Schwächling war, der sich ganz und gar von seinen Günstlingen und Beratern abhängig gemacht hatte. Daher war er zu dem Schluss gekommen, dass ich mit meiner Charakterstärke möglicherweise viel größeren Einfluss auf die Geschehnisse in Frankreich ausüben könnte als mein Gatte. Zumindest am Anfang entwickelten sich die Dinge nicht nach seinen Wünschen. Auf seinem Weg zur Macht musste er ein paar unerwartete Umwege gehen, bis er sein Ziel erreichte, doch das erhöhte nur den Respekt vor seiner Intelligenz, seiner Entschlossenheit ... und seiner Rücksichtslosigkeit.

Vorläufig war ich dank meiner Naivität zufrieden.

☆

Trotz meiner Arglosigkeit wurde meine Beziehung zu Marie de Montbazon immer enger. Eigentlich wusste ich schon, was ich tat, doch ich hatte nicht genug Verstand oder Erfahrung, um zu wissen, wohin es mich führte. Ich war im Schoße einer sehr glücklichen und liebevollen Familie aufgewachsen, von der ich nun für immer getrennt war. Mein Naturell sehnte sich indes nach Glück und Liebe. Es bestand nicht die geringste Aussicht, dies auf die übliche Weise zu finden. Ich musste die Tatsache anerkennen, dass mein Gatte nicht das geringste Interesse an mir hatte und mich vielleicht sogar verabscheute. Wenn er es geschafft hätte, mich sofort zu schwängern, wäre noch alles möglich gewesen. Vieles wäre sicher anders gelaufen, doch das war nicht geschehen. So hatte ich noch nicht einmal den Trost, ein Baby an meinem Busen zu nähren.

Auch meine Schwiegermutter brachte mir keine Liebe entgegen. Für sie war meine Ehe eine sehr unbefriedigende Angelegenheit. Das war sie für mich auch. Durch diese Ehe waren wir miteinander verbunden und konnten nur auf eine Wende zum Besseren hoffen. Bis dahin hatte ich nur Marie. Sie war immer in meiner Nähe, lachte immer, versorgte mich mit dem neuesten gewagten Hofklatsch und war immer ganz reizend zu mir ... Es war mehr als menschlich, dass wir unmerklich in eine Beziehung glitten, die von Liebe nicht zu unterscheiden war.

Ich möchte noch einmal betonen, dass ich sehr unerfahren war und mich danach sehnte, einen Menschen zu lieben. Als 14-Jährige war ich der Meinung, dass die Königin von Frankreich außer zu ihrem Gatten und zu ihrem Beichtvater keine vertraute Beziehung zu anderen Männern eingehen könne. Daher musste es eine Frau sein. Und Marie war eine Frau, die mir in jeder Hinsicht gefiel. Einen kurzen Moment glaubte ich sogar, Marie ernsthaft zu lieben. Heute weiß ich, dass meine Gefühle niemals wirklich erwidert wurden. Marie war wie du Plessis ehrgeizig, doch da sie eine Frau war, musste sie versuchen, ihr Ziel auf andere Weise zu erreichen.

Armand strebte in erster Linie nach Macht, und falls ich ihm dabei zufällig auch in die Arme fiel, hätte ihm das nicht missfallen.

Auch Marie strebte nach Macht, und auch sie erkannte, dass sie diese durch mich erreichen konnte. Allerdings war ihr bewusst, dass sie zuerst in meine Arme sinken musste – oder ich in ihre.

Es war nicht ungewöhnlich, dass wir in einem Bett schliefen, da Marie meine erste Zofe war. Als der Sommer begann und es wärmer wurde, zogen wir unsere Nachtgewänder aus. Nachdem wir zuerst nackt in demselben Bett geschlafen hatten, lagen wir uns schon bald splitternackt in den Armen. Ich möchte hier von sinnlosen Schuldzuweisungen absehen. Erstens wusste ich, dass ich nur das tat, was mein Gemahl auf der anderen Seite des Palastes mit einem Mann tat. Zweitens wurde dank Marie in kurzer Zeit aus einem linkischen Mädchen eine richtige Frau. Sie hatte viel mehr Erfahrung, als ich angenommen hatte, und wusste, wo sie mich berühren und küssen musste, damit ich im siebten Himmel schwebte. Sie brachte mir bei, diese Zärtlichkeiten zu erwidern. Ich weiß nicht, ob ich eine gute Schülerin war. Sie behauptete es jedenfalls immer.

So lernte ich in den ersten Monaten als Königin von Frankreich Glück und Traurigkeit kennen. Ich muss gestehen, dass ich davon träumte, meine neu erlernten Fähigkeiten bei einem Mann zu nutzen. Wenn ich auch schon begriffen hatte, dass dieser Mann niemals mein Gemahl sein würde, so träumte ich davon, dass es ihn irgendwo gab.

Es ist die Aufgabe einer Königin, dafür zu sorgen, dass Träume Wirklichkeit werden.

☆

Träume sind ein armseliger Ersatz für die Realität, und die Realität meines Lebens war langweilig und genauestens reglementiert. Ich erwachte, nahm mein Frühstück ein und wurde von meinen Zofen angekleidet, was sehr ermüdend war. Anschließend ging ich mit meinen Hunden (ich besaß mehrere) im Park spazieren. Das war die schönste Zeit des Tages, da die Parkanlagen wunderschön und die Tiere allerliebst waren. Gelegentlich ritt ich mit einem der Pferde aus meinem Stall durch die Parkanlagen des Palastes. Es wurde als zu gefährlich für mich angesehen, selbst mit einer bewaffneten Eskorte die Grenzen unseres Besitzes zu verlassen.

Es kam vor, dass ich eine Abordnung empfing. In der Regel waren es junge Mädchen oder Nonnen, die um meine Zustimmung und Unterstützung für wohltätige Werke, für die sie sich einsetzten, baten. Täglich machte ich der Königinmutter einen Besuch. Ich speiste und spielte Karten. Es folgte das Abendessen, und dann ging ich mit Marie zu Bett.

Ich bemühte mich, ein wenig Zeit mit den Prinzessinnen zu verbringen, was nicht ganz einfach war. Elisabeth, die nur ein Jahr jünger war als ich, benahm sich noch wie ein richtiges Kind. Ihr Interesse galt ausschließlich ihren vielen Puppen und der Religion. Christine war ein gleichgültiges Mädchen, und Henriette war noch sehr klein. Außerdem wurde ich das Gefühl nicht los, dass sie mich alle als Eindringling ansahen, der versuchte, sich in ihr Privatleben einzumischen.

Dieses trostlose Leben wurde nur selten von angenehmen Abwechslungen unterbrochen. Maria von Medici, die Italienerin war, tanzte gern, und das bereitete auch mir viel Freude. Leider interessierten Ludwig derartige Frivolitäten überhaupt nicht. Wenn die Königinmutter einen Ball gab, tat sie dies laut Protokoll im Namen des Königs, dessen Anwesenheit daher verlangt wurde. Bei diesen Gelegenheiten musste er deshalb auch mit seiner Frau tanzen!

In meinem ersten Ehejahr fanden vielleicht ein halbes

Dutzend Bälle statt. Wenn der König seine Pflicht erfüllt und den Eröffnungstanz mit mir hinter sich gebracht hatte, stand ich allen Verehrern zur Verfügung, die so kühn waren, um meine Hand zu bitten. Ich amüsierte mich köstlich, denn da ich mich der französischen Mode angepasst hatte, sprang mein Busen in dem eng geschnürten, tief ausgeschnittenen Kleid beim Tanzen so heftig hin und her, dass ich oft fürchtete, er würde im nächsten Moment aus meinem Dekolleté rutschen. Die Königinmutter fand das amüsant, den König interessierte es überhaupt nicht, und mein Beichtvater legte mir nur eine milde Buße auf.

Ich redete mir erfolgreich ein, genügend Beschäftigungen zu haben, denen ich nachgehen konnte. Abgesehen von dem durchdringenden Gefühl eines unerfüllten Lebens war ich nur einmal wirklich unglücklich, und zwar als uns die Nachricht von Cervantes' Tod erreichte. Doch er war nie mein Lieblingsautor gewesen!

☆

Unterdessen zeichnete sich ohne mein Wissen in den Staatsangelegenheiten eine schlimme Wende ab.

Es hatte schon immer Probleme gegeben. Mir war nicht entgangen, dass die Regentschaft der Königinmutter in Frankreich nicht auf ungeteilte Zustimmung stieß. Immerhin war Ludwigs Volljährigkeit bereits erklärt worden. Nur diejenigen, die dem König nahe standen, wussten, dass er von der Herrschaft des Landes überhaupt keine Ahnung hatte und die Königinmutter zu diesem Zeitpunkt unentbehrlich war. Vor allem nagte am französischen Adel Empörung über die fortwährende Anwesenheit und Macht Concinis, der noch nicht einmal Franzose, sondern ein italienischer Emporkömmling war.

Maria von Medici schlug nun vor, Concini, der sich Marquis von Ancre nennen durfte, zum Oberbefehlshaber des

Heeres zu ernennen, obwohl er in seinem ganzen Leben noch nie zu Felde gezogen war. Die großen Generäle und altgedienten Kommandanten verübelten ihr das verständlicherweise, und einer von ihnen, Heinrich II. Herzog von Condé, ein sehr hoher Adeliger, ging so weit, eine Revolte anzuzetteln. Es war jener Condé, der bereits eine Revolte gegen Marias Herrschaft angeführt hatte, nämlich zu dem Zeitpunkt, als Heinrich von Navarra getötet worden war. Damals war Marias Position sehr unsicher, und sie hatte die Gefahr gebannt, indem sie diesen Schurken mit Ehrungen und Versprechen überhäufte. Es braucht wohl nicht erwähnt zu werden, dass zumindest diese Versprechen nicht eingehalten wurden, und jetzt begehrte er wieder auf. Es lag ihm im Blut zu revoltieren.

Ich erfuhr erst davon, als mein Gatte zu meinem großen Erstaunen gerüstet in meine Gemächer eilte. Als meine Zofen das schwingende Schwert sahen, liefen sie sofort davon.

»Ich muss in die Schlacht ziehen«, sagte er.

»Ihr müsst eine Schlacht schlagen?«, fragte ich ungläubig.

»Ja ... wir ziehen in die Schlacht.« Er zeigte auf den Korridor, auf dem sich bewaffnete Männer drängten; unter ihnen erkannte ich sofort d'Albert. »Wir müssen gegen meinen Cousin Condé kämpfen.«

Ich war bestürzt. Wenn ich mit Armand vertrauliche Besprechungen abhielt, verbrachten wir nicht die ganze Zeit damit, uns religiösen Themen zu widmen oder meine Rechnungen zusammenzutragen. Armand hatte mir auch eine Menge über die französische Politik und Persönlichkeiten des Landes beigebracht. Schon sehr schnell hatte ich erfahren, dass das Haus Condé den Platz des Hauses Guise als bedeutendste Familie des Landes eingenommen hatte. Die Condés gehörten zu einer Nebenlinie der Bourbonen und hatten schon lange vor meiner Zeit in Frankreich Unruhe gestiftet. Ich sollte hinzufügen, dass sie mein ganzes Leben lang für Unruhe sorgten.

Der erste Prinz von Condé, Ludwig I. von Bourbon, hatte die Hugenotten angeführt, bevor Heinrich von Navarra auf der Bildfläche erschien. Ich glaube nicht, dass er selbst je Hugenotte war. Er wollte sich nur Katharina von Medici und ihren drei untauglichen Söhnen widersetzen sowie dem Hause Guise, das zu der Zeit die Macht hinter dem Thron war. Ludwig von Bourbon hatte sich schon oft dem Königshaus widersetzt, sich dann mit ihm geeinigt, um sich dann erneut zu widersetzen. Nachdem sich das mehrmals wiederholt hatte, wurde er gefangen genommen und unverzüglich erschossen.

Durch derartige Vorfälle kommen sich Cousins nicht gerade näher.

Sein Sohn, der zweite Prinz von Condé, Heinrich I. von Bourbon, überlebte das Massaker der Bartholomäusnacht dank der Behauptung, er sei zum Katholizismus übergetreten. Als sein Überleben gesichert war, verleugnete er seinen Glauben und setzte den Krieg fort – zum Teil mit meinem inzwischen verstorbenen Schwiegervater, doch meistens im Streit mit ihm. Alt wurde er nicht, er verstarb 1587 plötzlich. Zuvor war er in der Schlacht von Courtrai gegen die königlichen Truppen verwundet worden, hatte sich aber scheinbar wieder erholt. Es kursierte das Gerücht, seine Frau, die Katholikin geblieben war, habe ihn vergiftet.

Ein solches Unglück kann die gleiche Wirkung auf einen Sohn ausüben, als wenn Fanatiker den Vater ermorden. Heinrich II. von Bourbon, der Mann, gegen den mein Gatte jetzt in die Schlacht zog, war sehr labil. Er war von seiner Mutter, die also vermutlich ihren Gatten ermordet hatte, im katholischen Glauben erzogen worden und schloss eine vorteilhafte Ehe. Als Heinrich von Navarra Interesse an seiner Frau zeigte, musste er aus dem Land fliehen. Da mein Schwiegervater jedoch an fast jeder Frau im Königreich Interesse hatte – und auch an einigen außerhalb des Reiches –, mag das als überstürzt angesehen werden. Auf jeden Fall kehrte er nach Heinrichs Ermordung zurück und sorgte sofort für Unruhe. Nun hatte er erneut eine offene Revolte angezettelt, und das beunruhigte auch mich.

In Spanien veranlasste zumindest der Adel keine Revolten gegen königliche Herrscher. Weder mein Großvater noch mein Urgroßvater mussten sich mit derartigen Meinungsverschiedenheiten auseinander setzen. Auflehnungen im Landvolk ergaben sich immer aus dem einen oder anderen Grund. Das Volk hatte die große Angst vor der königlichen Wut, die sich dann zeigte, jedoch so verinnerlicht, dass mein Vater in dieser Beziehung keine Probleme hatte. Ich hatte begriffen, dass im 16. Jahrhundert in Frankreich ständig Bürgerkriege geführt wurden, in denen es um Fragen der Religion ging. Wie die meisten Leute nahm ich an, dass diese Bürgerkriege durch den endgültigen Sieg von Heinrich von Navarra beendet worden waren.

Und jetzt lehnte sich dieser Emporkömmling Condé erneut auf! Was würde geschehen, wenn er die königlichen Truppen besiegte, meinen Gatten gefangen nahm oder ihn sogar tötete? Bei diesen Überlegungen ging es mir einzig und allein um meine Person. Ludwig brachte mir kaum Liebe entgegen, und darum fürchtete ich nicht um sein Leben. Wenn er jedoch sterben würde, bliebe ich nicht länger Königin von Frankreich. Sein Bruder Gaston – ein unglaublich abscheulicher Bursche – würde die Nachfolge antreten. Möglicherweise würde er dann unter der Vormundschaft von Condé regieren. Was mit der Königinmutter passieren würde, wusste ich nicht. Mich würde man wahrscheinlich zurück nach Madrid schicken, und ich ginge als eine der großen Pleiten in die Geschichte ein.

Meine Sorgen waren unbegründet. Die Schlacht war schnell geschlagen. Ludwig und Concini besaßen zwar überhaupt keine kämpferischen Fähigkeiten, aber sie hatten gute Generäle. Die meisten von ihnen hatten unter Heinrich von Navarra gedient, und sie verehrten diesen berühmten

Mann. Daher waren sie bereit, für seinen Sohn, von dem sie damals wenig wussten, alles zu geben. Heinrich von Condé wurde besiegt, gefangen genommen, nach Paris gebracht und in die Bastille geworfen, wo er für unbestimmte Zeit bleiben würde. Ludwig kehrte erfüllt von kriegerischem Ruhm in den Louvre zurück. Er suchte mich sogar auf, um sich in meinem Beifall zu sonnen.

»Wie viele Rebellen habt Ihr getötet, Eure Majestät?«, fragte ich mit mädchenhafter Begeisterung.

»Nun ... hm ...« Er schaute d'Albert an, der wie immer an seiner Seite war.

»Es ist nicht die Aufgabe des Königs, Menschen zu töten, Eure Majestät«, sagte der Schurke. »Es ist seine Aufgabe *zu befehlen,* dass sie getötet werden, und das hat Seine Majestät sehr erfolgreich getan.«

Es war nicht das erste Mal, dass ich einfach zum Schweigen gebracht wurde.

☆

Obwohl Condés Revolte gescheitert war, hatte sie große Auswirkungen auf uns alle. Bisher hatte der König nicht das geringste Interesse gezeigt, die Herrschaft des Landes zu übernehmen. Das hatte nichts damit zu tun, dass er sich seiner Unfähigkeit bewusst gewesen wäre, was nur bei wenigen Männern der Fall ist. Vielmehr wiesen ihn seine Mutter und Concini – die beiden allgegenwärtigen Kräfte in seinem Leben – beständig in die Schranken. Jetzt war er zum ersten Mal – wenn auch nur für sehr kurze Zeit – ihrer Vormundschaft entflohen und hatte während des Feldzugs in Gesellschaft seiner Freunde und seines Liebhabers d'Albert gelebt.

Maria von Medici mag geglaubt haben, dass sie die Kontrolle behielt, weil Concini, der als Befehlshaber des Heeres eingesetzt worden war, an der Seite des Königs kämpfte.

Das stellte sich jedoch als katastrophaler Irrtum heraus. Concinis kämpferische Unfähigkeit, die er noch verbergen konnte, wenn er Paraden überwachte und Waffen und Ausrüstung in Paris inspizierte, wurde jedem – vom General bis zum gemeinen Soldaten – offenbart, als er in die Schlacht zog und dem Feind gegenüberstand.

Dessen schien er sich nicht bewusst zu sein. Stolzer als Ludwig kehrte er nach Paris zurück und beanspruchte für sich allein den Ruhm für den siegreichen Feldzug, der den Frieden im Lande wiederhergestellt hatte. Das war für viele Menschen und sogar für den König unerträglich.

Ich begriff sehr schnell, dass ich mich mitten in einer Verschwörung befand. Plötzlich machte mir der König Besuche, nachdem unsere Ehe 18 Monate lang brachgelegen hatte. Er tat das nicht, um unsere Ehe zu beleben, sondern schlicht und einfach, weil ein Mann im Schlafgemach seiner Frau eine sichere Privatsphäre genießt. Folglich kam er nicht allein, sondern mit einigen seiner engsten Freunde, zu denen an erster Stelle d'Albert gehörte. Diese Treffen waren ein guter Nährboden für Gerüchte, denn die Besuche wurden auf weitere perverse Neigungen des Königs geschoben, zu deren Befriedung er auch mich benötigte.

Von meinen Zofen durfte nur Marie bleiben, und alle wurden mit dem schlimmsten Schicksal bedroht, wenn sie je ein Sterbenswörtchen von dem, was gesprochen wurde, verraten würden. Ich glaube, Marie blieb, weil d'Albert es so wollte. Welche Beziehung er auch immer zum König hatte, er hätschelte das Mädchen fast die ganze Zeit, was mich sehr empörte. Abgesehen von dem Altersunterschied und meiner großen Abneigung gegen den Mann betrachtete ich Marie de Montbazon nämlich mittlerweile als mein Eigentum.

»Das ist reine Taktik«, versicherte sie mir. »Es ist nur zu unserem Vorteil, wenn wir zu den Freunden des Königs freundlich sind.«

Übrigens wurde auch du Plessis mit dem derben Scherz

verabschiedet, dass eine Orgie nicht der richtige Ort für einen Mann Gottes sei. Armand aber ließ sich nicht täuschen, wenn er auch behauptete, unglücklich zu sein, weil er vertrieben wurde.

Die Gespräche waren grauenhaft, denn es ging um Mord. Auch so etwas wäre im königlichen Palast in Spanien undenkbar gewesen. Diese Männer und diese Gebäude hier waren mit Blut getränkt. Erst vor einer Generation hatte Heinrich III. von Frankreich mit eigenen Händen den Herzog von Guise erdolcht und verkündet: »Der König von Paris ist tot. Ich bin der König von Frankreich!« Außerdem gab es die tragische Geschichte der Condés und den Mord an Ludwigs eigenem Vater.

Welche Bedeutung hatte da ein italienischer Emporkömmling, dessen Tod dem Staat nur nutzen konnte?

»Aber die Königin?«, murmelte jemand.

Wieder einmal war nicht ich damit gemeint.

»Sie wird wütend sein«, sagte ein anderer.

»Und sie sind immer zusammen.«

Die Männer warfen sich viel sagende Blicke zu.

»Nein!«, rief ich, nachdem ich mich bisher nicht am Gespräch beteiligt hatte. »Sire, Ihr könnt unmöglich in Erwägung ziehen, Eure Mutter zu töten.«

»Natürlich kann ich das nicht«, erwiderte Ludwig, der sehr erregt war, »aber sie muss ihre Vorrechte aufgeben. Ich bin der König. Ich will herrschen.«

Oder ein anderer, dachte ich, wobei es mich innerlich schauderte. Das konnte nur d'Albert sein.

»Das wird sie niemals dulden, solange Concini die Regierungsgeschäfte für sie führt.«

»Ich werde verlangen, dass er vom Hof verbannt wird«, verkündete Ludwig.

Die Männer räusperten sich und scharrten mit den Füßen.

»Das ist keine Lösung, Sire«, sagte d'Albert. »Erstens wird Ihre Majestät das nicht zulassen, und selbst wenn sie es tut, bleibt das Problem bestehen. Männer, die des Landes verwiesen werden, haben die Angewohnheit, im ungeeignetsten Moment zurückzukehren. Er muss sterben.«

»Und meine Mutter?«

»Wir müssen einen anderen Ort für sie suchen. Wollt Ihr mir die Sache überlassen?«

»Ja, ja«, sagte der König. »Erledigt das für mich, Charles, und Ihr bekommt von mir, was Ihr Euch wünscht.«

☆

Die Frage ist vielleicht berechtigt, warum ich Maria von Medici nicht sofort über das Gespräch informierte. Immerhin war ich über diese Verschwörung genauestens im Bilde. Durch mein Schweigen wurde ich bei dem geplanten Mord zur Mittäterin. Man kann es kaum als Revolte bezeichnen, da ein König nicht gegen seinen eigenen Thron revoltieren kann.

Ich war in einer sehr schwierigen Lage. Was würde die Königinmutter tun, wenn ich ihr von der Verschwörung berichtete? Was *könnte* sie tun? Meine Kenntnisse über meine Schwiegermutter überzeugten mich davon, dass sie nicht die Frau war, die ihre Herrschaft einfach niederlegen würde, bloß weil sie attackiert wurde. Sobald sie erfahren hätte, was ihr Sohn im Schilde führte, hätte sie ihn unter fadenscheinigen Vorwänden in den Kerker geworfen. Zweifellos hätte sie auch mich in den Kerker geworfen. Auch wenn *ich* mich weigerte, die Ermordung der Königinmutter in Erwägung zu ziehen, konnte ich nicht davon ausgehen, dass auch *sie* den Gedanken an die Ermordung ihres Sohnes und seiner Frau zurückweisen würde. Ihr ging es darum, die Herrschaft fortsetzen zu können.

Es kam also gar nicht in Betracht, ihr von der Verschwörung zu berichten. Außerdem lag mir Concini ganz und gar nicht am Herzen.

Ich sollte hinzufügen, dass ich zum Zeitpunkt des Komplottes gerade 16 Jahre alt war. In diesem Alter ist es viel einfacher, sich aus allem herauszuhalten als selbst aktiv zu werden, denn das hätte verheerende Folgen haben können.

☆

Die Entscheidung, meine Schwiegermutter nicht einzuweihen, wurde mir erschwert, da sie scheinbar etwas ahnte. Das war du Plessis zu verdanken, der Anstoß daran nahm, aus einem Teil meines Lebens ausgeschlossen zu werden. Der Bischof war nicht nur der Kontrolleur meines Hausstandes, sondern auch mein Beichtvater. Normalerweise hatte ich nicht viel zu beichten. Sicher hieß er meine Beziehung zu Marie de Montbazon nicht gut, doch ihm gefiel eine kindliche Verliebtheit in eine Frau vermutlich besser als eine ernsthafte Bindung an einen anderen Mann, wenn ich schon eine Liebesaffäre hatte. Ich musste immer nur ein paar *Ave Maria* beten. Da ich mich nun mit mehreren Männern in meinem Schlafgemach eingeschlossen hatte, glaubte er, dass es etwas zu beichten geben müsse.

»Wir haben miteinander gesprochen«, sagte ich zu ihm. Und das entsprach der Wahrheit.

»Ihr habt Euch mehrere Stunden mit sechs Männern in Eurem Schlafgemach eingeschlossen und nur geredet, Eure Majestät?«

»Das ist ganz richtig. Ich sollte betonen, dass es fünf Männer und mein Gemahl waren. Wollt Ihr mich der Lüge bezichtigen?«

Selbst der Bischof von Luçon konnte die Königin von Frankreich nicht der Lüge bezichtigen. »Nein, nein, Eure Majestät. Wenn es so ist, wie Ihr sagt, müssen wir nicht mehr darüber reden.«

Es gab jedoch noch viel mehr dazu zu sagen, und er eilte davon und erzählte es meiner Schwiegermutter. Als sie wie eine Galeone mit vollen Segeln in meine Gemächer rauschte, bekam ich den ersten Hinweis, dass ich verraten worden war.

»Was haben die Geheimtreffen mit dem König zu bedeuten?«, fragte sie.

»Mit dem König, Madame? Er ist zufällig mein Gatte. Es ist kein Geheimnis, dass er mich besucht. Das ersehne ich inbrünstig.«

»Haha! Er steigt in Euer Bett? Mit den fünf anderen Männern? Und sie kommen alle bei Euch zum Zuge?«

Ich funkelte sie wütend an. »Das ist beleidigend, Madame«, ereiferte ich mich. »Seine Majestät steigt nicht in mein Bett. Der König kommt, um mit mir zu reden. Da er das Gespräch mit mir sucht, hege ich die Hoffnung, dass wir bald unser Glück finden werden.«

Sie starrte mich böse an. »Ich will wissen, was hier vor sich geht, Anna.«

»Dann müsst Ihr Euren Sohn fragen, Madame.«

Noch einmal warf sie mir einen bösen Blick zu, ging dann zur Tür und blieb kurz stehen. »Ich habe beschlossen, meinen Beichtvater zu wechseln. Mein neuer Beichtvater ist der Bischof von Luçon.«

Ich war entsetzt. »Er ist *mein* Beichtvater!«

»Man sollte seinen Beichtvater regelmäßig wechseln. Der Bischof war jetzt zwei Jahre lang Euer Beichtvater. Das ist lang genug. Er wird seinen Nachfolger bestimmen.«

☆

Armand kam zu mir, nachdem die Königinmutter mich verlassen hatte.

»Es tut mir Leid, Eure Majestät«, sagte er.

Jetzt wusste ich, was passiert war. »Ihr habt mich verraten.«

»Ich habe getan, was ich als meine Pflicht ansah, Eure

Majestät.« Er kniete vor mir nieder. »Ich habe immer nach diesem Grundsatz gehandelt, da mir nur Euer Wohl am Herzen liegt.«

»Ihr seid ein verlogener Schurke. Kümmert Euch um Eure Angelegenheiten.«

Erst als er mich verlassen hatte, kam mir der Gedanke, dass ihn möglicherweise das gleiche Schicksal wie Concini ereilen könnte. Fast wäre ich ihm gefolgt, um ihm alles zu erzählen. Doch ich war wütend, und dieser Zwischenfall beendete die Freundschaft, die es zwischen uns gegeben hatte, auch wenn unser Verhältnis in den kommenden Jahren sehr vertraut blieb.

Ich war wieder einmal froh, nicht in das Schicksal eingegriffen zu haben.

☆

Der Nachfolger von du Plessis war ein Priester namens Pater Joseph, ein kleiner Mann, der ein Gesicht hatte wie eine neugierige Ratte. Er hatte keinerlei Ausstrahlung und kaum große intellektuelle Fähigkeiten, soweit ich es beurteilen konnte. Mein neuer Beichtvater sprach nicht viel, hörte sich meine Beichten kommentarlos an und erlegte mir die üblichen milden Strafen auf.

Aus heutiger Sicht bewies ich auch in diesem Fall mal wieder große Naivität. Ich hatte ganz vergessen, dass du Plessis seinen Nachfolger bestimmt hatte. Maria von Medici hatte es mir selbst gesagt. Mir kam indes gar nicht in den Sinn, dass Pater Joseph ein Vertrauter des Bischofs sein könnte. Ich war noch immer fassungslos, dass mir Armand, mein einziger männlicher Vertrauter am französischen Hof, entrissen worden war. Sogar mit meinen 16 Jahren war ich schon reif genug, um zu begreifen, dass diese Phase meines Lebens zu Ende war.

Ich hatte nicht damit gerechnet, dass mein neuer Lebensabschnitt mit einer Gewalttat beginnen würde. Wir hatten das Weihnachtsfest ein wenig ausschweifend gefeiert. Die Treffen in meinen Gemächern waren zu dieser Zeit eingestellt worden. Ich redete mir schon ein, dass sie nur in meiner Fantasie existiert hatten, als ich eines Morgens im April 1617 von einer hysterischen Zofe geweckt wurde. Sie berichtete mir, dass der Marquis von Ancre auf der Brücke zum Louvre von der königlichen Garde erschossen worden sei.

Es hieß, er habe die Parole nicht gewusst, doch diese Version war nur für die Menge bestimmt. Die königliche Garde, die bekannten Musketiere, wurden von d'Albert befehligt.

Marie bekam wie üblich einen ihrer theatralischen Ohnmachtsanfälle, sodass mich andere Zofen ankleiden mussten. Anschließend eilte ich sofort durch die Flure des Louvre zur Königinmutter. Da Frankreich jetzt offensichtlich ohne Herrschaft war, hatten sich überall ängstliche Höflinge, die ihre Hüte vor mir zogen, und ihre Frauen, die vor mir knicksten, versammelt. Alle waren unsicher, welche Rolle mir bei diesem Ereignis zukam und welche Rolle ich in Zukunft spielen würde. Als ich die Gemächer der Königinmutter erreichte, wurde mir der Zutritt von den Wachen versperrt.

»Aus dem Wege, ihr Narren«, stieß ich hervor. »Ich bin die Königin.«

Sie waren so verwirrt, dass ich an ihnen vorbeieilte und die Gemächer von Maria von Medici betreten konnte, bevor sie sich erholt hatten.

Ehe ich bei der Königinmutter ankam, stürzte Eleonore Concini auf mich zu. Sie kniete vor mir nieder und warf ihre Arme förmlich um meine Hüften, sodass ich fast das Gleichgewicht verlor.

»Eure Majestät!«, jammerte sie. »Sie haben meinen Gatten ermordet!«

Was sollte ich dazu sagen? »Es muss sich um einen Irrtum handeln«, erwiderte ich in nüchternem Ton und befreite mich aus ihrer Umklammerung. Inzwischen drängten sich mehrere meiner Zofen und Pater Joseph hinter meinem Rücken, und vor mir sah ich das ernste Gesicht des Bischofs von Luçon.

»Wurde das in Eurem Schlafgemach geplant, Eure Majestät?«, fragte er.

»Geht mir aus dem Weg«, befahl ich, und zu meinem Erstaunen gehorchte er mir. Daraufhin betrat ich das Privatgemach der Königinmutter. Sie saß in einem Morgenrock auf einem Stuhl, fingerte an ihrem Rosenkranz herum und murmelte unverständliche Worte. Ihre Töchter umringten sie weinend. Der junge Gaston lief hin und her und umklammerte den Griff seines Schwertes.

Als ich eintrat, hob die Königinmutter den Kopf. Sie sah mitgenommen aus und funkelte mich böse an. Dann streckte sie den Arm aus und zeigte auf mich. »Ihr!«, schrie sie. »Ihr habt es getan!«

Ich war sprachlos. Immerhin hatte ich den Mann kaum gekannt. Allerdings ... Mir blieb die Antwort erspart, denn die Trompeten erklangen. Der König kehrte zurück.

Er stürmte sofort in die Gemächer seiner Mutter. Bei jedem Schritt schlug das Schwert gegen seinen Oberschenkel. Ludwig, der sich der Unterstützung seiner Freunde sicher war, trat jetzt auf wie ein Monarch. Marias Blick wanderte von mir zu ihrem Sohn, und dann erhob sie sich. Glücklicherweise wurde ich praktisch sofort von jeder Schuld entlastet.

»Was macht Ihr hier, Madame?«, fragte Ludwig.

»Als ich hörte, was passiert ist, bin ich hierher geeilt, um mein Beileid auszusprechen.«

»Ha!«, stieß er hervor. »Beileid! Der Mann war ein mieser Verräter, der die reine Seele Frankreichs verkaufen wollte.«

»Oh, mein lieber Gatte, mein Gatte«, jammerte Eleonore, die den anderen ins Privatgemach der Königinmutter gefolgt war und wieder auf die Knie fiel.

»Ihr steht unter Arrest«, sagte der König.

Eleonore schrie auf und warf sich zu Boden.

»Dazu habt Ihr kein Recht«, begehrte Maria von Medici auf.

»Ich habe kein Recht dazu?«, fragte ihr Sohn. »Ich habe das Recht, das zu tun, was mir beliebt, Madame. Ich bin der König von Frankreich.«

Maria funkelte ihn wütend an und setzte sich wieder hin. Das Jammern der Königsschwestern wurde lauter, und die kleine Henriette sah aus, als würde sie sich gleich übergeben. Gaston, der sich der Situation nicht gewachsen fühlte, zog sich zurück.

»Eure Regentschaft ist ab sofort zu Ende«, fuhr Ludwig fort. »Ich trage Euch nichts nach, Mutter. Ihr habt für mich und das Land das Beste getan. Ich bedauere lediglich die Wahl Eurer Vertrauten. Jetzt werde ich es besser machen.«

Eine recht optimistische Vorhersage.

»Und was wird aus mir?«, fragte Maria mit erstickter Stimme.

»Ihr werdet Euch für immer auf Schloss Blois zurückziehen.« Sein Blick wanderte über die Anwesenden. »Ihr dürft Euch die Zofen auswählen, die Ihr mitnehmen wollt. Ihr dürft auch Euren Beichtvater mitnehmen«, sagte er in verächtlichem Ton mit Blick auf du Plessis. »Ich möchte ihn hier am Hofe nicht mehr sehen.«

Maria von Medici schaute ihn einen Moment an. »Ihr schickt mich ins Exil?«, fragte sie schließlich mit leiser Stimme.

»Ich setze Euch zur Ruhe, Mutter. Es ist Zeit.«

»Und meine Kinder?«

»Sie dürfen Euch begleiten, bis die königlichen Pflichten sie an den Hof zurückrufen.«

Mit anderen Worten, bis ihre Zeit gekommen war, um vermählt zu werden. Ich war von Herzen froh, dass sie nicht hier im Louvre blieben, sodass sie mir durch ihre bloße Anwesenheit ständig Vorwürfe hätten machen können.

Jetzt wanderte der Blick seiner Mutter über die Versammelten, als fragte sie sich, wer das Schwert zu ihrer Verteidigung ziehen könnte. Darauf war niemand vorbereitet.

»Das werdet Ihr bereuen«, murmelte sie.

»Erlaubt mir, das zu beurteilen, Madame«, sagte der König. »Ihr habt Zeit, Eure Sachen zu packen, doch Ihr müsst den Louvre bei Tagesanbruch verlassen haben. Ich werde Euch verabschieden.«

Daraufhin verließ er den Raum. Ich war der Meinung, dass er mir wenigstens seinen Arm hätte reichen können, um mit mir zusammen die Königinmutter zu verlassen. Da er es nicht tat, blieb ich noch einen Moment.

»Es tut mir schrecklich Leid, Madame«, sagte ich. »Ich verspreche Euch, alles in meiner Macht Stehende zu tun, um eine Versöhnung herbeizuführen.«

Maria von Medici hob den Kopf. »Ihr seid eine Schlange, die ich an meinem Busen genährt habe«, fauchte sie.

Sie schien verwirrt zu sein, denn ich war ihrem Busen weder körperlich noch geistig je nahe gewesen. Es beunruhigte uns indes beide, als Musketiere in den Raum stürmten und Eleonore gefangen nahmen. Die Frau war schier verzweifelt. Sie schrie vor Entsetzen und versuchte, sich an verschiedenen Möbelstücken festzuklammern. Das half ihr nicht, denn die Musketiere waren große, kräftige Männer.

Eleonore rief ihre Pflegeschwester zu Hilfe.

»Ich werde Euch helfen«, versicherte ihr Maria von Medici. »Ich schwöre es.«

Man sollte über seine Schwüre immer sehr genau nachdenken.

Die schreiende Frau wurde aus dem Zimmer gezerrt, und ich folgte mit meinen Zofen. Marie de Montbazon war noch nicht erschienen. Du Plessis sprach mich im Vorzimmer an.

»Das ist eine schreckliche Sache, Eure Majestät.«

»Ich stimme Euch zu, doch es war unvermeidlich. Der König will herrschen.«

Er verzog kurz den Mund und besann sich dann eines Besseren. »Und Ihr, Eure Majestät?«

»Ich bin die Königin von Frankreich.«

Er ergriff meine Hand und küsste sie. »Möget Ihr es lange bleiben, Eure Majestät. Ich glaube nicht, dass wir uns je wiedersehen.«

»Wer kann die Zukunft schon vorhersagen, werter Bischof?«

Ja, wer kann das schon?

☆

Ich war zutiefst verstimmt. Selbst wenn ich gewusst hätte, was geschehen würde, hätte ich nicht gewusst, wie erschreckend so ein Ereignis sein konnte. Mir mangelte es an Erfahrung. Das Schicksal der Maria von Medici und ihre Reaktion brachten mich aus der Fassung. Es widersprach allen Naturgesetzen, dass jemand, dem heute Morgen, als er erwachte, noch die Welt oder zumindest die französische Welt gehörte, innerhalb einer Stunde nichts mehr in Händen hielt. Und das hatte Maria ihrem eigenen Sohn zu verdanken.

Vielleicht, schoss mir der Gedanke durch den Kopf, ereilt mich eines Tages das gleiche demütigende Schicksal –, doch es sah nicht so aus, als würde *mein Sohn* schuld daran sein. Und was erwartete Maria jetzt? Die Macht war ihr entrissen worden, und sie würde in Einsamkeit ihre alten Tage verbringen.

Ich kannte meine Schwiegermutter noch nicht sehr gut.

Ich dachte auch über Concinis Schicksal nach. Sicher, dieser Mann war ein Emporkömmling und ein Ausländer – eine Ausländerin war ich auch –, der nach einer Position gestrebt hatte, für die ihm das Format fehlte. Die griechischen Mythen erinnern uns daran, dass man verbrennen kann, wenn man der Sonne zu nahe kommt.

Gleichzeitig hat ein Mann – auch wenn er abscheulich war –, der am frühen Morgen nach Hause kommt und aus dem Hinterhalt erschossen wird, Mitgefühl verdient. Ich fragte mich, *wo* er gewesen war. Er hatte darauf vertraut, dass seine Position unanfechtbar war, solange er mit der Unterstützung der Königinmutter rechnen konnte, und dass auch *ihre* Position unanfechtbar war, solange sie einen Schwächling zum Sohn hatte.

Was würde nun mit Concinis Frau geschehen? Sie war keineswegs alt. Vielmehr besaß sie noch die Kraft und Schönheit ihrer Jugend. Außerdem war sie die Pflegeschwester der Königinmutter und hatte die Macht und Sicherheit in ihrer Nähe genossen. Und jetzt wurde sie nur aus dem Grunde ergriffen und in den Kerker geworfen, weil sie mit einem Mann verheiratet war, der dem König nicht genehm war?

Ich nahm zumindest an, dass das ihr Schicksal war. Damals wusste ich noch nicht, zu welch bösen Taten d'Albert gegen die, die er hasste, fähig war. Besonders gegen Frauen.

Ich kehrte aufgewühlt in meine Gemächer zurück. Marie de Montbazon lag noch immer im Bett.

»Ist es wirklich wahr?«, fragte sie. »Erzählt mir von der Königin.«

»Die Königin!«, rief ich. »Ich bin die Königin.« Ich wandte mich an meine anderen Zofen. »Hinaus! Hinaus! Alle hinaus!«

Sie eilten aufgeregt davon.

»Anna?«, stammelte Marie. Sie hatte mich noch nie so wütend gesehen.

»Ich bin die Königin«, sagte ich noch einmal. Mittlerweile hatte ich mich richtig in meine Wut hineingesteigert. Ich ging zum Kleiderschrank, in dem noch immer der Stock lag, mit dem du Plessis meinen Gatten vor 18 Monaten geschlagen hatte. Wahrscheinlich hatte er ihn in der vergeblichen

Hoffnung zurückgelassen, dass auch ich ihn benutzen würde, um die Leidenschaft des Königs anzufachen. Ich ergriff den Stock und kehrte ans Bett zurück.

»Anna?« Marie war zu Recht bestürzt. Sie versuchte es mit Diplomatie. »Eure Majestät?«

Ich ging aufs Bett zu und fuchtelte mit meiner Waffe durch die Luft. »Ich bin die Königin.«

»Gewiss, Eure Majestät. Ich habe mich versprochen. Ich meinte die Königinmutter.«

»Dann werde ich dafür sorgen, dass du dich in Zukunft daran erinnerst«, sagte ich und zog die Decke zurück.

Wir schauten uns einen Moment an, und ich glaube, in diesem Moment dachte sie daran, sich zu widersetzen. Sie war größer und stärker als ich. Doch dann siegte ihr gesunder Menschenverstand. Sie war sogar so vernünftig, die richtige Position einzunehmen und mir den Körperteil entgegenzustrecken, der von der Natur für Bestrafungen vorgesehen ist.

Ich schlug mit dem Stock wütend auf ihren wunderschön geformten Hintern. Wie kann ich mein unsinniges, grausames Verhalten erklären? Ich war explodiert, weil sie unabsichtlich eine Meinung geäußert hatte, die jedermann am Hofe und zweifellos im ganzen Land teilte. Es gab nur eine Königin von Frankreich, und das war nicht ich, zumindest solange Maria von Medici an der Macht war.

Ihre Bemerkung war nur der Tropfen, der das Fass zum Überlaufen brachte, weil ich seit 18 Monaten in einem Zustand ständiger Enttäuschung lebte. Ich war die Königin, doch eigentlich war ich nicht die Königin. Ich war eine Ehefrau, doch eigentlich war ich keine Ehefrau. Man konnte sogar sagen, dass ich eine Frau und eigentlich doch keine Frau war. Wenn man richtig wütend ist, hat man oft den Wunsch, gerade diejenigen zu verletzen, die man liebt.

Auf jeden Fall schlug ich nur dreimal zu, ehe ich in Tränen ausbrach und den Körperteil, den ich gerade geschlagen hatte, küsste. Als Marie sich umdrehte, sah ich, dass sie weit davon entfernt war zu weinen, denn sie lachte mich tatsächlich an.

»Es gefällt mir, geschlagen zu werden«, gestand sie. »Wir sollten das wiederholen.«

☆

Unsere Romanze ging dem Ende entgegen. Die Tatsache, dass die Königinmutter ins Exil geschickt wurde, war eine viel größere Sensation als der Mord an Concini oder die Verhaftung seiner Frau. Beide Vorfälle waren schnell vergessen, da das Land genauso regiert wurde wie zu der Zeit, als Maria von Medici die Macht innehatte. Das Volk schimpfte über die Steuern, und es wurden neue Steuern eingeführt. Die Adeligen, die über die Berater des Königs schimpften, wurden an den Hof gebracht und aufgefordert, einige ihrer Kinder als Sicherheit für ihr gutes Benehmen dort zu lassen. Aus Blois hörte man nichts.

Innerhalb des Louvre änderte sich jedoch einiges. Ich erhielt den ersten Wink über die Geschehnisse, kurz nachdem der König seine Mutter aus dem Louvre verbannt hatte. Er machte einen Besuch bei mir, und wie immer begleitete d'Albert ihn. Beide Männer sahen verlegen aus. Ich versuchte mich daran zu erinnern, wo der Stock war, mit dem ich Marie geschlagen hatte. Auch sie sah nämlich ein wenig verlegen aus.

»Meine Liebe«, begrüßte mich Ludwig, und als ich diese aus seinem Munde ungewöhnlichen Worte hörte, wunderte ich mich noch mehr. »Ich möchte Euch um einen Gefallen bitten.«

Ich starrte ihn an.

»Oder vielmehr«, fuhr er fort, »hat Charles eine Bitte.«

Ich wandte mich dem Staatsminister zu, denn dieses Amt hatte d'Albert jetzt inne. Was führten sie im Schilde? Wollte dieser Schurke gar meinen Gatten vertreten? Bei diesem Gedanken wurde mir ganz mulmig.

»Charles«, drängte Ludwig. »Nun sagt es schon!«

D'Albert sah sehr verlegen aus, was gar nicht seinem Naturell entsprach. »Eure Majestät«, begann er. »Seine Majestät und ich halten es für angebracht, dass ich in den Stand der Ehe trete.«

Ich konnte mir gut vorstellen, was ihn zu diesem unerwarteten Schritt bewog. Das Gerede über die Gewohnheiten des Königs und die Beziehung zu seiner Gattin, die praktisch nicht existierte, wurde immer lauter. Was aber hatte ich damit zu tun?

»Das wäre ein sehr vernünftiger Schritt«, stimmte ich zu.

»Danke, Eure Majestät. Nun möchte ich nur noch um Eure Zustimmung zu meiner Braut bitten.«

»*Meine* Zustimmung?« Jetzt war ich wirklich sprachlos. Dann hörte ich ein leises Seufzen hinter mir. Ich drehte mich um. »Du?«

Marie fiel vor mir auf die Knie.

Ich wandte mich wieder an d'Albert. »Ihr wollt Marie heiraten?«, fragte ich, um ganz sicher zu gehen.

Der Flegel fiel ebenfalls auf die Knie. »Mit Eurer gnädigen Zustimmung, Eure Majestät.«

Ich schaute Ludwig an. Wahrscheinlich stand mir meine Verblüffung ins Gesicht geschrieben. Ich war total verwirrt.

»Ja«, sagte Ludwig. »Ich finde, das ist eine großartige Idee. So bleibt alles in der Familie, nicht wahr?«

Ich fragte mich, ob er die leiseste Ahnung hatte, dass meine Beziehung zu Marie seiner zu d'Albert stark ähnelte.

»Ich versichere Euch«, sagte d'Albert, »dass Marie Eure erste Zofe bleiben wird.«

»Falls ihre Ehepflichten ihr die Zeit dazu lassen, hm? Haha«, sagte der König.

Am liebsten hätte ich ihm ins Gesicht gespuckt, doch ich beherrschte mich.

»Ich bin glücklich, mich dem Wunsch Seiner Majestät zu fügen«, sagte ich.

»Wunderbar«, rief er. »Dann lasst uns feiern. Feiern!« Er schlang beide Arme um mich, drückte mich an sich und küsste mich.

Ich hegte fast die Hoffnung, das lange Warten sei vorüber. Leider war das nicht der Fall.

3. Kapitel

Der König hatte mit seiner Vorhersage Recht, dass sich für mich nichts änderte. Marie schlief nur nachts nicht mehr in meinem Bett. Als Ersatz für Marie wählte ich ein junges Mädchen namens Julie. Da sie die Tochter eines unbedeutenden Adeligen war, hatte sie den Vorteil, nicht hochmütig zu sein. Außerdem war sie jünger als ich, was mir gut gefiel, da sie noch so unschuldig war wie ich bei meiner Ankunft in Paris. Es machte mir viel Freude, sie so zu belehren, wie Maria mich einst belehrt hatte. Nachdem sich ihre anfängliche Furcht gelegt hatte, unterwarf sie sich mir und entwickelte sogar eine gewisse Leidenschaft.

Daher war ich um so überraschter, als sie ein paar Tage später in Tränen aufgelöst zu mir kam und mir sagte, dass der Priester ihr nach der Beichte sechs Stockschläge auf den nackten Hintern auferlegt habe.

»Welcher Priester war das?«, fragte ich.

»Ich hielt es für angebracht, Euren Beichtvater zu nehmen, Eure Majestät«, antwortete Julie schluchzend.

»Pater Joseph? Und wer hat die Bestrafung durchgeführt?«

»Pater Joseph, Eure Majestät. Er hielt es für das Beste, damit es kein anderer erfährt.«

»Der Meinung bin ich auch«, sagte ich und machte mich sofort auf die Suche nach Pater Joseph. »Ihr habt also eine meiner Zofen mit dem Stock gezüchtigt, Pater Joseph.«

»In Anbetracht ihrer Beichte war die Bestrafung notwendig, Eure Majestät.« Er schaute mich mit zusammengekniffenen Augen an. »Möchtet Ihr auch die Beichte ablegen?«

Ich warf meinen Kopf hoch. »Und wenn es so wäre? Welche Buße würdet Ihr *mir* auferlegen?«

»Ich würde Euch die gleiche Buße auferlegen, Eure Majestät«, erwiderte der Schurke.

»Würdet Ihr es wagen? Ich bin die Königin von Frankreich.«

»Vor Gott sind alle Menschen gleich, Eure Majestät.«

Dieser unverschämte Kerl!

»Ihr habt diese Buße nicht auferlegt, als Madame d'Albert und ich bei Euch gebeichtet haben«, stieß ich hervor.

»Damals habe ich mein Gewissen nicht gründlich genug befragt, Eure Majestät.«

»Ich verstehe. Und wenn ich Euch sage, dass ich nicht vorhabe, meine Gewohnheiten zu ändern, werdet Ihr Mademoiselle Julie und mir dann nach jeder Beichte eine Züchtigung mit dem Stock auferlegen?«

»Wir können sicher zu einer Übereinkunft kommen. Vielleicht einmal pro Monat.«

»Ich verstehe.« Das war in der Tat der Fall. »Es scheint Euch zu gefallen, Frauen mit dem Stock zu schlagen.«

»Gewisse Frauen, Eure Majestät.«

»Schöne Frauen, die einem höheren Stand angehören als Ihr.«

»Es gehört noch mehr dazu, Eure Majestät.«

»Ihr seid eine unglaublich lüsterne, unanständige kleine Kröte.«

Er verneigte sich vor mir – von Verlegenheit war keine Spur.

»Ihr werdet noch am Galgen enden«, fügte ich hinzu.

»Wollt Ihr mich an den Galgen bringen, Eure Majestät? Dann müsste ich alles beichten, was ich über Euch und die Menschen, die um Euch sind, weiß.«

Als ich ihn böse anfunkelte, verneigte er sich abermals. »Wollen Eure Majestät nun beichten?«

☆

Wahrscheinlich machte es Pater Joseph großes Vergnügen, sich an meinem nackten Hinterteil auszulassen. Mir gefiel das ganz und gar nicht. Ich beschloss, es dem Flegel so bald wie möglich heimzuzahlen, doch das war leichter gesagt als getan. Er hatte mir zu verstehen gegeben, dass er all meine Geheimnisse kannte, und als Königin von Frankreich lag mir mein makelloser Ruf, den ich im Gegensatz zu meinem Gatten genoss, am Herzen. Ich musste mich in Geduld üben, aber das tat ich nun schon seit fast zwei Jahren. Es stellte sich die Frage, auf was ich hoffte, um die Machtposition zu erreichen, die mir zustand. Das konnte nur durch das grenzenlose, öffentliche Vertrauen meines Gatten geschehen, und ich wusste, dass ich das nur in seinem Bett gewinnen konnte.

Und das war weiterhin eine vergebliche Hoffnung.

Daher war ich um so glücklicher, als Marie aus den Flitterwochen zurückkehrte. Sie sah hinreißend aus, und offenbar fühlte sie sich auch so. Ich hätte sie am liebsten erdrosselt.

»Erzähl mir, wie es war«, forderte ich sie auf.

»Oh, Eure Majestät«, schwärmte sie. »Er hat mich fast zerrissen. Nun, Ihr habt ja gesehen, wie stark er gebaut ist.«

»Aber du hast es genossen?«

»Genossen?«, schrie sie. »Ich schwebte im siebten Himmel.«

Dieses Luder! Mit welchem Recht war sie glücklich, wenn ich es nicht war?

»Gleich sagst du mir noch, du bist schwanger.«

»Wer weiß, wer weiß, Eure Majestät. Jetzt habe ich eine Überraschung für Euch.«

»Ach ja?«

Bei dieser übermütigen jungen Frau wusste man nie, was sie im Schilde führte.

»Wir gehen in die Bastille.«

»Was sagst du da?«

»Ich habe Passierscheine.« Sie hielt mir das Schreiben unter die Nase. »Für Euch und mich. Von Charles unterschrieben.«

»Warum sollen wir denn in die Bastille gehen?«

Schon der Name allein jagte mir einen Schrecken ein.

»Die Concini wird heute dem Verhör unterzogen. Wir dürfen zuschauen. Das wird bestimmt ein großer Spaß.«

»Das Verhör?«

»Die Folter. Sie soll gestehen, dass sie sich der Hexerei bedient hat, um ihre Macht über die Königinmutter zu behaupten.«

»Hatte sie denn Macht über die Königinmutter?«

»Bestimmt, wenn sie dafür gesorgt hat, dass ihr Gatte so lange an der Macht war.«

Diese Logik leuchtete mir nicht ein. Und Hexerei ... »Sie wird niemals zugeben, sich der Hexerei schuldig gemacht zu haben. Das würde ihre Hinrichtung bedeuten.«

»Das ist richtig. Sie wird dennoch gestehen. Jeder gesteht, wenn er auf der Folterbank liegt. Wollt Ihr nicht mitkommen?«

Wie ich schon erwähnte, wusste ich, dass gewisse Leute wie Verräter, Ketzer und Morisken in Spanien vor ihrer Hinrichtung dem Verhör unterzogen wurden. Ich hatte dieses schreckliche Ereignis noch nie mit eigenen Augen verfolgt. Vielleicht war ich daher neugierig. Außerdem war ich die Königin von Frankreich und musste alles über die Herrschaft in diesem Königreich und seine Höhen und Tiefen wissen. Vielleicht war es auch pure Neugier. Ich sah keinen Grund, warum ich Eleonore Concini mehr Mitgefühl als ihrem Mann entgegenbringen sollte. Daher begleitete ich Marie.

☆

Ich war entsetzt, als ich sah, was sich hier vor meinen Augen abspielte. Damals bedauerte ich zutiefst, Zeugin dieses schrecklichen Schauspiels geworden zu sein. Wenn ich heute daran zurückdenke, spüre ich kein Bedauern. Die ersten Jahre am französischen Hof waren für mich eine Zeit des Lernens. Nach meiner behüteten Kindheit, in der sowohl mein Körper als auch mein Geist beschützt wurden, war ich jetzt allen menschlichen Erfahrungen ausgesetzt. Und das war notwendig, denn ohne Zweifel wurde ich dadurch auf meine Herrschaft vorbereitet. Allerdings muss ich betonen, dass ich im Alter von 16 Jahren nicht wusste, ob diese Zeit je anbrechen würde, und ich hegte noch nicht einmal den Wunsch dazu.

Marie und ich gingen zu der großen, bedrohlichen Festung, die Paris überragte. Durch einen Seiteneingang wurde uns Zugang gewährt. Die große Zugbrücke wurde nur zu besonderen Gelegenheiten heruntergelassen. Als sich die Tür hinter uns schloss und wir eine kleine Eingangshalle betraten, fuhr die Kälte des Ortes in meine Glieder. Wir wurden von dem Kerkermeister und seinen Helfershelfern sehr freundlich begrüßt.

»Ihr Gatte ist bereits hier, Madame d'Albert«, sagte der Kerkermeister zu Marie.

»Aber meiner doch nicht«, sagte ich.

»Oh, nein, Eure Majestät. Seine Majestät kümmert sich nicht um die Schattenseiten des Lebens.«

Ich fragte mich, ob er mich kritisierte, ging jedoch nicht näher darauf ein.

Als wir über verschiedene Flure und Treppen geführt wurden, hörten wir undeutliche Geräusche und mitunter auch gellende Schreie, die aus Räumen über uns zu uns drangen.

»Einige unserer Gäste werden von Zeit zu Zeit richtig hysterisch«, erklärte uns der Kerkermeister. »Ein paar der Gäste sind wirklich verrückt, meine Damen, aber wir tun unser Bestes.«

»Was haben denn die meisten Sträflinge hier verbrochen?«, fragte ich, nicht nur um der Unterhaltung willen, sondern weil es mich wirklich interessierte.

»Ich würde sie nicht als Sträflinge bezeichnen, Eure Majestät«, erwiderte der Bursche. »Nur sehr wenige von ihnen sind je einer Straftat für schuldig erklärt worden.«

»Und warum sind sie dann hier?«

»*Königliche Haftbefehle,* Eure Majestät.«

Ich schaute Marie fragend an.

»Charles hat es mir erklärt«, sagte sie. »Er unterzeichnet die meisten selbst. Wenn sich jemand schlecht benimmt, kann seine Familie oder ein Denunziant die Krone um einen *königlichen Haftbefehl* bitten. Das versetzt ihn in die Lage, ihn auf unbestimmte Zeit in die Bastille werfen zu lassen.«

Ich war sprachlos. »Hat er keinen Rechtsbeistand?«

»Nein, Eure Majestät. Er kann den König nur um Gnade bitten.«

»Du lieber Himmel! Ist der Prinz von Condé auch noch hier?«

»In der Tat, Eure Majestät.«

»Auf unbestimmte Zeit?«

»Gewiss.«

»Aufgrund eines dieser *königlichen Haftbefehle*?«

»Ganz genau, Eure Majestät.«

»Gehört er zu denen, die wir hier verzweifelt schreien hören?«

Ich hätte das in seiner Lage getan.

»Nein, nein, Eure Majestät, der Prinz von Condé schreit nicht. Er sitzt schweigend da und grübelt.«

Wir hatten unser Ziel nun erreicht und stiegen eine kleine Treppe hinunter, die zu einer schmalen Empore führte, von der aus man auf einen großen Raum blickte. Ich hatte das Gefühl, einen Blick in den Abgrund der Hölle zu werfen, denn ich sah brennende Feuer und glühende Eisen. Peitschen und Ketten hingen an den Wänden, und in der Mitte des Raumes stand eine Art schmales Bettgestell ohne Matratze, an dessen Kopfende ein großes Rad angebracht war.

»Oft reicht schon allein der Anblick der Folterbank und

der anderen Instrumente aus, um den Angeklagten zu einem Geständnis zu ermuntern«, erklärte uns der Kerkermeister.

Ich bezweifelte nicht, dass diese Foltergeräte eine derartige Wirkung auf mich ausgeübt hätten.

D'Albert kam zu uns auf die Empore und umarmte und küsste seine Frau so stürmisch, dass mir fast übel wurde.

»Sie wird jetzt hereingebracht«, sagte er.

»Werdet Ihr sie persönlich verhören?«, fragte Marie.

»Das ist meine Pflicht«, erwiderte er steif.

Wenige Minuten später wurde die Concini in den Raum geführt. Sie trug ein weißes Hemd und zitterte stark. Ihre Hände waren auf dem Rücken gefesselt. Zwei Wärter standen neben ihr, doch sie wirkten im Vergleich zu den beiden Männern, die auf sie warteten, noch harmlos. Diese waren sehr groß und muskulös und hatten nackte Oberkörper. Sie freuten sich sichtlich auf die vor ihnen liegende Arbeit.

D'Albert hatte uns bereits wieder verlassen und stieg die Stufen zur Folterkammer hinunter.

»Was wollt Ihr von mir?«, jammerte Eleonore. »Was werdet Ihr mir antun?«

»Du musst gestehen«, sagte d'Albert.

»Ja«, jammerte sie. »Ja, ich gestehe. Bringt mir das Schriftstück. Ich unterschreibe es.«

»Gestehst du, dass du eine Hexe bist und die schwarze Magie eingesetzt hast, um die Königinmutter zu beeinflussen?«

Sie zögerte einen Moment und seufzte dann. »Ja. Ja, ich gestehe. Bringt mir das Schriftstück.«

»Dein Geständnis reicht nicht aus. Du musst dem Verhör unterzogen werden.«

»Nein«, schrie Eleonore. »Nein! Ich habe gestanden. Habt Erbarmen mit einer armen Sünderin.«

Hier hatte niemand Erbarmen mit ihr.

»Legt sie auf die Folterbank«, befahl d'Albert.

Die Henkersknechte ergriffen Eleonore und nahmen ihr die Handfesseln ab. Nach dieser kurzen Atempause riss ihr einer der Burschen das Hemd vom Leib und präsentierte sie nackt den lüsternen Männern, während der andere ihre Arme festhielt. Ich erwähnte schon, dass Eleonore noch einen gut gebauten, sinnlichen Körper hatte, auch wenn sie nicht mehr ganz jung war. Der Anblick ihrer Reize spornte die Folterknechte zu noch größerer Anstrengung an. Jetzt hoben sie Eleonore vom Boden hoch und legten sie auf die Folterbank. Der eine hielt noch immer ihre Arme fest, während der andere ihre Knöchel am Fußende des schrecklichen Bettes in Schlingen befestigte. Daraufhin knüpften sie ihre Handgelenke an dem Rad über ihrem Kopf an. Eleonore stöhnte und krümmte sich, doch das stachelte ihre Henker noch mehr an.

D'Albert hob den Arm, woraufhin zwei Männer den Raum betraten. Das waren die Schreiber, die mit Blöcken, Federn und Tinte ausgerüstet waren. Sie stellten sich beide vor kleine Tische, die zu beiden Seiten der Folterbank standen, und schauten d'Albert erwartungsvoll an.

»Schreitet zur Tat«, befahl er.

»Seit wann bist du eine Hexe?«, fragte der erste Schreiber.

»Warum bist du eine Hexe geworden?«, fragte der zweite.

»Wie bist du eine Hexe geworden, und was ist dir dabei geschehen?«

»Wer hat dich verführt?«

»Wie ist sein Name?«

»Wie heißt dein Meister unter den teuflischen Dämonen?«

»Welchen Schwur musstest du leisten?«

»Wie hast du den Schwur geleistet und welche Bedingungen hat er gestellt?«

»Ich weiß nichts davon«, schrie Eleonore. »Nichts. Gar nichts.«

Ich hatte auch keine Ahnung, wovon die Rede war. Wahrscheinlich wussten die Schreiber es auch nicht. Sie lasen ihre Fragen von einer Liste ab. Es ging so schnell, dass Eleonore gar nicht hätte antworten können, selbst wenn sie sich des Teufelskultes strafbar gemacht hätte.

D'Albert schnippte mit den Fingern, und die Henker beugten sich über das Rad und drehten es eine Viertelumdrehung weiter.

»Au!«, brüllte Eleonore, deren Körper jetzt straff gespannt war. »Ihr wollt mich töten!«

»Fahrt fort«, befahl d'Albert.

»Welche Finger musstest du heben?«, fragte der erste Schreiber.

»Wo hast du die Vereinigung mit deinem Verführer vollzogen?«

»Welche Teufel und Menschen haben am Hexensabbat teilgenommen?«

»Was wurde dort gegessen?«

»Wie wurde das Festessen ausgerichtet?«

»Gott, vergebe mir!«, schrie Eleonore. »Ich weiß nicht, wovon Ihr sprecht.«

D'Albert hob die Hand, und die Henker drehten das Rad wieder eine Viertelumdrehung weiter.

»Au!«, schrie Eleonore. Jetzt war ihr Körper so straff gespannt, dass man alle Rippen zählen konnte, und ihr Busen sah aus, als würde er gleich platzen.

»Ich muss gehen«, keuchte ich. »Das halte ich nicht aus.« Marie hielt mich fest, damit ich nicht zu Boden sank.

»Ihr müsst bleiben, Eure Majestät. Es wird nicht lange dauern.«

Die Schreiber fuhren mit ihrer schrecklichen Arbeit fort.

»Wo hast du beim Festessen gesessen?«

»Welche Musik wurde gespielt, und welche Tänze hast du getanzt?«

»Was hat dein teuflischer Verführer dir dafür gegeben, dass du mit ihm verkehrt hast?«

»Welche teuflischen Male hat dein teuflischer Verführer deinem Körper zugefügt?«

»Welches Unrecht hast du den Menschen am Hofe zugefügt?«

»Warum hast du das getan?«

»Wie kannst du dieses Unrecht wieder gutmachen?«

»Welches Kraut kannst du einsetzen und welche anderen Methoden kannst du anwenden, um das Unrecht zu heilen?«

»Welche Kinder hast du verhext?«

»Warum hast du das getan?«

»Welche Tiere hast du verhext, damit sie krank werden oder sterben, und warum hast du das getan?«

»Welche Komplizen hast du in der Hölle?«

»Warum schlägt der Teufel dich nachts?«

»Woraus wird die Salbe gemacht, mit der du deinen Besenstiel einreibst?«

»Was befähigt dich, durch die Luft zu fliegen?«

»Welche Zauberworte musst du sprechen?«

»Für welche Stürme bist du verantwortlich, und wer hat dir geholfen, sie zu verursachen?«

»Welche Seuchen von Ungeziefer oder Raupen hast du verursacht?«

»Woraus machst du diese schädlichen Kreaturen?«

»Hat der Teufel deiner Hexerei eine Frist gesetzt?«

Schließlich verstummten die Schreiber und schauten zu d'Albert. »Sie gibt keine Antworten, Herr.«

»Wenn sie keine der Fragen verneint hat, bedeutet das ihre Zustimmung«, erwiderte d'Albert. »Vielleicht hat sie die Besinnung verloren. Gießt Wasser über ihren Körper.«

Einer der Henker goss einen Eimer Wasser über Concinis Gesicht. Eleonore keuchte und spuckte. »Gott möge Eurer Seelen gnädig sein«, stammelte sie. »Ihr seid Verrückte, die nicht wissen, was sie reden.«

»Glaubst du das?«, fragte d'Albert. Er hob die Hand, und die Henker drehten das Rad weiter. Eleonores Mund klaffte weit auf, als sie in ihrer Qual laute Schreie ausstieß.

»Ihr tötet mich!«

D'Albert nahm einen Gänsekiel von einem der Tische, ging zu dem Feuer und hielt ihn in die Flammen. Als er glühte, kehrte er zur Folterbank zurück und stach den Kiel in Eleonores Scham. Jetzt stieß sie in ihrer Qual unverständliche, furchterregende Laute aus, dass mir das Blut in den Adern gefror.

»Du hast gestanden, dass du eine Hexe bist und dich der Hexerei und der schwarzen Magie hingibst«, sagte er. »Gestehe nun, dass du deine Zauberkräfte genutzt hast, um die Königinmutter zu beherrschen und ihre Entscheidungen und ihre Handlungen zu beeinflussen. Gib es zu.«

Noch einmal strich er mit dem Kiel über den gespannten, gefolterten Leib. Eleonores Schamhaar glühte.

»Ja«, schrie sie. »Ja. Ich gestehe. Ich gestehe alles. Bitte ...«

D'Albert warf die Feder auf den Boden und ging davon. Dann nickte er den Henkern zu, die das Rad zurückdrehten und Eleonores Fußknöchel aus den Schlingen befreiten, sodass sich ihr gequälter Körper wieder entspannen konnte, wenn das überhaupt möglich war. Sie zog die Beine an, legte die Arme um ihre Knie und rollte sich zitternd und stöhnend mit dem Rücken zu d'Albert wie eine Kugel zusammen.

»Habt Ihr alles aufgeschrieben, was sie gesagt hat?«, fragte d'Albert die Schreiber.

»Alles, Herr.«

»Sehr gut. Schreibt es für die Richter sauber ab ... Bringt sie in den Kerker zurück«, sagte er zu den wartenden Wärtern. Sie ergriffen die Arme der Frau und zerrten sie, begleitet von ihren lauten Schreien, hinaus.

Endlich konnte ich gehen. Ich war schweißnass. Noch nie war ich so froh gewesen, in den Schutz meiner Gemächer zurückzukehren.

☆

Wie ich schon erwähnte, war mir immer bewusst, dass es auch eine Schattenseite des Lebens gab, der die Verbrecher ausgesetzt waren, doch es war das erste Mal, dass ich die grausame Maschinerie der Gerechtigkeit am Werk gesehen hatte. Es stellte sich mir unweigerlich die schreckliche Frage: War das Gerechtigkeit oder ärgste Willkür? Es wäre Gotteslästerung gewesen, wenn ich auch nur vor mir selbst zugegeben hätte, dass es keine Hexerei gab. Die Heilige Kirche behauptete, dass es Hexerei gebe und diese mit allen Mitteln, die den Gläubigen zur Verfügung stünden, bekämpft werden müsse, und dazu gehöre auch die Folter. Zumindest vor mir selbst gab ich zu, dass in den fast zwei Jahren, in denen ich mich jetzt am französischen Königshof aufhielt, nichts darauf hingewiesen hatte, dass Maria von Medici auf irgendeine Weise vom Teufel oder seinen Handlangern beherrscht worden war. Es war schier unvorstellbar, dass eine Frau mit einer solchen Charakterstärke sich anderen Kräften als ihrer eigenen Natur unterworfen haben sollte. Daher konnte sich die Concini zumindest nicht der Hexerei schuldig gemacht haben. Und dennoch war sie schuldig gesprochen worden. Sie hatte ihr eigenes Todesurteil gesprochen.

Ich begab mich zum König, was fast eine Sensation war. Ludwig gestand mir gnädig eine Privataudienz zu.

»Ihr seid besorgt, Madame«, sagte er.

»Schrecklich besorgt. Es geht um die Concini.«

»Diese Schlange? Hat sie Euch um Hilfe gebeten?«

»Nein, nein. Ich habe seit ihrer Verhaftung kein Wort mit ihr gesprochen. Doch ich habe den Fall verfolgt und kann mich des Gefühls nicht erwehren, dass in diesem Fall Gnade gewährt werden sollte.«

»Gnade?«, rief er. »Für eine Frau, die meine eigene Mutter beeinflusst hat?«

Ich kniete vor ihm nieder. »Glaubt Ihr das wirklich, Eure Majestät?«

»Sie hat es gestanden. Ich habe das Geständnis gelesen.«

»Es wurde unter Folter erzwungen, Eure Majestät.«

Er funkelte mich wütend an, und plötzlich lächelte er. »Werden denn nicht alle Geständnisse unter der Folter erzwungen? Das sind die Gesetze des Landes.«

»Die Frau hat sicherlich genug gelitten. Sie hat ihren Gatten, ihre beste Freundin und Pflegeschwester, ihr Vermögen und ihre Stellung verloren ... Sie kann bestimmt niemandem mehr schaden. Wenn man sie vielleicht in ein Kloster stecken würde, wo sie ihre Tage in Frömmigkeit und Würde beenden könnte ...«

»Damit sie alle Nonnen verhexen kann?«

»Das wird nicht geschehen. Ich schwöre es.«

Er drohte mir mit dem Finger. »Man sollte genau bedenken, welchen Schwur man leistet, denn manchmal muss man ihn brechen.« Er lächelte wieder, legte eine Hand unter mein Kinn und schaute mir genau in die Augen, als wäre ich ein kleines, unartiges Kind. »Ihr habt ein gutes Herz«, sagte er. »Dafür bewundere ich Euch. Doch um zu herrschen, braucht man ein stählernes Rückgrat, und das besitzen nur Männer.«

Ich stand auf. »Ihr habt ihren Tod also schon beschlossen?«

»Das entscheiden die Richter, Madame. Ich kann ihr Urteil nur bestätigen.«

☆

So eine Heuchelei! Ein stählernes Rückgrat! Aber was konnte ich tun? D'Albert hatte beschlossen, dass die Concini als Hexe sterben musste. Ein Zugeständnis wurde dennoch gemacht. Bevor sie auf dem Scheiterhaufen verbrannt wurde, durfte sie auf dem Pflaster niederknien, sodass der Henker mit einem einzigen Schlag seines riesigen Schwertes ihren Kopf abschlagen konnte. Vorher wurde die arme Frau in dem weißen Büßerhemd und mit einer brennenden Kerze in der Hand den Blicken der Öffentlichkeit ausgesetzt und unter dem Spott und Johlen der Menge um den Platz geführt.

Der Menge, die von den Soldaten zurückgehalten wurde, gefiel das gar nicht. Sie hätte lieber gesehen, dass die Flammen des Scheiterhaufens die Frau lebend verzehrt hätten. Da ich zum ersten Mal eine Enthauptung sah, verlor ich fast die Besinnung, und Marie und Julie mussten mich stützen. Der ganze Hof hatte sich versammelt, um das Schauspiel zu verfolgen. Als ich mich wieder erholt hatte, waren der enthauptete Körper und der Kopf bereits in die Flammen geworfen worden.

Nach diesem Ereignis empfand ich mehrere Tage starkes Unwohlsein. Meine schlechte Stimmung führte tatsächlich dazu, dass ich bei meiner nächsten Beichte behaupten konnte: »Ich muss Euch enttäuschen, Pater. Ich habe in der letzten Woche keine einzige Sünde begangen.«

»Dann könnt Ihr Euch glücklich schätzen, Eure Majestät«, sagte Armand-Jean du Plessis.

☆

Ich starrte verwirrt durch das Gitter. Die Trennwand im Beichtstuhl ist im Grunde eine Farce, wenn man seinen Beichtvater genau kennt. Trotzdem ist es immer leichter, Sünden zu beichten, und besonders die sinnlicher Natur, wenn man seinen Beichtvater nicht anschauen muss. Armand hatte diese Tarnung für seine Zwecke genutzt.

»Was macht Ihr hier?«, keuchte ich fassungslos.

»Ich besuche Euch, Eure Majestät.«

»Ihr seid vom Hof verbannt worden. Wenn man Euch hier findet ...«

»So werde ich zweifellos wieder verbannt werden.«

Da war ich mir nicht ganz sicher. Der König hatte sozusagen Blut geleckt, und das konnte zur Gewohnheit werden.

»Habe ich Eure Erlaubnis, mich zu zeigen?«

»Gewiss«, erwiderte ich und verließ sofort selbst den Beichtstuhl. Armand kniete vor mir nieder und küsste meine Hand. Er war noch immer ein sehr hübscher Mann, schien jedoch ein wenig schmaler geworden zu sein. »Wer weiß darüber Bescheid?«, erkundigte ich mich.

Der Beichtstuhl stand in meiner Kapelle.

»Nur Pater Joseph.«

»Könnt Ihr ihm vertrauen?«

»Vollkommen.«

Ich verstand noch immer nicht.

»Ich hoffe, Ihr habt Recht. Und was habt Ihr mir zu sagen?«

»Vieles, Eure Majestät. Zuerst einmal möchte ich Euch Grüße von Ihrer Majestät ausrichten.«

»Ich lasse sie auch grüßen.«

»Ihr könnt Euch sicher vorstellen, dass die Königinmutter über den Tod ihrer Pflegeschwester sehr betrübt ist.«

»Das verstehe ich gut. Auch ich bin sehr betrübt. Ihr könnt der Königinmutter ausrichten, dass ich alles in meiner Macht Stehende getan habe, um das Leben ihrer Schwester zu retten. Leider hatte ich keinen Erfolg.«

»Sie wird erfreut sein, das zu hören, Eure Majestät. Und nun ...« Er schaute mich erwartungsvoll an.

»Ja?«

»Ist es mir erlaubt, mich nach der Beziehung zwischen Euch und Seiner Majestät zu erkundigen?«

»Es hat sich nichts geändert, Armand.«

»Kann man behaupten, dass Monsieur d'Albert im Grunde die Herrschaft innehat?«

»Das ist richtig.«

»Ein Mann, der Euch und der Königinmutter keine Liebe entgegenbringt«, sagte Armand.

Ich runzelte die Stirn. »Wir sind beide Königinnen von Frankreich, Armand. Kein Mann würde es wagen, die Hand gegen uns zu erheben.«

»Ja, Eure Majestät, Ihr habt wohl Recht. Doch um sich

potenzieller Feinde zu entledigen, kann man sich raffinierterer Methoden bedienen, als das Schwert, die Axt oder den Dolch zu benutzen.«

»Ich bin keine Feindin von d'Albert«, stieß ich hervor. »Er ist mit meiner besten Freundin verheiratet.«

»Ja«, entgegnete Armand trocken. »Dennoch besteht kein Zweifel daran, dass er die Königinmutter als Feindin betrachtet. Ihre Majestät ist sich darüber bewusst, dass ihr Leben möglicherweise an einem seidenen Faden hängt.«

»D'Albert kann der Königinmutter nichts antun«, widersprach ich. »Er hält die Macht nur dank des Vertrauens des Königs in Händen, und der König würde niemals zustimmen.«

»Sollte die Königinmutter ohne sein Wissen sterben, müsste er sich damit abfinden. Er hat d'Albert so viel Macht übertragen, dass er nichts dagegen tun könnte.«

»Seid Ihr nur hergekommen, um mich zu beunruhigen?«

»Keineswegs, Eure Majestät. Ihre Majestät hat mich gebeten, Euch eine bestimmte Frage zu stellen.«

»Und?«

»Könnte Ihre Majestät auf Eure Unterstützung zählen, wenn sie es für notwendig erachten sollte, Blois zu verlassen?«

Ich schaute ihn eine Weile an. »Wenn die Königinmutter Blois gegen den Willen des Königs verlässt, revoltiert sie damit gegen die Krone.«

»Ja.«

Die Unverschämtheit dieses Mannes verblüffte mich immer wieder.

»Ihr meint, sie will ihrem Sohn den Krieg erklären?«

»Es könnte darauf hinauslaufen.«

»Hat sie ein Heer?«

»Sie genießt eine beachtliche Unterstützung von Männern, die sich dem König gegenüber loyal verhalten, doch nicht länger gewillt sind, der arroganten, schlechten Staatsführung d'Alberts tatenlos zuzusehen. Wenn der Prinz von Condé die Bastille verlassen könnte, hätten wir einen sehr fähigen Befehlshaber in unserem Lager.«

»Beim letzten Mal war er nicht sehr erfolgreich«, stieß ich hervor.

»Beim letzten Mal stand die Königinmutter ihm feindlich gegenüber. Diesmal würde sie ihn unterstützen und vielleicht sogar an seiner Seite sein. Wenn auch Ihr an seiner Seite wäret ...«

Ich musste lachen. »Mein lieber Armand, das ist ja absurd. Ich? Ich habe kein Heer und noch nicht einmal Anhänger hier bei Hofe. Ein paar Zofen. Die würden das königliche Heer zu Tode erschrecken, nicht wahr?«

»Unterschätzt Euch nicht, Eure Majestät. Ihr habt Eure Jugend, Eure Schönheit und Euren makellosen Ruf. Das Volk ist über Eure Demütigung durch den König genau im Bilde und möchte Euch unterstützen. Und das ist noch nicht alles. Ihr seid eine spanische Prinzessin. Wenn Ihr Euren Vater überzeugen könntet, sich auf die Seite der Königinmutter zu schlagen und vielleicht sogar mit einer Streitkraft einzugreifen ...«

»Das wäre Landesverrat.«

»Alles, was wir tun, ist Landesverrat, Eure Majestät.«

Ich war sprachlos. Landesverrat! Wenn man mich des Landesverrats für schuldig befinden würde ... Ich sah Eleonore Concini im Geiste vor mir, nackt auf die Folterbank geschnürt, und die brennende Feder, die in ihre Scham gestoßen wurde ... Das könnte ich sein, wenn man mich des schlimmsten Verbrechens, das ein Mann oder eine Frau begehen konnten, schuldig sprechen würde. Ich fühlte mich einer Ohnmacht nahe.

Armand erkannte meine Schwäche. »Eure Majestät?«, rief er und ergriff meinen Arm, damit ich nicht zu Boden sank.

Ich lehnte mich an seinen Körper. Er war viel kräftiger als er aussah.

»Damit möchte ich nichts zu tun haben«, stammelte ich.

»Ich möchte nichts mehr davon hören. Sagt der Königinmutter bitte, dass ich ihr nachdrücklich von dem Weg, den sie in Erwägung zieht, abrate.«

Armand führte mich zu einem Stuhl und setzte sich neben mich.

»Es wäre Eure einzige Chance ... etwas in Eurem Leben zu erreichen, Eure Majestät.«

Er ließ seine Hand über meinen Arm bis zur Schulter gleiten und strich mir über den Nacken. Ich war viel zu verwirrt, um es zur Kenntnis zu nehmen.

»Ich will nichts damit zu tun haben. Bitte geht.«

Er streichelte noch kurz meinen Nacken, ließ mich dann los und stand auf. »Wie Ihr wünscht. Werdet Ihr mich oder die Königinmutter verraten?«

»Nein«, sagte ich, ohne darüber nachzudenken. »Ich werde Euch nicht verraten, doch auch nicht unterstützen.«

Armand verneigte sich und ging davon.

Ich zitterte am ganzen Leib. Wieder einmal war ich in ein Geheimnis eingeweiht und wagte nicht, es preiszugeben. In diesem Fall war es jedenfalls das Beste, mich nicht einzumischen. Ich glaubte nicht, dass die Königinmutter das von d'Albert befehligte königliche Heer besiegen könnte, selbst wenn Männer wie Condé sie unterstützten. Dieser hatte im Gegensatz zu d'Albert, der ein sehr fähiger Kämpfer war, oft seine Untauglichkeit bewiesen. Die Revolte der Maria von Medici würde in einer Katastrophe enden. Falls das ihre Hinrichtung nach sich zöge, hätte sie sich das selbst zuzuschreiben. Wahrscheinlich würde es jedoch zu einer viel strengeren Gefangenschaft führen. Auch das hätte sie sich selbst zuzuschreiben.

Mir ging es in erster Linie um mein eigenes Überleben, und das konnte ich mir nur als Königin von Frankreich sichern, die über alle Vorwürfe und Intrigen erhaben war.

Es ist verständlich, dass ich Pater Joseph Vorwürfe machte. »So etwas kann Euch Euren Kopf kosten«, sagte ich zu ihm.

»Ich bin Priester, Eure Majestät. Sie werden selten hingerichtet.«

»Ravaillac war auch Priester«, erinnerte ich ihn.

Er erblasste ein wenig, doch wie immer erholte er sich schnell. »Ich habe nur ein kurzes Treffen mit Eurem ehemaligen Beichtvater arrangiert, Eure Majestät. Ich weiß nicht, um was es ging.«

»Das ist auch gut so«, entgegnete ich.

Schon am nächsten Tag erschrak ich zu Tode, als der König in meine Gemächer eindrang und mich mit ernster Miene musterte. »Der Bischof von Luçon hat Euch besucht.«

☆

Ich war wie vom Donner gerührt. Der König stand vor mir und zeigte mit dem Finger auf mich. Zum Glück begleitete ihn d'Albert diesmal nicht. Nur ein paar Adelige hielten sich im Hintergrund auf. Da Marie nicht bei mir war, stellte sich Julie mutig an meine Seite.

»Streitet es nicht ab, Madame«, sagte mein Gatte. »Der Schurke wurde ergriffen, als er Eure Gemächer verließ.«

»Oh, mein Gott«, murmelte ich. Armand auf der Folterbank? »Was ist mit ihm geschehen?«

»Er wurde verhaftet, weil er ohne Erlaubnis an den Hof zurückgekehrt ist.«

»Aber ... was wird aus ihm werden?«

»Das wird später entschieden. Sagt mir, was er von Euch wollte. Er hat Euch bestimmt eine Nachricht von meiner Mutter überbracht.«

»Oh ja, gewiss. Ihre Majestät macht sich große Sorgen um Madame Concini und wollte die Wahrheit über ihr Schicksal erfahren.«

»Und was habt Ihr ihm gesagt?«

»Ich habe ihm gesagt, dass sie für schuldig befunden wurde.«

»Und dass Ihr um ihr Leben gefleht habt?«

»Ja, in der Tat, Eure Majestät.«

Er räusperte sich lautstark.

Ich war neugierig und ängstlich zugleich. »Hat Ar... hat der Bischof Euch das nicht gesagt?«

»Angeblich will er gekommen sein, um Euch die Beichte abzunehmen. Wie rührend!«

Ich seufzte erleichtert.

»Ich will die Wahrheit wissen, Madame. Er hat Euch eine Nachricht von meiner Mutter überbracht.«

»Ich habe ja bereits zugegeben, dass er sich nach Madame Concini erkundigen sollte, Eure Majestät. Die Königinmutter wollte die wahren Umstände des Todes ihrer Pflegeschwester erfahren.«

»Und was habt Ihr ihm erzählt?«

»Das habe ich doch auch bereits gesagt. Ich habe ihm erklärt, dass Madame Concini im Prozess für schuldig befunden und folglich hingerichtet wurde und Ihr in Eurer Güte ihre Enthauptung vor der Verbrennung gestattet habt.«

Ich war eine richtig geschickte Heuchlerin geworden, und ich hasste mich dafür.

»Haha«, spottete er. »Seid bitte so freundlich, nicht noch einmal mit meiner Mutter Kontakt aufzunehmen.«

»Nein, das werde ich nicht tun«, beteuerte ich, und ich war entschlossen, mein Versprechen zu halten. Ich hatte noch immer Angst um Armand. »Der Bischof ...«

»Der kann sich zum Teufel scheren.«

»Kehrt er nach Blois zurück?«

»Nein«, erwiderte mein Gatte. »Ich habe das Gefühl, dass er und meine Mutter ein zu inniges Verhältnis zueinander haben. Er kann nach ... Avignon gehen. Das ist weit genug. Dort kann er seine Intrigen schmieden.«

☆

Im Moment schien die Gefahr gebannt zu sein. Ein Jahr später überraschte uns eine Krise, die nicht nur unser Leben am französischen Königshof stark beeinflusste, sondern mich aufgrund meiner Abstammung persönlich betraf.

Um die Situation zu skizzieren, muss ich auf weit zurückliegende Geschehnisse zurückgreifen. Meine Vorfahren, die ungeheuer reich und mächtig waren, herrschten über ein ausgedehntes Territorium. Diese Allmacht, die größer war als die jeder anderen Familie in der Geschichte, erreichte ihren Höhepunkt unter meinem Urgroßvater, Karl V. Dieser außergewöhnliche Mann, der fast 50 Jahre vor meiner Geburt starb, hatte über Spanien, Österreich, die Niederlande, Teile Italiens und Nordafrikas geherrscht und über die ganze Neue Welt außer dem Teil, den er Portugal zugestand, sowie verschiedene Länder im Fernen Osten. Außerdem war er der Kaiser des Heiligen Römischen Reiches.

Da er vor langer Zeit starb, habe ich ihn nicht kennen lernen können, doch ich habe so viel über ihn gehört, dass ich mir selbst eine Meinung bilden konnte. Er war keineswegs außergewöhnlich gescheit und auch nicht so ein erfolgreicher Kriegsherr, wie uns einige Historiker weismachen wollen, aber er war ein außergewöhnlich *geschickter* Kriegsherr. Er nahm seine Pflichten sehr ernst und hatte Erfolg, auch wenn er schließlich zu dem Schluss kam, dass die Last, die er auf den Schultern trug, zu schwer für einen Mann war.

Als er zu dieser vielleicht negativen Entscheidung kam, wurde er sicherlich von dem ungeheuren Umbruch im Christentum des letzten Jahrhunderts beeinflusst. Dieser Umbruch wurde in erster Linie von einem Burschen namens Luther, einem Priester, der sich in den Kopf gesetzt hatte, sich der Heiligen Kirche zu widersetzen, in Gang gesetzt. Diesem Luther ging es vor allem um den Ablasshandel. Ich bin nicht so blauäugig, dass ich die Dringlichkeit einer gründlichen Neuerung der Heiligen Kirche nicht begriffen hätte. Nur hundert Jahre vor meiner Geburt hatte das Papsttum in der Person von Alexander VI. einen Tiefpunkt erreicht. Sein Familienname Borgia ist eine Italianisierung. Sein richtiger Name war Borja, da seine Familie bedauerlicherweise aus dieser Stadt in Spanien stammte.

Nicht nur das skandalöse Verhalten dieses Mannes, der immer Gift einsetzte, sobald ihm irgendjemand gefährlich wurde, führte zur Hetze innerhalb des Christentums. Erschwerend hinzu kamen sein Sohn Cäsar und seine Tochter Lucretia. Cäsar plünderte und traktierte Teile Italiens, und Lucretia ging auf Befehl ihres Vaters mit jedem ins Bett, wobei seine Befehle mitunter sein eigenes Bett mit eingeschlossen haben sollen. Es hatte schon zuvor schlechte Päpste gegeben, und da Päpste Menschen sind, sterben sie schließlich und bekommen vielleicht bessere Nachfolger. Das war sicherlich bei diesem Borgia der Fall. Seine Nachfolger wurden jedoch sofort von Luther gepeinigt, der die so genannte Reformation ins Leben rief.

Luthers Motive für seine Gotteslästerung bleiben unklar. Seine Befürworter vertraten die Meinung, dass er durch aufrichtigen religiösen Eifer inspiriert und vom Ablasshandel verärgert war. Dieser beinhaltete, dass Männer und Frauen mit genügend Geld die schlimmsten Verbrechen begehen und dann zum nächstbesten Bischof eilen konnten, um sich den Ablass zu erkaufen, der sie sofort von allen Sündenstrafen freisprach. Das ist zweifellos der Gipfel der Heuchelei, und in einer idealen Welt könnte man so etwas nicht tolerieren. Leider leben wir nicht in einer idealen Welt, und der Ablasshandel bedeutete zumindest, dass die Schatzkammern der Kirche immer gut gefüllt waren. Außerdem waren alle glücklich, außer vielleicht die Angehörigen der Sünder. Vermutlich dachte niemand vor Luther im Traum daran, öffentlich so einen Aufruhr zu veranstalten.

Luther war schlicht und einfach ein Ketzer, wenn wir uns darauf einigen, dass jeder, der die Stimme oder die Hand gegen die Lehren der Kirche erhebt, ein Ketzer ist. Schon vor Luthers Zeit hatte es ketzerische Priester gegeben und einige in jüngster Vergangenheit – man denke nur an Savonarola und Hus. Die Kirche hatte mit ihnen kurzen Prozess gemacht, indem sie diese Ketzer auf dem Scheiterhaufen verbrannte.

Luther hatte jedoch sozusagen seine Spuren verwischt. Er war Deutscher und wusste, dass viele deutsche Fürsten, die zumindest offiziell Angehörige und Verfechter des Reiches waren, unzufrieden mit der Entwicklung waren. Er legte diesen Männern die unbestritten vernünftigen Grundlagen für seine verschiedenen Argumente vor, die er jeden Tag erweiterte, und erhielt ihre Unterstützung.

Das führt uns zu der interessanten Frage nach dem Huhn und dem Ei. Erhielt Luther ihre Unterstützung, *bevor* er seine berühmten Thesen an die Kirchentür in Wittenberg nagelte, oder wurde er vielmehr von rebellierenden Fürsten dazu *ermutigt*, oder schlossen sie sich – wie er behauptet hatte – der Sache der Wahrheit und Gerechtigkeit erst an, als ihnen die Thesen gezeigt wurden?

Oder zettelte er die ganze Sache nur an, um zu heiraten, was er sehr schnell tat, nachdem er von der Heiligen Kommunion ausgeschlossen worden war?

Sicherlich folgten einige seinem Beispiel aus niederen Motiven. König Heinrich VIII. von England zum Beispiel, der zunächst ein großer Gegner Luthers war, erkannte schnell die vielen Vorteile, die ein Bruch mit Rom mit sich brachte. Sein Hauptmotiv war reine Lüsternheit. Er hatte schon seit Jahren vor, sich von seiner Frau, Katharina von Aragon – meiner Urgroßtante! – scheiden zu lassen, um eine hübsche kleine Zofe namens Anna Boleyn zu heiraten. Die betreffende Dame weigerte sich, mit ihm ins Bett zu gehen, solange sie nicht mit ihm verheiratet war. Es wurden Scheingründe vorgebracht, vor allem das Argument, dass Tante Katharina versagt hatte, dem König einen Sohn und Erben zu schenken. Sie hatte ihm jedoch eine Tochter geboren, die später als Maria Königin von England wurde.

Und aufgrund der verworrenen europäischen Verbindungen war sie wahrhaftig die Gattin meines Großvaters Philipp. Vielleicht war es ein Glück, dass sie keine Kinder hatten. *Meine* Verbindung zum englischen Herrscherhaus war auch so kompliziert genug, ohne dass ich dort Cousins oder Cousinen hatte!

Kehren wir zu Heinrich zurück. Beeinflusst von meinem Urgroßvater weigerte sich Rom, der Aufhebung der Ehe zuzustimmen. Heinrich hatte argumentiert, dass Tante Katharina zuvor mit seinem älteren Bruder Arthur verheiratet gewesen sei – was auch stimmte – und er gezwungen worden war, diese Frau zu heiraten, nachdem Arthur jung gestorben war. Die Ehe war daher angeblich von vornherein illegal.

Doch es bestanden erhebliche Zweifel, ob die erste Ehe in Anbetracht des geringen Alters der beiden Gatten überhaupt vollzogen worden war. Dieses Problem war mir nicht unbekannt! Auf jeden Fall erklärte Heinrich nach der Weigerung Roms Englands Unabhängigkeit von der Heiligen Kirche, ließ sich nach seinen eigenen neuen Gesetzen von Tante Katharina scheiden und heiratete die knackige Anna. Mit Sicherheit hatte er auch ein Auge auf den enormen Reichtum der englischen Klöster geworfen.

Wie sich herausstellte, blieb die arme Anna nur wenige Jahre Königin, ehe sie wegen Sittenlosigkeit, was bei einer Königin als Hochverrat angesehen wird, hingerichtet wurde. Das war für alle Königinnen eine heilsame Lehre, auch wenn Anna ein ganz gewöhnlicher Emporkömmling war, wohingegen ich ebenso aus königlichem Geschlecht wie Heinrich stammte. Anna gebar Heinrich auch eine Tochter, die zum Zeitpunkt meiner Geburt Königin von England war, aber inzwischen verstorben ist. Diese Königin namens Elisabeth war es, die sich ihrem Stiefschwager, Großvater

Philipp, so heftig widersetzte, womit sie unserer Familie endlose Probleme bereitete.

So wirkte sich unter anderem Luthers Rebellion gegen die Kirche aus. Die Fürsten, die Luther unterstützten und sich selbst Protestanten nannten, weil sie gegen die Gesetze Roms protestierten, waren eine beachtliche, gut bewaffnete Truppe. Mein Urgroßvater Karl V. mag den Weitblick gehabt haben, um zu verstehen, dass sich große Probleme abzeichneten. Daher dankte er im Jahre 1556 ab. Zuvor teilte er den Familienbesitz auf. Meinem Großvater Philipp II. überließ er Spanien, die Niederlande und die Kolonien der Neuen Welt. Das war der finanzielle Mittelpunkt der Welt, und ich glaube nicht, dass Großvater enttäuscht war. Das Heilige Römische Reich überließ er seinem Bruder Ferdinand I., der dadurch die Glaubensunruhen erbte.

Die Teilung des Familienbesitzes wurde nur scheinbar wirklich vollzogen, da sein Nachfolger, Ferdinands Sohn Maximilian, meine Großtante Maria heiratete. Und ihre Söhne, meine Cousins Rudolf II. und Matthias, schafften es, in unsicherem Frieden mit ihren rebellierenden Untertanen zu leben. Das geschah durch verschiedene Verträge und Vereinbarungen, die garantierten, dass die protestantischen Fürsten das Recht hatten, ihren christlichen Glauben in ihrem Land auf ihre Art zu praktizieren, solange sie die Oberherrschaft des Kaisers anerkannten. Die Vereinbarung galt in dieser Form während meines ganzen Lebens. Es war eine prekäre Lage, weil es nur eines Kaisers bedurfte, der religiösen Pragmatismus durch Glaubenseifer ersetzte, um die Sache in Wallung zu bringen. Und das geschah jetzt.

Weder Cousin Rudolf noch Cousin Matthias hatten geheiratet, und als Matthias starb, der ziemlich verrückt gewesen sein muss – wie man mir sagte –, gab es keinen natürlichen Erben. Nach der Verfassung des Reiches hatte die Wahl des Kaisers durch die sieben Kurfürsten zu erfolgen. Obwohl mehrere dieser Kurfürsten Protestanten waren, blieb die

Wahl eines Habsburgers gesichert, weil die katholischen Kurfürsten im Kurkollegium die Mehrheit hatten. Der letzte verbleibende österreichische Prinz aus dem Hause Habsburg war Ferdinand, der Sohn des Herzogs Karl von Steiermark. Nachdem er sich die Situation vor Augen geführt hatte, bat er meinen Vater um Unterstützung. Vater gewährte ihm diese selbstverständlich. Es entsprach nicht seinem Naturell, irgendjemandem irgendetwas abzuschlagen, und außerdem war Ferdinand ein Cousin und kein Emporkömmling. Ferdinand wurde also Kaiser, was den protestantischen Fürsten nicht besonders gut gefiel.

Noch vor seiner Krönung zerbrach der Pakt zwischen katholischen und protestantischen Fürsten, was zu einer Konferenz führte, die im Mai 1618 in Prag stattfand. Es sollte über die Weigerung der Regierungsvertreter diskutiert werden, den Bau zweier lutherischer Kirchen in der Stadt zu genehmigen. Die Gemüter waren so erhitzt, dass schließlich die beiden kaiserlichen Statthalter, von Martinitz und von Slawata, von den wütenden Protestanten ergriffen und aus einem der oberen Fenster der Burg geworfen wurden. Wie sich herausstellte, war der ganze Vorfall, dieser »Prager Fenstersturz«, eher eine Farce, denn statt sich auf dem Kopfsteinpflaster alle Knochen zu brechen, landeten die beiden Männer auf Strohballen und zogen sich nur leichte Verletzungen zu. Ferdinand sah das indes als Affront gegen seine gerade erst etablierte Autorität an und mobilisierte sein Heer. Es war allen klar, dass sich die protestantischen Fürsten mit Gewalt jedem Versuch, ihren Status quo gewaltsam zu ändern, widersetzen würden. Nur wenige ahnten jedoch, was bevorstand.

In der Tat war dieser Krieg, der alles in allem 30 Jahre dauerte und erst kürzlich endete, der größte und verheerendste Krieg, den es je gab. Vielleicht war es die Mühe im Rückblick wert, da der Krieg am Ende dem französischen Heer und der französischen Krone – also mir – so großen Ruhm einbrachte. Im Jahre 1618 sah es allerdings so aus, als ob sich eine riesige, bodenlose Kluft unter unseren Füßen auftat, da mein Vater, der die Wahl von Ferdinand massiv unterstützt hatte, in die Sache hineingezogen wurde.

»Was wird Frankreich tun?«, fragte ich d'Albert.

»Frankreich wird nichts unternehmen«, versicherte er mir. »Das ist Sache Österreichs.«

Spanien übersah er lieber.

»Es wird schnell vorbei sein«, fuhr er fort. »Wie können sich ein paar kleine böhmische Adelige der Macht des Kaisers widersetzen?«

Und es sah tatsächlich so aus, als wäre seine Einschätzung der Lage richtig. Die Böhmen wählten den Kurfürsten von der Pfalz, einen gewissen Friedrich, zu ihrem König. Dieser war mit der Tochter des damaligen Königs von England, Jakob I., der auch Jakob VI. von Schottland war, verheiratet. Vielleicht hatte ihre Wahl mit der Hoffnung auf englische Unterstützung zu tun, denn die Schotten waren das Volk Europas, das sich dem Papsttum vielleicht am vehementesten widersetzte. Doch von dieser Seite gab es kein Entgegenkommen. Jakob zog wie mein Gatte Ludwig Staatsmännern und dem Krieg die Gesellschaft hübscher junger Männer vor, und außerdem waren seine finanziellen Mittel arg begrenzt. Er war auch ängstlich darauf bedacht, in guter Beziehung zu Spanien zu stehen. So hatte er kürzlich einen von Englands berühmtesten Söhnen, Walter Raleigh, hinrichten lassen, weil er spanische Schiffe vor den Westindischen Inseln überfallen hatte. Dieser Zeitvertreib war im letzten Jahrhundert sehr verbreitet, kam aber aus der Mode.

Daher war der Kurfürst von der Pfalz auf sich selbst gestellt, und in der Schlacht am Weißen Berg wurde er im November 1620 von den kaiserlichen Truppen besiegt und musste fliehen. Die meisten Beobachter schlossen daraus, dass der Krieg zu Ende war.

☆

Die Franzosen waren jedoch mit ganz anderen Dingen beschäftigt als mit den Vorfällen in Böhmen. Wir hatten unsere eigenen Probleme.

Es begann Anfang 1619 mit einer schrecklichen Aufregung über einen anderen italienischen Emporkömmling, einen gewissen Lucilio Vanini, einen ehemaligen Mönch. Er behauptete, man müsse an eine naturgegebene Moral glauben, verleugnete die Existenz oder die Möglichkeit von Wundern. Die Kirche konnte Blasphemie dieser Art auf keinen Fall dulden, und Vanini hielt es für ratsam, von Italien nach Frankreich zu fliehen. Er hatte auch so viel Verstand, unter dem Pseudonym Giulio Cesare zu schreiben. Seine Ansichten konnten indes auch in Frankreich nicht geduldet werden, und seine wahre Identität wurde schließlich vom Toulouser Parlament enthüllt – in dieser Stadt versteckte er sich zu jener Zeit. Er wurde verhaftet, vor Gericht gebracht und nach einem langen Prozess, der schon im November 1618 begann, verurteilt. Ihn traf die ganze Grausamkeit, die religiösen Freidenkern vorbehalten ist. Ihm wurde öffentlich die Zunge herausgerissen, und anschließend wurde er erdrosselt. Seine sterblichen Überreste wurden auf dem Scheiterhaufen verbrannt.

Für Vanini war das sehr betrüblich, und uns versorgte dieser Vorfall am Hof mit Gesprächsstoff. Als ich eines Morgens erwachte und der König neben meinem Bett stand, verlor Vaninis Hinrichtung sofort an Bedeutung. So ein seltener Besuch des Königs machte mich sprachlos, und ich erstarrte fast ... vor Erwartung oder Furcht?

»Madame«, sagte er. »Meine Mutter ist aus Blois geflohen. Sie will uns töten.«

☆

Das war zwar übertrieben, aber die Nachricht war dennoch sehr beunruhigend. Ich und Julie krochen aus dem Bett. Es ist traurig, doch der Anblick zweier reizender, nackter junger Frauen hatte auf den Sexualtrieb meines Gatten überhaupt keine Wirkung. Stattdessen setzte er sich mit hängenden Schultern aufs Bett.

»Hat sie Unterstützung?«, fragte ich, während Julie mir ein Kleid überzog.

»Wer weiß?«, schrie er. »Sie muss das seit Jahren geplant haben.« Er zeigte mit dem Finger auf mich. »Ihr habt es gewusst, Madame. Ihr habt es gewusst.«

»Keineswegs«, log ich. Das war zwar eine Lüge, aber immerhin hatte ich strikt davon abgeraten. »Was werdet Ihr tun?«

»D'Albert sagt, wir müssen gegen sie kämpfen«, erwiderte er mit finsterer Miene.

»Natürlich müsst Ihr das tun.«

»Aber wenn wir besiegt werden ...« Er zitterte.

»Wie könntet Ihr denn besiegt werden, Eure Majestät?«

»Wer weiß, wie groß ihre Unterstützung ist«, jammerte er. »Ich weiß, dass d'Albert nicht sehr beliebt ist. Die Herrscher sind nie beliebt, und die Adeligen sehen ihn zudem als Emporkömmling an. Wir dürfen die Anhänger von Condé nicht vergessen. Mein Gott, ich habe das Gefühl, ich stehe in einem Labyrinth und weiß nicht, in welche Richtung ich gehen muss.«

Was für eine Situation für einen 18-jährigen König und seine 18-jährige Gemahlin! Ich begriff, dass dieses zitternde, unentschlossene Häufchen Elend vor mir keine Entscheidungen treffen konnte, und daher nahm ich die Sache in die Hand. Es ging um unser Königreich.

»Ihr müsst sofort die erforderlichen Maßnahmen ergreifen, Sire«, sagte ich.

Er hob den Kopf und starrte mich an.

»Zuerst müsst Ihr die Unterstützung Ihrer Majestät ausschalten, bevor sie darauf zugreifen kann«, erklärte ich ihm.

»Und wie soll ich das tun?«

»Entlasst den Prinzen von Condé aus der Bastille.«

»Diesen Verräter?«

»Befreit ihn und ernennt ihn zum Mitbefehlshaber Eurer Streitkräfte zur Aufrechterhaltung des Königreiches.«

»Seid Ihr verrückt?«

»Ich hoffe, ich bin sehr vernünftig, Sire. Condé ist kein Verräter. Er hat gegen die Herrschaft der Königinmutter revoltiert oder vielmehr gegen ihre Kreatur Concini. Er wird einwilligen, für Euch gegen Ihre Majestät zu kämpfen.«

Ludwig kratzte sich über seinen noch immer recht spärlichen Schnurrbart. »Und anschließend? Ich kenne diesen Burschen. Er wird Privilegien verlangen.«

»Dann gesteht ihm einige zu. Ich habe vorgeschlagen, ihn als Mitbefehlshaber in Eurem Heer einzusetzen und nicht als alleinigen Befehlshaber. Wird d'Albert mit der Situation fertig werden, wenn die Rebellion zerschlagen ist?«

»Hm, hm«, brummte mein Gemahl. »Ihr kommt vom Thema ab, Madame. Und wenn meine Mutter in Ketten zu mir gebracht wird?«

»Darüber reden wir, wenn es so weit ist.«

☆

Der König ging mit zufriedener Miene und erfüllt von kriegerischem Eifer davon. Auch ich war sehr zufrieden. Zum ersten Mal hatte ich mich behauptet und dadurch erheblich an Boden gewonnen.

In den nächsten Wochen war die Stimmung ziemlich angespannt. Es kursierten Gerüchte, dass die Königinmutter schon in der Nähe von Paris sei und ein großes Heer von Anhängern um sich geschart habe. Es kursierten ebenfalls Gerüchte, dass ihr der ganze Pöbel, der d'Albert zutiefst hasste, zu Hilfe eilen würde, wenn es in der Stadt zu Kämpfen käme.

Wir hatten jedoch das Heer und den Prinzen von Condé.

Er besuchte mich nach seiner Freilassung aus der Bastille.

Ehrlich gesagt, fand ich ihn nicht sehr attraktiv. Ich hatte ihn während meiner ersten Zeit am Hofe schon mehrfach kurz bei öffentlichen Anlässen getroffen. Die letzten beiden Jahre hatte er im Gefängnis verbracht.

Er sah ein wenig erschöpft aus und trug den modischen Spitzbart und Schnurrbart – Ludwig wartete und hoffte noch immer darauf. Um Condés Brust flatterte ein breites Band, und sein langes Rapier schlug bei jedem Schritt gegen seine Hüfte. Auf dem Kopf trug er einen Hut mit einer breiten Krempe und einer langen Feder, die über den Boden fegte, als er schwungvoll den Hut zog und sich verneigte.

Er wusste genau, wem er seine Freiheit zu verdanken hatte. »Eure Majestät«, sagte er und rutschte auf der obersten Stufe, auf der er kniete, hin und her. Ich hatte mich entschieden, ihn im Audienzsaal zu empfangen. In dessen hinterem Teil stand eine Empore, von der ich auf die Massen hinuntersehen konnte. »Ihr erweist mir eine große Ehre.«

»Ganz im Gegenteil, werter Prinz«, sagte ich. »Ich rufe Euch zu Eurer Pflicht, das Königreich und Seine Majestät zu verteidigen. Und natürlich mich.«

»Ich werde Maria von Medici in Ketten zu Euch bringen, Eure Majestät.«

»Das wird nicht nötig sein. Ich bitte Euch nur, die Truppen zu zerschlagen, die Ihre Majestät, die Königinmutter, ermutigen und ihre Revolte unterstützen.«

Wieder fegte seine Feder über den Boden, ehe er davonging.

☆

Ich fragte mich, ob Armand von all dem wusste, und ich konnte nur hoffen und beten, dass er nichts damit zu tun hatte. Da ich mir Sorgen machte, schrieb ich ihm in sein Exil nach Avignon.

Seine Antwort beruhigte mich bis zu einem gewissen Grade: *Eure Majestät können versichert sein, dass ich die Königinmutter keineswegs in ihrem Wunsch nach Rache bestärkt habe, sondern ganz im Gegenteil Eurem weisen Rat gefolgt bin und mich nach Kräften bemüht habe, Ihrer Majestät von ihrem Vorhaben abzuraten. Ich bin überzeugt, dass ich Erfolg gehabt hätte, wenn ich in Blois gewesen wäre. Denn Ihre Majestät erwies mir die Ehre, die meisten Ratschläge, um die ich gebeten wurde, anzunehmen. Wie Ihr wisst, war es mir leider nicht erlaubt, nach Blois zurückzukehren, sondern ich wurde stattdessen unverzüglich an diesen einsamen Ort geschickt, fern von den Ereignissen, die ich sicher günstig hätte beeinflussen können.*

Wieder ein Mann, der maßlos übertrieb, oder vielleicht neigen die Männer ganz allgemein dazu. Avignon als einsamen Ort zu beschreiben, ist wirklich eine ungeheure Fehlbewertung. Diese große Stadt war lange Zeit die Heimat der Päpste, als sie sich in Frankreich sicherer fühlten als in Italien. Seine Bemerkung machte mich dennoch nachdenklich.

Ich war ebenfalls erfreut, als ich las: *Mein Elend liegt zum Teil in der Trennung von Eurer werten Person begründet. Darf ich mir die Bemerkung erlauben, dass ich ein Jahr meines Lebens für eine Stunde in Eurer Gesellschaft geben würde?*

Ein Priester sollte einer Dame so etwas sicher nicht schreiben, und schon gar nicht der Königin von Frankreich ... Trotzdem war es mir ein Vergnügen, es zu lesen.

»Was schreibt er?«, fragte Marie, die mich beim Lesen des Briefes beobachtet hatte.

»Nichts Wichtiges«, erwiderte ich und schob den Brief in mein Mieder.

☆

Wie vorauszusehen war, stellte sich heraus, dass die Gerüchte in Bezug auf die Streitkraft der Königinmutter viel zu weit gegriffen waren.

Ich stand auf einem Balkon des Louvre, als ein Dutzend

Reiter mit einer Frau auf den Hof ritten. Maria von Medici ritt wie eine Lady im Damensattel, doch sie trug auch eine Rüstung, und sie hatte wohl ihren Hut verloren. Ihr noch immer volles rotbraunes Haar wehte in der Brise.

Da der König nicht anwesend war, hielt ich es für meine Pflicht, ihr entgegenzueilen, um sie zu begrüßen.

»Madame«, sagte ich. »Willkommen zu Hause.«

Sie warf mir einen verächtlichen Blick zu. »Wo ist mein Sohn?«

»Ah ... Habt Ihr ihn nicht gesehen? Ich meine, nun ... hat keine Schlacht stattgefunden?«

»Meine Männer haben mich wie Feiglinge im Stich gelassen«, jammerte sie und sank unaufgefordert auf einen Stuhl.

Ich hielt den Zeitpunkt für günstig, sie daran zu erinnern, dass sich die Situation seit unserem letzten Treffen gewandelt hatte. Sie war eine Bittstellerin, und ich war die Königin.

»Bring Madame von Medici einen Becher Wein«, forderte ich Julie auf, die sich wie meine anderen Zofen in meiner Nähe aufhielt. Auf dem Flur standen ängstliche Wachen.

Maria hob jäh den Kopf, als sie diese Anrede hörte.

»Ich glaube«, fuhr ich fort, »es wäre das Beste, wenn Ihr ein Bad nehmt und Eure Kleider wechselt. Ein wenig Schlaf würde Euch auch gut tun.«

Sie sah unglaublich erschöpft aus.

»Bevor man mich zur Hinrichtung führt.«

»Dazu wird es sicherlich nicht kommen.«

Ich war dennoch von Herzen froh, als ich die Trompete hörte und der König ein paar Minuten später den Palast betrat. Wie immer folgten ihm d'Albert und ein paar andere Offiziere, die alle ein wenig verschmutzt und mitgenommen aussahen.

»Madame?«, fragte er.

Maria von Medici erhob sich langsam. Vermutlich schmerzten ihre Glieder. »Klärt mich über mein Schicksal auf«, sagte sie.

»Ihr werdet zurück nach Blois gehen. Und seid bitte so freundlich, diesmal dort zu bleiben.«

»Und der Herzog von Orléans?«

Gaston hatte seine Mutter unterstützt.

»Ich halte es für das Beste, wenn er sich an einen anderen Ort begibt.«

»Ihr werdet ihm nichts antun?«

»Er ist mein Bruder, Madame.«

»Und meine anderen Offiziere?«

»Die Soldaten, die bewaffneten Widerstand gegen die Krone geleistet haben, müssen die Strafe erleiden, die das Gesetz vorschreibt.«

»Sie sind mir nur gefolgt.«

»Und ich gewähre Euch Gnade, weil Ihr meine Mutter seid. Mehr kann ich nicht für Euch tun.«

Jetzt wandte sich Maria von Medici an mich, als wollte sie mich um Hilfe bitten, doch dann änderte sie ihre Meinung. »Ihr habt mir ein Bad und frische Kleider angeboten.«

Ich verneigte mich.

☆

Diese zweite Verbannung seiner Mutter bedeutete für Ludwig einen grandiosen Sieg. Ich war erstaunt, dass er das ganze Verdienst d'Albert zuschrieb. Es war unglaublich, wie vernarrt er in diesen Mann war, der sein Vater hätte sein können. Jetzt beschloss er, dass sein Günstling, der wahre Herrscher des Königreiches, einen gut klingenden Titel benötigte, und er ernannte den Flegel zum Herzog von Luynes und zum Gouverneur der Picardie. Da es sich um eine reiche Provinz handelte, würde er seinen schon beträchtlichen Reichtum noch kräftig vergrößern können.

Ich bezweifelte, dass Luynes, wie wir ihn nun nennen mussten, das sehr beeindruckte. Wenn einem ein ganzes Königreich zur Verfügung steht, stellen eine einzelne Provinz und ein Titel keine großen Werte da. Zumindest seine Gattin aber schwebte im siebten Himmel. Marie de Montbazon lief pausenlos durch die königlichen Gemächer und sagte immer wieder: »Ich bin eine Herzogin! Ich bin eine Herzogin!«

Ich musste sie daran erinnern, dass *ich* eine Königin war.

☆

Zu diesem Zeitpunkt bereitete mir eine Familienangelegenheit großen Kummer. Ich erhielt einen Brief aus Spanien, der mich unterrichtete, dass mein Vater schwer erkrankt sei. Die inneren Organe waren betroffen, und keiner wusste genau, wie man ihm helfen konnte. Alle waren sehr besorgt, denn Vater war mit seinen 41 Jahren keineswegs alt. Erschwerend kam hinzu, dass sein Nachfolger, mein Bruder Philipp, erst 14 Jahre alt war. Das bedeutete, dass er zwar wie Ludwig von Rechts wegen die Herrschaft übernehmen konnte, doch er hatte überhaupt keine Ahnung, *wie* man ein Land regierte.

»Ich muss nach Madrid fahren«, sagte ich zum König.

»Das werdet Ihr nicht tun.«

»Mein Vater könnte sterben.«

»Wenn es so ist, tut es mir sehr Leid, aber Ihr seid die Königin von Frankreich. Euer Platz ist hier. Wenn Ihr das Land verlasst, könnt Ihr nie mehr zurückkehren.«

Ich hob den Kopf. »Wäre es denn so wichtig, Sire? Hätte es überhaupt eine Bedeutung?«

»Ihr seid meine Frau«, beharrte er. »Und die Königin von Frankreich. Euer Platz ist hier. Ich möchte nichts mehr davon hören.«

Ich ließ meine Wut an den Möbeln aus.

☆

Vater starb zu jenem Zeitpunkt nicht. Wahrscheinlich erholte er sich nicht gänzlich von seiner Krankheit, denn er lebte nur noch zwei Jahre. Es stellte sich heraus, dass ich gar nicht nach Madrid hätte fahren können, selbst wenn Ludwig sein Einverständnis gegeben hätte. Nur wenige Tage später stand er wieder in meinen Gemächern. Auf seinem Gesicht spiegelte sich unglaubliche Bestürzung.

»Sie hat es wieder getan!«, verkündete er.

☆

Diese Rebellion war von noch kürzerer Dauer als die erste. Die Königinmutter hatte diesmal weniger Anhänger um sich geschart, und diese hatten nicht mehr so großes Vertrauen in ihre Führungsqualitäten. Ludwigs Männer hingegen – besonders Luynes – vertrauten der eigenen Stärke noch mehr. Innerhalb weniger Wochen war Maria von Medici nach Blois zurückgekehrt. Wir wussten jedoch alle, dass sie nicht die Absicht hatte, dort zu bleiben. Die Tatsache, dass sie von Wachen umringt war, schien sie nicht im Geringsten daran zu hindern, ihre Intrigen zu schmieden.

»Was sollen wir nur tun? Was sollen wir nur tun?«, fragte der König, der in meinem Schlafgemach auf und ab ging.

Ich warf Luynes, der ungerührt an der Tür stand, einen Blick zu. Seine Miene verhieß nichts Gutes, und ich fürchtete allmählich ernsthaft um das Leben der Königinmutter. Daher beschloss ich, die Dinge in die Hand zu nehmen.

Es war nicht etwa so, dass ich Maria von Medici das geringste Gefühl der Liebe entgegenbrachte. Sie hatte mir von unserer ersten Begegnung an ihre Verachtung gezeigt, und es bestand kein Zweifel daran, dass sie trotz ihrer Kenntnisse über die sexuellen Vorlieben ihres Sohnes mich als Gemahlin für die Situation verantwortlich machte. Vielleicht musste sie das als Mutter tun.

Ich konnte auch das Dilemma des Königs verstehen, denn

es war schier unmöglich, ein Königreich effektiv zu regieren, wenn die eigene Mutter immer wieder ihre Anhänger mobilisierte, um einen Aufstand zu proben.

Auf keinen Fall wollte ich, dass die Königinmutter hingerichtet wurde. Selbst wenn ich wenig Hoffnung hegte, selbst eines Tages in dieser herausgehobenen Position zu sein, so war meine Lage nicht sehr sicher. Sollte Ludwig etwas zustoßen, wäre ich bloß die Königinwitwe ohne einen Sohn, der mich gegen Leute wie Gaston von Orléans hätte unterstützen können.

Daher atmete ich tief ein und sagte: »Wenn Eure Mutter nicht durch Gewalt zurückgehalten werden kann, Sire, müssen wir an ihren gesunden Menschenverstand appellieren und sie durch gute Ratschläge zur Vernunft bringen.«

Er blieb vor mir stehen. »Gute Ratschläge? Wer soll ihr denn diese guten Ratschläge geben? Und wem wird sie überhaupt zuhören?«

Ich holte noch einmal tief Luft. »Ich glaube, ich kenne den Mann, dem sie zuhören würde, Sire.«

»Sagt mir seinen Namen.«

»Der Bischof von Luçon.«

Er funkelte mich an. »Dieser Schurke?«

»Er hat großen Einfluss auf Ihre Majestät, Sire. Außerdem war er strikt dagegen, dass Ihre Majestät Blois verlässt. Ihm liegt nur das Wohl Frankreichs am Herzen.«

Der König räusperte sich.

Doch er schickte am nächsten Tag einen Boten nach Avignon, um den Bischof nach Paris zu zitieren. Damit besiegelte er die Geschichte Frankreichs für die nächsten 20 Jahre und vielleicht sogar darüber hinaus.

4. Kapitel

Ich habe mir also das Verdienst oder den Vorwurf – je nach Standpunkt – zuzuschreiben, für das in gewisser Weise verantwortlich zu sein, was sich in den nächsten 23 Jahren vollzog. Zu meiner Verteidigung könnte ich anführen, dass meine Einschätzung vollkommen richtig war, denn dem Bischof von Luçon lagen nur das Wohl und die Größe Frankreichs am Herzen. Mit 19 Jahren begriff ich jedoch nicht, wie sehr er die Bedeutung Frankreichs mit seiner eigenen Bedeutung gleichsetzte und wie rücksichtslos er sein konnte, um diese Bedeutung für sich und damit für Frankreich zu erlangen.

Außerdem wäre ich nie auf die Idee gekommen, dass er mein erbittertster Feind werden würde, während er mich noch immer verzweifelt liebte!

☆

Zunächst verlief alles nach Plan, und man hielt mich für eine Frau, die Wunder vollbringen konnte. Armand kehrte aus Avignon zurück. Er hatte eine Audienz beim König, der ihm vermutlich Anweisungen gab. Anschließend kam er zu mir.

»Eure Majestät!« Er verneigte sich tief vor mir. »Kann es einen schöneren Anblick auf der Welt geben als den einer Königin von Frankreich in ihrer ganzen Herrlichkeit?«

Für diesen Anlass hatte ich mich in der Tat sehr sorgfältig hergerichtet. Ich wusste allerdings, dass es von größter Wichtigkeit war, diesem Halunken nicht die geringste Gunst zu gestatten.

»*Die* Königin von Frankreich, Euer Gnaden?«, fragte ich. »Oder *eine* Königin von Frankreich?«

»Für mich, Eure Majestät, gibt es nur einen König von Frankreich. Das wird sich für mich nie ändern.«

»Ihr seid ein Schurke, Armand. Wir müssen über die andere Königin von Frankreich sprechen.«

»Seine Majestät hat mich über die Situation ins Bild gesetzt.«

»Und könnt Ihr es schaffen?«

»Ich glaube schon, Eure Majestät. Ihre Majestät stand meinen Ratschlägen immer sehr offen gegenüber. Ich habe Euch bereits gesagt, dass diese Revolten niemals stattgefunden hätten, wenn wir vor zwei Jahren nicht getrennt worden wären.«

Ich runzelte die Stirn. »Ich hoffe, Ihr habt Euch ihr gegenüber immer schicklich verhalten?«

»Ich bin Priester, Eure Majestät.«

Als ich an Pater Joseph dachte, fragte ich mich, ob das eine hinreichende Erklärung war. Ich hielt es aber für besser, der Sache nicht auf den Grund zu gehen. »Wir verlangen eine endgültige Versöhnung zwischen Ihrer Majestät und dem König«, sagte ich

»Ich verstehe.«

»Ja, versteht Ihr das? Königin Maria muss jedem Versuch einer erneuten Machtergreifung öffentlich entsagen und ihrem Sohn ewige Treue schwören.«

Er nickte.

»Und das wird Euch gelingen?«

»Ich glaube, ja. Es wird jedoch nicht einfach sein. Die Königinmutter hat einen tiefen Hass gegen ihren Sohn entwickelt. Und gegen seine Minister.«

»Ihr sprecht über den Herzog von Luynes?«

»Ja, Eure Majestät.«

»Sie wird sich damit abfinden müssen. Sorgt dafür, dass sie es versteht.«

»Wie ich schon sagte, wird es nicht einfach sein.« Er verstummte und schaute mich an.

»Ihr werdet großzügig entlohnt.«

»Darf ich fragen, wie, Eure Majestät?«

Zum Teufel mit diesem Burschen! Ich hatte keine Ahnung, worauf er hinauswollte.

»Nun, Ihr werdet eine größere Summe Geld bekommen ...«

»Was soll ein armer Priester mit Geld?«

»Gut, dann ein weiteres Bistum.«

»Luçon ist eine Schenkung an meine Familie, Eure Majestät. Ich kann es nicht aufgeben.«

»Ich meine, zusätzlich.«

»Das Gesetz verbietet es, mehr als einem Bistum vorzustehen.«

»Um Gottes willen«, rief ich, denn ich verlor langsam die Geduld. »Gut, ein Erzbistum.«

»Wo, Eure Majestät? Ihr wisst, dass ich in Paris am Königshof bleiben muss, damit mein Einfluss auf die Königinmutter von Dauer ist.«

»Ja. Ich verstehe. Dann werdet Ihr Erzbischof von Paris. Ich habe keine Einwände dagegen. Ihr müsst allerdings eine Weile warten, da der derzeitige Amtsinhaber weder alt noch krank ist.«

»Ich kann unmöglich Erzbischof von Paris werden, Eure Majestät. Das würde ebenfalls erfordern, dass ich Luçon aufgebe.«

»Ihr wollt kein Geld. Ihr wollt kein höheres Kirchenamt. Was in Gottes Namen *wollt* Ihr dann?«

»Wie Ihr wisst, Eure Majestät, strebe ich einzig und allein danach, Frankreich zu dienen. *Euch* zu dienen. Ich glaube, dass ich das kann. Wie ich jedoch bereits sagte, muss ich am Königshof bleiben, um diese Aufgabe zu erfüllen. Außerdem muss ich über eine entsprechende Macht verfügen, damit mich der Klerus, der mich nicht besonders mag, nicht verleumden kann. Ich muss den anderen überlegen sein – auch dem Erzbischof.«

Im ersten Moment verschlug es mir die Sprache. Dann fragte ich in ruhigem Ton: »Ihr möchtet Kardinal werden?«

Er verneigte sich.

»Mein lieber Armand, Ihr seid noch nicht einmal vierzig Jahre alt.«

»Ein bestimmtes Alter ist keine Voraussetzung, Eure Majestät.«

»Kardinal also«, murmelte ich.

»Ist es nicht Zeit, dass Frankreich einen Kardinal bekommt?«

»Ja ... aber wie? Die Sache müsste durch den König vorangetrieben werden. Und durch den Erzbischof.«

»Am besten durch einen König, Eure Majestät. Euer Vater ist König.«

»Glaubt Ihr ernsthaft, der König von Spanien würde einen Franzosen für den roten Hut vorschlagen?«

»Es war nur ein Gedanke, Eure Majestät. Ihr habt sicher eine bessere Idee.«

»Wollt Ihr damit sagen, dass Ihr die Versöhnung zwischen dem König und der Königinmutter erst in die Wege leitet, wenn Ihr diesen Hut tragt?«

»Nein, nein, Eure Majestät. Derartige Dinge brauchen selbstverständlich Zeit. Ich werde meine Aufgabe erfüllen und vertraue Eurem Wort, dass Ihr mir das Amt, das ich anstrebe, verschafft.«

»Ich habe mein Wort noch nicht gegeben.«

»Ihr werdet es gewiss tun. Denkt an das unsäglich Gute, das ich als Kardinal, als *Euer* Kardinal, für Euch und Frankreich tun kann.«

Was sollte ich dazu sagen? Sein Vorschlag blendete mich. Er wäre mein Kardinal!

»Kardinäle müssen einen Namen haben«, murmelte ich. »Einen Titel.«

»Ich werde meinen Geburtsort als Titel tragen.«

»Wo liegt er?«

»Es ist eine kleine Stadt in der Nähe von Poitiers, Eure Majestät. Sicher habt Ihr noch nie davon gehört. Sie heißt Richelieu.«

☆

So wird Geschichte geschrieben.

Ich muss sagen, dass Armand seinen Teil des Abkommens sehr zügig und effektiv erledigte. Innerhalb eines Monats formulierte die Königinmutter ihr Gesuch, nach Paris in den Louvre zurückkehren zu dürfen, damit sie öffentlich ihr Bündnis mit dem König geloben konnte.

Wir hatten uns darauf vorbereitet, und Ludwig willigte wohlwollend in ihre Bitte ein. Der ganze Hof hatte sich versammelt, um Maria zu begrüßen. Sie betrat an der Spitze ihrer Höflinge und Hofdamen den Louvre. Der Bischof von Luçon war an ihrer Seite. Ludwig saß feierlich auf dem Thron, und ich saß neben ihm. Die Adeligen drängten sich hinter dem Thron. Der Herzog und die Herzogin von Luynes hatten sich besonders herausgeputzt und strahlten mit selbstgefälligen Mienen. Man mag es als Wohlwollen des Hofes bezeichnen, dass sich alle Adeligen von Frankreich oder doch zumindest von Paris versammelt hatten.

Maria wurde wie immer spielend mit der Situation fertig. Sie schritt bis zu den Stufen, die zu unserer Empore führten, und kniete dort mit raschelnden Röcken nieder. »Ich bitte Euch um Vergebung, Herr«, sagte sie.

Als Ludwig sich erhob, sah ich, dass Tränen über seine Wangen rannen. Das entsprach seinem Naturell, doch die Tränen passten auch gut zu diesem Anlass, denn nur ein schlechter Sohn liebt seine Mutter nicht, welche Differenzen es auch immer zwischen ihnen geben mag.

»Es sei Euch vergeben, Mutter.«

»Ich schwöre Euch meine Treue jetzt und für immer«, sagte sie.

»Das erfreut mich sehr. Wollt Ihr nicht heraufkommen?«

Maria erhob sich und stieg die Stufen empor. Dort umarmte sie ihren Sohn und küsste ihn zärtlich. Dann geleitete der König sie zu einem Stuhl, der rechts neben seinem Thron stand, während der Hof klatschte und jubelte und die Männer ihre Hüte in die Luft warfen.

Ich möchte kurz anmerken, dass ich vollkommen ignoriert wurde, obwohl ich diese Versöhnung herbeigeführt hatte. Doch ich glaube, alle Anwesenden wussten, dass der wahre Triumph mir galt.

☆

Wenn es für mich überhaupt ein Triumph war. Die Rückkehr der Königinmutter bedeutete eine Rückkehr zum Status quo vor 1616. Es war so, als hätte es die vier Jahre dazwischen nicht gegeben. Ich war plötzlich wieder die Dritte im Bunde in diesem Königreich, und es wurde von mir verlangt, dass ich Maria von Medici mindestens einmal am Tag meine Aufwartung machte.

Ihre Rückkehr brachte uns jedoch auch Vorteile oder zumindest Vergnügungen. Die drei Töchter kehrten mit ihrer Mutter aus Blois zurück. Ich hatte nie wirklich Gelegenheit gehabt, sie vor Marias Verbannung richtig kennen zu lernen, da mich meine eigenen Probleme beschäftigten. Diese hatte ich zwar noch immer, aber wir waren alle älter geworden und hatten in der Zwischenzeit viel durchgemacht. Die drei Schwestern hatten gar nicht richtig gewusst, wie sie zu ihrem Bruder standen, der ihnen plötzlich die Zähne gezeigt oder sie vielmehr über d'Albert in die Schranken gewiesen hatte. Ihre Schwägerin, die sie kaum kannten, sahen sie vermutlich wie ihre Mutter als Feindin an. Jetzt stellten wir fest, dass wir Freundinnen wurden.

Normalerweise hätte ich mit diesen Mädchen keine Freundschaft schließen können. Elisabeth, eine junge Frau in meinem Alter, war ernst und sehr religiös. Ich fand es beängstigend, dass sie mit ihren 19, fast 20 Jahren dem Leben noch naiver gegenüberstand als ich mit 14. Dabei denke ich nicht nur an die Ehe, die ja in meinem Fall nur auf dem Papier existierte.

Die zwei Jahre jüngere Christine war sehr kränklich, und ihr stand sicher kein langes Leben auf Erden bevor. Henriette-Marie, ein lebhaftes, zehnjähriges Mädchen, besaß einen gewissen Liebreiz, doch ihr Eigensinn und ihre Launenhaftigkeit waren kaum weniger erschreckend als die Ernsthaftigkeit ihrer älteren Schwestern. Meines Wissens nach hat mir nie jemand mangelnde Persönlichkeit vorgeworfen, und ich weiß, dass mich viele für eigensinnig hielten, aber ich war immer so vernünftig, diesen Charakterzug zu unterdrücken, bis ich meine Vorteile daraus ziehen konnte.

Die Schwestern mussten sich mir gegenüber unterwürfig zeigen, und wenige Monate zuvor hatten sie mich – wie ich schon sagte – noch als ihre erbittertste Feindin betrachtet. Ich nahm an, dass sie über den wahren Zustand meiner Ehe nicht im Bilde waren und nicht wussten, dass ich das Bett ihres Bruders nur ein einziges Mal zum Vollzug der Ehe geteilt hatte. Das war nun ein gut gehütetes Geheimnis, denn Ludwigs Besuche zurzeit der Intrige gegen Concini schienen auf eine sehr sinnliche und vielleicht zu öffentliche Beziehung hinzuweisen. Ludwig hatte zweifellos eine hohe Meinung von mir, doch nur wenige wussten, dass er mich als Politikerin und nicht als Verführerin schätzte.

☆

Unsere persönlichen Probleme wurden durch die Ereignisse im Jahre 1621 in den Hintergrund gedrängt.

Das Jahr hatte gerade begonnen, als der Papst starb. Da Paul V. – sein früherer Name war Camillo Borghese aus der reichen, einflussreichen italienischen Familie – 16 Jahre lang

Papst gewesen war, kannte ich keinen anderen als ihn. Er war ein sehr aggressiver Bursche gewesen, der sogar den Dogen von Venedig nach einem Streit exkommuniziert hatte, doch man gedachte seiner vor allem, weil er den Bau des Petersdomes vollendete.

Der Tod eines Papstes bedeutet für die Christenheit – ich müsste heutzutage wohl eher von der römisch-katholischen Welt sprechen – immer einen Wandel. Paul hatte zur französischen Krone – zumindest oberflächlich betrachtet – immer in gutem Verhältnis gestanden. Da wir davon ausgingen, dass Ravaillac – jener Mönch, der Heinrich ermordet hatte – wirklich ein Fanatiker war und nicht im Auftrag gehandelt hatte, beruhte dieses gute Verhältnis auf Gegenseitigkeit. Jetzt mussten wir mit einem neuen Papst zurechtkommen. Aus meiner Sicht war Pauls Tod betrüblich, da ich ihm hinsichtlich Armands Wunsch einen Brief geschrieben und leider keine Antwort erhalten hatte. Zweifellos lag der arme Mann zu dem Zeitpunkt bereits im Sterben. Auch ich musste mich auf einen neuen Papst einstellen.

Es handelte sich hierbei um den Kardinal Alessandro Ludovisi aus Bologna, der den Namen Gregor XV. annahm. Unverzüglich schrieb ich an unseren Botschafter in Rom mit der Bitte, alles über den neuen Papst in Erfahrung zu bringen. Eine Abschrift des Briefes behielt ich sicherheitshalber bei mir.

Der Tod des Papstes nur wenige Monate nach der Niederlage der Protestanten am Weißen Berg betrübte die Menschen auf unterschiedliche Weise, doch er war schon auf die 70 zugegangen, womit er immerhin ein begnadetes Alter erreichte.

Im März starb mein Vater. Ich sagte bereits, dass er sich nie ganz von seiner Krankheit, an der er zwei Jahre zuvor gelitten hatte, erholte. Vater starb eindeutig zu früh. Er war erst 43 Jahre alt. Sein Tod war in jeder Beziehung eine Katastrophe, denn mein Bruder Philipp war erst 16 Jahre alt, und die

Krise im Reich spitzte sich von Tag zu Tag weiter zu. Spanische Truppen waren bereits in den Krieg verwickelt.

Diese Situation allein war schon entmutigend genug. Darüber hinaus erbte Philipp einen praktisch bankrotten Staat. Vater hatte das Geld bis zu seinem Tod mit vollen Händen ausgegeben.

Als mein Bruder die Herrschaft übernahm, sah es noch gar nicht so schlimm aus. Der Apfel fällt nicht weit vom Stamm, lautet ein Sprichwort, doch glücklicherweise war Philipp nicht nur unfähig, die Herrschaft zu übernehmen, sondern er war sich dieser Tatsache durchaus bewusst. Daher setzte er sofort einen eigenen Günstling ein. Dieser Mann namens Don Gaspar de Guzmán y Pimental unterhielt fast die gleiche Beziehung zu meinem Bruder wie d'Albert zu meinem Gatten.

Guzmán war 34 Jahre alt, als Vater starb, und hätte daher durchaus der Vater meines Bruders sein können. Die beiden Männer waren eine Zeit lang unzertrennlich. Wenn man bedenkt, dass Guzmán von den meisten als äußerst widerwärtig und ungehobelt angesehen wurde, ist das schon erstaunlich. Jetzt legte Philipp sofort die Regierungsgeschäfte in seine Hände und ernannte ihn zum Herzog von Olivares, damit er den notwendigen Rang besaß.

Ich schildere dies als glücklichen Umstand, weil Olivares sehr geschickt war und sich nach Kräften bemühte, die finanzielle und politische Katastrophe, die mein Vater und *sein* Günstling dem Staat gebracht hatten, abzuwenden. Er war zunächst für den Priesterstand ausgebildet worden, da er der zweitälteste Sohn war. Erst nach dem Tod seines älteren Bruders trat er am Hof in Erscheinung.

Nach dem Tod meines Vaters trauerte ich, und diese Trauerzeit währte sechs Monate. In der Zwischenzeit passierte eine ganze Menge.

☆

Ich wurde durch einen Besuch Armands über die schwierige Lage in Kenntnis gesetzt. Er hatte das Gefühl, meine Bemühungen, seinen Wunsch um einen roten Hut zu erfüllen, seien ins Stocken geraten. Ich hatte die Sache jedoch in Gang gebracht, indem ich verschiedene Briefe geschrieben hatte. Da einer von ihnen an Vater gerichtet war, konnten wir uns von dieser Seite keine Hoffnungen mehr machen, obwohl ich erwartet hatte, größeren Einfluss auf meinen Bruder zu haben.

Olivares kannte ich nicht, und ich war zu dem Zeitpunkt nicht neugierig zu erfahren, wie groß sein Einfluss auf meinen Bruder war.

Armand war ein geduldiger Mann und bereit, mir zu erlauben, zum gegebenen Zeitpunkt wieder am gesellschaftlichen Leben teilzunehmen. Er war sehr damit beschäftigt, sich um seine Belange zu kümmern. Daher stand er der Königinmutter immer mit Rat und Tat zur Seite, und er nutzte seine Position auch, um den König in den wichtigsten politischen Fragen mit Ratschlägen zu unterstützen.

Marie de Luynes vertraute mir an, dass ihr Gatte nicht sehr glücklich über diese Einmischung Armands war. D'Albert konnte jedoch kaum laut Kritik äußern, da Ludwig ihn, *seinen* Günstling, auf Rat und Empfehlung von Armand zum Konnetabel von Frankreich ernannt hatte. Das war die höchste Position, die ein kleiner Adeliger sich erhoffen konnte, denn damit hielt er eine Macht in Händen, die gleich nach der des Königs kam.

An jenem Tag war der Bischof sehr ernst. »Ich muss mich entschuldigen, dass ich Eure Majestät so überfalle«, sagte er. »Leider ist die Situation sehr ernst.«

Ich reichte ihm meine Hand zum Kuss, und er hielt sie wie immer einen Augenblick fest.

»Welche Situation ist ernst?«, fragte ich.

»Die Hugenotten haben Montauban angegriffen und erobert«, erklärte er mir.

Ich traute meinen Ohren nicht. »Warum? Es herrscht doch seit zwanzig Jahren Frieden.«

»Wer kann schon vorhersagen, was diese Leute antreibt. Die Menschen dort waren unzufrieden. Der König ist entschlossen, diesen religiösen Unruhen ein Ende zu setzen. Er wird persönlich in die Schlacht ziehen.«

Ich war überrascht. »Der König?«

Warum hatte er mir das nicht selbst gesagt? Die Nachricht beunruhigte mich, denn ich besaß genügend Kenntnisse über die kämpferischen Fähigkeiten der Hugenotten, in denen sie sich seit Generationen übten. Die Hugenotten stellten uns daher vor ein sehr viel größeres Problem als die Königinmutter und ihre rebellische Bande oder sogar Condé und seine untreuen Adeligen.

»Der Herzog von Luynes wird ihn begleiten«, versprach Armand.

Ich warf ihm einen kurzen Blick zu. »Das war sicher Eure Idee?«

»Es ist seine Pflicht, Madame. Die Lage ist kritisch. Diese Menschen müssen begreifen, dass es keinen Staat im Staate geben kann.«

»Ich verstehe. Werdet Ihr auch in den Kampf ziehen?«

»Nein, Eure Majestät. Meine Pflicht hält mich hier zurück. Ich möchte Euch mitteilen, dass Seine Majestät Euch während seiner Abwesenheit hier in Paris als seine Regentin eingesetzt hat.«

»Mich?« Diese Nachricht verschlug mir die Sprache.

»Ich werde daher bleiben und Euch unterstützen und beraten. Ihr habt nichts zu befürchten.«

Ich hatte nicht die geringste Furcht. Am liebsten hätte ich vor Freude in die Hände geklatscht. Außerdem konnte ich mir nicht vorstellen, dass ich Unterstützung brauchen würde.

»Das war bestimmt auch Eure Idee.«

»Ich bin nur hier, um Eurer Majestät zu dienen.«

»Ich verstehe. Und wie denkt die Königinmutter darüber?«

»Ihre Majestät weiß es noch nicht. Seine Majestät klärt sie in diesem Augenblick über die Situation auf.«

Das Gespräch hätte mich brennend interessiert.

☆

Ludwig suchte mich in der nächsten Woche auf. Der größte Teil des Heeres war bereits gen Süden marschiert.

»Glaubt mir, meine Liebe«, sagte er und küsste mich auf die Wange. »Es betrübt mich zutiefst, dass dies geschieht, während Ihr trauert. Ich bin froh, dass Ihr Euch bis zu meiner Rückkehr um alles kümmern werdet.«

»Ich hoffe es, Eure Majestät. Würdet Ihr mir zwei Fragen beantworten?«

»Ja, wenn ich kann.«

»Ist die Königinmutter mit der Regelung zufrieden?«

»Ich glaube, meine Mutter ist nie zufrieden, Anna, doch sie versteht die Situation.«

»Dass ich bis zu Eurer Rückkehr regieren werde?«

»In der Tat.«

»Und der Bischof von Luçon?«

»Wird hier sein, um Euch zu beraten.«

»Wird von mir verlangt, dass ich seine Ratschläge befolge?«

Der König runzelte die Stirn. »Nein, nein, wenn Ihr es nicht für ratsam haltet.«

»Danke, Eure Majestät.«

Er hob noch einmal die Augenbrauen. »Ich war der Meinung, dass Ihr und der Bischof die besten Freunde seid.«

»Sind wir, und ich hoffe, es bleibt so. Ich möchte meine Position dennoch genau kennen.«

»Ihr seid meine Stellvertreterin. Ihr werdet in meinem Sinne regieren. Doch ...« Er drohte mir mit dem Finger. »Ihr dürft nicht an den Gesetzen oder der Regierung herumbasteln.«

»Das würde mir nicht im Traum einfallen«, beteuerte ich.

☆

Marie de Luynes, meine Wenigkeit und die drei Prinzessinnen standen auf dem Balkon und winkten dem König und seinen Adeligen nach, bis alle Banner und Fahnen aus unserem Blickfeld verschwunden waren. Die Königinmutter hatte es vorgezogen, in ihren Gemächern zu bleiben.

»Was ist es für ein Gefühl, die mächtigste Frau des Königreiches zu sein?«, fragte Marie mich.

»War ich nicht immer die mächtigste Frau des Königreiches?«

Ich hatte jedoch zum ersten Mal wirklich das Gefühl, nützlich zu sein. Allerdings hatte ich gehofft, als 20-Jährige mit meinem Hausstand und meinen Kindern beschäftigt zu sein. In diesem Alter hätte ich gern meine Kinder großgezogen, wenn ich dann auch sicherlich schon die Tragödie erlebt hätte, eines sterben zu sehen, wie es in fast jeder Familie der Fall war. Stattdessen hatte sich seit fünf Jahren nichts verändert. Jetzt aber hatte ich eine Aufgabe.

Leider machte mich diese erste Erfahrung, die Macht in Händen zu halten, nicht so glücklich, wie ich gehofft hatte. Im Grunde hatte ich gar keine Macht. Die herrschenden Gesetze galten, und die bestehende Regierung war im Amt. Weder das eine noch das andere konnte ich ändern. Ich wusste, dass im Staate einiges im Argen lag, ohne etwas dagegen tun zu können. Es gefiel mir ganz und gar nicht, die Armen mit ihren ausgemergelten Gesichtern und Körpern auf den Straßen zu sehen, sobald ich den Louvre verließ. Zum ersten Mal war ich ihren Flüchen ausgesetzt, da ich für sie jetzt die Verkörperung ihres Elends war. Bisher hatte ich immer angenommen, mich einer gewissen Beliebtheit zu erfreuen.

Mich beunruhigte ebenfalls eine Entwicklung, die ich einer Regelung meines verstorbenen Schwiegervaters zu verdanken hatte. Als er die Macht ergriff, brauchte er unbedingt Geld und Männer, denen er vertrauen konnte. Er löste diese beiden Probleme, indem er die Gouverneure der verschiedenen Departements im ganzen Land zwang, ihre Position zu erkaufen. Das brachte ihm nicht nur einen beträchtlichen finanziellen Gewinn, sondern er vermutete auch, dass die Amtsinhaber ihre Pflichten gewissenhafter erfüllen würden, da mit dem Amt jetzt eine Investition verbunden war. Seine Erwartungen erfüllten sich voll und ganz, und er starb, bevor die Kehrseite der Medaille zu Tage trat.

Da auch diese Amtsinhaber eines Tages starben, ging ihre Investition selbstverständlich an ihre Erben und später an deren Erben über, sodass die verschiedenen Ämter durch das Erbrecht weitergegeben wurden. Als ich zum ersten Mal den Problemen in unserem Land gegenüberstand, war Heinrich von Navarra erst zehn Jahre tot, doch das kann eine ziemlich lange Zeit sein. Durch einen Bericht erfuhr ich von der schrecklichen Situation in weiten Teilen der Normandie. Der Gouverneur schien unfähig oder unwillig zu sein, mit Problemen wie einer kargen Ernte und gelegentlichen Unruhen an einigen Orten fertig zu werden.

»Der Mann ist offenbar vollkommen untauglich«, sagte ich zu Armand. »Enthebt ihn des Amtes und ersetzt ihn durch einen fähigeren Mann.«

»Hm«, brummte Armand.

Ich hob die Augenbrauen. »Jetzt sagt nicht, er ist ein Freund des Königs.«

»Ich glaube nicht, dass Seine Majestät je etwas von diesem Burschen gehört oder ihn kennen gelernt hat. Er hat sein Amt jedoch durch Kauf erworben. Sein Großvater hat es gekauft, und jetzt ist es von Rechts wegen auf ewig in seinem Besitz oder dem seiner Familie.«

Ich starrte ihn fassungslos an. »Wollt Ihr damit sagen, die

Krone kann niemanden des Amtes entheben, weil sein Großvater das Amt gekauft hat?«

»Ich fürchte, es ist die Wahrheit, Eure Majestät.«

Ich schaute auf den Stapel Papier, auf die Berichte und Briefe, die auf meinem Schreibtisch lagen. Ich wusste bereits, dass es sich größtenteils um Bitten handelte, Abhilfe für unhaltbare Zustände zu schaffen, die durch das Amt oder das Versäumnis des örtlichen Gouverneur verursacht worden waren.

»Und das ist im ganzen Land so?«

»Ja, Eure Majestät.«

»Das ist ja furchtbar!«

»Es ist eine missliche Lage, Eure Majestät. Es gibt nur eine Möglichkeit, einen unzulänglichen Gouverneurs des Amtes zu entheben ...«

»Ja?«

»Wenn ihm nachgewiesen werden kann, dass er Landesverrat begangen oder sich in irgendeiner Form der Krone widersetzt hat. Ich werde gegen diesen Burschen Monteille ermitteln lassen.«

Ich runzelte die Stirn. »Glaubt Ihr denn, dass er Landesverrat begangen hat?«

»Ich weiß es nicht, doch dazu wäre er sicher nicht clever genug. Wir können aber bestimmt etwas aufdecken, wenn wir tief genug graben.«

»Ihr wollt die Beweise fälschen?«

»Wir werden Beweise aufdecken.«

»Ich verstehe.« Zumindest würde das die Bauern in der Normandie vor dem Verhungern und schlechter Behandlung retten. »Und damit hätten wir das Problem gelöst?«

»Nein, Eure Majestät. Wir müssen einen neuen Verwalter finden. Der neue Mann muss das Amt wieder kaufen ... Das ist keine schlechte Sache«, fügte er strahlend hinzu.

»Ich meine, was passiert mit Monteille? Wird dieser Schritt ihn ruinieren?«

Das beabsichtigte ich nicht, auch wenn er möglicherweise ein Schurke war.

»Zweifellos, Eure Majestät. Wenn er wegen Landesverrats eingesperrt wird, ist es wohl kaum noch von Belang.«

»Aber ... die Anklage wird doch fallen gelassen, wenn er einmal des Amtes enthoben wurde?«

»Ich fürchte, so einfach ist es nicht, Eure Majestät. Wenn ein Mann des Landesverrats angeklagt wird, muss der Fall vor ein Gericht gebracht und ein Urteil gesprochen werden.«

»Vor ein Gericht?«, rief ich.

»Ihr braucht Euch keine Sorgen zu machen, Eure Majestät. Die Beweise der Krone werden dem Kreuzverhör der geschicktesten Richter standhalten. Der Mann wird auf jeden Fall schuldig gesprochen.«

Meine Kehle war ganz trocken. »Und dann?«

»Die Strafe für Landesverrat ist der Tod.«

»O mein Gott«, stammelte ich. »Wie?«

»Monteille ist kein Adeliger. Er wird aufs Rad geflochten.«

Ich hatte noch nie gesehen, wie ein Mann aufs Rad geflochten wurde, aber ich hatte das Rad gesehen und den Mann, der nach der Urteilsvollstreckung an einen langen Pfahl gebunden worden war. Sein nackter Körper war noch von den Stricken, die seine Arme und Handgelenke hielten, gestreckt. Der Henker hatte jeden Knochen seines Körpers durch geschickte Schläge mit der Eisenstange zertrümmert, doch das Opfer lebte noch, als es hochgezogen wurde, damit seine Augen und die anderen Körperteile von den Vögeln zerhackt werden konnten.

Ravaillacs Schicksal hätte nicht schmerzhafter sein und sein Tod langsamer herbeigeführt werden können.

»Ist Eurer Majestät unwohl?«, fragte Armand, der sich über meinen Stuhl beugte. Wahrscheinlich war ich leichenblass.

»Es ist alles in Ordnung«, stammelte ich.

»Wollt Ihr mir den Befehl geben, den Prozess gegen ihn anzustrengen?«

»Nein«, erwiderte ich. »Ich muss zuerst darüber nachdenken.«

»Während die Normannen leiden.«

Was für ein Dilemma! Ich wusste, dass ich nie mehr richtig schlafen könnte, wenn ich Monteille fälschlicherweise einem so schrecklichen Schicksal auslieferte.

»Wir leiden alle«, sagte ich und unterschrieb andere Todesurteile. Diese galten richtigen Verbrechern, die nur den Tod durch den Strang zu befürchten hatten.

☆

Meine Trauerzeit war erst zur Hälfte verstrichen, als mein Bruder zum König von Spanien gekrönt wurde. Mir kam das ein wenig verfrüht vor, da auch *seine* Trauerzeit erst zur Hälfte verstrichen war. Meine Mutter schrieb mir, dass dieser Schritt aufgrund der momentanen Unruhen im Land erforderlich sei. Sie bezog sich damit indirekt auf den Krieg im Reich, der von Tag zu Tag unerbittlicher geführt und in den Spanien immer stärker verwickelt wurde.

Da ich wusste, dass Spanien bankrott war, fragte ich mich, wie sie die Truppen bezahlten.

Wie sehr hätte ich mir gewünscht, *meine* Trauerzeit beenden zu können! Wenn ich an die Bälle und Maskenspiele dachte, zu denen ich hätte einladen können! Ludwig war weit weg, und es gab am Hofe viele hübsche junge Männer, die mir schmeichelten und mit denen ich hätte tanzen können. Ich hätte ihnen ein Lächeln schenken können, und vielleicht hätten wir sogar beim Tanz eine kleine Zärtlichkeit getauscht ...

Von Tag zu Tag wurde ich älter, ohne dass ein Mann je meinen Po oder meine Brust gestreichelt hätte ... Von Armands fachkundiger Untersuchung einmal abgesehen.

Stattdessen war ich gezwungen, die Freuden der anderen aus der Ferne zu beobachten. Kaum einen Monat nach der

Krönung meines Bruders suchte mich der spanische Botschafter persönlich auf. Jetzt traf ich Don José ziemlich regelmäßig. Es war seine Pflicht, mich über die Ereignisse südlich der Pyrenäen auf dem Laufenden zu halten. Das tat er während seiner wöchentlichen Audienz. Ich konnte mit ihm nicht häufiger als mit den anderen Botschaftern sprechen, da es unklug gewesen wäre, eine Bevorzugung meines Heimatlandes anzudeuten. Dennoch verbrachte ich oft mehr Zeit mit ihm als mit den Botschaftern aus England, Schweden und sogar des Kaiserreiches. Frankreich erfreute sich zu jener Zeit im Kaiserreich keiner großen Beliebtheit, weil sich unser Land weigerte, in den Krieg einzugreifen.

Don José war zur Krönung in den Süden gereist und soeben erst zurückgekehrt.

»Willkommen, Don José. Erzählt mir alles. Beschreibt mir die Kleider«, forderte ich ihn auf.

Das tat er, so gut es ihm als Mann möglich war. Ich spürte jedoch, dass er wichtigere Dinge auf dem Herzen hatte. Dennoch ließ ich mir eine Weile von der Krönung berichten, ehe ich geruhte, ihn nach Nachrichten vom König oder meiner Mutter zu fragen.

Er wirkte nervös. »Seine Majestät, die Königinmutter und der Herzog haben große Pläne für die Zukunft.«

»Ich freue mich, das zu hören«, sagte ich. Wahrscheinlich ging es darum, einen Weg aus der finanziellen Misere zu finden. Spanien musste entweder die Ausgaben senken, was aufgrund des Krieges im Moment kaum praktikabel war, oder die Einnahmen erhöhen.

»Es wurde beschlossen, dass der König so schnell wie möglich heiraten soll.«

Auch das leuchtete mir ein. »Und wurde schon eine Braut ausgewählt?«

Wieder lag ich mit meiner Vermutung falsch, da ich an eine Habsburger Cousine dachte. Eine andere Braut stand einfach nicht zur Verfügung.

»Ja, Eure Majestät. Mit Erlaubnis Eurer Majestät.«

Ich wurde hellhörig. »Das ist kaum möglich.«

»Warum nicht, Eure Majestät?«

»Es ist gesetzwidrig, seine Schwägerin zu heiraten, nicht wahr?«

»Nun, das ist nur ein kleines Problem, Eure Majestät. Wir haben uns erkundigt und erfahren, dass es eine Befreiung von diesem Gesetz geben wird.«

Daran zweifelte ich nicht!

»Und welche?«

» Er wählt die Älteste, Eure Majestät.«

Warum eigentlich nicht? Meiner Meinung nach passten Philipp und Elisabeth ganz gut zusammen. Doch es gab noch andere Probleme.

»Prinzessin Elisabeth ist älter als der König.«

»Sind Eure Majestät nicht auch älter als König Ludwig? Und führt Ihr nicht die glücklichste Ehe im Christenreich?«

Ich konnte kaum glauben, was ich soeben gehört hatte, und ging daher nicht näher auf mein *Glück* an Ludwigs Seite ein. »In unserem Fall sind es nur fünf Tage, Don José, und nicht zwei Jahre.«

»Damit werden sie sehr gut zurechtkommen, Eure Majestät.«

Es gab noch einen wichtigen Punkt, über den wir sprechen mussten. Ich wollte Elisabeth nur ungern zu dem gleichen Schicksal verdammen, das ich erlitt.

»Poussiert mein Bruder?«, fragte ich.

»Nun, Eure Majestät, ein hübscher junger Mann, der zudem König ist ...«

»Sagt mir ganz offen, Don José, ob mein Bruder eine Mätresse hat.«

»Nein, Eure Majestät. Ich glaube nicht.«

»Er ist sechzehn Jahre alt und – wie Ihr mir sagt – ein hübscher Bursche. Das war er auch damals schon, und er ist König ... Er nimmt keine Frau mit in sein Bett?«

»Er wird seinen ehelichen Pflichten gewiss nachkommen, wenn er mit der Prinzessin verheiratet ist.«

»Seinen Pflichten«, murmelte ich. »Das kann ich nicht entscheiden, Don José. Ich muss mit der Königinmutter darüber sprechen. Das letzte Wort hat auf jeden Fall Seine Majestät.«

»Die Angelegenheit wird als ziemlich dringlich betrachtet, Eure Majestät. Könnte nicht ein Bote zu König Ludwig gesandt werden und um seine Erlaubnis bitten?«

Erdreistete sich dieser Flegel allen Ernstes, mich über meine Aufgaben aufzuklären?

»Ihr könnt die Angelegenheit mir überlassen. Wir werden so schnell wie möglich eine Entscheidung treffen.«

☆

Ich verabschiedete ihn und suchte unverzüglich Maria von Medici in ihren Gemächern auf.

»Das ist eine ausgezeichnete Idee«, sagte die Königinmutter. »Ich könnte mir nichts Besseres vorstellen.«

Ich war überrascht. »Wir werden über ... Nun, finanzielle Fragen müssen geklärt werden. Und politische.«

»Wir können Euren Bruder sicher mit einer kleinen Mitgift unterstützen«, sagte Maria. »Und was die politische Seite betrifft, so werden wir auf gar keinen Fall in diesen Krieg eingreifen. Sonst werden unsere Kassen bald so leer sein wie die Eures Volkes, meine Liebe. Ich schlage vor, Ihr folgt dem Vorschlag des Botschafters und schickt einen Boten zu Ludwig. Ihr könnt ihm ausrichten, dass ich meine Zustimmung zur Vermählung meiner Tochter mit dem König von Spanien gebe.«

»Und die Wünsche Eurer Tochter, Madame?«

»Um Himmels willen, Anna! Wo kämen wir hin, wenn junge Mädchen diesbezüglich Wünsche äußern dürften? Ein Mädchen heiratet den Mann, der für sie ausgewählt wird, und damit ist die Sache erledigt. Wurdet Ihr nach Euren Wünschen gefragt, als Ihr meinen Sohn geheiratet habt?«

»Nein«, gab ich zu. »Doch ich war auch viel jünger als Elisabeth.«

»Ja, ihr Alter hat mich schon ein wenig beunruhigt. Neunzehn Jahre, und noch immer kein Gemahl in Sicht ... Endlich ist es soweit. Das ist ganz ausgezeichnet.«

»Und wenn die Ehe unglücklich wird?«

Maria warf mir einen spöttischen Blick zu. »Wie Eure eigene?«

»Ich würde mir wünschen, mein Gatte würde mir ein wenig mehr Zuneigung entgegenbringen und etwas mehr Zeit in meinem Bett verbringen, Madame.« Oder überhaupt einmal in meinem Bett liegen, dachte ich.

»Alle Ehefrauen haben ihr Kreuz zu tragen. Auch mein teurer Gatte verbrachte viel weniger Zeit in meinem Bett, als ich es mir gewünscht hätte. Leider wusste ich immer, wenn er nicht in meinem Bett lag, dass er das Bett mit einer anderen Frau teilte.«

»Er hat genug Zeit in Eurem Bett verbracht, um mehrere Kinder zu zeugen.«

»Ja, das ist ein Problem. Im Laufe der Zeit wird es zu einer Lösung kommen. Im Moment sollten wir uns mit Lizzies Vermählung beschäftigen.«

Sie hatte überhaupt keinen Grund, sich Sorgen zu machen, denn falls Ludwig kinderlos bliebe, würde die Krone an Gaston von Orléans übergehen, der immer ihr Liebling war.

☆

Wie wir besprochen hatten, schickte ich einen Brief an den König. Ich hielt es auch für meine Pflicht, Elisabeth ins Bild zu setzen. Ihre Reaktion überraschte mich.

»König Philipp ist Euer Bruder, Madame«, sagte das Mädchen. »Daher ist es eine Ehre für mich, seine Frau zu werden.«

Sie war nicht dumm, und ich begriff sofort, dass sie an den wichtigsten Aspekt dieser Vermählung dachte. Mögliche Unannehmlichkeiten traten bei diesem Gedanken in den Hintergrund. Da der König von Spanien zu jener Zeit als der mächtigste König Europas angesehen wurde, würde seine Gemahlin über allen Frauen stehen und somit auch über der Königin von Frankreich.

»Hat er ein großes Ding?«, fragte Henriette-Marie.

Ich war sprachlos. Das Mädchen war gerade 12 Jahre alt. »Woher weißt du denn über solche Sachen Bescheid?«

»Sie guckt durch Schlüssellöcher.«

»Sie auch«, verteidigte sich Henriette.

»Ich müsste euch beide verprügeln.«

»Sie ist doch bald eine Königin«, sagte Henriette.

»Wenn ihr Bruder zustimmt«, gab ich zu bedenken.

»Und hat er ein großes Ding?«, fragte mich das frühreife Mädchen noch einmal.

»Ich weiß es nicht«, erwiderte ich. »Da musst du deine Schwester nach den Flitterwochen fragen.«

☆

Ludwig und Luynes kehrten zu Beginn des Herbstes in sehr niedergeschlagener Stimmung zurück. Sie hatten zwar keine verheerenden Niederlagen erlitten, doch auch keine glorreichen Siege errungen. Um genau zu sein, hatten sie überhaupt keine Siege errungen. Wie ich befürchtet hatte, waren die Hugenotten ein viel ernster zu nehmender Gegner als ein paar umherziehende und meist unfähige Rebellen. Sie wurden von Generälen befehligt, die ihr Metier unter dem Vater des Königs als junge Männer erlernt hatten.

Ludwig erhielt meinen Brief unterwegs und kehrte als leidenschaftlicher Gemahl zu mir zurück. Ich war gerade einer Einladung der Condés gefolgt. Heinrichs Gattin, die von meinem Schwiegervater so lange belagert worden war, hatte soeben ein Kind geboren. Es war ein süßer kleiner Junge. Zu dem Zeitpunkt dachte niemand daran, dass aus ihm etwas anderes als ein Unruhestifter werden könnte, wie es sein Vater und Großvater gewesen waren. Hätte ich geahnt, was für ein Unruhestifter aus ihm werden würde, hätte ich ihn auf der Stelle erwürgt. Zum Glück kann man die Zukunft nicht vorhersagen, und hätte ich es gekonnt, hätte ich das Land um diesen Mann gebracht, der eines Tages als sein größter Soldat bejubelt werden sollte.

Die Wege des Schicksals sind unergründlich.

☆

Der König, der mich in der Öffentlichkeit mit großer Zuneigung begrüßte, besuchte mich am Abend seiner Rückkehr in meinen Gemächern.

Wir hatten wie immer gemeinsam gespeist und anschließend Karten gespielt. Dabei fiel mir Ludwigs verändertes Verhalten auf, denn er spielte an meinem Tisch Karten und ließ mich gewinnen. Ich beobachtete auch, dass er seltener mit Luynes tuschelte als gewöhnlich, doch das konnte an dem Unwohlsein des Konnetabels liegen. Dieser bekam Anfälle von Schüttelfrost, und er war ganz gelb im Gesicht.

Dennoch überraschte mich das Erscheinen des Königs, während ich von meinen Zofen entkleidet wurde. Ich machte meinen Hofknicks vor dem König, und meine Zofen liefen alle eilig davon. Der König hatte die Hand gehoben und sie aus dem Gemach vertrieben. Ich warf Ludwig einen verstohlenen Blick zu. Auch er war schon zum Teil entkleidet und trug nur noch ein einziges Gewand.

Er ergriff meine Hand, um mir hoch zu helfen. Als er mich in seine Arme schloss und mich leidenschaftlich auf die Lippen küsste, war ich mehr als verblüfft. Immerhin war es das erste Mal, dass so etwas in den sechs Jahren meiner Ehe geschah.

»Ihr wart wohl sehr eifrig?«, erkundigte er sich.

»Ich versichere Euch, dass ich nichts damit zu tun habe«, widersprach ich. Das war eine geschickte Bescheidenheit, falls er die Situation guthieß, und Selbstschutz, falls das nicht der Fall war, zugleich.

»Haha«, spottete er. Dann ließ er mich los und setzte sich auf einen Stuhl neben dem Bett.

Ich schaute an mir hinunter. Es blieb noch viel zu tun, da ich erst bei meinem zweiten Unterkleid war.

»Soll ich meine Zofen rufen?«

»Könnt Ihr Euch nicht allein entkleiden?«

»Doch, Eure Majestät. Ich dachte nur, es würde Euch langweilen zuzuschauen.«

Ich öffnete einen der Bügel.

»Ich glaube, es ist an der Zeit, dass ich mehr über Frauen erfahre. Jeder Mann sollte etwas über Frauen wissen.«

Ich konnte mich nicht erinnern, ob er mir je ein Kompliment gemacht hatte. Noch immer kämpfte ich mit meinen Reifen, und schließlich rutschte der gebauschte Rock über meine Oberschenkel und die Krinoline zu Boden.

»Warum tragt Ihr so etwas?«, fragte mein Gatte.

»Das ist die Mode, Eure Majestät.«

Ich zog meinen letzten Rock aus, und da es noch recht warm war, trug ich jetzt nur noch mein Hemd, den Reifrock und meine Strümpfe.

»Warum ist das in Mode?«, fragte er.

Ich schob die Träger über meine Schultern. »Es ist in Mode, dass Frauen breite Hüften haben. Durch diesen Reifrock entsteht der Eindruck.«

»In Eurem Fall ist es keine Täuschung, hm? Was für ein herrlicher Hintern. Zieht das Ding aus und kommt her.«

Ich zog den Reifrock aus und ging zu ihm. Er schlang die Arme um mich, und ich erwartete, dass er jetzt meine intimsten Körperstellen küssen würde – welch himmlischer Gedanke! Stattdessen streichelte er nur mein Hinterteil und schob mein Hemd hoch, damit ihm nichts im Wege war und er nur nacktes Fleisch vor sich hatte.

»Luynes meint, es würde mir gefallen«, sagte er.

Als ich das vernahm, war die ganze Freude des Abends fast dahin. Dann dachte ich daran, dass Arme nicht wählerisch sein dürfen. Schon allein die Tatsache, überhaupt von ihm gestreichelt zu werden, übte eine große Wirkung auf meine Sinne aus.

»Und, gefällt es Euch, Sire?«

»Ja, es gefällt mir. Es gibt nichts Schöneres als einen festen, breiten, aber nicht zu breiten Hintern. Und prall muss er sein, aber nicht zu prall.«

Die ganze Zeit hatte er mich wie Pferdefleisch massiert, und nun drehte er mich herum, um einen besseren Blick auf das werfen zu können, was er streichelte, und das nackte Fleisch sogar zu küssen. Ich war verlegen und verwirrt. Auch wenn ich immer geglaubt hatte, einen schönen Hintern zu haben – falls ich überhaupt je einen Gedanken daran verschwendete –, war mir nie in den Sinn gekommen, dass dieser Körperteil irgendeinen nützlichen Zweck erfüllte. Er war nützlich zum Hinsetzen und vielleicht, um beim Stehen die Balance zu halten, aber sonst? Das Hinterteil war außerdem für Bestrafungen vorgesehen, doch dass es ein Objekt der Zuneigung oder – falls die Worte des Königs seine wahren Gedanken oder Gefühle spiegelten – der Bewunderung sein könnte, erfuhr ich zum ersten Mal.

Als er mich liebkoste und küsste, glitten seine Hände unmerklich nach vorn, um meine Oberschenkel zu umfassen und mich näher an sich heranzuziehen. Das steigerte meine Erregung. Ich begriff, dass ich meine erste richtige sexuelle Begegnung seit fünf Jahren erleben würde, und das weckte auch meine Fleischeslust. Daher unterwarf ich mich Ludwig, der noch immer meinen Rücken an seinen Körper presste. Plötzlich hob er mich vom Boden hoch und bewies Kräfte, die ich ihm niemals zugetraut hätte. Dann trug er mich die wenigen Schritte bis zu meinem Bett und legte mich so auf die Decke, dass ich ihm den Rücken zuwandte.

Ich wollte mich sofort umdrehen, doch er drückte mich aufs Bett. »Nein, nein«, sagte er. »Mir gefällt es so. Kniet Euch nur hin.«

Oh mein Gott, dachte ich, jetzt wird er mich auf unnatürliche Weise missbrauchen. Noch einmal schoss mir durch den Kopf, dass Arme nicht wählerisch sein dürfen. Ich wurde jedoch angenehm überrascht. Der König benutzte den für den Geschlechtsakt vorgesehenen Zugang, wenn auch nicht in der Stellung, welche die Kirche vorschrieb. Es schien ihm richtig zu gefallen, vermutlich vor allem, weil er mein Hinterteil während des ganzen Geschlechtsaktes ziemlich freizügig tätschelte. Ehrlich gesagt, genoss ich es, obgleich es nach fünf Jahren ziemlich schmerzhaft war. Allmählich wurde er mir zu schwer, und meine Knie gaben nach. Da auch er schon erschöpft war, gefiel ihm diese Stellung genauso gut, wenn mein Hinterteil auch nicht mehr in die Luft ragte.

☆

Unsere eheliche Beziehung wurde also nach so langer Zeit und auf eine so ungebührliche Weise wieder aufgenommen. Nicht etwa, dass der König mich jetzt in jeder Nacht oder auch nur in jeder Woche aufsuchte. Auf jeden Fall musste ihm jemand gesagt haben – vielleicht Luynes? –, dass es genauso vergnüglich wie mit seinen männlichen Gefährten sein konnte, wenn er mich anschaute und es mit mir trieb.

Ich fragte mich, ob es Marie de Luynes ihm möglicherweise gesagt hatte. Sie kannte sich in der Sexualität gut aus, und ich nahm an, dass diese Stellung von *ihrem* Mann praktiziert wurde. Auf jeden Fall war sie über die Besuche des Königs im Bilde, denn immerhin war sie meine erste Zofe, und sie schrieb sich das Verdienst vermutlich größtenteils zu.

Trotzdem betrachtete ich diese Art des Geschlechtsaktes

als sündhaft. Ich wollte meine unübliche Sexualpraktik nicht bei Pater Joseph beichten und ihn nicht um Rat fragen. Daher bat ich Armand um ein Gespräch unter vier Augen, und das war mir ausgesprochen peinlich.

Armand erkannte das schnell. »Hat es mit dem König zu tun?«, fragte er, nachdem wir einige Minuten geschwiegen hatten. Er wusste so gut wie alle anderen, dass Ludwig mich besucht hatte.

»Ja«, gestand ich.

Er wartete.

»Es ist eine delikate Angelegenheit«, fuhr ich fort.

Er runzelte die Stirn. »Hat Seine Majestät Euch verletzt?«

»Nein, ich glaube nicht. Aber ...« Ich biss mir auf die Lippe.

»Geht es um den Geschlechtsakt?«

Ich nickte und spürte, wie mir die Hitze in die Wangen stieg.

Jetzt runzelte er fragend die Stirn. »Ihr hattet keinen Analverkehr?«

»Nein, nein, aber ...«

»Hm«, brummte er nur.

Ich hob den Kopf. »Ist das nicht auch eine Sünde?«

»Hm ... In den Augen der Kirche wahrscheinlich schon.«

»Ihr repräsentiert doch in diesem Moment die Sicht der Kirche. Sagt mir, was ich tun muss.«

»Hat es Euch gefallen?«

Ich errötete noch stärker. »Ja, es hat mir gefallen.«

»Dann macht es weiterhin so.«

»Das ist doch Sünde!«

»Ich werde Euch von der Sünde lossprechen. Viel wichtiger als diese kleine Abweichung ist der Wunsch des Königs, das Bett mit Euch zu teilen. Wir müssen an die Zukunft denken. Wir brauchen einen Thronfolger.«

»Würde das doch geschehen!«

Leider geschah es nicht. Ich wunderte mich, dass Marie de

Luynes noch nicht schwanger war, und es sah nicht so aus, als könnte es noch dazu kommen, denn d'Albert war ein sehr kranker Mann.

»Es treibt mich in den Wahnsinn, ihn so zu sehen«, gestand sie mir.

»Kann ihm niemand helfen?«

»Die Bader versuchen es mit dem Aderlass. Doch dadurch scheint alles noch schlimmer zu werden.«

»Woran leidet er denn genau?«, fragte ich.

»Das weiß niemand. Mein Gatte glaubt an eine Pestilenz, die er sich auf dem Marsch nach Süden zugezogen hat. Ein großer Teil des Heeres soll daran gestorben sein. Er gibt der verpesteten Luft die Schuld.«

»Der König hat doch die gleiche Luft geatmet.«

»Der König ist gesegnet«, sagte Marie gottesfürchtig.

Ich hatte großes Mitleid mit dem armen Mädchen. D'Albert und Marie hatten sich zwar vermutlich nie geliebt, doch es gefiel Marie sehr, Herzogin von Luynes und die Frau des Konnetabels von Frankreich zu sein. Die Vorstellung, dieses aufgeben zu müssen, war sehr betrüblich für sie.

Auch wenn Luynes dahinsiechte, ging das Leben weiter. Unserer aller Gedanken waren auf Elisabeths Reise über die Pyrenäen nach Spanien gerichtet. Sie wurde im Louvre getraut. Don José sprang für den König ein, und anschließend begann die lange Reise mit einer großen Gefolgschaft gen Süden. Ihr Gefolge war so umfangreich, weil ein ganzes Regiment von Gendarmen dazu gehörte, denn die Hugenotten machten noch immer den Süden des Landes unsicher.

Wir hatten jedoch alle Vorsichtsmaßnahmen ergriffen, und daher erreichte Elisabeth oder Isabella – wie sie jetzt genannt wurde – Valladolid ohne Zwischenfälle.

Sie war erst ein paar Tage fort, als Henriette mich aufsuchte.

»Und was wird aus mir?«, fragte sie.

»Was soll aus dir werden? Vor dir liegt ein langes, glückliches Leben.«

Ich hatte immer großes Geschick, völlig falsche Vorhersagen zu treffen.

»Ich will wissen, wen ich heiraten werde«, sagte das Kind.

»Wir werden schon einen Mann für dich finden.«

Allerdings waren geeignete Prinzen ein wenig dünn gesät. Mir kam der Gedanke, dass sie sich vielleicht mit einem jüngeren Sohn abfinden müsste. Immerhin war ja auch sie eine jüngere Tochter.

»Ich möchte Königin werden«, sagte sie.

»Es ist nicht immer ein Zuckerschlecken, Königin zu sein.«

»Trotzdem ist es mein Wunsch.«

Mir schoss der Gedanke durch den Kopf, dass sie als Königin nicht leicht zu bändigen sein würde.

»Dann müssen wir einen König für dich suchen. Wir haben ja noch genug Zeit.«

Ich schickte Julie in die Bibliothek, um mir alle Stammbäume, die sie finden konnte, bringen zu lassen. Ein Prinz, ein katholischer Prinz, der eines Tages möglicherweise König wurde, war jedoch schwer zu finden.

☆

Ludwig hatte sich vom Kampf erholt und der Vermählung seiner Schwester beigewohnt. Nun verkündete er, dass er die Absicht habe, wieder in den Süden zu ziehen, um die Schlacht gegen die Hugenotten fortzusetzen. Er hatte sich in den Kopf gesetzt, die protestantische Festung Montauban zurückzuerobern. Gegen diesen kriegerischen Eifer konnte ich nichts ausrichten, selbst wenn ich gewollt hätte. Ich betrachtete die Hugenotten als Bedrohung für die Krone und Frankreich. Als Frau und Machthaberin hätte ich möglicherweise eine Annäherung an die Hugenotten gesucht. Dennoch sah ich es mit freudigem Herzen, dass Ludwig zuerst einmal versuchte, sie gänzlich auszurotten, wenn das möglich war. Ich befürchtete nur, dass er sich diese schreckliche Krankheit zuziehen könnte, an der Luynes litt.

Zu meinem größten Erstaunen quälte sich der Konnetabel aus dem Krankenbett und verkündete seine Absicht, die königlichen Truppen in die Schlacht zu führen, wie er es so oft in der Vergangenheit getan hatte.

Marie war erschüttert und versuchte, ihren Mann davon abzubringen. »Das ist Selbstmord«, jammerte sie.

»Es ist meine Pflicht«, beharrte er.

Marie bat mich um Hilfe. »Eure Majestät«, rief sie.

Was sollte ich dazu sagen? Wenn d'Albert sich dazu in der Lage sah, in die Schlacht zu ziehen, war sein Platz an der Seite meines Gatten. Außerdem war mir nicht daran gelegen, ihn ständig um mich zu haben, wenn ich während Ludwigs Abwesenheit wieder die Stellung halten musste.

Er zog also in die Schlacht. Es stellte sich jedoch schnell heraus, dass Marie Recht gehabt hatte. D'Albert hatte kaum die Wälle vor Montauban erreicht, als er wieder krank wurde. Der Winter brach langsam herein, auch wenn es im Süden viel wärmer war als in Paris. Am 21. Dezember 1621 starb d'Albert.

☆

Die Nachricht erreichte uns kurz nach Weihnachten, und obwohl d'Alberts Tod nicht ganz unerwartet kam, brachen wir unsere Feierlichkeiten sofort ab. Marie wurde so hysterisch, dass sie ein Beruhigungsmittel bekommen und das Bett hüten musste. Ich wusste, dass ihre Trauer etwas übertrieben war, da ich ihre Beziehung zu d'Albert recht gut kannte.

Als sie sich ein wenig erholt hatte, besuchte ich sie und

setzte mich an ihr Bett. Die Arme war noch immer außer sich. Ihr Aussehen rührte mich. Sie war ungewaschen und hatte ganz zerzaustes Haar.

»Wir müssen einen neuen Ehemann für dich finden«, sagte ich zu ihr.

Sie brach in Tränen aus.

»Hör auf zu weinen«, befahl ich. »Möchtest du keinen neuen Ehemann haben? Einen jungen, hübschen, fröhlichen Burschen, der keine abartigen Veranlagungen hat?«

»Gibt es so jemanden?«, fragte sie schluchzend. »Wird er auch Herzog und Konnetabel von Frankreich sein?«

Ich hatte es doch gewusst! Sie interessierte sich viel mehr für die Stellung als für den Mann selbst.

»Nun«, sagte ich. »Ob er Konnetabel von Frankreich wird, weiß ich nicht. Das ist Sache des Königs. Wir können aber einen Herzog für dich finden. Ich kenne den richtigen Mann. Er heißt Claude de Lorraine.«

Sie schaute mich misstrauisch an. »Er stammt aus dem Hause Guise.«

»Ja, es gibt eine weitläufige Verbindung, doch er ist ein mächtiger Mann und ein treuer Anhänger der Krone. Außerdem ist er der Herzog von Chevreuse. Er wäre der ideale Ehemann für dich.«

Im April wurden sie getraut.

☆

Ludwig erschütterte d'Alberts Tod fast ebenso sehr wie Marie. Er hob unverzüglich die Belagerung von Montauban auf und begleitete den Leichnam des Konnetabels zurück nach Paris. Seine Truppen folgten ihm.

Die Lage war sehr ernst. Der Feldzug entpuppte sich als wahre Katastrophe, denn die Hugenotten stellten noch immer eine Macht dar, die man nicht unterschätzen durfte. Es sah so aus, als ob die ganze Energie, all das Blutvergießen und die hinterhältigen Schachzüge von Heinrich von Navarra zu nichts geführt hätten.

»Was sollen wir nur machen? Was sollen wir nur machen?«, fragte der König, der mit hängenden Schultern auf meinem Bett saß, was immer dann der Fall war, wenn der Mut ihn verlassen hatte.

»Ihr müsst verhandeln«, schlug ich vor.

Er schnaubte wütend. »Verhandeln! Ich soll vor der ganzen Welt zugeben, dass mich eine Bande Ketzer in die Knie gezwungen hat?«

Mir lag die Bemerkung auf der Zunge, dass die ganze Welt das bereits wusste, doch ich behielt sie für mich. »Vielleicht solltet Ihr mit dem Bischof von Luçon darüber sprechen«, schlug ich stattdessen vor.

»Mit diesem Schurken? Was soll er mir denn raten können?«

»Nun, Sire, da wir das Problem nicht lösen können, müssen wir irgendwo nach einer Lösung suchen. Und der Bischof ist ein sehr scharfsinniger Mann.«

»Haha! Sehr gut. Dann lasst diesen Schurken holen. Lasst Euch aber gesagt sein, dass ich ihm nicht traue.«

»Er hat nur den Wunsch, Eurer Majestät und Frankreich zu dienen.«

☆

»Ihr müsst verhandeln, Sire«, sagte Armand.

»Um Gottes willen!«, rief der König. »Wie kann ich denn mit einer Bande Rebellen verhandeln, ohne meine Vorrechte zu opfern?« Er schaute mich mit einem Blick an, als wollte er sagen: *Das habe ich Euch doch gleich gesagt.*

»Ein König, Eure Majestät, kann alles tun, für das er sich entscheidet«, sagte Armand in ruhigem Ton. »Er benötigt nur eine genaue Einschätzung der Lage. Meiner Meinung nach wurde dieser scheinbar plötzliche Angriff der Ketzer von langer Hand geplant. Zweifellos war auch der Zwischenfall, der den Angriff angeblich ausgelöst hat, nur ein Vorwand. Eure Majestät, die Ihr gutgläubig über das Land herrscht, konnten nicht ahnen, dass einige Eurer Untertanen derartige Heuchler sind.«

»Hm ...« Ludwig strich über seinen mittlerweile ansehnlichen Schnurrbart. »Das ist ein interessanter Punkt.«

»Die Rebellen haben mehrere Städte erobert, die heftig verteidigt wurden. Sie halten schon verschiedene Orte wie La Rochelle, die ihnen durch die Bedingungen der Verträge, die Euer verstorbener Vater unterzeichnet hat, zugesprochen wurden«, fuhr Armand fort. »Dadurch bilden sie wie zu Zeiten Eures Vaters wieder einen Staat im Staate, und sie könnten das ganze Land erneut in einen Bürgerkrieg stürzen.«

»Glaubt Ihr, das wüsste ich nicht?«, fragte Ludwig.

»Natürlich wisst Ihr es. Daher sucht Ihr nach einer Lösung. Und diese liegt nicht in fortwährenden Feldzügen. Unsere, Eure Strategie muss darin bestehen, dieses ganze Pack auszurotten.«

»Ihr schlagt dennoch keine Feldzüge vor.«

»Erst wenn Ihr stark genug seid. Verhandelt mit ihnen. Garantiert ihnen einen neuen Vertrag. Bestätigt den Besitz der Städte, die sie bereits erobert haben. Wenn ihre Ängste zerstreut und ihr Ehrgeiz geschwächt ist, bearbeitet ihre Anführer. Die ganze Welt mag vermuten, dass Ihr besiegt wurdet, doch das ist nicht von Belang. Die Welt kann dem König von Frankreich nichts anhaben. Die Welt ist im Moment außerdem mehr mit den Ereignissen im Reich als mit den Ereignissen in Südfrankreich beschäftigt. Wir müssen auf lange Sicht planen. Wir werden mit diesen Hugenottenanführern verhandeln und sie nach Paris bringen, um die Verträge zu feiern ...«

»Ihr denkt doch hoffentlich nicht an eine zweite Bartholomäusnacht«, sagte der König. »Ich glaube nicht, dass ich das ertragen könnte.«

Das hätte ich auch nicht ertragen können.

»Keineswegs, Eure Majestät«, beruhigte ihn Armand. »Sie sollen sich in der Gewissheit wiegen, all ihre Ziele erreicht zu haben. In der Zwischenzeit werden wir alles tun, um einige von ihnen, die am zugänglichsten sind, zu bestechen, ihrem Glauben abzuschwören. *Gleichzeitig* verstärken wir unsere eigenen Streitkräfte.«

»Werden sie dessen nicht gewahr werden?«, fragte ich.

»Das werden sie, Eure Majestät. Sie wissen aber nicht, warum wir die Truppen mobilisieren. Da sich die Lage im Reich mit jedem Tag zuspitzt, können wir behaupten, es handele sich um eine reine Vorsichtsmaßnahme, um uns im Falle eines Falles verteidigen zu können.«

»Gegen wen?«, erkundigte sich Ludwig. Mein Gatte war viel gescheiter, als es mitunter den Anschein hatte.

»Nun, Eure Majestät ...« Armand machte ein verlegenes Gesicht.

»Der spanische König hat soeben meine Schwester geheiratet«, gab Ludwig zu bedenken. »Und ich bin mit der Schwester des spanischen Königs verheiratet. Ihr könnt unmöglich Feindseligkeiten zwischen diesen beiden Ländern in Betracht ziehen.«

»Ganz recht, Eure Majestät. Der Rest der Welt mag das hingegen ruhig glauben. Spanien liegt unmittelbar südlich der Pyrenäen. Die Niederlande, die unmittelbar nördlich unserer Grenze liegen, sind in spanischer Hand. Spanien hat das Veltlin besetzt, den Alpenpass, durch den ihre Fußtruppen je nach Bedarf nach Norden oder Süden marschieren können. Diese Sichtweise wird der Rest der Welt haben, da ihm unsere gründlichen Kenntnisse über das gute, enge Verhältnis zwischen den beiden Königshäusern fehlt. Doch der Rest der Welt wird sein Unrecht einsehen, wenn wir, wenn Ihr, Eure Majestät, bereit zum Angriff seid und diese Schlangen, die wir an unserem Busen nähren, vollkommen ausrotten werdet.«

»Hm«, murmelte der König. »Ich werde über Euren Rat nachdenken, Euer Gnaden, und Euch in Kenntnis setzen.«

Armand verneigte sich, warf mir einen versöhnlichen Blick zu und ging davon.

»Ich weiß nicht«, sagte Ludwig, »ob dieser Bursche ein Genie oder ein Scharlatan ist.«

»Ich weiß es auch nicht«, sagte ich, und das war in diesem Augenblick meine ehrliche Meinung.

☆

Ludwig folgte Armands Rat, zog seine Truppen zurück und machte den Hugenotten ein Friedensangebot. Die Position des Konnetabels von Frankreich war nach Luynes Tod noch nicht neu besetzt worden, und der neue Papst, der bestrebt war, den Lutheranern in der Welt der Katholiken Toleranz zu gewähren, willigte in unseren Vorschlag ein. Er bewilligte Armand den roten Hut. Es stellte sich heraus, dass Armand schnell der mächtigste Mann im Staate wurde. Ab jetzt hieß er Kardinal Richelieu.

Ich freute mich mit ihm. Er suchte mich auf, um sich bei mir für meine Bemühungen zu bedanken.

»Ich vertraue auf Eure Loyalität und Eure Fähigkeiten, Eure Eminenz«, sagte ich.

»Ich werde Euch nicht enttäuschen, Eure Majestät«, versicherte er mir.

Diese neue Situation machte nicht alle glücklich.

Als ich die Königinmutter kurz darauf besuchte, war sie sehr schlecht aufgelegt.

»Dieser Emporkömmling«, schimpfte sie.

»Ihm wurde diese Belohnung versprochen«, erinnerte ich sie.

»Was ist schon ein roter Hut? Pah! Er hat mich unterrichtet, dass die Staatsgeschäfte ihn daran hindern, weiterhin mein Beichtvater zu sein.«

»Er hat tatsächlich viele Aufgaben übernommen.«

»Mit welchem Recht?«

»Er ist ein richtiges Arbeitstier, Madame, und der König vertraut ihm. Und ... er macht die ganze Arbeit.«

»Da haben wir es. Er macht die ganze Arbeit. Jede Kleinigkeit wird ihm überlassen, weil der König unfähig ist. Oh, dass ich so ein nutzloses Geschöpft geboren habe!«

Sie schaute mich an, als wäre ich mal wieder dafür verantwortlich. Das war ja unglaublich! Was hatte ich denn mit der Geburt ihres Sohnes zu tun?

»Dem König liegt einzig das Wohl Frankreichs am Herzen, Eure Majestät«, sagte ich und schickte mich an zu gehen.

»Und warum seid Ihr dann noch immer nicht schwanger?«, rief sie mir hinterher.

Manchmal hätte ich diese alte Hexe am liebsten erwürgt.

☆

In jenem Sommer wurde ich durch einen Besuch von Marie de Montbazon, die jetzt Herzogin von Chevreuse war, abgelenkt. Sie wurde von einer recht unscheinbaren, unsympathischen Frau begleitet, die Marie le Jars de Gourlay hieß. Der Name war mir geläufig, da diese Dame ihr Leben damit zubrachte, Bücher zu schreiben, von denen einige ziemlich erfolgreich, wenn auch größtenteils recht unflätig waren. Sie bat mich, ihr letztes Werk finanziell zu unterstützen oder zumindest gutzuheißen.

Marie war hellauf begeistert. »Es heißt: *Die Gleichheit von Mann und Frau*«, sagte sie und legte das Manuskript vor mir auf den Tisch. »Es handelt von der Ungerechtigkeit, die wir armen Wesen erleiden müssen, nur weil die Männer es so wollen.«

Mademoiselle Gourlay wartete gespannt auf meine Billigung. Sie war beträchtlich älter als ich und unverheiratet.

Ich ließ mich nicht herab, eine Seite umzublättern. »Männer und Frauen sind nicht gleich«, sagte ich.

»Stimmt«, sagte Marie. »Männer sind minderwertiger.«

»Teilt dein Gatte diese Meinung?«, fragte ich.

Sie errötete. »Ich habe nie mit ihm darüber gesprochen.«

»Das dachte ich mir. Er würde niemals zustimmen.« Ich lächelte. »Stattdessen würde er seine männliche Überlegenheit beweisen und dich verprügeln.«

Marie biss sich wütend auf die Lippe.

»Mit Verlaub, Eure Majestät«, sagte Mademoiselle Gourlay. »Kann ein Mann Kinder gebären?«

»Um Himmels willen!«

»Würde die menschliche Rasse ohne uns nicht sehr schnell aussterben?«

Wieder ging es um die Frage nach dem Huhn und dem Ei.

»Wir könnten ohne die Mithilfe eines Mannes auch keine Kinder gebären«, sagte ich bissig.

»Wenn wir jedoch die Freiheit und die Gleichstellung hätten, auf die unser Geschlecht ein Anrecht hat«, beharrte diese unangenehme Person, »gäbe es genügend, die dazu benutzt werden könnten. Das würde schon gelingen.«

Sie bereitete sich darauf vor, dass Frauen die Welt regierten. Mir gefiel diese Idee damals nicht besonders, wenn sich meine Ansicht seitdem auch erheblich gewandelt hat. Auf jeden Fall ließ ich mich herab, sie zu unterstützen.

☆

Etwa zu diesem Zeitpunkt wurde mir bewusst, dass Dinge geschahen, von denen ich nichts wusste und von denen ich absichtlich ausgeschlossen wurde.

Ich hatte mich daran gewöhnt, die Macht der Herrschaft während Ludwigs Abwesenheit zu genießen. Die meiste Zeit des Jahres war mein Gatte auch jetzt abwesend, um Angelegenheiten im Süden des Landes zu regeln. Richelieus

Idee wurde in die Tat umgesetzt, und damit der Plan gelang, musste der Gegner mitspielen. Der Herzog von Rohan, der damalige Hugenottenführer, stand den Beweggründen des Königs sehr misstrauisch gegenüber. Selbstverständlich war sein Misstrauen berechtigt, doch er hatte keine Beweise. Erst als die Hugenotten eine Niederlage in der Schlacht erlitten, stimmte der Herzog einer Fortsetzung des Waffenstillstandes zu. So sollten die von König Heinrich festgesetzten Sicherheiten im Edikt von Nantes ihre Fortsetzung finden. Den Hugenotten wurden nur noch zwei Städte zugesprochen, Montauban und La Rochelle, wobei die letztgenannte eine viel größere Bedeutung hatte, weil sie eine Hafenstadt war.

Ich gratulierte dem König sofort nach seiner Rückkehr nach Paris, doch er zeigte mir die kalte Schulter. Er suchte mich auch nicht in meinen Gemächern auf. Ich erklärte es mir durch seine möglicherweise erneute Neigung zur Homosexualität. Als ich die schreckliche Nachricht vernahm, dass ein Wirbelsturm vor Westindien die Flotte zerstört hatte, die Spaniens Einkommen fürs kommende Jahr sichern sollte, bekam ich einen weiteren Schock. Ich suchte den König auf, um seine Meinung oder zumindest sein Bedauern zu hören, doch er sagte nur: »Das ist gar nicht schlecht. Dann denkt dieser Emporkömmling endlich mal nach.«

So sprach man wohl kaum über seinen Schwager, und schon gar nicht in Gegenwart seiner Frau. Es wurde noch schlimmer, als ich Kardinal Richelieu bitten ließ, mich zu besuchen und mir vielleicht zu erklären, was vor sich ging. Mir wurde mitgeteilt, dass der Kardinal im Moment aufgrund seiner vielen Arbeit nicht abkömmlich sei.

So eine Frechheit! In diesem Moment beschloss ich, dass dieser Mann, dem ich zu seiner Stellung verholfen hatte – *mein* Kardinal – gehen musste. Das würde keine leichte Aufgabe werden, da Ludwig seinem Minister immer mehr Staatsaufgaben überließ. Dennoch traute ich mir zu, es schaffen zu können. Das zeigt nur, wie naiv ich auch als 22-jährige Frau noch immer war.

Die Katastrophe war nicht mehr abzuwenden. Im nächsten Jahr wurde verkündet, dass Frankreich, Savoyen und Venedig einen Verteidigungs-Angriffs-Pakt *gegen* Spanien geschlossen hatten.

☆

Ich war wütend und stürmte in die Gemächer meines Gemahls. Richelieu war bei ihm. Sie schauten mich beide ein wenig ängstlich an.

»Was hat das zu bedeuten?«, fragte ich.

»Hm«, murmelte der König mit Blick auf Richelieu.

»Das ist eine Staatsangelegenheit, Eure Majestät«, sagte der Schurke.

»Ja? Eine Staatsangelegenheit? Meinem Bruder praktisch den Krieg zu erklären? Eurem Schwager, Sire, dem Mann, mit dem Ihr zweifach verschwägert seid?«

»Hm«, murmelte der König, der beharrlich meinem Blick auswich.

»Es ist eine reine Schutzmaßnahme, Eure Majestät«, erklärte mir der Kardinal.

»Hat Spanien uns angegriffen?«

»Nein, nein, Eure Majestät. Es ist unser Ziel, dem Land dringend davon abzuraten, es zu tun. Spanien ist überall eingefallen. Der spanische General Spinola hat den Waffenstillstand mit Holland gebrochen und führt überall in den Niederlanden Krieg. Spanische Truppen kämpfen im Reich. Wir haben erfahren, dass starke Truppen durch das Veltlin gen Norden marschieren. Die spanische Macht hat uns eingekesselt. Uns steht nur noch der Seeweg offen, und das könnte möglicherweise nicht mehr lange der Fall sein, wenn diese Ehe zustande kommt ...«

»Welche Ehe?«, fragte ich.

»Der König von England hat seinen ältesten überlebenden Sohn, Prinz Karl, mit seinem Günstling, dem Herzog von Buckingham, auf Einladung der spanischen Regierung nach Madrid gesandt. Es soll über eine Heirat zwischen dem Prinzen und der Infantin Maria Theresia verhandelt werden.«

Meine kleine Schwester war auch schon im heiratsfähigen Alter!

»So eine Vermählung würde einen Freundschaftsvertrag zur Folge haben und vielleicht sogar zu einem Bündnis führen«, fuhr Richelieu fort. »Dann wäre Frankreich ganz und gar von Feinden umzingelt. Daher sind wir gezwungen, uns Freunde zu suchen, die sich ebenfalls von der spanischen Großmacht bedroht fühlen. Die Kenntnis unseres Bündnisses, das alle beteiligten Parteien im Notfall zur Unterstützung verpflichtet, soll Spanien von Angriffen auf uns oder die anderen abschrecken.«

Das leuchtete mir ein. Aber ein Krieg gegen Spanien? Ich spielte mit dem Gedanken, meinem Bruder einen Brief zu schreiben und um eine Zusicherung zu bitten, dass er niemals einen Krieg gegen Frankreich – zumindest südlich der Pyrenäen – in Betracht ziehen werde, doch ich entschied mich dagegen. So ein Brief hätte zu dem Zeitpunkt als Landesverrat angesehen werden können. Daher wartete ich gespannt auf weitere Nachrichten. Das taten wir alle.

Es kursierten Gerüchte, dass der Prinz und der Herzog mit leeren Händen nach England zurückkehrten. Ich erfuhr vor allen anderen, was sich wirklich zugetragen hatte, da ich einen Brief von Mutter erhielt.

Ihr werdet es kaum glauben, schrieb sie, *aber das unflätige Benehmen dieser Engländer – oder sind es eigentlich Schotten? – war skandalös. Ich will hier nicht die Frage nach ihrem Glauben erörtern, der auf jeden Fall einen Stolperstein dargestellt hätte. Dieses Problem hatten wir verdrängt, weil Olivares hartnäckig behauptete, wir würden sie als Bündnispartner brauchen. Doch sie waren kaum in Madrid angekommen, da waren sie schon betrun-*

ken und verprügelten unschuldige Passanten. Dieses schlechte Benehmen legten sie sogar bei dem offiziellen Empfang an den Tag. Außerdem verlangten sie ein Privatgespräch mit Maria, und als wir ihnen das verweigerten, wurden sie schrecklich wütend. Dabei bestanden wir nur auf der Anwesenheit einer Anstandsdame.

In dieser Nacht versuchten sie den heimtückischsten Streich, den man sich vorstellen kann. Der Prinz, der vom Herzog begleitet wurde, kletterte über das Geländer des Palastes, gelangte in die Parkanlagen und versuchte, das Schlafgemach Eurer Schwester zu erreichen. Glücklicherweise konnten sie gefasst werden, und es entstand großer Wirbel. Sie haben Spanien nun verlassen und kehren nach England zurück. Darüber sind wir von Herzen froh.

Es ist unfassbar, dass wir je geglaubt haben, der Prinz könne ein passender Gatte für Maria sein. Er ist ein schmächtiger junger Mann, der stottert und schnell errötet und der dennoch eine ungeheuer hohe Meinung von sich und dem Land hat, das er eines Tages regieren wird, wenn man es überhaupt so nennen kann. Der Herzog von Buckingham soll der wahre Herrscher Englands sein, und es ist nicht schwer, das zu glauben. Er hat viele Talente und sieht unglaublich gut aus. Wir hoffen jedoch, dass weder er noch sein so genannter Herr uns je wieder belästigen werden. Sogar Olivares hat das jetzt akzeptiert.

☆

Ich fand den Gedanken, dass ein Prinz und ein Herzog in das Schlafgemach meiner Schwester eindrangen, ziemlich romantisch, doch ich konnte Mutters Ansicht verstehen. Das Scheitern der Verbindung zwischen Spanien und England war für uns eine gute Nachricht. Ich ging zum König, um ihm den Brief zu zeigen.

»Ihr werdet sehen, dass Eure Ängste unbegründet sind, Sire.«

Er schien bester Laune zu sein.

»Haha«, rief er. »In der Tat. Ich wusste, dass Eure halsstarrigen Spanier niemals nach den Engländern streben, die nur Bier trinken und fluchen. Mal sehen, ob wir es besser können.«

»Sire?« Ich wusste nicht, was er meinte.

»Ich habe ebenfalls einen Brief erhalten. Von König Jakob. Er möchte, dass sein Sohn eine meiner Schwestern heiratet.«

5. Kapitel

Ich war ebenso empört wie meine Mutter.

»Ich nehme an, Ihr werdet diese Unverschämtheit zurückweisen«, sagte ich.

»So einfach ist das nicht«, erwiderte Ludwig.

»Eure Majestät haben den Brief meiner Mutter gelesen. Das schlechte Benehmen dieser Menschen ist nicht zu überbieten.«

»Ich weiß. Das war schon immer so. Doch französische Prinzessinnen haben bereits früher englische Prinzen geheiratet.«

»Die Ehen waren nicht von Erfolg gekrönt.« Ich sah die Namen im Geiste vor mir. Eleonore von Aquitanien, ein paar andere namens Eleonore und Mathilde und Margarete von Anjou ... Sie war die Letzte, und das war 150 Jahre her. Fast alle waren im Kerker gelandet, weil sie sich mit ihren Gatten überworfen hatten. Und das war, bevor König Heinrich VIII. Gefallen daran fand, seinen Ehefrauen die Köpfe abzuschlagen.

»Und Mutter betont, dass sie Protestanten sind. Ihr könnt Eure Schwester doch nicht mit einem Protestanten verheiraten!«

»Warum denn nicht? Die Engländer sind keine richtigen Protestanten. Das heißt, sie sind keine Lutheraner. Sie wollen sich nur nicht von der Kirche alles vorschreiben lassen. Es gibt keinen Hinweis darauf, dass ihre Königin einen anderen Glauben annehmen muss. Ich werde das auf jeden Fall in den Ehevertrag aufnehmen.«

»Eure Majestät«, bettelte ich. »So eine Heirat würde einen endgültigen Keil zwischen Frankreich und Spanien treiben.«

»Ich glaube, dieser Keil existiert schon, Anna. Da es jedoch bedeutet, dass der König von Spanien und der Kronprinz von England mit Schwestern verheiratet sind, verstehe ich wirklich nicht, dass Euer Bruder sich so sehr zu beklagen hat. Meine Liebe, ich verstehe sehr gut, wie sehr Euch der Gedanke betrübt, dass Euer Bruder und ich einen Krieg gegeneinander führen könnten. Diese Gefahr besteht bereits. Spanien ist einfach zu mächtig. Das Land muss in seine Schranken gewiesen werden.«

»Spanien war immer zu mächtig«, stieß ich erregt hervor. »Eure Vorgänger mussten damit leben.«

»Die Zeiten ändern sich.«

»Sagt es mir ganz offen: Das war doch Richelieus Idee, oder?«

»Ihr sagtet mir doch einst, Eurem Freund, dem Kardinal, liege nur das Wohl Frankreichs am Herzen.«

»Und das dient Eurer Meinung nach dem Wohl Frankreichs?«

»Ja, in der Tat.«

Ich seufzte. Was sollte ich dazu noch sagen? Dennoch gab ich nicht auf. »Ihr wollt Christine dem Nebel Englands aussetzen? Sie wird das aufgrund ihrer schlechten Verfassung nicht durchhalten.«

»In diesem Punkt muss ich Euch Recht geben. Ich habe bereits einem anderen Antrag um ihre Hand zugestimmt.«

»Was?« Ich war entsetzt.

»Viktor Amadeus von Savoyen möchte sie heiraten. Diese Ehe war Teil des Vertrages, den wir vor ein paar Jahren unterzeichnet haben.«

»Ich wurde nie darüber unterrichtet.«

»Das stimmt.« Er grinste mich an. »Und sie auch nicht. Wenn Ihr möchtet, könnt Ihr diese Aufgabe übernehmen. Wie die Dinge liegen, wird der Engländer Henriette heiraten müssen.«

Ich riss den Mund auf. Dieser Wildfang sollte Königin von

England werden? Na ja, eigentlich ein ganz amüsanter Gedanke.

Hat er ein sehr großes Ding?, hätte ich am liebsten gefragt, doch Ludwig hätte die Frage kaum beantworten können.

Daher wies ich nur auf ihr Alter hin. »Sie ist noch sehr jung.«

»Sie ist vierzehn. Also ist sie genauso alt wie Ihr, als Ihr in meinem Bett lagt. Auf jeden Fall«, fuhr er fort, ehe ich eine Bemerkung zu diesem Thema machen konnte, »wird noch etwas Zeit vergehen, bevor die Ehe geschlossen werden kann. Richelieu kümmert sich darum. Er verbindet große Hoffnungen mit dieser Ehe.«

»Darf ich Euch fragen, ob die Prinzessin über diesen Plan im Bilde ist?«

»Nein, sie weiß noch nicht Bescheid.« Wieder sah ich auf seinem Gesicht dieses jungenhafte Grinsen. »Ihr habt meine Erlaubnis, es ihr mitzuteilen, sobald der Kardinal den Zeitpunkt für günstig hält.«

☆

Ich war sehr erregt und eilte sofort zu Armand. Wie ich schon sagte, war mir in den letzten Monaten aufgefallen, dass *mein* Kardinal immer mehr des *Königs* Kardinal wurde, oder noch schlimmer, dass der König immer mehr des Kardinals König wurde – und das alles zum Wohle Frankreichs. Dennoch glaubte ich, dass mir noch einige Möglichkeiten offen standen. Erstens war er nur Kardinal, dessen Macht vom guten Willen und Vertrauen des Königs abhing, und zweitens war er noch immer in mich verliebt.

»Armand«, begrüßte ich ihn. »So geht das nicht.«

»Worüber sprechen wir, Eure Majestät?«

Ich setzte mich auf einen Stuhl vor seinen Schreibtisch. »Ihr wisst ganz genau, worüber ich rede. Diese schändliche

Idee, die kleine Henriette mit dem Prinzen unseres Erbfeindes zu verheiraten, der außerdem auch noch Protestant ist.«

»Die Politik führt mitunter seltsame Bettgefährten zusammen«, gab er zu. »Glaubt mir, es ist notwendig, Eure Majestät.«

»Um Euch meinem Bruder zu widersetzen. Ihr habt Spanien immer gehasst.«

»Nein, Eure Majestät, ich habe Spanien immer geliebt.«

Wir starrten uns an.

»Dann liebt Spanien und zum Teufel mit den anderen Dingen.«

Wir waren allein und schwiegen eine Weile. Mir tat es schon Leid, was ich soeben gesagt hatte, und ich sah mit Bestürzung, dass er langsam von seinem Stuhl aufstand. Seine rote Robe raschelte, als er vor den Schreibtisch trat und sich mir näherte. Als er sich gegenüber von mir auf den Rand des Schreibtisches setzte, waren wir uns so nahe, dass der Saum seiner Robe mein Kleid berührte.

»Wisst Ihr, wie lange ich mich schon danach sehne, das zu tun, Eure Majestät?«

»Dann gehorcht einmal Eurem Herzen statt Eurem Kopf«, sagte ich leise.

In diesem Moment muss ich verrückt geworden sein. Die Konsequenzen meines Vorschlags waren unvorstellbar. Glücklicherweise begriff der Kardinal sofort, welche Konsequenzen er gehabt hätte.

»Leider kann ich Eurem Vorschlag unmöglich folgen. Aus verschiedenen Gründen«, fuhr er schnell fort, damit ich ihn nicht unterbrechen konnte. »Ihr seid eine verheiratete Frau, und ich bin Priester. Ihr seid die Königin von Frankreich, und ich bin Euer Untertan. Eine Beziehung zwischen uns kann uns keine gegenseitige Leidenschaft bescheren. Wenn wir diesen Weg beschreiten, ist es für immer, und die Leidenschaft wird notwendigerweise wachsen. Dieser Weg führt zu Revolte, Mord und Machtergreifung ... Bitte versteht mich.«

Ich verstand sehr gut, dass ich gerade das schlimmste Schicksal erlitten hatte, das einer Frau zustoßen konnte. Ich hatte mich selbst angeboten und war zurückgewiesen worden. Die Röte schoss mir in die Wangen.

»Ich bitte um Verzeihung, das Thema angeschnitten zu haben«, sagte ich so würdevoll wie möglich. »Ist es beschlossene Sache, dass diese Ehe geschlossen werden muss?«

»Glaubt mir, Eure Majestät, dass ich keine Feindseligkeit gegen Spanien hege.« Lügner, dachte ich. »Mir liegt nur die Sicherheit Frankreichs am Herzen. Durch ein Bündnis mit England erreichen wir zumindest auf dem Seewege Sicherheit.«

»Und die Prinzessin?«

»Wie alle Prinzessinnen, Eure Majestät, wird Prinzessin Henriette ihre Pflicht erfüllen.«

»Der König hat mich beauftragt, sie über diese Pflicht zu unterrichten. Was soll ich ihr sagen?«

»Rühmt den Prinzen, Madame.«

»Wie kann ich einen Mann rühmen, den ich noch nie gesehen habe? Außerdem habe ich nur Schlechtes über ihn gehört. Mir wurde gesagt, er stottert.«

»Das halte ich nicht für ein Ehehindernis.«

»Es beweist seinen unschlüssigen Charakter.«

»Sehr viele Männer haben einen unschlüssigen Charakter«, sagte er, wobei er vermutlich an meinen Gatten dachte.

Da er mir nicht entgegenkam, konnten wir nur noch über Einzelheiten sprechen. »Wann soll diese unglückselige Heirat stattfinden?«

»Im Laufe der Zeit. Es gibt noch viel zu tun. Termine müssen zum Beispiel abgesprochen werden, und wir müssen unsere Standpunkte austauschen. Ich habe gebeten, dass uns ein Porträt des Prinzen zur Verfügung gestellt wird. Es soll schon unterwegs sein. Die Engländer möchten ebenfalls ein Porträt der Prinzessin haben. Sogar von einem Besuch war die Rede ...«

»Prinz Karl kommt nach Paris?«

»Ich glaube nicht, dass er nach dem Fiasko in Spanien noch eine solche Reise unternehmen wird. Wahrscheinlich wird der Herzog von Buckingham das übernehmen. Er ist in allen Fragen Prinz Karls Mentor, und seine Meinung gilt. Der Herzog soll bei Frauen sehr gut ankommen, was ...« Er sprach den Satz nicht zu Ende. Wahrscheinlich dachte er an die Neigungen meines Gatten, meines Bruders und König Jakobs I. von England. »Es wird für den Herzog einfacher sein, Prinzessin Henriettes Reize zu schätzen.«

Aus unerfindlichen Gründen war ich erregt, auch wenn ich mich fragte, wie das scheinbar große Interesse des Herzogs am weiblichen Geschlecht mit seiner Macht, die er als Jakobs Günstling genoss, zu vereinbaren war. »Wann wird der Besuch stattfinden?«

»Der Besuch muss sehr sorgfältig vorbereitet werden, und weil die Engländer im Moment nicht sehr beliebt sind, soll er ohne Kenntnis der Öffentlichkeit erfolgen. Bisher sind das alles nur Überlegungen.«

»Für Euch ist die Heirat bereits eine beschlossene Sache.«

»Ich hoffe, wir können das Ziel erreichen.«

Dieser unverschämte Kerl! Es bestand kein Zweifel, wer hier in Frankreich regierte oder zumindest dachte, dass er es tat. Ich erhob mich. »Dann bin ich jetzt in die Sache eingeweiht.«

Armand verneigte sich und sagte: »Anna, bitte vergebt mir.«

»Ihr würdet, wenn Ihr könntet, doch Ihr wagt es nicht«, erwiderte ich verächtlich. Dieses Zitat stammte von einem Poeten, dessen Name mir entfallen war. Ich ging zur Tür, blieb dort kurz stehen und schaute über die Schulter, um noch eine letzte boshafte Bemerkung zu machen. »Hattet Ihr je eine Frau, Eure Eminenz?«

Es war nicht möglich, Kardinal Richelieu in Verlegenheit zu bringen. Das schaffte selbst ich nicht. Seine Antwort traf mich wie ein Giftpfeil. »Hattet Ihr je einen *Mann*, Eure Majestät?«

☆

Als ich über die Flure lief, war ich den Tränen nahe. Die Wachen und Lakaien, die ihrer Arbeit nachgingen, schauten mich misstrauisch an. Ich war so aufgewühlt, dass ich zuerst meine Gemächer aufsuchen musste, ehe ich der Königinmutter oder den Prinzessinnen gegenübertreten konnte. Glücklicherweise wartete Marie de Chevreuse auf mich. Ich klammerte mich an sie und brach in Tränen aus. »Eure Majestät!«, rief sie besorgt. »Anna!« Sie drückte mich an sich. »Was ist denn passiert?«

Sie reichte mir ein Taschentuch, damit ich meine Tränen trocknen konnte. Den wahren Grund meines Kummers konnte ich ihr nicht verraten.

»Die Engländer haben um die Hand von Prinzessin Henriette gebeten«, sagte ich.

Sie riss den Mund auf. »Die Engländer? Das sind doch Protestanten!«

»Im Grunde schon. Der König und der Kardinal sind auf jeden Fall für die Vermählung. In ihren Augen ist die Freundschaft mit England gegen Spanien wichtiger als eine glückliche Ehe.«

»Und wann soll das sein?«, fragte Marie.

Ich berichtete ihr über die geplanten Vereinbarungen, die ich gerade von Richelieu erfahren hatte. Marie war noch aufgeregter als ich, als sie von dem Besuch des Herzogs von Buckingham in Paris hörte.

»Er soll der hübscheste Mann ganz Europas sein«, sagte sie. »Vielleicht sogar der ganzen Welt.«

»Das ist sicherlich übertrieben«, erwiderte ich. Nach dem Gespräch mit Marie fühlte ich mich stark genug, um der Königinmutter gegenüberzutreten.

☆

Diesmal klatschte sie nicht in die Hände. »Ich traue den Engländern nicht«, sagte Maria von Medici.

Ich fühlte mich nicht berechtigt, meine Meinung dazu zu äußern. Abgesehen vom Botschafter hatte ich noch nie einen Engländer kennen gelernt. Ich wusste nur, dass mein Vater und Großvater endlose Kriege gegen sie geführt hatten.

»Seine Majestät und Seine Eminenz scheinen entschlossen zu sein, Madame.«

»Das nehme ich an«, sagte Maria verächtlich und ein wenig vage. »Und warum soll Henriette statt Christine geopfert werden?«

»Der König ...« Eigentlich meinte ich den Kardinal. »Der König hat bereits eine Vermählung für Christine arrangiert, und zwar mit dem Herzog von Savoyen. Habt Ihr das nicht gewusst.«

»Nein, das wusste ich nicht«, stieß die Königinmutter hervor. »Dieser Flegel macht alles hinter meinem Rücken. Mein Gott, dass ich so einen Sohn habe. Wissen die Mädchen schon von den Vereinbarungen?«

Wir waren allein. Hinten im Zimmer hielten sich nur ihre Hofdamen auf.

»Sie wissen es noch nicht. Ich wollte es ihnen jetzt sagen. Vielleicht habt Ihr Lust, mich zu begleiten.«

Sie warf mir einen dieser Blicke zu, die mich vor ein paar Jahren noch in Angst und Schrecken versetzt hätten. Jetzt konnte ich den Blick deuten. Sie lehnte mein Angebot ab.

»Ich wünsche Euch Glück«, sagte sie nur.

☆

Die beiden Prinzessinnen spielten Schach, als ich eintrat. Henriette-Marie war jetzt 14 Jahre alt. Ich war in demselben Alter verheiratet worden. Vielleicht hatte Henriette mehr Glück als ich, da sie vermutlich erst in einem Jahr die Ehe mit ihrem Mann vollziehen musste.

Ich war froh, dass ich die beiden Prinzessinnen zusammen antraf, denn ich hatte beschlossen, zwei Fliegen mit einer Klappe zu schlagen. Mir stand nicht der Sinn danach, mich möglicherweise zweimal dem Weinen, Jammern und Zähneknirschen einer Prinzessin auszusetzen. Trotzdem wusste ich, dass die Angelegenheit viel Taktgefühl erforderte.

Die beiden machten wie ihre Hofdamen einen Hofknicks vor mir. »Lasst uns allein«, befahl ich den Hofdamen, die flüsternd davoneilten.

Die Schwestern schauten sich fragend an, denn sie spürten, dass etwas im Schwange war.

»Wie geht es dir heute, Christine?«, fragte ich.

»Ich lebe, Eure Majestät.«

Das war keine besonders erfreuliche Antwort, doch sie begünstigte meinen Plan, ihr die Vermählung beizubringen. »Ich habe interessante Neuigkeiten für dich. Seine Majestät hat eine Vermählung für dich arrangiert.«

Einen Moment herrschte absolute Stille.

»Eine Vermählung?« Christine stieg die Röte ins Gesicht, und dann wurde sie ganz blass. »Mit wem?«

»Mit dem Herzog von Savoyen.«

Sie riss den Mund auf und schaute mich sprachlos an.

»Du wirst eine Herzogin!«, schrie Henriette und klatschte in die Hände.

»Elisabeth ist eine Königin«, stieß Christine hervor. »Dieser Herzog ... Ist er ...?«

»Er ist ein paar Jahre älter als du«, sagte ich. »Und er ist sicher sehr nett.«

Sie sank auf einen Stuhl.

»Er wird dir gefallen«, versicherte ich ihr.

»Ja, Eure Majestät«, stammelte sie misstrauisch.

»Und was wurde für mich entschieden?«, fragte Henriette in ihrem üblichen frühreifen Ton.

»Du wirst auch heiraten.«

Ich hatte es ihr eigentlich schonender beibringen wollen, doch die Antwort rutschte mir einfach heraus.

»Ich?«, fragte Henriette vergnügt.

»Sie auch?«, fragte Christine bestürzt.

»Der König von England hat beim König um deine Hand für seinen Sohn angehalten. Nach dem Tod seines Bruders ist er der englische Thronfolger geworden. Du wolltest doch immer Königin werden, oder? Die Königin von England zu sein, ist besser als nichts.«

Sie starrte mich mit offenem Mund an, während Christine in Tränen ausbrach.

»Also wirklich!«, schimpfte ich. »Reiß dich zusammen.«

»Ich müsste ihn heiraten«, rief das Mädchen. »Ich bin die Zweitälteste. Wenn eine von uns Königin wird, müsste ich es sein.«

»Du kannst es nicht sein«, erklärte ich ihr. »Deine Verlobung wurde schon vor einiger Zeit arrangiert. Diese Vereinbarung mit England hat sich soeben erst ergeben.«

Das arme Mädchen weinte noch immer, daher wandte ich mich Henriette zu. »Du bist also zufrieden mit dieser Vereinbarung?«

»Hm ... Ist er hübsch?«

Genau diese Frage hatte auch ich vor neun Jahren gestellt!

»Ich glaube schon. Wir hoffen, dass wir ein Porträt von ihm bekommen.«

Sie klatschte in die Hände, und ich wusste, welche Frage als Nächstes kam.

»Glaubst du, er hat ein großes Ding?«

»Alle Engländer haben große Dinger«, behauptete ich optimistisch.

»England«, murmelte das Kind nachdenklich. »Erzählt mir etwas über England.«

Ich wusste fast nichts über England, außer ... »Es ist dort sehr kalt und nebelig«, sagte ich. »Und die Menschen sind sehr aufsässig.«

»Aufsässiger als hier in Paris?«, fragte Henriette beunruhigt.

»Viel aufsässiger.«

»Und den Königinnen werden immer die Köpfe abgeschlagen«, sagte Christine.

»Was?« Henriette legte beide Hände schützend um ihren Hals.

»Nein, nein«, beruhigte ich sie schnell und warf Christine einen bösen Blick zu. »Wenn die Königin blaues Blut in den Adern hat, passiert so etwas nicht.«

»Gibt es denn Königinnen, die *kein* blaues Blut in den Adern haben?«, wollte Henriette wissen.

»Nur in England. Dich betrifft es nicht.«

Ich konnte nur hoffen, dass ich Recht behielt.

☆

Die Vermählungen mussten zurückgestellt werden, weil der Papst Ende des Jahres starb. Der arme Gregor hatte nur wenige Jahre auf dem Papststuhl gesessen. Sein Nachfolger, ein gewisser Maffeo Barberini, übernahm das Amt als Urban VIII. Unsere Heiratspläne, die bisher nur im Louvre und vermutlich in Whitehall bekannt waren, mussten schließlich offenbart werden. Es bestand kein Zweifel daran, dass Rom die Pläne nicht gutheißen würde, da es um die Heirat einer katholischen Prinzessin mit einem protestantischen Prinzen ging. Daher machten wir uns auf eine stürmische Zeit gefasst. Der Papst interessierte sich indes mehr für das, was im Reich geschah. Der Kaiser hatte hier in einem Brabanter namens Tilly einen ausgezeichneten General gefunden, der die

Protestanten in die Flucht schlug. Alle rechneten mit einem schnellen Ende des Krieges und mit einem großartigen Sieg der Katholiken.

Diese Aussicht, die auch einen entscheidenden Habsburger Sieg einschließen würde, gefiel dem Kardinal im Gegensatz zu mir gar nicht. Ich beschloss, mit ihm über die neuesten Entwicklungen zu sprechen. Wir hatten jedoch eigene Probleme, da es im neuen Jahr zu einer Revolte in Quercy kam. Die Menschen wetterten gegen die Steuern, weil im vergangenen Herbst eine sehr schlechte Ernte eingebracht worden war. Ludwig war wütend und hätte am liebsten Truppen dorthin geschickt, die jeden, der ihnen in die Quere kam, aufknüpften. Richelieu mahnte wie immer zu Geduld und riet zu einer kleinen Unterstützung. Es ging ihm ebenso um seine Beliebtheit beim Pöbel wie um seinen Einfluss beim König.

Im Frühjahr wurde ich plötzlich unterrichtet, dass mich ein Mann von Stand zu sprechen wünsche.

☆

Können Sie sich vorstellen, dass mein Gatte und der Kardinal mein erstes Treffen mit George Villiers einfädelten?

Wie ich schon erwähnte, war ich darauf vorbereitet, dass der Herzog inkognito nach Paris kommen würde. Es bestand die Gefahr, dass es zu Unruhen des Pöbels kommen könnte, wenn die Menschen erfuhren, dass ein Abgesandter der verhassten Insulaner in ihrer Mitte weilte. Die ganze Angelegenheit hatte mich nicht besonders beschäftigt, da ich ein Treffen zwischen dem englischen Herzog und der Prinzessin nicht für problematisch hielt. Ich fürchtete auch nicht um den guten Eindruck Henriettes. Ihr fünfzehnter Geburtstag nahte, und sie reifte zu einer sehr hübschen jungen Frau mit feinen Gesichtszügen und runden Formen heran.

Ich hatte damit gerechnet, rechtzeitig über die Ankunft des Herzogs unterrichtet zu werden, doch plötzlich war er da. Marie de Chevreuse, die mir die Nachricht überbrachte, zitterte vor Aufregung.

»Soll ich ihn hereinbitten, Eure Majestät?«

»Nein«, sagte ich. »Ich gehe zu ihm.«

Ich begab mich ins Vorzimmer und blieb wie angewurzelt im Türrahmen stehen.

Der Herzog, der sich mit einem meiner Höflinge unterhielt, drehte sich zu mir um, sobald die Tür geöffnet wurde. Er zog sofort den Hut, trat mit einem Bein einen Schritt vor und machte eine kunstvolle Verbeugung.

In diesem Augenblick nahm er mich wohl kaum richtig wahr. Ich hingegen hatte sofort einen ersten Eindruck von ihm. Nichts, was über ihn gesagt wurde, war im Geringsten übertrieben. Er war wahrlich der hübscheste Mann, den ich je erblickt hatte. Mir fielen auf den ersten Blick sein glänzendes schwarzes Haar (er trug keine Perücke) und seine wohlgeformten Beine auf, die man gut erkennen konnte, da er keine Stiefel, sondern Schuhe trug. Seine Hose war modisch unter den Knien geschnürt. Der Herzog hatte breite Schultern, einen imposanten Brustkorb und einen flachen Bauch. Leider verhüllte die weite Hose alles andere.

Sein Gesicht fiel mir besonders ins Auge, denn er hatte wunderschöne Gesichtszüge, leuchtende dunkle Augen, einen perfekt geschnittenen Spitzbart und einen breiten, sorgfältig gestutzten Schnurrbart.

Eine makellose Schönheit!

Der Herzog hatte sich mittlerweile wieder aufgerichtet und musterte mich. Ich muss sagen, dass er eine Frau anschaute, deren Schönheit der seinen kaum nachstand. Wie ich schon erwähnte, war ich seit der Pubertät kaum noch gewachsen, doch ich war mit meinen 1,60 m für eine Frau groß genug. Außerdem hatte ich üppige Rundungen bekommen. Es gab keine Frau am Hof, die einen hübscheren Busen hatte als ich, und durch das tiefe Dekolleté kam er besonders zur Geltung. Keine andere Frau hatte drallere Arme als ich oder einen schöneren Nacken. Ich hatte einen makellosen Teint, und meine Gesichtszüge, die vielleicht durch ihre Herbheit und das strenge Kinn nicht ganz dem Schönheitsideal entsprachen, waren dennoch reizvoll. Mein kastanienbraunes Haar, das zu Ringellöckchen frisiert war, die damals in Mode waren, glänzte wie auch meine Augen. Falls er sich aufgrund meiner *sichtbaren* Schönheit ausmalte, dass meine Beine und andere *unsichtbare* Körperteile ebenso reizvoll sein müssten, hätte er sich nicht geirrt.

Ich bin nicht so naiv, an Liebe auf den ersten Blick zu glauben. Es besteht jedoch die Möglichkeit, dass sich zwei menschliche Wesen nach dem ersten Blick stark zu einander hingezogen fühlen, und genau das geschah an jenem Tag. Der Herzog war damals 32 Jahre alt, und ich war 23. Wenn man unser unterschiedliches Geschlecht berücksichtigt, hatten wir beide den Höhepunkt unserer körperlichen Entwicklung erreicht.

Wir schauten einander an, während seine und meine Dienerschaft wartete. Vermutlich wusste nur Marie de Chevreuse, die hinter mir stand, was hier vor sich ging.

Buckingham ergriff zuerst das Wort. »Eure Majestät.«

»Werter Herzog«, begrüßte ich ihn. »Oder sollte ich Euch anders ansprechen?«

»Ich bin Mr. Smith, Eure Majestät. George Smith.«

»George Smith«, sagte ich. »Willkommen in Paris.«

»Es ist mir eine große Ehre, hier zu sein, Eure Majestät.«

»Ihr seid gekommen, um Euch die Prinzessin anzusehen.«

»Ah ...« Genau das war der Grund seines Besuches, doch der schien ihm entfallen zu sein. »Nun ... ja ... hm.«

Wir schauten uns wieder an.

»Ich werde das Treffen arrangieren«, sagte ich. »Für morgen. Es war die Rede davon, dass Ihr uns ein Porträt des Prinzen mitbringt.«

»Es ist in meinem Gepäck, Eure Majestät. Möchtet Ihr es sehen?«

»Ich werde mir das Porträt ansehen, wenn wir es der Prinzessin gemeinsam zeigen.«

»Natürlich, Eure Majestät.«

Er zögerte, und auch ich schwieg einen Augenblick. Es gab keinen Grund, die Audienz fortzusetzen.

»So«, sagte ich. »Bis morgen.«

Ich streckte meine Hand aus, und er ergriff sie, um sie zu küssen. Dann drehte er zu meiner Bestürzung die Hand um und küsste meine Handfläche. So etwas hatte sich noch nie jemand erlaubt. Mir stieg sofort die Röte ins Gesicht.

»Ich werde Euch begleiten, gnädiger Herr ... hm ... Mr. Smith«, sagte Marie und bot dem Herzog ihren Arm. Es war nicht das erste Mal, dass ich sie am liebsten erwürgt hätte.

☆

Kaum hatte ich mich in mein Schlafgemach zurückgezogen, kehrte Marie schon zurück.

»Und?«, fragte ich in kühlem Ton. »Hat er dich auch geküsst?«

»Nur meine Finger. Der Herzog hat nur Augen für Euch.«

»Doch da ich für ihn nicht erreichbar bin ...«

»Seid Ihr unerreichbar, Eure Majestät?«

Ich starrte sie an. »Bist du verrückt?«

»Der hübscheste Mann der Welt. Er würde Euch zu Füßen liegen.«

Bei dem Gedanken wurde ich ganz schwach.

»Willst du mich anstiften, Ehebruch zu begehen?«

»Alle großen Lieben der Geschichte waren verboten, Eure Majestät.«

»Das ist Hochverrat.«

»Nur wenn es entdeckt wird, Eure Majestät.«

»Mein Gott, Marie, kann man denn hier irgendetwas geheim halten?«

»Ich könnte es arrangieren.«

»Damit wir beide auf dem Schafott enden?«

»Nun, Eure Majestät, wenn es dazu kommen sollte, könntet Ihr wenigstens eine Erinnerung mit ins Grab nehmen.«

Wie heimtückisch Worte doch sein können! Sie können uns auf eine Idee bringen, die sich in unserem Geist festsetzt. Marie hatte einen wunden Punkt berührt. Ich könnte jederzeit sterben, und welche Erinnerungen könnte ich mit ins Grab nehmen? Zum Beispiel wenn das morgen schon der Fall wäre? Es gab keine Erinnerung, die für mich irgendeinen Wert oder eine Bedeutung gehabt hätte.

Und wenn sie es arrangieren könnte ... Es würde bedeuten, dass wir beide bis an unser Lebensende unwiderruflich miteinander verbunden wären. Aber waren wir das nicht bereits?

»Ich muss darüber nachdenken«, sagte ich.

»Bitte nicht zu lange, Eure Majestät. Der Herzog will in Kürze nach England zurückkehren.«

»Und woher wollen wir wissen, dass er interessiert ist? Ich meine, dass er *daran* interessiert ist?«

»Er hat zu mir gesagt: ›Ich muss sie wiedersehen. Ich muss. Ich muss sie allein sehen.‹«

»Das hat er gesagt?«

»Ich schwöre.«

»Und was hast du geantwortet?«

»Dass ich es arrangieren werde.«

»Ohne mit mir gesprochen zu haben?«

»Ich habe gesehen, wie Ihr ihn angeschaut habt, Eure Majestät.«

Mein Gott, dachte ich. Ich saß bereits in der Falle.

»Und wie kannst du es arrangieren?«

»Es ist ganz einfach, Eure Majestät. Ihr besucht mich zu Hause, und Mr. Smith wird auch da sein.«

»Und dein Gatte?«

»Ist zu dem Zeitpunkt nicht anwesend, Eure Majestät.«

Ich war zwischen Kummer und Begierde hin- und hergerissen.

»Wenn Ihr Euch diese Gelegenheit entgehen lasst, Eure Majestät«, sagte das verdorbene Luder, »kommt sie vielleicht nie wieder, und Ihr werdet es Euer ganzes Leben bereuen.«

Und wenn ich die Gelegenheit ergreife, dachte ich ... »Ich werde darüber nachdenken«, sagte ich noch einmal. »Ich gebe dir morgen meine Antwort.«

Nachdem ich ihn ein zweites Mal gesehen hätte. Vielleicht sah er auf den zweiten Blick nicht mehr so hübsch aus.

☆

Auf den zweiten Blick war er sogar noch hübscher, und er schaute mich noch eindringlicher an. Ich hatte fast das Gefühl, dass er sich schon die Zukunft ausmalte und mich mit den Augen auszog.

Bevor wir Zeit gehabt hätten, mehr als eine formale Begrüßung auszutauschen, gesellten sich mein Gatte und der Kardinal zu uns. Daher mussten wir höllisch aufpassen.

»Wir wollen uns das Porträt einmal ansehen«, sagte Ludwig.

Der Herzog zog es aus seiner Brieftasche. Es war ein Miniaturgemälde, auf dem man nur sehr wenig erkennen konnte, außer dass der Prinz ebenso wie der Herzog von Buckingham einen Spitzbart und einen Schnurrbart trug.

»Hm«, murmelte Ludwig. »Hm. Der Bursche sieht nicht schlecht aus.« So sprach er über einen Mann, der ein Jahr älter war als wir. »Was meint Ihr dazu, Teuerste?«

Er reichte mir das Bild, und ich plapperte ohne nachzudenken los: »Er sieht hervorragend aus, Sire.«

Richelieu, der neben mir stand, hüstelte. Bei unserem letzten Gespräch hatte ich ausdrücklich zu verstehen gegeben, dass ich gegen diese Verbindung war. Das hatte ich ganz vergessen.

Ich versuchte hastig, meine Worte zu relativieren. »Nun, Eure Eminenz«, sagte ich, »da es beschlossene Sache ist ...«

»Haha«, rief Ludwig. »Wir haben Henriettes Meinung noch nicht gehört.«

Wir folgten dem König in die Gemächer der Prinzessinnen wie eine Schar junger Höflinge, die jemandem einen Streich spielen wollten. Und das machten wir ja auch. Mit zwei Ausnahmen. Der Herzog versuchte meinen Blick zu erhaschen, und ich versuchte verzweifelt, das zu vermeiden. Sicher wunderte sich der Kardinal, warum ich meine Meinung so plötzlich geändert hatte, und das offensichtlich noch, ehe ich mir das Bild richtig angesehen hatte.

Wir wurden von den Prinzessinnen und der Königinmutter, die in Erwartung unseres Besuches bei ihnen weilte, begeistert begrüßt. Sogar Maria von Medici ereiferte sich über das gute Aussehen des jungen Prinzen. Ich erkannte allerdings, dass sie sich – wie auch die anderen und Henriette-Marie selbst – beim Betrachten des undeutlich gemalten Bildes von Prinz Karl von dem ausgezeichneten Aussehen und den perfekten Manieren seines Botschafters beeinflussen ließ. Buckingham konnte sogar fast akzentfrei Französisch sprechen.

»Gefällt er dir?«, fragte Ludwig seine Schwester.

»Ja, Sire, er gefällt mir gut.«

»Wunderbar. Jetzt müssen wir uns nur noch über den Hochzeitstermin einigen. Habt Ihr die Dokumente gelesen, werter Herzog? Hm, Mr. Smith?«

»Ja, Eure Majestät. Euer Vorschlag wird dem König von England überbracht.«

»Glaubt Ihr, er wird Einwände machen?«

»Einiges wird er möglicherweise nicht akzeptieren können«, sagte Buckingham.

»Ja«, entgegnete Ludwig.

»Ludwig«, rief Henriette, die sich jetzt als Schwester an ihren Bruder wandte und ihn einfach mit Vornamen ansprach. »Ich möchte nicht, dass dieser Vermählung irgendwelche Hindernisse in den Weg gestellt werden.«

»Ja sicher ...« Ludwig errötete.

»Das wird nicht passieren, Eure Hoheit. Wir müssen nur einen Vertrag unterzeichnen. Das ist alles. In diesen Dingen ist es üblich, um zu einer Übereinkunft zu gelangen, doch ich gebe Euch mein Wort, dass die Angelegenheit zu aller Zufriedenheit geklärt wird.«

»Danke, werter Herzog«, sagte Henriette.

Sie war gerade 15 und spielte schon die Königin.

»Wir hätten nicht über die Verträge sprechen sollen«, verkündete Ludwig, der sehr verstimmt war, als wir die Prinzessin verließen.

Ich folgte dem König und steuerte auf meine Gemächer zu, um zu vermeiden, dass der Herzog mir einen Blick zuwarf oder mich gar ansprach. Zu meiner Bestürzung folgte mir der Kardinal.

»Was haltet Ihr von ihm?«, fragte mich Richelieu.

»Nach dem Bild zu urteilen, macht er einen sehr guten Eindruck«, sagte ich, wobei ich genau wusste, wie seine Frage eigentlich gemeint war.

»Ich spreche von Buckingham«, erläuterte der Kardinal.

»Er scheint ein geschickter Unterhändler zu sein.«

»Das werden wir sehen. Ich traue ihm nicht.«

»Und warum nicht, Eure Eminenz? Nur weil er Engländer ist?«

»Weil er sich als Herzog von Buckingham für wichtiger hält als seinen Prinzen, seinen König und sein Land.«

Also wirklich, dachte ich: Ein Esel schimpft den anderen Langohr! Ich zuckte nur mit den Schultern. »Ich weiß nicht, wie ehrgeizig er ist, Eure Eminenz, aber für uns ist doch lediglich wichtig, dass er König Jakob diese Vermählung empfiehlt, und dazu scheint er bereit zu sein.«

Er sah aus, als wollte er dem noch etwas hinzufügen, doch dann änderte er seine Meinung und verließ mich. Wenige Minuten später kam Marie zu mir.

»Es ist alles arrangiert«, sagte sie.

»Was ist alles arrangiert?«

»Ihr werdet mich morgen früh besuchen, und der Herzog wird auch bei mir sein – inkognito natürlich.«

Mein Herz schlug schneller, als ich daran dachte.

»Es geht nicht.«

»Es kann nichts passieren, Eure Majestät.«

»Es ist schon etwas passiert. Richelieu ist misstrauisch geworden.«

»Warum sollte er misstrauisch sein? Ihr habt den Herzog zweimal getroffen, und nie allein. Warum sollte er also misstrauisch sein?«

»Er hat mich seltsam angesehen. Ich meine, Buckingham hat mich so seltsam angesehen ...«

Marie schnaubte verächtlich. »Ist es Euch noch nie aufgefallen, dass der Kardinal Euch genauso anschaut? Sie würden beide ein Vermögen dafür geben, Euch nackt in ihrem Bett liegen zu haben. Welcher wäre Euch lieber?«

Ich bekam eine Gänsehaut.

Marie gab mir einen Kuss. »Nun muss ich gehen, um die letzten Vorbereitungen zu treffen. Ich erwarte Euch um zehn Uhr morgen früh.«

Ich ergriff ihre Hand. »Marie! Hat der Herzog ...« Ich biss mir auf die Lippe.

»Er macht sich Hoffnungen, aber ich habe ihm nichts versprochen.«

»Doch wenn ich zu dir komme, während er bei dir ist ...«

»Er müsste sehr dumm sein, wenn er nicht wüsste, warum Ihr kommt, Eure Majestät, und ich glaube, dumm ist er nicht.«

☆

Mit diesen Worten ließ sie mich allein. Da es noch keine Essenszeit war, lag fast der ganze Tag vor mir. Ich musste beim Essen zwischen dem König und der Königinmutter sitzen und ihre gute Laune ertragen. Nur Christine war untröstlich.

Nach dem Essen folgte der Spaziergang mit meinen Hunden, später das Kartenspiel und das Abendessen. Die ganze Zeit über musste ich mich der allgemeinen guten Stimmung anschließen, ehe ich mich zurückziehen und meinen eigenen Gedanken nachhängen konnte.

»Eure Majestät sind sehr nachdenklich«, sagte Julie, als sie mir beim Entkleiden zur Hand ging.

»Ich bin nur müde«, beruhigte ich sie und tat so, als wollte ich sofort schlafen. Stattdessen lag ich auf dem Rücken und starrte auf den Baldachin.

Was ich vorhatte, war der reinste Wahnsinn. Diesem Wahnsinn konnte ich ganz einfach ein Ende bereiten, indem ich morgen nicht zu dem Treffen ging. Es war ganz einfach. Aber ... Ich hatte Richelieus verächtliche Worte noch im Ohr. Auch Maries hinterhältige Bemerkung hatte ich nicht vergessen. *Eine Erinnerung, die Ihr mit ins Grab nehmen könntet!*

Nicht nur diese beiden Bemerkungen saßen wie ein Stachel in meinem Herzen. Ich sagte bereits, dass sich meine Schönheit mit 23 Jahren voll entwickelt hatte. Hübsche Menschen und besonders hübsche Frauen machen sich immer Sorgen um das nahende Alter. Ich wusste nicht, wie lange ich noch so reizvoll aussehen würde. Jeden Tag sah ich, dass hübsche Frauen von Blattern befallen wurden, und selbst wenn sie die schreckliche Krankheit überlebten, war ihre Schönheit für immer zerstört. Wenn mir so etwas zustoßen würde ... *Eine Erinnerung, die Ihr mit ins Grab nehmen könntet,* schoss es mir wieder durch den Kopf. Ein paar gemeinsame Nächte mit einem Mann, der mich deutlich spüren ließ, dass er einen Jungen in seinen Armen vorgezogen hätte – das war zurzeit alles.

Bei allem Für und Wider führte kein Weg daran vorbei, dass es eine große Sünde war. Nach den geltenden Kirchengesetzen war Hurerei Unverheirateter eine Sünde, und Ehebruch war eine viel größere Sünde. In meiner Stellung wäre die Sünde noch größer, weil ich sie nicht beichten konnte. Das zeigte nur das große Risiko. Ehebruch einer Königin ist Hochverrat. Zum Recht eines Mannes, mit seiner sündigen Frau nach Gutdünken zu verfahren, kam das viel größere Recht hinzu, mit seiner Gemahlin wie mit einem Untertan zu verfahren, der ihn verraten hatte.

Wenn der Ehebruch entdeckt werden würde, könnte ich als mildeste Strafe erwarten, den Rest meiner Tage in einem Kloster zu verbringen. Und das Schlimmste ... Hochverrat ist ein Verbrechen, das mit dem Verbrennen bei lebendigem Leibe auf dem Scheiterhaufen gesühnt wird.

Und warum das alles? Um das Gefühl zu haben, zum ersten Mal in meinem Leben als Frau geliebt zu werden? Und ohne Zweifel zum letzten Mal. So etwas konnte ich nicht wiederholen.

Dann erinnerte ich mich daran, dass Männer fast jede Nacht auf irgendeine Weise Ehebruch begingen. Machte nicht auch Ludwig sich immer des Ehebruchs schuldig, wenn er einen hübschen Jungen mit in sein Bett nahm? Diese Ungerechtigkeit!

Zum ersten Mal stimmte ich den Ideen von Mademoiselle Gourlay teilweise zu. Als ich erwachte, stand mein Entschluss fest, und ich war zum Schäferstündchen bereit.

Ich bat Julie, mir ein Bad vorzubereiten, was sie ein wenig überraschte, da ich erst am Tag zuvor ein Bad genommen hatte. Anschließend warf ich mich in Schale. Julie musste zumindest teilweise in mein Geheimnis eingeweiht werden.

»Heute besuche ich die Herzogin von Chevreuse«, sagte ich zu ihr. »Du begleitest mich.«

»Ja, Eure Majestät.«

»Ich muss unter vier Augen mit der Herzogin sprechen. Es geht um eine Staatsangelegenheit.« Das war eigentlich keine Lüge.

»Ja, Eure Majestät«, sagte das Mädchen.

Julie hatte nicht die leiseste Ahnung, was ich wirklich vorhatte.

☆

Wir nahmen meine Privatkutsche. Diese war ein unauffälliges Gefährt, da ich gerne den Louvre verließ, um durch den Park oder die Stadt zu fahren, ohne vom Pöbel erkannt zu werden. Die seltenen Schmeicheleien des Pöbels waren ebenso lästig wie die regelmäßigen Beschimpfungen. Daher begleitete mich bei diesen Ausfahrten noch nicht einmal eine Eskorte. Allerdings waren meine beiden Postillione bewaffnet.

Wir verließen den Palast um halb zehn und kamen kurz vor zehn vor dem Haus des Herzogs im Vorort St. Denis an. Unterwegs sprachen wir kaum ein Wort. Julie bemerkte sicherlich, dass ich mit meinen Gedanken ganz woanders war, und vielleicht fiel ihr sogar meine Erregung auf. Meine Hände in den Handschuhen waren ganz feucht. Die Diener benahmen sich wie immer – ich hatte dieses Haus schon mehrfach aufgesucht – und geleiteten uns in die große Eingangshalle, in der Marie auf uns wartete.

»Eure Majestät«, begrüßte sie mich und machte einen tiefen Hofknicks. »Ihr erweist meinem Haus eine große Ehre. Würdet Ihr mir bitte folgen?«

Ich folgte ihr zur Treppe und warf Julie, die ziemlich verloren wirkte, einen Blick zu.

»Ich bin in ein paar Minuten zurück«, sagte ich zu ihr.

»Ja«, sagte Marie, »vielleicht in einer Stunde. Aimée, kümmere dich bitte um Mademoiselle d'Arnette.«

»Ja, Madame.« Aimée führte Julie zur Rückseite des Hauses, während wir die Treppe hinaufstiegen.

»Ist er hier?«, murmelte ich, denn ich konnte mich kaum noch beherrschen.

»Ihr seid ungeduldig, Eure Majestät. Ja, er ist hier und erwartet Euch.«

Ich wedelte mir mit dem Fächer aufgeregt Luft zu.

Marie öffnete die Tür im oberen Stockwerk und führte mich in ein kleines Umkleidezimmer. Die Vorhänge waren zugezogen, und es war dunkel in dem Raum, doch ich wusste sofort, dass der Herzog am Fenster stand.

Marie schloss die Tür hinter uns.

Buckingham verneigte sich. »Eure Majestät«, sagte er. »Ihr erweist mir eine große Ehre.«

Ich war sprachlos, als ich ihm meine Hand zum Kuss reichte.

»Ich habe etwas zu tun«, sagte Marie. Sie durchquerte den Raum und öffnete eine Tür, hinter der ein kleines Schlafgemach lag. »Ich nehme an, Ihr werdet alles finden, was Ihr braucht«, sagte sie. »Dort steht Wein ...« Sie zeigte auf eine Anrichte im Umkleidezimmer, auf der ein Silbertablett mit einer Karaffe und zwei Gläsern stand. »Wenn Ihr gehen möchtet, Eure Majestät, zieht bitte an der Klingel.« Sie zeigte auf den Glockenstrang am Kamin. »Sie ist nur mit dem Raum verbunden, in dem ich warte – allein. Dann komme ich, um Euch beim Ankleiden behilflich zu sein.« Sie ging rasch zur Tür, machte einen Knicks, verneigte sich vor dem Herzog, ging hinaus und schloss die Tür hinter sich.

Es herrschte einen Moment Schweigen, ehe der Herzog sagte: »Eine gute Organisation. Man könnte fast meinen, dieses Zimmer sei schon häufiger für diese Zwecke benutzt worden.«

Er schaute mich an.

»Von mir nicht.«

»Daran habe ich nicht eine Sekunde gedacht.«

Wir standen kaum einen Schritt voneinander entfernt, und keiner von uns bewegte sich.

»Möchtet Ihr ein Glas Wein trinken?«, fragte er mich.

»Ja gerne«, erwiderte ich. Ich hatte eine ganz trockene Kehle.

Er ging zu der Anrichte, goss Wein in die beiden Pokale, reichte mir einen und hob seinen. »Auf uns.«

Ich trank.

»Wie soll ich Euch ansprechen? Eure Majestät?«

»Ich heiße Anna.«

»Anna. Ein wunderschöner Name.«

»Und ich nenne Euch George. Ich glaube, das ist am besten – solange wir hier in diesem Zimmer sind.«

»Einverstanden.« Er trank noch einen Schluck, und auch ich nippte an meinem Kelch. Mir wurde ganz warm. George nahm mir den Kelch aus der Hand, stellte ihn mit seinem auf die Anrichte und kam wieder zu mir. Ich hatte das Gefühl, Pudding in den Beinen zu haben, und fürchtete, zu Boden zu sinken. Er umfasste meine Taille und drückte mich an sich. »Ist Euch unwohl?«

»Ich bin nur verwirrt. Ich habe so etwas noch nie getan.«

»Ich weiß diese Ehre zu schätzen.«

Er küsste mich auf den Mund. Eigentlich hatte ich nicht damit gerechnet, auf jeden Fall nicht so schnell. Schon drang er mit seiner Zunge in meinen Mund ein. Es war das erste Mal, dass mich ein Mann auf diese Weise küsste. Wenn ich an Ludwigs flüchtige Küsschen dachte, war es das erste Mal, dass mich ein Mann überhaupt küsste. Seine Küsse waren viel fordernder als Maries und Julies. Obwohl ich ganz benommen war, gefiel es mir sehr. Ich wollte, dass er mich vollkommen beherrschte, denn beim geringsten Zögern seinerseits wäre ich aus dem Zimmer geflohen.

Buckingham hob mich mühelos vom Boden hoch, trug mich ins Schlafgemach, legte mich aufs Bett und zog mich sofort aus. Er kannte sich anscheinend gut aus, und auch wenn ich fürchtete, er könnte in seiner Leidenschaft etwas zerreißen, protestierte ich nicht, als er mich auf dem Bett hin und her rollte. Wenige Sekunden später trug ich nur noch meine Strümpfe, die er mir zärtlich auszog. Meine Schuhe hatte ich schon von den Füßen gestreift.

Ich lag nackt auf der Decke und schaute den Herzog an, der neben dem Bett stand. Auch das war eine ganz neue Erfahrung für mich, denn Ludwig hatte noch nie das geringste Interesse gezeigt, mich anzuschauen. Und diesen Mann hatte ich erst zweimal gesehen. Instinktiv wollte ich die Decke über meinen Körper ziehen, doch er schüttelte den Kopf.

»Wollt Ihr Eure Schönheit verbergen?«

Ich traute mich kaum noch, mich zu bewegen, denn ich hatte mich in meinem ganzen Leben den Blicken eines Mannes noch nie so preisgegeben gefühlt.

Er schaute mich eine Weile an, und ich fragte mich, ob er hoffte, von mir entkleidet zu werden. Allerdings hätte ich gar nicht gewusst, wie ich es hätte anstellen sollen. Da er das spürte, entkleidete er sich selbst, und ich schaute zu. Ludwig hatte nie mehr als eine etwas weibische Sanftheit offenbart, auch wenn er von Zeit zu Zeit eine Erektion hatte. Dieser Mann hingegen war in jeder Hinsicht perfekt.

Buckingham hatte einen athletischen Körper, den die Leidenschaft entflammt hatte. Ich verlor bei dem Gedanken daran fast die Besinnung, und einen Moment später lag er schon auf mir. Er versuchte nicht sofort, in mich einzudringen, sondern presste meinen Körper an den seinen, küsste immer wieder meinen Mund, meinen Busen und saugte an den Brustwarzen, als wäre er ein Säugling. Langsam glitt er an meinem Körper hinunter, womit ich fast gerechnet hatte, und dennoch bestürzte mich die Wirklichkeit. Ich zog instinktiv meine Beine an, und er bahnte sich mit seinen Fingern und seiner Zunge zwischen meinen Oberschenkeln den Weg.

Was würde er als Nächstes tun? Vor Angst und Aufregung fing ich an zu keuchen. Im Moment schien ihm dieses Liebesspiel zu gefallen. Noch immer lag sein Kopf zwischen meinen Schenkeln, und er schob eine Hand unter meinen

Po, um seine Lust noch besser befriedigen zu können. Und wie war es um meine Lust bestellt? Wenn ich ganz ehrlich bin, hielt sich meine Begierde in Grenzen. Was er tat, erfüllte mich mit einem köstlichen Gefühl, doch meine Sinnenlust wurde durch mein Entsetzen über meinen *Seitensprung* gedämpft.

Als ich bereit war, drang er in mich ein. Diesen von der Kirche vorgeschriebenen Geschlechtsakt hatte ich erst einmal beim Vollzug meiner Ehe erlebt. Sie werden sich noch daran erinnern, was für eine öffentliche und unbefriedigende Angelegenheit das war. Buckingham hingegen offenbarte zügellose, entschlossene Manneskraft. Er drang so tief in mich ein, dass mich plötzlich ungeheure Angst erfasste. Was würde passieren, wenn er mich schwängerte?

Kurz darauf war er erschöpft. Er blieb auf mir liegen und flüsterte mir ins Ohr: »Oh Anna! Anna! Meine wundervolle Anna. Ich liebe Euch! Ich verehre Euch! Ich möchte Euch für immer besitzen.«

»Euch gehört mein Herz für immer«, beteuerte ich.

Das war nicht ganz ehrlich. Man verliebt sich nicht für immer und ewig in einen Mann, den man gerade kennen gelernt hat, auch nicht nach so einem Schäferstündchen. Wenn ich heute daran zurückdenke, glaube ich nicht, dass ich George Villiers je so wie den teuren Jules geliebt habe, doch in jenem Moment liebte ich seinen Körper, und diese Liebe währte eine Weile.

Er wollte mehr, und er brachte mir ohne Zweifel wahre Gefühle entgegen. Dieser Abenteurer, der auf seinem Weg nach oben mit unzähligen Frauen und einigen Männern das Bett geteilt hatte, war hoffnungslos und unwiderruflich in eine Frau verliebt, die für ihn immer unerreichbar bleiben würde.

Hätte seine Liebe ewig gedauert? Das ist schwer zu sagen, denn er lebte nur noch fünf Jahre. Ich bezweifle jedoch nicht, dass seine Liebe diese fünf Jahre überdauert hat.

»Ich möchte Euch besitzen. Ganz. Anna ... Ich werde das Land heute Nacht verlassen. Kommt mit mir.«

»Lieber Herzog«, keuchte ich. »Das würde Krieg zwischen England und Frankreich bedeuten.«

»Was kümmert mich das, wenn ich Euch besitzen kann?«

Es bestürzte mich, dass brennende Leidenschaft so nahe am Wahnsinn lag.

»Bitte, George«, bettelte ich. »Wir haben eine Stunde höchsten Glücks erlebt ...« Das hatte er gewiss, auch wenn es keine ganze Stunde war. »Lasst uns das Schicksal nicht noch einmal versuchen!«

»Noch einmal?« Er zog seine Knie an. »Immer und immer wieder!«

Wenn es auch schmeichelnd war, bekam ich jetzt schreckliche Angst.

»Ich werde in Frankreich bleiben«, erklärte er.

Da packte mich das blanke Entsetzen.

»Das könnt Ihr nicht«, widersprach ich.

»Dann werde ich mich töten.«

Ich setzte mich hin und ergriff seine Hände. »Mein lieber George. Das dürft Ihr nicht tun.«

»Ich liebe Euch! Ich verehre Euch! Ich kann ohne Euch nicht leben!«

Das war ein großes Problem.

»Das müsst Ihr auch nicht«, versprach ich.

»Ihr kommt also mit mir?«

»Das kann ich nicht. Ich bin die Königin von Frankreich. Ich habe eine Verantwortung, die größer ist als die Liebe.«

Stimmte das? In jenem Moment konnte ich nicht klar denken. Ich wusste nur, dass meines Wissens in der ganzen Geschichte noch keine Königin je ihren lebenden Gatten verlassen hatte.

»Dann ...«

»Wir müssen auf unser nächstes Treffen warten.«

So sah es also mit meinem Entschluss aus. Was hätte ich

aber sonst sagen sollen? Ich wollte auf keinen Fall, dass sich dieser hübsche Mann tötete.

»Und wann wird das sein?«

»Kehrt Ihr nicht nach Paris zurück, wenn die Verhandlungen abgeschlossen sind?«

»Eine gute Idee«, rief er. »Ich hatte es nicht beabsichtigt, doch ich werde zurückkehren. Es wird nicht lange dauern.«

Ich lächelte ihn an. »Können wir nicht so lange warten?«

»Ja, ich kann warten, Anna. Und bevor ich gehe ...«

Es war bemerkenswert, dass er sich schon wieder erholt hatte. So wurde aus dem Schäferstündchen letztendlich doch noch eine volle Stunde.

☆

Marie de Chevreuse dachte wie immer an alles. Nachdem der Herzog unbemerkt das Haus verlassen hatte und in eine wartende Kutsche gestiegen war, nahm Marie eine sehr gründliche Waschung meines Körpers vor, um jede Möglichkeit einer Schwangerschaft auszuschließen. Anschließend ging sie mir beim Ankleiden zur Hand.

»Um ganz sicher zu gehen«, sagte sie, »müsst Ihr im Louvre ein heißes Bad nehmen. So heiß, dass Ihr es gerade noch aushalten könnt.«

»Das wird zu Gerede führen. Ich habe heute schon ein Bad genommen.«

»Ihr seid die Königin. So bringt Ihr eine neue Reinlichkeit in Mode. Das würde vielen Menschen gut tun.«

»Ist der Herzog außer Gefahr?«

»Ja, er ist schon unterwegs nach Calais.«

»Wann kommst du zu mir?«

»Morgen«, versprach sie. »Bis dahin«, fügte sie hinzu und küsste mich.

☆

Es kann angenehm und entkräftend sein, ein großes Geheimnis mit jemandem zu teilen. Eine Gefahr besteht darin, mit seiner verzweifelten Sehnsucht allein zu sein, weil man sich so gerne jemandem mitteilen möchte. Marie wollte erst am nächsten Tag zu mir kommen. Daher lagen der ganze restliche Tag und die Nacht vor mir, und ich hing in meinem einsamen Paradies oder vielleicht auch in meiner einsamen Hölle meinen Träumen nach. Noch immer spürte ich die Berührung seiner Hand, tief in meinem Leib sein Glied und das Verlangen seiner Lippen auf den meinen.

Ich hatte auch seine Worte der Liebe und Verehrung noch im Ohr. Hatte ich richtig reagiert? Ob er mich für eine kühle Frau hielt? Wahrscheinlich nicht.

Wie gern hätte ich Julie erzählt, was geschehen war ... Mein seltsames Verhalten konnte ihr unmöglich entgangen sein. Schon allein mein Wunsch, innerhalb weniger Stunden ein zweites Bad, und dazu ein ganz heißes zu nehmen, kam ihr bestimmt komisch vor. Da sie nicht wusste, dass der Herzog im Haus gewesen war, konnte sie meinem Geheimnis nicht auf die Spur kommen.

Mein zweites Bad sprach sich schnell im Louvre herum und führte beim Essen zu großer Heiterkeit.

»Zu viele Bäder sind schlecht für die Verfassung«, sagte der König.

Ich wich dem Blick des Kardinals aus, der nicht weit von mir entfernt saß.

☆

Es blieb das Problem der Beichte. Darüber hatte ich schon nachgedacht. Da sich die Nachricht meines Bades so schnell im ganzen Louvre verbreitet hatte, wusste mit Sicherheit auch schon jeder über meinen morgendlichen Besuch bei der Herzogin von Chevreuse Bescheid. Daher musste ich es beichten, und da zumindest meinen Hofdamen gut bekannt war, dass sich zwischen mir und der Herzogin im Laufe der Jahre eine Beziehung entwickelt hatte, schien mir diese Lösung am besten zu sein.

»Segnet mich, Pater, denn ich habe gesündigt«, sagte ich durch das Gitter.

»Ja, mein Kind?«

Pater Joseph und ich kannten uns mittlerweile recht gut, wenn ich auch zögern würde, uns als Freunde zu bezeichnen. Zumindest herrschte zwischen uns Einvernehmen.

»Heute Morgen habe ich die Herzogin von Chevreuse zu Hause besucht.«

»Und einige Zeit dort verbracht«, sagte Joseph.

Dieser ekelhafte Kerl!

»Ja, Pater. Wir haben ein wenig miteinander geschäkert.«

»Über eine Stunde. Ihr müsst erschöpft sein.«

»Ja, ich bin erschöpft«, gab ich zu.

»Ihr seid ein ungehöriges Kind. Zwölf Ave Maria.«

Ich schaute verblüfft auf das Gitter. »Werdet Ihr mich nicht schlagen?«

»Nein, Ihr seid zu erschöpft. Friede sei mit Euch.«

☆

Ich wusste nicht, was ich davon zu halten hatte, und fühlte mich ein wenig unwohl. Am nächsten Morgen kam Marie wie versprochen zu mir, und ich konnte eine verunsicherte Julie entlassen und Marie in die Arme schließen.

»Ist er in Sicherheit?«, flüsterte ich.

»Meines Wissens hat er Calais schon erreicht«, sagte Marie. »Er hat mich gebeten, Euch dieses Geschenk zum Zeichen seiner unsterblichen Liebe zu überreichen.«

Marie legte mir eine Brosche in die Hand. Sie war klein, aber mit herrlich glitzernden Diamanten besetzt.

»Sie muss ein Vermögen gekostet haben.«

»Der Herzog von Buckingham ist reich«, erwiderte Marie.

»Es wäre unklug, diese Brosche außerhalb Eurer Gemächer zu tragen ... Sogar hier wäre es gefährlich«, fügte sie nachdenklich hinzu.

»Ich werde sie mir nur von Zeit zu Zeit ansehen. Oh Marie ... Ich stehe auf ewig in deiner Schuld.«

»In der Tat, Eure Majestät.«

Diese Bemerkung klang ein wenig unheilvoll, doch im Moment hatte ich noch keinen Anlass, darauf zu achten.

»Was werden wir tun?«

»Nichts, Eure Majestät. Bis der Herzog zurückkehrt.«

»Und dann ...«

»Ich werde alles arrangieren. Hat es gestern nicht gut funktioniert?«

»Ja, es war wunderschön. Doch mit jedem Mal wird die Gefahr größer.«

»Warum? Niemand weiß, was gestern geschehen ist. Nur Ihr und ich. Und der Herzog natürlich.«

»Deine Bediensteten ...«

»Die einzigen Bediensteten, die etwas wissen, sind mir treu ergeben.«

»Beten wir zu Gott, dass du Recht hast. Und was ist mit den Bediensteten des Herzogs?«

»Er hat mir ihre Loyalität versichert. Außerdem wird er andere Bedienstete mitbringen, wenn er zurückkehrt. Es gibt keinen Grund zur Sorge.«

»Oh Marie ...«

Als es plötzlich an die Tür klopfte, sprangen wir wie zwei aufgescheuchte Hühner zur Seite.

»Eure Majestät«, sagte Julie mit zitternder Stimme. »Seine Eminenz wünscht eine Audienz.«

Marie und ich starrten uns an.

»Er kann *nichts* wissen«, flüsterte Marie. »Wenn du uns nicht verrätst, kann er nichts machen.«

Ich biss mir auf die Lippe und holte tief Luft. »Bitte Seine Eminenz herein.«

Die Tür wurde aufgestoßen, und Richelieu trat ein. Er hatte sich angewöhnt, einen kleinen roten Hut zu tragen und mit gebeugten Schultern zu gehen, um der Welt das Bild eines Mannes zu offenbaren, den die Staatsgeschäfte niederdrückten und der dennoch seinen Platz in der Gesellschaft kannte. So ein scheinheiliger Kerl!

»Eure Majestät«, sagte er. »Ich hoffe, es geht Euch gut. Ihr seht großartig aus.«

»Dann geht es mir wohl gut«, erwiderte ich eine Spur unfreundlich. Er war wirklich der Letzte, den ich in diesem Augenblick sehen wollte.

»Ausgezeichnet«, sagte er. »Ich möchte gern unter vier Augen mit Euch sprechen.«

Sein herrischer Blick wanderte durch den Raum, und meine Hofdamen huschten sofort zur Tür.

Julie und Marie zögerten.

»Wir können auch später miteinander sprechen«, bot der Kardinal an.

Julie und Marie schauten mich fragend an.

»Geht bitte hinaus«, befahl ich.

Sie knicksten und verschwanden.

»Schließt die Tür«, befahl Richelieu.

Sie gehorchten, und wir waren allein.

»Mir kam der Gedanke, dass Eure Majestät vielleicht beichten möchten.«

»Ich habe nichts zu beichten.« Ich hätte mir nur gewünscht, mein Herz hätte nicht so stark geklopft, und meine Wangen wären nicht errötet.

»Nichts, Eure Majestät?«

»Ich habe gestern bei Pater Joseph gebeichtet. Seitdem ist nichts geschehen.«

Das war etwas ungeschickt von mir.

»Darf ich mich setzen, Eure Majestät?«

Ich bot Richelieu einen Stuhl an und nahm ihm gegenüber Platz.

»Die Pflichten eines Staatsministers sind sehr vielschichtig und erfordern daher ein allumfassendes Wissen über alle Geschehnisse, besonders auf höchster Ebene.«

»Ihr wollt damit sagen, dass Ihr ein Heer von Spionen und Informanten beschäftigt.«

Er zuckte mit den Schultern. »Ich würde sie eher als Agenten bezeichnen.«

Jetzt wusste ich, worauf er hinauswollte. Im Moment war meine Wut größer als meine Angst.

»Ihr habt mich verfolgen lassen.«

»Das mache ich immer, sobald Ihr den Louvre verlasst. Das dient Eurer eigenen Sicherheit, Eure Majestät.«

»Ich verstehe«, sagte ich in spöttischem Ton.

»Gestern ...?«

»Gestern habe ich die Herzogin von Chevreuse besucht. Das habe ich schon häufig getan, und ich werde es in Zukunft wieder tun. Oder habt Ihr ein Gesetz erlassen, das der Königin verbietet, einen ihrer Untertanen zu besuchen?«

»Eine Königin darf machen, was ihr beliebt, solange das Land oder ihre Ehe dadurch nicht gefährdet werden, Eure Majestät.«

Ich schaute ihn hochmütig an. »Wollt Ihr mich eines dieser Delikte beschuldigen, Eure Eminenz?«

»Keineswegs. Doch ... Ihr wart anderthalb Stunden bei der Herzogin. Kurz bevor Ihr Euch von der Herzogin verabschiedet habt, verließ eine geschlossene Kutsche den Hof und fuhr sehr schnell aus Paris hinaus in Richtung Calais.«

»Ihr überrascht mich. Wer hat in dieser Kutsche gesessen?« Nur mit größter Anstrengung gelang es mir, meine Unruhe zu verbergen.

»Das ist eben die Frage.«

»Demnach konnte Euer Spion nichts sehen?«

»Unglücklicherweise.«

Ich war so erleichtert, dass ich ihn anlächelte. »Wie schade!«

»Es war auf jeden Fall ein Mann, Eure Majestät. Das ist beunruhigend. Ein Mann verlässt das Haus, in dem Ihr Euch aufhaltet, in einer geschlossenen Kutsche, und fährt wie der Teufel davon. Ich halte es für wichtig zu erfahren, wer der Mann war.«

»Ihr habt ganz Recht, Eure Eminenz.«

»Und was er bei der Herzogin von Chevreuse und Euch, Eure Majestät, gemacht hat, bevor er so hastig davonfuhr.«

»Ihr müsst die Herzogin fragen.«

Mir fiel im Moment nichts Besseres ein.

»Das werde ich tun, wenn es nötig ist. Ich halte es für das Beste, wenn dieses Geheimnis möglichst wenigen Menschen bekannt ist.«

»Ihr meint Euch und mir.«

»Und der Herzogin natürlich. Und vermutlich einigen Bediensteten einschließlich Mademoiselle d'Arnette, die auch weiß, was passiert ist.«

»Keineswegs«, stieß ich schnippisch hervor. Ich war so wütend, dass ich unvorsichtig wurde.

»Aha. Wisst Ihr, dass ich die Macht habe, Julie d'Arnette einzusperren?«

»Das würdet Ihr nicht wagen. Was wollt Ihr Julie vorwerfen?«

»Mir wird schon etwas einfallen. Und wenn sie im Kerker sitzt, wird sie der Folter unterworfen. Ich glaube, Eure Majestät haben schon einmal gesehen, wie eine Frau verhört wurde. Doch die Concini hatte ihre besten Jahre hinter sich. Stellt Euch die reizende junge Julie vor, die nackt auf der Folterbank liegt und den Männern ausgeliefert ist, die genau wissen, wie man die Opfer verletzt, und die das Ganze obendrein noch genießen.«

Einen Moment setzte mein Herz aus. Mir fiel nichts anderes ein, als wieder zu sagen: »Das würdet Ihr nicht wagen.«

»Wenn es darum geht, eine Verschwörung aufzudecken, würde ich alles wagen, Eure Majestät.«

Was für eine Katastrophe! Wenn ich mein Treffen mit Buckingham zugeben würde, liefe ich Gefahr, mich schnell auf der Folterbank wiederzufinden. Wenn ich es nicht tat ... Ich konnte Julie unmöglich zu so einem Schicksal verdammen. Daher klammerte ich mich an einen Strohhalm.

»Schwört Ihr, Eure Eminenz, dass dieses Geheimnis unter uns bleibt, wenn ich Euch die Wahrheit sage?«

»Das kann ich nicht versprechen, Eure Majestät, bevor ich nicht weiß, ob die Sicherheit und der Frieden des Königreiches betroffen sind.«

»Nichts dergleichen ist der Fall.«

»Das muss ich selbst entscheiden.«

Es gefiel ihm sichtlich, mich leiden zu sehen. Eines Tages, dachte ich ... Eines Tages ... Doch im Moment hatte ich ein ganz großes Problem.

»Ich habe die Herzogin von Chevreuse besucht, ohne mich vorher anzukündigen«, sagte ich. »Ich hatte Lust auszufahren und wusste, sie würde sich freuen. Als ich bei ihr ankam, stellte ich fest, dass sie bereits einen Gast empfangen hatte.«

»Darf ich fragen, wen?«

»Hm ...« Ich dachte angestrengt nach. »Henry de Chalais.«

Diesen Namen nannte ich nicht ganz aufs Geratewohl. Henry de Chalais war ein recht heißblütiger junger Mann, und ich hatte gesehen, dass er mehrmals beim Tanzen mit Marie geflirtet hatte.

»Chalais«, sagte er nachdenklich, während ich den Atem anhielt. »Er ist schnell aufgebrochen, aber nicht sofort.«

»Wir waren alle etwas verlegen. Nachdem wir uns eine Weile unterhalten hatten, verließ er das Haus.«

Der Kardinal musterte mich und sagte: »Eure Majestät, ich muss Euch als Staatsminister und als Euer Beichtvater fragen, ob Ihr mit diesem Mann eine sündige Begegnung hattet.«

Ich hob den Kopf, da ich spürte, dass die unmittelbare

Gefahr gebannt war. »Henry de Chalais hat mich niemals angerührt, Eure Eminenz, außer beim Tanzen.«

»Ich muss der Königin von Frankreich glauben.«

Einen kurzen Augenblick hoffte ich, aus dem Schneider zu sein, doch ich hatte mich geirrt. Richelieu ging zur Tür und öffnete sie. Auf dem Flur standen eine Schar ängstlicher Damen und ein paar Gentlemen.

»Kommt bitte herein, Madame.«

Er wandte sich an Marie, die mit rauschenden Röcken den Raum betrat. Wir starrten uns an. In diesem Moment mussten wir schweigend kommunizieren.

Richelieu schloss die Tür und folgte Marie. »Ihre Majestät hat alles gebeichtet«, sagte er.

Marie schnappte nach Luft.

»Was für ein Unsinn«, widersprach ich. »Ich habe nichts gebeichtet.«

»Ihr habt zugegeben, die Herzogin gestern besucht zu haben.«

»Und Ihr habt zugegeben, dass das kein Verbrechen ist.«

»Ihr habt zugegeben, dort einen Mann getroffen zu haben.«

Marie und ich schauten uns wieder an. Sie war ganz blass, und das war ich zweifellos auch.

»Es tut mir Leid, Marie, aber Seine Eminenz hat mich gedrängt, und ich musste zugeben ...«

»Nicht so eilig«, unterbrach mich Richelieu. »Ich möchte, dass die Herzogin mir selbst den Namen nennt.«

Das verschlug Marie die Sprache.

»Ich wollte bloß sagen«, fuhr ich fort, »dass ich diesen *ungehobelten Burschen* bei ihr getroffen habe.«

Richelieu schnippte wütend mit den Fingern.

Marie holte tief Luft. »Ich verstehe Eure missliche Lage, Eure Majestät. Ja, Eure Eminenz, der Graf von Chalais hat mich besucht, als Ihre Majestät zu mir kamen.«

»Und aus welchem Grund fand der Besuch statt?«

Maria errötete schicklich. »Er ist mein Freund.«

»Weiß Euer Gatte davon?«

»Mein Gatte verbringt sehr wenig Zeit in Paris, Eure Eminenz.«

Der Kardinal schaute uns nacheinander an. Jetzt war er richtig wütend.

»Ich werde der Sache auf den Grund gehen.«

»Wollt Ihr Eure Königin der Lüge bezichtigen?«

Er verneigte sich. »Das würde ich ohne Beweise niemals tun, Eure Majestät. Und ich werde mich bemühen, diese Beweise zu bekommen.«

Er drehte sich um, verließ den Raum und schloss die Tür hinter sich.

»Oje, Marie«, keuchte ich. »Er wird sofort Chalais aufsuchen.«

»Vermutlich.«

»Und dann stehen wir als Lügnerinnen da.«

»Nein, das werden wir nicht, Eure Majestät. Chalais wird unsere Geschichte in allen Einzelheiten bestätigen.«

»Aber ...«

»Ich habe schon mit ihm gesprochen, und er weiß genau, was er sagen muss.«

»Dann kennt er unser Geheimnis.«

»Nicht genau. Er weiß, dass bei mir ein Stelldichein stattgefunden hat, aber er weiß nicht, mit welchem Mann.«

»Trotzdem könnte er uns verraten.«

Marie lächelte. »Das wird er nicht tun, Eure Majestät. Ich habe ihm ein paar schöne Stunden in meinem Bett versprochen.«

6. Kapitel

Wir fielen uns in die Arme. Zum Glück war mir genau der richtige Liebhaber eingefallen. Dieser glückliche Zufall überzeugte mich davon, dass meine Affäre mit dem Herzog von der Vorsehung gesegnet war.

Da Richelieu um sein Opfer gebracht worden war, würde er der Sache zweifellos auf den Grund gehen – davon war ich überzeugt. Ich hätte zu gern gewusst, was in seinem Kopf vorging. Es ging ihm bestimmt nicht darum, mich in sein Bett zu zwingen, obwohl er mich sicherlich begehrte. Er war ordinierter Priester, der sein Gelübde im Gegensatz zu manchen anderen sehr ernst nahm. Ihm ging es darum, seine Macht auszubauen. Er hatte die Macht durch das Vertrauen des Königs in Händen. Ludwig hatte seinem Minister fast alle Staatsangelegenheiten übertragen.

Richelieu wusste jedoch, dass ich seine unerbittliche Feindin war und in naher Zukunft Überlegenheit über den König gewinnen könnte – in dem Fall nämlich, wenn ich als Folge seiner unregelmäßigen Besuche in meinem Bett schwanger werden und einen Thronerben gebären würde. Daher musste ich ausgeschaltet werden, um keinen Einfluss mehr auf die französische Politik nehmen zu können. Ein Mord kam für ihn kaum in Frage. Wenn aber meine verbotene, verbrecherische Beziehung zu einem anderen Mann ans Licht käme, hätte er sein Ziel erreicht, weil ich dann vernichtet und möglicherweise verstoßen werden würde.

Seltsamerweise glaubte ich damals nicht, dass er auch nur den geringsten Verdacht hegte, dieser Mann könnte der Herzog von Buckingham sein.

☆

Ein paar Monate herrschte im Louvre erst einmal eitel Sonnenschein. Die Verhandlungen mit England wurden fortgesetzt. Beide Parteien forderten mehr, als sie eigentlich erwarten konnten. Richelieu wollte eine Flotte. Heinrich von Navarra war zwar ein großer Soldat gewesen, er hatte sich jedoch nie um eine Seestreitmacht gekümmert. Frankreich besaß daher keine richtige Flotte, sondern nur ein paar Hochseeschiffe, die als Freibeuterschiffe eingesetzt wurden.

Richelieu verfolgte seine Pläne mit der Skrupellosigkeit, die sein Markenzeichen war. Er war fest entschlossen, die Hugenotten in die Knie zu zwingen. Als er Ludwig erklärt hatte, dass sie die Hugenotten erst angreifen werden, wenn sie ein großes französisches Heer aufgestellt hätten, hatte er gewusst, dass Landstreitkräfte allein nicht ausreichen würde. Die bedeutendste Festung der Hugenotten war der Seehafen La Rochelle, den die Protestanten hartnäckig verteidigten. Bis zum letzten Mann würden sie darum kämpfen, da diese Hafenstadt für sie nicht nur eine enorme strategische Bedeutung, sondern auch einen ungeheuer großen symbolischen Wert hatte. Es war nicht möglich, diese Stadt durch Aushungern zur Kapitulation zu zwingen, da ihr der Seeweg offen stand. Daher musste der Seeweg, über den immer wieder Nahrungsmittel beschafft werden konnten, versperrt werden, und dazu waren Schiffe erforderlich.

Aus diesem Grunde wurde auch das Bündnis mit England angestrebt. Die Engländer besaßen selbstverständlich Schiffe, und wenn ihre Kriegsflotte als Teil des allgemeinen Bündnisvertrages – der nach der Vermählung von Prinz Karl und Prinzessin Henriette-Marie geschlossen werden sollte – bereit wäre, La Rochelle den Seeweg abzuschneiden, könnte die Belagerung nach Meinung Richelieus schnell und erfolgreich beendet werden. Für den Kardinal und den König wäre das ein großartiger Erfolg.

Die Engländer zögerten. In England war die Unterstützung für die Hugenotten die ihre Glaubensgenossen waren, zu groß, auch wenn sie gewisse Doktrinen trennten. Außerdem waren die Engländer den Franzosen noch immer feindlich gesinnt. Als sich die Nachricht der geplanten Heirat herumsprach, kam es zu Unruhen.

Und das nicht nur in England. Mein Bruder schrieb mir folgenden Brief. *Liebe Anna, Ihr müsst doch begreifen, dass das nicht geht. Das ist nichts anderes als ein bewaffnetes Bündnis gegen Spanien. Wir haben auch so schon weiß Gott genug Feinde. Ich weiß zufällig, dass Karl und Buckingham, der das Königreich eigentlich regiert, nach dem Fiasko ihres Besuches in Madrid unsere erbittertsten Feinde geworden sind. Und ich verstehe wirklich nicht, wie Ihr erwägen könnt, ein unschuldiges junges Mädchen wie Eure Schwägerin mit dieser lasterhaften Familie und so einem lasterhaften Königshof zu vermählen.* Ich nahm an, dass Philipps Informationen über den französischen Königshof unzureichend waren. Er fuhr fort: *Daher vertraue ich darauf, dass Ihr Euer Möglichstes tut, um diese Heirat zu verhindern. Habt Ihr keinen Einfluss auf Euren Gatten? Spanien hofft auf Euch. Philipp.*

Ich beantwortete den Brief und erklärte ihm, dass ich tatsächlich keinen Einfluss auf meinen Gatten oder seinen ersten Minister hätte. Das stimmte zwar nicht ganz, da ich auf meinen Gatten einen gewissen Einfluss hatte, doch durch meine Vernarrtheit in Buckingham hatte ich der Hochzeit zugestimmt, und ich konnte meine Meinung nun schlecht ändern.

Philipps Angst war unverkennbar, und er schrieb nicht nur mir, sondern er wandte sich auch an die Königinmutter. Hier hatte er ein wenig Erfolg. Maria von Medici hatte sich zwar in den letzten Jahren fast ganz aus der Politik zurückgezogen, doch sie war nie für die Heirat zwischen ihrer Tochter und dem Engländer gewesen. Jetzt dachte sie noch einmal darüber nach, und Philipps Brief stachelte sie an, besonders da er von einer ihrer Töchter unterstützt wurde, die auch gegen diese Bedrohung der anerkannten Glaubensordnung in Europa protestierte.

☆

Ich erfuhr von der drohenden Krise, als ich in das Ratszimmer des Königs beordert wurde, was ein sehr seltenes Ereignis war. Es hatten sich schon einige Personen dort eingefunden. Ich sah den König, die Königinmutter, Richelieu und einen weiteren Herrn, einen gewieften Sekretär namens Marillac, Richelieus Privatsekretär, der seine Stellung seiner Verwandtschaft mit Madame La Gras verdankte, einer ehemaligen Vertrauten von Maria von Medici.

Nur Ludwig saß auf einem Stuhl. Die anderen standen und wirkten wie auch Ludwig sehr aufgeregt.

»Führen wir Krieg?«, fragte ich unschuldig.

»Ha!«, stieß Maria wütend hervor.

»Noch nicht«, sagte Ludwig. »Meine Mutter möchte, dass wir alle Verhandlungen mit den Engländern abbrechen.«

Ich schaute meine Schwiegermutter verwirrt an. »Stehen die Verhandlungen nicht kurz vor einem erfolgreichen Abschluss?«, fragte ich.

»Erfolgreich für wen?«, wetterte Maria.

Ich schaute Richelieu an.

»Der Vertrag wird, wenn er zustande kommt, für beide Seiten von Vorteil sein, Eure Majestät«, erklärte der Schurke in ruhigem Ton.

»Ha!« Maria war offenbar sehr erregt. »Das bedeutet Krieg gegen Spanien. Die Engländer wird das nicht interessieren. Sie führen schon seit fünfzig Jahren immer wieder Krieg gegen Spanien, doch noch nie hat es ein spanisches Heer geschafft, einen Fuß auf englischen Boden zu setzen. Es ist jedoch viel einfacher, die Pyrenäen zu überwinden, als den Golf von Biscaya oder den Kanal zu durchqueren.

Möchtet Ihr, dass ein spanisches Heer nach Paris marschiert?«

»Das halte ich für sehr unwahrscheinlich, Eure Majestät«, sagte Richelieu. »Spanien ist mit dem Krieg in Deutschland und den Niederlanden beschäftigt. Das Land hat durch den Verlust der Schiffe, die die Staatsgelder ins Land bringen sollten, einfach keine Mittel, um mit uns auch noch einen Krieg zu führen.

Glaubt mir, Madame, Spanien macht sich mehr Sorgen darüber, dass ein französisches Heer nach Madrid marschieren könnte, als selbst an einen Angriff zu denken. Und wie ich schon sagte, werden die Königin von England und die Königin von Spanien außerdem Schwestern sein. Es wird ihnen wohl kaum daran gelegen sein, Krieg gegeneinander zu führen.« Er lächelte mich wohlwollend an und fuhr fort. »Ebenso wie der König von Spanien kaum wünschen wird, Krieg gegen *seine* Schwester zu führen.«

Ludwig sah ein wenig verwirrt aus, als er das hörte. Wie immer spielte er eine Nebenrolle. Die Königinmutter war im Gegensatz zu Ludwig weiterhin sichtlich aufgebracht.

»Die Königin von Spanien hat mir geschrieben, dass sie diese Heirat missbilligt.«

»Sie wird sich an die Idee gewöhnen ...«

Maria von Medici konnte ihre Wut nicht mehr zügeln. »Ihr!«, schrie sie und zeigte mit dem Finger auf den Kardinal. »Ihr seid ein Emporkömmling, der einzig und allein nach Macht strebt. Wer hat Euch denn diese Position verschafft? Wer hat Euch den roten Hut verschafft, den Ihr so stolz tragt? Wer hat Euch vor einem verdienten Besuch des Galgens gerettet?

Jetzt wollt Ihr über das Königreich meines Sohnes und über meinen Sohn herrschen. Ihr scheint zu vergessen, dass *er* der König ist. Nicht Ihr! Ihr seid nur ein Priester. Ihr scheint auch zu vergessen, dass Henriette meine Tochter ist.

Ich werde sagen, wen sie heiraten soll. Und ich habe beschlossen, dass diese Heirat nicht stattfinden wird!«

Sie holte tief Luft, während wir sie alle sprachlos anstarrten. Keiner von uns – und das schloss auch Richelieu ein – hatte mit einem solchen Ausbruch gerechnet. Bis zu einem gewissen Grade stimmten die meisten ihrer Aussagen, wenn sie diese auch etwas verzerrt dargestellt hatte. Er war an die Macht gekommen, weil die Königinmutter bereit gewesen war, ihm zu gehorchen und seinem Rat in allen Belangen zu folgen. Seine hohe Machtposition hatte er jedoch nicht ihr zu verdanken. Dazu wie auch zu seinem roten Hut hatte ich ihm zu meinem Schaden verholfen. Im Grunde war es auch nicht so wichtig, wie er an seine Macht gekommen war. Fest stand, dass an seiner Position kaum zu rütteln war.

Der König ergriff zuerst das Wort. Er hatte nicht etwa als Erster wieder seine Fassung erlangt, sondern ihm lag besonders daran, dieser peinlichen Szene zu entfliehen.

»Ja«, sagte er. »Ich glaube, wir sollten alle noch einmal darüber nachdenken.« Daraufhin erhob er sich, um das Ende der Besprechung anzuzeigen.

»Mit Verlaub, Eure Majestät«, wandte Richelieu ein.

Alle Köpfe drehten sich zu ihm um, und ich muss gestehen, dass ich diesen Mann weder zum ersten noch zum letzten Mal bewunderte, auch wenn unsere Feindschaft zwischen uns stand. Er bewies in Anbetracht der Situation großen Mut, denn das Scheitern seines Projektes, das er sich und dem König in den Kopf gesetzt hatte, hätte ihn seine Stellung und sogar den Kopf kosten können.

»Ja?«, fragte Ludwig ein wenig gereizt.

»Es ist erforderlich, diese Angelegenheit jetzt zu klären, Eure Majestät. Die Sache duldet keinen Aufschub. Ich habe erfahren, dass der König von England kränkelt. Möglicherweise wird es eine neue Regierung geben, und wir können nicht mit den ganzen Verhandlungen noch einmal von neuem beginnen.«

Er dachte gewiss an eine Neubesetzung von Buckinghams Posten. Ein neuer englischer Staatsminister könnte dem vorgeschlagenen Bündnis feindselig gegenüberstehen. Seitdem König Jakob vor zwei Jahren sein Parlament aufgelöst hatte, herrschte Buckingham fast wie ein Diktator im Land. Daher war er beim Volk äußerst unbeliebt, und niemand wusste, ob der neue König, dieser Karl, die Kraft hätte, den Günstling an der Macht zu halten. Der Herzog hatte bei unserem Treffen in Bezug auf die Zukunft jedoch keinerlei Besorgnis geäußert.

»Nun ja«, sagte der König. »Ja ...«

»Eure Majestät, die vier hier versammelten Personen« – er überging Marillac – »müssen über die Sache entscheiden. Nur wir können darüber entscheiden. Ich habe in Eurem Auftrag gehandelt, weil Ihr diese Vermählung gewünscht habt. Ist das richtig?«

»Ja«, sagte der König. »Ja, ich glaube, das ist richtig.«

Diesen Floh hatte ihm zwar sein Staatsminister ins Ohr gesetzt, doch Ludwig fehlte der Mut, es zuzugeben.

»Ludwig!«, rief seine Mutter.

»Nun, Mutter ...«

»Von einem König wird nicht erwartet, dass er seine Meinung ändert, Madame«, sagte Richelieu. »Und Ihr, Eure Majestät ...« Er wandte sich an mich. »... standet dieser Heirat immer wohlwollend gegenüber. Ist es nicht so?«

Ich hätte fast wie Ludwig mit *ja, nun* ... geantwortet, doch ich war aus einem etwas anderen Holze geschnitzt. »Ich habe sie gebilligt«, sagte ich.

»Und Ihr tut es noch.«

Das war keine Frage. Unglücklicherweise wusste ich nie, was dieser Mann alles wusste. Wie viel Macht hatte dieser Mann schon, um mich zu Fall bringen zu können?

Da ich zögerte, ergriff er wieder das Wort. »Übrigens habe ich einen Zeugen gefunden, Eure Majestät, einen Diener im Hause Chalais, der bereit ist zu schwören, dass sein

Herr am Morgen des 6. Juni das Haus gar nicht verlassen hat.«

Ich schnappte nach Luft. Diese Möglichkeit hatten wir übersehen.

»Ich glaube dem Burschen natürlich nicht«, fuhr Richelieu fort. »Daher werde ich die Sache nicht weiterverfolgen, wenn ich nicht dazu gezwungen werde.«

»Was, was?«, rief der König. Seine Mutter war fassungslos.

»Eine Privatangelegenheit, Eure Majestät, zwischen Ihrer Majestät und mir. Ihr wolltet gerade bestätigen, dass Ihr diese Heirat auch weiterhin gutheißt, Eure Majestät.«

Was sollte ich tun? Ich musste unbedingt mit Marie de Chevreuse sprechen.

»Ja«, sagte ich. »Ich billige die Heirat.«

»Danke, Eure Majestät. Der König und die Königin von Frankreich sind der Meinung, dass diese Heirat für unser Land von großem Interesse ist. Das bin ich auch. Und wir wissen, dass Prinzessin Henriette-Marie schon ungeduldig auf die Hochzeit wartet. Das bedeutet, Eure Majestät ...« Er wandte sich an Maria von Medici. »... dass nur Ihr Euch den Interessen des Staates widersetzt. Daher ist es wohl berechtigt, wenn wir Euch auffordern, Euren Einspruch zurückzunehmen.«

Die Kühnheit dieses Mannes nahm mir den Atem. Wir waren alle sprachlos. Nach einem kurzen Moment des Schweigens sagte Maria: »Das werde ich nicht tun. Ich weiß nicht, welche Mittel Ihr benutzt habt, um diese ...« Sie schaute Ludwig und mich an. »... Kinder zu überzeugen, Euren Plänen zuzustimmen. Ich werde es jedoch nicht tun. Ludwig, Ihr seid der König. Seid ein König! Bereitet dieser Posse ein Ende!«

Ludwig fuhr sich mit der Zunge über die Lippen. »Nun, Mutter, die Verhandlungen stehen kurz vor dem Abschluss ...«

»Bah!«, rief seine Mutter. »Ihr seid ein Schwächling! Ein Schwächling, hört Ihr? Ein ungeheuerer Schwächling. Und außerdem ein Mörder. Mein Gott, Euer Vater würde sich im Grabe umdrehen, wenn er wüsste, dass er so ein nutzloses, verdorbenes Miststück gezeugt hat.«

Wir schauten sie alle wie vom Donner gerührt an.

Maria war allerdings noch nicht fertig. Jetzt wandte sie sich an mich. »Und Ihr, Miss, mit Eurem Geflüster und Euren Verschwörungen. Glaubt Ihr denn, ich wüsste nichts davon? Zur Hölle mit Euch!«, zischte sie und wandte sich anschließend Richelieu zu. »Und Ihr ...«

»Mich wünscht Ihr sicherlich auch zur Hölle, Eure Majestät«, sagte er in ruhigem Ton. »Doch wenn ich zur Hölle fahre, dann als Diener Frankreichs.«

Sie starrte ihn an, drehte sich um und verließ den Raum.

Der König setzte sich wieder hin. Marillac eilte mit einem Taschentuch zu ihm, um ihm die Stirn zu trocknen.

»Ihr habt Euch eine Feindin geschaffen, Eure Eminenz«, sagte Ludwig.

»Nicht ich habe eine Feindin, sondern Frankreich«, erwiderte Richelieu.

»Ja«, sagte Ludwig. »Ja ... Ihr müsst die Sache so schnell wie möglich klären.« Er erhob sich und verließ den Raum.

Richelieu gab Marillac ein Zeichen, woraufhin uns auch der Sekretär verließ. Der Kardinal und ich waren allein.

»Ich muss Euch für Eure Unterstützung danken, Eure Majestät«, sagte er.

»Habt Ihr mich nicht darum gebeten?«

»Es war nur in Eurem Interesse.«

»Und diese Information, die Ihr angeblich habt?«

»Wie ich schon sagte, Eure Majestät, habe ich nicht vor, die Sache weiter zu verfolgen. Aber ... würdet Ihr bitte so freundlich sein, mir den Namen Eures Liebhabers zu nennen?«

»Es gibt keinen Liebhaber.«

Er verneigte sich. »Dann muss ich mich in Geduld üben.«

Ich zeigte mit dem Finger auf ihn. »Ihr werdet Julie d'Arnette nicht anrühren.«

»Solange wir beide zum Wohle Frankreichs zusammenarbeiten, Eure Majestät, werde ich das Vertrauen Eurer Zofen achten. Eure Majestät.« Er verneigte sich und ließ mich allein.

☆

Es dauerte eine Weile, bis ich mich von dem Schock erholt hatte. Ich hatte die Ellbogen auf dem Tisch aufgestützt und den Kopf in meine Hände gelegt. Jetzt saß ich in der Falle und konnte *nichts* dagegen tun. Wenn Richelieu irgendetwas von mir wollte, brauchte er bloß das Thema Henry de Chalais anzuschneiden oder den Diener von Henry de Chalais zur Sprache zu bringen. Daher konnte die Hilfe nur aus dieser Richtung kommen. Doch einen Mann zum Tode zu verurteilen ... Ich hatte so etwas noch nie aus persönlichen Gründen getan. Das Unterzeichnen der Todesurteile für überführte Verbrecher während meiner kurzen Zeit als Regentin wirkte neben der Forderung nach dem Tod eines Mannes, nur weil er mein Geheimnis kannte, belanglos.

Ich fragte mich, was Richelieu sagen würde, wenn er in meiner Lage wäre? Wahrscheinlich, dass es dem Wohle Frankreichs diene. Es diente dem Wohle Frankreichs sicherlich nicht, die Königin in Schande und Demütigung zu Fall zu bringen.

Vielleicht ist es auch möglich, die Sache anders zu regeln, redete ich mir ein, denn ich war immer eine Optimistin.

Ich eilte zurück in meine Gemächer. Julie war beunruhigt, als sie mich sah. Es war nicht zu übersehen, wie erregt ich war. Ich ließ sofort Marie holen. Da sie heute nicht im Palast war, zitierte ich sie zu mir. Wahrscheinlich lag sie mit Heinrich im Bett.

Bevor sie eintraf, stattete die Prinzessin einen Besuch bei mir ab.

»Wie ich erfahren habe, soll es einen mächtigen Streit gegeben haben«, sagte Henriette.

»Woher weißt du das?«, fragte ich.

»Der ganze Palast spricht darüber.«

Ich seufzte. Das hatte ja schnell die Runde gemacht.

»Dann wird es wohl stimmen.«

»Meine Mutter möchte nicht, dass diese Heirat zustande kommt.«

»Ich fürchte, ja.«

»Ich hasse sie«, sagte das Mädchen. »Ich hasse sie. Ich hasse sie.«

»Im Laufe der Zeit werdet ihr euch wieder versöhnen.«

»Puh! Aber Ihr setzt Euch doch für mich ein, Eure Majestät?«

»Ja, das werde ich tun.« Ich konnte im Moment viele Freunde gebrauchen.

»Ich bin so dankbar.« Sie ergriff meine Hände und drückte mich an sich. »So dankbar. Ich werde auf ewig in Eurer Schuld stehen.«

»Vielleicht«, schlug ich vor, »kann ich dich in England besuchen.«

Das war ein möglicher Zufluchtsort, falls die Situation in Frankreich zu kritisch würde.

»Ich wäre entzückt. Und mein Gatte auch.«

Diesen Mann hatte sie noch nie gesehen. Ich fragte mich, ob Prinz Karl wusste, auf was er sich einließ. Oder England.

Könnte man doch die Zukunft vorhersagen!

☆

Henriette-Marie verließ mich, als Marie de Chevreuse zu mir kam. Sie sah ein wenig erhitzt und verärgert aus.

»Ich hoffe, ich habe dich nicht gestört?«

»Doch, Eure Majestät. Mir wurde jedoch gesagt, es sei dringend.«

»Äußerst dringend.«

Sie runzelte die Stirn, und ich bot ihr den Stuhl neben dem meinen an. Ich hatte Julie und die anderen Zofen weggeschickt und erzählte Marie, wie Richelieu mich erpresst hatte.

»Dieser Teufel«, wetterte sie, aber sie wirkte nicht so erregt, wie ich es erwartet hätte.

»Jetzt hat er uns in der Hand.«

»Nur bis zu einem gewissen Punkt. Überlasst das nur mir, Eure Majestät.«

»Ich ...« Ich biss mir auf die Lippe. »Ich möchte nicht, dass dieser Mann getötet wird.«

»Wir haben keine andere Wahl. Überlasst das ganz einfach mir. Heinrich wird sich darum kümmern. Ihr werdet nichts erfahren.«

Ich erfuhr noch nicht einmal den Namen des armen Mannes.

Und so beschritten wir durch eine lüsterne Torheit den Weg zur Hölle. Zu meiner Verteidigung kann ich rückblickend nur sagen, dass Frankreich mich brauchte. Diese Tatsache trat zwar erst ein paar Jahre später zutage, doch heute würden nur wenige daran zweifeln, dass ich und mein teurer Jules es waren, die den Staat zusammenhielten, um ihn meinem Sohn in gutem Zustand zu übergeben.

Zu jenem Zeitpunkt war diese Tatsache noch ein wenig verschleiert. Ich hatte große Schuldgefühle. Marie hatte versprochen, dass ich nichts von der Sache erfahren würde, und sie sprach auch nicht mit mir darüber. Als Richelieu mich ein paar Wochen später besuchte, erfuhr ich dennoch davon.

Wie immer schickte er meine Zofen hinaus und setzte sich sofort unaufgefordert neben mich.

»Eure Gegenwart, Eure Majestät, lässt alles erstrahlen«, sagte er.

»Und Eure Eminenz machen mir wie immer schöne Komplimente.«

Wir bereiteten uns auf den Kampf vor.

»Ihr herrscht über den Louvre«, fuhr er fort. »Ihr herrscht über Paris und Frankreich. Stimmt Ihr mir da zu?«

»Ich habe nicht den Wunsch, über irgendetwas zu herrschen, Eure Eminenz.« Das stimmte zwar nicht, doch ich hielt diese Bemerkung für angebracht.

Der Kardinal überging meinen Einwand. »Ihr braucht nur den kleinen Finger zu heben, und schon werden Eure Befehle befolgt.«

»Ich habe keine Ahnung, worüber Ihr sprecht«, sagte ich mit einem flauen Gefühl im Magen. Natürlich hatte ich einen leisen Verdacht.

»Ich habe Eure Majestät unterschätzt. Nein, niemand kann an Eurer Schönheit zweifeln, und zumindest ich habe nie an Eurer Intelligenz gezweifelt. Junge Frauen von vierundzwanzig Jahren sind jedoch selten skrupellos. Ich gratuliere Euch. Da ich jetzt die Stärke meiner Gegnerin kenne, werde ich Euch nicht noch einmal unterschätzen. Denkt immer daran, Madame, dass Menschen, die hohe Positionen innehaben, auch sehr tief fallen können, wenn sie das Gleichgewicht verlieren.«

☆

Als er mich verließ, war ich äußerst aufgewühlt. Ich brauchte Verbündete, aber außer Marie hatte ich niemanden. Auch wenn Marie zu geschickten Manipulationen fähig war, hätte ich sie nicht mit dem Kardinal auf eine Stufe gestellt.

Im Moment drehte sich alles um die Vermählungen.

Christines Heirat erregte nicht viel Aufsehen. Der Herzog von Savoyen war ein nützlicher Verbündeter, dem keine große Bedeutung zukam. Sie verließ uns nach einer kleinen Zeremonie. Maria von Medici zog sich danach gänzlich ins Privatleben zurück und kümmerte sich um den Bau von Kirchen. Vielleicht strebte sie nach göttlicher Erlösung. Die Verhandlungen mit England gingen nur schleppend voran und gerieten am Ende des Winters plötzlich in eine Krise, als König Jakob am 27. März 1625 starb.

Vermutlich war die Trauer um ihn nicht sehr groß. Zum einen war er schon einige Zeit krank gewesen, und daher kam sein Tod nicht unerwartet. Außerdem hatte es nur wenige unbeliebtere Könige als ihn gegeben. Das Volk hasste ihn wegen der hohen Steuern, und die englische Kirche, weil er sich in ihre Angelegenheiten mischte. Selbst an seinem eigenen Königshof war er verhasst, weil er seinen Günstlingen gegenüber so nachgiebig war. Nur diejenigen, die hofften, zu einem Günstling aufzusteigen, hassten ihn nicht.

Einen Monat nach seinem Tod dann wurden wir unterrichtet, dass eine Einigung zustande gekommen sei. Die Vermählung des Prinzen Karl und der Prinzessin Henriette-Marie konnte stattfinden, sobald der Vertrag unterzeichnet war. Das sollte noch innerhalb der Trauerzeit geschehen.

Henriette war entzückt. »Ich werde Königin«, kreischte sie.

Nicht alle waren so glücklich wie sie. Richelieu bekam nicht die erträumte Flotte, sondern ihm wurden nur ein einziges Kriegsschiff und sieben Handelsschiffe zur Verfügung gestellt, die er gegen La Rochelle einsetzen konnte. Selbst diese kärgliche Unterstützung aber führte zu großer Unzufriedenheit jenseits des Kanals. Henriettes Euphorie wurde dadurch ein wenig gedämpft. »Werden sie mich hassen?«, fragte sie mich.

»Benimm dich ganz natürlich, behandle sie gerecht, und sie werden dich lieben«, versprach ich ihr.

Im Moment hatte ich ganz andere Sorgen. Ich hatte erfahren, dass der Herzog von Buckingham die englische Delegation anführen würde, die ihre neue Königin nach England bringen sollte.

☆

»Was sollen wir nur tun?«, fragte ich Marie de Chevreuse.

»Ich werde das arrangieren«, versprach sie mir.

»Was willst du arrangieren?«

»Das Treffen.«

»Das ist ganz unmöglich.«

Sie runzelte die Stirn. »Möchtet Ihr ihn nicht wiedersehen?«

»Ich würde ihn liebend gern wiedersehen.« Schon bei dem Gedanken allein bebte mein Körper. »Aber es ist viel zu gefährlich.«

»Wenn Ihr ihn nicht trefft, ist es noch viel gefährlicher. Ihr wisst, was das für ein Mann ist. Er ist so ungestüm, dass er eine Dummheit begehen könnte. Wenn Ihr nicht einwilligt, ihn zu treffen, könnte es gut sein, dass er einfach hier hereinplatzt. Möchtet Ihr das?«

Ich biss mir auf die Lippe. Das war eine schwere Entscheidung. Und ich hatte einst den Kardinal verspottet, weil er nicht den Mut hatte, das zu tun, was er sich so sehnlichst wünschte.

»Und der Kardinal?«, fragte ich.

»Der Kardinal verdächtigt Euch, eine Affäre zu haben. Dank Heinrichs schneller Reaktion hat er keine Beweise dafür. Außerdem habt Ihr dem Kardinal über ein Jahr lang nicht den geringsten Anlass für einen Verdacht geliefert, sodass er die Affäre gewiss für beendet hält. Auf jeden Fall sind seine Tage sowieso gezählt.«

»Wie meinst du das?« Ich war beunruhigt.

»Es ist besser, wenn Ihr das nicht wisst, Eure Majestät. Es

genügt, dass Schritte unternommen werden, um seinen schändlichen Einfluss auf den Thron zu beenden.«

»Aber ...« Ich betrachtete den Kardinal zwar als meinen Feind, doch ich konnte mir beim besten Willen nicht vorstellen, wie Frankreich ohne ihn regiert werden sollte. Mein Gatte konnte es jedenfalls nicht. »Und wer wird ihn ersetzen?«

»Auch daran wird gedacht. Überlasst das nur mir!«

☆

Ich war die Königin von Frankreich, doch im Grunde war das ohne Bedeutung. Weder ich noch mein Gatte hatten in diesem Land irgendetwas zu sagen.

Trotz allem wollte ich, dass es geschah: Ich wollte George unbedingt wiedersehen, und ich war fest entschlossen, ihn nur noch dieses eine Mal zu treffen. Allerdings hatte ich das vor einem Jahr auch schon gesagt. Marie sollte sich um alles kümmern, denn ihr Geschick in diesen Dingen war mir gut bekannt.

Ich wollte den Herzog von Buckingham wiedersehen.

Mein Gatte machte mir einen Besuch.

»Wir müssen diesen Burschen Buckingham und sein Gefolge zu einem großen Essen einladen«, sagte er zu mir.

»Ja, Sire«, erwiderte ich, und im Stillen betete ich, dass ich nicht errötete.

»Es wäre sehr schön, wenn Mutter auch teilnehmen würde. Eine vereinte Front, versteht Ihr?«

»Habt Ihr sie gefragt?«

»Sie will nicht mit mir reden. Ich dachte, wenn Ihr sie vielleicht fragen würdet ...«

»Und warum glaubt Ihr, dass sie mit mir sprechen wird?«

»Hm ... Sie hat Euch immer sehr gemocht.«

Ich fragte mich, wie er auf diese Idee kam.

»Ich werde sehen, was ich tun kann«, erklärte ich mich bereit.

»Gut. Sehr gut. Ihr seid ein nettes Mädchen, Anna. Und zieht bitte zu diesem Anlass Euer schönstes Kleid an. Und den ganzen Schmuck, hm? Ihr wisst, dass Buckingham eine Schwäche für Euch hat.«

Ich musste mich sehr zusammenreißen. »Wie kommt Ihr denn darauf, Sire?«

»Wie er Euch im letzten Jahr angesehen hat!«

»Alle Männer schauen mich so an, Sire. Außer ...« Ich schluckte die Bemerkung, die mir auf der Zunge lag, hinunter.

Der Dummkopf hatte einfach keine Ahnung.

»Haha«, brummte er. »Da habt Ihr wohl Recht. Haltet ihn bei Laune. Dieses Bündnis ist von großer Bedeutung.«

»Ich werde mein Möglichstes tun«, versprach ich.

☆

Zu meinem großen Erstaunen geruhte Maria von Medici, mich zu empfangen. Ihr Ton war so schroff wie immer. Sie hörte sich meine Bitte an, am großen Bankett teilzunehmen, und dann fragte sie: »Wer schickt Euch? Mein Sohn, dieser Taugenichts, oder der Priester, dieser Halunke?«

»Ich habe mit Ludwig über die Sache gesprochen, Madame, und wir sind beide der Meinung, dass Eure Anwesenheit sehr vorteilhaft wäre, da die Engländer Eure Abwesenheit als Kränkung empfinden könnten.«

»Ha! Glaubt Ihr denn, es würde mich im Geringsten interessieren, was die Engländer denken?«

»Über dieses Volk wird Eure Tochter bald herrschen, Eure Majestät.«

»Ha!«, rief sie noch einmal. »Was kann man da machen? Was kann man da machen?«

»Diese Vermählung kann nicht mehr verhindert werden, Madame. Sie kommt auf jeden Fall zustande.«

»Ich spreche nicht über die Heirat. Ich weiß auch, dass sie

nicht mehr verhindert werden kann. Ich spreche über diesen schrecklichen Mann. Das fällt in unsere Verantwortung. In Eure und meine. Wir haben ihn aus der Gosse geholt. *Ihr* habt ihm diese Stellung verschafft, Anna.«

»Ich hatte die Absicht, eine Versöhnung zwischen Euch und dem König herbeizuführen.«

»Ha! *Dazu* muss man Euch beglückwünschen«, sagte sie spöttisch. »Doch nun muss ihm das Handwerk gelegt werden.«

»Madame?«, fragte ich ängstlich. Ich hatte das Gefühl, in zu viele Morde oder Mordpläne verwickelt zu werden.

»Er muss entlassen werden«, erklärte die Königinmutter. »Er soll das sein, was er ist – nämlich ein Pariser Priester.«

»Wenn man einmal Kardinal ist, Madame, bleibt man es ein Leben lang.«

»Dann soll er nach Rom gehen und da den Kardinal spielen. Das kann er zweifellos gut.«

»Und wer regiert Frankreich?«

»Hm ...« Sie lächelte. »Der König ... Mit den richtigen Ratgebern. Gemeinsam können wir das doch schaffen, oder?«

Ich war verwundert, wie gut sie alles beobachtete.

»Wie sollen wir denn mit dem täglichen Regierungsgeschäft fertig werden?«

»Jetzt aber, Anna. Die täglich anfallenden Arbeiten kann ein fähiger Sekretär erledigen. Mein verstorbener Gatte hatte einen solchen Sekretär, einen Mann namens Sully. Er hat das tägliche Regierungsgeschäft sehr erfolgreich erledigt. Wie alle Menschen strebte er jedoch nach einer höheren Stellung, und als Heinrich starb, musste ich ihn entlassen. Wir werden mit Sicherheit einen ebenso tüchtigen Sekretär finden. Ich weiß eigentlich auch schon wen: Marillac.«

Ich hätte fast gesagt »diesen Sekretär«, doch ich verkniff mir die Bemerkung, denn genau den meinte sie.

»Das sind alles schöne Träume, Eure Majestät. Der König wird Richelieu niemals entlassen.«

»Im Moment vielleicht nicht, aber eines Tages wird es der Schurke einfach zu weit treiben. Meiner Meinung nach hat er es bereits getan. Diese Heirat mit dem Engländer ... Ich weiß, dass Ihr ihn unterstützt habt. Ihr seid jung und romantisch und irregeleitet. Es ist Euer Wunsch, dass Henriette eine glückliche Ehe eingeht. Das kann ich verstehen, und ich stimme Euch in diesem Punkt zu.

Trotzdem ist die ganze Sache ein Fehler. Die Engländer sind hinterhältig und ehrgeizig. Und sie hassen uns. Innerhalb eines Jahres werden sie etwas gegen uns unternehmen. Das sagt mir mein Gefühl. Sogar Ludwig muss dann einsehen, dass Richelieus Auslandspolitik, die uns mit diesen Insulanern verbündet und gegen Euer teures Spanien gerichtet ist, von Anfang an ein schrecklicher Fehler war. Dann muss er Vernunft annehmen. Merkt Euch meine Worte!«

»Das werde ich tun, Madame«, sagte ich, doch im Moment konnte ich kaum einen klaren Gedanken fassen.

»Was ich gesagt habe«, fügte die Königinmutter hinzu, »müsst Ihr streng vertraulich behandeln. Ich möchte nicht, dass Ihr mit irgendjemandem darüber redet. Auch nicht mit dieser abscheulichen Chevreuse.«

Die Königinmutter hatte mir Marie persönlich zur Seite gestellt, als ich damals nach Frankreich gekommen war. Zumindest deutete sie dadurch an, dass die beiden mit ihren Plänen, sich Richelieus zu entledigen, nicht unter einer Decke steckten. Es blieb abzuwarten, ob ein Mann, der so geschickt und rücksichtslos war wie der Kardinal, dem Angriff zweier so entschlossener, ebenfalls rücksichtsloser Frauen standhalten konnte.

»Ich werde mit niemandem darüber sprechen«, versprach ich.

»Werdet Ihr mich unterstützen, wenn die Zeit gekommen ist?«

Das war gefährlich für mich. Marie de Chevreuse hatte

mir wenigstens geraten, mich aus der Verschwörung herauszuhalten.

»Ich werde Euch helfen, soweit ich kann, Eure Majestät. Vorausgesetzt, dass dadurch keine Kluft zwischen mir und meinem Gatten entsteht.«

Sie schaute mich ein paar Minuten nachdenklich an. Schließlich sagte sie: »Ich werde an Eurem Bankett teilnehmen.«

☆

Das Bankett war ein großes Ereignis, an dem alle Adeligen teilnahmen, die untergebracht werden konnten. Im Mittelpunkt der Festlichkeiten stand die Braut. Henriette-Marie war am Morgen getraut worden. Ein Herzog hatte den Platz von König Karl eingenommen. Noch nie hatte sie so strahlend, so zuversichtlich und so entschlossen ausgesehen. Einige Mitglieder der englischen Abordnung, die sie noch nie gesehen hatten, waren sehr beeindruckt. Und sie war erst 16 Jahre alt.

Ich hatte nur Augen für Buckingham, und das beruhte auf Gegenseitigkeit. Wir schauten uns an, und der Funke unserer Liebe entflammte sofort aufs Neue.

Er beugte sich über meine Hand. »Die Königin von Frankreich«, sagte er, »stellt das Licht einer Kerze in den Schatten.« Flüsternd fügte er hinzu: »Ich muss Euch wiedersehen.«

»Herzog«, flüsterte ich. Wir wurden fast von der ganzen Gesellschaft beobachtet. »Das ist unmöglich.«

»Marie de Chevreuse wird es arrangieren«, sagte er, ehe er sich zurückzog.

Ich nahm kaum einen Bissen zu mir, trank aber mehr, als gut für mich war. Das Essen zog sich über Stunden hin, und als wir uns schließlich erhoben, wollte der König unbedingt Karten spielen. Ich bat, mich entschuldigen zu dürfen, da ich erschöpft sei, und er erhob keine Einwände. Hastig eilte ich in meine Gemächer, und ein paar Minuten später kam Marie de Chevreuse zu mir.

»Willst du, dass wir alle gehängt werden?«, fragte ich.

»Ganz im Gegenteil, Eure Majestät. Das habt Ihr sehr gut gemacht.«

»Was denn?«

»Ihr habt behauptet, erschöpft zu sein.«

»Ich bin erschöpft.«

Sie gab mir einen Kuss. »Ihr könnt sicher wiederbelebt werden. Der ganze Palast akzeptiert, dass Ihr erschöpft seid, und ich werde bestätigen, dass Ihr ins Bett gegangen seid. Und genau das werdet Ihr auch tun.«

»Und was willst du dem Herzog sagen? Er glaubt, du hättest alles vorbereitet.«

»Habe ich auch.«

»Was?«

»Der Herzog kommt hierher.«

»In mein Bett? Das kommt gar nicht in Frage.«

»Das wünscht er sich sehnlichst. Und werdet Ihr Euch in Eurem eigenen Bett nicht wohler fühlen?«

»Mein Gott! ... Wie kann er denn hierher kommen und meine Gemächer wieder unbemerkt verlassen?«

»Darum kümmere ich mich. Ihr solltet Euch einfach ins Bett legen.«

»Und was soll ich anziehen?«

Marie lächelte mich verschmitzt an. »Am besten ist es wohl, wenn Ihr nichts anzieht, Eure Majestät. Es ist eine laue Nacht.«

☆

Ich weiß nicht, wie Marie die ganze Sache deichselte, und ich habe es auch nie ganz herausgefunden. Mir wurde bewusst, dass sie den Palast viel besser kannte als ich und es hier wie in vielen Palästen ein richtiges Labyrinth von Fluren und geheimen Zugängen gab. Auf den Korridoren hielten sich immer Priester, die Beichtväter der Bewohner, auf. Nach Mitternacht waren sie normalerweise verschwunden, doch es fiel nicht auf, wenn einer von ihnen mit dem Brevier in der Hand einsam durch die Gänge lief.

Mitten in der Nacht besuchte mich ein solches Wesen in einer schwarzen Robe und mit einer schwarzen Kapuze über dem Kopf. Da ich im ersten Moment glaubte, es mit einem echten Priester zu tun zu haben, richtete ich mich mit einem Aufschrei auf. George riss sich sofort die Kapuze vom Kopf, nahm den Umhang ab und schloss meinen nackten Körper in seine Arme. Ich schmiegte mich glücklich an seine Brust.

Wir liebten uns die ganze Nacht. Es war erstaunlich, wie schnell er sich immer wieder erholte. Er liebte mich in allen Stellungen, küsste meine Scham und hielt mich an, auch sein Geschlecht mit dem Mund zu liebkosen. Ich erlebte die Höhen weiblicher Ekstase und erholte mich wie auch er nach wenigen Minuten, um neue Abenteuer der Liebe zu erleben.

Kurz vor der Morgendämmerung kam Marie, die in dieser Nacht den Dienst übernommen und im Vorzimmer gewartet hatte, um den Herzog zu ermahnen, dass er gehen müsse.

»Ich liebe Euch«, sagte er und drückte mich noch einmal an sich.

»Ich liebe Euch auch«, beteuerte ich.

»Ich werde zu Euch zurückkehren.«

»Nein, das geht nicht.«

»Möchtet Ihr das nicht?«

»Natürlich möchte ich das, George. Dennoch geht es nicht. Nachdem die Ehe nun geschlossen wurde, gibt es keinen Grund mehr für Euch, nach Frankreich zu kommen.«

»Ich werde inkognito reisen.«

»George! Man wird Euch ergreifen.«

»Und dann? Wenn ich nicht in Euren Armen liege? Im letzten Jahr bin ich auch inkognito gereist.«

»Im letzten Jahr seid Ihr mit dem Einverständnis der französischen Regierung nach Frankreich gekommen«, erwiderte ich. »So ein Vorrecht wird Euch nicht noch einmal gewährt.«

»Das hat keine Bedeutung«, sagte er beharrlich. »Sie brauchen mich. Sie brauchen meine Schiffe. Ohne mich können sie nichts ausrichten. Und wenn sie mich zum Feind haben, sind sie in einer schlimmen Notlage.«

Hoffentlich war er nicht zu optimistisch.

»Daher verspreche ich Euch zurückzukehren. Marie wird es erfahren und Euch unterrichten.«

Marie stand mit den Kleidern des Herzogs neben dem Bett. »Monsieur, der Hahn kräht schon.«

Er küsste mich noch einmal, ließ sich von Marie in seine Kleider helfen und ging davon. Ich war fix und fertig. Tatsächlich war ich so erschöpft, dass ich den ganzen Tag das Bett hütete. Es kursierte schon das Gerücht, ich sei krank, und ich musste sogar einen Besuch des Königs ertragen.

»Ihr seht wirklich krank aus«, sagte er, als er neben dem Bett stand.

»Ich bin nur müde, Eure Majestät. Die Strapazen der letzten Wochen ...«

»Hm. Ja. Ruht Euch aus und erholt Euch wieder.« Er ging zur Tür, ohne auch nur meine Hand berührt zu haben. Vor der Tür blieb er noch einmal stehen und schaute mich an. »Es wäre schade, wenn Ihr sterben würdet, Anna.«

Wie besorgt er um mich war!

☆

Selbstverständlich musste ich ebenfalls einen Besuch des Kardinals erdulden. Auch er stand neben dem Bett, und er sah viel beunruhigter aus als mein Gatte.

»Es schmerzt mich, Euch so unwohl zu sehen, Eure Majestät.«

»Ich fühle mich nicht unwohl, Eure Eminenz. Ich bin nur erschöpft.«

»Es kursiert das Gerücht, Ihr könntet möglicherweise schwanger sein.«

»Nein, das ist nicht der Fall«, sagte ich und betete im Stillen, Recht zu behalten.

»Es wäre ein Segen, wenn Ihr schwanger wäret«, behauptete der Kardinal. Das war eine glatte Lüge, denn für *ihn* wäre es kein Segen.

»Eines Tages wird es hoffentlich geschehen.«

»Amen. Ich verlasse Euch nun, damit Ihr Euch erholen könnt. Ach, übrigens, Eure Majestät, habt Ihr zufällig einen Priester gesehen, der durch die Flure des Louvre geirrt ist?«

»In diesem Palast irren zahlreiche Priester umher«, stieß ich hervor. Ich war so erschöpft, dass ich so einer Frage kaum gewachsen war.

»Gewiss. Die Frage ist nur, ob dieser Mann wirklich ein Priester oder vielleicht ein Mörder war.«

Ich zog die Decke bis an meinen Hals, und das aus mehreren Gründen.

»Ein Mörder im Louvre?«

»Ein schrecklicher Gedanke, nicht wahr?«

»Ich verstehe nicht. Woher wollt Ihr wissen, dass es kein Priester war?«

»Aus zwei Gründen. Der Wachposten, der den Mann heute kurz vor der Morgendämmerung traf, grüßte ihn und erhielt keine Antwort. Nachdem mir der Vorfall berichtet wurde, habe ich persönlich alle Priester hier im Louvre verhört, und keiner von ihnen war um diese Zeit unterwegs. Außerdem ist dieser Mann verschwunden, wer immer es auch gewesen sein mag.«

»Wie soll er denn hier hereingelangt sein?«

»Es muss ihm jemand Einlass verschafft haben.« Der Kardinal warf einen Blick auf Julie, die auf der anderen Seite des Bettes stand.

»Wollt Ihr damit andeuten, eine meiner Zofen könnte so etwas getan haben?«

»Um Gottes willen, Eure Majestät«, entgegnete der Schurke. »Auf jeden Fall werde ich der Sache auf den Grund gehen. Ich vertraue darauf, dass Ihr mich umgehend unterrichtet, falls Ihr diesem seltsamen Priester, der gar kein Priester war, begegnen solltet.«

»Weiß der König darüber Bescheid?«

»Selbstverständlich, Eure Majestät. Ich habe keine Geheimnisse vor dem König.«

☆

Ich schwitzte Blut und Wasser. Auch Julie, die gar nicht genau wusste, was vor sich ging, war furchtbar aufgeregt.

Marie de Chevreuse war wütend. »In diesem Palast kann man noch nicht einmal rülpsen, ohne dass dieser widerliche Kerl sofort darüber informiert wird«, sagte sie. »Egal, seine Tage sind gezählt. Ihr braucht Euch keine Sorgen zu machen, Eure Majestät. Der Herzog ist schon wieder in England, und niemand weiß, wer dieser merkwürdige Priester war.«

Das beruhigte mich ein wenig. Allerdings war ich weiterhin unruhig, weil ich nicht wusste, was sie im Schilde führte. Ich war fest entschlossen, mich nicht in die Sache hineinziehen zu lassen.

Als ich kurz darauf den ersten Brief von Henriette-Marie erhielt, geriet ich ziemlich aus der Fassung. Sie schien mit ihrem Gatten recht zufrieden zu sein und beschrieb ihn als liebenden, leidenschaftlichen Mann, der weder junge Männer noch junge Mädchen in seinem Zimmer zu verstecken pflegte, was als angenehme Ausnahme von der Regel angesehen werden konnte. Scheinbar war er ein perfekter Gentleman.

In dieser Beziehung hatte sie Glück gehabt. Doch zwei Dinge beunruhigten mich zutiefst. Als sie nach London gekommen war, hatten die Menschen, die die Straßen säumten, sie mit Buhrufen begrüßt. Auf ihre Klage hin erklärte ihr Gatte ihr lediglich, das sei das Naturell der Engländer. Es war von weit größerer Bedeutung, dass sie sich offensichtlich sofort mit Buckingham zerstritt!

Henriette hatte keine Ahnung, dass der Herzog und ich mehr als bloße Bekannte waren. Sie wusste ebenfalls nicht, dass Buckingham der eigentliche Herrscher Englands war. Und das war unter der Herrschaft von Karl noch in weit größerem Maße der Fall als unter der Herrschaft von dessen Vater. Das arme, unschuldige Mädchen erhielt einen leichten Schock, als es die Wahrheit erfuhr. Offensichtlich war Henriette nicht mit dem König von England verheiratet, an dessen Seite sie siegreich und entschlossen herrschen wollte, sondern eher mit einer Marionette, die alles tat, was sein Günstling verlangte.

Dieses Vorgehen der Könige hätte ihr eigentlich von ihrem eigenen Bruder her bekannt sein müssen. Doch Henriette hatte Ludwig nicht sehr genau beobachtet. Sie war zu jung gewesen, um Ludwigs Verhältnis zu Luynes zu verstehen. Richelieu betrachtete sie als einen Berater des Hofes, und sie wusste nicht, dass er die eigentliche Macht hinter dem Thron war.

Wie es Henriettes Art war, hatte sie ihre Meinung klar geäußert und sich eingemischt. Sie hatte sich erkundigt, ob die empfohlenen Maßnahmen im Sinne des Königs seien, was zu großen Spannungen führte. Jetzt bat sie mich um meinen Rat, um diesen »Flegel« loszuwerden, wie sie den Herzog nannte. Ich konnte nur zu Geduld mahnen.

Im Moment bereiteten mir mehrere Dinge Kopfzerbrechen. Hinzu kam, dass Spinola, der General meines Bruders, in den Niederlanden einen großen Sieg errungen hatte. Es sah so aus, als ob Spanien ganz Holland zurückerobern würde. Aus holländischer Sicht war die Eroberung der befestigten Stadt Breda im Frühjahr 1626 eine unglaubliche Katastrophe.

»Ich weiß nicht, wie er das macht«, beklagte sich Ludwig bei Richelieu. »Eure Agenten haben mir gesagt, er sei bankrott. Wir wissen, dass er vor drei Jahren seine ganzen Gelder verloren hat. Und jetzt ist er in der Lage, genug Geld aufzutreiben, um große Heere aufzustellen und sie durch ganz Europa marschieren zu lassen.«

»Er ist bankrott, Eure Majestät«, erwiderte Richelieu. »Wahrscheinlich lebt er von geborgtem Geld. Das kann nicht ewig so weitergehen. Dennoch gebe ich zu, dass die Lage im Moment ernst ist. Heute habe ich einen Hilferuf von den Holländern erhalten. Sie behaupten, nur Frankreich könne verhindern, dass sie von der Landkarte verschwänden.«

Da ich zufällig bei der Besprechung anwesend war, sagte ich sofort: »Nein, das werdet Ihr nicht tun.«

»Also wirklich, mein Püppchen«, sagte der König, »diese Dinge kann eine Frau kaum verstehen.«

»Ich verstehe sehr wohl, dass Frankreich, das katholische Frankreich, sich unmöglich mit einer Bande Kalvinisten gegen das katholische Spanien verbünden kann.«

»Hm ...« Ludwig tat das, was er immer tat, wenn er unter Druck geriet, und warf dem Kardinal einen hilfesuchenden Blick zu.

»Es ist nicht meine ... unsere Absicht, Krieg gegen Spanien zu führen, Eure Majestät. Wir können jedoch nicht zusehen, wie Spanien sich ebenso an unserer nördlichen wie an unserer südlichen Grenze niederlässt. Ich habe auch schon eine Idee, wie wir unseren Nutzen aus der Sache ziehen könnten.«

»Wie denn?«, fragte Ludwig.

»Die Holländer bitten uns um Hilfe. Sie würden gern sehen, dass ein französisches Heer durch Flandern marschiert. Da sie darauf kaum hoffen können, möchten sie stattdessen mit uns über eine Anleihe von einer Million Pfund verhandeln.«

»Was habt Ihr da gesagt?«, rief der König. »Eine Million Pfund?«

»Sie wollen mithilfe des Geldes mehrere Söldnertruppen aufstellen«, erklärte Richelieu.

»Ich nehme an, Ihr habt diese absurde Bitte abgelehnt?«

»Nein, das habe ich nicht, Eure Majestät. Ich halte es für eine großartige Chance. Wenn wir ihnen die Anleihe gewähren, um die sie bitten ...«

»Haben wir denn so viel Geld?«

»Ich kann es beschaffen. Das bedeutet allerdings Kürzungen bei anderen Projekten.« Er warf mir einen Blick zu, als wollte er andeuten, ich dürfe in Zukunft nicht mehr so verschwenderisch sein. Dabei war ich überhaupt nicht verschwendungssüchtig, zumindest nicht im Vergleich zu der Königinmutter oder Ludwig. »Als Sicherheit für die Anleihe fordere ich das Nutzungsrecht der holländischen Flotte, um die Blockade vor La Rochelle voranzutreiben. Die Engländer waren ja in dieser Hinsicht ein wenig geizig.«

»Glaubt Ihr denn allen Ernstes, dass die Holländer, die als Kalvinisten viel strengere Protestanten sind als die Engländer, Euch eine Flotte zur Verfügung stellen, um die Hugenotten zu bezwingen?«, fragte ich.

»In der Tat, Eure Majestät. Wenn die Holländer keine andere Wahl haben, werden sie das Angebot annehmen, weil das Land sonst mangels Geldes von den Spaniern erobert wird.«

Ich zweifelte nicht daran, dass er Recht behalten könnte.

»Mit Eurer Erlaubnis«, sagte er zu Ludwig, »werde ich die Verhandlungen zum Abschluss bringen.«

»Ja, ja«, murmelte der König. »Ich gebe mein Einverständnis.« Als der Kardinal uns verlassen hatte, sagte er zu mir: »Was für ein bemerkenswerter Bursche.«

Ich war versucht, allen Verschwörungen im Palast zuvorzukommen und meinem Gatten zu verstehen zu geben, dass der Kardinal vielleicht zu mächtig wurde ... Letztendlich entschied ich mich dagegen.

Einen Monat später lieferte uns Richelieu ein neues Bravourstück. Ich weiß nicht, ob er dafür sorgte, dass die Nachricht von der beabsichtigten Anleihe für die Holländer und einem möglichen Bündnis zwischen Paris und Amsterdam in Madrid durchsickerte, doch es war sehr wahrscheinlich. Auf jeden Fall wurde die spanische Regierung hellhörig. Daher wurde einem Vertrag zwischen dem Papsttum, Spanien und Frankreich zugestimmt, das Veltlin zu neutralisieren, dieses Alpental, das die Spanier benutzten, um ihre Truppen Richtung Norden nach Deutschland und in die Niederlande zu führen. Die spanischen Festungen in diesem Tal mussten demnach niedergerissen werden, und die französischen Truppen erhielten ebenfalls Zugang. Das konnte zu Konflikten in der Zukunft führen, auch wenn Frankreich im Moment keine Truppen hatte, die es dort im Falle eines Falles hätte einsetzen können. Der größte Teil unseres Heeres war im Süden konzentriert, um die Hugenotten zu bekämpfen. Olivares' Zugeständnis bewies die immer größer werdende Schwäche meines Heimatlandes.

Im Moment stand eindeutig fest, dass jeder Versuch, Richelieu zu Fall zu bringen, der reinste Wahnsinn wäre. Ludwig betrachtete ihn als den größten Minister, den Frankreich je hatte. Dadurch war der Kardinal in der Lage, gegen jeden, den er als Feind betrachtete, vorzugehen.

☆

Das war in der Hauptsache der Adel. Ich muss ehrlich sein und gestehen, dass der Adel zu jener Zeit ein sehr unangenehmer Haufen war. Aus der Sicht einer Königinmutter, die als Regentin versucht, das Land für ihren Sohn zu schützen und voranzubringen, ist der Adel noch immer ein unangenehmer Haufen.

Mein Schwiegervater hatte nicht nur die Vererbung der Gouverneursposten eingeführt, was sehr unüberlegt war. Zudem hatte er es für notwendig angesehen, den Adel durch verschiedene Zugeständnisse auf seine Seite zu ziehen, was im Grunde keine schlechte Idee war. Nur die Ausführung brachte große Nachteile mit sich. Dem Adel wurden Steuerermäßigungen gewährt, was bedeutete, dass Grafen, Herzöge und sogar einfache freie Herren so gut wie nichts für die Instandhaltung des Staates bezahlten, wohingegen sie alle Privilegien ihres Standes genossen. Dazu gehörte eine fast unbeschränkte Herrschaft innerhalb ihrer Besitzungen. Jedes widrige Verhalten von Seiten der Bauern, über die sie herrschten, wurde mit härtesten Strafen geahndet, während die Töchter und gelegentlich sogar die Witwen dieser unglücklichen Leute zu Gespielinnen der jüngeren Söhne der Gutsherren wurden.

Im Laufe der Jahre hatte sich bei den Mitgliedern des Adels eine bemerkenswerte Arroganz eingestellt. Sie stolzierten wie Pfauen daher und kleideten sich auch so. Der Degen war immer griffbereit, um mit jeder Beleidigung – ob sie nun wirklich erfolgt oder eingebildet war – abzurechnen. Zweifellos betrachteten sie die bloße Tatsache, dass Frankreich von einem Kardinal regiert wurde, als Beleidigung für ihren Stand. Vorerst waren sie jedoch mehr damit beschäftigt, sich gegenseitig zu bekämpfen, als es mit dem Kardinal aufzunehmen, der von seinen Wachen in den roten Mänteln immer strengstens bewacht wurde. Daher beschloss Richelieu, zuerst zuzuschlagen, und zwar mit äußerster Rücksichtslosigkeit.

Unglücklicherweise hatte Richelieu viele Möglichkeiten, die Rechte des Adels zu beschneiden.

☆

An einem Morgen im Frühjahr 1626 stellte ich fest, dass Julie nicht zum Dienst erschienen war. Ich ging der Sache sofort nach, denn nie, selbst wenn ein Familienmitglied verstorben wäre, hätte sie den Palast ohne meine Erlaubnis verlassen dürfen. Als eine meiner anderen Zofen mir zögernd mitteilte, dass Julie am vorangegangenen Abend im Gespräch mit einem mysteriösen Mann gesehen worden war, erfasste mich Panik. Allmählich bekam ich das Gefühl, dass sich im Louvre zu viele seltsame Männer herumtrieben. Zuerst hegte ich den Verdacht, es könnte sich um den Herzog gehandelt haben, der seinen verrückten Plan in die Tat umgesetzt hatte und zurückgekehrt war. Das beunruhigte mich sehr.

Ich rief sofort Marie de Chevreuse zu mir.

»Vielleicht ist sie durchgebrannt?«, meinte Marie.

»Julie? Sie hat noch nie einen Mann angesehen.«

»Vielleicht nicht in Eurer Gegenwart, Eure Majestät. Wer weiß ...«

»Ich werde sie verprügeln«, erklärte ich, und das weniger, weil sie möglicherweise durchgebrannt war, sondern weil sie sich mir nicht anvertraut hatte. Andererseits hatte ich ihr meine Beziehung zum Herzog auch nicht anvertraut. »Wie können wir sie finden?«, fragte ich.

»Das wird schwierig«, erwiderte Marie. »Ist es nicht am besten, wir warten, bis sie zurückkehrt?«

Vermutlich hatten wir keine andere Möglichkeit. Als eine Woche verstrich, ohne dass sie wieder auftauchte, wuchs meine Angst um sie. Wie sich herausstellte, waren diese Ängste berechtigt, denn acht Tage nach Julies Verschwinden wurde die Leiche des armen Mädchens aus der Seine gefischt.

De Tremoille, Hauptmann der königlichen Musketiere, erstattete mir Bericht. Diese Männer waren dem König und mir treu ergeben.

»Das ist eine ganz scheußliche Sache, Eure Majestät«, sagte de Tremoille.

»Ihr wollt sagen, sie ist in den Fluss gefallen?«

»Hm ... Es ist eine scheußliche Sache.«

»Ich möchte sie sehen.«

»Davon möchte ich Eurer Majestät unbedingt abraten.«

»Sie hat schon einige Zeit im Wasser gelegen?«

»Nein, nein. Länger als ein paar Stunden lag sie vermutlich nicht im Wasser.«

»Aber?«

Er seufzte. »Es gibt deutliche Spuren, die darauf hindeuten, dass sie vor ihrem Tod misshandelt wurde, Eure Majestät.«

»Sie ist vergewaltigt und anschließend umgebracht worden?«

Er sah ziemlich verlegen aus. »Hm ... Es gibt Spuren, die auf eine Vergewaltigung hinweisen, Eure Majestät. Doch das war wohl nicht das Schlimmste, was ihr vor ihrem Tod zugefügt wurde.«

Ich runzelte die Stirn. »Mir wäre es ganz lieb, wenn Ihr Euch ein wenig klarer ausdrücken würdet, Monsieur.«

Er holte tief Luft. »Eure Zofe ist eindeutig vor ihrem Tod gefoltert worden, Eure Majestät.«

»Gefoltert? Julie? Wer würde so etwas wagen?«

»Hm ...«

»Woher wisst Ihr das?«

»Die Leiche war nackt. Auf dem Hinterteil waren Striemen zu sehen. Sie muss geschlagen worden sein. In der Achselhöhle und auf ihrer Scham waren Brandnarben. Und die Verrenkung der Schultern und Hüften beweist, dass sie auf der Folterbank gestreckt wurde.«

Ich sank auf einen Stuhl. Meine Julie war zu Tode gefoltert worden! Dieses arme, unschuldige Kind. Mich erfasste grenzenlose Wut, und ich schwor im Stillen Rache.

»Das hat der Kardinal getan.«

De Tremoille war entsetzt. »Dafür gibt es keine Beweise, Eure Majestät.«

»Dann sucht Beweise!«

»Der Fall wird selbstverständlich untersucht.«

»Findet Beweise!«

»Ich werde mich bemühen«, sagte er, ehe er mich allein ließ.

☆

Ich war so aufgebracht, dass ich jede Vorsicht außer Acht ließ und schnurstracks zum König eilte.

»Euer Kardinal ist zu weit gegangen.«

Ludwig wurde wie immer, wenn ich harte Geschütze auffuhr, sofort nervös.

»Was hat er getan?«

»Er hat eine meiner Zofen entführt und zu Tode gefoltert.«

Ludwig erblasste. »Mein Gott! Wie schrecklich. Warum hat er das getan?«

»Woher soll ich das wissen?« Ich setzte mich auf einen Stuhl. »Vielleicht um seine perverse Lust zu befriedigen.«

»Armand? Das ist unmöglich. Er kennt gar keine Lust und schon gar keine perverse.«

Wie schlecht Ihr den Mann doch kennt, dachte ich, in dessen Hände Ihr das Königreich gelegt habt.

»Ich habe de Tremoille befohlen, die Schuldigen zu finden und sie vor Gericht zu bringen.«

Es war unklug von mir, ihm das mitzuteilen, denn Ludwig konnte ebenso hinterhältig sein wie jeder andere auch.

»De Tremoille«, murmelte er. »Ach ja. Vor Gericht.«

Ich sah meinen Fehler sofort ein, und tatsächlich erwartete mich der Hauptmann ein paar Tage später in meinem Gemach und gestand, dass seine Männer Julies Mörder nicht finden könnten und der Fall als abgeschlossen gelten müsse.

»Es liegt der Verdacht nahe, dass Eure Zofe von einem entarteten Wesen aus reiner Begierde entführt wurde.«

»Der sie eine Woche lang missbraucht und dann zu Tode gefoltert hat«, sagte ich verbittert.

»Die Welt ist voller Verbrecher, Eure Majestät.«

»Und wollt Ihr Euch damit abfinden, dass so ein Verbrecher durch Paris irrt und auf eine Gelegenheit wartet, eine andere arme Frau zu entführen und zu ermorden?«

»Nein, meine Männer halten Augen und Ohren auf, Eure Majestät. Wir werden diesen Burschen schließlich fassen.«

Vermutlich war er ehrlich bemüht, aber offenbar wurde er vom König an den Untersuchungen gehindert. Ich befand mich in einer ungeheuer gefährlichen Lage, und meine Angst überschattete fast meine Trauer um die arme Julie. Sie war eine Woche lang in den Händen von Richelieus Handlangern gewesen, ehe sie starb. In dieser Woche war sie brutal gefoltert worden. Konnte eine Frau solche Schmerzen und solch eine Demütigung aushalten, ohne alles zu sagen, was sie wusste?

Die Frage war, was sie gesagt hatte. Sie wusste, dass ich vor zwei Jahren im Hause der Herzogin von Chevreuse ein Stelldichein mit einem Mann hatte, ohne den Namen des Mannes zu kennen. Sie wusste oder vermutete zumindest, dass ich vor einem Jahr ein weiteres Stelldichein mit einem Mann hatte, und auch in diesem Fall kannte sie den Namen nicht. Es wäre reine Spekulation, eine Verbindung zwischen beiden Treffen und dem Besuch des Herzogs von Buckingham in Paris herzustellen, denn dafür gab es keine Beweise.

Ich musste sofort mit Marie sprechen. Leider war sie mit ihrem Gatten aufs Land gefahren. Das war ein seltenes Ereignis, und in meiner Naivität dachte ich mir nichts dabei. Ein paar Wochen nach Julies Ermordung stürzte die Herzogin in meine Gemächer. Sie war total zerzaust und sah aus, als wäre der Teufel persönlich hinter ihr her.

»Marie«, rief ich. »Ich bin so froh, dass du zurück bist.« Dann musterte ich sie. »Was ist geschehen?«

»Eure Majestät!« Sie fiel vor mir auf die Knie und fing an zu weinen.

Marie musste mir etwas Wichtiges zu sagen haben, und

das hatte in den meisten Fällen auch mit mir zu tun. Daher entließ ich sofort meine anderen Zofen. Als die Tür geschlossen war, nahm ich Maries Hand. »Was ist los? Hast du von Julie d'Arnettes Ermordung gehört?«

Meines Wissens nach hatten sich die beiden nicht besonders gemocht.

Marie schluchzte noch immer. »Julie d'Arnette! Sie hat uns alle ins Verderben gestürzt.«

Das hörte ich gar nicht gern.

»Wie meinst du das?«

»Wisst Ihr, dass sie gefoltert wurde, Eure Majestät?«

»Ja«, erwiderte ich zornig.

»Und sie hat alles gestanden.«

»Gestanden?« Mein Herz klopfte so stark, dass ich kaum Luft bekam. »Was hat sie gestanden?«

»Sie war ...« Marie schluchzte wieder, doch dann riss sie sich zusammen. »Sie hat mit Heinrich und mir zusammengearbeitet.«

Jetzt würde mir richtig übel. »Gearbeitet?«

»Sie hatte die Aufgabe, uns über alle Ereignisse im Palast zu unterrichten.«

»Uns?«

»Heinrich, mich und die anderen.«

»Mein Gott!« Ihre vagen Drohungen gegen den Kardinal fielen mir wieder ein. Und ich hatte geglaubt, Julies Tod hätte mit mir zu tun.

»Wie viele sind es?«

»Wir sind eine ziemlich große Gruppe und haben geschworen, den Kardinal aus dem Amt zu drängen.«

»Ich verstehe. Hoffentlich ist mein Name nicht gefallen.«

»Nein, nein, Eure Majestät.«

»Gott sei es gedankt! Julie hat diese Verschwörung gestanden? Was hat der Kardinal unternommen?«

»Er hat sie alle verhaftet.«

Ich riss den Mund auf. »Und du?«

»Ich wurde gewarnt und konnte daher entkommen, bevor sie in unser Haus kamen. Eure Majestät, Ihr müsst uns retten!«

Das war ein großes Problem. »Ich werde sehen, was ich tun kann«, sagte ich, obwohl ich nicht die geringste Ahnung hatte, was ich tun konnte, wenn der Kardinal bereits alle verhaftet hatte.

Marie trocknete ihre Tränen. »Wenn ich geschnappt und auf die Folterbank gelegt werde, Eure Majestät, kann ich für nichts garantieren. Ich konnte Schmerzen noch nie gut ertragen.«

Meine beste Freundin bedrohte mich. Im Grunde konnte ich sie sogar verstehen.

»Dann müssen wir dafür sorgen, dass du nicht ergriffen wirst. Ich gehe zum König.«

»Und ich?«

»Du bleibst hier.« Ich zitierte meine anderen Zofen zu mir. »Dies ist ein Befehl der Königin. Niemand, absolut niemand darf meine Gemächer betreten, bis ich zurückgekehrt bin«, sagte ich in strengem Ton.

Sie schauten sich alle fragend an und wurden ganz nervös.

»Es wird nicht lange dauern«, beruhigte ich sie.

»Und Heinrich«, sagte Marie. »Ihr müsst Euch für Heinrich einsetzen.«

Sie machte mir das Leben nicht gerade leicht.

»Ich werde tun, was ich kann«, erwiderte ich.

Als ich beim König ankam, war der Kardinal bereits bei ihm.

☆

»Was hat denn das zu bedeuten?«, fragte mich mein Gatte. »Das ist ja eine schöne Bescherung. Eine Verschwörung, die in Euren Gemächern ihren Anfang nahm.«

In diesem Fall schien Angriff die beste Verteidigung zu sein. Ich schaute ihn hochmütig an und sagte in entsprechendem Ton: »Werde ich angeklagt, Eure Majestät?«

»Hm ...« Wie immer warf er Richelieu einen hilflosen Blick zu.

»Niemand würde im Traum daran denken, Eure Majestät anzuklagen«, sagte der listige Teufel. »Leider stimmt es jedoch, dass wir eine Verschwörung aufgedeckt haben, in die einige Hofdamen Eurer Majestät verwickelt sind.«

»Ihr wollt sagen«, zischte ich, »dass Ihr eine meiner Zofen entführt und gefoltert habt, bis sie Euch gesagt hat, was Ihr hören wolltet!«

»Habt Ihr das wirklich getan, Eure Eminenz?«, fragte der König aus reiner Neugier.

»Ich weiß nicht, worüber Ihre Majestät spricht«, erwiderte Richelieu.

Der Kardinal log das Blaue vom Himmel herunter!

»Ich habe jedoch von meinen Agenten erfahren, dass im Hause der Herzogin von Chevreuse heimliche Treffen stattfanden, an denen die Herzogin selbst und verschiedene Adelige teilnahmen. Ich habe ihre Namen hier, Sire. Es wurde eine Intrige geschmiedet, um mich zu ermorden.«

»Mein Gott«, rief der König. »Was müssen das für Schurken sein!«

»Das kann man wohl sagen. Sie sitzen schon hinter Schloss und Riegel. Nur die Herzogin konnte entkommen. Auch sie werden wir bald zur Rechenschaft ziehen können.«

»Und welche Beweise habt Ihr für eine solche Verschwörung?«, fragte ich. »Vermutlich stützt Ihr Euch nur auf die Informationen Eurer Agenten.«

»Das ist der erste Schritt, Eure Majestät. Die Verschwörer werden im rechten Moment schnell ein Geständnis ablegen.«

»Weil sie gefoltert werden.«

»Sie werden dem Verhör unterzogen, Eure Majestät. Ich glaube nicht, dass sie gefoltert werden.«

Seine Unverschämtheit machte mich sprachlos. Ich wandte mich an den König.

»Sie müssen bestraft werden«, sagte Ludwig.

»Alle«, fügte der Kardinal hinzu.

»Ja gewiss.«

»Marie de Chevreuse ist meine erste Zofe«, sagte ich. »Ich will nicht, dass ihr etwas angetan wird.«

»Hm«, murmelte der König. Wieder schaute er den Kardinal an.

»Es könnte gefährlich sein, Eure Majestät, eine solche Frau zu beschützen. Bestimmte Leute könnten behaupten, dass Ihr selbst in die Verschwörung verwickelt seid.«

»Oh, meine Liebe«, sagte der König. »Das wäre eine Katastrophe.«

»Bestimmte Leute?«, fragte ich. »Welche Leute? Ihr, Eure Eminenz?«

Er errötete. Ich hatte ihn wenigstens etwas aus der Fassung gebracht.

»Verschwörung?«, fuhr ich in kühlem Ton fort. »Welche Verschwörung? Existiert sie nicht nur in Eurem Kopf, Eure Eminenz, und den Köpfen der Agenten? Und welchen Beweis habt Ihr, dass die Herzogin in die Verschwörung verwickelt ist, selbst wenn es eine solche geben sollte? Weil sich diese so genannten Verschwörer in ihrem Haus getroffen haben? Ihr könnt nicht beweisen, dass sie anwesend war.«

»Es gibt Beweise, Eure Majestät«, sagte Richelieu. »Der Liebhaber der Herzogin, der Graf von Chalais, hat es bestätigt.«

Ich starrte ihn an. Wenn das stimmte, hatte er wieder die Oberhand gewonnen.

»Hm«, brummte der König. »Dann gibt es also einen Beweis. Natürlich verwirrt Euch das, meine Liebe. Ich zweifle nicht daran, dass Ihr diese Schlange unwissentlich an Eurem Busen genährt habt ...«

»Was wird mit den Verschwörern geschehen?«, fragte ich.

»Die Strafe für Hochverrat ist der Tod«, erwiderte der Kardinal. »Die Männer werden aufs Rad geflochten, und die Frauen werden bei lebendigem Leibe verbrannt.«

»Und sind diese Menschen des Hochverrats schuldig?«

»Nun ...« Jetzt schaute Richelieu den König an.

»Haben sie gegen meinen Gatten intrigiert?«

Er war mir in die Falle getappt. Ludwig kam ihm sofort zuhilfe.

»Sie haben gegen meinen Staatsminister intrigiert. Das ist Verrat.«

»Aber kein Hochverrat, Sire«, sagte ich. Dieser Unterschied war von entscheidender Bedeutung.

»Hm ...« Jetzt schaute er nicht Richelieu an, sondern er reckte sich. »Sie müssen sterben.«

»Doch sie müssen nicht aufs Rad geflochten werden, Sire.«

»Nun ... vielleicht nicht. Sie werden geköpft. Ja.«

Mehr konnte ich für Chalais und seine Freunde nicht tun.

»Aber nicht die Herzogin von Chevreuse, Sire.«

»Weil sie eine Frau ist? Eure Majestät ...«

»Sie ist meine Vertraute, und ich zweifle nicht an ihrer Unschuld. Vielleicht hat sie in ihrer Naivität auf Geheiß ihres Liebhabers den Verschwörern erlaubt, sich in ihrem Haus zu treffen. Für diese Unüberlegtheit soll sie bestraft werden, aber nicht für Verrat. Da sie *meine* Vertraute ist, weiß ich, dass es im ganzen Königreich keine Frau gibt, die Euch gegenüber loyaler ist – außer ich selbst.«

»Hm ...« Der König war mal wieder fassungslos, was kaum als Ausnahme bezeichnet werden konnte.

»Welche Strafe haltet Ihr im Fall der Herzogin für angemessen, Eure Majestät?«, fragte Richelieu.

In meiner Wut hatte ich so redegewandt argumentiert, dass er seine Niederlage einsehen musste.

»Das Exil?«

»Exil. Und wo, Eure Majestät?«

Ihm schwebten sicher die russischen Steppen vor.

»Poitiers«, sagte ich.

»Poitiers?«, riefen der König und der Kardinal im Chor.

»Poitiers ist kaum hundert Wegstunden von Paris entfernt«, fügte der Kardinal hinzu.

»Was bedeutet schon eine Wegstunde, Eure Eminenz? Wichtig ist doch, dass sie aus Paris verbannt wird. Sie hat ein Haus in Poitiers. Schickt sie dorthin, und sie soll dort bleiben, bis ... bis über ihre Rückkehr entschieden wird.«

Wer diese Entscheidung treffen würde, ließ ich offen.

Richelieu war im ersten Moment sprachlos, und der König ergriff das Wort.

»Nach Poitiers verbannen«, sagte er. »Das finde ich ausgezeichnet. Ich hasse es, wenn Frauen hingerichtet werden. Als die Concini hingerichtet wurde, war ich ein paar Tage krank. Ich verfüge, dass die Herzogin von Chevreuse nach Poitiers verbannt wird.«

Richelieu sah aus, als träfe ihn jeden Moment der Schlag.

Dem König entging das nicht. »Doch diese anderen Burschen müssen sterben. Köpfe ab, Eure Eminenz. Ab mit den Köpfen.«

Richelieu erholte sich wieder. »Und falls einer von ihnen die Herzogin belastet, bevor das Urteil gesprochen wird?«

»Unter Folter?«, zischte ich.

»Nein, nein«, sagte der König. »Für so ein Geständnis würde ich keinen Pfifferling geben. Die anderen werden geköpft, und dann sorgen wir dafür, dass hier wieder Ruhe einkehrt.«

☆

Es überraschte mich nicht, dass der Kardinal mir folgte.

»Wieder einmal Herrin der Lage.«

»Nicht ganz, Eure Eminenz.«

»Ich würde es schon so sehen, doch diesmal seid Ihr gescheitert.«

»Wobei, Eure Eminenz?«

»Mich loszuwerden.«

»Ich habe nicht den Wunsch, Euch loszuwerden, Eure Eminenz.« Und das entsprach der Wahrheit. »Ich wäre ganz froh, wenn Ihr nicht hinter jeder Tür Feinde sehen würdet. Diese armen, unschuldigen Männer.«

»Sie haben mir nach dem Leben getrachtet.«

»Wenn Ihr das wirklich glaubt, sperrt sie in die Bastille oder in Vincennes oder irgendwo anders ein. Aber sie einfach hinzurichten ...«

»Es ist der Befehl des Königs.«

Ich funkelte ihn wütend an. »Dann wollen wir hoffen, dass Ihr den Befehl des Königs ebenfalls befolgt, wenn er gegen Euch gerichtet ist, Eure Eminenz.«

Daraufhin ließ er mich allein.

☆

»Ich habe dein Leben gerettet«, sagte ich zu Marie.

»Eure Majestät.« Sie ergriff meine Hände und küsste sie.

»Du wirst nach Poitiers verbannt.«

Sie hob den Kopf.

»Es tut mir Leid. Mehr konnte ich nicht für dich tun. Dein Liebhaber hat gestanden, dass du in die Verschwörung verwickelt warst.«

»Mein Gott«, murmelte sie. »Was wird man ihm antun?«

»Ich glaube, es ist besser, wenn du nicht darüber nachdenkst.«

»Was wird mit ihm geschehen?«

»Ich habe getan, was ich konnte. Er und seine Genossen werden geköpft. Das ist besser, als verbrannt oder aufs Rad geflochten zu werden.«

Sie griff sich mit beiden Händen an den Hals.

»Wenigstens dein Leben ist gerettet. Du wirst in Poitiers bleiben, bis ich dich wieder an den Hof zurückholen kann.«

»Und wann wird das sein, Eure Majestät?«

»Das weiß ich nicht. Wir müssen hoffen.«

»Dann hat diese Bestie wieder gesiegt.«

»Diese Bestie hat wieder überlebt. Es war wirklich sehr dumm von dir und deinen Freunden, so etwas zu planen. Weißt du denn nicht, dass der Kardinal seine Spitzel überall hat?«

»Sogar Ihr seid gegen mich«, murmelte sie.

»Ganz im Gegenteil, Marie. Ich habe dein Leben gerettet. Bitte vergiss das nicht. Solltest du mich verraten, kann ich dich nicht länger beschützen. Auch das solltest du nicht vergessen. Richelieu hasst dich. Wenn er dich in die Hände bekommt, erwartet dich das gleiche Schicksal wie Julie, und am Ende wirst du bei lebendigem Leibe verbrannt. Ich hingegen werde nur nach Spanien zurückgeschickt.«

7. Kapitel

Bei dieser Chalais-Verschwörung bewies ich zum ersten Mal die stählerne Entschlossenheit, die mir heute von den meisten Menschen zuerkannt wird. Zu jenem Zeitpunkt war es schwierig, diesen Vorfall als etwas anderes als eine schreckliche Katastrophe anzusehen.

Richelieu hatte auf der ganzen Linie gesiegt. Wie ich schon erwähnte, hatten Chalais und seine Freunde ihm mit ihrer Verschwörung nur in die Hände gespielt. Es genügte Richelieu nicht, ihre Köpfe in den Dreck rollen zu sehen. Ich wurde gezwungen, diesem unerquicklichen Schauspiel an der Seite meines Gatten beizuwohnen.

Richelieu konnte Ludwig davon überzeugen, dass der ganze Adel eine Brutstätte des Aufruhrs war. Das war nicht besonders schwierig, da Ludwig trotz seiner intellektuellen Mängel nicht dumm war und wusste, dass ihn diese Menschen, die ihn und seine Gewohnheiten aus der Nähe betrachten konnten, verachteten. Jetzt gab er seinem Staatsminister freie Hand, um die Schurken gefügig zu machen.

Richelieu reagierte mit äußerster Härte. Das hatte er sich immer gewünscht. Sofort wurde eine Reihe von Dekreten erlassen, um die Macht des Adels zu beschneiden. Als Erstes ordnete er an, alle befestigten Häuser zu zerstören. Anschließend befahl er, dass alle jüngeren Söhne als Bürgschaft für das »gute Benehmen« ihrer älteren Brüder ständig am Hof zu leben hatten. Das Duell wurde ab sofort – ob es nun mit dem Tode endete oder nicht – als Kapitalverbrechen geahndet. Der Adel war wie betäubt, und ein paar Monate herrschte Ruhe.

Während der Kardinal diese drakonischen Gesetze verabschiedete, versuchte er seltsamerweise nicht, den Adel zur

Kasse zu bitten. Wahrscheinlich hatte er Angst, dass er damit zu weit gehen und der Adel offenen Widerstand leisten würde. Geld ist die Ursache für die meisten sozialen Unruhen. Diese bittere Erfahrung haben Jules und ich in den vergangenen Jahren machen müssen.

In jenem Herbst machte Richelieu eine Hungersnot im Norden sehr zu schaffen. Man kann es sich vielleicht nur schwer vorstellen, dass ein so fruchtbares Land wie Frankreich über keine Nahrungsmittel mehr verfügt, doch genau das war aufgrund einer Missernte in Folge einer langen Schlechtwetterperiode eingetreten. Es kam zum Aufruhr, und Truppen mussten für Ruhe und Ordnung sorgen. Nahrungsmittel sind wie Geld die Basis für eine zivilisierte Gesellschaft. Richelieu reagierte mit seiner üblichen Rücksichtslosigkeit und ordnete an, dass kein Weizen in den Norden geliefert werden dürfe, bis die Krise vorüber sei. Dadurch machte er sich noch unbeliebter, und zwar einerseits bei den Kleinbauern, die noch immer hungerten, und andererseits bei den Großbauern, die eine einträgliche Einnahmequelle verloren.

Während dieser Zeit pflegte Richelieu zu mir eine Art freundschaftlicher Beziehung. Ich ließ mich dadurch nicht täuschen und nahm nur zur Kenntnis, dass er in mir einen gleichberechtigten Partner sah, wenn es darum ging, den König zu manipulieren. Auch wenn ich den Kardinal verabscheute, bewunderte ich seine vielseitigen Talente. Sogar als er intensiv mit der Entmachtung des Adels beschäftigt war, arbeitete er an anderen Projekten. Mit großem Stolz unterbreitete er mir den Plan für einen Neubau der Sorbonne-Universität.

»Warum sollte eine so große Stadt wie Paris nicht die größte und bedeutendste Universität Europas besitzen?«, fragte er mich.

Ich musste ihm zustimmen. Meine eigene Situation war zu jener Zeit sehr betrüblich. Ich hatte zwei meiner treuesten

Vertrauten verloren, und eine von ihnen unter den schlimmsten Umständen. Zu keiner meiner anderen Zofen hatte ich ein vertrautes Verhältnis entwickelt. Zudem lebten sie in ständiger Angst, mit einer Verschwörung in Zusammenhang gebracht zu werden.

In meiner Einsamkeit besuchte ich Maria von Medici häufiger, obwohl ich nicht daran zweifelte, dass auch sie in eine Verschwörung verwickelt war. Sie war jedoch nicht nur die Königinmutter und daher durch ihre Position geschützt, sondern sie war auch charakterlich gefestigter und vorsichtiger als Marie de Chevreuse und ihre Freunde.

»Geduld heißt die Spielregel, meine liebe Anna«, sagte sie. »Ich habe Euch den Plan skizziert. Es wird geschehen. Geduld.«

Noch Jahre später fragte ich mich oft, ob sie mehr wusste, als sie je zugab.

☆

Da ich neben dem täglichen Einerlei sehr wenig zu tun hatte, verbrachte ich viel Zeit mit Tagträumen, und es gab nur eine Person auf der Welt, von der ich träumen wollte. Daher bat ich, mir alle Nachrichten aus England zu bringen. Es fiel kein Verdacht der Unschicklichkeit auf mich, denn ich erzählte jedem, dass ich mich sehr für die Situation meiner Schwägerin interessiere, deren Heirat ich befürwortet hatte.

Was ich erfuhr, beruhigte mich keineswegs. Karl war im Moment in eine scharfe Kontroverse mit seinem Parlament verwickelt, in der es um Geld ging. Es stellte sich als leeres Gerede heraus, dass die Vermählungen des englischen und spanischen Königs mit zwei Schwestern für Frieden sorgen sollten. Tatsache war, dass Karl – oder man sollte vielleicht besser Buckingham sagen – sofort einen Krieg gegen Spanien begann. Wahrscheinlich war der Auslöser nichts anderes als Groll über das, was vor ein paar Jahren in Madrid passiert war.

In dem Krieg ging es eher um kleinere Seegefechte als um richtige Heeresschlachten, und daher war der ganze Krieg eigentlich eine Farce. Den Engländern gefiel das jedoch, denn sie hassten die Spanier noch ein wenig mehr als die Franzosen. Das Parlament wollte dem König aber nur Gelder für ein Jahr zur Verfügung stellen, und daher war es schwierig, weiter im Voraus zu planen.

Als Folge wurde das Parlament aufgelöst, und 1626 wurde ein neues gebildet. Karl hatte gehofft, mit dem neuen Parlament leichteres Spiel zu haben, da er die widerspenstigen Mitglieder des alten Parlamentes zu Landessheriffs – wie sie in England genannt werden – ernannt hatte, die nicht für Wahlen kandidieren durften. Seine Hoffnung erfüllte sich leider nicht, denn die neuen Parlamentsmitglieder erwiesen sich als noch widerspenstiger, und eine ihrer ersten Amtshandlungen bestand darin, die öffentliche Anklage von Buckingham zu fordern. Ich war entsetzt, besonders da Henriette-Marie, die mir das persönlich mitteilte, unbedingt dafür war.

Zweifellos ginge es dem Land ohne ihn besser, schrieb sie. *Ich werde das Gefühl nicht los, dass Buckingham eine Strategie verfolgt, die nur er selbst kennt und die nur ihn betrifft, während es im Land brodelt. Mit Sicherheit liefe alles viel besser, wenn mein teurer Gatte die Zügel selbst in die Hand nehmen und es von außen keine Einmischung geben würde. Ich setze große Hoffnungen auf ihn. Abgesehen von dem widerlichen Buckingham stimmen wir beide nur in der Frage der Religion nicht überein, und diesbezüglich bin ich sehr zuversichtlich. Würde Karl zu meinem Glauben übertreten, müsste das selbstverständlich heimlich geschehen. Diese abscheulichen Engländer sind strikt gegen die Heilige Kirche. Die Möglichkeit besteht dennoch.*

Es braucht wohl kaum gesagt zu werden, dass ich einen furchtbaren Schrecken bekam. Die öffentliche Anklage eines

Mannes wie Buckingham, der so vielen Menschen auf die Füße getreten war, konnte nur mit seiner Hinrichtung enden, und darüber wollte Karl gar nicht nachdenken. Die Sitzung des Parlamentes wurde erneut vertagt, und Buckingham setzte seine unumschränkte Herrschaft fort.

Dafür musste ein Preis gezahlt werden. Zu den Bedingungen, unter denen die kärgliche Geldsumme von der vorherigen Regierung bewilligt worden war, gehörte auch die Klausel, dass keine englischen Schiffe gegen die Hugenotten in La Rochelle eingesetzt werden durften. Karl hatte dem leichtsinnigerweise zugestimmt, da er nicht an einen so baldigen und endgültigen Streit mit seinem Parlament geglaubt hatte. Als Richelieu das hörte, wurde er schrecklich wütend.

»Das ist das heimtückischste Volk der Welt«, sagte Richelieu.

Maria von Medici war entzückt. »Es kommt alles, wie es kommen muss.«

Zum gleichen Zeitpunkt erhielt ich einen Brief aus Poitiers.

Eure Majestät, schrieb die Herzogin von Chevreuse, *wie einsam müsst Ihr in Paris, in dieser Höhle der Niedertracht sein. Auch ich bin hier sehr einsam. Mir fehlt der Blick in Euer hübsches Gesicht, die Berührung Eurer Hand und der Klang Eurer wunderschönen Stimme. Ich weiß, dass ich nie mehr werde zurückkehren können, aber könntet Ihr mich nicht vielleicht besuchen? Über Euren Besuch am Wochenende des 15. Juli würde ich mich sehr freuen. Auch Ihr würdet Euch sicher freuen, da ich eine sehr denkwürdige Überraschung für Euch habe.*

Mein Herz klopfte heftig. War es wirklich möglich? Würde Buckingham in dieser turbulenten Zeit möglicherweise nach Frankreich kommen, weil ihm sein persönliches Anliegen wichtiger war? Und würde ich es wagen, zu ihm zu fahren?

Wenn ich es nicht wagte, käme er möglicherweise nach Paris, was unweigerlich zu einem Bruch des französischen Bündnisses führen würde.

Ich verbrachte eine schlaflose Nacht, und am nächsten Morgen besuchte mich der König.

Er war äußerst aufgewühlt. »Was soll ich nur tun? Was soll ich nur tun?«

Ich wusste nicht, worüber er sprach. »Droht eine weitere Hungersnot, Sire?«, fragte ich.

»Das hier ist eine sehr ernste Angelegenheit«, unterrichtete er mich. »Der Erlass gegen das Duell. Der Bursche de Montmorency-Bouteville wurde mit dem Degen in der Hand ergriffen, nachdem er gerade seinen Gegner verwundet hatte. Das ist ein Verstoß gegen das Gesetz.«

Ich war beunruhigt. François de Montmorency-Bouteville stammte aus einer sehr einflussreichen Familie.

»Wird er in die Bastille gesteckt?«

»Das Duell wurde zu einem Kapitalverbrechen erklärt.«

»Ja, trotzdem liegt es diesen Menschen im Blut. Ihr wusstet, dass sie das Gesetz brechen werden.«

»Wir können von dieser Strafe nicht zurücktreten.«

»Eure Majestät, versteht Ihr denn nicht, dass der Kardinal auf diese Weise versucht, sich des Adels zu entledigen?«

»Ich weiß, dass Ihr den Kardinal nicht mögt, meine Liebe, doch ihm liegt wirklich nur das Wohl Frankreichs am Herzen. Gesetz ist Gesetz. Montmorency wird seinen Kopf verlieren.«

Ich seufzte. Es hatte keinen Sinn, weiter darüber zu streiten, und außerdem kannte ich Montmorency nicht sehr gut. »Es ist Eure Entscheidung, Sire ... Ich habe eine Bitte an Euch.«

»Ja, ja. Welche Bitte?«

»Ich möchte Euch um die Erlaubnis bitten, die Herzogin von Chevreuse zu besuchen.«

Er hob den Kopf. »Sie lebt in der Verbannung.«

»Ich weiß, Eure Majestät«, sagte ich ruhig. »Aber nur in Poitiers. Es wäre für mich ganz einfach, dorthin zu fahren und ein paar Tage mit ihr zu verbringen.«

»Und aus welchem Grunde?«

»Sie ist meine beste Freundin in Frankreich, Sire. Ich sehne mich nach ihr.«

»Gut«, sagte er. »Ich denke, das könnt Ihr tun.« Er drohte mir mit dem Finger. »Aber keine Verschwörungen, hm? Auch Herzoginnen können ihren Kopf verlieren, nicht wahr? Haha.«

Ich stimmte höflich in sein Gelächter ein.

☆

Da ich erst in drei Wochen nach Poitiers reisen wollte, hatte ich Angst, Richelieu könnte davon erfahren und meine Reise verhindern. Für mich persönlich war es ein Glück, dass der ganze Hof wegen Montmorencys Verhaftung und Verurteilung in heller Aufregung war. Eine große Menschenmenge wurde Zeuge seiner Enthauptung. Bis zum letzten Moment schien er nicht glauben zu können, dass ein Mann aus dem Hochadel hingerichtet werden sollte, weil er einen altehrwürdigen Brauch gepflegt hatte. Seine Familie war fassungslos.

Ich wurde aufgefordert, der Hinrichtung beizuwohnen. Dieses Schauspiel wühlte mich schrecklich auf. Der Gedanke, dass jemand, den ich ziemlich gut kannte, eines Tages vor dem Schwert knien könnte, war mir unerträglich.

Sogar nach der Hinrichtung blieb Montmorency das Thema Nummer eins am Königshof, sodass mir niemand die geringste Aufmerksamkeit schenkte. Daher konnte ich mich praktisch unbemerkt davonschleichen.

Ich nahm nur eine einzige Zofe mit, eine etwas begriffsstutzige junge Frau namens Arlette, und eine Eskorte von sechs Gendarmen. Meine Kutsche war unauffällig, und es sah sicher für jedermann so aus, als ob nur ein paar Adelige in ihr Landhaus fuhren. Wir kamen gut voran und legten etwa 30 englische Meilen pro Tag zurück. Am 14. Juli erreichten wir nach einer Woche Poitiers. Wir fuhren durch so berühmte Städte wie Orléans und Tours, und in den Gasthäusern, in denen wir übernachteten, wahrte ich mein Inkognito. Dieses Landvolk hatte die Königin von Frankreich noch nie leibhaftig gesehen, und die Porträts, die es von Zeit zu Zeit im Land zu sehen gab, wiesen nicht die geringste Ähnlichkeit mit mir auf.

Wir erreichten das Anwesen der Chevreuses, das außerhalb der Stadt lag, ohne Zwischenfälle, und Marie begrüßte mich stürmisch.

Wir umarmten uns. »Wie schön es ist, Euch zu sehen, Eure Majestät«, schwärmte sie. Meine Begleiter waren zu ihren Quartieren gebracht worden. »Ich habe Euch sehr vermisst.«

»Ich habe dich auch vermisst, meine liebe Marie.«

Wir saßen beide in ihrem Salon.

»Ist ...?«

»Er kommt morgen.«

»Weißt du, was wir da tun? Weiß er es?«

»Niemand weiß, dass er in Frankreich ist.«

»Außer dir.«

»Ja, er versteht meine Lage. Und ich auch.«

»Und wenn es jemand herausfindet?«

»Nur Mut, Eure Majestät. Es wird niemand erfahren.«

Ich verbrachte eine schlaflose Nacht, und das nicht nur, weil Marie darauf bestand, das Bett mit ihr zu teilen.

☆

Am nächsten Morgen konnte ich meine Aufregung kaum zügeln. Schon zweimal hatte ich geschworen, es nicht noch einmal zu tun, und jetzt erwartete ich unser Treffen wieder so aufgeregt wie ein junges Mädchen. Ich war ja auch erst 26 Jahre alt. Und ich war verliebt. Auf jeden Fall glaubte ich es damals.

Kurz vor der Mittagszeit fuhr eine geschlossene Kutsche

durch den Torbogen auf den Hof des Schlosses. Ich hielt mich in der ersten Etage auf, und als ich auf den Hof hinunterschaute, sah ich einen maskierten Gentleman, der ausstieg und das Gebäude betrat. Marie geleitete ihn ins Haus. Ein paar Minuten später lag ich in seinen Armen.

Wir widmeten uns sofort der Liebe. Auf diese Leidenschaft hatte ich mich gefreut, auch wenn sie mich in eine ungeheuer gefährliche Situation brachte. Wir liebten uns den ganzen Tag bis in die Nacht hinein und unterbrachen unsere Liebesspiele nur, um einen Bissen zu essen oder einen Becher Wein zu trinken. Am nächsten Morgen kam es zu einer Krise.

»Ich muss Euch heute wieder verlassen«, sagte George zu mir.

»Mein Geliebter!«

»Und Ihr kommt mit mir.«

Ich richtete mich auf und strich eine Strähne aus meiner Stirn.

»Ohne Euch werde ich nicht gehen. Ich habe lange genug gewartet. Ihr begleitet mich. Ludwig lässt sich scheiden, und Ihr heiratet mich.«

Vor meinen Augen drehte sich alles. »George!« Ich versuchte, ihn zur Vernunft zu bringen.

»Keine Angst. Wir werden an der Küste und an Bord meines Schiffes sein, ehe es jemand bemerkt.«

»In wenigen Wochen wird es die ganze Welt wissen.«

Er küsste mich. »Und die ganze Welt wird uns beneiden.«

»Das würde Krieg zwischen England und Frankreich bedeuten.«

»Das ist nichts Neues.«

»George. Ihr wisst, dass es unmöglich ist. Ich bin verheiratet ...«

»Nur auf dem Papier. Wann hat Ludwig zum letzten Mal in Eurem Bett gelegen?«

»Hm ...« Ich errötete. »Es passiert nicht sehr häufig.«

»Richtig.«

»Ich bin eine Königin.«

»Wollt Ihr lieber die Königin eines sterbenden Landes sein als die Gattin des Staatsministers aus dem mächtigsten Land der Welt?«

Das konnte ich kaum hinnehmen. England sollte mächtiger sein als Frankreich oder Spanien? Und mächtiger als das Kaiserreich?

Ich versuchte es mit einem Bild. »Königinnen schleichen sich nicht wie Diebe in der Nacht davon.«

»Eure Liebe ist nicht groß genug!«

»Wir begeben uns durch unser Treffen beide in große Gefahr. Ihr seid doch nicht den ganzen Weg gereist, um Euch jetzt mit mir zu streiten, oder?«

»Nein, natürlich nicht.« Er drückte mich an sich. »Ihr braucht nur ja zu sagen.«

»Das kann ich nicht. Gott weiß, dass ich es gerne tun würde. Wenn die Umstände es erlaubten ...«

»Dann werde ich die Umstände ändern.«

»Das ist nicht möglich.«

»Alles ist möglich. Ich werde einen Krieg mit Frankreich beginnen und mit einem englischen Heer in Paris einmarschieren. Als Teil der Friedensverhandlungen bitte ich um Eure Hand.«

»Jetzt weiß ich, dass Ihr verrückt seid!«

Er grinste. »Es wäre nicht das erste Mal. Heinrich V. hat es auch so gemacht.«

»Er bat um die Hand der Tochter des Königs und nicht um die Hand seiner Gemahlin. Es ist auf jeden Fall absurd, einen Krieg zu beginnen, damit wir beide das Bett teilen können.«

»Glaubt Ihr das?« Er stand auf und ging umher. »Ich werde es tun. Sobald ich wieder in England bin.«

☆

Ich war schockiert. Er war verrückt, oder er litt an einer Selbstüberschätzung, die man als Verrücktheit bezeichnen konnte.

»Was soll ich nur tun?«, fragte ich Marie, als der Herzog abgereist war.

»Er ist hoffnungslos in Euch verliebt, doch er wird darüber hinwegkommen.«

Diese Antwort hatte ich zwar nicht erhofft, aber dennoch klammerte ich mich an diesen Satz. Am nächsten Morgen fuhr ich zurück, und nach einer Woche hatten wir Paris erreicht. Es überraschte mich kaum, dass mich der Kardinal kurz nach meiner Ankunft im Louvre in meinen Gemächern aufsuchte.

»Paris ist ohne Eure Majestät nicht dieselbe Stadt.«

»Wahrscheinlich ist es ruhiger hier.«

»Vielleicht. Ich hätte mir gewünscht, über Eure Reise unterrichtet zu werden ... nach Poitiers, richtig?«

»Ja, nach Poitiers.«

»Um Eure alte Freundin, die Herzogin von Chevreuse, zu besuchen?«

»Ja«, erwiderte ich ein wenig sprachlos. Richelieu machte immer den Eindruck, mehr zu wissen, als gut für mich war. Oft gab er auch nur vor, etwas zu wissen. »Ich hatte die Erlaubnis des Königs.«

»Gewiss. Und Ihr habt die Herzogin ein Jahr nicht mehr gesehen. Ihr hattet Euch wohl viel zu erzählen?«

»Ja, das stimmt.«

»Seltsam«, murmelte er. »Ihr seid am 9. Juli aufgebrochen, und am 21. Juli seid Ihr schon zurück. So viel ich weiß, kann man Poitiers von Paris aus kaum in weniger als sechs Tagen erreichen, es sei denn, ein Reiter sitzt zwölf Stunden pro Tag im Sattel. Ihr seid doch in einer Kutsche gereist, nicht wahr?«

»Ja«, zischte ich. »Ich bin in einer Kutsche gereist.«

»Dann rechnen wir das mal nach. Wenn Ihr sechs Tage für

die Hinfahrt und sechs Tage für die Rückfahrt gebraucht habt – und Ihr wart zwölf Tage unterwegs –, wie viel Zeit habt Ihr dann mit der Herzogin verbracht? Zehn Minuten?«

»Eure Rechnung ist falsch, Eure Eminenz. Wir brauchten nur fünf Tage, um Poitiers zu erreichen.«

»Dann seid Ihr wie der Teufel gefahren. Ihr müsst entsetzliche Sehnsucht nach der Herzogin gehabt haben.«

Ich wich seinem Blick nicht aus. »In der Tat.«

»Das kann ich gut verstehen. Und dann seid Ihr wie der Teufel gefahren, um Paris wieder zu erreichen. Nachdem Ihr nur zwei Tage in Gesellschaft dieser Frau verbracht habt, nach der Ihr Euch so sehr sehntet.«

»Wer gibt Euch das Recht, mich zu verhören?« Mir drehte sich der Kopf.

»Ich habe das Recht, die Ehre Frankreichs zu schützen. Und Eure Ehre bedeutet die Ehre Frankreichs.«

Mir fiel eine gute Lösung für das Problem ein. »Ich habe mich mit der Herzogin gestritten.«

»Ach. Weigert sie sich, ihre verrückten Pläne aufzugeben?«

Möglicherweise war es doch nicht so eine gute Idee.

»Wir haben nicht über Pläne gesprochen, Eure Eminenz. Bei unserem Streit ging es um ganz persönliche Dinge.«

Er starrte mich ein paar Sekunden an. Über die Beziehung zwischen mir und Marie in jüngeren Jahren wusste er genau Bescheid.

»Das tut mir furchtbar Leid«, sagte er schließlich. »Dann werdet Ihr die Herzogin vermutlich nicht noch einmal besuchen, oder?«

»Wer weiß«, erwiderte ich vorsichtig. »Wir werden uns eines Tages sicher wieder versöhnen.«

Er verneigte sich und zog sich zurück.

☆

Wie immer, wenn der Kardinal mich verließ, war ich aufgewühlt. Er war davon überzeugt, dass ich eine oder eine ganze Reihe von Affären hatte. Doch ohne Beweise wagte er es nicht, mich zu beschuldigen. Wahrscheinlich verdächtigte er mich auch, in die Chalais-Verschwörung verwickelt gewesen zu sein. Doch ihm fehlten die Beweise. Julie hatte meinen Namen trotz der Folter vermutlich nicht erwähnt. Der Kardinal hatte sich so intensiv mit der Verschwörung beschäftigt, dass er sie möglicherweise nicht nach meinem Besuch im Stadthaus der Herzogin von Chevreuse befragt hatte.

Vielleicht hatte er es auch getan, und Julie hatte mich nicht verraten. Dann war sie das tapferste Mädchen auf Erden gewesen.

Was würde er jetzt unternehmen? Die Herzogin war ihm durch meine Intervention entwischt. Ihr Haus in Poitiers wurde gut bewacht, und es war kaum möglich, sich heimlich Zutritt zu verschaffen. Er konnte nur zu seiner altbewährten Methode greifen.

Ich zitierte Arlette zu mir. »Erinnerst du dich an Julie?«, fragte ich sie.

Sie fing an zu zittern.

»Ich möchte nicht, dass dir das gleiche Schicksal widerfährt. Ein so hübsches Mädchen wie du ist immer in Gefahr, wenn es den Louvre verlässt.«

Es gefiel ihr, als hübsches Mädchen bezeichnet zu werden, denn sie war ziemlich unscheinbar, und sie zitterte am ganzen Körper.

»Du wirst den Louvre daher vorläufig nicht verlassen. Und du wirst dich auf gar keinen Fall mit fremden Männern einlassen, vor allem wenn sie die Tracht des Kardinals tragen.«

»Ja, Eure Majestät. Aber meine Eltern. Ich muss meine Eltern besuchen.«

»Sie können dich hier besuchen«, erwiderte ich.

☆

Nachdem ich die Hintertür sozusagen verschlossen hatte, konnte ich mich ein wenig entspannen. Vielleicht hatte ich Buckingham zum letzten Mal gesehen. Das bedauerte ich zutiefst, doch ich litt nur körperlich. Mir wurde immer klarer, dass das große Vergnügen, nackt in seinen Armen zu liegen, nicht das große Risiko wert war, das jedes Treffen für mich und meine besten Freunde und Bediensteten darstellte. Ich war fest entschlossen, ihn nicht mehr wiederzusehen, auch wenn das bedeutete, den Rest meines Lebens ohne Liebe und Romantik zubringen zu müssen.

Wie schlecht wir doch die Zukunft vorhersagen können!

Ich klammerte mich an die Hoffnung, dass den verrückten Träumen des Herzogs, Frankreich den Krieg zu erklären, nicht unbedingt Glauben zu schenken war. Staatsmänner führten keinen Krieg, nur um eine Frau für sich zu gewinnen. Unglücklicherweise war ich zu dem Schluss gelangt, dass George Villiers gar kein richtiger Staatsmann war. Seine angeborene Arroganz und seine große Freude an der absoluten Macht hatten bei diesem Mann zu einer Art Wahnsinn geführt, und darum glaubte er, alles sei machbar.

Der Rest des Jahres verlief relativ ruhig. Henriette deutete in ihren Briefen, die ich von Zeit zu Zeit erhielt, zwar an, dass etwas vor sich ging, doch das arme Kind war in einer ähnlichen Situation wie ich. Ich vermutete auch oft, dass mein Gatte und sein Staatsminister gegen das Königreich und die Herrschaft meines Bruders Intrigen schmiedeten. Doch ich wagte nicht, Philipp darüber zu informieren, da das Hochverrat gewesen wäre. Henriette wusste genau, dass *ihr* Gatte und *sein* Staatsminister gegen das Königreich und die Herrschaft ihres Bruders intrigierten, doch es wäre Hochverrat gewesen, mir das mitzuteilen.

Welch eine Last haben wir Königinnen zu tragen!

Während dieser Zeit bereiteten sich Richelieu und der König auf den Angriff von La Rochelle vor. Wie ich schon sagte, war Richelieu wütend, weil die Engländer ihm nicht erlaubten, ihre Schiffe dort einzusetzen. Seine Verhandlungen mit den Holländern waren jedoch beendet, und er hatte große Hoffnungen auf Erfolg.

Ehrlich gesagt, interessierte mich das nicht besonders. In meinen Augen stellten die Hugenotten für Frankreichs Stärke und Moral eine große Gefahr dar. Richelieu mobilisierte zu ihrer Vernichtung fast alle militärischen Kräfte. Für mich persönlich lag der einzige Vorteil darin, dass dadurch keine Feldzüge gegen das Ausland einschließlich Spanien geführt werden konnten.

An einem Frühjahrstag im Jahre 1627 stürzte der König, ohne um Erlaubnis zu bitten, mit Richelieu auf den Fersen in meine Gemächer. Sie stolperten fast über einige meiner Zofen. Mein Gatte warf sofort ein Pergamentblatt auf den Tisch neben meinem Bett.

»Was sagt Ihr dazu, Madame?«

Ich warf dem Kardinal einen verstohlenen Blick zu. Er sah nicht besonders verärgert aus. Ich nahm den Brief in die Hand. Es war eine Kriegserklärung, die von Karl I., dem König von England, und George Villiers, dem Herzog von Buckingham, unterzeichnet war.

Meine Knie gaben nach, und ich sank auf einen Stuhl. Ich war zutiefst bestürzt.

»Das verstehen sie also darunter, uns die Hand der Freundschaft zu reichen!«, wetterte Ludwig, der sich ebenfalls hinsetzte. »Und meine kleine Schwester! Verloren in dieser Höhle von Dieben und Mördern!«

Ich war sprachlos und schaute den Kardinal fragend an.

»Vermutlich wurden sie dazu gezwungen«, sagte Richelieu beschwichtigend. »Vom Londoner Pöbel. Das soll ein ganz furchterregender Haufen sein.«

»Dem meine Schwester jetzt schutzlos ausgeliefert ist«, jammerte Ludwig.

Das hatte ihn doch noch nie besonders interessiert!

Ich hatte mich inzwischen wieder ein wenig gefasst. Oh,

dieser Wahnsinnige! Ich musste jedoch zugeben, dass es sehr romantisch war. Krieg, um einer Frau willen! Aber ...

»Werden die Engländer in Frankreich einfallen?«, fragte ich.

»Sollen sie es nur versuchen«, brüllte mein Gatte. »Sollen sie es nur versuchen!«

Richelieu wartete geduldig, bis Ludwig seine theatralischen Äußerungen vorgebracht hatte. Dann sagte er ruhig: »Ich glaube nicht, dass in Anbetracht des Geldmangels des englischen Parlamentes im Moment mit dieser Möglichkeit zu rechnen ist, Eure Majestät. Andererseits dürfen wir den Hass, den die Engländer uns entgegenbringen, nicht unterschätzen. Dadurch könnte die Krone Unterstützung finden, was zu einer Erhöhung der Gelder führen könnte. Wenn wir die Situation realistisch betrachten, wäre es für Buckingham das Beste, die Hugenotten in La Rochelle zu unterstützen. Wenn er genügend Truppen mobilisieren kann, könnte er dadurch Zugang zu diesem Hafen erlangen.«

»Was werdet Ihr tun?«, fragte ich mit einem flauen Gefühl im Magen.

»Ich glaube, der Zeitpunkt ist gekommen, den Hafen anzugreifen«, sagte Richelieu.

☆

Der König zog also in die Schlacht, doch da es ein Religionskrieg war, begleiteten ihn diesmal der Kardinal und alle Truppen, die mobilisiert werden konnten. Richelieus Vorhersage erwies sich als richtig, denn im Sommer führte Buckingham eine Flotte an, die die Hugenotten in La Rochelle unterstützen sollte.

In meinem Kopf herrschte ein einziges Chaos. Ich hatte Angst um Buckingham, Angst um Frankreich und Angst vor dem Krieg.

Maria von Medici war entzückt. »Habe ich nicht genau

das vorhergesagt?«, fragte sie. »Damit sind die ganzen Pläne dieses Schuftes zunichte gemacht. Jetzt führt er Krieg gegen England, praktisch Krieg gegen Spanien – vom Kaiserreich ganz zu schweigen. Wenn er in La Rochelle besiegt wird, stürzt er von seinem Thron, und es wird mir eine große Freude sein, meinen Fuß auf seinen Nacken zu stellen.«

Sie äußerte ihren Hass so unverblümt, dass ich mich fragte, ob der Kardinal nicht einst mehr als ein Beichtvater für sie gewesen war.

Es gab noch andere Probleme. »Und was ist mit dem König, Madame? Angenommen, er wird getötet?«

Maria schnaubte verächtlich. »Könige werden selten in einer Schlacht oder bei einer Belagerung getötet«, erklärte sie mir. »Sie sind der Gefahr normalerweise nicht so sehr ausgesetzt.«

Im Grunde war es ihr ziemlich gleichgültig, ob Ludwig getötet wurde oder nicht. Ihr Gaston hielt sich schon bereit.

Ich wollte mich nicht mit meiner Schwiegermutter streiten, auch wenn ich inbrünstig betete, dass sie Recht behielt. Mir lag nicht daran, eine Königinwitwe zu sein, der nichts anderes übrig blieb, als nach Madrid zurückzukehren.

Die nächsten Wochen gehörten zu der friedlichsten Zeit meines Lebens, und in Anbetracht dessen, was auf mich zukam, war das sehr gut. Da Ludwig und Richelieu nicht in Paris waren, genoss ich mehr Freiheit, als es normalerweise der Fall war. Die Regierung lag diesmal nicht in meinen, sondern in den Händen eines Rates. Ich war froh, die Herrschaft nicht übernehmen zu müssen, weil mich die Vorgänge im Süden zutiefst beunruhigten. Einen kurzen Augenblick zog ich sogar in Erwägung, meine neue Freiheit zu nutzen, um Marie de Chevreuse einen weiteren Besuch abzustatten, doch ich entschied mich dagegen. Es war nicht möglich, sie heimlich zu besuchen, und ich wollte nicht noch für zusätzliche Probleme sorgen. Der Krieg im Süden machte mir schon genug zu schaffen.

Als mich ein paar Monate nach Beginn des Feldzuges eine zitternde Arlette weckte und mir mitteilte, dass der Kardinal mich zu sprechen wünsche, war ich sehr erstaunt.

»Es kann sich nur um eine Katastrophe handeln«, sagte ich. Ich wusste nicht, ob ich lachen oder weinen sollte, als ich aus dem Bett kroch und Arlette mir in meinen Hausmantel half. Dann ließ ich Richelieu zu mir bitten.

Der Kardinal, der wie immer gepflegt aussah und gefasst wirkte, machte nicht den Eindruck eines besiegten Mannes. Er trug nicht seine Kardinalsrobe, sondern stattdessen eine Uniform und Stiefel, und er sah müde aus.

»Verzeiht mir, dass ich so einfach hier eindringe, Eure Majestät«, sagte er.

»Berichtet mir, was passiert ist. Ist das Heer besiegt worden?«

»Keineswegs. Der Sieg ist unser. Der Herzog von Buckingham hat seine Flotte zurückgezogen und ist nach England zurückgekehrt.«

Ich setzte mich hin. »Ich gratuliere Euch«, murmelte ich. »Und der König?«

»Seiner Majestät geht es gut. Der König schickt Euch Grüße.«

»Ist er nicht in Paris?«

»Er ist noch bei dem Heer vor La Rochelle. Es tut mir Leid, aber der Hafen ist noch nicht in unsere Hand gefallen.«

»Und Ihr seid die ganze Strecke nach Paris geritten, um mir das mitzuteilen? Es scheint doch noch keine Entscheidung gefallen zu sein.«

»Nein, das stimmt«, gab er zu. »Buckingham hat den Hugenotten in La Rochelle versprochen, mit stärkeren Truppen zurückzukehren, und bis dahin versuchen sie durchzuhalten.«

»Es sieht nach einem größeren Konflikt aus, Eure Eminenz.«

»In der Tat. Dank diesem Wahnsinnigen, der England regiert. Und über diesen Mann möchte ich mit Euch sprechen, Eure Majestät.«

»Ach?« Ich wunderte mich über meine Gelassenheit.

»Unter vier Augen, wenn es Euch recht ist.«

»Das wäre unschicklich, Eure Eminenz. Ihr seid nicht mehr mein Beichtvater.«

»Gut, eine Eurer Zofen kann bleiben.« Er schaute sich um. »Diese da.«

Er zeigte auf Arlette, die aussah, als würde sie im nächsten Moment die Besinnung verlieren. Mir ging es nicht viel besser. Seine Wahl bewies mir, dass er mehr über meinen Besuch in Poitiers wusste, als ich vermutet hatte.

»Einverstanden«, sagte ich vorsichtig. »Die anderen gehen bitte.«

Sie liefen aufgeregt davon.

»Schließ die Tür, Arlette«, befahl Richelieu.

Ich nickte ihr zu, und sie schloss die Tür.

»Darf ich mich setzen, Eure Majestät?«, fragte der Kardinal.

»Bitte.«

Er setzte sich mir gegenüber hin. Arlette blieb vor der Tür stehen.

»Wie gut kennt Ihr den Herzog von Buckingham, Eure Majestät?«

Die Frage erschien mir angesichts seiner vagen Kenntnisse recht unverfänglich. »Ich würde nicht behaupten, den Herzog zu kennen. Wir haben uns, glaube ich, dreimal gesehen. Zweimal, als wir 1624 über die Vermählung der Prinzessin Henriette-Marie verhandelt haben, und einmal im Jahr darauf beim Hochzeitsbankett. Wir haben jedes Mal nur ein paar Worte gewechselt.« Ich bemühte mich, mir die Kontrolle über das Gespräch nicht entreißen zu lassen. »Warum? Habt Ihr etwas anderes vermutet?«

»Es ist nicht meine Aufgabe, mich in Vermutungen zu ergehen, Eure Majestät. Es geht mir um Tatsachen. Was ist eine

Tatsache? Das ist normalerweise etwas, was man selbst bezeugen kann oder was einem von genügend Zeugen bestätigt wird.« Er hob den Finger, als hätte ich ihn unterbrochen. »Natürlich kann man diese Zeugen gelegentlich bestechen und ihnen Angst machen oder ...« Er warf einen Blick auf Arlette. Ich schwöre, dass ich ihre Zähne klappern hörte, obwohl sie an der Tür stand. »Oder sie *überzeugen*, die Wahrheit zu sagen. Es gibt noch eine dritte Möglichkeit: Zufälle.«

»Ich bitte Euch, Eure Eminenz«, widersprach ich.

»Ich weiß, Eure Majestät, dass Zufälle eine Sache des Schicksals sind. Und was ist wiederum das Schicksal? Wenn es um Menschen geht, ist es Glück. Man kann den Würfel werfen, und es kann einmal, zweimal oder dreimal eine Drei kommen. Wenn man auf die Drei gesetzt hat, hat man großes Glück gehabt. Hat man hingegen auf die Vier gesetzt, hat man Pech gehabt. Das Schicksal mag seine Hände im Spiel haben, denn wenn man genug Geduld und Geld hat, und immer wieder auf die Vier setzt, wird mit Sicherheit irgendwann diese Zahl kommen.

Das menschliche Verhalten folgt einem erkennbareren Muster. Nehmen wir einmal folgendes Beispiel. Ich bin ein Bauernsohn und gehe zum Brunnen, um Wasser zu holen. Dort treffe ich Euch, ein Bauernmädchen, das auch am Brunnen steht, um Wasser zu holen. Wenn uns jemand beobachtet, der uns möglicherweise kennt, würde er vielleicht an ein zufälliges Treffen denken, wie anziehend ich Euch bei diesem ersten Treffen auch finden mag, da keiner von uns an bestimmten Tagen zum Brunnen geht. Wenn ich das nächste Mal Wasser hole und Ihr wieder da seid, würde der Beobachter vielleicht denken: Was für ein glücklicher Zufall. Könnt Ihr mir folgen?«

»Ich weiß nicht, worüber Ihr sprecht, Eure Eminenz.«

»Hört mir einfach zu. Ihr werdet es schon verstehen. Wenn ich zum dritten Mal zum Brunnen gehe und Ihr seid auch wieder da, könnte man kaum noch von einem Zufall ausgehen. Unser Beobachter wird jetzt glauben, dass wir uns absichtlich treffen und uns vielleicht schon kannten, was er nicht wusste.«

Mir wurde speiübel. Doch ich war entschlossen, mich der Sache zu stellen. »Vielleicht wäret Ihr so gut, Eure Eminenz, mir zu sagen, was das mit mir zu tun hat.«

»Ja, Eure Majestät, ich stehe plötzlich einer ganzen Reihe von Zufällen gegenüber, und wir haben gerade festgestellt, dass so etwas weder möglich noch logisch ist.«

»Das habt Ihr festgestellt, Eure Eminenz.«

»Ihr werdet mir zustimmen, dass jeder intelligente Mensch diese Schlussfolgerung ziehen würde, Eure Majestät. Soll ich Euch von diesen Zufällen erzählen? Beim ersten Treffen kann man wie beim ersten Treffen am Brunnen kaum von einem Zufall sprechen. Der Herzog von Buckingham kam 1624 nach Paris, um über die Heirat der Prinzessin Henriette mit Prinz Karl zu verhandeln. Als Ihr den Herzog kennen lerntet, war es für alle Anwesenden offensichtlich, dass Ihr Euch gegenseitig sehr sympathisch wart. Warum auch nicht? Er ist ein sehr hübscher und mächtiger Mann, und Ihr seid eine sehr schöne Frau. Es kam keinem der Anwesenden in den Sinn, die Königin von Frankreich könne mit einem Erbfeind Ehebruch begehen.«

»Ihr wagt es, mich zu beschuldigen, Eure Eminenz.« Ich versuchte verzweifelt, meiner Stimme Sicherheit zu verleihen.

»Bitte hört mir zu, Eure Majestät, denn ich bin noch nicht fertig. Da die Vorbesprechung beendet war, gab der Herzog bei dieser Gelegenheit bekannt, dass er Paris am nächsten Tag verlassen und über Calais wieder nach England reisen werde. Das war der sechste Juni. Von Paris bis Calais braucht man vier Tage, wenn man dreißig Meilen am Tag im Sattel oder in der Kutsche zurücklegt. Daher nahmen wir an, dass der Herzog am zehnten Juni am Hafen ankommen würde, und sein Kapitän erwartete ihn auch an diesem Tag.

Der Herzog kam indes erst am elften an. Entweder brauchte er für eine viertägige Reise fünf Tage, oder er unterbrach die Reise, oder er verließ Paris erst am Abend des sechsten Juni.«

»Das ist doch vollkommen unerheblich.«

»Das stimmt. Es interessiert mich oder den König nicht, was der Herzog mit seiner Zeit anfängt, es sei denn, es könnte doch für uns von Interesse sein. Zurück zu unseren Zufällen.

Wenn der Herzog Paris erst am Abend des sechsten Juni verlassen hat, was hat er dann an jenem Tag gemacht? Auch das interessiert uns nicht. Es ist bekannt, dass der Herzog ein lüsterner Bursche ist. An diesem Tag, dem sechsten Juni 1624, haben Eure Majestät sich jedoch entschlossen, die Herzogin von Chevreuse zu Hause zu besuchen. Und Ihr seid über eine Stunde dort geblieben. Das war reiner Zufall, nicht wahr?«

»Ja«, stieß ich hervor. »Reiner Zufall.«

»Ich muss gestehen, dass ich noch nicht einmal an die Möglichkeit dachte, Ihr könntet den Herzog getroffen haben und seine Abreise hätte sich dadurch verzögert.«

Ich schluckte.

»Kommen wir noch einmal auf das zweite Treffen am Brunnen zurück. Der Herzog kam erst im folgenden Jahr wieder nach Paris, um der Vermählung der Prinzessin beizuwohnen. Und er hatte das Recht, hier zu sein, denn wir hatten ihn eingeladen. Und am nächsten Tag brach er mit der Prinzessin und der Eskorte nach Calais auf, um wieder nach England zu reisen. Das ist alles vollkommen in Ordnung.

Sprechen wir noch einmal über die Zufälle. In der Nacht der Vermählung wurden Eure Majestät vor Erschöpfung krank. Das war für alle gut zu verstehen. Daher zogt Ihr Euch sehr früh zurück und hütetet vierundzwanzig Stunden das Bett. Ich glaube, Ihr wart zuvor noch nicht einen Tag in

Eurem Leben krank, und wir waren alle sehr besorgt. In der gleichen Nacht konnte sich durch einen sehr seltsamen Zufall ein fremder Mann, der eine Priesterrobe trug, Zugang zum Louvre verschaffen. Mehrere Personen haben diesen Mann gesehen, bevor er verschwand. Ehrlich gesagt, ich habe keine Verbindung zwischen Euch und diesem Fremden hergestellt, da mich zu jenem Zeitpunkt verschiedene gegen mich gerichtete Intrigen in Anspruch nahmen.«

»Und jetzt stellt Ihr diese Verbindung her? Ohne einen Beweis?«, fragte ich verächtlich.

»Ich hätte diese Verbindung nicht hergestellt, wenn es nicht einen dritten, fast unglaublichen Zufall gegeben hätte, Eure Majestät. Während unserer Belagerung von La Rochelle wurde eines der Schiffe der englischen Flotte vom Sturm ans Ufer getrieben und die Besatzung gefangen genommen. Ich habe den Kapitän genau zur englischen Lage befragt und ihm einige Informationen entlocken können. Wie ich erfuhr, ist innerhalb der englischen Flotte bekannt, dass der Herzog eine französische Mätresse hat.«

Er verstummte und schaute mich an. Ich verlor fast die Besinnung, doch ich fasste mich wieder. »Das war sicher nur leeres Gerede, Eure Eminenz. Hat diese Mätresse auch einen Namen?«

»Meinem Informanten war der Name nicht bekannt.«

»Nun, dann ... Wie will er sich denn mit seiner französischen Mätresse treffen?«

»Das ist ein Problem, da er gegebenenfalls den Kanal überqueren muss. Seine Männer wissen jedoch, dass er das von Zeit zu Zeit macht.«

»Wäre das nicht sehr gefährlich?«

»Ja schon, aber er ist ein wagemutiger Mann. Seitdem unsere beiden Länder Krieg gegeneinander führen, hat er es dennoch nicht gewagt. Ich habe allerdings erfahren, wann er das letzte Mal so kühn in unser Land eindringen konnte. Es war Mitte Juli letzten Jahres.«

Ich war so unvorsichtig, mir mit meinem Fächer Luft zuzuwedeln.

»Damit kommen wir zum letzten Zufall, nicht wahr, Eure Majestät? Der Herzog von Buckingham war offensichtlich im Juli letzten Jahres in Frankreich, und im Juli letzten Jahres habt Ihr diese außergewöhnlich schnelle Reise nach Poitiers gemacht.«

Wir starrten uns an.

»Was wollt Ihr damit sagen?«, fragte ich mit leiser Stimme.

»Madame, die Liste der Delikte, deren ich Euch beschuldigen könnte, ist so lang wie mein Arm. Ich könnte mit Ehebruch beginnen. Wenn diese ganzen *Zufälle* an die Öffentlichkeit dringen würden, könnte ich kaum jemanden und insbesondere den König nicht davon überzeugen, dass Ihr durch das Land eilt und Euch mit dem Herzog trefft, nur um über die Schönheit der Natur zu plaudern. Unter den gegebenen Umständen sieht die ganze Sache noch viel schlimmer aus. Euer letztes heimliches Treffen mit dem Herzog fand im letzten Juli statt. Ehe das Jahr zu Ende war, erklärte er uns den Krieg. Mit welchen Worten habt Ihr ihn zu diesem außergewöhnlichen Schritt ermuntert?«

»Ich ...« Ich biss mir auf die Lippe.

»Ihr versteht, dass Ihr zweifach wegen Verrats angeklagt seid?«

Was sollte ich dazu sagen? Er hatte eine fast unwiderlegbare Reihe von Beweisen gegen mich gesammelt, die zwar auf Zufällen beruhten, aber die man glauben konnte, wenn man wollte. Ich spürte schon, wie die Klinge des Henkers meinen Nacken berührte.

Richelieu drehte sich zu Arlette um, die zitterte wie Espenlaub. »Und du auch, Mademoiselle.«

»Eure Eminenz ...« Sie fiel auf die Knie. »Ich weiß nichts. Ich habe nur getan, um was mich Ihre Majestät gebeten hat.«

Im ersten Moment war ich wütend, aber andererseits war es gut zu verstehen, dass sie versuchte, ihren Kopf zu retten.

»Dann haben wir drei und der Herzog von Buckingham ein Geheimnis«, sagte Richelieu. »Und vermutlich die Herzogin von Chevreuse.«

Ich hob den Kopf.

»Ja«, sagte er und zeigte mir seine geöffnete Hand. »Es liegt alles dort in meiner Hand.«

Ich strich mir mit der Zunge über die Lippen. »Habt Ihr es dem König erzählt?«

»Noch nicht„ Madame. Ich werde es nur tun, wenn ich dazu gezwungen werde.«

Ein Hoffnungsschimmer. »Was verlangt Ihr von mir?«

»Erstens Euer heiliges Versprechen, den Herzog von Buckingham niemals wiederzusehen.«

Ich holte tief Luft. »Das habe ich bereits beschlossen.«

»Sehr vernünftig von Euch. Zweitens verlange ich – und das ist mir noch sehr viel wichtiger –, dass Ihr Euch mir nie mehr in irgendeiner Sache widersetzen, sondern all meine Projekte aus ganzem Herzen unterstützen werdet.«

Ich hatte im Moment keine andere Wahl. »Einverstanden.«

»Drittens werdet Ihr mich über jedes Gespräch, jede Nachricht und jeden Hinweis auf eine Verschwörung gegen mich oder den König unterrichten.«

»Ihr verlangt von der Königin von Frankreich, für Euch als Spionin zu arbeiten?«

»Ja«, erwiderte der Schurke. »Ich denke besonders an die Königinmutter. Ich weiß, dass Ihr Euch nahe steht.«

»Wir stehen uns überhaupt nicht nahe.«

Er lächelte. »Dann wird sich Euer Verhältnis jetzt verbessern, Eure Majestät.«

»Ist das alles?«, fragte ich.

»Nicht ganz.«

»Ach?«

»Ich werde wieder Euer Beichtvater sein. Natürlich nur, wenn ich abkömmlich bin.«

Jetzt war ich sprachlos. »Ich habe bereits einen Beichtvater.«

»Pater Joseph steht Euch zur Verfügung, wenn ich anderweitig beschäftigt bin. Ich vertraue ihm.«

»Er ist Euer Geschöpf.«

Richelieu verneigte sich.

Ich zuckte mit den Schultern. »Ich werde mich dem fügen müssen. Versprecht Ihr mir, nichts gegen die Herzogin von Chevreuse oder Arlette zu unternehmen?«

»Ihr habt mein Wort, solange die beiden nicht noch weitere Verbrechen gegen den Staat begehen.«

»Danke. In dem Fall halte ich es für das Beste, wenn der Herzogin erlaubt wird, wieder nach Paris zurückzukehren, damit wir gegenseitig ein Auge aufeinander werfen können.«

Er schaute mich kühl an. »Wisst Ihr es noch nicht, Eure Majestät? Die Herzogin hat sich davongestohlen.«

Mir stockte der Atem. »Sie ist geflohen?«

»Sie ist aus Poitiers verschwunden und hält sich in Lothringen auf.«

Dieses miserable Weibsstück! Mich einfach im Stich zu lassen. Und diese Gefahr, der sie sich aussetzte! Das war jetzt ihr eigenes Risiko, denn sie hatte mich nicht mehr in der Hand, da Richelieu alles wusste.

»Was macht sie in Lothringen?«

»Außer Zuflucht zu suchen? Meine Agenten berichteten mir, dass sie versucht, Herzog Charles zu überzeugen, sich mit Buckingham zu verbünden. Ihr wisst, dass das Hochverrat ist. Eines Tages wird Eure Freundin noch ihren Kopf verlieren.«

»Ihr wisst das und ergreift sie nicht?«

»Ich hielt es für besser, es im Moment nicht zu tun. Allerdings stimme ich mit Euch überein, dass es für sie das Beste wäre, hier zu sein, damit wir ein Auge auf sie werfen können. Meiner Meinung nach wird sie bei Herzog Charles keine großen Fortschritte machen. Ich werde den Herzog auffordern, sie unter Bewachung hierher zurückzubringen. Dann seid Ihr wieder mit ihr vereint. Gefällt Euch das?«

Ich traute meinen Ohren nicht, und ich war mir nicht sicher, ob ich mir das wünschte. Der Schurke führte bestimmt etwas im Schilde.

»Ja«, sagte ich. »Das würde mir gefallen.«

»Dann wird es geschehen. Jetzt ist es Zeit für Euch zu beichten. Geh hinaus, Mädchen«, sagte er zu Arlette, »und denk daran, dass dein Geheimnis und dein Leben nur sicher sind, wenn du alles, was du gesehen und gehört hast, für dich behältst.«

»Ja, Eure Eminenz«, sagte Arlette seufzend. Dann machte sie schnell einen Knicks vor mir und lief hinaus.

»So, Eure Majestät, nun werdet Ihr Eure Strafe erhalten.«

Ich keuchte. Auf diesen Moment hatte Richelieu so lange gewartet.

»Ich habe noch nicht gebeichtet«, sagte ich.

»Ich weiß bereits alles, was Ihr zu sagen habt.«

Ich wurde nervös. »Was werdet Ihr mit mir machen?«

»Ich werde Euch bestrafen. Für so viele Dinge«, sagte er und öffnete den Schrank, in dem der Stock schon so viele Jahre lag. »Auf diesen Moment habe ich mich wahrlich gefreut.«

»Daran habe ich keinen Zweifel.«

Er schlug mit dem Stock mehrmals durch die Luft.

»Möchtet Ihr, dass ich meine Röcke hochhebe und mich hinunterbeuge?«, fragte ich. »Das verlangt Pater Joseph immer von mir.«

»Ich verlange mehr als Pater Joseph. Zieht Euch aus.«

Ich starrte ihn an. »Ich soll mich ausziehen?«

»Ja. Alles. Ihr sollt nackt vor mir stehen. Ihr werdet Euch daran erinnern, dass das vor zwölf Jahren, als Ihr noch fast ein Kind wart, schon einmal der Fall war. Seitdem habt Ihr Euch sicher entwickelt.«

Ich biss mir auf die Lippe, löste langsam meine Reifen und zog mein Kleid und alle Unterröcke aus. In diesem Gemach hatte ich mich zum letzten Mal vor meinem Gatten ausgezogen. Was erwartete mich? Ich wusste nicht, ob es besser war, vergewaltigt zu werden oder nicht.

Mir wurde diese Demütigung erspart. Vielleicht wäre es auch besser gewesen. Als ich mich ausgezogen hatte, schlug der Kardinal mit äußerster Härte auf mich ein und streichelte dabei meine Brüste. Er hatte einen vollkommenen Sieg errungen.

☆

Mit Beginn dieses schrecklichen Tages hatte ich das Gefühl, dass mein Leben einen absoluten Tiefpunkt erreicht hatte. Leider musste ich noch weitere Katastrophen überwinden, ehe mein Aufstieg unversehens begann und ich meine jetzige Position erreichte. Hätte ich jedoch gewusst, was vor mir lag, hätte ich möglicherweise dem Kampf nicht standgehalten.

Ich musste mich unbedingt dieses Schreckgespenstes entledigen, das ich jetzt am Hals hatte. Doch wie sollte ich das schaffen, wenn der Kardinal die Macht hatte, mich mit wenigen Worten zu vernichten? Ich hätte auch nicht gewusst, wie ich ihn hätte ermorden sollen, denn das konnte nur mittels Gift geschehen. Wenn Richelieu aß oder trank, waren wir beide nie allein, und ich hatte keinen Zweifel, dass alle Nahrungsmittel und Weine probiert wurden, ehe sie in seinem Mund landeten.

In dieser Hinsicht war die Rückkehr von Marie de Chevreuse nicht hilfreich. Ich war wütend auf sie, weil sie ohne Erlaubnis davongelaufen war. Sie war wütend auf mich, weil ich sie praktisch als Gefangene nach Paris bringen ließ. Ich konnte sie als Quelle meines Missgeschicks ansehen, da sie auf den drei heimlichen Treffen mit Buckingham bestanden hatte. Sie konnte mich zumindest als *eine* Ursache ihres Missgeschicks ansehen, da ich den Treffen zugestimmt hatte.

Wir waren nun durch diese schreckliche Gefahr, die über uns schwebte, miteinander verbunden. Dabei wussten wir beide, dass ich gewissermaßen die besseren Karten hatte, wenn auch nur aus dem Grunde, weil ich wahrscheinlich überleben würde, wenn Marie eines Tages eines Vergehens überführt werden würde. Sollte ich hingegen über meine Fehltritte stolpern, hätte der Kardinal keinen Grund, sie zu verschonen oder ihr die Qualen der Folterkammer zu ersparen.

Wie man sich vorstellen kann, waren die Weihnachtstage unter diesen Umständen kein schönes Fest im Louvre. Wir konnten nur hoffen und warten und vielleicht beten, dass den Kardinal bei der Schlacht um La Rochelle eine Kugel treffen würde.

Der Kardinal sorgte indes dafür, dass die ganze Welt wieder einmal Kopf stand. Das folgende Jahr hatte sich ebenso wie der Krieg hingezogen, denn die Hugenotten verteidigten ihre Festung mit verzweifelter Entschlossenheit. Sie vertrauten darauf, dass Buckingham mit einer neuen, größeren Flotte zurückkehren würde, um sie zu retten. Und tatsächlich hieß es, die Engländer würden sich darauf vorbereiten, eine riesige Flotte in den Golf von Biscaya zu schicken – als Richelieu plötzlich Anfang September nach Paris zurückkehrte und – wie es seine Gewohnheit war – sofort zu mir kam.

»Ja, Eure Majestät«, sagte er, »man muss nur Geduld haben, dann kommt alles, wie es kommen soll.«

»Es scheint so zu sein«, stimmte ich zu. »Haben sich die Rebellen ergeben?«

»Das werden sie tun«, sagte er zuversichtlich. »Sie können nicht mehr auf die Unterstützung der Engländer hoffen.«

Ich runzelte die Stirn. »Ist Buckingham zurückgetreten?«

Er lächelte. »Sozusagen. Der Herzog von Buckingham ist tot, Eure Majestät.«

8. Kapitel

Ich war bestürzt. Auch wenn ich mich sträubte, so eine schreckliche Nachricht zu glauben, musste ich unweigerlich an die Gründe und Folgen eines solchen Unglücks denken. Ein gesunder Mann von 36 Jahren fällt nicht einfach tot um.

»Ihr habt ihn ermordet!«, rief ich.

»Ich bitte Euch, Eure Majestät. Mord ist nicht meine Sache.«

»Wie ist er denn so plötzlich gestorben? Grassiert in England die Pest?«

»Meines Wissens nicht. Der Herzog wurde in der Tat ermordet, doch man könnte diesen Mord eher als innenpolitische Affäre bezeichnen. Als Buckingham an Bord gehen wollte, um nach La Rochelle zurückzukehren, wurde er von einem seiner eigenen Offiziere namens Felton niedergestochen. Ich bin froh, dass die Expedition jetzt abgebrochen wurde.«

»Warum sollte dieser Mann das getan haben?«

Der Kardinal zuckte mit den Schultern. »Er soll bei einer Beförderung übergangen worden sein. Der Kerl war offensichtlich verrückt.«

»Hat er gestanden?«

»Ein Geständnis war nicht nötig, Eure Majestät. Er hat die Tat vor mehreren Hundert Soldaten begangen und wurde sofort von der Leibwache des Herzogs niedergeschlagen.«

»Wenn er für den Mord bezahlt wurde, wird es daher nie jemand erfahren, nicht wahr?«

»Wie misstrauisch Eure Majestät sind! Wenn Felton bezahlt wurde, hat er das Geheimnis mit ins Grab genommen. Die Engländer scheinen sich jedoch mit der Begründung, die ich Euch soeben genannt habe, zufrieden zu geben. Jetzt bleibt nur noch abzuwarten, was als Nächstes passiert.« Er warf mir einen verstohlenen Blick zu. »Keine Tränen für einen alten, geschätzten Freund, Eure Majestät?«

»Die Tränen werde ich später vergießen, Eure Eminenz.«

»Ich verstehe. Trotzdem möchte ich Euch etwas sagen. Kennt Ihr Euch mit chinesischer Philosophie aus?«

»Nein, ich weiß nichts über die Chinesen, außer dass sie Heiden sind.«

»Das stimmt. Doch sogar Heiden haben ihre Philosophie, und sie haben eine viel ältere Zivilisation als wir. Sie haben eine Auffassung, die *Yin* und *Yang* genannt wird. Das bedeutet, dass alles, was auf Erden oder im Himmel existiert, zwei Seiten hat, nämlich eine gute und eine schlechte. Vereinfacht gesagt, bedeutet das, dass alles, was gut für den einen, gezwungenermaßen schlecht für einen anderen ist.

Ihr hattet eine Affäre mit dem Herzog, und solange er lebte, war er eine Gefahr, auch wenn Ihr Euch entschlossen hattet, ihn nie wiederzusehen. Er war außerdem eine beständige Gefahr für Frankreich. Seine Ermordung ist schlecht für ihn, doch gleichzeitig ist sie gut für Euch, für Euer Geheimnis und für Frankreich.«

»Ihr meint also, ich sollte aus Dankbarkeit über seinen Tod eine Kerze anzünden?«

»Das wäre meiner Meinung nach angemessen.«

»Und was ist mit den beiden anderen, die mein Geheimnis teilen, Eure Eminenz?«

Wir starrten uns an.

»Ich werde Euer Geheimnis mit ins Grab nehmen, Eure Majestät.«

»Solange ich mache, was Ihr sagt?«

»Vorausgesetzt, wir arbeiten zum Wohle Frankreichs Hand in Hand. Wie es mit der Herzogin von Chevreuse aussieht, vermag ich nicht zu sagen.«

»Ihr habt soeben behauptet, dass Ihr keinen Mord begeht«, erinnerte ich ihn.

»Das stimmt, Eure Majestät. Für die Herzogin seid Ihr verantwortlich.«

☆

Richelieu hatte ganz Recht. Es war ein trauriger Gedanke, diesen wunderschönen Körper nie mehr zu erblicken und nie mehr in den starken Armen dieses leidenschaftlichen Mannes zu liegen. Andererseits hatte ich beschlossen, mich nie mehr mit diesem Mann zu treffen, selbst wenn er hundert Jahre alt geworden wäre. Solange er lebte und mich leidenschaftlich liebte, war er nicht nur für mich, sondern für das ganze Königreich eine Gefahr.

Ich vergoss tatsächlich keine Tränen, auch wenn ich begriff, dass es in meinem Leben nie mehr Romantik und Liebe geben würde.

☆

Marie de Chevreuse eilte herbei, um meine Trauer zu teilen, und sie war sprachlos, dass ich scheinbar ungerührt war.

»Dafür ist der Kardinal verantwortlich«, sagte sie.

»Er streitet es ab.«

»Das ist doch offensichtlich, oder? Meine liebe Anna, es tut mir so Leid.«

»Das braucht es nicht. Dieser Mann musste eines gewaltsamen Todes sterben.«

»Ihr habt ein hartes Herz.« Sie war viel betrübter als ich. Da ich die beiden jedoch gut kannte, zweifelte ich nicht daran, dass Buckingham mit Marie das Bett geteilt hatte, wenn ich nicht zur Verfügung stand.

»Ich versuche das Beste aus dem zu machen, was ich habe«, erwiderte ich. »Das ist nicht sehr viel.«

Sie blieb nicht lange. Unmittelbar nach ihrer Rückkehr nach Paris hatte sie sich einen neuen Liebhaber zugelegt, den Marquis de Châteauneuf. Er war zufällig der Verwalter der königlichen Siegel, was bedeutete, dass er ihr im Bett alles über die Staatsgeschäfte des Königs erzählen konnte. Das gefiel ihr sicher sehr gut. Hoffentlich hatte sie aus der Chalais-Affäre gelernt. Noch einmal würde ich ihr nicht helfen können.

Ich wusste gar nicht, ob ich das überhaupt wollte.

☆

Mein Bruder schrieb mir einen erfreuten Brief. Er hoffte, dass es nach Buckinghams Tod möglich sein würde, Frieden zwischen Spanien und England zu schließen. Henriette-Marie schrieb mir im gleichen Ton.

Dieses Ereignis, kann – auch wenn es tragisch war – nur als Segen angesehen werden. Wie ich Euch schon früher schrieb, verfolgte Buckingham seinen eigenen Weg. Vermutlich wusste selbst mein teurer Karl nicht wirklich, was er im Schilde führte. Er bürdete dem Land beständig enorme Kosten auf, und warum? Um einer Bande rebellischer Heiden zu helfen, die England niemals von Nutzen hätten sein können?

Jetzt ist Karl in der Lage, die Herrschaft selbst in die Hand zu nehmen – natürlich mit meiner Hilfe. Zuerst einmal werden wir diesen sinnlosen Krieg mit Frankreich beenden und versuchen, unsere Finanzen in Ordnung zu bringen. Um diese ist es schrecklich bestellt, da das Parlament sehr widerspenstig ist. Wir sind so knapp bei Kasse, dass ich angeboten habe, meinen Schmuck zu verpfänden, damit wir überhaupt Geld zur Verfügung haben. Mein lieber Karl war zuerst bestürzt, hat die Idee letztendlich aber ziemlich begeistert aufgenommen und überlegt, ob er alle Kronjuwelen anbieten soll. Er glaubt, in Holland jemanden mit genügend Geld auftreiben zu können. Ich nehme nicht an, dass Ludwig uns ein wenig entgegenkommen könnte, oder?

Ich schrieb ihr zurück und versprach, sobald wie möglich mit meinem Gatten zu sprechen. Im Moment war das nicht möglich, da er im Languedoc gegen die Hugenotten kämpfte.

☆

Maria von Medici war am Boden zerstört. Das hatte nichts mit Buckinghams Tod zu tun, denn diesen Mann hatte sie nie gemocht. Sie hatte jedoch gehofft, dass er Richelieus Machtgier durchkreuzen könnte. Und nun ...

»Dieser Schurke hat schon wieder gesiegt«, sagte sie. »Warum haben wir nicht einen Mann wie Felton, der *ihn* umbringt?«

Ich war zutiefst beunruhigt, auch wenn ich ihren Wunsch im Stillen teilte. Ohne die Unterstützung der englischen Flotte war La Rochelle zur Niederlage verdammt, und mit dem Fall der Festung würden auch die Hugenotten scheitern. Am 28. Oktober kapitulierte die Hafenstadt.

Ludwig, der sich die ganze Zeit im Süden aufgehalten und offiziell sein Heer befehligt hatte, kehrte als siegreicher Held nach Paris zurück. Nicht alle Hugenotten waren bereit zu kapitulieren, und daher zog sich der Krieg noch ein paar Monate dahin, doch die Kämpfe fanden nur noch sporadisch statt. Richelieu, der sein Talent als Staatsmann wieder offenbarte, behandelte die Rebellen ziemlich großzügig und gestand ihnen die Freiheiten des Edikts von Nantes zu. Allerdings entzog er ihnen das Versammlungsrecht und – was noch entscheidender war – ihre militärischen Rechte. Daher konnten sie ihre Städte nicht mehr befestigen.

Auf den ersten Blick schienen diese Gesetze nicht strenger zu sein als diejenigen, die er kürzlich gegen den französischen Adel verabschiedet hatte. Es bedeutete jedoch, dass er die Hugenotten sofort vernichten konnte, wenn ihm der Sinn danach stand.

Seine vermeintliche Großzügigkeit war ein Ergebnis seines Ehrgeizes auf einem anderen Gebiet. Was Frankreich betraf, konnte über seinen Standpunkt kaum gestritten werden. Er hatte noch immer seine schauerlichen Visionen eines Landes, das ganz von Feinden umzingelt war. Und für diese Vision stand das gehasste Wort: die Habsburger. Vielleicht habe ich zu seiner wachsenden feindseligen Haltung meiner Familie gegenüber ein wenig beigetragen. Er war jetzt entschlossen, diesen stählernen Ring zu durchbrechen, und um das zu tun, musste in seinem Land Frieden herrschen.

Wenn man es nüchtern betrachtet, war es wahrscheinlich eine einmalig günstige Gelegenheit. Nur einen Monat vor seinem Sieg in La Rochelle wurde die Regierung meines Bruders von der schrecklichsten Katastrophe heimgesucht. Ich erwähnte schon, dass die spanische Schatzflotte, die im Jahre 1623 aus Mexiko und von den Westindischen Inseln auslief, während eines Sturms Schiffbruch erlitt, was ein finanzielles Fiasko zur Folge hatte.

In diesem September 1628 wurde die ganze Flotte von einem holländischen Piraten namens Piet Heyn gekapert. Es ist kaum zu glauben, was dieser Pirat sich für ein Bravourstück leistete. Heyn, der von der Inquisition einst zum Ruderdienst auf einer spanischen Galeere verurteilt worden war, erfuhr von der nahenden Flotte an der Küste Kubas und griff sie mit etwa 20 Schiffen an. Dann trieb er sie in eine Bucht namens Matanzas, wo sie schnell strandete. Die Besatzung ließ die Schiffe im Stich und floh ans Ufer, während die Holländer in aller Ruhe zu den spanischen Schiffen ruderten und sich des Schatzes bemächtigten. Soviel ich weiß, kostete das ganze Manöver kein einziges Menschenleben, und die Piraten machten sich mit acht Tonnen Gold und Silber, die ungefähr einen Wert von vier Millionen Dukaten hatten, davon. Das genügte, um die Holländer in ihrem Unabhängigkeitskrieg zu unterstützen. Hinzu kam das Geld, das Richelieu ihnen schon geliehen hatte. Die Spanier konnten obendrein noch nicht einmal mehr ihre Heere bezahlen. Wir erhielten sofort Meldungen, dass es in verschiedenen spanischen Garnisonen in den Niederlanden, wo die Soldaten schon lange Zeit keinen Sold mehr erhalten hatten, zu Aufständen kam.

Auch wenn die Spanier finanziell am Rande des Bankrotts standen, wagte Richelieu nicht, über die Pyrenäen ins Land einzumarschieren. Die spanischen Fußtruppen galten noch immer als die besten der Welt und waren unseren Truppen in Frankreich weit überlegen, außer vielleicht der Gendarmerie, die leider nur in begrenztem Umfang zur Verfügung stand.

Der Kardinal hatte einen viel einfacheren und letztendlich viel vernichtenderen Plan im Sinn. Spanien hatte Truppen in den Niederlanden und im Reich, die in den endlosen Religionskriegen kämpften. Um diese Truppen zu unterstützen und gegebenenfalls Männer zu ersetzen und Geld zu transportieren, war eine sichere Verbindungslinie errichtet worden, und zwar durch das Veltlin. Dieser Pass war durch das Abkommen zwischen Spanien, Frankreich, Savoyen und dem Papst neutralisiert worden. Richelieu beschloss nun, dieses Abkommen zu brechen und die lebenswichtige Verbindung zu zerstören.

Ich erfuhr davon, als ich mit dem König und dem Kardinal Le Havre an der Kanalküste besichtigte, wo ungeheuer wichtige Bauarbeiten durchgeführt wurden. Le Havre liegt am Nordufer der Seine, einem reißenden Fluss in guten Zeiten, der sich jedoch in eine tödliche Falle für Menschen und Schiffe verwandeln kann, wenn er von Sprungwellen heimgesucht wird. Das passiert, wenn eine durch die Flut ausgelöste Springflut auf die Flussmündung trifft. Wellen von über zehn Metern Höhe entstehen, die alles, was ihnen im Weg steht, zerstören.

Zu diesem sporadisch auftretenden Unglück kommt die Flut selbst hinzu, die an der Mündung der Seine sehr stark sein kann und die Schifffahrt in der Nähe der Flussmündung zu einer äußerst gefährlichen, zeitraubenden Angelegenheit macht.

Der sehr geistreiche Kardinal war auf die Idee gekommen, dass dieses Problem nicht nur gelöst werden könne, sondern auch gelöst werden müsse, da die Seine, die direkt nach Paris führt, der wichtigste Fluss des Königreiches ist. Er wollte das Problem lösen, indem er einen 30 Meilen langen Kanal bauen ließ, der in Le Havre beginnen und bis zur von der Springflut bedrohten Flussmündung gehen sollte. Diese Lösung war einfach und offensichtlich erfolgversprechend. Doch es blieben die Gezeiten, wodurch der Wasserstand an der Küste höher oder niedriger als flussabwärts war. Einfach einen Kanal zu bauen und ihn offen zu lassen hätte bedeutet, den Fluss umzuleiten, ohne seine Gefahren und Schwierigkeiten zu beseitigen. Auch dafür hatte Richelieu eine Lösung. Der Kanal wurde an beiden Enden abgedichtet, sodass er ständig ruhig und auf einer bestimmten Höhe gehalten wurde. Der Zugang zu dem Kanal wurde durch Schleusenkammern, die geflutet oder geleert werden konnten, ermöglicht. Wenn der Wasserstand niedrig war und ein Schiff nach Paris fahren musste, fuhr es in die Schleusenkammer, in der das Wasser auf der gleichen Höhe war wie am Ufer. Die Tore wurden geschlossen, und durch Schleusentore wurde Wasser aus dem Kanal, der einen höheren Wasserstand hatte, eingelassen. Durch dieses Wasser wurde der Wasserstand in der Schleusenkammer schließlich auf die gleiche Höhe gebracht wie im Kanal, woraufhin die inneren Tore geöffnet wurden und das Schiff hinausfahren konnte, um von Eseln am Ufer den Kanal hinunter gezogen zu werden, bis es das andere Ende erreicht hatte.

Daraufhin wurde die gleiche Prozedur wiederholt. Diesmal wurde die Schleusenkammer geleert, bis das Wasser das Niveau des Flusses erreicht hatte. Die Tore wurden erneut geöffnet, und das Schiff konnte hinausfahren, die Segel setzen und flussabwärts fahren, was viel schneller ging, als auf die Flut zu warten, um dann flussabwärts zu fahren und gegen die ungeheure Flut anzukämpfen.

Obwohl Spanien die größte Seemacht der Welt ist, hatte ich im Laufe meines Lebens wenig mit dem Meer zu tun, und dennoch begeisterte mich diese Idee. Daher achtete ich kaum auf das Gespräch, das in meiner unmittelbaren Nähe geführt wurde, bis ich hörte, dass der Kardinal ganz ruhig sagte: »Es wird jedoch notwendig sein, Mantua einzunehmen. Die Florentiner interessieren sich nur für Geld. Sie können bestochen werden. Es könnte verheerend sein, wenn sie uns im Nacken sitzen und gegen uns in die Schlacht ziehen.«

»Hm«, murmelte Ludwig. »Hm. Mantua gehört zu den stärksten Festungen in Europa.«

»Das wurde von La Rochelle auch behauptet, Eure Majestät, bevor Ihr Euch entschlossen hattet, diese Festung zu stürmen.«

»Hm«, murmelte der König wieder und strich sich über seinen Schnurrbart. So etwas hörte er gerne. »Ich soll mit meinem Heer auf Mantua marschieren?«

»Ja, wenn der Zeitpunkt günstig ist, Eure Majestät.«

»Wir müssten nach Italien marschieren«, sagte Ludwig.

Wie scharfsinnig! Mich machte dieses Gespräch allmählich nervös.

»In Italien sterben die Menschen«, fügte Ludwig hinzu.

Das ist in Schlachten an der Tagesordnung. Sein geistiges Potenzial war enorm. Ich möchte nicht sagen, in welcher Beziehung.

»Ihr denkt an Malaria, Eure Majestät«, sagte Richelieu. »Wie der Name schon sagt, hängt das mit der schlechten Luft zusammen. Sie grassiert im Süden bei Rom und Neapel, wo die Sümpfe diese schädlichen, tödlichen Dämpfe entwickeln. Im Norden gibt es keine Malaria.«

»Hm. Hm. Und wenn es mir nicht gelingt, die Festung zu erobern?«

»Eure Majestät! Wie könntet Ihr versagen? Ihr seid der König von Frankreich, der größte Soldat Europas. Habt Ihr das nicht in La Rochelle bewiesen?«

Der Kardinal hatte die Fähigkeit, seine Worte so zu wählen, dass man mitunter das Gefühl hatte, in einen großen Honigtopf zu fallen.

»Hm«, murmelte Ludwig.

Ich musste mich einfach einmischen. Daher entfernte ich mich von der Schleuse und ging zu ihnen. »Verzeiht mir, wenn ich mich einmische, Eure Majestät, Eure Eminenz, aber ist es Eure Absicht, Krieg gegen Savoyen und Florenz zu führen?«

»Das ist eine vorbeugende Sicherheitsmaßnahme, Eure Majestät«, erklärte mir Richelieu.

»Mit welchem Ziel?«

»Um zu verhindern, dass sie zuerst Krieg gegen uns beginnen«, sagte Ludwig. »Haha.«

Ich stimmte aus Höflichkeit in sein Gelächter ein. »Habt Ihr das mit der Königinmutter besprochen?«

»Mit Mutter? Was hat sie damit zu tun?«

»Sire, die Königinmutter ist gebürtige Florentinerin. Sie ist Italienerin.«

Daher floss auch in seinen Adern italienisches Blut, doch dieser Gedanke war ihm offensichtlich noch nicht gekommen.

»Hm. Hm. Wir werden ja Krieg in Savoyen führen und nicht in Italien.«

»Savoyen ist praktisch Italien, Eure Majestät. Ihre Majestät wird es sicher so sehen.«

»Nun ...« Ludwig strahlte mich an. »Wir werden es ihr nicht sagen, was? Wir werden es ihr nicht sagen.« Er zeigte auf mich. »Ihr werdet es ihr nicht sagen, Madame.«

Ich sah den Kardinal verzweifelt an.

»Ihre Majestät wird unsere Gründe verstehen, wenn sie vor vollendeten Tatsachen steht«, sagte Richelieu gefasst wie immer. »Außerdem ist sie keine Florentinerin mehr, sondern Französin. Wie Ihr, Eure Majestät.«

Diese Bemerkung gefiel mir in diesem Zusammenhang ganz und gar nicht.

»Die vollendeten Tatsachen«, sagte ich. »Was sind die vollendeten Tatsachen? Warum um alles in der Welt sollte Savoyen Krieg gegen Frankreich führen wollen?«

»Eure Majestät, das Herzogtum könnte der Meinung sein, dass wir sein Gebiet verletzt haben, wenn wir die leider notwendigen Schritte einleiten.«

»Sein Gebiet?«

»Das Veltlin gehört theoretisch zum Herzogtum.«

»Ihr beabsichtigt das Veltlin zu erobern?«

»Ich fürchte, es ist notwendig.«

»Und ebenfalls Mantua?«

»In Mantua sind spanische Truppen stationiert. Und zwar in großer Anzahl. Die Florentiner billigen und bestärken das. Es ist ein Grundsatz der Kriegsführung, dass ein Heer keine Hoffnung auf erfolgreiche Feldzüge hat, wenn ein potenzieller Feind ihm sozusagen im Nacken sitzt. Dieser muss zuerst ausgeschaltet werden.«

»Dann beabsichtigt Ihr, Spanien den Krieg zu erklären?«

»Um Gottes willen, nein! Wir hoffen, dass die Garnison vernünftig reagiert, die Waffen niederlegt und die Festung mit allen Kriegsehren räumt. Dann sollen sie nach Hause gehen. Mein ... unser Ziel ist es, diesen schrecklichen Krieg im Reich und in den Niederlanden zu beenden. Dieses kann nur durch angemessene Stärke am richtigen Ort zur richtigen Zeit gelingen. Wenn Frankreich das Veltlin kontrolliert, wäre es für das Habsburgerreich und dadurch auch für Spanien sehr schwierig, Männer und Ausrüstung nach Norden zu bringen, und daher würden sie vielleicht einem gütlichen Frieden zustimmen.«

Das war natürlich Unsinn, und das wussten wir beide. Doch er hatte mich in der Hand.

»Ich halte den Rat Seiner Majestät für richtig«, fuhr er fort, »die Königinmutter erst über unsere Pläne zu informieren, wenn wir bereit sind, sie in die Tat umzusetzen. Es würde andernfalls nur zu Zwietracht führen.«

»Richtig«, sagte Ludwig. »Ganz richtig. Kein Wort darüber, Madame.«

☆

Wieder einmal war ich in einer Zwickmühle. Ich wusste nicht, was in Richelieus verdrehtem Geist vor sich ging, doch ich wusste, dass er die Habsburger ganz allgemein und besonders die Spanier als seine größten Feinde betrachtete. Eine Besetzung des Veltlins durch die Franzosen konnte von Madrid nur als ein Affront angesehen werden, und das konnte unermessliche Folgen nach sich ziehen.

Als wir wieder im Louvre waren und ich mich in meine Gemächer zurückziehen konnte, setzte ich mich an den Schreibtisch, nahm die Feder zur Hand und hatte vor, einen Brief an meinen Bruder zu schreiben, um ihn über alles aufzuklären. Letztendlich schrieb ich diesen Brief nicht, denn das wäre Verrat gewesen. In Anbetracht dessen, was dann aber geschah, hätte ich das Risiko zu jenem Zeitpunkt ruhig eingehen können.

Ich dachte auch daran, gegen den ausdrücklichen Befehl des Königs und des Kardinals zu Maria von Medici zu gehen, um zu sehen, ob sie die Dinge beeinflussen konnte. Mir fehlte der Mut, und daher unterließ ich auch das. Wahrscheinlich hoffte ich wie die meisten Menschen, dass sich das Problem einfach in Luft auflösen würde.

☆

Leider löste sich das Problem nicht einfach in Luft auf. Im ersten Halbjahr 1629 ging es darum, die notwendigen Gelder aufzutreiben, um das Heer zu finanzieren. Richelieu geriet dadurch in Konflikt mit Marillac, der die Staatsfinanzen unter sich hatte. Marillac gehörte zu den Männern, die unter einem starken König, der ein friedliches Land regierte, gute Arbeit geleistet hätten. Man könnte ihn als *guten* Mann bezeichnen, der sich verantwortlich fühlte, für ausgeglichene Bilanzen und glückliche Menschen zu sorgen. Das bedeutete, dass die Steuern so niedrig wie möglich sein sollten. Jetzt forderte Richelieu eine beträchtliche Erhöhung des verfügbaren Geldes. Die beiden Männer stritten sich, und Marillac eilte zur Königinmutter, die er als seine treueste Anhängerin betrachtete.

Maria von Medici wurde dadurch gewahr, dass etwas im Gange war, ohne genau zu wissen, was es war. Zu meiner Erleichterung wandte sie sich nicht an mich, um Näheres zu erfahren.

Wieder war ich in einer Zwickmühle. Ich hatte Henriette versprochen, den König nach Möglichkeiten zu fragen, sie – als seine geplagte Schwester – in ihrer katastrophalen Lage finanziell zu unterstützen. Auch wenn der Zeitpunkt ungünstig war, erfüllte ich mein Versprechen.

Ludwig hatte eine Erkältung. Im Grunde hatte er fast immer etwas, doch seine ständige Unpässlichkeit wurde von allen nur als ärgerlich angesehen. Trotz seines Niesens und Hustens war er in erstaunlich guter Stimmung. »Geld?«, fragte er. »Woher soll ich denn Geld haben? Wir brauchen das ganze Geld für unser Heer.«

»Sie ist vollkommen mittellos.«

»Das kommt auf die Betrachtungsweise an. Sie muss sehen, wie sie zurechtkommt. Es war ihre Idee, diesen Engländer zu heiraten.«

»Ach ...« Ich schwieg, obwohl ich den König eigentlich daran erinnern wollte, dass damals alle außer der Königinmutter für die Vermählung waren.

»Auf jeden Fall«, fuhr Ludwig fort, »wäre es sowieso ganz unmöglich, selbst wenn ich Krösus wäre. Versteht Ihr das nicht, Püppchen? Stellt Euch vor, ich gäbe meiner Schwester eine Million Dukaten – oh, wenn ich dieses Geld nur hätte! Was würde sie damit machen? Das meiste Geld würden sie für königliche Truppen ausgeben, um den Pöbel einzuschüchtern. Und wenn sich herausstellen würde, woher das Geld stammt, stände Henriette einer Anklage wegen Hochverrats gegenüber, weil sie Geld vom Landesfeind angenommen hätte. Nein, nein, das geht nicht.«

Mir gefiel es ganz und gar nicht, dass Königinnen ständig mit Anklagen wegen Hochverrats in Verbindung gebracht wurden, doch ich musste zugeben, dass er Recht hatte, und ich schrieb meiner Schwägerin in diesem Sinne.

Ihre Antwort war überraschend heiter und optimistisch. *Oh Anna, wir werden es schon schaffen. Ich danke Euch dennoch für Eure Mühe. Es geht etwas bergauf. Ihr wisst, dass sich der teure Karl ständig mit dem scheußlichen Parlament – dem abscheulichsten Haufen, den man sich vorstellen kann – auseinander setzen muss. Buckingham soll sich wohl mit dem Parlament geeinigt haben, doch Buckingham interessierte sich nur für seine eigenen Belange. Seit seinem Tod muss der König sich selbst einen Überblick über die Situation verschaffen. Ich bin stolz, dass ich ihn unterstützen konnte.*

Leider musste ich ein wenig heucheln, oder man könnte auch sagen, einen Schritt zurücktreten, um zwei vorzugehen. Daher schlug ich dem König vor, dass es für uns vorteilhaft wäre, ein oder zwei Mitglieder dieses Haufens für uns zu gewinnen und einen Nachfolger für Buckingham zu finden, dem mehr daran gelegen ist, der Krone zu dienen als sich selbst. Wir haben diesen Mann jetzt gefunden. Sein Name ist Wentworth, und er war bis vor kurzem einer unserer größten Widersacher. Der König hat ihm für seine Dienste eine gute Position und Reichtum angeboten, und es geht hoffentlich bergauf.

Das arme Mädchen tat mir aufrichtig Leid. Ich wagte es

nicht, mir ihre Reaktion vor Augen zu halten, wenn sie erfahren würde, dass Buckinghams zügellose, verschwenderische Pläne nur die Folge seiner gesetzwidrigen Leidenschaft für mich gewesen waren.

☆

Während ich sozusagen in Erwartung der Dinge, die auf mich zukamen, den Atem anhielt, veränderte sich mein Leben.

Die Vorgänge waren damals nicht einfach zu erkennen. Erst im Nachhinein werden sie deutlich. Anfang des Jahres 1629 suchte uns ein Botschafter des neuen Papstes auf. Das Kirchenoberhaupt, das eigentlich Barberini hieß und nun den Titel Urban VIII. trug, hatte erfahren, dass etwas vor sich ging, und er wollte sich einmischen. Mich ging die Sache nichts an, doch ich stand mit meinen Hofdamen auf dem Balkon meiner Gemächer, als die päpstliche Abordnung aus dem Sattel stieg und vom Kardinal und dem König begrüßt wurde. Ich musterte den Anführer der Gruppe.

Er war für eine so verantwortliche Position sehr jung. Später erfuhr ich, dass er ein Jahr jünger war als ich. Mich faszinierte jedoch weniger seine Jugend als sein Aussehen. Ich hatte das Gefühl, einen Geist zu erblicken. Er hatte die gleichen hübschen, streng gemeißelten Gesichtszüge, den gleichen kleinen Schnurrbart, den gleichen sorgfältig gestutzten Spitzbart wie der Mann, den ich einst gewagt hatte zu lieben und an den ich mich noch immer zärtlich erinnerte. Dieser Mann trug eine Priesterrobe, wohingegen Buckingham immer modisch gekleidet war. Nach meiner Erfahrung trifft das Sprichwort: *Kleider machen Leute* nicht zu, sondern das Gegenteil ist der Fall, auch wenn die Schneider das anders sehen mögen. Meiner Meinung nach kommt die Kleidung durch den, der sie trägt, zur Geltung.

»Wer ist dieser Mann?«, fragte ich Marie de Chevreuse, die wie üblich an meiner Seite stand und fast alles wusste.

»Ein italienischer Priester, Eure Majestät.«

»Wie heißt er?«

»Ich glaube Mazarin.«

»Hat er auch einen Vornamen?«

»Ja, Jules. Warum fragt Ihr, Eure Majestät?«

»Ich finde, er ist noch ziemlich jung, um eine solche Mission zu leiten.«

»Der Papst hält sehr viel von ihm«, erklärte sie mir.

Weitere Fragen konnte ich nicht stellen, sonst hätte ich ihre Neugier geweckt. Glücklicherweise schien ihr die Ähnlichkeit mit Buckingham entgangen zu sein. Diesen Mann wollte ich unbedingt kennen lernen.

War das nicht leichtfertig? Ich hatte angenommen, dass ich für George Villiers, die Liebe meines Lebens, niemals Ersatz finden würde. Und er war noch nicht einmal ein Jahr tot! Damals hatte ich auch nicht die Absicht, ihn zu ersetzen, und dazu wäre ein Priester auch wohl kaum der richtige Mann. Ich wollte einfach wissen, auf welche Weise dieser Mazarin meinem verstorbenen Liebhaber außer im Aussehen noch ähnelte.

Es war kein Problem, ihn kennen zu lernen, da der Botschafter eingeladen wurde, mit uns zu speisen. Er beugte sich über meine Hand. »Eure Majestät«, sagte er, »im ganzen Christenreich wird über Eure sagenhafte Schönheit berichtet, doch diese Berichte lassen die Wirklichkeit nur erahnen.«

Das war ein schönes Kompliment, auch wenn er diesen Satz vermutlich einstudiert hatte.

»Ihr schmeichelt mir, Monseigneur«, erwiderte ich.

Er richtete sich auf und schaute mir in die Augen. »Es ist die Wahrheit, Eure Majestät.«

Der Bursche verstand es, Komplimente zu machen.

»Ich war noch nie in Rom«, sagte ich. »Noch nicht einmal

in Italien. Würdet Ihr mit mir speisen und mir vom Mittelpunkt der Welt erzählen?«

»Jetzt schmeichelt Ihr *mir*, Eure Majestät. Es wäre mir ein großes Vergnügen.«

Richelieu entging unser Wortwechsel nicht. »Was haltet Ihr von Mazarin?«, fragte er mich, als wir nach dem Essen einen Moment allein waren.

»Er ist noch sehr jung«, erwiderte ich. »Er gibt mir das Gefühl, allmählich alt zu werden.«

»Eure Majestät können niemals alt werden«, sagte der Schurke. »Ja, er ist noch jung, aber er soll sehr begabt sein und begierig darauf aufzusteigen. Er sagte mir, dass es sein größter Wunsch sei, mir zu dienen.« Richelieu lächelte selbstgefällig. »Er hält mich für den größten Staatsmann Europas.«

Das war nicht sehr verheißungsvoll.

»Er hat sicherlich Recht, Eure Eminenz. Ich habe ihn gebeten, mir von Rom zu erzählen. Habt Ihr etwas dagegen?«

»Warum sollte ich, Eure Majestät?«

☆

Mazarin kam wie verabredet zu mir. Er war damals sehr offenherzig oder versuchte zumindest, diesen Eindruck zu erwecken. Die Einrichtung und Dekoration des Louvre schienen ihn tief zu beeindrucken, und er geriet immer wieder ins Schwärmen.

»Dieser Palast und ganz Paris können wohl kaum mit Rom verglichen werden«, sagte ich.

»Oh Rom!« Er hatte eine unglaublich reizende Stimme. »Rom ist die Stadt der Städte, aber vieles ist verfallen. Die Stadt ist in vielerlei Hinsicht eine Stadt der Vergangenheit. Es ist eine ruhmreiche Vergangenheit, doch die Welt dreht sich weiter. Man spürt, dass Paris die Stadt der Zukunft ist.«

»Ist das der Grund, warum Ihr mit Kardinal Richelieu zusammenarbeiten möchtet?«

Er schaute mich an.

»Über das meiste, was in Paris vor sich geht, bin ich unterrichtet, Monseigneur«, sagte ich.

»So sollte es auch sein, Eure Majestät. Ja, ich halte den Kardinal für einen großen Mann, der noch an Bedeutung gewinnen wird. Und das trotz seiner körperlichen Schwächen ...« Er verstummte.

Ich hatte beobachtet, dass Richelieu oft unter Schmerzen litt, ohne dem große Aufmerksamkeit zu schenken. Allerdings konnte es von Bedeutung sein.

»Hat Seine Eminenz Euch den Grund genannt?«, fragte ich. Vielleicht erfuhr ich ihn jetzt.

»Ja, Eure Majestät ... das Steinleiden ...«

»Ganz richtig«, entgegnete ich, als wäre ich im Bilde. »Und sollte Seine Eminenz sterben oder nicht mehr in der Lage sein zu herrschen, müsste ein anderer den Platz des Kardinals einnehmen.«

»Es schaudert mich, daran zu denken, Eure Majestät.«

»Es geht mir ebenso. Sein Nachfolger müsste natürlich Franzose sein.«

Er hob den Kopf.

Ich lächelte. »Aber, mein lieber Monseigneur, nichts ist unmöglich. Erzählt mir von Rom.«

Er sprach lang und breit über diese Stadt. Ich fand es viel interessanter, ihn zu beobachten und seiner Stimme zu lauschen, als auf den Inhalt der Worte zu hören. Er hatte eine seltsame Art zu erzählen. Die Begeisterung, mit der er über Rom sprach, war offensichtlich. Hin und wieder machte er Bemerkungen, die nicht zum Thema gehörten, und immer wieder schaute er mich an. Hinzu kam eine gewisse Trägheit, die möglicherweise ein Charakterzug der Italiener war. Er sprach auch über seine Familie und seine Jugend.

Am 14. Juli 1602 wurde er geboren und war daher kein ganzes Jahr jünger als ich. Sein Vater, ein Sizilianer, war einfacher Bediensteter im Hause des großen Filippo I. Colonna in Pescina in den Abruzzen. Er heiratete eine Dame namens Ortensia Bufalini, die nicht nur adeliger Herkunft, sondern mit der Familie Colonna verwandt war. Jules Mazarin war daher halbadelig.

»Wir waren nicht reich«, sagte er. »Und unsere Familie war groß. Ich habe einen Bruder und vier Schwestern, doch mein Vater schaffte es, mich auf das Jesuitenkolleg in Rom zu schicken. Anschließend ging ich mit einem Sohn der Familie Colonna nach Spanien und beendete meine Studien an der Universität von Alcalá.«

Ich klatschte in die Hände. Das war die beste Universität Spaniens. »Ich wusste nicht, dass Ihr in Spanien wart.«

»Ich kenne Spanien gut«, sagte er auf Spanisch.

Ich klatschte noch einmal in die Hände. »Und dann erhieltet Ihr Order aus Rom.«

»Nein, nein, Eure Majestät. Ich wurde Soldat.«

»Ihr? Soldat?«

»Ich war Hauptmann im päpstlichen Heer«, sagte er stolz. »Zwei Jahre lang, und dann ...« Er errötete.

»Fahrt bitte fort«, bat ich ihn.

»Hm ... Ich hatte ein Erlebnis.«

»Was für ein Erlebnis?«

»Es macht mich verlegen, darüber zu sprechen, Eure Majestät.«

»Ihr müsst es mir sagen. Wie soll ich Euch sonst kennen lernen?«

Wir schauten uns an. Wahrscheinlich sprach mein Blick Bände. Vermutlich konnte er erkennen, dass ich mich mehr für ihn interessierte, als es die Schicklichkeit erlaubte. Mein großes Interesse irritierte ihn sicherlich, denn immerhin war ich Königin und er einfacher Botschafter.

»Es war eine Eingebung. Plötzlich begriff ich, dass ich mein Leben verschwendete, während es große Dinge zu tun gab. Hoffentlich haltet Ihr mich nicht für arrogant.«

»Ganz im Gegenteil. Ich finde, dass ein Mann, der seinen wahren Wert nicht erkennt, das Leben verschwendet, das uns Gott geschenkt hat.«

»Ihr seid sehr gütig. Ich beendete also meine militärische Laufbahn und schlug den diplomatischen Dienst ein. Im letzten Jahr wurde ich zum Sekretär des päpstlichen Legaten in Mailand ernannt. Es schmeichelt mir, dass ich Beachtung fand und daher als Botschafter ausgewählt wurde.«

»Und Ihr seid noch nicht einmal siebenundzwanzig Jahre alt. Vor Euch liegt eine große Zukunft.«

»Danke, Eure Majestät. Vermutlich wurde mir dieser Auftrag anvertraut, weil ich Soldat war und Kardinal Richelieu denkt wie ein Soldat.«

»Zweifellos, obwohl er nie in einer Schlacht gekämpft hat. Sagt mir ganz ehrlich, was Ihr von ihm haltet.«

»Er ist der größte Mann, den ich je kennen gelernt habe, Eure Majestät.«

Ich musterte ihn. »Alles, was Ihr mir anvertraut, bleibt unter uns. Ist das Eure ehrliche Meinung?«

»Ja, Eure Majestät.«

Hier lag noch einiges im Argen. Doch immer schön der Reihe nach, sagte ich mir im Stillen. »Und werdet Ihr nach Paris zurückkehren, um für ihn zu arbeiten?«

»Das würde mir sehr gut gefallen, Eure Majestät. Es gibt jedoch einige Hindernisse. Zuerst einmal muss ich die Erlaubnis dazu erhalten, und das hängt größtenteils von der Beziehung zwischen dem Papsttum und Frankreich ab. Leider ist diese im Moment nicht sehr vielversprechend. Wir müssen auf bessere Zeiten hoffen.«

»Ja«, stimmte ich zu. »Hoffen wir auf bessere Zeiten. Es würde mir nämlich sehr gut gefallen, mein lieber Monseigneur, wenn Ihr in Frankreich leben würdet.«

☆

Jules gestand mir später, dass ihn meine Dreistigkeit wie auch alles andere an mir sehr erstaunte. Ehrlich gesagt, war ich selbst erstaunt. Ich klammerte mich an Strohhalme, die sich hinter mir im Wind bogen. Von Tag zu Tag lasteten meine unsichere Position und meine Demütigung schwerer auf meinen Schultern. Ich ging bereits auf die 30 zu. Das ist immer ein schrecklicher Gedanke, es sei denn, man kann sich an schöne Jahre erinnern. Ich war noch immer nicht Mutter geworden, und es wies nichts darauf hin, dass sich das je ändern würde. Ich war mit einem Mann verheiratet, dessen Gesundheitszustand sich zusehends verschlechterte, wenngleich er auch das Gefühl hatte, noch immer im besten Mannesalter zu sein. Und ich war die Sklavin und mitunter das Spielzeug des Kardinals. Die Zukunft sah finster aus.

Glücklicherweise bin ich von Natur aus eine Kämpferin. Wäre ich das nicht gewesen, hätte ich schon längst aufgegeben und wäre vorzeitig gealtert. Richelieu war mehr als zwölf Jahre älter als der König und ich, und nach Mazarins Aussage und meinen eigenen Beobachtungen stand es um seine Gesundheit nicht zum Besten. Das Steinleiden mag sehr schmerzvoll sein, doch es führt nicht unbedingt zum Tod. Andererseits zieht ein Leiden oft ein weiteres nach sich. Spielte ich im Geiste schon mit dem Ableben des Kardinals und der Neubesetzung seiner Position durch einen anderen Mann, den ich möglicherweise beeinflussen konnte? Das waren verworrene Gedanken, und in der Tat stellte sich heraus, dass es bis dahin ein steiniger Weg war. Doch ich schöpfte Hoffnung, und ohne Hoffnung ist das Leben sinnlos.

Jules war selbstverständlich über die Situation in Paris und im Louvre nicht im Bilde. Er wusste nichts über meine Beziehung oder besser gesagt, meine nicht existierende Beziehung zu meinem Gatten. Wie fast alle anderen auch schrieb er mir die Schuld daran zu, dass ich keine Kinder hatte. Jules wusste ebenfalls nichts über meine wahre Beziehung zu Richelieu, und er hatte keine Vorstellung davon, dass die Königin von Frankreich bereits Ehebruch begangen hatte. Das hätte er – was er auch später tat – vehement verurteilt.

Er sah nur ein reiches Land, in dem Frieden herrschte, während fast ganz Europa Krieg führte, und das sich bereithielt, um den ihm gebührenden Platz auf der europäischen Bühne einzunehmen. In diesem Punkt teilte er Richelieus machthungrige Pläne. Und da auch er ein ehrgeiziger Mann war, sah er im Geiste vor sich, dass er Anteil an diesem Ruhm haben würde. Seine damaligen Gefühle für mich waren rein platonischer Art, wie er mir später gestand. Für ihn hatte es keine Bedeutung, dass die Königin von Frankreich möglicherweise Interesse an ihm hatte, denn es war für ihn unvorstellbar, wohin uns beide das führen könnte.

Ich hatte vielleicht eine Ahnung davon, doch ich hatte damals Angst, darüber nachzudenken. Ein paar Tage später war Jules Mazarin auch schon wieder abgereist.

☆

Durch Mazarins Besuch änderte sich nichts an Richelieus Plänen, obwohl er Mazarin und dadurch auch den Papst für sich gewonnen hatte. Das Heer wurde mobilisiert, und im Sommer marschierte es nach Savoyen.

Selbstverständlich war Maria von Medici entsetzt.

»Seid Ihr verrückt?«, schrie sie ihren Sohn an, als er sich darauf vorbereitete, um mit seinen Soldaten in die Schlacht zu ziehen. »Warum um alles in der Welt wollt Ihr Krieg in Italien führen?«

»Es ist notwendig, Mutter«, erklärte Ludwig ihr, »und außerdem führe ich keinen Krieg in Italien, sondern in Savoyen. Der Papst hat Verständnis dafür.«

»Der Papst!«, schnaubte Maria. »Befehligt er ein Heer?

Das bedeutet Krieg mit Spanien.« Sie schaute mich an. »Könnt Ihr ihm das nicht verständlich machen?«

»Anna hat mit den Staatsgeschäften nichts zu tun«, sagte Ludwig mit fester Stimme, und dann putzte er sich die Nase.

»Wir müssen hoffen, dass Spanien vernünftig ist, Eure Majestät«, sagte Richelieu.

»Gott schütze mich vor diesen Verrückten!«, schrie Maria und eilte davon.

»Sie wird besänftigt sein, wenn Ihr siegreich heimkehrt, Eure Majestät«, sagte Richelieu.

☆

Meine Prophezeiung und die der Königinmutter erwiesen sich als richtig. Spanien erklärte den Krieg. Mein Bruder hatte keine andere Wahl, wenn er seine Position unter den europäischen Herrschern behaupten wollte. Zumindest in Savoyen passierte allerdings nicht viel. Es wurden sofort Schritte unternommen, um Frieden zu schließen.

Währenddessen erwies sich Ludwig als recht tüchtiger Kriegsherr. Er wurde mit Jules in eine seltsame Situation verwickelt, als sie die Festung Casale belagerten und die beiden Heere für die Schlacht Aufstellung nahmen. Plötzlich galoppierte Jules in die gegnerische Linie und rief: »Frieden! Frieden!« Wie sich herausstellte, erfolgte diese Verkündung verfrüht, doch plötzlich war er berühmt, und das Bild seiner großen Tapferkeit an diesem Tag ist allen Menschen im Gedächtnis geblieben. Ich war sehr stolz auf ihn.

Der Einzige, den diese Situation nicht glücklich machte, war der Kardinal. Er hatte im Krieg gegen Spanien eine eindeutige Entscheidung erwartet, und zwar eine vernichtende Niederlage der spanischen Fußtruppen. Die erfolgte nicht, und es sah zu jenem Zeitpunkt auch nicht danach aus, dass Richelieus Hoffnungen sich bestätigen würden.

Letztendlich wurden sie doch besiegt, dank zweier Generäle – einer von ihnen war damals noch ein halbes Kind –, die in der Lage waren, die großen spanischen Heerführer zu bezwingen. Dazu trugen auch die ständigen finanziellen Probleme der Spanier bei, die an der eisernen Disziplin und der beispiellosen Moral der berühmten Infanterieregimenter nagten. Das geschah allerdings erst einige Jahre später.

Richelieu wagte es nicht, den König zu kritisieren. Wie in all seinen Kriegen glaubte Ludwig, es sei genug des Ruhmes, in einer Schlacht gekämpft und sie nicht wirklich verloren zu haben. Er verspürte sicher die größte Erleichterung von allen Soldaten, als Jules seine tollkühne Tat vollbrachte und die Schlacht aufschob, bis der Frieden geschlossen werden konnte. Der König kehrte mit seiner üblichen Siegesmiene nach Hause zurück.

»Ich habe mit den französischen Waffen Schrecken in Europa verbreitet«, verkündete er.

Glücklicherweise schaute er den Kardinal nicht an, denn Richelieus Gesichtsausdruck spottete jeder Beschreibung.

Ich konnte mir eine spöttische Bemerkung nicht verkneifen. »Eure Eminenz«, sagte ich, »dieses ganze Theater für nichts und wieder nichts.«

Mein Bruder nutzte das Veltlin nämlich noch immer für seine Nachschubversorgung.

»Ich verstehe Eure Gedanken, Eure Majestät«, erwiderte der Kardinal. »Denkt aber bitte daran, dass es Verrat ist, den Sieg des Feindes zu wünschen.«

»Verrat«, rief ich. »Immer Verrat. Der Verrat existiert nur in Eurem Kopf, Eure Eminenz. Spanien ist nicht der Feind unseres Landes. Ich glaube noch nicht einmal, dass Spanien Euer Feind ist. Ihr allein schafft immer wieder diese Krisen.«

Er verneigte sich. »Eure Majestät, es ist meine Aufgabe, diese Probleme schnell und endgültig zu lösen.«

Ich hatte in dem Moment nicht die geringste Ahnung, was er im Schilde führte, doch ich begriff, dass ich genau den springenden Punkt berührt hatte. Der Kardinal benötigte permanent Krisen, um sich beim König unentbehrlich zu machen. Ludwig interessierte sich nicht besonders für die Vorgänge im eigenen Land, vorausgesetzt dass seine Einkünfte und seine Vergnügungen nicht beschnitten wurden. Außerdem wurde Marillac, der zu der Zeit der beliebteste Mann im Königreich war, hervorragend mit der Innenpolitik fertig.

Den König interessierte mehr die Außenpolitik, um zu zeigen, dass er ein so großartiger, ruhmreicher Soldat war wie sein Vater. Sein Staatsminister konnte ihn mühelos davon überzeugen, dass Frankreich von den gefürchteten Habsburgern umzingelt sei, die das Land bald vernichten würden. Im Gegensatz zu Richelieu schloss Ludwig mich nie in diese verschworene Feindschaft ein, und er war immer höflich und manchmal sogar freundlich zu mir. Leider kam er neuerdings gar nicht mehr in mein Bett. Mir war das im Grunde ganz recht, da mir sein ständiges Niesen und Schniefen schrecklich auf die Nerven ging.

Seine Mutter war ebenso erleichtert wie ich, dass der kurze Krieg gegen Spanien zu Ende war. Maria von Medici hatte unsere Heirat in die Wege geleitet, und während sie offenbar ebenso enttäuscht war, dass uns kein großes Glück und keine Kinder beschieden waren, hielt sie einen beständigen Frieden mit Madrid für sehr wichtig für Frankreich. Es machte sie hingegen wütend, dass der Status quo unverändert blieb.

»Sieht er denn nicht, dass Richelieu eine Katastrophe ist?«, schimpfte sie. »Die ganze Welt weiß, dass diese so genannten Siege, die der König errungen hat, reine Täuschungen sind. Was macht dieser Mann, außer dass er große Geldsummen verschleudert? Könnt Ihr Ludwig nicht überzeugen, ihn zu entlassen, Anna?«

»Ich glaube nicht, dass der König meinen Rat annehmen würde«, erwiderte ich.

Das war nicht ganz richtig, denn Ludwig hatte meine Ratschläge in der Vergangenheit angenommen, und sie hatten sich immer bewährt. Ich konnte der Königinmutter jedoch nicht sagen, dass der Kardinal mich vollkommen in der Hand hatte.

Und dann passierte etwas ganz Unerwartetes.

☆

Ich hatte gerade ein Bad genommen und mich für den Abend angekleidet, als Marie de Chevreuse zu mir kam. Sie gehörte nicht mehr zu meinen Zofen, und ehrlich gesagt, war ich froh darüber. Wir hatten in der Vergangenheit so manches miteinander geteilt, doch diese Gemeinsamkeiten förderten nicht gerade das Einvernehmen, besonders da mittlerweile Misstrauen im Spiel war. Marie hasste den Kardinal – da ging es mir ähnlich –, und sie hatte die Neigung, sich in schwierige Situationen zu bringen. Danach stand mir nicht mehr der Sinn.

Jetzt war sie ganz aus dem Häuschen und bat mich, meine Zofen hinauszuschicken, damit sie unter vier Augen mit mir sprechen konnte.

»Châteauneuf hat eine ganz entsetzliche Entdeckung gemacht«, flüsterte sie.

»Hat er Tripper?«, fragte ich.

»Nein, nein. Ja, manchmal schon. Das liegt in der Natur dieses Menschen. Es geht um etwas anderes, Eure Majestät. Er hat per Zufall eine Geheimkorrespondenz entdeckt.«

Ich runzelte die Stirn. »Welcher Art?«

»Zwischen dem Kardinal und dem König von Schweden.«

Ich richtete mich auf. Dieser König von Schweden war ein zügelloser Bursche namens Gustav Adolf. Er hatte wie schon sein Vater vor ihm endlich dem Zank und Hader mit dem schwedischen Adel ein Ende gesetzt. Gustav Adolf hatte den Ruf, das beste Heer in Europa aufgestellt zu haben. In den letzten Jahren hatte er mit dem Ziel, die Ostsee zu beherrschen, in Polen Krieg geführt. Seine Familie hatte einen vagen Erbanspruch auf die polnische Krone.

Das alles spielte sich jedoch am Rande des zivilisierten Europas, in der Nähe der russischen Steppen, ab und interessierte uns daher nicht. Interessant fand ich allerdings, dass Gustav Adolf wie fast sein ganzes Volk überzeugtester Lutheraner war ...

Kardinal Richelieu dagegen war ein treuer Anhänger der römisch-katholischen Kirche und überwachte die Angelegenheiten eines Staates, in dem er gerade die letzten Überreste des Protestantismus ausgerottet hatte.

»Was können die beiden sich denn zu sagen haben?«, fragte ich.

»Ihr werdet es nicht glauben, Eure Majestät.«

»Wenn du mir nicht sagst, um was es geht, weiß ich gar nicht, was ich glauben oder nicht glauben soll.«

»Ein Bündnis.«

»Zwischen Frankreich und Schweden? Du bist verrückt! Oder Châteauneuf ist verrückt.«

»Er hat die Briefe gelesen, Eure Majestät. Der Kardinal hat dem schwedischen König, der – wie Ihr wisst – mit dem Kurfürsten von Brandenburg verschwägert ist, folgenden Vorschlag gemacht. Wenn Gustav Adolf mit seinem Heer nach Deutschland marschiert und die kaiserlichen Truppen angreift, wird Frankreich ihn und sein Volk für die Dauer des Krieges finanziell unterstützen und vielleicht sogar im günstigen Moment aufseiten der Protestanten in den Krieg eintreten.«

Ich war vollkommen sprachlos. Wenn es stimmte, was das dumme Mädchen sagte, ging es um den größten diplomatischen Schachzug in der europäischen Geschichte. Zugegebenermaßen hatte Richelieu in seinem Entschluss, sich meiner Familie auf jede erdenkliche Weise zu widersetzen, zugestimmt, die Holländer zu unterstützen, doch es hatte kein offizielles Bündnis gegeben.

»Kannst du das beweisen?«

»Es gibt die Briefe, Eure Majestät.«

Ich fühlte mich einer Ohnmacht nahe. Und dieser Schurke hatte die Stirn, mich des Verrats zu bezichtigen! Natürlich ist es kein Verrat, wenn der Staatsminister eines Landes Bündnisverhandlungen mit dem König eines anderen Landes einleitet. Ein katholischer Staatsminister hatte aber sicher noch nie mit einem protestantischen König verhandelt. Oder doch?

Abgesehen von den Holländern, die sich schon im Aufstand befunden hatten und Spanien nur kleine Nadelstiche zufügen konnten, hatte Richelieu mit Karl von England verhandelt. Er hatte jedoch betont, dass man die Situation in England nicht mit der in Schweden vergleichen könne. Während die Engländer den Papst nicht länger anerkannten, die meisten Rituale der römischen Kirche hingegen beibehielten, lehnten die Schweden Papst, Bischof und Weihrauch und das ganze Drum und Dran der römisch-katholischen Kirche ab. Und dieses Volk jetzt in einem Krieg gegen den Papst und Kaiser und meine eigene Familie zu unterstützen ...

»Was werdet Ihr tun?«, fragte Marie. »Wenn das bekannt wird, bedeutet das mit Sicherheit den Sturz des Kardinals.«

»Nicht, wenn der König davon weiß und seine Zustimmung gegeben hat.«

»Châteauneuf sagt, der König wisse nichts davon, Eure Majestät. Richelieu fürchtet, Seine Majestät könne seinen Plänen nicht zustimmen. Daher wurde die Korrespondenz geheim gehalten.«

Ich biss mir unschlüssig auf die Lippe. Es hatte noch nie eine so günstige Gelegenheit gegeben, mich dieses Schreckgespenstes, das mir schon viel zu lange im Nacken saß, zu entledigen. Doch wie sollte ich das anstellen, ohne in die Angelegenheit hineingezogen zu werden?

»Die Königinmutter«, sagte ich.

»Eure Majestät?«

»Sie muss es erfahren. Du wirst ihr sagen, was du mir gesagt hast.«

»Ich?«, quiekte sie.

»Ja«, beharrte ich.

»Aber ... Ihr ...«

»Nein, nein. Zu diesem Zeitpunkt darf ich nicht in die Sache hineingezogen werden. Richelieu weiß zu viel.«

»Über mich auch«, klagte Marie.

»Ich werde dich beschützen. Das habe ich bisher auch getan. Du wirst deine Pflicht erfüllen und es der Königinmutter mitteilen. Sie wird dann selbst entscheiden, was sie mit der Information machen wird.«

Marie schaute mich unsicher an.

»Was wird geschehen?«, fragte sie.

»Ich weiß es nicht. Auf jeden Fall wird etwas geschehen. Sage der Königinmutter nicht, dass du mit mir darüber gesprochen hast.«

☆

Ich kann mich nicht erinnern, je in meinem Leben so aufgeregt gewesen zu sein wie in den 24 Stunden, die auf das Gespräch zwischen Marie und mir folgten. Selbst als Jules und ich Jahre später ums nackte Überleben kämpften, war ich nicht in einem solchen Zustand. Es gab endlose Möglichkeiten. Wenn wir Richelieu zu Fall bringen könnten, dann ... Maria von Medici hatte gesagt, dass sie und ich dann die wahren Herrscherinnen des Landes sein würden. Das war ein Problem, weil Maria von Medici schon einmal das Land regiert hatte und daher eine viel größere Erfahrung hatte als ich. Sie war ja auch viel älter.

Plötzlich sah ich eine strahlende Zukunft vor mir.

Zuerst musste jedoch die Tat vollbracht werden. Ich begriff, dass etwas im Gange war, als am nächsten Morgen in aller Herrgottsfrühe ein Höfling keuchend in meine Gemächer stürzte und mich zum König zitierte. Ich eilte zu ihm und traf dort auf Maria von Medici, Marie de Chevreuse, Châteauneuf, der sehr erschöpft aussah, und Marillac. Von Richelieu war nichts zu sehen. Ich atmete erleichtert auf.

»Wisst Ihr, was ich entdeckt habe?«, fragte der König.

»Nein, Sire«, erwiderte ich. »Was kann es nur sein?«

Er war viel zu erregt, um zu bemerken, dass ich mich wie eine Marionette benahm.

»Richelieu«, sagte Ludwig. »Der Kardinal. *Mein* Kardinal! Er strebt nach einem Bündnis mit einem ketzerischen König! Und verspricht ihm französisches Geld! Mein Gott, ich kann es gar nicht glauben.«

Ich warf Châteauneuf einen Blick zu. Er schien nach Luft zu ringen.

»Es ist die Wahrheit, Eure Majestät. Ihr habt die Briefe gelesen.«

»Ja«, sagte der König. »Ich traute meinen Augen nicht. Dass Richelieu so etwas tut.«

»Ich habe es immer kommen sehen«, freute sich Maria von Medici. »Das habe ich Euch gesagt.«

Sie war in guter Stimmung, denn ihr Architekt, Salomon de Brosse, hatte soeben das Projekt vollendet, dem sie in den letzten 15 Jahren den größten Teil ihrer Zeit und viele Staatsgelder geopfert hatte. In diesem Palais du Luxembourg hatte sie eine Reihe ihrer Lieblingsgemälde ausgestellt, die von einem flämischen Maler namens Rubens stammten, den eigentlich mein Bruder entdeckt hatte. Hierzu gehörte auch ein Bild, auf dem sie in Rüstung und zu Pferde gezeigt wurde. So hatte sie ausgesehen, als sie gegen den König revoltiert hatte.

Ludwig wusste das alles. Er blieb seiner Mutter gegenüber nachsichtig, besonders wenn es um Geld ging, doch sie hatte die unglückliche Angewohnheit, die falschen Worte zur falschen Zeit zu wählen. Jetzt sah er sie ungeduldig an. »Was sollen wir tun? Was sollen wir tun?«

»Der Kardinal muss wegen Verrats verhaftet werden«, sagte Maria von Medici.

Ludwig erblasste. »Den Kardinal verhaften?« Er schaute mich an.

Glücklicherweise bat er mich nicht um meine Meinung. Die Königinmutter war richtig in Fahrt. »Wo liegt das Problem? Ihr seid der König. Ihr könnt verhaften, wen Ihr wollt.«

»Er ist immer von seinen Wachen umgeben.«

»Seid Ihr nicht auch in der Öffentlichkeit immer von Euren Musketieren umgeben? Es muss ja nicht in der Öffentlichkeit geschehen. Hier in diesem Raum ist im Moment keiner der Musketiere. Sie warten draußen vor der Tür. Wenn Richelieu zu Euch kommt, bleiben seine Wachen ebenfalls draußen vor der Tür stehen. Sobald er den Raum betreten hat, stellt Ihr ihn einfach unter Arrest.«

»Ich?«

»Gott schenke mir Geduld. Glaubt Ihr denn, er würde Euch angreifen?«

Ludwigs Miene verriet, dass er genau das befürchtete.

»Ihr versteckt einfach vier Musketiere in diesem Raum hinter den Vorhängen, und im rechten Moment ergreifen sie ihn, und Ihr seid ein freier Mann.«

»Und was geschieht dann?«, fragte Ludwig, der jetzt aussah wie ein kleiner Junge.

»Er wird wegen Verrats angeklagt, dem Verhör unterzogen und aufs Rad geflochten.«

Maria von Medici schien dieser Gedanke gut zu gefallen.

»Aufs Rad geflochten? Der Kardinal?«, stammelte der König verwirrt. »Was wird Rom dazu sagen?«

»Vielleicht wird es nicht nötig sein, ihn aufs Rad zu flechten«, warf ich ein. »Eine Enthauptung ...«

Maria von Medici schnaubte. »Eine Enthauptung? Für diesen Schurken? Ihr solltet Euch da heraushalten, junge Frau.«

Das war unverschämt, doch es stellte sich heraus, dass dies eine der glücklichsten Rettungen meines Lebens war. Bevor ich ihr eine passende Antwort geben konnte, ergriff der König wieder das Wort.

»Und dann werdet Ihr das Land regieren? Ja, Madame? Werdet Ihr dann das Land regieren?«

»Nun ...« Maria errötete und warf mir einen Blick zu. »Ihr werdet regieren, Sire.«

»Ich? Ich kenne mich mit den Regierungsgeschäften nicht aus. Richelieu weiht mich in nichts ein.«

»Ein weiterer guter Grund, ihn loszuwerden«, stieß Maria hervor. »Und um die Regierungsgeschäfte wird sich Marillac kümmern.«

»Ich, Eure Majestät?« Marillac war jetzt ebenso erregt wie der König.

»Ihr wollt doch nicht etwa behaupten, Euch nicht damit auszukennen?«

»Nun, Eure Majestät ... aber die Verantwortung ...«

»Der Hof wird Euch unterstützen«, sagte Maria. »Ihr werdet als Staatsminister des Königs einen hohen Posten innehaben.«

Marillac schluckte. Ihm war jedoch anzumerken, dass ihm die Idee nun schon besser gefiel.

»Es wäre das Beste, wenn Ihr die neue Position von Monsieur Marillac jetzt bestätigen würdet, Sire«, sagte Maria.

»Aber Richelieu ...«

»Der Kardinal ist Geschichte, Eure Majestät.«

»Ja«, sagte Ludwig. »Ich denke ... Gut, Monsieur, ich ernenne Euch zu meinem Staatsminister.«

Marillac verneigte sich. Marie de Chevreuse und ich starrten uns an. Wir konnten gar nicht glauben, dass das alles wirklich vor unseren Augen geschah.

»Dann lege ich die Angelegenheit in Eure Hände«, sagte Ludwig.

»Die Angelegenheit, Sire?«

»Die Verhaftung des Kardinals.«

»Ich?«, schrie der neue Staatsminister. »Ich soll den Kardinal verhaften?«

»Ja, irgendjemand muss es ja machen.«

»Ihr müsst es tun«, sagte seine Mutter.

»Ich?«, schrie Ludwig in noch schrillerem Ton als Marillac.

»Wir haben doch schon darüber gesprochen«, sagte Maria von Medici. »Ihr empfangt ihn hier, während sich Eure Musketiere im Verborgenen aufhalten. Ihr enthebt ihn aller Ämter und stellt ihn unter Arrest.«

Ludwig biss sich auf die Lippe.

»Ihr müsst nur einmal in Eurem Leben zeigen, dass Ihr ein König seid.«

»Werdet Ihr hier bei mir sein?«

»Auf keinen Fall. Ich will nicht in die Sache hineingezogen werden.«

»Allein kann ich es nicht«, jammerte der König.

»Die Musketiere sind doch da.«

»Jemand muss bei mir sein«, beharrte der König. »Jemand, dem ich vertrauen kann.«

»Gut«, sagte die Königinmutter. »Anna, Ihr steht dem König zur Seite.«

»Ich?«, kreischte ich.

»Ihr habt nichts anderes zu tun, als Euren Gatten moralisch zu stärken.«

Jetzt biss ich mir auf die Lippe und warf Marie de Chevreuse einen Blick zu.

»Nein, nein«, sagte Maria von Medici. »Das ist eine reine Angelegenheit des Königshauses. Wann werdet Ihr den Kardinal zu Euch befehlen, Sire?«

»Meines Wissens ist er im Moment nicht in der Stadt.«

»Er kehrt heute Abend zurück, Eure Majestät«, murmelte Marillac.

»Großartig«, freute sich Maria von Medici. »Heute

Abend ist es so weit. Um sechs Uhr. Das ist eine günstige Zeit. Anna, Ihr kommt um Viertel vor sechs hierher. Ludwig, um halb sieben ist alles vorbei. Nur Mut, Sire. Nun bereitet Euch darauf vor. Um sieben Uhr komme ich zu Euch.«

Sie rauschte davon.

☆

Eine aufgewühlte Gruppe blieb zurück.

»Ja«, sagte der König. »Wenn der Teufel uns dazu treibt, muss es wohl geschehen, hm?«

Ich war nicht der Meinung, dass man so über seine Mutter sprechen sollte, doch ich verstand, was er meinte.

»Ihr lasst mich nicht im Stich, Madame?«, fuhr Ludwig fort.

»Nein, Sire«, beteuerte ich.

»Gut, gut. Marillac, wir müssen jetzt die Musketiere auswählen. Sie müssen zuverlässig sein. Sehr zuverlässig.«

»Sie sind uns bis in den Tod treu ergeben, Sire.«

»So weit wird es hoffentlich nicht kommen, oder?«

»Erlaubt Ihr, dass ich mich zurückziehe, Eure Majestät?«, fragte ich.

»Ja. Um Viertel vor sechs, ja? Viertel vor sechs.«

»Um Viertel vor sechs, Sire«, versprach ich und eilte davon. Marie de Chevreuse folgte mir auf den Fersen. Wir waren alle so aufgeregt, dass wir ganz vergessen hatten, wie viel Zeit bis Viertel vor sechs am Abend noch vor uns lag. Wir mussten uns dem täglichen Einerlei widmen, ohne dass irgendjemand hellhörig wurde.

Das Wichtigste war wie immer das Essen.

»Ich werde keinen Bissen essen können«, sagte ich zu Marie, als wir meine Gemächer erreicht hatten. Wir umarmten und küssten uns.

»Ihr müsst«, sagte Marie.

»Ist das wirklich alles wahr?«, fragte ich. »Wird er wirklich gestürzt?«

»Es sieht ganz danach aus. Aber ... was ist, wenn er den Herzog erwähnt?«

»Das glaube ich nicht. Das kann er nicht, weil er außer meiner Beichte, die er als Priester nicht offenbaren darf, nicht den geringsten Beweis hat.«

»Er könnte mich auch in die Sache hineinziehen.«

»Warum sollte er das tun, wenn er mir nichts nachweisen kann? Und wer würde ihm glauben? Ludwig sicher nicht. Er würde glauben, dass er sich Verbrechen ausdenkt, die neben seinem Verbrechen, dem Verrat, bedeutungslos werden.«

»Gut«, sagte Marie. »Hoffen wir es. Wie wird er die Sache wohl aufnehmen?«

Ich dachte darüber nach. Ich kannte den Kardinal nur als Mann, der ruhig und gefasst seine Macht schon ausübte, noch bevor er sie überhaupt besessen hatte. Er war jedoch nie zuvor in einer solchen Lage gewesen. Zum Zeitpunkt seiner ersten Verbannung war er ein einfacher Priester und Beichtvater gewesen, von dessen Ehrgeiz selbst ich nichts geahnt hatte. Und als junger Mann konnte er hoffen, wieder aufzusteigen. Dieser Sturz hingegen wäre endgültig, und es wäre ein Glück für ihn, wenn er mit einer Enthauptung davonkäme. Da er einen scharfen Verstand hatte, würde er über seine Situation sofort im Bilde sein, wenn er erfuhr, dass der König von seiner Korrespondenz mit Schweden Kenntnis hatte. Und dann ...

»Ich habe keine Ahnung«, antwortete ich.

☆

Der Rest des Tages war die reinste Hölle, denn ich hatte Angst vor den Dingen, die auf mich zukamen. Ich zwang mich, etwas zu essen, lächelte den Höflingen zu und sprach mit ihnen, als wäre ich völlig unbeschwert. Währenddessen fragte ich mich, wie sie morgen reagieren würden – der Gedanke daran machte mich ganz schwindelig –, wenn ich bei der Herrschaft ein Wörtchen mitzureden hatte.

Ludwig, der neben mir saß, aß auch nur ein paar Bissen und sprach kaum ein Wort. Seine Höflinge, die an seine Launen gewöhnt waren, wunderten sich nicht darüber.

Wir erhoben uns um kurz vor fünf Uhr, und ich konnte mich zurückziehen, um mich noch ein paar Minuten hinzulegen, bevor ich für den Abend angekleidet wurde. Marie de Chevreuse war immer in meiner Nähe. Sie hatte sicher Angst, mich aus den Augen zu lassen. Von der Königinmutter hörten wir nichts, und sie nahm auch nicht am Essen teil. Da das von Zeit zu Zeit vorkam, wurde die Gerüchteküche durch ihre Abwesenheit nicht angekurbelt. Ich sah sie im Geiste vor mir, wie sie in ihrem Zimmer saß und ruhig wie eine Riesenspinne voller Hass auf ihren endgültigen Sieg wartete.

Das würde auch meinen Sieg bedeuten, rief ich mir ins Gedächtnis, als ich um Viertel vor sechs auf dem Weg zum Empfangssaal des Königs war. Marie begleitete mich, doch vor der Tür schickte ich sie fort.

»Was soll ich tun, Eure Majestät?«, fragte mich die Ärmste. Sie war vollkommen durcheinander.

»Du gehst zurück in meine Gemächer und wartest dort. Ich komme so schnell wie möglich zu dir.«

»Mit der Nachricht, dass diese Bestie erledigt ist.«

»Das ist meine Absicht.«

»Gott sei mit Euch, Eure Majestät.«

Ich wusste nicht, ob Gott mit mir war oder ob er überhaupt in diese Sache verwickelt werden sollte, aber vielleicht sprach ich ein Gebet, als mir die Wachen die Tür öffneten und ich den Saal betrat.

Der König saß am Ende des Tisches und schaute mich nervös an, als ich eintrat.

»Mein Gott, Madame, ich dachte schon, Ihr würdet nicht kommen.«

Ich schaute mich um, sah aber niemanden.

»Sie haben sich versteckt«, sagte Ludwig. »Es ist alles vorbereitet. Jetzt brauchen wir nur Mut, hm?«

»Sire«, sagte ich. »Ihr seid der König von Frankreich. Ihr werdet doch mit einem Untergebenen fertig, der seine Macht missbraucht hat. Ihr braucht keinen Mut.«

»Haha. Ihr habt ganz Recht, und ich habe die Beweise hier.«

Er schlug mit der Hand auf die Dokumente, die vor ihm auf dem Schreibtisch lagen.

»Nun ...« Ich hielt den Atem an und drehte mich zur Tür um, die gerade geöffnet wurde, um den Kardinal hereinzulassen.

Er trug seine Reitkleidung und war offensichtlich eiligst hierher gekommen. An seinen Stiefeln klebte Schlamm.

»Eure Majestät.« Er verneigte sich vor dem König. »Eure Majestät.« Er verneigte sich vor mir. »Ich erhielt die Nachricht, dass es um eine dringende Angelegenheit gehe. Gibt es eine Krise?«

Er war sichtlich bestürzt, da er sich einbildete, über alles unterrichtet zu sein, ehe der König davon erfuhr.

»Zum Teufel«, sagte Ludwig. »Zum Teufel! Was ist das? Was ist das hier?« Er schob die Papiere über den Tisch.

Ich hätte es anders gemacht, aber Ludwig und ich hatten nie die gleichen Vorstellungen. Richelieu zögerte nur einen winzigen Moment, ehe er die Briefe in die Hand nahm. Ich musterte ihn, als er die Briefe las. Sein Gesichtsausdruck veränderte sich nicht, obwohl er vielleicht ein wenig errötete. Er las die Korrespondenz sehr langsam und sorgfältig. Da er das meiste selbst geschrieben hatte, wollte er wahrscheinlich nur Zeit gewinnen.

»Verrat, hm?«, brummte der König. »Das ist Verrat, Eure Eminenz.«

»Verrat, Eure Majestät?«

»Ja, oder wie wollt Ihr es nennen? Ihr korrespondiert mit einem Feind, hm? Heimlich! Das ist Verrat, Eure Eminenz.«

»Ich wusste nicht, dass der König von Schweden unser Feind ist, Sire. Ich weiß nur, dass er sehr gern unser Freund sein möchte.«

»Ein ketzerischer Lutheraner?«

»Nun, Sire, sein Glaube ist eine Sache zwischen ihm und Gott. Mir geht es nur um das Wohl Frankreichs.«

»Ihr wollt diesen Wilden in die Mitte Europas führen ...«

»Verzeiht mir, Sire. Ich habe ihn lediglich in die Mitte des Habsburgerreiches eingeladen.«

»Ist das nicht dasselbe?«

»Keineswegs, Sire. Ich habe mich an den König von Schweden gewandt, damit er uns in einer sehr ernsten Situation unterstützt.«

»Eine ernste Situation? Welche ernste Situation?«

Ich hatte das Gefühl, Blei verschluckt zu haben. Sobald der König sich auf eine Diskussion mit einem Mann einließ, der ihm intellektuell weit überlegen und außerdem äußerst skrupellos war, waren wir verloren.

»Es sieht so aus«, sagte Richelieu, »als hieltet Ihr nicht die vollständige Korrespondenz in Händen. Ich habe eindeutige Beweise, dass der König von Spanien vorhat, in Frankreich einzufallen. Er beabsichtigt, die Hugenotten bei seinem Angriff gegen uns, gegen Paris, gegen Euch und Ihre Majestät zu vereinen.«

Er nickte mir kurz zu.

»Was? Was?«, fragte der König.

»Das kann nicht wahr sein«, widersprach ich.

»Leider habe ich Beweise dafür, Madame«, sagte der Schurke.

Ich zweifelte nicht daran, selbst wenn sie gefälscht waren.

»Seht Ihr, warum sollten wir uns nicht zu unserer Verteidigung mit Ketzern verbünden, wenn selbst der König von

Spanien, der größte Verteidiger der römischen Kirche, ein Bündnis mit unseren unzufriedenen Ketzern anstrebt?«

»Hm«, murmelte Ludwig. Ich wusste, dass wir verloren waren. »Hm. Und Ihr sagt, dass dieser Gustav Adolf im Reich und nicht im Languedoc kämpfen wird?«

»Es liegt nicht in meiner Absicht, dass ein lutherisches Heer in Frankreich einfällt, Eure Majestät. Der Kaiser hat sich mit Wallenstein überworfen und ihn seines Amtes enthoben. Die kaiserlichen Heere werden nun von Tilly befehligt, und der wird Gustav Adolf kaum gewachsen sein. Außerdem erhalten die kaiserlichen Truppen keinen Sold, und sie werden schlecht versorgt. Das ist nur noch ein Haufen Wilder, der sich von dem ernährt, was das Land hergibt, und es in eine Wüste verwandelt. Das Volk, das überlebt hat, hasst daher diese Soldaten.

Gustav Adolf befehligt ein gut genährtes, gut bewaffnetes, sehr diszipliniertes Heer von mehr als dreißigtausend Mann. Er wird wie ein Schwert in dieses Chaos im Reich schlagen. Die Kaiserlichen und ihre Verbündeten, die Spanier, der Kaiser und sein Cousin, der König von Spanien, können auf diese Gefahr nicht reagieren. Sie müssen jeden Gedanken daran, in Frankreich einzufallen, zurückstellen und jeden verfügbaren Mann dorthin schicken, um der schwedischen Gefahr Einhalt zu gebieten.«

Ich stand neben dem Stuhl des Königs, und um nicht im nächsten Moment zu Boden zu sinken, setzte ich mich hin.

»Hm«, murmelte der König wieder. »Und was kommt am Ende dabei heraus, hm?«

»Wir werden uns die Situation zunutze machen. Wenn Gustav Adolf siegt, können wir ihm in Norddeutschland ein kleines Fürstentum zugestehen. Wenn er besiegt wird, hat er unsere Feinde dennoch lange genug beschäftigt, damit wir unsere eigenen Angelegenheiten in Ordnung bringen können. Ich hebe jetzt das größte Heer aus, das Frankreich je hatte.«

»Ach tatsächlich?«, fragte der König. »Das ist ja hervorragend.«

»Dazu brauche ich jedoch Zeit, Sire. Die Männer müssen nach dem schwedischen Vorbild ausgebildet und bewaffnet werden, ehe ich Euch erlauben kann, die Truppen zum Ruhme Frankreichs in die Schlacht zu führen.«

»Oh, ich verstehe«, sagte Ludwig. »Das ist ja enorm, Armand. Ganz enorm. Wir werden die Habsburger zur Strecke bringen, hm? Wir werden sie zur Strecke bringen.«

Zumindest errötete er leicht, als er mir einen Blick zuwarf. In diesem Moment wagte ich es nicht, mich irgendwelchen Gefühlen hinzugeben.

»Das werden wir, Sire«, stimmte Richelieu zu. »Zunächst müssen wir uns aber der sehr ernsten Situation hier im Louvre zuwenden.«

»Hm?«

»Nun, Sire, streng geheime Korrespondenz wurde aufgedeckt. Ich nehme an, das war Châteauneufs Werk?«

»Ja, in der Tat.«

»Mit Sicherheit hat ihn diese Chevreuse dazu ermuntert?«

»Hm ... ja. Das stimmt.«

»Und ...?« Richelieu schaute mich an.

»Ihr habt nichts damit zu tun, Anna?«, jammerte Ludwig.

»Nein, Sire«, erwiderte ich. Ich musste mich zusammenreißen und eine Entscheidung fällen. Es gab nur einen Weg, möglicherweise ein paar Menschenleben zu retten. »Ich war nur anwesend, als zum ersten Mal über die Sache gesprochen wurde.«

»Ach«, sagte Richelieu. »Darf ich fragen, wer noch anwesend war?«

»Nun ... der Graf von Châteauneuf, der Seine Majestät auf die Sache aufmerksam machte. Er hielt es für seine Pflicht.«

»Er hat Staatsgeheimnisse verraten, Madame.«

»Ich bitte Euch, Eure Eminenz. Wie können denn Staatsgeheimnisse an den König verraten werden? Der König ist der Staat.«

Im ersten Moment sah es so aus, als würde er mir zustimmen, doch letztendlich tat er es nicht. Er zog ein anderes Argument aus dem Ärmel. »Wäre er mit der Information sofort zu Seiner Majestät gegangen, wäre er über jeden Vorwurf erhaben. Ihr sagtet mir aber soeben, er habe mit seiner Mätresse über die Angelegenheit gesprochen, nicht wahr?«

»Bettgeflüster ist doch nicht strafbar.«

»Doch, wenn es sich um Staatsgeheimnisse handelt«, sagte er ernst. »Und wen hat er noch ins Vertrauen gezogen?«

»Nun ...« Ich schaute den König an.

»Meine Mutter und den Grafen von Marillac«, sagte Ludwig.

»Eure Mutter also. Darf ich fragen, ob Ihr von der Sache wusstet, bevor dieses bemerkenswerte Quartett zu Euch kam, Eure Majestät?«

»Nein.« Ludwig sah sehr verärgert aus. Es gefällt keinem König, von seinen eigenen Untergebenen verhört zu werden.

»Ihr sagt, dass die Angelegenheit der Königinmutter, dem Grafen von Marillac, dem Grafen von Châteauneuf und der Herzogin von Chevreuse enthüllt und von ihnen diskutiert wurde, *bevor* sie Euch vorgelegt wurde?«

»Ja«, sagte Ludwig. »So war es wohl.«

»Und zu dem Zeitpunkt wurde meine Entlassung aus dem Amt gefordert, nicht wahr?«

»Hm.« Ludwig errötete. »Ja, das stimmt.«

»Sieht das nicht wie eine Verschwörung gegen mich und somit auch gegen Euch aus, Eure Majestät?«

»Hm ...« Ludwig krümmte sich wie ein Wurm. »Die Art, wie mir die Sache zugetragen wurde, riecht nach Verrat.«

»Und habt Ihr meine Entlassung festgesetzt?«

»Hm ... Zuerst wollte ich Eure Erklärung hören.«

»Und Ihr fürchtetet meine Reaktion?« Der Kardinal, der ein guter Beobachter war, hatte bemerkt, dass sich im Laufe des Gesprächs die Vorhänge ab und zu bewegten, obwohl alle Fenster geschlossen waren.

»Keineswegs«, widersprach Ludwig. »Ich wusste ... hm ... ich weiß, dass Ihr mein treuester Untergebener seid.«

»Danke, Sire. Solltet Ihr diese wackeren Burschen dann nicht hinausschicken, die lange genug untätig herumgestanden haben?«

»Ach ... ja.« Ludwig klatschte in die Hände und die Musketiere traten vor. Sie sahen verwirrt und eingeschüchtert aus. »Genug für heute«, sagte Ludwig. »Ihr könnt gehen.«

Die Musketiere gingen mit verlegenen Mienen zur Tür, die in diesem Moment aufgestoßen wurde, um die Königinmutter in Begleitung von Marillac in den Saal zu lassen.

»Was ...?« Maria von Medici war so überrascht wie wir zuvor. Sie zeigte mit dem Finger auf den Kardinal. »Was macht *der* hier?«

Richelieu verneigte sich. »Ich bin der Staatsminister des Königs. Es ist meine Pflicht, hier zu sein.«

»Ihr solltet in der Bastille sein«, stieß Maria wütend hervor.

Richelieu wandte sich an den König. »Ist das Euer Wunsch, Sire? Ich bin bereit, mein Amt niederzulegen und zu gehen, wohin Ihr wollt. Mein einziger Wunsch ist es, Euch zu dienen.«

»Natürlich möchte ich nicht, dass Ihr das Amt niederlegt. Das war alles nur ein großes Missverständnis.«

»Was!«, schrie Maria. »Ihr habt versprochen ...«

»Das stimmt nicht«, widersprach Ludwig.

»Ihr habt Marillac als Staatsminister eingesetzt!« Marias Ton wurde noch lauter.

»Ich habe noch einmal über die Sache nachgedacht. Leider habe ich die Entscheidung ein wenig voreilig getroffen, und daher habe ich sie rückgängig gemacht.«

»Ihr ... Feigling!«, brüllte Maria. »Ihr widerliche Kröte! Ihr seid ein Wurm! Ein Stück Dreck!«

Weil wir so einen Ausbruch bei ihr schon einmal erlebt hatten, waren wir diesmal vielleicht nicht so schockiert wie beim ersten Mal. In aller Öffentlichkeit hatten wir das jedoch noch nicht erdulden müssen. Die Türen waren geöffnet, und auf den Fluren versammelten sich immer mehr Menschen. Es hatte sich offenbar im Palast herumgesprochen, was passiert war.

Richelieu missfiel das nicht, denn Marias Schimpfkanonade war nur zu seinem Vorteil. Er war dennoch der Meinung, dass genug schmutzige königliche Wäsche in der Öffentlichkeit gewaschen worden war. »Marillac«, sagte er. »Schließt bitte die Tür.«

»Ihr werdet ihm doch nicht gehorchen!«, schrie Maria. »Ihr seid der Staatsminister und nicht er.«

»Marillac!« Richelieus Stimme knallte wie ein Peitschenhieb durch die Luft.

Marillac eilte zur Tür und schloss sie.

»Ihr ... Ihr ...« Maria schnappte nach Luft.

»Madame, Ihr werdet gleich einen Herzanfall bekommen«, sagte Richelieu. »Bitte beruhigt Euch. Ich bin gewillt, die Auffassung Seiner Majestät zu akzeptieren, dass alles ein Missverständnis war. Seine Majestät hatte die Güte, mir weiterhin sein Vertrauen auszusprechen ...« Er warf dem König einen Blick zu.

»Ja, ja«, sagte Ludwig. »Ihr genießt mein volles Vertrauen, Eure Eminenz.«

»Dann können wir die Sache als abgeschlossen betrachten«, sagte Richelieu. »Fast.«

Maria hob den Kopf. Marillac zitterte wie Espenlaub.

»Bitte«, bettelte ich. »Seid gnädig. Sie glaubten, das Richtige zu tun.«

Er schaute mich an. »Euer gütiges Wesen ehrt Euch, Eure Majestät.« Er war fest davon überzeugt, dass auch ich in die Sache verstrickt war, aber ihm fehlten wieder einmal Beweise. »Dieses so genannte Missverständnis«, fuhr er fort, »hat bewiesen, dass es gewisse Leute gibt, denen man nicht vertrauen kann. Graf von Marillac, ich verfüge hiermit, dass Ihr des Amtes enthoben seid und Euch innerhalb einer Stunde hundert Wegstunden von Paris zu entfernen habt. Sollte man Euch in einer Woche noch innerhalb dieses Gebietes entdecken, werdet Ihr des Verrats beschuldigt und vor der Hinrichtung dem Verhör unterzogen.«

Marillac schluckte und verneigte sich vor dem König. »Mit Eurer Erlaubnis, Eure Majestät.«

Ludwig gab ihm ein Zeichen zu gehen.

»Bleibt!«, schrie Maria. »Ihr werdet nirgendwo hingehen, wenn ich es Euch nicht befehle. Ihr braucht Euch vor diesem Schurken nicht zu fürchten.«

Marillac zitterte noch immer am ganzen Leib.

»Eure Majestät stimmen meinem Urteil zu?«, fragte Richelieu den König.

»Ja, ja. Ihr müsst gehen, Marillac. Geht! Das ist besser, als Euren Kopf zu verlieren, hm?«

Marillac öffnete die Tür und eilte davon. Einer der Musketiere schloss die Tür sofort hinter ihm.

Maria von Medici riss sprachlos den Mund auf. Ihr fehlten die Worte.

»Châteauneuf wird ebenfalls des Amtes enthoben«, erklärte Richelieu mit Blick auf den König.

»Ja, ja«, sagte Ludwig, »doch er soll seinen Kopf behalten. Die Königin hat ganz Recht. Er glaubte, das Richtige zu tun.«

»Und die Herzogin?«

»Können wir sie nicht einfach verbannen?«

Richelieu seufzte in Anbetracht dieser unangebrachten Gnade. »Wie Eure Majestät wünschen. Diesmal wird sie allerdings nicht nach Poitiers gehen. Sie wird nach Toulouse verbannt und dort bleiben, sonst erwartet sie die Todesstrafe. Châteauneuf wird zu seiner Familie zurückkehren und ebenfalls dort bleiben. Es bleibt noch ...« Er wandte sich an die Königinmutter.

»Das ist ja absurd«, zischte Maria. Sie zeigte auf ihren Sohn. »Ihr habt mich hereingelegt.«

»Ich habe getan, was für Frankreich das Beste ist«, erklärte er einigermaßen würdevoll.

Maria schoss noch einen letzten Pfeil ab. Sie hatte schon so viel aufs Spiel gesetzt, dass sie nichts mehr zu verlieren hatte.

Sie streckte ihren Arm aus und zeigte auf Richelieu. »Wenn diese Kreatur bleibt, gehe ich!«

Es herrschte bedrückende Stille, und Maria von Medici wusste, dass sie verloren hatte. Sie schaute uns alle der Reihe nach an, als suchte sie nach Unterstützung. Kurz darauf drehte sie sich um und stolzierte davon.

Ich sah sie nie wieder.

9. Kapitel

Dieser denkwürdige 11. November 1630, an dem Richelieu seinen geplanten Sturz erfolgreich vereiteln konnte, wurde von jüngsten Historikern als »Journée des dupes« bezeichnet.

Dieser Tag war der größte Triumph in Richelieus Karriere und fast der Tiefpunkt der meinen. Wenn ich diesem Vorfall körperlich auch unversehrt entkommen konnte, so war ich von diesem Moment an wie mein Gatte doch nichts anderes als eine Marionette.

Maria von Medici zog sich in Begleitung von Gaston von Orléans nach Antwerpen zurück. Sie schmiedete weiterhin Intrigen, doch nur über Briefe. Wie ich feststellen musste, ist das die schlimmste Form der Verschwörung, und die Intrigen der Königinmutter hatten zur Folge, dass der Gouverneur des Languedoc, Heinrich von Montmorency, hingerichtet wurde; er war so unklug, auf einen ihrer Briefe zu antworten.

Währenddessen trieb Richelieu seine großen Pläne voran. Am 13. Januar 1631 unterzeichnete er einen Vertrag mit Gustav Adolf, in dem Frankreich finanzielle Rückendeckung für den schwedischen Feldzug im Habsburgerreich garantierte. Gustav Adolf war mit Vertrauen auf Richelieus Unterstützung noch vor dem denkwürdigen »Journée des dupes« im Kaiserreich einmarschiert. Nach der Vertragsunterzeichnung begann der eigentliche Feldzug. In den nächsten vier Jahren wurde der Krieg mit einer solchen Gewalt geführt, dass die vorangegangenen zwölf Kriegsjahre, die mit dem Prager Fenstersturz begonnen hatten, fast als friedlich bezeichnet werden konnten.

Gustav Adolf hatte nicht das Ziel, Städte zu erobern. Er wollte das kaiserliche Heer, das von Tilly befehligt wurde, zur Schlacht zwingen und vollkommen aufreiben. Das erforderte, dass die gegnerischen Generäle überhaupt kämpfen wollten, und Tilly war keineswegs begierig darauf, mit einem so gefürchteten Soldaten, der ein so gefürchtetes Heer befehligte, das Schwert zu kreuzen.

Er wurde jedoch durch einen Sachverhalt, den kein General ignorieren konnte, dazu gezwungen. Seine Soldaten mussten ernährt und gekleidet werden. Gustav Adolf hatte sich mit diesem Problem auseinander gesetzt, bevor der Feldzug begann. Daher marschierte er mit dem bestausgerüsteten Tross der Geschichte in die Schlacht. Große Vorräte an Nahrungsmitteln standen bereit, und jeder Soldat, dessen Stiefel abgetragen waren, konnte sich beim Quartiermeister problemlos ein neues Paar besorgen. Tilly hatte möglicherweise auch einst über derartige Reserven verfügt, doch zwölf Jahre Krieg hatten seine Reserven erschöpft, und das Land war verwüstet. Ihm blieb daher in der Führung der bevorstehenden Schlacht keine Wahl. Er musste zumindest eine große Stadt erobern und sie als Nachschublager nutzen.

Dazu wählte er im Frühjahr 1631 Magdeburg aus, diese berühmte Stadt der deutschen Geschichte, die unter Otto I. zum Erzbistum erhoben worden war und in der der erste römisch-deutsche Kaiser und seine englische Gattin ihre Grabstätte hatten. Es war eine unglaublich reiche Stadt.

Die Belagerung dauerte nicht lange, denn alle kaiserlichen Späher berichteten, dass Gustav Adolf schnell auf die Stadt zumarschierte, was die Magdeburger ungeheuer erleichterte. Gustav Adolf lag weniger daran, die Magdeburger zu retten, als Tilly zur Schlacht zu zwingen. Tilly entschloss sich daher zum Sturm auf die Stadt, der am Morgen des 20. Mai 1631 vom kaiserlichen Kavalleriehauptmann Gottfried von Pappenheim durchgeführt wurde.

Ich kann mich glücklich schätzen, niemals bei einer Stadterstürmung zugegen gewesen zu sein, auch wenn ich in den vergangenen Jahren in Paris oft das Gefühl hatte, nahe vor dieser Situation zu stehen. Die Bürger von Magdeburg hatten sich so lange widersetzt, dass Tilly keine Gnade walten ließ. Zweifellos wurde dieser Befehl nicht widerrufen, da sich die Magdeburger bis zu dem Moment, da die kaiserlichen Truppen die Stadt stürmten, verteidigten.

Tilly kann jedoch unmöglich daran gelegen gewesen sein, dass die Stadt geplündert wurde, denn er brauchte alles, was es in der Stadt gab, um seine Vorräte aufzufüllen. Leider herrschte innerhalb der kaiserlichen Truppen nicht viel Disziplin. Die Soldaten, die den ganzen Winter hindurch an Hunger litten und nur kärglich gekleidet waren, hatten sich mittlerweile in Bestien verwandelt. Jetzt erhielten sie den Befehl, hohe Mauern und Tore zu stürmen, die von verzweifelten Männern verteidigt wurden, die auf sie schossen, sie mit Lanzen durchbohrten und heißes Öl über sie gossen. Beide Seiten mussten zusehen, wie ihre Kameraden getötet und verstümmelt wurden ... Als die kaiserlichen Soldaten in der Stadt waren, rannten sie wie die Wilden umher, besonders nachdem sie sich des Schnapses, der hier zur Verfügung stand, bemächtigt hatten.

Nach den Berichten, die wir ein paar Wochen später erhielten, musste wahrlich die Hölle ausgebrochen sein. Kastration, Vergewaltigung, Aufspießen und eiskalter Mord waren alles andere als Einzelfälle. Tilly bemühte sich nach Kräften, seine Männer zur Ordnung zu rufen. Damit hatte er kaum Erfolg, und es gelang ihm lediglich, ein paar Frauen in die Kathedrale zu treiben und bewaffnete Wachen vor die Tür zu stellen. Schätzungen zufolge sollen an diesem schrecklichen Tag 25 000 Menschen ums Leben gekommen sein.

Von Tillys Warte aus war neben seiner Rufschädigung die schlimmste Katastrophe, dass die Stadt anfing zu brennen. Wir werden nicht mehr erfahren, ob das Feuer absichtlich gelegt wurde oder ein Unglücksfall dafür verantwortlich war. Die Feuersbrunst hatte sich schon so weit ausgebreitet, als die Ersten reagierten, dass es nicht mehr möglich war, sie unter Kontrolle zu bekommen. Als das Feuer schließlich gelöscht werden konnte, lag Magdeburg in Schutt und Asche, und Tilly stand einer erneuten Hungersnot gegenüber.

Diese Nachricht erschütterte sogar Richelieu, obwohl ihm bewusst war, dass dieser Vorfall zu seinem oder eher zum Vorteil der Schweden war. Das erwies sich als richtig. Tilly wollte sich dieses Horrorszenario in Magdeburg möglichst zunutze machen. Als er sich anderen kleineren Städten näherte, ergaben sie sich, ohne dass ein einziger Schuss fiel, um eine ähnliche Katastrophe zu vermeiden. Die Kleinstädte konnten den kaiserlichen Truppen natürlich keine besondere Unterstützung bieten. Schließlich marschierte Tilly auf Leipzig zu, was Gustav Adolf vorhergesehen hatte, und da Tillys Name allein Angst und Schrecken verbreitete, konnte er die Stadt besetzen, ohne einen Schuss abzugeben.

Gustav Adolf hatte die vorhersehbaren Truppenbewegungen des Feindes verfolgt, und am 17. September standen sich die beiden Heere schließlich gegenüber. Auf dieses Ereignis hatten alle gewartet, und ganz Europa hielt den Atem an. Der Ausgang der Schlacht war so vorhersehbar wie Tillys Truppenbewegungen.

Gustav Adolf hatte als Verbündete die Sachsen, zu deren Herrschaftsgebiet Leipzig gehörte, mobilisiert, doch diese sahen in ihren roten Uniformen besser aus, als sie kämpften, und sie flohen bald vom Schlachtfeld. Tilly mag daher geglaubt haben, im Vorteil zu sein. Jetzt stand er aber bei Breitenfeld der schwedischen Infanterie unter den blau-gelben Flaggen gegenüber und der noch mehr gefürchteten schwedischen Artillerie – zu dem Zeitpunkt die beste in der ganzen Welt. Die Waffen dröhnten, die Schweden rückten vor, und die kaiserlichen Truppen wurden zerschlagen. Bei dieser Schlacht, die zu den größten der europäischen Geschichte überhaupt gehört, wurde einer der größten Siege in der Kriegsgeschichte errungen.

☆

»Habe ich Euch nicht versichert, Eure Majestät, dass die Schweden mit ihnen fertig werden?«, fragte Richelieu. Er war in einer solchen Hochstimmung, dass ich mich nicht gewundert hätte, wenn er angefangen hätte zu tanzen.

Dafür tanzte der König. »Ja, in der Tat«, trällerte er. »Das Spiel ist aus für diesen Ferdinand, hm? Das Spiel ist aus. Nicht wahr, Madame? Das Spiel ist aus.«

Ich hätte ihm am liebsten ins Gesicht gespuckt, doch ich lächelte ihn nur zustimmend an. Wieder einmal hatte der Kardinal Recht behalten, und er triumphierte auf der ganzen Linie. Es stellte sich jedoch heraus, dass der Sieg bei Leipzig der Höhepunkt von Gustav Adolfs Karriere war. Das vermutete damals niemand, und vorerst sah es auch nicht so aus.

Nach der Schlacht setzte Gustav Adolf den Feldzug fort, um das kaiserliche Heer vollkommen zu vernichten. Eine schwierige Aufgabe lag da vor ihm, und da der Winter nahte, wuchsen die Probleme. Tilly vermied geschickt eine Schlacht. Sein Heer war in Breitenfeld um die Hälfte dezimiert worden, und daher war die Verpflegung nicht das vordringlichste Problem.

Erst im folgenden Jahr zwang Gustav Adolf sie schließlich an einer Furt am Lech erneut zur Schlacht. Die Kaiserlichen wurden wieder besiegt, wenn auch nicht endgültig, und Tilly wurde tödlich verwundet.

Unglücklicherweise bedeutete das noch immer nicht das Ende des Krieges. Es wurde nun in weiten Kreisen erwartet, dass Gustav auf Wien marschieren und in der Hofburg Friedensbedingungen diktieren würde. Cousin Ferdinand II. war aber nicht ohne Grund Kaiser, und er wusste, dass die Situation nach drastischen Mitteln verlangte. Daher traf er die Entscheidung, Wallenstein aus seinem Exil zurückzurufen. Dieser war nicht wirklich verbannt worden, sondern hatte sich auf seine Güter zurückgezogen, nachdem ihm der Befehl über die kaiserlichen Truppen entzogen worden war.

Wallenstein war als Gegner viel ernster zu nehmen als der unglückliche Tilly. Er konnte zwar keinen Anspruch auf eine adelige Herkunft erheben, doch er hatte das Geld, das ihm eine vorteilhafte Heirat eingebracht hatte, genutzt, um es zu großem Wohlstand zu bringen. Nachdem er entwertetes Geld und entwertete Ländereien aufgekauft hatte, herrschte er auf seinen Besitzungen fast wie ein eigener Kaiser. Er unterhielt auf eigene Kosten ein privates Heer, das fast mit dem schwedischen verglichen werden konnte. Jetzt erhielt er praktisch freie Hand, um mit den emporgekommenen Nordländern abzurechnen, die drohten, das Kaiserreich zu zerstören.

Wallenstein war auch ein viel besserer Stratege als Tilly. Er ließ sich sofort in Nürnberg nieder, wo er in einem festen Lager und in relativer Behaglichkeit auf die Schweden warten konnte. Dadurch befand sich Gustav Adolf in einer verzwickten Lage. Er konnte nicht auf Wien marschieren, da Wallenstein ihm praktisch den Weg versperrte, und so musste er den Abenteurer zur Schlacht zwingen. Sein Versuch, die Stadt zu stürmen, führte zu nichts, und inzwischen schrumpften auch sein hervorragender Versorgungstross und sein ausgezeichnetes Heer. Ohne die französischen Gelder hätte er aufgeben müssen, und tatsächlich musste er in diesem Sommer einsehen, dass er den Krieg nicht gewinnen konnte. Er beschließt daraufhin den Rückzug.

Richelieu war wütend. »Wir haben so viel Geld in diesen Emporkömmling investiert«, wetterte er. »Und jetzt beendet er einfach den Feldzug. Was ist das nur für ein Mann?«

Im Stillen klatschte ich vor Freude in die Hände.

Die nächste Wende der Ereignisse überraschte uns jedoch beide.

Da sich die Schweden zurückgezogen hatten, kam Wallenstein aus seiner Befestigung in Nürnberg hervor und folgte ihnen. Die beiden Heere, die fast die gleiche Größe hatten, blieben auf Abstand, bis Wallenstein einen Fehler machte. Da er der Meinung war, dass Gustav Adolf nicht kämpfen wollte, und er Futter für seine Pferde brauchte, schickte er Pappenheim, der die verschiedenen Geplänkel des Sommers überlebt hatte, mit ein paar Tausend Reitern nach Halle. Gustav Adolf erfuhr das von seinen Spähern und beschloss unverzüglich, die zurückgebliebenen Kaiserlichen zur Schlacht zu zwingen.

Dieses Gefecht fand interessanterweise bei Lützen, nicht weit von Breitenfeld entfernt, statt, und wie dort errangen die Schweden einen großartigen Sieg. Gustav Adolf, der in der Dunkelheit einen Angriff der Kavallerie anführte, wurde unglücklicherweise getötet.

☆

Wieder einmal hielt die Welt den Atem an. Die Folgen dieser Tragödie waren nicht auszudenken. Es ist schwierig zu sagen, was aus der europäischen Welt geworden wäre, wenn der schwedische König seine Karriere fortgesetzt hätte, denn er war erst 37 Jahre alt.

Richelieu behauptete, über diese Nachricht sehr betrübt zu sein. Daran hatte ich erhebliche Zweifel. Er wusste besser als jeder andere, dass ein Gustav Adolf, der fortwährend Siege errang, in kürzester Zeit nur noch sehr schwer zu kontrollieren gewesen wäre, besonders wenn er eines Tages die Unterstützung französischer Gelder nicht mehr gebraucht hätte.

Und tatsächlich reagierte der Kardinal schnell und effektiv. Er eröffnete Verhandlungen mit Bernhard von Weimar, Gustavs Erstem Offizier. Dieser Mann hatte den Sieg von Lützen im Grunde errungen. Bernhard nahm die französische Unterstützung gern an.

Im Gegensatz zu Gustav Adolf war er kein König eines wohlhabenden Landes, sondern nur elfter Sohn eines Herzogs. Richelieu stellte ihm eine sehr verlockende Belohnung in Aussicht, wenn er den Krieg zu einem erfolgreichen Ende führen würde. Er bot ihm die Provinz Elsass an der nordöstlichen Grenze Frankreichs an. Das Elsass gehörte zwar offiziell zum Kaiserreich, doch nach einem Sieg der französisch-schwedischen Koalition wäre das nicht mehr von Belang.

Bernhard war ein sehr fähiger General, wenn er auch Gustavs Größe nicht erreichte. Unter seiner Führung wurde der Krieg noch ein paar Jahre erfolgreich fortgesetzt. Hauptsächlich hatte das damit zu tun, dass es zu einer wachsenden Entfremdung zwischen Wallenstein und Cousin Ferdinand kam. Wallenstein war bei Lützen besiegt worden – die erste Niederlage, die er hatte einstecken müssen. Gustav Adolfs Tod war ein kleines Trostpflaster, da die Schweden entschlossen waren, den Krieg mit aller Härte fortzusetzen, und die Kaiserlichen im Moment die Orientierung verloren hatten. Wallenstein schien selbst ein wenig verzagt zu sein und ließ einige seiner Offiziere hinrichten, die seiner Meinung nach in der Schlacht nicht genügend Einsatz gezeigt hatten.

Die Moral der Truppe verbesserte sich dadurch nicht.

Während Wallenstein Rekruten aushob und bewaffnete, hatte Bernhard praktisch freie Hand, und die Protestanten waren das ganze Jahr 1633 hindurch siegreich. Als Bernhard die bedeutende Stadt Regensburg, die einen zentralen Verkehrsknotenpunkt in Süddeutschland darstellte, belagerte, kam es zu einer Krise. Der Kurfürst von Bayern schickte dringende Hilferufe nach Wien, und Wien befahl Wallenstein, dem Kurfürsten sofort zu Hilfe zu eilen. Wallenstein brachte ein paar fadenscheinige Entschuldigungen vor und setzte sich nicht in Bewegung.

Regensburg wurde erobert, und ich glaube, bei diesem Anlass beschloss Cousin Ferdinand, sich seines Generals zu entledigen. Dabei war er fast in der gleichen Situation wie die Königinmutter und ich in Bezug auf Richelieu. Wallenstein war sein mächtigster Untertan, und er befehligte das größte und beste kaiserliche Heer. Cousin Ferdinand schwor bis zum Ende seines Lebens, er habe Wallensteins Ermordung nicht befohlen, und er behauptete sogar, den Tod des Generals nicht gewünscht zu haben. Dennoch duldete er, dass der Befehl öffentlich bekannt gegeben wurde, Wallenstein tot oder lebendig nach Wien zu bringen, damit er sich dort vor Gericht verantwortete.

Darauf konnte es nur eine einzige Antwort geben.

Aus der Sicht der Kaiserlichen hatte der böhmische Kriegsherr den Tod verdient, denn es wurde später aufgedeckt, dass er eigenmächtig Verhandlungen mit Bernhard aufgenommen hatte. Wallenstein war in der Tat nach Eger marschiert, um sich mit Bernhard und dem neuen schwedischen General Arnim zu treffen, als ihm ein irischer Abenteurer seines Stabes, ein gewisser Devereux, den Todesstoß versetzte. Wir befinden uns im Jahr 1634.

Es wird angenommen, dass der Mord von Devereux' Vorgesetztem befohlen wurde, einem irischen General namens Butler. Wenn Ferdinand auch seine Hände vor Entsetzen über diesen Tod in die Luft geworfen haben soll, so belohnte er dennoch die Mörder umgehend mit Geld und Ehren.

Das tat dem Ruf meiner Familie nicht gut.

Zunächst sah es jedoch so aus, als wäre Richelieu mal wieder alles in den Schoß gefallen. Er konnte vertrauensvoll auf die endgültige Vernichtung der kaiserlichen Truppen warten. Alle Augen einschließlich der Spaniens waren auf das Kaiserreich gerichtet. Nur die Engländer hatten mit sich selbst genug zu tun, denn die Probleme des englischen Königs wurden von Tag zu Tag größer.

Kriege sind immer eine ungewisse Angelegenheit, und noch bevor das Jahr zu Ende ging, erhielten wir eine erschreckende Nachricht. Bernhard von Weimar war von den Kaiserlichen in Nördlingen besiegt worden.

☆

Sofort fielen die Pläne des Kardinals wie ein Kartenhaus zusammen. Damit hatte er nicht gerechnet. Das protestantische Heer war besiegt, aber nicht vernichtet worden. Hätte Gustav Adolf noch gelebt, um die Truppen zu vereinen und den Feldzug fortzusetzen, wäre vielleicht alles gut gegangen. Die Ziele der Protestanten waren indes in niedere Hände übergeben worden.

Die Schweden waren dafür, bis zum bitteren Ende zu kämpfen, doch ihre lutherischen Freunde und Verbündeten zerstreuten sich in alle Richtungen und begannen Verhandlungen. Das Ergebnis war ein Vertrag, der am 30. Mai 1635 in Prag unterzeichnet wurde und in dem der Kaiser und seine protestantischen Untertanen einer Einigung zustimmten. Dieser Vertrag war für keinen wirklich befriedigend, beide Seiten mussten Zugeständnisse machen, doch der Krieg wurde beendet – zumindest der Glaubenskrieg. Nur die Schweden weigerten sich, den Vertrag zu unterzeichnen, und daher wurde beschlossen, dass alle Deutschen einen schonungslosen Krieg gegen die Nordländer führen sollten. Die Religion war durch die Politik ersetzt worden.

Richelieu reagierte – wie vorherzusehen – äußerst mürrisch auf diese Katastrophe. Er hatte Millionen verschleudert, um die Schweden zu unterstützen, damit diese den Sturz der Habsburger zumindest im Reich herbeiführten. All seine Pläne waren gescheitert, und es bestand die Gefahr, dass Schweden von der Landkarte verschwinden könnte. Richelieu konnte sich nur an die Hoffnung klammern, dass sehr wenige Menschen die Vereinbarung kannten, die er mit Gustav Adolf und später mit Bernhard getroffen hatte, sodass er keiner öffentlichen Demütigung ausgesetzt war.

Es war allerdings damit zu rechnen, dass das Geheimnis an die Öffentlichkeit dringen könnte, wie es bei Geheimnissen immer der Fall ist. Und falls Schweden eine so große Niederlage einstecken würde, dass sich das Land aus dem Krieg zurückziehen müsste, stände Frankreich noch isolierter da und wäre noch stärker von den siegreichen Habsburgern umzingelt.

Man möge mir vergeben, dass ich in meiner Privatkapelle ein Gebet sprach.

☆

Nach drei bitteren, einsamen Jahren, die auf den gescheiterten Sturz des Kardinals gefolgt waren, begriff ich, dass es mit meinem Leben aufwärts ging.

Durch Richelieus Verfügung war ich praktisch eine Verbannte in meinem eigenen Palast. Mir wurde nicht länger erlaubt, an königlichen Ratssitzungen teilzunehmen, und der König besuchte mich nicht mehr. Heute weiß ich, dass alle meine Zofen Geschöpfe des Kardinals waren. Ich konnte keiner von ihnen etwas anvertrauen, ohne die Gewissheit zu haben, dass es sofort meinem Erzfeind berichtet wurde. Außerdem wusste ich, dass all meine Briefe geöffnet und gelesen wurden, um zu überprüfen, ob sie verräterischen Inhalts waren, auch wenn ich nur mit Henriette-Marie und gelegentlich mit meiner Mutter korrespondierte.

Können Sie sich vorstellen, dass ich die Gesellschaft von Maria von Medici vermisste?

Ich hätte auch in einem Kloster leben können.

Im Sommer 1634 kehrte Jules endlich als päpstlicher Botschafter nach Paris zurück.

☆

Natürlich wusste ich darüber nicht Bescheid. Ich erfuhr davon erst, als ich von meinem Balkon aus beobachtete, wie er vom Sattel stieg und den Palast mit seinem Gefolge betrat.

Während der Krise in den vergangenen Jahren hatte ich ihn, offen gestanden, schon fast vergessen. Wenn ich überhaupt mal an ihn dachte, galten meine Gedanken einem hübschen, freundlichen Mann, der in der Schlacht von Casale Mut bewiesen hatte. Damals hatte ich ihm gesagt, dass es mir sehr gefallen würde, wenn er eine ständige Position am französischen Hof erhalten würde. Auch das hatte ich nicht vergessen, doch da es nicht geschah, nahm ich an, ich würde ihn nie wiedersehen.

Und jetzt war er da – hübscher und schneidiger denn je. Mir wurde ganz flau im Magen, und ich beschloss, unsere Bekanntschaft aufzufrischen. Ich eilte in meine Gemächer und schrieb ein paar Zeilen an den Botschafter, dass ich mich über seinen Besuch sehr freuen würde.

Wie vorherzusehen, erhielt ich umgehend einen Besuch vom Kardinal.

»Habt Ihr dem Botschafter etwas zu sagen, Madame?«, erkundigte er sich übertrieben höflich wie immer.

»Ich erinnere mich mit Freude an unser letztes Treffen und würde gerne noch einmal mit ihm sprechen«, erwiderte ich.

»Gewiss.« Er schaute auf meinen Brief, den er ohne die geringste Spur von Verlegenheit in der Hand hielt. Zum Glück hatte ich nichts geschrieben, was dieser misstrauische Mann als verräterisch hätte deuten können. In jenem Sommer 1634 – das war vor der Schlacht von Nördlingen – ging alles nach seinem Willen, und der Vatikan wusste das. »Gut, ich werde erlauben, dass dieser Brief weitergeleitet wird«, sagte der Schurke.

Zu dem Zeitpunkt machte ich mir keine Gedanken darüber, was er im Schilde führte, ich freute mich nur, dass durch den Louvre eine frische Brise wehte.

☆

Jules wurde am nächsten Morgen in meine Gemächer geführt. Er hatte am vorausgegangenen Tag nicht am Essen teilgenommen, da er seine Empfehlungsschreiben noch nicht präsentiert hatte und noch nicht offiziell eingeführt worden war. Das war mittlerweile geschehen, und ich war entzückt, dass er meiner Einladung so schnell folgte, obwohl Staatsgeschäfte auf ihn warteten.

»Eure Majestät«, sagte er. »Glaubt Ihr mir, dass ich bis zum heutigen Tage nicht wirklich begriffen habe, wie hübsch Ihr seid?«

Ich war mittlerweile 32 Jahre alt, und es war ein schönes Gefühl, so ein Kompliment von einem Bewunderer zu erhalten, den ich vor fünf Jahren zum letzten Mal gesehen hatte.

»Und ich freue mich, einen Mann begrüßen zu dürfen, der so großen Mut bewiesen hat«, erwiderte ich und reichte ihm meine Hand zum Kuss.

»Ach, Eure Majestät, das ist schon sehr lange her.«

Er hielt meine Hand einen Augenblick länger fest, als es schicklich war.

»Setzt Euch zu mir«, bat ich, »und erzählt mir, was Ihr getrieben habt. Von Casale habe ich alles gehört.«

Ich führte ihn zu einem kleinen Sofa an der rückwärtigen Wand meines Zimmers. Seine Höflinge und meine Zofen, die noch zahlreicher waren, drängten sich an der anderen Seite. Ihr Tuscheln und das Wedeln der Fächer war unüberhörbar, doch ich achtete nicht auf sie, und da wir leise sprachen, konnten sie uns nicht hören.

»Mein Leben war schrecklich langweilig, Eure Majestät«, sagte Jules. »Ich diene dem Papst, und das ist sehr zufriedenstellend, aber im Moment spielt der Vatikan nur eine kleine Rolle in großen Dingen. Es dreht sich alles um Schwerter und Musketen.«

»Das Leben zieht einfach an uns vorüber«, stimmte ich ihm zu. »Doch Euer Leben ist sicher nicht so langweilig wie meins.«

»Euer Leben, Eure Majestät? Die Königin dieses großen Landes, die Herrin dieses herrlichen Hofes und die Gattin eines so berühmten und erfolgreichen Monarchen ...« Als er meinen Blick auffing, verstummte er.

»Glaubt Ihr das wirklich alles, Monseigneur?«, fragte ich.

»Nun ...« Er errötete.

»Ich würde annehmen, dass die wahren Umstände an diesem herrlichen Hof selbst in Rom bekannt sind.«

»Ich habe dummes Geschwätz nie beachtet, Eure Majestät.«

»Und wenn ich Euch sage, dass es kein dummes Geschwätz ist?«

»Eure Majestät sollten nicht zu offen sprechen.«

»Ich muss mit irgendjemandem offen sprechen.«

»Vielleicht mit Eurem Beichtvater.«

»Ach, das ist ein Schurke. Darf ich Euch fragen, wie lange Ihr in Paris bleiben werdet?«

»Mindestens ein paar Monate. Wir wollen versuchen, eine Lösung für die Situation im Reich zu finden. Euer Kardinal scheint alles in der Hand zu haben.«

»Glaubt mir, Monseigneur, er ist nicht *mein* Kardinal. Könntet Ihr nicht während dieser Monate mein Beichtvater sein?«

Er schaute mich verlegen an. »Das wird nicht möglich sein, Eure Majestät.«

»Warum nicht? Da Ihr Priester seid und die Schweigepflicht gelobt habt, kann selbst Richelieu nichts dagegen einwenden.«

»Eure Majestät, ich bin kein Priester.«

Ich schaute ihn verblüfft an. »Aber ... Ihr sagtet doch, dass Ihr aus dem Heer ausgetreten seid, um der Kirche beizutreten.«

»Nein, Eure Majestät. Ich habe gesagt, dass ich aus dem Heer ausgetreten bin, um für die Kirche zu *arbeiten*. Ich habe vor ein paar Jahren niedere Weihen empfangen, wurde aber nie zum Priester geweiht.«

»Ach. Ist das allgemein bekannt?«

»Ich glaube nicht, dass sich viele Menschen für mein Privatleben interessieren, Eure Majestät.«

»Ich dachte an den Kardinal.«

»Heißt es nicht, der Kardinal wisse alles?«

Wir schauten uns an.

»Ich würde wirklich gern unter vier Augen mit Euch sprechen.«

»Das wird kaum möglich sein. Aber ... warum mit mir, Eure Majestät?«

»Weil ...« Ich zögerte einen Moment. »Weil ich hier niemandem trauen kann. Seitdem sich hier vor ein paar Jahren gewisse Dinge ereignet haben, lebe ich in meinem eigenen Palast fast wie eine Gefangene. Ich bin von Spitzeln und Feinden umgeben. Meine Briefe werden gelesen. Ich bin schrecklich unglücklich.«

Jetzt sah auch er ein wenig unglücklich aus. Ihm stand sicher nicht der Sinn danach, in mein persönliches Missgeschick verwickelt zu werden.

»Wenn Ihr den Kardinal vielleicht bitten würdet ...«

»Der Kardinal ist mein ärgster Feind. Er wünscht nur meinen Sturz.«

»Das kann ich kaum glauben, Eure Majestät. Der Kardinal ist ein Ehrenmann.«

»Ihr kennt ihn nicht sehr gut, Monseigneur. Haltet Ihr ihn noch immer für den größten Staatsmann in Europa?«

»Hm ...« Er errötete wieder. »Ja, Eure Majestät. Es tut mir sehr Leid, dass Ihr Euch mit ihm entzweit habt, und ich räume ein, dass er von Zeit zu Zeit vielleicht gewisse Dinge verfügt hat, die moralisch gesehen nicht zu rechtfertigen sind. Leider ist das in seiner Position jedoch unumgänglich.«

»Dann verdammt Ihr mich, weiterhin mein einsames, sinnloses Leben zu führen.«

»Aber der König ...«

»Der König ist homosexuell und dem Kardinal vollkommen ergeben.«

»Madame«, flehte er. »Gebt Acht! Das ist Verrat.«

»Ich bin eine spanische Prinzessin«, sagte ich stolz. Mutter hatte immer gesagt, ich solle das nie vergessen. »Ich bin Habsburgerin, ein Mitglied der mächtigsten Familie der Welt. Ich kann keinen Verrat begehen. Wollt Ihr nun zum Kardinal eilen und ihm von dem Gespräch berichten?«

»Keineswegs, Eure Majestät. Alles was Ihr mir sagt, werde ich höchst vertraulich behandeln.«

Ich lächelte. »Seht Ihr, Ihr handelt wie mein Beichtvater, auch wenn Ihr es nicht seid. Ich würde mich freuen, wenn ich Euch mehr erzählen dürfte.«

»Eure Majestät, wenn es möglich wäre ...«

»Es ist alles möglich, wenn man es nur will.«

Er strich sich mit der Zunge über die Lippen und warf einen kurzen Blick auf mein tiefes Dekolleté. Er wusste ganz genau, was ich ihm anbot, und später gestand er mir, dass er in dem Moment seinen Augen und Ohren nicht traute. Doch er hatte sich in den *Gedanken* bereits verliebt. Soeben hatte ich ihm unmissverständlich erklärt, wer ich war. Ich war eine Frau, die so weit über ihm stand, wie die Sonne über der Erde. Und ich bot mich an. Schon allein der Gedanke reichte aus, um einem Mann die Sinne zu rauben.

Und ich? Ich war verrückt. Die Einsamkeit machte mich verrückt. Der Wunsch, in den Armen eines Mannes zu liegen und die Demütigungen in meinem Leben zu vergessen, war übermächtig. Es ist bemerkenswert, wie ein Moment der Verrücktheit ein ganzes Leben verändern kann. Wenn die Protagonisten bedeutende Menschen sind, kann sich die ganze Geschichte eines Landes und vielleicht sogar der ganzen Welt ändern. Meine kurzzeitige Schwäche für Buckingham hatte mir nur Unheil gebracht. Dieser Moment der Verrücktheit sollte mir meinen Triumph bescheren. Zu jenem Zeitpunkt konnte ich das jedoch nicht ahnen.

Abgesehen von einer körperlichen Begierde, die ich vielleicht verspürte, sagte mir mein Instinkt, dass dieser Mann die Antwort auf die Zukunft sein könnte. Richelieu war aufgrund seiner schlechten gesundheitlichen Verfassung und der enormen Arbeitsbelastung der letzten zwölf Jahre vorzeitig gealtert. Warum ich gerade an Mazarin als seinen Nachfolger dachte, kann ich nicht genau erklären. Er war kein Kardinal, und er hatte mir gerade erklärt, dass er noch nicht einmal Priester war. Außerdem war er kein Franzose. Doch er besaß die Intelligenz, den Kardinal zu ersetzen, und er hatte Mut. Ob er auch rücksichtslos sein konnte, wusste ich nicht. Ich wusste hingegen, dass ich rücksichtslos sein könnte, wenn es notwendig sein sollte.

Außerdem begehrte dieser Mann mich, weil ich ihm zu verstehen gegeben hatte, dass er mich haben konnte. Auch Richelieu hatte mich einst begehrt, und das Rad der Geschichte hätte sich vielleicht anders gedreht, wenn ich ihn verführt hätte. Aufgrund seines Ehrgeizes, seines Gelübdes, meiner mädchenhaften Naivität und meiner Entschlossenheit, mein Eheversprechen zu ehren, hatte diese Möglichkeit nicht bestanden. Diesen Fehler wollte ich nicht noch einmal begehen.

»Wie bitte?«, fragte er hilflos. Er warf einen verstohlenen Blick auf die Höflinge auf der anderen Seite des Raumes.

»Wo wohnt Ihr?«, erkundigte ich mich.

»Mir wurden Räume im Palast zur Verfügung gestellt. Die Blaue Suite.«

»Hervorragend. Ich werde zu Euch kommen.«

»Ihr, Eure Majestät? Überall auf den Fluren stehen Wachen.«

»Nicht in den Geheimgängen, die ich kenne. Ich komme heute Nacht. Sorgt dafür, dass Ihr allein seid.«

»Eure Majestät! Wenn wir entdeckt werden ...«

Ich lächelte. »Ihr genießt diplomatische Immunität, und ich bin die Königin.«

☆

So problemlos war es selbstverständlich nicht. Vielleicht würden Sie mich verstehen, wenn Sie einmal in meiner aussichtslosen Lage gewesen wären.

Zunächst aber war es tatsächlich ziemlich einfach, da ich von Marie de Chevreuse die notwendigen Informationen über die Geheimgänge, die den Palast durchzogen, erhalten hatte. Ich musste mich meiner Zofen entledigen, und daher erklärte ich ihnen, dass ich in dieser Nacht allein schlafen und unter keinen Umständen vor dem Morgengrauen geweckt werden wolle. Natürlich würde der Kardinal umgehend davon erfahren, aber diese Entscheidung würde sein Misstrauen kaum wecken. Vermutlich würde er eher glauben, dass ich mich ob meiner Einsamkeit entschlossen hatte, mit meinem eigenen Körper zu kommunizieren.

Dann zählte ich nur noch die Stunden. Um Mitternacht legte ich einen Mantel mit einer Kapuze über, um mein Haar und meinen Kopf verdecken zu können, und verließ durch einen Geheimkorridor mein Schlafgemach. Ich nahm noch nicht einmal eine Kerze mit, denn ich kannte die Treppen und Flure sehr gut. Diese Geheimwege führten nicht direkt zur Blauen Suite. Zwischendurch war es notwendig, öffentliche Flure zu benutzen, doch sie wurden nur spärlich bewacht, und die meisten Wachen schliefen tief und fest. Endlich erreichte ich ein anderes Labyrinth von Wegen und schließlich den privaten Zugang, den ich suchte.

Die Tür war verschlossen, denn grundsätzlich konnte keine Tür von außen geöffnet werden, um jedes Risiko einer Ermordung auszuschließen. Ich musste leise klopfen, und einen Moment später wurde die Tür geöffnet, sodass ich eintreten konnte.

Jules trug Pantoffeln und über seinem Nachtgewand einen Morgenmantel. Da es eine laue Nacht war, trug er keine Kopfbedeckung. Er sprach kein Wort, als ich die Kapuze von meinem Kopf nahm und den Mantel von meinen Schultern zog, sodass er mein Nachtgewand sehen konnte.

»Eure Majestät!«, stammelte er, nachdem er sich von seinem Schock erholt hatte.

»Monseigneur.«

In meiner Affäre mit Buckingham war immer er die treibende Kraft gewesen; diese Rolle fiel nun mir zu.

Jules schloss die Tür und führte mich zu einem Stuhl. Ich ging stattdessen zum Bett, setzte mich auf die Decken und streckte meine Beine aus. Es waren noch immer die schönsten im ganzen Königreich.

»Wollt Ihr nicht zu mir kommen?«, lud ich ihn ein.

Er riss den Mund auf, schaute nach links und rechts, als fürchtete er, im nächsten Moment verhaftet zu werden, und kam zögernd zu mir.

»Ihr wolltet mir etwas sagen?«, fragte er, als er sich neben mich aufs Bett setzte. Unsere Oberschenkel berührten sich.

»Nur, dass ich Euch liebe.«

Er schluckte. »Eure Majestät ...«

»Ich habe mich in Euch verliebt, als ich Euch zum ersten Mal sah.« Das entsprach der Wahrheit. »Seitdem träume ich Tag und Nacht von Euch.« Das entsprach nicht ganz der Wahrheit, aber haben Liebende nicht das Recht, sich von Zeit zu Zeit harmlose Lügen aufzutischen? »Habt Ihr nicht von mir geträumt?«

»Hm ...« Er errötete. »Welcher Mann würde nicht von einer schönen Frau träumen, die auch noch Königin ist?«

Das war zwar keine richtige Antwort, doch er stand in diplomatischen Diensten, und ich war bereit, es zu glauben.

»Ja dann ...« Ich drehte mich zu ihm um.

»Es wäre eine große Sünde«, sagte er. »Und Hochverrat.«

»Fürchtet Ihr Euch davor, obwohl ich Euch gehören könnte?«, fragte ich und küsste ihn.

Ob er nun je von mir geträumt hatte oder nicht, auf jeden Fall konnte er nicht widerstehen, als ich in seinen Armen lag. Seine Hände umfassten meine Brüste mit einer Zärtlichkeit, die ich nie zuvor erlebt hatte. Buckingham war immer ein wenig ungestüm, und Ludwig hatte mich immer wie ein Stück Fleisch behandelt. Als auch ich sein Geschlecht zärtlich umfasste, war er in höchstem Maße entzückt. Wir hielten nur inne, um unsere Nachtgewänder abzulegen, und dann warfen wir alle Bedenken über Bord. Für mich war es die schönste Liebesnacht, die ich bisher erlebt hatte.

Möglicherweise war ich auch voreingenommen.

☆

Es war ein ausschließlich persönlicher Triumph, den ich deshalb nicht weniger genoss. Auch ich hatte jetzt an diesem Königshof, an dem jeder sein kleines Geheimnis hatte, ein Geheimnis, das ich mit niemandem teilte, noch nicht einmal mit Marie de Chevreuse.

Ich ging ein ungeheuer großes Risiko ein, aber ich war nie abgeneigt, Risiken einzugehen. Damals war ich so verwirrt, dass ich die Aufdeckung meines Geheimnisses fast wünschte, um noch einmal mitten auf der Bühne zu stehen. Es wäre mit Sicherheit das letzte Mal gewesen.

Ich legte mein ganzes Vertrauen in die Hände eines Mannes, den ich kaum kannte. Es war nicht das erste Mal, denn den Herzog von Buckingham hatte ich auch kaum gekannt. Wir hatten uns nur ein paarmal in unserem Leben gesehen. Ich schaffte es, Jules in diesem Sommer mehrmals zu besuchen. Er hat mein Vertrauen nie missbraucht, und wenn wir uns in der Öffentlichkeit begegneten, benahm er sich immer sehr schicklich.

Später sagte er mir, dass er in dieser Zeit große Probleme gehabt habe. Wenn ich nicht bei ihm war, lag er um Mitternacht wach im Bett und dachte bestürzt an das, was er getan hatte, und gleichzeitig freute er sich auf unser nächstes Treffen. Wie ich später erfuhr, träumte er schon bald Tag und Nacht von mir.

Diese verbotene Beziehung, die in der Tat Landesverrat gleichkam, veränderte mein Leben seltsamerweise für immer, und dabei spreche ich gar nicht von der Zukunft, als er und ich die Zügel der Herrschaft in Händen hielten. Jules nahm mich mit auf eine gefährliche Reise, die fast zu meinem Tode geführt hätte, doch anderenfalls hätte ich unsere goldene Zukunft niemals erlebt. Kurz nach der Unterzeichnung des Friedens von Prag verkündete er mir, dass er nach Rom zurückkehren müsse.

»Warum?«, wunderte ich mich. »Ihr seid doch erst ein paar Monate hier. Behalten Botschafter ihre Posten in der Regel nicht länger?«

»In der Regel schon«, gab er zu. »Dies ist aber keine normale Situation. Wisst Ihr nicht, dass Richelieu entschlossen ist, Krieg gegen Spanien zu führen?«

Ich richtete mich auf und strich eine Strähne aus meiner Stirn. »Nein, das wusste ich nicht. Hier erzählt mir niemand etwas.«

Ich weiß nicht, warum mich diese Nachricht so erschütterte. Seitdem ich Königin war, hatten Frankreich und Spanien schon mehrmals Kriege gegeneinander geführt, die allerdings fast bedeutungslos waren und immer nur wenige Monate gedauert hatten. Trotzdem wurde ich hellhörig.

»Ja«, sagte er. »Es ist ein streng gehütetes Geheimnis. Richelieu hält einen Krieg nach dem Friedensvertrag von Prag, durch den die Schweden in Europa keine offiziellen Verbündeten mehr haben, für notwendig. Er hat ein sehr starkes Heer aufgestellt und will in die Niederlande einmarschieren und das Land erobern. Gleichzeitig hat er vor, den Krieg zu erklären und zu verkünden, dass Frankreich und Schweden sich gegen die Habsburger verbündet haben.

Zum gleichen Zeitpunkt sollen französische Insurgenten in Spanien eindringen und für möglichst viel Unruhe sorgen. Der Kardinal glaubt, in Anbetracht der angespannten spanischen Finanzlage und der ständigen Unzufriedenheit im Lande die Monarchie zum Sturz bringen zu können.«

Ich hatte Recht gehabt. Die Lage war sehr ernst.

»Und der Papst akzeptiert das?«

»Das würde ich so nicht sagen, doch zu diesem Zeitpunkt kann er nicht viel dagegen tun. Meine Aufgabe ist es, nach Rom zurückzukehren und ihn mit der Situation vertraut zu machen. Wir hoffen, so bald wie möglich eingreifen und Frieden verkünden zu können.«

»So bald wie möglich«, sagte ich verbittert. »Bis dahin können mein Bruder, meine Mutter und meine Schwestern schon hingerichtet worden sein.«

»Dazu wird es nicht kommen.«

Vielleicht hatte er Recht, doch das hätte bestenfalls bedeuten können, dass die Herrschaft meiner Familie nach mehreren Jahrhunderten zu Ende gehen würde. Das durfte nicht geschehen.

Jules sah, dass mich seine Nachricht äußerst erregte. »Es ist ein Staatsgeheimnis. Vergesst das bitte nicht.«

Ich gab ihm einen Kuss. »Wie könnte ich das vergessen. Wann soll der Krieg beginnen?«

»Ich glaube, im Herbst.«

»Und werdet Ihr eines Tages zurückkehren?«

»Wenn es der Wunsch des Papstes ist. Was auch immer geschehen mag, so bleibe ich für den Rest meines Lebens Euer Untertan und Euer Geliebter.«

»Liebster Jules. Ich werde Euch an dieses Versprechen erinnern.«

☆

Eigentlich war ich ganz froh, dass er mich vorerst verließ, denn ich musste sein Vertrauen brechen. Blutsbande sind immer stärker als die Liebe. Ich musste meine Familie retten. Mein Bruder musste erfahren, welche Gefahr über ihm schwebte. Ich wusste nicht, welche Maßnahmen er angesichts der Situation in seinem Land ergreifen konnte. Trotzdem musste er es erfahren.

Die Frage war, wie? Meine Briefe wurden alle geöffnet und dem Kardinal vorgelegt, falls sie von Interesse waren. Ich war in einer Zwickmühle und spielte allen Ernstes mit dem Gedanken, aus Paris zu fliehen und nach Spanien zu reisen. Diesen Gedanken verwarf ich wieder, denn dadurch hätte ich nicht nur meinen guten Ruf, sondern auch meine Position als Königin von Frankreich für immer verloren. Hinzu kam, dass ich Jules niemals hätte wiedersehen können.

Ganz unerwartet wurde mir ein Rettungsanker zugespielt. Den König traf ich neuerdings kaum noch unter vier Augen. Bei offiziellen Anlässen saß ich an seiner Seite und spielte die loyale, liebende Gattin. Abends sah ich ihn beim Kartenspiel und gelegentlich bei Maskenspielen – seit der Abreise der Königinmutter wurden keine Bälle mehr gegeben.

Bei diesen Gelegenheiten übersah mich Seine Majestät geflissentlich. Um den anderen zu gefallen, schenkte er mir mitunter ein gütiges Lächeln. Eines Abends im Spätsommer, als ich aufgrund der Nachricht, dass meine Familie vernichtet werden sollte, sehr erregt war, sprach er mich plötzlich an. »Was soll denn das?«, fragte er.

Ich hatte keine Ahnung, worüber er sprach. »Sire?«

»Eure Freundin. Sie schreibt, dass sie seit fünf Jahren im Exil lebt, und sie bittet, an den Hof zurückkehren zu dürfen. Haha.«

Ich war überrascht, doch eine Sekunde später schoss mir ein interessanter Gedanke durch den Kopf.

»Habt Ihr sie eingeladen?«, wollte der König wissen.

»Ich versichere Eurer Majestät, dass ich zum ersten Mal davon höre.«

Die ganze Gesellschaft spitzte die Ohren, und Richelieu eilte zu uns. »Ihre Majestät sagt die Wahrheit, Sire.«

Er sollte es ja wissen, da er meine gesamte Korrespondenz abfing.

»Haha!«, spottete Ludwig.

»Da ich jetzt von der Bitte der Herzogin erfahren habe, Eure Majestät«, sagte ich, »würde ich mich freuen, wenn man ihr den Wunsch erfüllen könnte. Sie ist meine beste Freundin.«

»Ha«, stieß der König wieder hervor und schaute wie immer den Kardinal an.

»Ich glaube, die Herzogin müsste nach fünf Jahren ihre Lektion gelernt haben«, sagte der Schurke.

Das erstaunte mich, und sofort war mein Misstrauen geweckt. Richelieu, der sich damit brüstete, alle Menschen zu durchschauen, rechnete zweifellos damit, dass Marie de Chevreuse in Paris wieder in ihre alte Gewohnheit verfallen würde. Der Kardinal war seit dem Tag des gescheiterten Sturzes und seit seiner Glückssträhne in der Außenpolitik, die bis zum letzten Winter andauerte, in einer sehr starken Position. Daher fürchtete er sich nicht vor Intrigen, die Marie de Chevreuse hätte anzetteln können, vor allem da sie außer mir keine Verbündeten in der Hauptstadt hatte. Wahrscheinlich dachte er, man könne diesen beiden Damen ruhig erlauben, wieder miteinander zu verkehren, um uns beide vielleicht bei einer Verschwörung zu erwischen.

Im Grunde hatte er Recht, doch ich nahm mir fest vor, die Oberhand zu behalten. Das hielt ich tatsächlich für machbar.

»Ha«, stieß der König ein viertes Mal hervor.

Und so kehrte Marie nach Paris zurück.

☆

Wir begrüßten uns wie Liebende, die wir einst waren und wieder sein würden.

»Oh Anna, ich war so einsam«, vertraute sie mir an.

»Gibt es in Toulouse keine Männer?«

»Bauernlackel«, schimpfte sie. »Sie haben keine Ahnung, wie man einer Frau gefällt – weder im Bett noch außerhalb. Und Toulouse ... Wart Ihr je dort?«

»Nein, noch nie.«

»Das ist eine richtige Provinzstadt. Paris hingegen ... Ich bin so froh, wieder hier zu sein.«

»Nicht für lange«, sagte ich zu ihr.

»Wie meint Ihr das? Ist meine Verbannung nicht aufgehoben worden?«

»Doch schon, aber du musst eine kleine Aufgabe für mich übernehmen.«

»Was für eine Aufgabe denn?«

»Ich möchte dich bitten, eine Reise für mich zu machen. Du behauptest, in Toulouse etwas zu erledigen zu haben, und du kehrst wirklich in die Stadt zurück, doch anschließend reist du weiter nach Spanien, und zwar nach Madrid.«

Sie runzelte die Stirn. »Warum? Ich war noch nie in Spanien. Ich spreche kein Spanisch.«

»Ich gebe dir einen Brief in spanischer Sprache mit, in dem ich anordne, dich während deiner Reise auf jegliche Art und Weise zu unterstützen. In Madrid wirst du zu meinem Bruder geführt, dem du einen Brief von mir übergibst. Anschließend kehrst du an die Grenze zurück, dann nach Toulouse, und von dort kommst du wieder hierher. Du kannst meiner unendlichen Dankbarkeit und meines Schutzes sicher sein.«

»Das ist Verrat.«

»Ich möchte bloß mit meinem Bruder Kontakt aufnehmen. Privat. Und da der Kardinal all meine Briefe liest, muss ich andere Möglichkeiten suchen.«

»Wenn ich mit Geheimkorrespondenz zwischen der Königin von Frankreich und dem König von Spanien geschnappt werde ...«

»Es handelt sich zufällig um Bruder und Schwester.«

»Diese Begründung wird kaum ausreichend sein.«

»Ich werde dich beschützen. Habe ich dich nicht immer beschützt?«

»Ihr konntet nicht verhindern, dass ich verbannt werde.«

»Du bist immer wieder zurückgekehrt, nicht wahr? Wer hat denn den König überzeugt, deiner Bitte nachzukommen?«

Das war eigentlich keine Lüge, auch wenn ich vermutete, dass Richelieu Maries Rückkehr aus den oben erwähnten Gründen auf jeden Fall erlaubt hätte.

»Einverstanden«, sagte sie ein wenig schmollend. »Und wann soll ich diese Reise machen?«

☆

In dem Brief teilte ich meinem Bruder alles mit, was ich von Jules erfahren hatte, und bat ihn, alle nur möglichen Vorkehrungen zu treffen. Bei ihrer Rückkehr brachte Marie mir einen Brief von Philipp mit, in dem er sich herzlich für meine Unterstützung bedankte und nach weiteren Details wie Truppenstärke und Truppenbewegungen fragte. Nachdem ich lange darüber nachgedacht und einige schlaflose Nächte verbracht hatte, beschloss ich, diese Informationen zu beschaffen.

In den vergangenen 20 Jahren war so oft von Verrat die Rede, und jetzt machte ich mich wahrhaftig dieses Vergehens schuldig.

Wenn ich heute zurückblicke – vor allem angesichts der jüngsten Ereignisse, als ich Frankreich mit der ganzen Macht und Geschicklichkeit, die mir zur Verfügung standen, verteidigt habe –, bin ich mitunter über meine Tat erstaunt. Es ist ein großer Unterschied, die Regentin Frankreichs zu sein, der die ganze Macht des Staates zur Verfügung steht, oder ein Niemand, der von seinem Gatten und dem Staatsminister ignoriert und verachtet wird. Ich schwöre, dass ich keinem einzigen Franzosen den Tod wünschte, was in Anbetracht der

Lage leider unvermeidlich war. Ich wünschte ebenfalls keinem einzigen Spanier den Tod, obwohl auch das geschehen würde. Ich wollte um jeden Preis meine Familie retten.

Daher interessierte ich mich plötzlich brennend für militärische Dinge, was den Kardinal sehr zu amüsieren schien. Schon bald konnte ich Marie noch einmal auf eine Reise in den Süden schicken. Sie erklärte wieder, dass sie in Toulouse eine Angelegenheit zu regeln habe, die sich leider etwas hinziehe.

Heute sehe ich meinen Fehler ein, den ich damals gemacht habe. Wenn es sich um eine derart heikle Staatsaffäre handelt, muss man immer wieder unterschiedliche Vorgehensweisen wählen. Anderenfalls werden früher oder später Fragen gestellt, selbst wenn am Anfang alles erfolgreich zu laufen scheint. Richelieu hatte mehrere Jahre gebraucht, um meiner Affäre mit Buckingham auf die Schliche zu kommen, und dabei waren ihm besonders die Zufälle ins Auge gefallen. Damals hatte jedes Treffen an einem anderen Ort stattgefunden, und die Treffen waren nie länger als einige Tage im Voraus geplant worden. Maries Reisen nach Madrid erfolgten zu regelmäßig.

Zunächst gab es keine Probleme. Der Krieg wurde erklärt, und die Heere bereiteten sich auf die Schlacht vor. Auch das Bündnis zwischen Frankreich und Schweden wurde offiziell verkündet. Dies führte zu großer Aufregung an den europäischen Königshöfen, obwohl ziemlich viele damit gerechnet hatten. Die französischen Truppen, die in die Niederlande einmarschierten, trafen auf mehr Widerstand als erwartet, und außerdem waren viele der besten Straßen vom Feind, der offensichtlich Bescheid wusste, blockiert. Die Erklärung hierfür konnte im Verrat innerhalb des französischen Heeres liegen, und das war der springende Punkt: Verdacht und Ermittlung beschränkten sich auf das Heer. Zu diesem Zeitpunkt kam niemand auf die Idee, dass die Verräterin im Louvre sitzen könnte.

Das Versagen der französischen Spione, einen Volksaufstand in Spanien auszulösen, wurde auf das Spionagesystem meines Bruders in seinem Land zurückgeführt.

Zunächst waren eher Ärgernisse als Rückschläge zu beklagen, und diese wurden durch die Unfähigkeit des spanischen Heeres ausgeglichen. Das Heer meines Bruders, das in Deutschland kämpfte, fiel, unterstützt von den Bayern, in Frankreich ein, wurde besiegt und zurückgeschlagen. Ein anderes spanisches Heer, das von Olivares persönlich befehligt wurde, bahnte sich seinen Weg über die Pyrenäen und fiel im Languedoc ein, wurde aber ebenfalls besiegt.

Anfang 1636 sah es so aus, als ob alles nach Richelieus Plänen verlief, und er befahl sogar, seinen eigenen Palast, einen Bau, der den Louvre fast in den Schatten stellte, neu zu verputzen.

Dann begann der Ärger.

☆

Wenn man die große Intelligenz, die ungeheure Rücksichtslosigkeit und die Entschlossenheit Richelieus betrachtet, schien die einzige Schwäche des Kardinals in seiner Funktion als führender Staatsminister darin zu liegen, nie die Gefühle der Menschen, auf denen seine Macht fußte – die der Bauern und der kleinen Landbesitzer –, zu berücksichtigen. Das waren die Menschen, die die Soldaten für das französische Heer stellten und die Steuern für dessen Unterhalt zahlten. Da es nach einem langen Krieg aussah, hielt Richelieu es für notwendig, diese Menschen aufzufordern, mehr Männer zur Verfügung zu stellen und mehr Geld zu zahlen.

Diese Nachricht wurde nicht gerade positiv aufgenommen. Schon bald erhielt er Berichte über kleine Aufstände überall im Lande. Steuereintreiber und Rekrutierungsoffiziere wurden vom wütenden Pöbel umzingelt und mit Steinen beworfen. Es handelte sich größtenteils um kleinere

Zwischenfälle, die ohne Folgen blieben, doch im Süden sah die Sache anders aus.

Manchmal neigen wir dazu zu vergessen – und das trifft auch auf Richelieu zu –, dass die Menschen im Süden und besonders im Südwesten noch keine richtigen Franzosen sind. Noch vor rund 400 Jahren – vor etwa zwölf Generationen also – war Aquitanien ein fremdes Land, ein großes Herzogtum, das der berühmten Eleonore gehörte, die es an ihren zweiten Gatten, Heinrich II. von England, weitergab. Die Gascogner warfen die Engländer schließlich mithilfe der Franzosen hinaus, und das Herzogtum wurde Teil Frankreichs.

Der Kardinal hätte sich daran erinnern müssen, dass die Gascogner nicht gegen die Engländer rebellierten, weil sie Franzosen werden wollten, sondern wegen der hohen Steuern, die ihnen Leute wie der Schwarze Prinz aufbürdeten. Ihr Unabhängigkeitsgedanke und ihr übertriebener Stolz hatten die Hugenotten hervorgebracht, und der endgültige Sieg gegen sie in La Rochelle vor gerade mal sieben Jahren ließ bei vielen dieser Menschen das Gefühl zurück, dass sie eher ein unterworfenes Volk waren als ein abtrünniger Sohn, der in den Schoß der Familie zurückgeholt worden war.

Sie und ihre Befehlshaber hatten auf Olivares' ersten Einfall über die Berge energisch und tapfer reagiert. Kaum hatten sie den Süden des Landes erfolgreich verteidigt, erfolgte ein Ruf nach mehr Soldaten und höheren Steuern, um das französische Heer zu unterstützen. Die Unzufriedenheit breitete sich wie ein Buschfeuer aus, und der Kardinal hielt es für notwendig, persönlich in den Süden zu reisen, um für eine Klärung zu sorgen. Im Norden war der Krieg in eine Sackgasse geraten.

Das glaubte Richelieu jedenfalls. Trotz seines Scharfsinns und seines aufwendigen Einsatzes von Agenten, die ihm Informationen bringen sollten, hatte er diesmal die Kontrolle über die Situation verloren. Olivares, dessen Angriff im Süden gescheitert war, hatte sein Heer heimlich in die Spanischen Niederlande geführt, und als er sicher war, dass Richelieu ihm nicht mehr im Weg stand, rückte er weiter vor. Eines Tages im August 1636 erhielten wir plötzlich die Nachricht, dass das spanische Heer nur noch 50 Meilen von Paris entfernt war!

Irgendjemand wusste zweifellos, dass dies geschehen würde, und berichtete es rechtzeitig. Da sich der Kardinal im Süden aufhielt und die dortigen Vorgänge kontrollierte, schien im Louvre allerdings niemand eine Ahnung zu haben, was im Norden passierte. Der König hatte sich angewöhnt, nur die ersten beiden Zeilen eines Berichtes zu lesen und ihn zur Seite zu legen, wenn ihm diese nicht gefielen. Der Rest des Hofes lebte weiterhin in glückseliger Ignoranz, und ganz besonders die Frauen.

In Paris drehte sich in diesem Sommer alles um einen Philosophen, der plötzlich aus der Versenkung aufgetaucht war. Ich meine keinen Geringeren als René Descartes, der vorgab, ein großer Denker zu sein und der eine sehr bemerkenswerte These aufgestellt hatte: *Ich denke, also bin ich.* Die möglichen Ableitungen dieser These waren enorm. Zum Beispiel: *Wenn ich denke und daher bin, bedeutet das nicht, dass du nicht bist, wenn ich nicht an dich denke?* Doch das bedeutete dann auch: *Wenn du denkst, du bist, bist du zumindest für dich.* Vernunftschlüsse! Uns erregte das alles sehr, und dann brach die Katastrophe über uns herein.

Richelieu löste sie aus. Die Nachricht, dass das spanische Heer vorgerückt war, hatte ihn schließlich im Languedoc erreicht, und er eilte zurück nach Paris. Er ritt Tag und Nacht. Ich beobachtete ihn, als er auf dem Hof aus dem Sattel stieg. Er sah entsetzlich mitgenommen aus. Sein Gesicht war blass, seine Kleidung unordentlich und seine ganze Haltung alarmierend.

Er kam zuerst zu mir.

»Madame«, sagte er. »Euer Bruder geht zu weit.«

»Mein lieber Kardinal«, erwiderte ich. »Meines Wissens hat Frankreich Spanien den Krieg erklärt und nicht umgekehrt.«

Er starrte mich an, und wenn der König uns nicht unterbrochen hätte, der über die Rückkehr des Kardinals unterrichtet worden war, hätte er mir sicher eine schroffe Antwort gegeben.

»Da seid Ihr ja«, sagte der König. »Wir haben jetzt keine Zeit, mit den Frauen zu scherzen, Eure Eminenz. Der Feind steht vor unserer Tür.«

»Das habe ich erfahren, Sire.«

»Was sollen wir tun? Was sollen wir tun?«

»Wir müssen verhandeln.«

»Verhandeln?«

»Olivares will nicht verhandeln«, sagte ich. »Wir haben den Krieg erklärt.«

»Er wird verhandeln«, sagte Richelieu. »Wenn Ihr mit ihm sprecht, Eure Majestät.«

»Ich? Was soll ich denn zu ihm sagen?«

»Was Ihr wollt. Bietet ihm irgendetwas an. Ihr seid die Schwester des spanischen Königs. Wenn er sich zurückzieht, werden wir Frieden schließen.«

Ich war noch nie in meinem Leben so verblüfft gewesen. War dieses zitternde Wrack der herrische Mann, der Frankreich, der uns alle seit zwölf Jahren regierte?

»Wir sollen kapitulieren?«

»Ich sehe keine andere Möglichkeit, Madame, wenn wir verhindern wollen, dass sich die spanischen Truppen hier in dieser Stadt einquartieren. Denkt an das Entsetzen, dass das zur Folge hätte.«

»Kapitulieren?«, fragte Ludwig. »Vor den Spaniern kapitulieren? Vor diesem ...?«

»Vor Eurem Schwager, Sire.«

»Niemals.« Ludwig starrte mich an, und diesmal errötete er nicht. »Haben wir keine Truppen in der Stadt?«

»Doch, Eure Majestät, und einige lagern außerhalb der Stadt. Ich fürchte aber, diese Truppen sind nicht ausreichend.«

»Ich werde sie anführen«, verkündete Ludwig. »Bin ich nicht der beste Soldat Europas? Nun, seitdem dieser Schwede gefallen ist.«

Wie Sie sehen, war ich nicht die einzige Person am französischen Hof, die mitunter an Selbstüberschätzung litt. Ludwig litt immer darunter. Trotz unserer vielen Differenzen fand ich ihn in diesem Moment großartig. Im Gegensatz zum verzagten Kardinal machte er eine sehr gute Figur.

Der Kardinal zauderte weiterhin. »Sire, Ihr werdet in der Schlacht fallen«, klagte er.

»Kann es einen besseren Tod für einen König geben, als in einer Schlacht zu fallen, um das Vaterland zu verteidigen?«

Dem konnte man nichts entgegensetzen. Wie ich später feststellte, hatte Ludwig bereits sein Testament verfasst. Es braucht wohl kaum erwähnt zu werden, dass es auf Geheiß des Kardinals geschehen war. Dementsprechend forderte er in seinem letzten Willen, dass das Land im Falle seines Todes von einem Staatsrat, dem natürlich Richelieu vorsaß, regiert werden solle. Es ging darum, Gastons Ansprüche auf den Thron zu übergehen. Die Verwirklichung dieses letzten Willens hätte einen Bürgerkrieg auslösen können, doch Richelieu ging vermutlich davon aus, dass er den jüngeren Bruder wie den älteren würde beeinflussen können.

Auf jeden Fall wollte Ludwig die Sache in die Hand nehmen, und er wollte sich nicht davon abbringen lassen. Ich sah ihm mit gemischten Gefühlen nach, als er uns verließ. Jede Frau ist stolz auf ihren Gatten, wenn er in voller Rüstung vor ihr steht und in den Krieg zieht, auch wenn er seit Jahren nur auf dem Papier ihr Gatte ist. Doch ich wusste auch, dass ich in einer sehr prekären Lage wäre, wenn er auf dem Schlachtfeld fallen würde.

Ich hätte mir keine Sorgen zu machen brauchen. Ludwig

war zwar nicht der beste Soldat Europas, doch der spanische Befehlshaber war noch viel untauglicher. Olivares war dem Anblick des Königs von Frankreich in voller Rüstung an der Spitze seiner Truppen nicht gewachsen. Er war sich bewusst, dass es für ihn oder seine Soldaten äußerst schwierig wäre, sich nach einer Niederlage fast vor den Stadtmauern von Paris in die Spanischen Niederlande zurückzuziehen, und daher beschloss er, sofort in spanisches Herrschaftsgebiet zurückzukehren.

Ludwig zog triumphierend in den Louvre ein. Wir priesen Gott, und das spanische Heer konnte sich wirklich glücklich schätzen, Brüssel zu erreichen, ohne dass es total vernichtet wurde. *Meine* Befehlshaber, ob nun Turenne oder der junge Condé, der noch ein halbes Kind ist, hätten sie daran gehindert.

Das war die größte Demütigung in Richelieus Karriere. Er hatte die Bedrohung durch die Spanier unterschätzt, und er hatte eine Kapitulation einer Schlacht vorgezogen. In beiden Fällen hatte er die Lage falsch beurteilt. Ludwig tadelte den Staatsmann nicht für seinen mangelnden Mut. Er sah ihn noch immer als den Mann an, der das Land am besten regieren konnte, und vielleicht hatte er Recht.

Es war indes auch gefährlich, einen Mann wie Richelieu – wenn auch nur beiläufig – zu demütigen. Der Kardinal suchte jetzt überall nach Anzeichen für seinen Sturz, wobei er weniger an eine Machtenthebung dachte als an sein schwindendes Ansehen beim Volk. Nachdenken und Nachforschungen wurden zu seiner Lieblingsbeschäftigung. Kurz nach dem Sieg des Königs drang der Kardinal eines Tages am frühen Morgen ohne Ankündigung in meine Gemächer ein. Meine Zofen liefen aufgeregt hin und her.

Ich war gerade bei meiner Morgentoilette und wusste, dass dieser frühe Besuch nichts Gutes verhieß. Als ich den Kardinal in Begleitung von Pater Joseph erblickte, zuckte ich zusammen und zog den Morgenmantel bis an den Hals. Das

Poltern der Stiefel auf dem Flur verriet mir, dass der Kardinal auch von seinen Wachen begleitet wurde.

»Madame«, sagte der Kardinal. »Ihr steht unter Arrest.«

10. Kapitel

Ich war vollkommen sprachlos.

»Seid Ihr wahnsinnig?«, fragte ich.

Er wedelte mit dem Schreiben, das er in der Hand hielt, durch die Luft. »Das ist ein Haftbefehl.«

»Ihr habt einen Haftbefehl für mich? Ich bin die Königin von Frankreich. Es gibt nur einen Mann im Königreich, der einen solchen Haftbefehl ausstellen kann.«

»Dieser Haftbefehl trägt die Unterschrift des Königs.«

»Er hat verfügt, mich unter Arrest zu stellen?«

Ich konnte kaum einen klaren Gedanken fassen.

»Ja, Madame. Würdet Ihr Euch bitte ankleiden?«

»Wohin wollt Ihr mich bringen?«

»In die Bastille.«

»Und wenn ich mich weigere, Euch zu folgen?«

»Madame, macht es Euch bitte nicht unnötig schwer. Im Haftbefehl steht, dass Ihr in die Bastille gebracht werdet. Wenn Ihr mir nicht freiwillig folgt, kann ich Euch gewaltsam dorthin bringen lassen.«

Vor meinen Augen drehte sich alles. Es kam mir vor wie ein böser Traum.

»Ich kann mich nicht ankleiden, wenn Ihr, Eure Eminenz, und Eure ...«, ich warf Joseph einen verächtlichen Blick zu, »... Eure Kreatur zugegen seid.«

»In Ordnung. Wir ziehen uns zurück.« Er schaute auf meine Zofen, die so sprachlos waren wie ich. »Helft der Königin – aber schnell.«

Er verließ mit Joseph das Gemach, und ich wandte mich sofort an meine Zofen. »Kann ich einer von euch trauen?«, fragte ich.

Die Mädchen schauten sich ängstlich an. Es waren zwar

alles Geschöpfe des Kardinals, aber eine Königin zu verhaften ist eine gefährliche Sache.

»Ich möchte, dass der König eine Nachricht erhält. Er möchte mir bitte so schnell wie möglich zu Hilfe eilen.«

»Madame, wir können die Gemächer nicht verlassen, solange der Kardinal vor der Tür steht«, sagte eine von ihnen.

»Doch, das könnt ihr. Durch den Geheimgang.«

»Madame, wenn man uns erwischt ...«

»Das wird nicht passieren. Und ich werde euch belohnen.«

»Aber ...«

Sicher dachten sie daran, dass ich im Moment niemanden belohnen konnte und dass es möglicherweise nie mehr der Fall sein würde.

»Ihr müsst den König zu mir bringen«, sagte ich. »Ich werde wieder frei sein, und der Kardinal wird stattdessen ins Gefängnis geworfen. Dann belohne ich euch alle. Wenn ihr mich im Stich lasst, müsst ihr alle nach meiner Freilassung meine Rache fürchten.«

Noch einmal schauten sie sich ängstlich an.

»Ich gehe zum König«, sagte eine von ihnen. Sie hieß Angelique.

»Danke. Jetzt kleidet mich an«, sagte ich zu den anderen.

Manch einer mag sich vielleicht wundern, warum ich nicht selbst versuchte, den König durch den Geheimgang zu erreichen. Dafür gab es drei Gründe. Erstens wäre meine Flucht fast einem Schuldgeständnis gleichgekommen. Zweitens hatte Richelieu zweifellos Sicherheitsvorkehrungen getroffen, damit das nicht geschah. Er kannte den Geheimgang wie jeder andere, doch falls er Wachen dort postiert hatte, damit *ich* Seine Majestät nicht erreichen konnte, waren sie vielleicht nicht instruiert worden, jede Zofe zu belästigen, die ihrer Arbeit nachging. Drittens hoffte ich noch immer, dass das alles nur ein grässlicher Streich war.

☆

Ich versuchte mir einzureden, dass Ludwig hinters Licht geführt worden sei, als er den Haftbefehl für mich unterschrieben hatte, falls es kein Streich gewesen sein sollte. Wenn er ihn wirklich bewusst unterschrieben hatte, war ich so gut wie tot. Und welche Beweise lagen gegen mich vor? Es konnte sich nur um Verrat handeln, und die einzige Person, die das getan haben konnte, war Marie de Chevreuse. Vorausgesetzt, sie war geschnappt und schon dem Verhör unterzogen worden. Sie hatte mir gesagt, dass sie keine körperlichen Schmerzen aushalten könne.

Es tut mir Leid, es sagen zu müssen, doch in jenem Moment sorgte ich mich mehr um mich als um sie. Ich wusste nicht, ob ich körperliche Schmerzen ertragen könnte, da ich diese Erfahrung noch nicht gemacht hatte. Doch ich war eine Königin, und dazu würde es bestimmt nicht kommen.

Richelieu, der grässliche Joseph und mehrere Wachen des Kardinals warteten bereits auf mich.

»Es wäre besser, wenn die Sache vorläufig geheim gehalten wird«, sagte der Kardinal und reichte mir einen Mantel mit Kapuze und eine Maske für mein Gesicht.

Mit dieser Verschleierung gestand der Kardinal eine gewisse Schwächung seiner Position ein. Da ich von seinen Leuten umringt war, hatte ich keine andere Wahl, als der Maskierung zuzustimmen. Und so wurde ich, vor den Blicken der Masse verborgen, in aller Eile aus dem Palast geführt. Es waren auch nicht viele Augenpaare auf mich gerichtet, denn zu dieser frühen Stunde waren erst die untersten Diener auf den Beinen. Sie putzten und fegten und verneigten sich höflich, als der Kardinal an ihnen vorbeiging. Auf seine Begleitung achteten sie nicht.

War ich versucht, mir die Maske vom Gesicht und die Kapuze vom Kopf zu reißen, mich zu erkennen zu geben und sie um Hilfe zu rufen? Ja, ich spielte mit diesem Gedanken, aber ich wusste, dass ein Hilferuf nur meine Demütigung zur Folge gehabt hätte. Da nur der König die Königin ins Gefängnis sperren lassen konnte, war der König auch der einzige Mensch, der den Kardinal zu Fall bringen konnte.

Im Hof wartete eine Kutsche, und eine halbe Stunde später überquerte ich die gefürchtete Zugbrücke zur Bastille.

☆

Diesmal empfing mich der Gouverneur nicht. Es waren schon 20 Jahre vergangen, seitdem ich zum letzten Mal diesen Kerker besucht hatte, und daher hatte jetzt sicher ein anderer Mann hier das Sagen. Diesmal kam ich nicht als hoher Gast, um einem Verhör beizuwohnen, sondern ich selbst sollte dem Verhör unterzogen werden.

Es ist kaum in Worte zu fassen, was ich in jenem Augenblick empfand. Ich war vor Angst wie gelähmt. Da Frankreich gegen Spanien Krieg führte, hatte ich niemanden, an den ich mich wenden konnte. Es blieb nur der König, und der hatte mich in der Vergangenheit nie unterstützt.

Wo nur war Maria von Medici?

Als die großen Tore hinter mir ins Schloss fielen und die Zugbrücke knarrend eingezogen wurde, hatte ich den Tiefpunkt meines Lebens erreicht. Wenn man so weit unten ist, kann es eigentlich nur noch bergauf gehen. In jenem Moment war es allerdings kaum zu glauben, dass ich kurz davor stand, immer weiter aufzusteigen, wobei ich nur wenige kleinere Rückschläge erleiden sollte.

Und den absoluten Tiefpunkt meines Lebens hatte ich hiermit noch nicht erreicht. Es kam noch einiges auf mich zu.

☆

Die Bastille hatte sich in den vergangenen 20 Jahren nicht verändert. Stöhnen, Schreie und Jammern waren zu hören. Möglicherweise stießen sogar dieselben Männer dieses Wehgeschrei aus.

Ich war darauf gefasst, sofort in die Folterkammer gebracht zu werden. Stattdessen wurde ich in einen kleinen Raum geführt. Das war keine Zelle, denn es stand kein Bett dort, sondern ich sah nur einen Tisch und drei einfache Stühle.

»Setzt Euch«, befahl Richelieu.

Er hatte während der Fahrt vom Palast an meiner Seite gesessen, ohne ein Wort zu sagen. Jetzt waren wir beide allein. Nur Pater Joseph, der gerade die Tür schloss, war bei uns. Meine Angst wuchs. Diese beiden Männer wussten mehr über mich als jeder andere, und sie begehrten mich. Da sie beide Priester waren und ein Keuschheitsgelübde abgelegt hatten, konnten sie mich nicht vergewaltigen, ohne ihr Gelübde zu brechen. Zumindest Richelieu war kein Abtrünniger, was man von den meisten anderen Geistlichen nicht behaupten konnte.

Sie konnten stattdessen viele andere Dinge mit mir anstellen, um ihre Lust zu befriedigen, ohne den Geschlechtsakt mit mir vollziehen zu müssen.

Ich setzte mich hin und zog meine Handschuhe aus. Meine Finger waren ganz verschwitzt. Joseph stand hinter mir, und einen Moment später hatte er mir die Kapuze vom Kopf gezogen und den Mantel von meiner Schulter gerissen.

Ich versuchte, Ruhe zu bewahren, was in dieser Situation nicht einfach war.

Richelieu, der mir gegenüber saß, legte eine Mappe vor sich auf den Tisch. Joseph blieb hinter mir stehen, was großes Unbehagen bei mir auslöste.

Richelieu öffnete die Mappe und legte ein Blatt vor mir auf den Tisch. »Geben Madame zu, dass das Eure Handschrift ist?«

Ich hatte das Schriftstück auf den ersten Blick erkannt. Es war einer der Briefe, die ich meinem Bruder geschrieben hatte.

»Woher habt Ihr das?«, fragte ich.

»Das tut nichts zur Sache. Ist das Eure Handschrift?«

»Ja, das ist ein Brief, den ich an meinen Bruder geschrieben habe.«

»Den König von Spanien. Und gegen dieses Land führen wir Krieg. Der Brief enthält Informationen über unsere Truppenbewegungen an der Nordfront. Wo wir im letzten Jahr knapp einer Katastrophe entkamen.«

»An einer Katastrophe sind immer zwei Generäle beteiligt, Eure Eminenz. Hat der König diesen Brief gelesen?«

»Er hat ihn nicht gesehen.«

»Und trotzdem hat er einen Haftbefehl auf meinen Namen unterschrieben?«

»Nein«, entgegnete Richelieu. »Als ich ihm erklärte, dass wir einen Verräter in unserer Mitte haben – entweder in der Regierung, innerhalb der hohen Offiziere des Heeres oder im Palast –, hat er einen Haftbefehl blanko unterschrieben. Er war sehr aufgebracht.«

»Darf ich ihn sehen?«

»Nein. Ich werde es Euch erklären. Dieser Befehl berechtigt mich oder von mir eingesetzte Agenten, den Verräter aufzuspüren und zu verhaften, um welche Person es sich auch immer handeln mag, und die Verschwörung aufzudecken.«

»Und Ihr glaubt, so ein blanko unterschriebener Haftbefehl gibt Euch das Recht, die Königin von Frankreich zu verhaften, ohne mit dem König Rücksprache zu halten?«

»Es ist rechtens. Bis die Sache dem König noch einmal vorgelegt wird, damit er das Todesurteil unterschreibt, habt Ihr bereits alles, was ich hören will, gestanden.«

Ich keuchte und griff mir mit den Händen an den Hals.

»Sagt mir, woher Ihr den Brief habt«, bettelte ich.

»Könnt Ihr Euch denn nicht denken, dass ich in Madrid und Valladolid Agenten habe? Einer meiner besten Männer hat es geschafft, diesen Brief zu stehlen. Sein Interesse wurde geweckt, als die Herzogin von Chevreuse den spanischen

Königshof mehrmals besuchte, und das trotz des Krieges zwischen unseren beiden Ländern.«

»Habt Ihr die Herzogin verhaftet?«

»Leider muss sie vermutet haben, dass wir ihr auf der Spur sind, und daher ist sie in Spanien geblieben. Ich weiß noch nicht, wo sie sich aufhält. Das werde ich bald herausfinden. Die Herzogin hat für mich auch nicht so eine große Bedeutung. Sie ist ja nur Eure Botschafterin. Ihr, Madame, müsst Eure Verbrechen gestehen.«

»Seitdem ich vor zweiundzwanzig Jahren nach Frankreich gekommen bin, habe ich ziemlich regelmäßig mit meinem Bruder korrespondiert, Eure Eminenz. Ich sah keinen Grund, das einzustellen, nur weil unsere beiden Länder Krieg gegeneinander führen.«

»Die Korrespondenz mit Eurem Bruder, Madame, war bis zu diesem Jahr immer offen und ehrlich. Jetzt schreibt Ihr ihm heimlich. Das allein ist schon ein Schuldgeständnis.«

»Ich schreibe ihm jetzt heimlich, Eure Eminenz, weil ich entdeckt habe, dass Ihr Euch angewöhnt habt, meine Post abzufangen und zu öffnen. Ist das nicht unehrenhaft?«

»Ich habe Euch nicht hierher gebracht, um über Moral zu diskutieren, Madame. Ich habe Euch hierher gebracht, damit Ihr ein Geständnis unterschreibt, dass Ihr zugunsten Eures Bruders und somit Spaniens gehandelt habt, um die Niederlage Frankreichs zu bewirken.«

»Das ist nicht wahr! Mir ging es darum, die Niederlage Spaniens zu verhindern.«

»Ist das nicht ein und dasselbe? ... Joseph.«

Joseph, der noch immer hinter meinem Rücken stand, trat zu meiner großen Erleichterung vor und legte ein anderes Blatt, ein Tintenfass und einen Federkiel vor mir auf den Tisch. Er hielt ein kleines Sandschälchen in der Hand und wartete.

»Unterschreibt«, sagte Richelieu.

»Und dann?«

»Dann seid Ihr eine geständige Verräterin. Ihr werdet hier in die Bastille gesperrt, bis diese Angelegenheit einschließlich Eures Geständnisses dem König vorgelegt wird. Er entscheidet über Euer Schicksal. Wie Ihr wisst, werden Frauen, die sich des Hochverrats schuldig gemacht haben, bei lebendigem Leibe verbrannt. Ich werde jedoch meine ganze Macht einsetzen, um in Eurem Fall um Milde zu bitten, damit der Urteilsspruch in eine Enthauptung umgewandelt wird.«

»Vielleicht wäre es auch möglich, dass Madame lebenslang in eine Einzelzelle gesperrt und Ihr erlaubt wird, mit der Außenwelt zu kommunizieren«, schlug Joseph vor.

»Ich nehme an, dass Madame das Beil vorzieht«, erwiderte Richelieu.

Diese beiden Schurken sprachen über *mich*. Als würde eine Karte über mein Leben oder meinen Tod entscheiden.

»Und wenn ich mich weigere, dieses Geständnis zu unterschreiben?«, fragte ich.

Richelieu zuckte mit den Schultern. »Dann werdet Ihr dem Verhör unterzogen. Die Strafe wird dieselbe sein.«

»Werde ich dem Verhör nicht auch unterzogen, wenn ich das hier unterschreibe?«

»Sicher, das schreibt das Gesetz vor. Ihr werdet es jedoch zu würdigen wissen, dass es verschiedene Möglichkeiten gibt, dem Verhör unterzogen zu werden. Einige sind um vieles erträglicher als andere.«

Wir funkelten uns böse an. Wahrscheinlich freute er sich schon darauf, dass mein Körper ihm gleich zur Verfügung stehen würde. Das war früher auch schon der Fall gewesen, doch da hatte er es immer mit einer Königin zu tun gehabt. Jetzt saß eine ganz gewöhnliche Übeltäterin vor ihm. Alles, was er tun würde, wäre rechtens: die Schmerzen, die Male und selbst die Verstümmelungen, die er mir zufügen würde.

Und diese unangenehme Ratte stand noch immer am Ende des Tisches, und ihr lief vor Vorfreude schon fast der Speichel aus dem Mund.

»Ich unterschreibe nicht«, sagte ich.

Wenn ich heute daran zurückdenke, erschreckt mich mein Mut, oder vielleicht sollte ich es Tollkühnheit nennen. Für meine Entscheidung gab es verschiedene Gründe. Erstens regte sich blanker Trotz in mir, auch wenn meine Kühnheit mit dem Todeskampf enden würde. Zweitens trieb mich Neugier an, denn ich fragte mich, wie weit er wohl gehen würde. Der dritte Grund war etwas tückisch, denn ich nahm an, dass er seine Gefühle und seine Schwäche verraten würde, wenn ich ihm vollkommen ausgeliefert wäre.

Nur der vierte Grund war wirklich vernünftig. Ich glaubte, dass der König diesen Vorgängen ein Ende setzen würde, sobald er erfuhr, um wen es ging. Das war sicher eine verzweifelte Hoffnung. Ich hatte keine Gewissheit, dass Angelique die Botschaft überbracht hatte, und ich wusste nicht, ob es den König überhaupt beunruhigen würde. Es war immerhin zwölf Jahre her, dass es zwischen uns die Spur einer ehelichen Beziehung gegeben hatte.

Mein Entschluss, nicht zu unterschreiben, fußte auf vagen Überlegungen, doch eines war gewiss: Was der König auch immer tun oder denken würde, so konnte selbst er mir nicht mehr helfen, sobald ich dieses Geständnis unterschrieben hatte.

Richelieu starrte mich noch immer an. Er war überrascht, wenn er insgeheim auch genau das hatte hören wollen.

»Ihr wollt Eure Meinung nicht ändern?«, fragte er.

»Niemals!«

»Dann muss es so sein. Joseph, setzt Madame die Maske wieder auf.«

Joseph zog mir zuerst den Mantel aus und setzte mir anschließend die Maske auf, die mein ganzes Gesicht von der Stirn bis zum Kinn verdeckte und nur Öffnungen für Augen, Nase und Mund hatte. Anschließend band der Priester sorgfältig wie ein Friseur meine braunen Locken mit einem großen Schal zusammen, den er unter meinem Kinn verknotete, sodass keine einzige Strähne mehr zu sehen war. Daraufhin entfernte Joseph den Schmuck, den ich gewöhnlich trug, wobei er sanft über meine Haut strich. Mein Herz klopfte so stark, dass ich befürchtete, es würde zerspringen.

»Jetzt das Kleid«, sagte Richelieu. »Es ist sicher sehr kostbar.«

»Wenn Madame bitte aufstehen würden«, forderte mich Joseph auf.

Es war sinnlos, noch weitere Demütigungen zu riskieren, indem ich mich weigerte. Ich stand also auf, sackte jedoch sofort wieder auf den Stuhl. Meine Beine waren vollkommen kraftlos.

»Versucht es noch einmal, Anna«, befahl Richelieu.

Ich versuchte es noch einmal, und diesmal schaffte ich es, stehen zu bleiben, während Joseph mein Kleid aufband und es über meine Schultern zog, sodass es zu Boden glitt.

»Jetzt den obersten Unterrock«, sagte Richelieu. »Das kostbare Material deutet auf eine vornehme Frau hin.«

Während Joseph mir wie befohlen den Unterrock auszog, starrte ich ihn an und hoffte, dass er das wütende Funkeln in meinen Augen sah.

Ich stand im Hemd vor ihnen, und da mein Haar und mein Gesicht verdeckt waren, war ich vollkommen anonym. Mein Hemd verdeckte nicht viel, und daher konnten sie meine üppigen Formen gut sehen. Und wenn mein Körper ebenso schön war wie mein Gesicht, musste ich eine sehr schöne Frau sein.

»Wachen!«, rief Richelieu.

Joseph öffnete die Tür, und zwei Wachen des Kardinals traten in ihren roten Mänteln ein.

»Bringt diese Frau in die Folterkammer«, befahl Richelieu.

»Ich bin die Königin«, sagte ich leise. »Wagt Ihr es, mich anzurühren?«

Zuerst schauten sie mich und dann ihren Herrn an.

»Sie ist verwirrt«, sagte Richelieu. »Macht, wie ich Euch geheißen habe!«

Sie ergriffen meine Arme und führten mich hinaus. Auf dem Korridor war niemand. Was für eine Situation für eine Königin, von zwei Handlangern im Unterhemd weggeführt zu werden. Ich hatte weder Zeit noch Lust gehabt, einen Reifrock anzuziehen.

»Ich bin die Königin«, sagte ich noch einmal. »Ich lasse Euch köpfen.«

Diesmal warfen sie Richelieu noch nicht einmal mehr einen Blick zu, und ein paar Minuten später wurde ich die Treppe hinunter und in die Folterkammer geführt. Dort bot sich mir ein anderes Bild als in meiner Erinnerung. Der Raum selbst hatte sich nicht verändert. In der Mitte stand noch immer die Folterbank, und im Kessel brannte das Feuer, wodurch es sehr warm war. An den Wänden hingen noch immer scheußliche Instrumente, und ein Tisch mit zwei Stühlen stand neben der Folterbank. Nur die Bewohner dieser Unterwelt, die Schreiber, an die ich mich erinnerte, waren abwesend.

Richelieu wollte sich nicht in die Karten gucken lassen.

Er gab den Wachen ein Zeichen, den Raum zu verlassen. Und wieder war ich mit dem Kardinal und Pater Joseph allein.

»Jetzt brauchen wir keine Verkleidung mehr«, sagte Richelieu.

Pater Joseph zog mir das Tuch von den Haaren und die Maske vom Gesicht.

»Wenn ich eine schöne Frau quälen muss«, sagte Richelieu, »möchte ich sie *leiden* sehen. Sicher versteht Ihr das.«

Ich gab ihm keine Antwort. Allmählich kam ich zu der Überzeugung, einen schrecklichen Fehler begangen zu haben. Vielleicht wäre es besser gewesen, das Geständnis zu unterschreiben, obwohl ich nicht wusste, ob sich meine Lage dadurch verbessert hätte. Außerdem war ich tatsächlich noch immer neugierig.

Und optimistisch.

»Es beginnt normalerweise damit, die Angeklagte auszupeitschen«, sagte Richelieu. »Zieht das Hemd aus.«

Ich sah von einem zum anderen. Diese beiden Männer hatten mich schon nackt gesehen. Scham war hier fehl am Platze. Daher zog ich das Hemd aus und stand kurz darauf in Strümpfen und Schuhen vor ihnen.

Die beiden Männer musterten ihr Opfer. Wie ich schon sagte, waren wir uns gewissermaßen vertraut. Eine solche Situation hatte es jedoch noch nie gegeben. Außerdem war es schon einige Jahre her, dass Pater Joseph mich gezüchtigt hatte, und zudem hatte ich nie splitternackt vor ihm gestanden. Er hatte immer nur meine Röcke hochgehoben, wenn er mich mit dem Stock geschlagen hatte.

Richelieu war vertrauter mit meinem Körper. Immerhin hatte er mich als 14-Jährige untersucht, doch er hatte mich schon seit Jahren nicht mehr verprügelt, da ihn die Staatsangelegenheiten sehr beschäftigten. Ich glaube, mein Anblick überwältigte sie beide.

Ich erwähnte schon, dass ich im Alter von 23 Jahren meine Schönheit mit der Buckinghams verglichen und befürchtet hatte, dass zumindest meine allmählich verblühen würde. Wie dumm eine junge Frau sein kann! Das war 13 Jahre her, und erst jetzt hatte sich meine Schönheit zu voller Blüte entwickelt. Ich war 36 Jahre alt und groß und kräftig ... und praktisch unberührt. Meine Zitadelle war kaum durchbrochen worden. Der König war zum letzten Mal vor 15 Jahren in mich eingedrungen. Buckingham war nun auch schon seit neun Jahren Geschichte, und wir hatten nur dreimal miteinander geschlafen. Mit Jules hatte ich ein paar ergreifende Momente erlebt, und auch das war schon vier Jahre her.

Da ich nie Mutter geworden und mein Körper daher nie

angeschwollen und entkräftet worden war, hatte ich keine Schwangerschaftsnarben auf dem Bauch. Da ich nie einen Säugling an meinem Busen genährt hatte, waren meine Brüste fast in so guter Form wie eh und je, und sie waren viel üppiger als im Alter von 23 Jahren. Mein Teint war makellos, und meine krönende Pracht, mein Haar, hatte nie so hübsch geglänzt wie heute.

Ich war dazu geschaffen, Männer verstummen zu lassen, und diese Wirkung übte ich nun auf die beiden schändlichsten Kreaturen aus, die ich je kennen gelernt hatte.

Als sie sich erholt hatten, mussten sie mich nur berühren, denn sie hatten mich ganz in ihrer Gewalt. Richelieu trat zu mir und glitt mit seiner Hand über meine Schultern und meinen Rücken und streichelte mein Gesäß. Das hatte ihm immer am besten gefallen. Dann streichelte er über meine Scham und meine Brüste.

»Es wäre ein Verbrechen, so etwas zu zerstören«, sagte er.

Ich bekam kaum noch Luft, doch ich schaffte es trotzdem, ihm eine Antwort zu geben. »Dennoch scheut Ihr Euch nicht, ein Verbrechen zu begehen, Eure Eminenz.«

»Nicht, wenn es um das Wohl des Staates geht.«

»Darf ich, Eure Eminenz?«, fragte Joseph.

»Aber schnell«, erwiderte Richelieu.

Ich musste diese verhassten Hände auf meinem Körper erdulden.

»Geht dorthin«, befahl Richelieu.

Ich drehte meinen Kopf herum und schaute auf die Hand- und Fußfesseln an der Wand, an der Joseph stand. Er hielt keine Peitsche, sondern eine neunschwänzige Katze mit zahlreichen Lederriemen in der Hand. Offensichtlich sollte ich nicht ein wenig verprügelt, sondern richtig ausgepeitscht werden, was mich fürs ganze Leben entstellen würde.

Ich schaute Richelieu an.

»Ihr müsst nur das Geständnis unterschreiben«, sagte er.

Fast hätte ich es getan. Als ich an die Peitsche dachte, bekam ich weiche Knie und sank beinahe zu Boden. Trotz allem nahm ich meinen ganzen Mut zusammen und beschloss, bis zum letzten Moment Widerstand zu leisten.

»Ich habe nichts zu gestehen«, sagte ich.

»Gut, dann dreht Euch zur Wand um.«

Ich gehorchte.

»Ihr müsst auf die Wand schauen, Eure Majestät«, sagte Joseph.

»Die Gefangene ist nicht länger Ihre Majestät«, stieß Richelieu hervor.

Ich starrte auf die Wand, während Joseph meine Arme hochhob und sie in Lederringen über meinem Kopf befestigte. Ich war hilflos, konnte mich jedoch noch bewegen. Als sich der Schurke zwischen meine Beine kniete, sie spreizte und die Fußknöchel in schrägen Stützen befestigte, war ich wahrhaftig gefesselt wie ein Huhn auf dem Spieß. Meine Beine waren so weit gespreizt, dass ich mich entblößt fühlte wie nie zuvor. Es war entsetzlich.

Richelieu stand neben mir. »Das ist Eure letzte Chance«, sagte er.

»Ich habe nichts zu gestehen«, kreischte ich.

»Sehr gut.«

Ich schloss die Augen und versuchte meine Muskeln anzuspannen, was in meiner Lage ziemlich schwierig war, um die Schläge möglicherweise abfedern zu können ... Dann hörte ich, dass die Tür zur Folterkammer aufgerissen wurde.

☆

»Was ist hier los? Was? Was?«, fragte der König.

Es dauerte einen kurzen Moment, bis Richelieu in der Lage war zu antworten.

»Ich verhöre die Person, die als der Verräter, den wir gesucht haben, entlarvt wurde, Sire«, erwiderte er.

»Was? Was?« Ludwig schritt zur Wand und starrte mich an. »Anna?«

»Ludwig.«

Dieser Wortwechsel mag sich banal anhören, aber er skizziert gut unsere Beziehung der letzten Jahre.

Er schaute sich meinen Körper von oben bis unten ganz genau an. Es war schon ziemlich lange her, dass ich nackt vor *ihm* gestanden hatte.

»Das ist meine Gattin«, sagte er zu Richelieu.

Er war von meinem nackten Körper zweifellos ebenso angetan wie die beiden Schurken.

»Leider, Eure Majestät«, gab der Kardinal zu.

»Wie ein Huhn verschnürt?« Er starrte auf die Peitsche, die Richelieu in der Hand hielt. »Ihr wollt sie verprügeln? Meine Gattin? Die Königin von Frankreich? Wer gibt Euch das Recht, solch ein Verbrechen zu begehen?«

»Ihr habt mir die Befugnis erteilt, Sire.«

»Was? Ich?«

Richelieu ging zu dem Tisch, legte die Peitsche aus der Hand und reichte Ludwig den Haftbefehl.

Der König schaute sich das Papier an. »Ich sehe keinen Namen.«

»Ihr habt keinen Namen verlangt, Sire.«

Der König starrte Richelieu noch einmal an und wandte sich dann an Pater Joseph. »Bindet sie los! Bindet sie los, verstanden? Und gebt ihr etwas zum Anziehen.«

Joseph schaute Richelieu an, der kurz nickte. Der Kardinal begriff, dass er sein Ziel verfehlt hatte. Joseph löste meine Fußknöchel schnell aus den Fesseln. Ich presste meine Beine zusammen. Dann fummelte er über meinem Kopf herum, um meine Handgelenke zu befreien. Als ich befreit war, sank ich fast zu Boden, und Joseph legte einen Arm um meine Taille, um mich zu stützten.

»Vergebt mir, Eure Majestät«, flüsterte er. »Ich habe nur die Befehle des Kardinals befolgt.«

Dieser Schurke wollte seinen Kopf aus der Schlinge ziehen. Mich interessierte das im Moment kaum, denn ich war froh, dass er mich zu der Stelle führte, wo mein Hemd auf dem Boden lag. Ich streifte es hastig über den Kopf und zog es bis zu den Oberschenkeln.

»Ihr beschuldigt die Königin des Verrats?«, fragte Ludwig.

»Hier ist der Beweis, Sire.« Richelieu zeigte ihm den Brief.

Ludwig warf einen Blick darauf. »Das ist ein Brief an ihren Bruder.«

»Gegen den wir Krieg führen, Sire.«

»Also wirklich. Ihr öffnet einfach fremde Briefe. Ich schäme mich für Euch, Eure Eminenz.«

»Es war notwendig, Eure Majestät. Wenn Ihr Euch den Brief genauer anseht, werdet Ihr feststellen, dass dort wichtige militärische Geheimnisse preisgegeben werden.«

»Ich lese die Briefe meiner Gattin nicht«, sagte der König. »Das überlasse ich ...«, er warf dem Kardinal einen verächtlichen Blick zu, »meinen Ministern.«

Ich hatte mich inzwischen auf einen der Stühle gesetzt, sonst wäre ich im nächsten Moment zu Boden gesunken.

»Ihr stimmt doch sicher zu, dass die Königin, wenn sie entlarvt wird, verräterische Korrespondenz mit unserem Feind zu wechseln ...«, sagte Richelieu.

»Nein, ich stimme nicht zu«, stieß der König hervor.

Richelieu hob die Hände, als wollte er sich die Haare raufen. Doch er riss sich zusammen und verneigte sich.

»Wie Eure Majestät wünschen.«

»So etwas Unziemliches ... Meine Gemahlin nackt vor zwei Männern ...«

»Zwei Priestern, Eure Majestät. Für uns besteht keine Gefahr, der Fleischeslust zu erliegen.«

Ich öffnete den Mund, schluckte die Bemerkung, die mir auf der Zunge lag, jedoch hinunter. Ludwig war noch nicht fertig, und ich wollte ihn nicht unterbrechen.

»Das hoffe ich sehr«, sagte er. »Wer weiß davon?«

»Niemand, Eure Majestät.«

Der König schaute mich an.

»Ich wurde maskiert hierher gebracht, Sire«, erklärte ich meinem Gatten. »Nur meine Zofen ...«

»Sie wissen nur, dass Ihr verhaftet wurdet, Eure Majestät«, sagte Richelieu, der sich nicht aus der Ruhe bringen ließ. »Sie wissen nur, dass Ihr in die Bastille gebracht wurdet, und nicht, was anschließend passiert ist.«

»Hmhm«, brummte der König. »Es muss geheim gehalten werden. Wenn einer redet, wird er geköpft.«

Er schaute Joseph nachdenklich an. Der Priester fing an zu zittern.

»Wir wollen diesen Ort schnell verlassen«, sagte Ludwig.

»Ich kann die Bastille nicht im Hemd verlassen.«

»Ja natürlich. Ihre Kleider!«, befahl Ludwig mit Blick auf den Kardinal.

»Bringt die Kleider Ihrer Majestät«, befahl Richelieu.

Joseph eilte zur Tür.

»Ihr werdet ihn begleiten«, sagte der König.

Richelieu runzelte die Stirn. Er war es nicht gewohnt, Befehle zu erhalten – auch nicht vom König.

»Ich möchte mit der Königin allein sein«, erklärte Ludwig.

Richelieu schaute mich an. Wahrscheinlich dachten wir beide, dass der König herausfinden wollte, ob ich mich des Verrats schuldig gemacht hatte.

»Natürlich, Sire«, sagte Richelieu und folgte Joseph zur Tür.

»Und betretet diesen Raum erst, wenn ich die Tür öffne.«

»Natürlich, Sire«, sagte Richelieu noch einmal, doch diesmal mit zufriedener Miene.

Ich hatte mich von der Tortur noch nicht erholt, und erneut stieg Angst in mir auf. Ludwig war offensichtlich sehr erregt. Sein Gesicht war verzerrt, und er atmete schnell.

Als die Tür geschlossen war, stand ich auf.

»Eure Majestät ...«

Er legte einen Finger auf seine Lippen. »Sagt nichts.« Er ging durch den Raum und schaute sich die Folterwerkzeuge an. »Was für ein Ort. Ich wusste gar nicht, dass es ihn gibt. Haben Sie Euch nichts angetan?«

»Ihr seid rechtzeitig gekommen, um mich zu retten, Sire.«

»Ha. Kommt her.«

Ich traute meinen Ohren nicht. Er stand neben den Fuß- und Handfesseln.

»Zieht Euer Hemd aus.«

Ich biss mir auf die Lippe. Und ich hatte allen Ernstes geglaubt, ich sei gerettet. Und jetzt ...

Ich stand zwischen den Fußfesseln, und Ludwig fesselte meine Handgelenke, wie Joseph es getan hatte. Anschließend fesselte er meine Knöchel, und ich war so hilflos und bloßgestellt wie zuvor. Mein Gott, dachte ich, nach allem, was passiert war ...

Dann geschah etwas sehr Bemerkenswertes. Anstatt mich auszupeitschen, legte der König plötzlich seine Arme um mich und drückte mich. Ich bemerkte, dass er sich zum Teil entkleidet hatte. Er presste sich gegen meinen Körper, drang in mich ein und streichelte meine Brüste. Nach 15 Jahren!

Das war nicht mehr der zögernde Junge, an den ich mich erinnerte. Das war ein ausgewachsener Mann, ein wildes Tier, das immer wieder zustieß. Es kam mir vor, als wären Stunden vergangen, bis er erschlaffte, doch es waren wohl nur Sekunden, und schon löste er die Fesseln wieder.

»Euer Hemd«, sagte er.

Seine Stimme war kaum wiederzuerkennen. Ich zog das Hemd über, und er stieß die Tür auf, vor der Richelieu und Joseph wie Verschwörer warteten. Joseph reichte mir meine Kleider. Ich stand hinter dem König, und sie versuchten beide, einen Blick auf mich zu erhaschen. Sie erwarteten sicher, dass ich ganz ausgefranst war. Das war ich zwar auch, doch das konnten sie nicht erkennen.

»Geht jetzt«, befahl Ludwig. »Die Kutsche soll vorfahren und die Königin und mich zurück zum Louvre bringen.«

☆

Ich zog mich an und versuchte, einen klaren Gedanken zu fassen. Mein Gatte, für den ich in den 20 Jahren unserer Ehe nur ein notwendiges, aber unerwünschtes Anhängsel seiner Thronfolge gewesen war, hatte plötzlich seine Lust auf meinen Körper entdeckt. Weil ich gefesselt und der Folter nahe vor ihm gestanden hatte? Oder weil er daran gedacht hatte, dass andere Männer in die Festung, die ihm gehörte, hätten eindringen können? Oder lag der Grund ganz einfach darin, dass er von Folterinstrumenten umringt gewesen war, die er – wie er zugegeben hatte – nicht kannte und die ihn sexuell stimuliert hatten?

Möglicherweise war es ein Zusammenspiel aller drei Gründe.

Ich wusste es nicht, und zunächst einmal war ich einfach erleichtert, dass er mir zu Hilfe geeilt war, als ich schon alles verloren glaubte. Es kam mir nicht in den Sinn, seine Lüsternheit könne andauern. Daher war ich mehr als überrascht, als er mich in meine Gemächer begleitete, nachdem wir im Louvre angekommen waren. Vielleicht wollte er mit mir über den Brief sprechen, denn er schickte all meine Zofen hinaus.

»Ich möchte mit der Königin allein sein.«

Sie eilten albern kichernd davon, und Ludwig ging sofort zur Sache. Er zog mich aus, wobei er einige meiner Kleidungsstücke zerriss, und als ich nackt war, bestieg er mich.

Welche Frau wäre nicht froh, wenn ihr Mann ihr nach so vielen Jahren so viel Aufmerksamkeit schenkt? Daher war ich zufrieden, auch wenn ich eher das Gefühl hatte, ein wilder Bulle würde mich rammeln. Ich weiß nicht, was meine Zofen, der Hof und besonders der Kardinal davon hielten, denn in den nächsten Monaten hatte ich keine Zeit, an sie zu denken. Der König war ständig in meiner Nähe, und er kam jede Nacht in mein Bett. Mir hätte der Gedanke kommen können, dass es so am Anfang unserer Ehe vor 22 Jahren hätte sein sollen, doch ich dachte: Besser spät als nie.

Es ist schwierig, meine Gefühle gegenüber dieser neuen Lebenssituation zu skizzieren. Nach diesem entsetzlichen Tag in der Bastille stand ich eine Zeit lang unter Schock. Manchmal konnte ich gar nicht glauben, was passiert war, und manchmal hoffte ich nur, es würde nicht noch einmal geschehen. Daher unterwarf ich mich den oft seltsamen Liebesspielen des Königs mit mehr Liebreiz, als ich es sonst getan hätte. Der König war mein Retter, und er würde weiterhin mein Retter bleiben, solange er in dieser Stimmung war.

Was gibt es sonst noch dazu zu sagen? Ludwig war mein Gatte, und es war meine Pflicht, mich seinen Fleischeslüsten zu unterwerfen. Meine eigene Fleischeslust wurde dabei kaum berücksichtigt, denn Ludwig, der seine wilde Leidenschaft nach so langer Zeit entdeckt hatte, sah mich eigentlich nur als eine Person an, mit der er seine Lust ausleben konnte. Da er in jener Zeit jede Nacht in meinem Bett verbrachte, versuchte ich, wenigstens *einigen* seiner stürmischen Angriffe etwas abzugewinnen.

Doch es gab noch einen anderen Punkt. Mein Sexualleben hatte in den letzten 20 Jahren nur sporadisch stattgefunden. Ich hatte vielleicht eine Hand voll Stunden in Buckinghams Armen verbracht, und das in großen Abständen. Und mit Jules hatte ich noch weniger Zeit innerhalb eines noch größeren Zeitraums verbracht. Ich hatte immer Zeit gehabt, mich zu erholen, nachzudenken und mich auf das Zusammensein zu freuen. Jetzt stand der Bulle immer vor meiner Tür!

Und wie war es um meine Gefühle für meinen Gatten bestellt? Jeder, der diese Seiten liest, wird verstehen, dass meine Gefühle in all den Jahren, da meine Ehe nur auf dem Papier bestand, sehr verkümmert waren. In all den Jahren hatte ich meinen Respekt vor diesem Mann, meinem Gatten und dem König, verloren. Konnte diese Liebe, die ich ihm schenken wollte, als ich nach Paris kam, wieder aufleben? Gibt es Wunder?

Ludwig hatte mich gerettet, und ich gehörte ihm. Ich musste ihm ein paar Gefühle entgegenbringen, selbst wenn es nur Dankbarkeit war. Und ich war tatsächlich dankbar, dass er mich nach so langer Zeit entdeckt hatte.

Ich weiß nicht, was Richelieu darüber dachte. Sein Plan, sich meiner zu entledigen, war auf eine fast absurde Weise fehlgeschlagen. Es bestand kein Zweifel, dass sein Hass, der durch seinen Wunsch, mich zu besitzen, noch verstärkt wurde, fast zu einer Besessenheit geworden war. Solange der König jedoch in der Stimmung war, seiner Fleischeslust zu frönen, war Richelieu hilflos. Er wäre nicht Richelieu gewesen, wenn er nicht geduldig gewartet hätte, bis sich die Dinge wieder änderten.

Konnte ich mich nicht dieses Mannes entledigen? Ich sprach den König diesbezüglich an.

»Seht Ihr es denn nicht, Sire?«, sagte ich, als wir beide nackt im Bett lagen und Ludwig lüstern meine Brust und meinen Hintern streichelte. Das war ein günstiger Zeitpunkt, um das Thema anzuschneiden. »Dieser Mann überschreitet immer wieder seine Macht. Die Königin zu verhaften ...«

»Ihr wart schuldig«, sagte Ludwig.

Ich war sprachlos.

»Ja, ich weiß. Der Unterschied ist, dass ich bereit bin, Euch zu vergeben, und der Kardinal nicht.«

»Ich habe nur nach einem Weg gesucht, Frieden zwischen unseren beiden Ländern zu schaffen.«

»Natürlich.«

»Richelieu hat hinter Eurem Rücken gehandelt. Ebenso wie vor acht Jahren, als er mit dem schwedischen König korrespondierte. Er maßt sich Macht an, die er eigentlich gar nicht hat.«

»Ich verstehe, dass Ihr eine Abneigung gegen den Kardinal entwickelt habt.«

»Abneigung? Könnt Ihr Euch überhaupt vorstellen, Sire, was es für ein Gefühl ist, wenn man aus dem Bett gezerrt, verhaftet und dann zur Bastille gebracht und gedemütigt und geschlagen wird?«

»Ihr seid nicht geschlagen worden.«

»Wäret Ihr nicht rechtzeitig gekommen, hätte er mich geschlagen. Wollt Ihr ihm ein solches Benehmen nachsehen?«

»Er hat nur seine Pflicht getan, wie er sie versteht. Ich weiß, dass Ihr in eine peinliche Lage gebracht und gedemütigt worden seid, doch es waren zwei Priester, die Euch das angetan haben. Ihr müsst verstehen, meine Liebe, dass Richelieu für die Sicherheit des Staates unentbehrlich ist. Er arbeitet für zehn, er versteht mehr von den Staatsgeschäften und verfügt über eine bessere Weitsicht als jeder andere.«

»Ihr redet über ihn wie über ein Genie«, stieß ich verärgert hervor.

»Ja, das ist er auch. Er ist ein Genie. Und er ist mein Genie. Ich könnte ihn nicht ersetzen.« Er seufzte, legte sich auf den Rücken und starrte zum Baldachin. »Das macht mir große Sorgen.«

»Dass Ihr ihn ersetzen müsst?«, fragte ich voller Hoffnung.

»Es muss sein«, sagte er traurig. »Habt Ihr nicht gesehen, dass er nicht gesund ist?«

»Ich habe von einem Steinleiden gehört ...«

»Er leidet noch an anderen Übeln, doch das Steinleiden

bereitet ihm große Beschwerden. Zweifellos arbeitet er auch zu viel. Ich weiß wirklich nicht, was wir tun sollen, wenn er nicht mehr unter uns weilt.«

Ich zweifelte daran, dass er uns so bald verlassen würde. Der Kardinal war knapp über 50. Mir erschien die Gelegenheit dennoch günstig, ein Wörtchen mitzureden. Ludwig meinte zwar, Richelieu könne nicht des Amtes enthoben werden, aber er wusste, dass er eines Tages ersetzt werden müsste ...

»Ihr habt Recht, Sire«, sagte ich. »Wir müssen über einen Nachfolger nachdenken.«

»Das ist unmöglich.«

»Da bin ich aber anderer Meinung, Eure Majestät. Was verlangen wir? Der Mann muss über Weitsicht und große Entschlossenheit verfügen, und er muss rücksichtslos und der Krone vollkommen ergeben sein.«

»Solche Männer wachsen nicht auf Bäumen«, sagte der König traurig.

»Der Mann muss außerdem über hervorragende geistige Fähigkeiten verfügen«, fuhr ich fort.

Der König stöhnte.

»Folglich muss er ein Geistlicher sein«, fügte ich hinzu.

»In Frankreich gibt es keinen Priester, der diese Charakterzüge in sich vereinigt.«

»Dann müssen wir uns außerhalb Frankreichs umsehen.« Ich tat so, als würde ich nachdenken, und plötzlich schnippte ich mit den Fingern. »Ich weiß, wer der richtige Mann ist.«

»Und wer?«

»Jules Mazarin.«

»Mazarin? Mazarin? Kenne ich diesen Burschen?«

»Natürlich, Sire. War er nicht mehrmals als Botschafter des Papstes in Paris? Ist er nicht in Casale zwischen den französischen und spanischen Truppen geritten? Gilt er nicht als einer der kühnsten und gescheitesten Männer Europas?«

»Mazarin«, sagte Ludwig noch einmal. »Ja, ich erinnere mich jetzt wieder an ihn. Er ist Italiener. Der Staatsminister Frankreichs muss Franzose sein.«

»Können wir ihn nicht zu einem französischen Bürger ernennen?«

»Natürlich können wir das, aber wird er es wollen?«

»Ich glaube schon. Als ich während seines letzten Aufenthaltes in Paris mit ihm sprach, sagte er, dass es sein größter Wunsch sei, Kardinal Richelieu zu dienen. Er betrachtet Richelieu als den größten Mann der Welt. Wie Ihr, Eure Majestät.«

»Hm«, brummte Ludwig. »Ihr habt mit diesem Mann gesprochen? Das wusste ich gar nicht.«

»Ja, das habe ich. Ich habe hier in meinen Gemächern mit ihm gesprochen, und er hat mir von Rom erzählt.«

»Das kann ich jetzt nicht entscheiden. Ich werde den Gedanken aufgreifen und mich mit Richelieu beraten.«

»Der Kardinal wird diese Idee sicherlich gutheißen. In Anbetracht der jüngsten Vorkommnisse wäre es allerdings besser, ihm nicht zu verraten, dass diese Idee von mir stammt. Sagt ihm, es sei Eure Idee.«

»Hm. Ja. Das wäre sicher am besten. Ihr seid eine Verräterin, mein Püppchen.«

»Da wäre noch etwas, Sire.«

»Ja?«

»Falls Richelieu zustimmt und Mazarin die Einladung annimmt, wäre es notwendig, Mazarin den entsprechenden Titel zu verleihen.«

»Ihr meint, wir sollen ihn für den Kardinalshut vorschlagen?«

»Ja, Sire.«

»Hm.« Mehr sagte der König im Moment nicht dazu.

☆

Bin ich hinterhältig? Eine Ehebrecherin? Dem zweiten würde ich widersprechen.

Ich war damals nicht der Meinung und bin es auch heute nicht, aus moralischer Sicht gesehen je Ehebruch begangen zu haben, wenn es das Gesetz und die feine Gesellschaft auch so beurteilen mögen. Als ich mich auf die Affäre mit Buckingham einließ, hatte mich mein Mann seit Jahren verschmäht und missachtet. Meine Beziehung zu Mazarin begann nach einer noch viel längeren Zeit ehelicher Enthaltsamkeit. Meine Ehe existierte damals nur auf dem Papier.

Jetzt sah die Sache auf einmal ganz anders aus. Ludwig war seit Monaten der perfekte Ehegatte. In Anbetracht der vergangenen 20 Jahre gab es keine Garantie, dass diese Stimmung anhalten würde. Mein Anblick in einer außergewöhnlichen Situation hatte ihn erregt. Nachdem er sich meiner schließlich körperlich bemächtigt hatte, schaffte er es nicht, mich loszulassen. Es bestand aber die Gefahr, dass er ohne Vorwarnung wieder in sein altes Verhalten zurückfiel. Ich nahm mir vor, meine zukünftige Beziehung zu Jules vom Verhalten des Königs abhängig zu machen. Wenn er weiterhin mit dem eifrigen Verlangen eines Jungen um mich werben würde, wäre ich zufrieden. Wenn er es nicht tat ...

Es ging jedoch noch um viel wichtigere Dinge. Ich bereitete inzwischen einen großen Streich vor, um *meinen* Kardinal – daran zweifelte ich diesmal nicht – an die Spitze des Staates zu stellen.

Tatsächlich lief alles nach Plan. Richelieu, der ganz richtig glaubte, dass Mazarin ihm in allem folgen würde, stimmte zu. Dem Italiener wiederum gefiel die Idee ausgezeichnet, besonders da ihm der rote Hut in Aussicht gestellt wurde. Der Papst gab gütig sein Einverständnis und versprach, über den Hut nachzudenken.

Wir freuten uns daher, Mazarin im neuen Jahr in Paris begrüßen zu können. Doch es heißt nicht ohne Grund: Der Mensch denkt, und Gott lenkt. Wir verbrachten ein sehr fröhliches Weihnachtsfest. Der Krieg war praktisch ins Stocken geraten, und es fanden nur noch sporadisch Scharmützel statt. Es sah so aus, als ob keine der beiden Seiten wusste, wie sie den Krieg beenden sollte, ohne zu sehr an Ansehen in der Welt zu verlieren.

Wir hatten in Frankreich Ärger mit einigen Missernten, die zu Unruhen bei den Bauern führten. Mein Bruder und Olivares hingegen mussten sich mit großen Zwistigkeiten in ihrem Land auseinander setzen. Die Katalanen, die Einwohner der nordöstlichen Provinz mit der Stadt Barcelona, strebten immer wieder ihre Unabhängigkeit an, die sie vor ein paar Jahrhunderten verloren hatten. Zu diesem Zeitpunkt rebellierten sie erneut, doch es musste die ganze Macht des Staates eingesetzt werden, um mit ihnen fertig zu werden. Mit derartigen Vorfällen haben es Herrscher leider immer wieder zu tun, doch wir ließen uns dadurch nicht von den Festlichkeiten ablenken. Ich persönlich freute mich zudem schon auf Jules, der voraussichtlich im Frühjahr nach Paris kommen sollte.

Stellen sie sich meine Gefühle vor, als mir mein Arzt im Februar mitteilte, dass ich schwanger war!

☆

Ich war entzückt und entsetzt zugleich. Es besteht kein Zweifel daran, dass eine Frau von 36 Jahren schon ungewöhnlich alt ist, um zum ersten Mal Mutter zu werden, wenn sie auch sicher noch eine gute Mutter sein kann. Bei dem Gedanken an die Beschwerden und Schmerzen, die vor mir lagen, wurde mir ganz schwach ums Herz. Und ich erschrak zu Tode, wenn ich an die vielen großen Frauen dachte, die ich kennen gelernt hatte und die bei der Geburt oder an dem Fieber nach der Geburt gestorben waren.

Welche Frau wünscht sich andererseits nicht dennoch, Mutter zu werden? Das war als Königin von Frankreich meine heilige Pflicht, und in dem Amt war ich nun schon, seitdem ich vor 22 Jahren in Paris angekommen war. In den Augen der Welt, die meine häusliche Situation nicht kannte, hatte ich versagt; andere Talente, die ich hätte vorweisen können, spielten dabei keine Rolle. Als die Nachricht an die Öffentlichkeit drang, wurde ich zur beliebtesten Frau in ganz Paris. Der Pöbel jubelte, sobald ich den Louvre verließ.

Die Beliebtheit beim Volk ist jedoch keine verlässliche Sache.

Wie Sie sich sicher denken können, war Ludwig selig und freute sich riesig, dass er diese Tat überhaupt vollbracht hatte. Sogar die Königinmutter, die sich in Antwerpen aufhielt, gratulierte mir schriftlich. Sie bat gleichzeitig um Geld, da ihre Ersparnisse offenbar allmählich schrumpften. Ich zeigte Ludwig den Brief, doch er schnaubte nur verächtlich.

»Wie man sich bettet, so liegt man.« Mehr wollte er dazu nicht sagen.

Ich erhielt auch von anderen Glückwunschschreiben, die wie Maria von Medici bei dieser Gelegenheit über ihre eigenen Probleme sprachen.

Isabella schrieb mir, wie glücklich sie sei und wie sehr sie sich danach sehne, unsere beiden Häuser würden dauerhaften Frieden schließen. Sie spürte wie ganz Spanien die Not. Auch sie hatte nicht mehr Glück gehabt als ich, Mutter zu werden, obwohl sie mehrere Fehlgeburten erlitt. Im Jahr darauf brachte sie ein kleines Mädchen namens Maria Theresia zur Welt.

Auch Henriette-Marie hatte ihre Sorgen. Frühreif wie sie war, hatte sie hingegen keine Schwierigkeiten, ihre Pflicht als Frau zu erfüllen. Ihr ältester Sohn, den sie nach seinem Vater Karl genannt hatte, war schon sieben Jahre alt. Sie hatte noch einen zweiten Sohn und zwei Töchter, obwohl auch sie mehrere Fehlgeburten erlitten hatte. Ihre Fruchtbarkeit hatte nicht nur unsere Korrespondenz belastet, sondern mich auch schrecklich eifersüchtig gemacht, und jetzt war ich ihr endlich ebenbürtig. Trotz der Freuden der Mutterschaft hatte Henriette-Marie – oder vielleicht eher ihr Gatte – große Probleme. Er regierte seit fast zehn Jahren ohne Parlament, und das bedeutete in England, dass er nur wenige legale Möglichkeiten besaß, um an Geld zu kommen. Die Steuergesetze waren veraltet, und nur das Parlament konnte neue Steuern erheben. Diese Situation brachte große Probleme mit sich.

Die Engländer litten seit undenklichen Zeiten – wahrscheinlich ging das bis in die Zeit zurück, da das Land von den Wikingern angegriffen wurde – unter der so genannten Schiffssteuer. Diejenigen, die in küstennahen Grafschaften lebten, mussten jährlich bestimmte Summen, die angeblich für ihre Verteidigung im Falle einer Invasion bestimmt waren, an die Regierung zahlen.

König Karl bürdete diese Steuer in seiner Not nun dem ganzen Land auf. Es kam zu Aufruhr, und einige weigerten sich zu zahlen. Der König beschloss, einen dieser widerspenstigen Bewohner, einen Mann namens Hampden, vor Gericht zu bringen, wozu ihn die Gesetze berechtigten. Das Gericht entschied, dass der König die Steuern erheben durfte, und Hampden wurde schuldig gesprochen. Doch es war ein Pyrrhussieg, denn Hampden wurde auf dem Heimweg vom Pöbel begleitet, als hätte er eine Schlacht gewonnen. Henriette schrieb: *Wir waren noch nie so unbeliebt*.

Als hätte es in England nicht schon genug Probleme gegeben, ging von Karl nun auch noch in Bezug auf seinen Glauben großer Ärger aus. Wie ich schon erwähnte, waren die Engländer im letzten Jahrhundert offiziell Protestanten geworden, indem sie die Autorität des Papstes zurückwiesen. Dabei hatten allerdings ethische oder religiöse Gründe keine Rolle gespielt. Nachdem Heinrich VIII. keine Erlaubnis erhalten hatte, sich von meiner Ururgroßtante Katharina scheiden zu lassen, hatte er das Gesetz selbst in die Hand genommen. Gleichzeitig stellte er fest, dass er seine Finanzlage verbessern könnte, wenn er die Klöster plünderte. Viele Persönlichkeiten einschließlich einer seiner Töchter – diese Maria, die die gescheiterte Ehe mit meinem Großvater führte – blieben Katholiken, und England wurde fast ein halbes Jahrhundert von blutigen Kämpfen erschüttert.

Als die Stuarts aufgefordert wurden, die englische Thronfolge zu übernehmen, geschah das unter der Bedingung, dass sie alle englischen Institutionen akzeptierten, und dazu gehörte auch die anglikanische Kirche. Königin Elisabeth hatte diese schließlich fest etabliert, und die Ausbreitung dieser Kirche war durch Großvaters unklugen Versuch, das Land zu überfallen, begünstigt worden. Die Stuarts kamen jedoch aus Schottland, wo sich der Protestantismus in einer sehr extremen Form, dem Kalvinismus, ausgebreitet hatte. Die Stuarts selbst waren keine Anhänger dieses Fundamentalismus. Jakob Stuarts Mutter, Maria, war Katholikin, und während er selbst erklärter Protestant war, hatte er bewiesen, dass er weder mit dem lutherischen noch kalvinistischen Glauben sympathisierte. Er weigerte sich zum Beispiel, seinem Schwiegersohn, dem Kurfürsten von der Pfalz, nach der Niederlage der Protestanten in der Schlacht am Weißen Berg zu helfen.

Diese Ambivalenz wurde an seinen Sohn vererbt, nur dass Karl sich unter dem Einfluss seiner Frau immer mehr zu einer Rückkehr zum Katholizismus bewogen fühlte. Welche Hoffnungen Henriette auch immer hegte, so konnte das niemals geschehen. Die Engländer hätten es niemals geduldet. Jetzt sah Karl missbilligend auf die Schotten, die noch immer seine Untertanen waren, und befahl ihnen unmissverständlich, die anglikanischen Gepflogenheiten zu akzeptieren. Die Schotten konnten *das* nicht hinnehmen, und Henriette schrieb mir, dass Karl bereit sei, Krieg gegen sie zu führen, wenn sie sich weiterhin seinen Verfügungen widersetzten.

Wenn man Krieg führt, braucht man ein Heer, und um ein

Heer aufzustellen und zu unterhalten, braucht man Geld. Karl hatte aber kein Geld. Henriette schrieb: *Ich sehe schwierige Zeiten auf uns zukommen.*

Was gingen mich all diese Probleme eigentlich an? Ich war schwanger und genoss es, von aller Welt verehrt zu werden. Sogar Richelieu lag mir zu Füßen. Ich möchte daran erinnern, dass Richelieu in meiner Jugend bestimmt nicht gerne gesehen hätte, dass ich Mutter geworden wäre. Das hätte meine Position am Hofe gestärkt und wahrscheinlich zu seiner Amtsenthebung geführt. Jetzt sah die Sache anders aus. Er wusste, dass es aufgrund seiner zahlreichen Leiden kaum Aussicht gab, einem ausgelassenen kleinen Prinzen gegenübertreten zu müssen, der von seiner Mutter gelernt hatte, schon allein den Namen des Kardinals zu hassen. Daher dachte er an die Zukunft Frankreichs, und diese Zukunft hing von einem Thronfolger ab.

Als meine Schwangerschaft öffentlich bekannt gegeben wurde, dachte niemand auch nur eine Sekunde daran, dass ich eine Tochter zur Welt bringen könnte. Und das geschah auch nicht.

Für mich begann eine sehr strapaziöse Zeit. Der König und ich waren zum Zeitpunkt meiner Schwangerschaft seit 22 Jahren verheiratet. Die Chancen, einen Thronfolger zu gebären, gingen gegen Null. Daher musste ich mein ganzes Leben auf meine Leibesfrucht umstellen. Ich kann ehrlich behaupten, dass ich mich nie in meinem Leben – auch nicht während der Zeit, als Richelieu mich praktisch im Louvre gefangen hielt – so eingezwängt gefühlt habe.

Sogar Kutschfahrten oder lange Spaziergänge in den Gärten des Louvre wurden als zu gefährlich angesehen. Meine Nahrung wurde von einer Kommission aus gelehrten Adeligen genau überprüft, und einige meiner Lieblingsspeisen wurden vom Speisezettel gestrichen. In Bezug auf meine Trinkgewohnheiten wurden mir kaum Vorschriften gemacht, da ich diesbezüglich nie zu Übertreibungen neigte.

Meine Garderobe wurde ebenfalls genau überprüft. Der Reifrock und alle eng geschnürten Kleidungsstücke wurden mir verboten. Schon bald bewegte ich mich wie eine Galeone unter vollen Segeln. Sogar über die Bücher, die ich las, wurde gewissenhaft diskutiert, und einige wurden mir weggenommen, da meine Ärzte die Ansicht vertraten, dass auch mein Kind, das ich unter dem Herzen trug, die Dinge, die ich während der Schwangerschaft geistig verinnerlichte, aufnahm.

Sex war streng verboten. Das war für mich sehr hart, da ich nach so vielen Jahren erzwungener Enthaltsamkeit gerade erst die Freude entdeckt hatte, das Bett ziemlich regelmäßig mit einem Mann zu teilen. Jetzt musste ich die Nächte wieder allein verbringen, obwohl Ludwig jeden Abend zu mir kam, sich zu mir setzte, meine Hand hielt und mir nette Dinge sagte.

Als meine Rundungen zu sehen waren, wurde ich von allem fern gehalten.

Jeden Tag wurde mein Körper untersucht, während sich gelehrte Adelige über Nasen und Augen rieben und flüsternd über meinen Gesundheitszustand sprachen.

Dieser war im Grunde ausgezeichnet, und so blieb es auch weiterhin.

☆

Ich hatte mich um einen neuen Beichtvater bemüht, einen jungen Mann namens Albert, der in meiner Gegenwart immer zitterte, denn er war erst 22 Jahre alt. Da ich zu Richelieu kaum Kontakt hatte und der König nicht mit mir über politische Dinge sprach, wusste ich überhaupt nicht mehr, was in der Welt geschah.

Es passierte allerdings auch nicht viel. Der Krieg zwischen Frankreich und Spanien ging weiter, doch es kam zu keinen Schlachten, und keines der Länder hatte große Verluste oder

Siege zu verzeichnen. Der Krieg in den deutschen Territorien wurde auf eine ähnlich sporadische Weise weitergeführt. Durch den Tod von Bernhard von Weimar wurde der Krieg unterbrochen, und dadurch schien eine Aussicht auf einen Sieg der französisch-schwedischen Seite noch unwahrscheinlicher zu werden.

Die Nachrichten aus England wurden immer alarmierender, denn das Land schien kurz vor einem großen Religionskrieg zu stehen. Henriette schrieb, dass ein Priester in Schottland eines Tages seine Predigt mit geladenen Pistolen, die vor ihm auf der Kanzel lagen, halten musste, weil sich seine Gemeinde so aggressiv und feindselig verhielt.

Und meine Hoffnungen auf vertrauliche und interessante Gespräche mit Jules konnte ich begraben. Ihm wurde noch nicht einmal erlaubt, sich in meiner Nähe aufzuhalten.

Schließlich nahm alles ein gutes Ende, und am 5. September 1638 wurde ich von einem Kind entbunden.

☆

Und es war ein Junge!

Ludwig war entzückt und trug das Baby immer wieder durch das Gemach, während meine Zofen und Ärzte ihn ängstlich beobachteten.

Als das Kind schließlich wieder an meinem Busen lag, setzte sich der König zu mir.

»Was für eine Sache, was?«

Ich war nicht ganz sicher, wie ich das zu verstehen hatte.

»Wir müssen einen Namen auswählen«, sagte ich. »Ich dachte an Heinrich nach Eurem großen Vater.«

»Heinrich«, überlegte er. »Das klingt ein wenig veraltet. Nein, nein. Wir werden ihn nach mir nennen. Er wird Ludwig heißen. Ludwig der Vierzehnte, hm? Ich war der Unglückliche, weil ich der Dreizehnte mit diesem Namen war. Dieser Ludwig wird viel mehr Glück haben.«

Hoffentlich behielt er Recht.

☆

Nach der Geburt meines Kindes war ich nicht in der Lage, sofort wieder am gesellschaftlichen Leben teilzunehmen. Gegen den Willen meiner Ärzte, die ein ganzes Heer von Ammen aufgestellt hatten, die begierig darauf waren, ihre Pflicht am Thronfolger zu erfüllen, wollte ich Ludwig zumindest in der ersten Zeit selbst stillen. Ich stillte ihn nur drei Monate, um dann an den Festlichkeiten zu Weihnachten und zum Neuen Jahr teilnehmen zu können.

Der kleine Ludwig entwickelte sich gut, und ich hatte nie strahlender ausgesehen. Nach der Geburt bekam ich kein Fieber, und ich hatte schnell wieder meine alte Figur. Und ich war Mutter. Ich war bereit, meinen Platz an der Spitze der französischen Gesellschaft wieder einzunehmen.

Wir verbrachten während der Ferien eine wunderschöne Zeit, und ich hatte sogar mehrmals Gelegenheit, unter vier Augen mit Mazarin zu sprechen, der jetzt offiziell als Richelieus Stellvertreter eingesetzt worden war. Bei diesen Unterredungen benahmen wir uns immer sehr schicklich. Wir wären beide nicht auf die Idee gekommen, von der Etikette abzuweichen, denn wir wussten beide, dass sich meine Situation in den letzten Jahren grundlegend verändert hatte und die Ansprüche der Jugend hinter mir lagen. Wir lebten von der Erinnerung.

Der König war inzwischen wieder so lüstern wie vor meiner Schwangerschaft, und ich versank in häuslicher Glückseligkeit. Das war sehr schön, denn 1639 war kein gutes Jahr, weder nördlich oder südlich der Pyrenäen noch jenseits des Kanals.

In der Normandie gab es wieder Probleme. Ich sollte noch

einmal daran erinnern, dass die Normannen erst nach den Gascognern Franzosen wurden. Die Engländer hatten Calais und damit ihren letzten Stützpunkt auf dem Kontinent erst vor knapp hundert Jahren aufgegeben. Da die Bewohner der Normandie so lange Zeit nicht genau wussten, welcher Herrschaft sie sich unterordnen mussten, waren sie ein lärmender Haufen, wenn auch nicht so halsstarrig wie die Gascogner. Für ihre Aufstände gab es gute Gründe, da sie wieder Missernten zu beklagen hatten und viele von ihnen kurz vor dem Verhungern standen.

Sie appellierten an Richelieu, ihnen die Steuern für ein Jahr zu erlassen, um sich erholen zu können, doch der Kardinal weigerte sich, darüber nachzudenken. Er brauchte jeden Ecu, um den Krieg weiterführen zu können, und er zahlte noch immer hohe Subsidien an Schweden. Daher war es schon schwierig, unser eigenes Heer zu unterhalten. Die Lage zwang ihn fast dazu, Söldner anzuheuern. Es war nicht mehr zu übersehen, dass dieser brillante Geist immer schwächer wurde, und das hatte mit seinen zahlreichen Leiden und nichts mit seinem Alter zu tun, denn er war noch relativ jung. Seine Leiden führten zu einer wachsenden Reizbarkeit und einem verengten Blick, sodass er nur noch das sah, was er sehen wollte, und die andere Seite der Medaille nicht mehr betrachtete.

Daher wurden in jenem Sommer stärkere französische Truppen in der Normandie als gegen die Spanier eingesetzt.

Meine Landsleute schafften es nicht, das zu ihrem Vorteil zu nutzen, denn zu dem Zeitpunkt entwickelten sich die Unruhen in Katalonien zu einer ausgewachsenen Revolution. Der General-Gouverneur wurde vom Pöbel buchstäblich in Stücke gerissen. Wie üblich ging es um Steuern. Die Katalanen litten nicht an einer Nahrungsmittelknappheit, aber sie waren der Meinung, dass ein größerer Teil der Steuern, die die spanische Regierung von ihnen eintrieb, für *sie* ausgegeben werden sollte. Auch Olivares brauchte wie Richelieu jeden Penny, um sein Heer zu unterhalten.

Um alles noch schlimmer zu machen, zettelte ein Portugiese, der Herzog von Braganza, auf der anderen Seite der Halbinsel eine Revolte an, erklärte Portugals Unabhängigkeit und ernannte sich zum König. Ehrlich gesagt, gehörte dieser Teil des Landes erst knapp ein Jahrhundert zu Spanien. Großvater hatte ihn in einem seiner Anfälle von Größenwahn annektiert. Diese weitere Krise brach für meinen Bruder zu einem sehr ungünstigen Zeitpunkt aus. Das neue Königreich wurde sofort von Frankreich und Holland anerkannt, und Richelieu, der begriffen hatte, dass Frankreich niemals ohne eine Kriegsflotte wahre Größe erlangen konnte, und daher eine aufgestellt hatte, schickte seine Flotte an den Tajo.

Es sah so aus, als würde er sein ehrgeiziges Ziel erreichen und das Königreich meines Bruders zerreißen.

Jenseits des Kanals sah es aus dem Blickwinkel unserer vereinigten Königshäuser auch nicht besser aus. König Karl stellte ein Heer auf und schickte es nach Norden, um die Schotten zur Raison zu bringen, aber diese errangen einen großartigen Sieg. Es folgte ein unsicherer Friede, die Schotten verlangten Geld – ein nationaler Zeitvertreib –, und die Truppen warteten darauf, bezahlt zu werden.

Henriettes Briefe klangen sehr verzweifelt. *Wir sind vollkommen bankrott, meine liebe Anna. Wir leben von geliehenen Geldern, und die Wucherer wettern, dass das nicht ewig so weitergehen könne. Wentworth, der von Seiner Majestät zum Herzog von Strafford ernannt wurde, tut, was er kann, doch das ist nicht viel. Der König hat sich beinahe entschlossen, das Parlament einzuberufen, was sicher zu schrecklichen Streitereien führen würde.*

Am schlimmsten ist, dass der Pöbel mir die Schuld an den ganzen Unruhen gibt. Das Volk glaubt, ich hätte den König überredet, heimlich der wahren Kirche beizutreten. Das ist nicht wahr, auch wenn ich es noch so sehr wünschen würde. Ich werde auf den Straßen ausgepfiffen und verhöhnt und kann den Palast nicht ohne ein ganzes Geschwader von Leibwächtern verlassen. Ich bin verzweifelt!

Ich hatte Mitleid mit ihr und dachte daran, wie sich die Dinge verändert hatten. Noch vor ein paar Jahren war ich schier verzweifelt, und sie schwebte im siebten Himmel. Jetzt schwebte ich im siebten Himmel – wenn man von ein paar widerspenstigen Leuten aus der Normandie absah –, und sie hatte nur noch mit Problemen zu kämpfen.

Ich konnte jedoch nicht viel für sie tun, denn im Frühjahr wurde ich erneut schwanger!

11. Kapitel

Daher war ich im Jahre 1640 wieder einmal gezwungen, die Geschehnisse sozusagen vom Spielfeldrand aus zu betrachten. Das war auch gut so, denn obwohl ich es nicht wissen konnte, begann die turbulenteste und schließlich triumphalste Zeit meines Lebens.

Das war zu jenem Zeitpunkt allerdings nicht sofort erkennbar. Zunächst einmal sah es so aus, als würde sich die Lage wie jenseits des Kanals, wo es drunter und drüber ging, immer mehr zuspitzen. König Karl, der dringend Geld brauchte, berief zum ersten Mal nach elf Jahren das Parlament ein. Da diese Abgeordneten ebenso widerspenstig waren wie die des letzten Parlamentes, wurde die Sitzung nach knapp zwei Wochen vertagt. Währenddessen lagerten die siegreichen Schotten an der Grenze und verlangten 850 Pfund pro Tag, damit sie dort blieben.

Der König musste kapitulieren, ein anderes Parlament einberufen und wie ein Bittsteller vor die Abgeordneten treten. Das war eine sehr kritische Situation. Die Engländer und ihre Vertreter hatten sich eingeredet, dass die meisten Probleme in der Ehe des Königs mit einer katholischen Frau wurzelten. Damit hatten sie zwar nicht ganz Unrecht, doch sie erkannten den wahren Sachverhalt nicht. Die Probleme rührten nicht so sehr von der Tatsache her, dass Henriette-Marie Katholikin, sondern dass sie Henriette-Marie war. Jeder, der diese Seiten liest, weiß, dass es sich um eine sehr selbstbewusste junge Frau handelte, die entschlossen war, auch aus ihrem Gatten einen selbstbewussten Mann zu machen. Daher drängte sie ihn zu Handlungen, die zu großem Unmut führten, und er hatte weder einen Minister wie Richelieu noch die Intelligenz, selbst mit der Situation fertig zu werden.

Buckingham hätte die Sache vielleicht gemeistert, doch auch er hätte die Revolution früher oder später heraufbeschworen. Wentworth, der Graf von Strafford, war nicht der richtige Mann für diese Aufgabe. Seine Devise lautete: *Durchgreifen*, und das bedeutete, dass er äußerst rücksichtslos vorging und sich eine Menge Feinde machte, ganz zu schweigen von seinen Parlamentsgenossen, die ihn als Abtrünnigen ansahen.

Schon bald nach der Einberufung des neuen Parlamentes gab es Gerüchte, dass die Königin unter Anklage gestellt werden sollte! Das führte zu großer Aufregung auf beiden Seiten des Kanals. Die Engländer, die unter den so genannten zivilisierten Ländern eine Sonderstellung einnahmen, hatten in den letzten Jahrhunderten die Kühnheit besessen, eine Königin hinzurichten. Henriette schrieb mir, dass der König erwog, sie zu ihrer Sicherheit nach Hause zu schicken. Aus zwei Gründen geschah das nicht. Erstens wollte Henriette ihren Gatten nicht verlassen. Dabei dachte sie an die weit zurückliegende Zeit von Justinians Theodora, die angesichts der Bedrohung durch den Pöbel äußerte, sie sei die Kaiserin und würde lieber bleiben und als Kaiserin sterben dem fliehen. Zweitens war es gar nicht möglich, Henriette-Marie nach Hause zu schicken. Whitehall wurde ebenso wie die Seehäfen bei Tag und Nacht beobachtet, und die königliche Familie wusste nicht, wem sie noch trauen konnte.

Daher wurde ein Abkommen getroffen, und der König erlaubte, Strafford anstelle der Königin vor Gericht zu stellen. Das geschah unter der Voraussetzung, dass die Todesstrafe ausgeschlossen wurde. Strafford wurde angeklagt, für schuldig befunden und hingerichtet. Viele Untertanen haben schwache Gebieter und nicht die Fähigkeit, sich selbst zu retten.

☆

Die Situation spitzte sich jetzt noch weiter zu. Wie ich später von Henriette erfuhr, begriff Karl nach Straffords Hinrichtung, dass die Frage, ob der König oder das Parlament in England regierte, nur noch durch Waffengewalt geklärt werden könne. Inzwischen wurde ich von meinem zweiten Sohn entbunden, den wir Philipp nannten. Er war noch hübscher als Ludwig, und alle Welt war entzückt.

Während dieser zweiten Periode erzwungener Inaktivität machte ich die Bekanntschaft zweier junger Männer, die Geschichte schrieben oder zumindest – von mir ermutigt – an der Geschichte Frankreichs großen Anteil haben sollten.

Der erste war nicht mehr ganz so jung, denn er war schon über 30, als ich ihn kennen lernte. Er hieß Henri de la Tour d'Auvergne. In seinen Adern floss auch königliches Blut, da er der Sohn von Heinrich, Herzog von Bouillon, und seiner zweiten Gattin, Elisabeth von Nassau, war. Sie war die Tochter von Wilhelm dem Schweiger, dem berühmten Führer des niederländischen Unabhängigkeitskampfes gegen die Spanier. Aufgrund seines Amtes als Statthalter der Niederlande war er fast so etwas wie ein König.

Natürlich stammte er aus einer protestantischen Familie.

Sein Vater starb 1623, und Henri, der jüngere Sohn, wurde von seiner Mutter im Alter von zwölf Jahren schnell fortgeschickt, damit er mit seinen Onkeln Moritz und Friedrich Heinrich in den Niederlanden diente. Richelieu, der ein Auge für talentierte Männer hatte, nahm den jungen Mann in französische Dienste und übergab ihm den Befehl über ein Regiment, als er noch keine 20 Jahre alt war. Er machte schnell Karriere, und als er mir im Frühjahr 1641 vorgestellt wurde, war er zum stellvertretenden Kommandanten des Heeres ernannt worden. Damals war ich gerade erst in die feine Gesellschaft zurückgekehrt, nachdem ich den kleinen Philipp abgestillt hatte. Henri war mit seinen Truppen nach Perpignan geschickt worden, um diese unmittelbar nördlich der Pyrenäen gelegene Stadt, die in spanischer Hand war, zu belagern.

Der neue General war kein besonders attraktiver Mann. Er trug einen Schnurrbart, aber keinen Backenbart, und er hatte sehr melancholische Gesichtszüge. Ich war zwar glücklich, ihn als erfolgreichen Soldaten zu ehren, doch ich hatte zu dem Zeitpunkt keine Ahnung, wozu er fähig war. Selbstverständlich gefiel mir der Gedanke nicht besonders, dass er Krieg gegen mein eigenes Volk führen sollte.

Mein zweiter wichtiger Besucher in dieser Zeit war tatsächlich sehr jung, und in seinen Adern floss königliches Blut. Er war nämlich der Sohn meines alten Sparringspartners Condé und seiner Gattin Charlotte de Montmorency. Der junge Mann war auf den Namen Ludwig getauft, doch als Herzog von Enghien bekannt. Im Alter von gerade mal 19 Jahren hatte er schon an der Nordfront gekämpft und sich einen Namen gemacht.

Und das nicht nur als Soldat. Mit den Vorlieben meines Gatten hatte er nichts gemein, und als 19-jähriger Bursche gehörte er zu den großen Liebhabern von Paris. Das gefiel seinem Vater nicht, der nach seinen ausgelassenen Affären zu Beginn der Herrschaft jetzt der unterwürfigste Höfling geworden und immer begierig darauf war, in Gesellschaft des Königs oder des Kardinals gesehen zu werden.

Richelieu stammte aus einer großen Familie, und unter den vielen Nachkommen seiner Brüder und Schwestern war eine junge Dame namens Claire de Maillé-Brézé. 1640 war sie erst 13 Jahre alt, und ich hatte sie erst einmal gesehen, da ich zu dem Zeitpunkt wenig Kontakt zum Kardinal hatte. Sie war ein albernes kleines Mädchen.

Condé verfiel auf die nicht unvernünftige Idee, dass seine Zukunft und die seines Sohnes gesichert wären, wenn sein Sohn in die Familie des Kardinals einheiraten würde. Hier zeigt sich ein Beispiel dafür, wie tief dieses große königliche Haus gesunken war, dass ein Bourbone die Hand der Nichte eines Priesters für seinen Sohn erstrebte. Leider war diese Kriecherei am ganzen französischen Hof verbreitet.

Mit Ausnahme des Herzogs von Enghien. Die Verlobung zwischen ihm und Claire wurde 1639 bekannt gegeben, doch der junge Prinz zog sofort in die Schlacht und kehrte erst im Herbst 1640 zurück. Ich möchte daran erinnern, dass ich 19 Jahre zuvor aufgefordert worden war, ihn als Baby zu bewundern. Das war zu einer Zeit, als ich mich herzlich wenig für Babys interessierte, da ich kein eigenes hatte.

Als er von seinem Vater zu mir gebracht wurde, wirkte er sehr schüchtern. Das war Enghiens Art. Er gehörte nicht zu den anziehendsten Männern mit seinem schüchternen Blick, während er mit einer unglaublichen Perücke aus langem, lockigem, schwarzem Haar protzte.

»Eure Majestät«, begann Condé. Man brachte meine Kinder hinaus. »Wollt Ihr nicht mit diesem Jungen sprechen?«

»Ja sicherlich«, willigte ich ein. »Und worüber?«

»Er will nicht heiraten, aber er muss.«

»Ich liebe sie nicht«, murmelte Enghien.

»Leider liebt man selten seine Gattin, wenn die Ehe geschlossen wird. Mit der Zeit kann sich die Liebe einstellen.«

»Niemals«, erklärte er. »Ich liebe eine andere.«

Ich warf dem Vater einen Blick zu.

»Der dumme Junge hat eine Neigung zu Marthe du Vigean entwickelt.«

»Ich liebe sie«, erklärte Enghien abermals.

Ich konnte seine Situation verstehen, ohne jedoch das geringste Mitgefühl zu haben. Marthe du Vigean war zweifellos eine sehr hübsche junge Frau. Ich hatte sie nur einmal getroffen, als sie bei Hofe vorgestellt worden war. Allerdings war ich über die Pariser Gerüchte im Bilde und wusste, dass sie zu den eleganten jungen Leuten Anfang 20 gehörte, die zu viel Geld und zu viel Zeit hatten und deren Moralvorstellungen in keiner Weise zu ihren Rängen passten. Dieses Verhalten war eine unerwartete Folge von Richelieus Idee, die jüngeren Söhne und Töchter des Adels als Garanten für das gute Benehmen ihrer Eltern und älteren Brüder in Paris als Geiseln zu halten. Aus diesem Grunde hatten wir jetzt diese besondere Gesellschaft hier, die ihre Zeit mit weiß Gott welchen Kapriolen verbrachte, und es hieß, dass sie nicht nur in der Privatsphäre ihrer Häuser über die Stränge schlugen.

Daher verstand ich Condés Sorge umso besser.

»Jeder junge Mann sollte eine Mätresse haben«, sagte ich. »Sie sind jedoch selten gute oder passende Ehefrauen. Außerdem seid Ihr verlobt. Es wäre der Gipfel schlechten Benehmens, Eurer Verpflichtung nicht nachzukommen.«

»Sie hasst mich«, beklagte sich der unglückliche junge Mann.

Ich schlug ihm mit meinem Fächer auf die Schulter. »Die meisten Gattinnen hassen ihre Ehemänner nach der Hochzeitsnacht, doch das geht vorüber.«

Sie wurden am 9. Februar 1641 getraut. Leider hörte Claire nie auf, ihren Gatten zu hassen, und diese Abneigung beruhte auf Gegenseitigkeit.

☆

Der Sommer 1641 war für mich persönlich die letzte friedliche Zeit meines Lebens, denn ich hatte nichts anderes zu tun, als mit meinen geliebten Babys zu spielen. Was die Politik anbetraf, so war ich eher Beobachterin. Es war eine unheilvolle Zeit. Ich erwähnte schon, dass Strafford im Mai in England hingerichtet wurde. Beide Seiten bereiteten sich auf den Krieg vor. Das war eine traurige Angelegenheit, auch wenn in diesem Fall mein eigenes Glück dadurch nicht getrübt wurde.

Ich persönlich erlebte wieder einmal eine glückliche Lebensphase, obwohl sich das Verhältnis zwischen mir und Ludwig verändert hatte. Während meiner ersten Schwangerschaft und der Stillzeit nach der Geburt hatte Ludwig viel Zeit mit mir verbracht. Zu dem Zeitpunkt war mir eine sexuelle Beziehung zu meinem Gatten verboten, und sobald meine Ärzte mir die Erlaubnis gaben, setzten wir unsere amouröse Beziehung zügellos fort. Daher wurde ich auch erneut schwanger.

Während dieser zweiten Schwangerschaft sah ich den König viel seltener. Da es für eine schwangere Frau und besonders für eine schwangere Königin nicht schicklich ist, männlichen Besuch zu empfangen, hatte ich in dieser Zeit kaum interessante Gesellschaft. Natürlich durften mich mein Gatte (der nur selten kam), die Ärzte und mein Beichtvater Albert aufsuchen. Er war in meiner Gesellschaft noch immer sehr unsicher, und was hat eine schwangere Königin außerdem zu beichten? Meine Zofen waren ein nutzloser Haufen, sie interessierten sich nur für die Gerüchte im Palast. Da ich beschlossen hatte, nicht auf ihren Tratsch zu hören, entgingen mir verschiedene Anspielungen, die mich über die Situation auf dem Laufenden gehalten hätten.

Mein Gefühl, von Ludwig im Stich gelassen zu werden, verstärkte sich nach der Geburt. Mein Gatte schaute sich das Baby an, gab mir einen Kuss und ging davon. Dann sah ich ihn über eine Woche überhaupt nicht mehr. Von Mazarin erfuhr ich, was vor sich ging. Während der Schwangerschaft und des Stillens hatte ich auch auf seine Gesellschaft verzichten müssen, doch sobald ich Philipp nicht mehr stillte, konnte ich wieder Besucher empfangen. Nachdem mich d'Auvergne und Condé mit seinem Sohn aufgesucht hatten, empfing ich Mazarin regelmäßig.

Es freute mich immer, wenn ich ihn sah; doch ich hatte den Traum aufgegeben, ihn oder einen anderen Mann zu meinem Liebhaber zu nehmen. Ich war zufrieden, für den Rest meines Lebens Mutter zu sein. Meine Rolle als Ehefrau machte mir indes Sorgen.

»Glaubt Ihr, ich habe den König gekränkt?«, fragte ich ihn.

»Wie kommt Ihr auf diese Idee, Eure Majestät?«

»Er kommt nicht mehr zu mir.«

»Ach.« Er errötete. »Seine Majestät war in letzter Zeit sehr beschäftigt. Der Kardinal war krank ...«

»Der Kardinal war krank?«

»Ja, Eure Majestät. Er war mehrere Wochen ans Bett gefesselt und hatte starke Schmerzen. Glücklicherweise ist er jetzt wieder auf den Beinen. Es war für uns alle eine sehr schwere Zeit.«

»Für Euch war sie sicher schwerer als für den König, Jules.«

»Nun ...« Diese Bemerkung schien ihm unangenehm zu sein.

»Man könnte doch meinen, der König hätte ein wenig Zeit für seine Frau und seine Kinder.«

»Hm ...« Jetzt war er sichtlich verlegen.

»Sagt mir, was los ist«, befahl ich.

Ich konnte mir nicht vorstellen, dass sich Ludwig nach so vielen Jahren eine Mätresse zugelegt hatte.

Hatte er auch nicht.

»Es ist der Stallmeister«, murmelte Mazarin.

»Dieser dumme Junge?«, schrie ich.

Er hieß Henri Coiffier de Ruze und war der Marquis de Cinq-Mars. Eigentlich war er ein Schützling Richelieus, der ihn nach dem Tod seines Vaters vor neun Jahren praktisch adoptiert hatte. Damals war der Junge zwölf Jahre alt. Er war in den Kreis der königlichen Edelleute eingeführt worden und rasch aufgestiegen. Allerdings war er sehr arrogant und ungeduldig und hatte sich dadurch überall Feinde gemacht. Er soll den König sogar in der Öffentlichkeit getadelt haben. Als Richelieus Geschöpf konnte er sich jedoch in Sicherheit wiegen. Wenn er jetzt auch das Geschöpf des Königs war ...

»Wann hat diese Affäre begonnen?«, fragte ich.

»Vor etwa zwei Jahren, Eure Majestät.«

1639! Das war ein Jahr nach Ludwigs Geburt! Während

sein Vater eifrig damit beschäftigt war, mich erneut zu schwängern, war er wieder in seine alte widerliche Gewohnheit zurückgefallen. Wie konnte ich nur so dumm sein zu glauben, dass wir je wie ein richtiges Ehepaar zusammenleben könnten?

»Ich dachte, Eure Majestät seien im Bilde«, sagte Mazarin, dem das alles schrecklich unangenehm war.

»Ich erfahre kaum, was hier vor sich geht«, entgegnete ich verbittert. »Es sei denn, ein guter Freund wie Ihr, lieber Jules, erzählt es mir.«

»Es wäre mir nicht recht, wenn bekannt würde, dass Ihr es von mir erfahren habt.«

»Das wird nicht passieren«, beteuerte ich. Dennoch wollte ich noch mehr von ihm wissen. »Heißt Ihr eine solche Verbindung gut?«

»Nein«, erwiderte er entschieden.

»Und solange Cinq-Mars der Schützling des Kardinals ist, könnt Ihr nichts dagegen tun.«

»Ich glaube, er ist nicht mehr der Schützling des Kardinals«, sagte Mazarin. »Ich war dabei, als sich die beiden sehr heftig stritten.«

»Streitet sich Cinq-Mars nicht mit allen sehr heftig? Sogar mit dem König?«

»Das stimmt. Eure Majestät mögen mir verzeihen, aber es ist ... Wie soll ich mich ausdrücken? Es ist weniger gefährlich, sich mit dem König zu streiten als mit dem Kardinal.«

»Da habt Ihr sicher Recht. Worüber streiten sie sich? Was haben sie für einen Grund, sich zu streiten?«

»Der junge Mann ist sehr ehrgeizig. Er strebt Positionen an, durch die er sich auszeichnen kann, wie zum Beispiel als Befehlshaber im Heer oder den hohen Posten eines Botschafters.«

»Hat er für diese Stellung denn irgendwelche Qualifikationen?«

»Keineswegs. Darum lehnt der Kardinal seine Gesuche auch immer wieder ab.«

»Wenn ihm der Schutz des Königs sicher ist ...«

»Ich fürchte, ja«, sagte Mazarin.

Meiner Meinung nach konnte Cinq-Mars dem König nicht so sehr zugetan sein, wie es umgekehrt der Fall war. Wenn er einen Heeresbefehl oder einen auswärtigen Posten anstrebte, würde er Paris zwangsläufig verlassen müssen. Dass er das in Kauf nahm, war gut zu verstehen, denn im Gegensatz zu mir war Ludwig vorzeitig gealtert. Er war erst 40 Jahre alt und hatte in den letzten Jahren stark zugenommen. Jetzt machte er eine Diät und verlor wieder an Gewicht. Dadurch hingen seine Wangen schlaff herunter, und sein Gesundheitszustand verschlechterte sich fast so schnell wie der Richelieus. Ludwig war besorgniserregend blass und hatte rote Flecke auf den Wangen.

Wenn man ihm sagen würde, dass Cinq-Mars versuchte, dem Hof zu entfliehen ... Es war den Versuch wert, doch wie so oft in meinem Leben, beschloss ich abzuwarten, bis Ludwig mich wieder besuchte. Leider kam er nicht.

☆

In diesem Jahr erhielten wir die gute Nachricht, dass Jules kurz vor Weihnachten endlich den roten Hut verliehen bekommen sollte. Wir freuten uns alle. Und dann folgte eine Krise auf die andere.

Es war nicht sofort zu erkennen, dass sich ein Gewitter zusammenbraute. Im neuen Jahr kam mein Schwager Gaston wieder an den Hof. In den letzten Jahren war es ihm erlaubt worden, nach Belieben nach Frankreich zu reisen oder das Land auch wieder zu verlassen. Ludwig und Richelieu waren der Meinung, dass seine Mutter, solange sie sich nicht in Frankreich aufhielt, keine Gefahr mehr für den Thron darstellte. Gaston pflegte ganz gegen seine Gewohnheit einen freundlichen Umgang mit seinem Bruder, und er besuchte sogar mich.

Dafür gab es einen guten Grund. »Mutter ist verzweifelt«, erzählte er mir. »Sie ist vollkommen mittellos und muss schon ihren Schmuck verpfänden. Gibt es keine Hoffnung auf eine Versöhnung?«

»Solltet Ihr darüber nicht mit dem König sprechen?«, fragte ich.

»Das habe ich getan, aber er hat mich zurückgewiesen. Seine Majestät will davon nichts hören und ist auch nicht bereit, ihr Geld zu schicken. Es ist kaum zu glauben, dass er ihr Sohn ist. Ihr seid unsere einzige Hoffnung, Madame. Ihr seid seine Gattin ...« Er verstummte und schaute mich erwartungsvoll an.

»Ich sehe den König neuerdings sehr selten«, erklärte ich ihm in kühlem Ton. »Leider habe ich kaum Einfluss auf ihn. Vielleicht solltet Ihr Euch an Kardinal Richelieu wenden.«

»Diese Schlange? Er hasst Mutter und mich.«

Ein Verbündeter? Ich hatte jedoch nicht vor, mich noch einmal gegen den Kardinal zu verschwören, und ich traute Gaston von Orléans nicht über den Weg.

»Dann können wir wohl nichts machen«, sagte ich.

☆

Ich hatte tatsächlich aufrichtiges Mitleid mit Maria von Medici, aber ich konnte ihr nicht helfen. Sie hatte alles getan, um meine junge Ehe zu zerstören, und ich wagte nicht, den König gegen mich aufzubringen, denn von ihm hing meine eigene Sicherheit ab. Gaston beschloss, am Königshof zu bleiben. Wahrscheinlich schrieb er seiner Mutter, dass seine Bemühungen, eine finanzielle Unterstützung zu erreichen, gescheitert seien.

Mich beunruhigten die Nachrichten aus England, wo die Ereignisse plötzlich eine verhängnisvolle Wende nahmen.

Wahrscheinlich war König Karl von Henriette ermutigt worden, zur Tat zu schreiten. In seiner Situation mag man das als einen letzten verzweifelten Einsatz betrachten oder als Versuch, mit der Skrupellosigkeit, die die Situation erforderte, zu handeln. Seine Zusammenarbeit mit dem Parlament war zu einem völligen Stillstand gekommen, und das Parlament gab zu verstehen, dass es eigene Wege beschreiten werde. Es hatte kürzlich keinen Geringeren als den Erzbischof von Canterbury, einen Mann namens Laud, verhaften und einsperren lassen. (Man könnte sich fragen, warum es niemandem gelang, Richelieu zu verhaften ...)

Der Erzbischof nämlich hatte Ermittlungen durchgeführt und festgestellt, dass es noch eine beträchtliche Anzahl Abgeordneter im Parlament gab, die sich der Krone gegenüber loyal verhielten. Diese wurden von der Mehrheit eingeschüchtert, und diese Mehrheit wiederum wurde von der Persönlichkeit und den rhetorischen Fähigkeiten von fünf Männern eingeschüchtert. Zu diesen Schurken gehörte auch Hampden, der für schuldig befunden worden war, die Schiffssteuer nicht zu bezahlen. Ihr Anführer war ein gewisser Pym, ein miserabler Bursche, der seine Ohren schon eingebüßt hatte, weil er aufrührerische Parolen verbreitet hatte. Der König – oder vermutlich eher seine Gattin – waren auf die Idee verfallen, diese fünf Männer zu ergreifen und einzusperren, um ein wenig Eindruck zu schinden, was die Krone bitter nötig hatte. An einem Tag im Januar begab sich der König daher mit einer großen Anzahl bewaffneter Männer zum Parlament, um diese Schurken unter Arrest zu stellen.

Wenn ein Staatsminister in Frankreich überhaupt je geduldet hätte, dass sich die Lage derartig zuspitzt, so hätte er die Sache sicher anders gehandhabt. Auf jeden Fall entpuppte sich die Aktion als Katastrophe. Die fünf Abgeordneten waren von ihren Spionen im Palast gewarnt worden und daher nicht anwesend. Der König konnte nur die bittere Bemerkung machen: »Die Vögel sind ausgeflogen«, und dann kehrte er nach Whitehall zurück, wo ihn eine wütende Henriette erwartete.

Sie schrieb mir in einem Brief: *Jetzt ist alles an die Öffentlichkeit gedrungen. Angesichts der Feindseligkeiten nicht nur seitens des Parlamentes, sondern auch des Pöbels, der in London vom Parlament kontrolliert wird, haben wir die Stadt verlassen. Wir sind jetzt in Oxford, einer Stadt der Gelehrten, in der alle für den König sind. Das ist nach der angespannten Atmosphäre in London eine große Erleichterung und sehr zufrieden stellend. Von hier aus will Karl seine Verhandlungen mit dem Parlament fortsetzen, doch es scharen sich schon bewaffnete Männer zusammen, und es wird wahrscheinlich zu Kämpfen kommen.*

Dennoch sind wir enthusiastisch und voller Erwartung. Ihr solltet die tapferen Burschen sehen, die sich stets versammeln, ihre Schwerter ziehen und mir zujubeln, wenn ich mich fortwage. Mir wird immer ganz warm ums Herz. Diese halsstarrigen Puritaner mit ihren großen Hüten und ihren engen Hosen, die im Parlament sitzen und nicht mit Schwert und Pistole umgehen können, werden sich unmöglich unserer Macht widersetzen können. Auch sie wissen, dass Karl durch die Gnade Gottes und nicht die des Parlamentes König ist und dass er nur danach strebt, seine Macht zurückzugewinnen und seine Vorrechte auszuüben.

Sie war in ihrem Element, und da ich zu jenem Zeitpunkt noch nicht aufgefordert worden war, die Macht über eine Stadt zu übernehmen, glaubte ich ihr.

☆

Wieder einmal verfolgte ich die Ereignisse jenseits des Kanals mit großem Interesse. In Frankreich wurden wir allerdings von einem Ereignis überrascht, das ebenso ernster Natur war. Jedoch handhabten wir – oder eher der Kardinal – die Sache auf unsere eigene Weise.

Ich erfuhr von den Ereignissen durch einen der seltenen Besuche des Königs.

Meine Zofen gerieten sofort in helle Aufregung, als sich der König näherte. Mir ging es ähnlich, als die Tür aufgestoßen und Seine Majestät angekündigt wurde. Ich machte einen tiefen Knicks, und Ludwig und Philipp schrien »Papa!« und liefen los, um ihren Vater zu umarmen. Das heißt nur Ludwig lief, und Philipp krabbelte, doch mein Gatte schnippte mit den Fingern und rief: »Hinaus! Und nehmt die Bälger mit.«

Ich richtete mich gerade rechtzeitig auf, um noch zu sehen, wie alle Hofdamen und die Ammen mit meinen Kindern aus dem Zimmer flohen. Hatte er vielleicht mal wieder Lust auf Sex? Mitten am Tage? Als ich mich an seine glühende Leidenschaft erinnerte, die er bei meinem Anblick in der Folterkammer der Bastille verspürt hatte, bereitete ich mich auf einen Kampf vor. Ich war erstaunt, als mein Gatte, sobald die Türen geschlossen waren, auf einen Stuhl sank und in Tränen ausbrach.

Ich kniete mich neben ihn auf den Boden. »Eure Majestät? Sire? Ludwig? Was ist geschehen?«

»Sie haben ihn ergriffen«, schluchzte er. »Oh, mein lieber Junge. Sie werden ihn aufs Rad flechten. Oh, mein lieber Junge. Und Gaston? Was soll ich mit Gaston machen?«

Ich stand vor einem Rätsel. »Was ist mit dem Herzog, Sire?«

»Der Herzog!«, schrie er. »Oh, der Herzog!« Ludwig brach erneut in Tränen aus.

Ich war vollkommen verwirrt und umfasste seine Hände. »Sagt mir bitte, Sire, was geschehen ist.«

»Dieser dumme Junge«, stammelte er mit tränenerstickter Stimme.

Allmählich begriff ich, um wen es ging. »Sprecht Ihr über den Marquis de Cinq-Mars?«

»Ja, ja«, entgegnete der König. »Mein teurer Henri!«

»Ach so«, sagte ich ein wenig gereizt, was Sie als Leser sicher verstehen werden. »Was hat er getan?«

Der König schluchzte noch immer. »Er hat ein Komplott gegen Richelieu geschmiedet. Mit meinem Bruder!«

Das erinnerte mich an Chalais, aber das war schon sehr lange her.

»Warum?«, fragte ich. »Ist Richelieu nicht praktisch sein Pate?«

»Er hat Henri nicht den Aufstieg ermöglicht, nach dem er strebt und den er verdient hat.«

»Wir müssen dem Urteil des Kardinals in diesen Dingen vertrauen«, sagte ich laut, doch im Stillen dachte ich, dass Ludwig dem Urteil des Kardinals in fast allen Dingen vertraute, seitdem er ihn zum Staatsminister ernannt hatte. »Was soll mit ihm geschehen? Wird er hingerichtet?«

»Dazu wird es wohl kommen«, murmelte Ludwig. »Hochverrat ist ein ausreichender Grund.«

»Sie haben sich gegen Euch verschworen?«, fragte ich bestürzt.

»Gegen das Königreich. Diese törichten Männer. Vor zwei Monaten haben Gaston und Henri ein Dokument unterzeichnet und damit eingewilligt, unsere Befehlshaber im Süden durch andere zu ersetzen, die Spanien wohlgesonnen sind. Und sie haben zugelassen, dass das spanische Heer in mein Königreich eindringt. Könnt Ihr das glauben?«

Nein, ich konnte kaum glauben, dass sie so etwas versucht hatten, ohne mich um Rat zu fragen. Andererseits war ich froh, dass sie es nicht getan hatten, sonst wäre ich in die Sache verwickelt worden oder zumindest in einer sehr heiklen Situation gewesen.

»Und der Kardinal hat es aufgedeckt?«

»Er hat eine Abschrift des Paktes erhalten. Man muss es schon so bezeichnen. Ein Pakt zur Zerstörung Frankreichs. Und mein eigener Bruder hat ihn unterschrieben und mein ... Henri.«

Das war wahrlich eine sehr ernste Lage, die ganz unterschiedliche Folgen nach sich ziehen konnte.

»Was werdet Ihr tun?«

»Was kann ich tun?«, jammerte er. »Sie haben nichts abgestritten.«

»Sind sie dem Verhör unterzogen worden?«

»Ich fürchte, ja. Henri auf jeden Fall. Wenn ich an diesen lieben Jungen denke – nackt auf der Folterbank als Spielzeug dieser Unmenschen ...«

Dieser Gedanke hatte bei ihm offensichtlich die gleiche Wirkung wie mein Anblick, als ich entblößt und gefesselt in der Folterkammer auf die Schläge wartete. Der Vergleich gefiel mir allerdings ganz und gar nicht.

»Und Euer Bruder?«

Ludwig schluchzte.

»Ihr seid der König«, erinnerte ich ihn. »Ihr steht über dem Gesetz. Ihr und diejenigen, die Ihr unter Euren Schutz nehmt, sind unantastbar.«

Er starrte mich an und trocknete seine Tränen. »Glaubt Ihr wirklich?«

»Natürlich, Sire.«

»Das würde das Ende für Richelieu bedeuten.«

»Sire, jeder weiß, dass sein Ende naht, und daher wäre nicht viel verloren. Außerdem haben wir einen hervorragenden Ersatz für ihn: Kardinal Mazarin. Er ist bereit, die Zügel der Herrschaft zu übernehmen.«

»Richelieu zu einem solchen Zeitpunkt ... Er hat mir gesagt, das halbe Heer sei in die Verschwörung verwickelt. Er hat fast alle Offiziere verhaftet. Dieser d'Auvergne ... Erinnert Ihr Euch an ihn?«

»Ja, ich habe ihn kennen gelernt.«

»Sie sind alle beeinflusst worden. Ich fürchte, damit kann nur Richelieu fertig werden.«

»Ihr wollt zulassen, dass Euer eigener Bruder hingerichtet wird?«

»Nein, nein, das kann ich nicht zulassen. Er muss für immer ins Exil. Er kann zurück zu Mutter gehen.«

»Und Cinq-Mars?«

»Ich werde sehen, was ich für ihn tun kann.«

»Und für d'Auvergne. Wir können es uns kaum leisten, einen unserer besten Soldaten zu verlieren. Jedenfalls genießt er einen tadellosen Ruf.«

»Wenn ich mir nur ihrer Loyalität sicher sein könnte.«

Als er ging, sah er aus wie ein gebrochener Mann.

☆

Nachdem er mein Zimmer verlassen hatte, starrte ich entsetzt auf die Kissen, in die er geweint hatte. Sie waren mit Blut befleckt. Ich befahl sofort einer meiner Zofen, meinen Arzt, Dr. Maltot, zu holen.

Er blickte auf die Flecke. »Das sind Blutflecke«, sagte er.

»Das sehe ich auch«, fuhr ich ihn an. »Das Blut stammt aus der Nase oder dem Mund des Königs. Sagt mir, was das zu bedeuten hat.«

»Hm ...« Er kniff sich in die Nase. »Ich werde mich mit dem Arzt des Königs beraten.«

»Macht das bitte, und zwar sofort!«

Am nächsten Morgen kamen die beiden Ärzte zu mir. Dr. Danton war ein sehr großer, schwerfälliger Mann. An diesem Morgen war er noch schwerfälliger als üblich.

Er nahm das Kissen wie eine Art Beweis in die Hand, starrte mehrere Sekunden darauf und seufzte dann tief.

»Eure Majestät, leider ist das für den Zustand des Königs ganz normal.«

»Welchen Zustand? Wollt Ihr damit sagen, dass er schon häufiger Blut gespuckt hat?«

»Ja, Eure Majestät, in den letzten Monaten kam es immer wieder vor.«

»Dann muss doch etwas mit ihm nicht in Ordnung sein.«

»In der Tat, Eure Majestät. Es tut mir Leid, es Euch sagen zu müssen, aber Seine Majestät leidet an Schwindsucht.«

»Was?«

»Ja, es tut mir Leid, aber seine Lungen ... hm ... faulen.«

»O, mein Gott!« Ich fasste mir mit beiden Händen an die Kehle. »Wie lange wisst Ihr es schon?«

»Wir nehmen an, dass er sich das Leiden vor mehreren Monaten zugezogen hat.«

»Warum bin ich nicht unterrichtet worden?«

»Madame, wir wollten Euch nicht beunruhigen. Dieses Leiden heilt manchmal ganz von selbst.«

»Das scheint hier aber nicht der Fall zu sein.«

»Bedauerlicherweise nicht.«

»Wie lautet Eure Prognose?«

Die beiden Ärzte warfen sich besorgte Blicke zu.

»Ich habe ähnliche Fälle beobachtet«, sagte Danton. »Wenn die Blutungen regelmäßig wiederkehren, bleibt der Patient selten länger als zwei Jahre am Leben.«

»Zwei Jahre«, murmelte ich.

»Wenn die Blutungen regelmäßig wiederkehren. ... Das ist jetzt seit fast einem Jahr der Fall.«

Ich starrte ihn entgeistert an. Mein Gemahl, der König von Frankreich, hatte nur noch ein Jahr zu leben?

»Wenn Seine Majestät jedoch«, fuhr Danton fort, »einen ausgedehnten Urlaub in einem warmen, heilsamen Klima wie dem Mittelmeerraum machen würde ...«

»Das ist *unmöglich*«, stieß ich hervor. »Der König kann Frankreich nicht verlassen, und er kann sich nicht der Gefahr aussetzen, von den Spaniern ergriffen zu werden.«

Ich hatte soeben zum ersten Mal meine Landsleute öffentlich als unsere Feinde bezeichnet, doch im Moment hatte ich andere Sorgen.

»Ist Seine Majestät darüber im Bilde?«

»Nein, Madame. Da der König Blut spuckt, ist er selbstverständlich über seinen schlechten Gesundheitszustand im

Bilde. Wir haben ihn jedoch in dem Glauben bestärkt, dass er sich mit der Zeit wieder erholen wird.«

»Haltet Ihr das für vernünftig?«

»Madame, wir sind der Meinung, dass Seine Majestät ...«, er suchte nach den richtigen Worten, »... stark schwankenden Stimmungen unterliegt. Der König ist schnell entmutigt und schnell betrübt. Wir haben in ähnlichen Fällen beobachtet, dass es sich bei Patienten mit einem derartigen Gemütszustand sehr stark auf die Persönlichkeit auswirkt, wenn sie über ihren nahenden Tod Bescheid wissen.«

Ich fragte mich, nach welchem Wort er gesucht hatte, um den Charakter des Königs zu beschreiben. Leichtsinnig? Unreif?

»Er wird die Wahrheit schließlich zwangsläufig erfahren«, sagte ich.

»Ja, Madame, das wird er, wenn sich sein Gesundheitszustand weiter verschlechtert.«

»Und ich soll hier sitzen und zusehen, wie mein Gatte stirbt? Kann man denn gar nichts machen?«

»Ich fürchte, gegen die Schwindsucht können wir nichts tun. Aber Ihr könnt etwas für den König tun, Madame, indem Ihr ihm seine letzten Monate so glücklich wie möglich gestaltet.«

Als Arzt des Königs wusste er sicher über dessen sexuelle Neigungen Bescheid, und daher war sein Rat ziemlich scheinheilig. Plötzlich schoss mir ein Gedanke durch den Kopf, der mir gar nicht gefiel.

»Weiß der Kardinal Bescheid?«

»Wir hielten es für unsere Pflicht, den Staatsminister des Königs zu informieren. Natürlich streng vertraulich, und das gilt auch für Euch.«

Ludwigs Leiden brachte mich in eine entsetzliche Lage. Ich hatte zwar schon oft schlimme Situationen erlebt, doch diese war besonders furchtbar. Überall war Chaos ausgebrochen. König Karl hatte seinem Parlament in England den

Krieg erklärt. Es hatte bereits eine Schlacht stattgefunden. Henriette war in Holland, um Geld für den König zu borgen, und sie wusste nichts von dem Leiden ihres Bruders. Bei uns im Lande waren die Verschwörer am Werk. Und jetzt lag der König im Sterben und ließ ...

Ich sehe noch heute im Geiste vor mir, wie ich mit aufgestützten Ellbogen an meinem Schreibtisch saß und grübelte. Sollte mein Gatte sterben, wäre der König von Frankreich erst vier Jahre alt! Und ich würde Regentin werden. Ebenso wie Maria von Medici. Ich war entschlossen, die Zügel fester in die Hand zu nehmen. Und in Jules hätte ich einen fähigen Mann, der mich unterstützen würde. Oder behielte Richelieu weiterhin die Oberhand? Ich war sicher, dass Jules in mich verliebt war, doch seine Ehrfurcht vor Richelieu war noch größer als seine Liebe zu mir.

Wie oft hatte ich Ludwig getadelt, weil er nicht in der Lage war, seinen Staatsminister zu entlassen? Hätte ich den Mut dazu? Und viel wichtiger war noch die Frage, ob ich die körperliche und geistige Stärke hätte.

Welch schreckliche Gedanken! Dennoch erforderte die Situation, dass ich über alles genau nachdachte. Zunächst einmal musste ich das Testament des Königs in die Hand bekommen, um herauszufinden, in welcher Position ich war und nach seinem Tod sein würde.

Während ich über dieses Problem nachdachte, bekamen wir eine Nachricht aus Köln: Die Königinmutter war verstorben.

☆

Jetzt hatten wir noch ein Problem mehr. Aufgrund der Umstände konnte ich ihren Tod nicht als Krise ansehen. Ihr Tod hatte indes eine große Wirkung auf den Hof.

Ludwig begriff nun, nach dem Tod seiner Mutter, wie hart er mit ihr verfahren war. Auch wenn sie ein etwas schwieriger Mensch gewesen war und sich oft in politische Machenschaften verstrickt hatte, war es ihr immer nur darum gegangen, dem Wohl Frankreichs zu dienen. Dieser Gedanke berührte mich wie alle anderen auch, denn ich wusste, dass mir dieses Ziel niemals so ausschließlich am Herzen gelegen hätte. Der Tod der Königinmutter und mein Wissen, dieses große Land bald selbst regieren zu müssen, brachten mich zu dem Entschluss, ab sofort nur noch Französin und nichts anderes mehr zu sein.

Da der König in äußerst schlechter Verfassung war, konnte er nichts für Cinq-Mars tun. Richelieu weigerte sich strikt, das Exil als Alternative zu dessen Todesurteil anzuerkennen, obwohl er Gaston erlaubte, das Land zu verlassen. Er machte nur das Zugeständnis, dass Cinq-Mars enthauptet und nicht aufs Rad geflochten wurde.

Und so geschah es. Dem König war durch diesen schrecklichen Vorfall und sein Unvermögen, sich im Falle Cinq-Mars' durchzusetzen, noch elender zumute. Seiner Mutter hatte er immer seine Unterstützung verweigert, um sie zu bestrafen, denn Maria von Medici hatte wieder und wieder versucht, ihn zu beherrschen. Und nun war er nicht in der Lage, das Leben seines teuersten Freundes zu retten, weil Richelieu das Todesurteil über Cinq-Mars verhängt hatte.

Ludwig war so betrübt, dass ich seinen Kummer kaum lindern konnte, obwohl ich in Anbetracht seines Zustandes so viel Zeit wie möglich mit ihm verbrachte. Der König saß nur da und weinte oder verfiel in trübsinniges Schweigen. Er berührte weder meine Hand, noch schenkte er mir ein Lächeln. Auch schien er eine große Abneigung gegen seine beiden Söhne zu entwickeln.

Er suchte sich offenbar keinen Ersatz für Cinq-Mars, und Richelieu ging derweil bei seinen eifrigen Ermittlungen, Verhaftungen und Hinrichtungen so rücksichtslos wie üblich vor.

Ich traf mich ein paar Mal mit Jules, doch ich wusste nicht, wie ich das Thema anschneiden sollte, und schließlich beschloss ich, ihm alles zu erzählen.

»Die ganze Sache ist sehr bedauerlich«, sagte er eines Tages. »Es besteht leider kein Zweifel, dass Cinq-Mars sich des Verrats schuldig gemacht hat. Er musste sterben.«

»Und der Herzog von Orléans?«

»Offen gestanden, Eure Majestät, ist er in meinen Augen ebenso schuldig. Er ist noch einmal mit einem blauen Auge davongekommen, weil die Erbfolge gesichert ist. Wahrscheinlich hat er das dem Tod seiner Mutter zu verdanken. In der französischen Politik ist er allerdings eine verbrauchte Kraft.«

»Glaubt Ihr wirklich? Wisst Ihr, dass der König sterben wird?«

»Madame?« Er war erstaunt.

»Er hat die Schwindsucht. Er spuckt Blut. Wenn kein Wunder geschieht, hat er kein Jahr mehr zu leben. Das habe ich von seinen Ärzten erfahren.«

»Um Gottes willen! Weiß Seine Majestät das?«

»Noch nicht. Ihm wurde gesagt, dass er sich mit der Zeit wieder erholen wird.«

»Aber ... der Kardinal?«

»Ja, der Kardinal weiß es. Er weiß doch alles.«

Mazarin dachte nach. »Wenn der König stirbt, wird der Dauphin König.«

»Er ist erst vier Jahre alt!«

»Ihr werdet dann sicher Regentin sein.«

»Glaubt Ihr wirklich, Richelieu würde das zulassen?«

»Wenn es der letzte Wille des Königs ist.«

»Das ist das Problem. Ich kenne den letzten Willen des Königs nicht.«

»Könnt Ihr ihn nicht danach fragen?«

»Das käme fast einem Verrat gleich, weil es so aussehen könnte, als wartete ich auf seinen Tod.«

Er strich sich über den Bart.

»Ich muss es wissen«, sagte ich.

»Das ist schwierig.«

»Und nicht nach Eurem Geschmack, Jules. Ich muss Euch dennoch darum bitten. Und ich muss Euch eine Frage stellen.«

»Ja, Eure Majestät?« Er fühlte sich sichtlich unwohl, denn wahrscheinlich ahnte er, wie die Frage lauten würde.

»Werdet Ihr mich in allem, was vor mir liegt, unterstützen?«

Er presste die Lippen zusammen. »Ihr wollt wissen, ob ich mich mit Euch gegen den Kardinal verbünde?«

»Ja, falls es die Situation verlangt.«

Er seufzte. »Kardinal Richelieu ist in allen Dingen mein Meister.«

Ich war versucht, vor Wut mit dem Fuß aufzustampfen. »Ich wäre die Königinmutter und daher die Herrscherin des Königreiches.«

Er sah mich zweifelnd an.

»Bedeute ich Euch nichts?«, fragte ich.

»Ihr habt mir die schönsten Momente meines Lebens beschert, Eure Majestät. Doch Vergnügen und Politik dürfen und können nicht vermengt werden.«

Unser erster Streit! Ich war zu aufgebracht, um darüber nachzudenken.

»Geht!«, stieß ich hervor. »Hinaus! Ich will Euch nicht mehr sehen!«

Jetzt war ich vollkommen isoliert. Und dann erhielt ich eine ganz erschütternde Nachricht. Kurz vor Weihnachten wurde mir mitgeteilt, dass Kardinal Richelieu verstorben war.

☆

Auch wenn ich diesen Mann unglaublich verabscheut und mich nach Rache für das viele mir widerfahrene Unrecht gesehnt hatte, konnte ich es nicht fassen. 18 Jahre lang hatte dieser Mann die französische Politik beherrscht. Auf meine Initiative hin! Und plötzlich war er tot.

Ich eilte zu Seiner Majestät. Mazarin war bereits beim König.

Ludwig hatte in sein Taschentuch gehustet, das blutdurchtränkt war. Er wickelte es schnell zusammen, damit ich das Blut nicht sah.

»Madame«, sagte er. »Jetzt seid Ihr sicher zufrieden.«

»Ich bin schockiert«, erwiderte ich. »Wie ist er gestorben?«

»Es stand schlechter um ihn, als ich vermutet habe«, erwiderte Ludwig. »Ich habe eine sechsmonatige Trauerzeit angeordnet.«

Für seine Mutter hatte er gar keine Trauerzeit angeordnet!

»Es wird zu Weihnachten keine Festlichkeiten geben«, fuhr er fort. »Kardinal Mazarin hat eingewilligt, die Staatsgeschäfte zu übernehmen.«

Jules verneigte sich.

»Es muss einiges geregelt werden«, sagte ich.

»Eine ganze Menge«, stimmte der König zu. »Doch das betrifft Euch nicht, mein Püppchen.«

»Das betrifft mich sehr wohl. Alles, was Frankreich betrifft, betrifft auch mich. Zuerst müssen wir uns um diese absurde Verschwörung kümmern. Es ging darum, Richelieu zu beseitigen. Das ist jetzt eingetreten. Einige unserer besten Soldaten schmachten im Gefängnis. Männer wie d'Auvergne. Sie müssen freigelassen werden, damit sie wieder einen Heeresbefehl übernehmen können.«

Der König schaute wie immer, wenn ich in Fahrt war, nervös um sich. Vielleicht hatte er Angst, ich würde in die Fußstapfen seiner Mutter treten.

»Derartige Entscheidungen überlasse ich meinem Staatsminister«, sagte Ludwig.

»Ich kümmere mich um die Angelegenheit«, erklärte Mazarin.

»Ihr lasst d'Auvergne frei?«

»Und andere auch, sobald sie dem König erneut Treue geschworen haben. Ist das in Eurem Sinne, Eure Majestät?«

Er war eifrig darauf bedacht, unseren Streit beizulegen.

Ich schaute ihn freundlich an. »Das wäre sehr in meinem Sinne, Eure Eminenz.«

☆

Erst allmählich begriff ich, dass es am Königshof und in Frankreich keinen Richelieu mehr gab. Am Hof wurde offiziell um einen Mann getrauert, den zwar viele verachtet hatten, aber der Frankreich dennoch so lange erfolgreich und mit eiserner Hand regiert hatte. Ich glaube, die Menschen in den Provinzen tanzten auf den Straßen.

Allerdings war ich nicht der Meinung, dass die Bauern einen Grund zum Feiern hatten. Auch wenn Richelieu der meist gehasste Mann des Königreiches gewesen war, hatte kaum ein Bauer ihn je zu Gesicht bekommen. Er hatte Truppen in die Provinzen geschickt, die die gelegentlichen Rebellionen gegen zu hohe Steuern und drohende Hungersnöte mit großer Härte niederschlugen. Welcher Staatsminister oder König würde jedoch anders handeln, um die Unversehrtheit des Königreiches zu bewahren?

Es war schwierig zu sagen, was die Bauern jetzt zu erwarten hatten. Solange der Krieg andauerte, mussten hohe Steuern gezahlt werden, und so lange das Klima so unbeständig blieb, würde es immer wieder Missernten geben. Wahrscheinlich hofften die Bauern, Mazarin würde nicht so skrupellos vorgehen. Damit hatten sie nicht ganz Unrecht, doch Mazarins Charakterstärke kam der Richelieus gleich.

Meiner Meinung nach konnten unsere Probleme nur durch ein sofortiges Ende des Krieges gelöst werden. Die Soldaten mussten entlassen werden, um die Ausgaben und damit die Steuern senken zu können, wobei natürlich ein starkes Heer zu unserer Verteidigung bestehen bleiben musste. Leider waren die Männer anderer Meinung. Ich fühlte mich nicht in der Lage, mit Mazarin nach unserem Streit den gleichen vertrauten Umgang wie zuvor zu pflegen, denn ich hatte ihm noch nicht verziehen. Daher schickte ich ihm diesbezüglich nur eine kurze Notiz.

Er bat um die Erlaubnis, mich aufsuchen zu dürfen, und es kam zu einem Gespräch.

»Ich fürchte, das wird nicht möglich sein, Eure Majestät«, sagte er.

»Was gewinnen wir denn, wenn wir diese Posse weiterführen?«, fragte ich.

»Nicht viel. Die Entscheidung liegt jedoch nicht bei mir, sondern bei Seiner Majestät. Und der König wird niemals um Frieden bitten. Der König von Spanien muss das Friedensangebot machen.«

»Gebt Ihr mir Eure Erlaubnis, meinem Bruder zu schreiben und ihm die Sache vorzutragen? Als ich ihm das letzte Mal schrieb, fand ich mich in der Bastille wieder.«

»Ihr habt meine Erlaubnis, Eure Majestät. Ich wäre sehr froh, wenn wir diese unleidliche Angelegenheit beenden könnten.«

Ich schrieb Philipp und erhielt eine knappe Antwort. Da Frankreich den Krieg begonnen habe, müsse Frankreich den Krieg auch beenden. Männer!

Er gab Olivares zu jenem Zeitpunkt den Laufpass und ersetzte ihn durch einen anderen Günstling, Don Luis de Haro, der zufällig Olivares Neffe war. Durch den Wechsel des Staatsministers verbesserte sich die Situation in Spanien nicht sofort, denn Haro war viel unfähiger als sein unangenehmer Onkel.

☆

Einige Menschen hatten nach Richelieus Tod das Gefühl, als öffnete sich eine Tür und Sonnenlicht dränge in einen dunklen Raum. Ich spreche hier nicht über Männer wie d'Auvergne, die freigelassen und wieder als Befehlshaber eingesetzt wurden, sondern über jene, die in viel bedrohlicheren Situationen gewesen waren. Eines Morgens im Februar wurde ich unterrichtet, dass Marie de Chevreuse mich zu sprechen wünsche!

Sie war ohne Erlaubnis nach Frankreich zurückgekehrt. Dennoch war ich in jenem Moment froh, sie zu sehen. Immerhin musste sie in der Verbannung leben, weil sie für mich als Botin agiert hatte. Eventuelle Schuldgefühle verdrängte ich sofort, denn sie sah aus wie das blühende Leben und trug teure Kleider und wertvollen Schmuck. Es schien ihr sehr gut zu gehen, und sie hatte sogar Spanisch gelernt.

»Bringst du mir Neuigkeiten aus Madrid?«, fragte ich, nachdem wir uns umarmt und geküsst hatten.

»Leider nicht, Eure Majestät. Ich habe mich aus der spanischen Politik herausgehalten. Erzählt mir lieber, was hier zu Hause passiert ist.«

»Es hat sich im Grunde nicht viel verändert.«

»Aber jetzt, da der Teufel tot ist ...«

»Kardinal Mazarin hat seinen Platz eingenommen. Er will die gleiche Politik fortsetzen.«

»Mazarin«, murmelte sie. »In Spanien wird viel über ihn gesprochen. Kenne ich ihn?«

»Gewiss. Er kam vor mehr als zehn Jahren als päpstlicher Nuntius hierher.«

»Ja, ich erinnere mich. Er hat Euch gleich gut gefallen.«

»Ich hielt ihn für sehr tüchtig«, erwiderte ich vorsichtig.

»Und jetzt hat er Richelieu ersetzt. Wie ist Eure Beziehung zu ihm?«

»Er ist immer sehr höflich.«

»Hm ... Könnte ich nicht meine alte Position als erste Zofe wieder einnehmen?«

Ich stimmte ihrem Vorschlag bereitwillig zu. Wie ich schon erwähnte, war es mir nicht möglich, zu meinen Zofen ein Vertrauensverhältnis aufzubauen, denn die meisten von ihnen waren Richelieus Geschöpfe. Daher gefiel mir die Idee sehr gut, meine Gedanken mit einer Person meines Vertrauens zu teilen.

Ich riskierte jedoch nicht, ihr *alles* anzuvertrauen, was in ihrer Abwesenheit geschehen war. Sie tratschte einfach zu gern. Daher erzählte ich ihr nichts von meiner Affäre mit Mazarin und dem schlechten Gesundheitszustand des Königs, der immer bedrohlicher wurde.

Als ich ihn auf seine Bitte hin an einem Märztag besuchte, ging es ihm so schlecht, dass er das Bett hüten musste. Mazarin und Enghien waren bei ihm.

»Was meint Ihr, Püppchen?«, fragte er mit einem verzerrten Lächeln auf den Lippen. »Dieser Verrückte ...«, er zeigte auf Jules, »... will diesem Kind den Befehl über unser Heer an der Nordfront übergeben.«

Ich schaute Jules mit gerunzelter Stirn an.

»Ich glaube, der Herzog hat großes Talent, Eure Majestät«, sagte er. »Und wenn wir ehrlich sind, hatte keiner unserer anderen Generäle Erfolg in den Niederlanden.«

Ich musterte Enghien, der sehr glücklich aussah. »Ich wäre wenigstens von meiner Gattin fern, Eure Majestät.«

»Glaubt Ihr, Ihr könnt die Spanier besiegen?«

»Ich kann jeden auf der Welt zum Ruhme Frankreichs besiegen, Eure Majestät.«

Wahrscheinlich brauchen alle jungen Männer viel Selbstvertrauen.

»Stimmt Ihr zu?«, fragte Ludwig.

»Ich? Wenn Seine Eminenz dafür ist, stimme ich zu«, erwiderte ich. »Gebt Acht, dass Ihr das Heer nicht verliert, mein lieber Herzog!«

Er lächelte. »Ich werde siegreich zurückkehren, Eure Majestät. Oder gar nicht.« Mit diesen Worten zog er sich zurück.

Es kam keinem von uns in den Sinn, er könnte damit etwas anderes als einen ruhmreichen Sieg oder seinen Tod gemeint haben. Wir hatten auch keine Zeit, darüber nachzudenken, denn kurz nach seinem Aufbruch bekam der König einen starken Hustenanfall und spuckte Blut und Schleim. Jules und ich waren zutiefst beunruhigt, und wir bemühten uns, ihm Trost zu spenden.

»Lasst Dr. Danton holen«, sagte ich.

Jules eilte zur Tür.

Der König röchelte und fuchtelte mit der Hand durch die Luft. »Reine Zeitverschwendung«, sagte er keuchend.

»Eure Majestät ...«

»Lasst uns allein«, befahl er Mazarin mit fester Stimme.

Jules schaute mich an, und ich nickte, woraufhin er uns verließ.

»Kniet Euch nieder«, sagte Ludwig.

Ich gehorchte ihm, und er strich mir immer wieder durchs Haar, sodass meine Frisur gänzlich in Unordnung geriet.

»Ich werde sterben. Ihr wisst es, Anna, nicht wahr?«

Ich biss mir auf die Lippe. »Ja, ich weiß es, Sire.«

»Diese Schurken wollten es vor mir geheim halten. Wer weiß es noch?«

»Außer den Ärzten nur Kardinal Mazarin, Eure Majestät. Andere werden es vermuten. Es ist nicht schwer zu erkennen, dass es Euch nicht gut geht.«

»Nicht schwer zu erkennen«, murmelte er, während er weiter mein Haar zerzauste. »Liebt Ihr mich, Anna?«

Ich zögerte einen Moment. Darf man einen sterbenden Mann belügen? »Ihr seid mein Gatte, Sire«, antwortete ich ausweichend.

»Ich habe Euch sehr schlecht behandelt.«

»Ich vergebe Euch.«

Er drehte mir sein Gesicht zu, doch seine Augen waren nur einen kleinen Spalt geöffnet. »Ihr vergebt mir, Anna?«

»Von ganzem Herzen, Sire. Und ich schwöre Euch, dass ich alles für die Größe und Ehre Frankreichs tun werde. Gegen alle Anfeindungen.«

Er sollte darüber nicht im Zweifel sein.

Vielleicht war ich aber auch mal wieder etwas voreilig.

»Ihr?«, fragte er. »Ludwig wird der König sein.«

»Der Junge ist noch nicht einmal fünf Jahre alt, Sire.«

»Und Ihr wollt Regentin werden?«

Mir wurde ein wenig unwohl. »Ich bin Ludwigs Mutter, Sire.«

»Natürlich. Aber Frauen haben das Land schon früher regiert. Meine Mutter, Katharina von Medici ... Es war immer sehr schwierig.«

Ich hätte seinen streichelnden Händen am liebsten meinen Kopf entzogen.

»Wollt Ihr mir sagen, welche Vorkehrungen Ihr getroffen habt?«

»Wenn ich tot bin«, sagte er, »wird das Land bis zu Ludwigs Volljährigkeit von einem Regentschaftsrat regiert, der aus den vier wichtigsten Personen des Landes besteht.«

Mir stockte der Atem.

»Darf ich fragen, wer diese vier Personen sind?«

»Ja. – Mazarin selbstverständlich.«

»Selbstverständlich.«

»Mein Bruder.«

»Gaston?« Ich war fassungslos.

»Er ist mein einziger Bruder«, stieß der König hervor. »Und außerdem der Prinz von Condé.«

Ich witterte eine Katastrophe.

»Eure Majestät, der Prinz von Condé hat schon zweimal gegen die Krone rebelliert.«

»Nein, nein, meine Liebe. Er hat zweimal gegen meine Mutter rebelliert. Mir war er immer treu ergeben. Und da ich das Kommando des Heeres an der Nordfront seinem Sohn übergeben habe, kann ich nicht anders handeln.«

Ich schluckte. »Und das vierte Mitglied des Rates?«, fragte ich leise.

»Ihr natürlich. Ihr habt mich doch daran erinnert, dass Ihr die Mutter des jungen Königs seid.«

Ich schaute ihn verwirrt an. Meine Gedanken überschlugen sich. Wenn ich schon nicht alleinige Regentin wurde, so hatte ich immerhin ein Wörtchen mitzureden.

Würde ich jedoch etwas ausrichten können? Ich war eine Frau, und dieses Geschlecht schätzte auch Mazarin nicht besonders, wenn es um Staatsangelegenheiten ging. Gaston von Orléans hasste mich. Condé interessierte sich nur für die Condés und würde es mit jedem halten, der ihm Reichtum und Macht versprach – das war für Gaston kein Problem. Dann hätten Jules und ich die beiden gegen uns.

Könnte ich darauf vertrauen, dass Jules mich immer unterstützen und sich mir nicht widersetzen würde? Er hatte mir klar und deutlich erklärt, dass man Liebe und Politik trennen müsse. Außerdem war er immer ein treuer Anhänger Richelieus gewesen. Ihm schwebte sicher nicht vor, daran etwas zu ändern.

Das Testament des Königs sah vor, dass ich in Bedeutungslosigkeit versank. Gaston und Condé würden eifrig ihre Intrigen schmieden und sich meiner durch Hinrichtung oder Exil entledigen können, wie es einst mit Maria von Medici geschehen war. Die Erfahrungen des Königs mit seiner Mutter hatten ihn offenbar dazu gebracht, keine Frau mehr mit der höchsten Macht zu betrauen.

Was sollte ich tun? Zum ersten Mal in meinem Leben lag mein Schicksal in meinen Händen.

»Ich bin erfreut, Sire«, sagte ich, »dass Ihr eine solche Macht in meine Hände legt.«

»Ihr seid ein liebes Kind, Anna. Sprunghaft, aber lieb.«

Ein liebes Kind! Ich war 41 Jahre alt! Und sprunghaft! Ich hätte ihn am liebsten geohrfeigt. Doch ich musste jetzt mit großer Vorsicht meinen eigenen Weg beschreiten.

»Darf ich Euch fragen, Sire, ob die anderen Mitglieder des Regentschaftsrates über ihre Aufgaben unterrichtet wurden?«

»Nein, nein. Nichts macht einen Menschen unruhiger als die Gewissheit, nur einen Katzensprung von der Macht entfernt zu sein.«

»Da stimme ich Euch zu. Aber ... wie wird die Macht an sie übergehen?«

»Mein Sekretär hat alles niedergeschrieben. Das Dokument, das die Nachfolge nach meinem Tod klärt, liegt in meinem Schreibtisch. Habt keine Angst, Püppchen. Es wird keine Probleme geben.«

»Selbst Mazarin kennt das Dokument nicht?«

»Nein, auch er nicht. Sicher vertraut er darauf, weiterhin die Regierungsgeschäfte mitzubestimmen.«

»Gewiss. Und der Sekretär weiß Bescheid. Welcher ist es?«

Ludwig hatte verschiedene Sekretäre.

»Dutoit. Das ist ein guter Bursche.«

»Bestimmt. Jetzt muss ich aber wirklich den Doktor holen. Ihr seht sehr unwohl aus.«

☆

Als ich Dr. Danton geholt hatte, kehrte ich in mein Gemach zurück. Ich setzte mich an meinen Schreibtisch und dachte nach. Zum Glück war Marie nicht da, sodass sie mich mit ihrem Geschnatter nicht stören konnte.

Eines stand fest: Jemand musste mir helfen. Und dafür kam nur ein Mann in Frage. Konnte ich ihm vertrauen? Immerhin handelte es sich um die wichtigste Entscheidung meines Lebens.

Wenn Jules mich zurückwies und mit dem König über meinen Plan sprach, könnte ich möglicherweise ganz aus dem Regentschaftsrat ausgeschlossen werden. Es bestand auch die Möglichkeit, dass man mir meine Kinder wegnehmen und ich wieder in der Bastille landen würde. Ich musste das Risiko dennoch eingehen, denn es wäre noch viel schlimmer, den Dingen einfach ihren Lauf zu lassen.

☆

Ich schickte dem Kardinal eine Mitteilung und bat um ein Gespräch. Wenige Minuten später war er bei mir. Ich entließ meine Zofen einschließlich Marie, die sichtlich verärgert war.

Jules war ziemlich verwirrt, da er nach so vielen Jahren zum ersten Mal wieder allein mit mir war.

Ich bot ihm einen Platz an meiner Seite an. »Der König weiß, dass er sterben wird. Er hat es mir gesagt.«

Nach einem Moment des Schweigens fragte Jules: »Hat er Euch gebeten, es mir zu sagen?«

»Nein, das hat er nicht getan.«

»Ah. Und wenn er stirbt ...?«

»Es wird eine Regentschaft geben, bis der kleine Ludwig alt genug ist, um die Herrschaft zu übernehmen. Wir sprechen hier über mindestens zehn Jahre.«

»In der Tat, Eure Majestät. Darf ich fragen, welche Pläne Ihr habt?«

»Im Moment habe ich keine Pläne.«

Er runzelte die Stirn. Das passte gar nicht zu mir.

»Es ist mir nicht erlaubt, Pläne zu schmieden«, fuhr ich fort.

»Im Moment nicht, doch sobald der König stirbt, werdet Ihr über Frankreich herrschen.«

»Gefällt Euch dieser Gedanke, Jules? Ihr würdet natürlich Eure Arbeit als Staatsminister fortsetzen.«

»Mir würde nichts besser gefallen. Es wäre mir eine Freude, Euch zu dienen.«

»Danke. Leider ist der König anderer Meinung.«

Wieder runzelte Jules die Stirn.

»Ich soll die Regentschaft nicht allein übernehmen. Ich soll nur eines von vier Mitgliedern des Regentschaftsrates sein.«

Er wartete gespannt auf weitere Informationen.

»Der Rat soll aus Euch, mir, Gaston von Orléans und dem Prinzen von Condé bestehen.«

Wir starrten uns an.

Jules fragte mich: »Ist das offiziell?«

»Einer seiner Sekretäre hat es niedergeschrieben. Das Dokument liegt verschlossen in seinem Schreibtisch.«

»Könnt Ihr den König nicht bewegen, das Dokument zu ändern?«

»Das wird er nicht tun. Warum glaubt Ihr, sollte das Dokument geändert werden?«

»Nun, Eure Majestät, Regentschaftsräte, bei denen ein Mitglied einen Anspruch auf den Thron hat – und in diesem Fall sind es zwei – waren in der Vergangenheit selten erfolgreich.«

Ich atmete tief ein. Daran hatte ich nicht gedacht.

»Es müssten zwei Morde begangen werden«, sagte ich.

»Ich würde sagen, mindestens drei, Eure Majestät, denn Ihr würdet doch sicher Eure Söhne schützen wollen. Und ich müsste Euch beschützen.«

»Mein Gott«, murmelte ich.

»Diese Vereinbarung kann nur in einer Katastrophe enden«, sagte Mazarin.

Und ich hatte geglaubt, *ihn* überzeugen zu müssen.

»Und was sollen wir tun?«, fragte ich.

Der Kardinal stand auf, ging eine Weile hin und her und schaute mich plötzlich an.

»Ihr wisst, dass uns das Kopf und Kragen kosten kann. Entweder wir siegen, oder wir werden sterben.«

»Ich verstehe.«

»Sehr gut. Zunächst muss das Testament außer Kraft gesetzt werden.«

»Ihr meint, wir sollen es stehlen?«

Er schüttelte den Kopf. »Das wäre zu gefährlich. Wenn wir es stehlen, ehe Seine Majestät stirbt, könnte es herauskommen. Wenn wir es hinterher tun, wird es bereits bekannt sein.«

»Nur Dutoit kennt den Inhalt ...«

Er grinste mich an. »Mord? Nein, nein, Eure Majestät, das ist für eine Königin unziemlich und unter diesen Umständen auch unnötig. Glaubt Ihr nicht, dass Dutoit sein Wissen bereits weitergegeben hat?«

»Ihr meint, Gaston und Condé wissen davon?«

»Ich nehme es an.«

»Aber sie sind nicht in Paris.«

»Sie sind aus zwei Gründen nicht in der Stadt. Erstens soll jedermann sehen, wie überrascht sie über ihren plötzlichen Aufstieg zur Macht sind. Doch viel wichtiger ist, dass sie nicht wissen, wie krank der König ist. Wie lange wird er Eurer Meinung nach noch leben?«

»Das weiß Gott allein, aber ich würde sagen, höchstens noch ein paar Wochen.«

Er dachte einen Moment nach und meinte dann: »Das Parlament.«

Ich war zu der Zeit auf Parlamente nicht besonders gut zu sprechen, und nach meiner Erfahrung war das Pariser Parlament nicht weniger störrisch als das englische.

»Was schlagt Ihr vor?«

»Ich sagte bereits, dass es zu gefährlich ist, das Testament zu stehlen oder heimlich zu verändern. Was immer wir tun, es muss offen geschehen. Wenn wir etwas erreichen wollen, muss es unanfechtbar und unwiderruflich sein.«

»Das sehe ich ein. Sagt mir, was wir tun können.«

»Wir kennen den Inhalt des Testaments beide nicht. Denkt daran. Wenn Seine Majestät stirbt, wird das Dokument an die Öffentlichkeit gebracht. Jeder vernünftig denkende Mann in Paris – und davon sitzen die meisten im Parlament – wird sofort begreifen, dass eine derartige Vereinbarung nur zu einer Katastrophe führen kann. Sie werden ebenfalls alle wissen, mit wem wir es zu tun haben. Condé hat zweimal rebelliert. Niemand im Land traut ihm. Der Herzog von Orléans hat seine Mutter dabei unterstützt, das Land in ein Chaos zu stürzen. Es ist auch bekannt, dass er verräterische Korrespondenz mit unseren Feinden – wenn Ihr mir den Ausdruck erlaubt – geführt hat.

Dahingegen genießt Ihr in der Öffentlichkeit einen unbefleckten Ruf. Es ist auch bekannt, wie schlecht Ihr vom König und von Richelieu behandelt wurdet. Überdies habt Ihr immer Mut, Würde und Entschlossenheit gezeigt. Und Ihr seid die Mutter des neuen Königs. Ich glaube, wenn Ihr vor das Parlament tretet und Euer Recht fordert, alleinige Regentin zu sein, wird man Euch dieses Recht zugestehen.«

»Und wenn sie es nicht tun?«

Er zuckte mit den Schultern. »Könnte Euch etwas Schlimmeres passieren, als den Rest Eures Lebens der Gnade und Ungnade von Condé und Orléans ausgesetzt zu sein?«

Natürlich hatte er Recht. Ich hatte schon darüber nachgedacht. Aber so einen ungeheuren Schritt zu wagen ...

»Selbst wenn meiner Bitte vom Pariser Parlament entsprochen wird, wäre ich nur die Regentin von Paris. Was ist mit dem Rest des Landes?«

»Eure Majestät, wer Paris regiert, regiert ganz Frankreich.«

☆

Ich stand davor, den bedeutsamsten Schritt meines Lebens zu wagen, wenn man von meiner Heirat absieht, doch damals war ich ein dummes Mädchen ohne eigenen Willen. Jetzt stand ich davor, mich mitten auf die Bühne zu stellen und die Welt mit beiden Händen zu ergreifen. Wenn ich es nur könnte! Wenn ich es wagte!

Die nächsten Wochen waren die schwierigsten meines Lebens. Jules und ich hatten vereinbart, dass niemand von unserem Plan erfahren durfte. Es sollte aussehen wie eine spontane Reaktion auf die absurden Vorkehrungen meines Gatten. Ich war in dieser Zeit sehr einsam, da wir auch vereinbart hatten, uns so selten wie möglich zu sehen. Es sollte keine Mutmaßungen oder Beweise für irgendeine Abmachung zwischen uns beiden geben dürfen. Es wurde alles noch schlimmer, weil Marie schnell bemerkte, dass etwas vor sich ging, was ich vor ihr verbarg. Sie strafte mich mit schlechter Laune.

Ich konnte sie auf keinen Fall ins Vertrauen ziehen, denn das wäre fast einem Selbstmord gleichgekommen. Daher war ich mit meinen Söhnen viel allein. Ludwig wusste nicht, welches Schicksal über ihm schwebte. Außerdem hatte ich meine Hunde, meine Pferde, meine Handarbeit ... meine Gedanken und meine Ängste.

Ich verbrachte so viel Zeit wie möglich mit dem König, doch das waren keine glücklichen Stunden, denn Condé und Gaston waren nach Paris zurückgekehrt, nachdem sie von dem schlechten Gesundheitszustand des Königs erfahren hatten. Jetzt wollten auch sie möglichst viel Zeit mit dem sterbenden Mann verbringen. Wahrscheinlich waren sie über den letzten Willen des Königs im Bilde und bemühten sich daher sicherzustellen, dass ich das Testament nicht an mich nahm und vernichtete. Ich lächelte sie immer freundlich an und ließ sie ihre Intrigen schmieden.

Auf Anraten von Danton brachten wir den König aus dem Louvre in eines unserer Jagdhäuser nach Saint-Germain-en-Laye im Westen der Stadt, oberhalb des Waldes gleichen Namens. Hier war es für ihn angenehmer, da er den Gerüchen und dem Lärm der Stadt fern war. Natürlich begleitete ich ihn mit den Kindern, aber zu meinem Verdruss gesellten sich auch Condé und Gaston zu uns.

Jules, der das Land jetzt regierte, kam jeden Tag, um Bericht zu erstatten.

Uns beunruhigten die Ereignisse in Flandern. Es braucht wohl nicht erwähnt zu werden, dass mein Bruder und seine Berater das Gefühl hatten, Richelieus Tod hätte ihre Chancen auf einen erfolgreichen Ausgang des Krieges verbessert. Um ihr Ziel zu erreichen, glaubten sie, nur ein starkes Heer in den Niederlanden sammeln und nach Paris marschieren zu müssen. Wie Mazarin waren auch sie der Meinung, dass demjenigen, der Paris eroberte, ganz Frankreich gehörte.

Offensichtlich war ihnen entgangen, dass Richelieu bei ihrem letzten Einfall von Norden nur noch ein zitterndes Wrack gewesen war. Damals hatte Olivares bewiesen, dass sein Können auf tönernen Füßen stand. Mein Gatte hatte hingegen Mut und Entschlossenheit gezeigt und die Eindringlinge bekämpft.

Unglücklicherweise lag Ludwig jetzt im Bett und war kaum in der Lage, etwas anderes zu tun als zu husten. Und der neue spanische General, Francisco de Mello, war aus einem härteren Holz geschnitzt als der frühere Premierminister. Er hatte ein Heer von 27 000 Mann gesammelt und marschierte gen Süden. Unsere Kräfte an der Grenze waren ihm zwar zahlenmäßig nur leicht unterlegen, aber sie waren verstreut und wurden von dem jungen Enghien kommandiert, der frühere Kampferfahrungen nur aus niederen Positionen besaß.

Die Situation war sehr ernst. Den Spaniern lag nur ein Hindernis im Weg, und das war die befestigte Stadt Rocroi. Anfang Mai erfuhren wir, dass die Stadt belagert und dass erwartet wurde, dass sie innerhalb von ein oder zwei Wochen fallen würde, und dann stände den Spaniern der Weg nach Paris offen.

»Was sollen wir tun?«, fragte ich Jules.

»Wir müssen Vertrauen haben«, erwiderte er.

Diese Antwort stellte mich nicht zufrieden. Auch Condé und Gaston waren keine Hilfe. Condé rang die Hände und fluchte. Gaston machte wie immer ein dummes Gesicht. Wir wagten es nicht, dem im Sterben liegenden König von der Katastrophe, die über unseren Köpfen schwebte, zu berichten, doch wir dachten alle dasselbe: Was hatte es für einen Sinn, sich um die Regentschaft eines Königreiches zu streiten, das kurz davor stand, erobert zu werden?

So war die Lage, als mein Gatte am 14. Mai verstarb.

12. Kapitel

Es ist immer traurig, wenn ein Mensch stirbt. Der Tod des eigenen Gatten und des Vaters der eigenen Kinder ist tragisch oder sollte es zumindest für die engsten Angehörigen sein. Der Tod eines Königs sollte eine Katastrophe sein, und das nicht nur für die Familie, sondern für das ganze Land. Leider ist das zumindest auf kurze Sicht nie der Fall. Ein Mann, der heute noch als mächtigster Mann im Königreich angesehen wird, ist im nächsten Moment schon Geschichte, ein vergessenes Stück Fleisch, während alle um ihn herum davoneilen, um dem neuen König ihre Ehre zu erweisen. Der König ist tot! Lang lebe der König!

In diesem Fall gab es keine Eile, denn mein Sohn, Ludwig XIV., war zu jung, um zu verstehen, was vor sich ging. Er hatte seinen Vater so selten gesehen, dass er zwischen dem Leichnam, den er sich ansehen musste, und seinem Vater kaum eine Beziehung herstellte. Natürlich verstand er auch nicht, warum all die Männer und Frauen vor seinen Füßen knieten. Ich nahm ihn in meine Arme, verließ das Gemach des Verstorbenen und ging mit ihm in den Vorraum, in dem sich Höflinge mit ihren Gattinnen drängten, die aus Paris herbeigeeilt waren.

Ich hob Ludwig in die Höhe. »Der König ist tot«, sagte ich. »Lang lebe der König.«

Noch mehr Menschen knieten nieder, und alle jubelten dem neuen König zu. Dann begann die richtige Arbeit.

☆

Ich gab die beiden Prinzen in die Obhut der Ammen und kümmerte mich um Marie de Chevreuse, die mich immerzu umarmte und küsste, während sie wie ein Schlosshund heulte. Das konnte sie sehr gut. Ich schaffte es, mich ihrer zu entledigen und kehrte in das Gemach des Verstorbenen zurück, in dem sich immer mehr Menschen drängten. Ich suchte Jules, und mit Hilfe der Musketiere schafften wir es, den Raum zu leeren. Nur der verstorbene König und die vier wichtigsten Personen blieben.

»Es gibt ein Testament«, sagte Condé.

»Das nehme ich an«, erwiderte ich. »Irgendwo.«

»Wir sollten Dutoit holen lassen«, schlug Gaston vor.

Demnach wussten Condé und Gaston ganz genau Bescheid.

»Dutoit?«, fragte ich überrascht.

»Das ist der Privatsekretär Seiner Majestät ... hm ... des verstorbenen Königs.«

»Ja, ich glaube, ich kenne ihn. Und er hat das Testament des Königs in Händen?«

»Nun, er weiß sicher, wo es ist«, sagte Condé.

»Ja, wir müssen es haben. Aber glaubt Ihr nicht, Eure Eile ist ein wenig unschicklich? Mein armer Gatte ...«, mir gelang es, ein paar Tränen zu vergießen, »... liegt hier, und Ihr sorgt Euch schon um die Regentschaft?«

Dieses Wort rutschte mir aus Versehen heraus. Möglicherweise hatte Ludwig überhaupt gar keine Anspielungen auf eine Regentschaft im Testament gemacht.

»Das Land muss regiert werden«, antwortete Gaston beharrlich.

»Kümmert sich Kardinal Mazarin nicht darum?«, fragte ich.

Die beiden warfen Jules einen Blick zu.

»Ich werde meine Aufgaben weiterhin wahrnehmen, bis ich andere Anweisungen erhalte«, erklärte er.

»Ja bitte, macht das«, stimmte Condé zu. »Ihr wisst doch Bescheid, hm?«

Jules verneigte sich.

»Wollt Ihr damit andeuten, der Kardinal wird Regent?«, fragte Gaston aufgebracht.

»Nein, nein. Der König hat sicher Vorkehrungen getroffen. Wir werden Dutoit holen lassen.«

»Und mein Gatte?«, fragte ich.

»Madame, er wird nicht vernachlässigt. Kardinal Mazarin, würdet Ihr bitte die Einbalsamierung des Königs veranlassen und die Vorkehrungen für ein Staatsbegräbnis treffen? Wir müssen auch eine Trauerzeit festlegen. Sechs Monate, oder?«

Condé nahm bereits die Vorrechte eines Staatsoberhauptes wahr.

Jules schaute mich an, und ich nickte.

»Jetzt lasst mich bitte allein«, bat ich. »Ich möchte mit meinem Gatten allein sein.«

Sie waren so gütig, meiner Bitte nachzukommen.

☆

Ich saß ungefähr eine Stunde an Ludwigs Bett und vergoss ein paar ehrliche Tränen. Es gab viele Erinnerungen – gute und schlechte. Als Gatte war Ludwig ein sehr unbeständiger Mann gewesen. Eigentlich war er nie unfreundlich zu mir, aber er hatte mich oft vernachlässigt. Wenn man berücksichtigt, dass ein Mensch nicht gegen seine Natur ankämpfen kann, hatte er mir alles gegeben, was er konnte. Er hatte mich beschützt, als ich in Gefahr war, und er hatte in seinem Kummer meinen Zuspruch gesucht, wenn auch nicht die Wärme meines Körpers.

Und er hatte mir meine höchste Erfüllung geschenkt: meine beiden Jungen.

Jetzt musste ich nur das tun, was ich mit Jules besprochen hatte. Ich musste diesen Schritt *wagen*, und die Zukunft gehörte mir.

☆

Als die Männer kamen, um den König einzubalsamieren, verließ ich ihn und kehrte in den Louvre zurück, wo der neue König, sein Bruder und meine Zofen mich erwarteten. Es hatte sich mittlerweile herumgesprochen, dass der König nicht mehr lebte, und meine Kutsche wurde vom Pöbel bestürmt. Ihre Rufe waren größtenteils voller Mitgefühl, und jemand rief sogar: »Lang lebe die Königinmutter!« Ich fragte mich, ob Jules das veranlasst hatte.

Marie war sofort zur Stelle. Sie zog mich an sich und flüsterte mir ins Ohr. »Was wird nun geschehen?«

»Das hängt vom Testament des Königs ab«, erwiderte ich ruhig.

»Ihr müsst doch wissen, wie es lautet.«

»Ich habe es nie gesehen«, sagte ich wahrheitsgetreu. »Und Seine Majestät hat nie genau mit mir darüber gesprochen.« Auch das entsprach in etwa der Wahrheit.

»Es wird eine Regentin geben müssen«, beharrte sie. »Ihr!«

»Das werden wir sehen.«

Meine Ruhe machte Marie schier wahnsinnig. Doch wir mussten nicht lange warten. Es verging kaum eine Stunde, da kamen Gaston, Condé und Jules mit dem elenden Dutoit in mein Gemach.

»Da sind wir, Eure Majestät«, rief Condé. »Wir haben es.«

Er hielt das Testament des Königs in Händen und fuchtelte damit durch die Luft.

»Ich werde Euch das Testament vorlesen«, sagte er und fing sofort damit an.

»Danke«, murmelte ich, als er verstummte. Ich war sorgsam darauf bedacht, Mazarin nicht anzuschauen.

»Ah ...« Condé hatte sicher mit einem Kommentar meinerseits gerechnet. »Ich werde mich sofort an die Arbeit machen. Es gibt viel zu tun.«

Er schaufelte sich sein eigenes Grab.

»Mit Verlaub, mein lieber Prinz«, sagte ich. »Sollten nicht *wir* uns sofort an die Arbeit machen?«

»Natürlich, Eure Majestät, wir werden so schnell wie möglich eine Besprechung anberaumen. Aber ...«

»Sind wir nicht alle anwesend?«

»Ja schon, aber es muss eine offizielle Besprechung stattfinden, bei der unsere Mitarbeiter, die Sekretäre und Schreiber anwesend sind. Das muss genau organisiert werden, und bis dahin muss einer die Macht übernehmen. Immerhin befinden wir uns in einer prekären Lage. Unser Feind marschiert auf Paris, und daher ist eine Stimme, eine Meinung vonnöten. Ich bin derjenige, der die Kontrolle übernehmen sollte.«

»Warum Ihr?«, fragte Gaston.

»Ich bin der Älteste, und ich habe die größte Erfahrung in der Kriegsführung und der Regierung.«

»Wenn auch nicht immer sehr erfolgreich«, stieß ich hervor.

Er starrte mich an.

»Ich habe auch das Gefühl, dass Ihr den Fähigkeiten Eures Sohnes nicht ganz traut«, fügte ich hinzu.

»Was wollt Ihr damit sagen, Madame? Er ist noch sehr jung und hat keinerlei Erfahrung, ein Heer zu kommandieren. Außerdem hat er nicht genügend Soldaten. Ich muss zu ihm.«

»Um noch eine Schlacht zu verlieren?«, spottete Gaston.

»Das habe ich überhört«, zischte Condé und stolzierte hinaus.

»Jetzt ist nicht der richtige Zeitpunkt, um zu streiten«, sagte ich.

»Soll er doch gehen und sich töten lassen«, meinte Gaston. »Dann sind nur noch wir drei da.«

Er verließ ebenfalls den Raum.

»Besser konnte es nicht laufen«, freute sich Jules. »Sie schaffen es noch nicht einmal, sich uns gemeinsam zu widersetzen.«

☆

Am 18. Mai 1643, dem Tag nach Ludwigs Beisetzung, fuhr ich in einer unauffälligen, geschlossenen Kutsche mit nur einem Postillion zum Parlament. Niemand erkannte mich.

Jules und verschiedene Adelige erwarteten mich auf dem Hof. Jules war zweifellos hinter den Kulissen sehr eifrig gewesen. Vermutlich hatte er einige bestochen, einigen geschmeichelt und anderen Versprechungen gemacht. Daher war mein Sieg schon sicher, ehe ich das Parlament betrat. Mein Erscheinen sorgte für Verwirrung. Noch nie war eine Frau – nicht einmal Katharina von Medici in all ihrer Pracht – vor das erhabene Parlament aus lärmenden Männern getreten.

Als ich eintrat, erhoben sie sich von ihren Plätzen, und die meisten verneigten sich. Einige flüsterten mit ihren Nachbarn.

Der Präsident, ein gewisser Broussel, den ich noch nie gesehen hatte, geleitete mich zu meinem Platz und klopfte dann mit seinem Stock auf den Boden.

»Ich bitte um Ruhe«, befahl er. »Ihre Majestät, die Königinwitwe, ist heute hierher gekommen, um das Wort an Euch zu richten – im Namen ihres verstorbenen Gatten, des viel betrauerten König Ludwigs XIII., im Namen ihres Sohnes, des neuen König Ludwigs XIV., im Namen Frankreichs für seine zukünftige Größe und seinen Wohlstand und im Namen der Gerechtigkeit. Eure Majestät.«

Jules begleitete mich zum Rand des Podiums, wo mein Stuhl stand, sodass ich auf das Meer der Gesichter unter mir schaute. Die Knie wurden mir weich, und meine Finger waren in den Handschuhen schweißnass. Ich trug ein schwarzes Kleid und einen schwarzen Hut, und mein Haar war streng frisiert. Ich war mir bewusst, dass der Kontrast zwischen meinem roten Haar und dem schwarzen Stoff sehr beeindruckend war. Es war mein erster öffentlicher Auftritt. Dennoch sprach ich mit fester Stimme.

»Sehr verehrte Herren«, begann ich, »mein verstorbener

Gatte verfasste kurz vor seinem Tod ein Testament. Zu dem Zeitpunkt war er bereits schwer krank und sein Geist erschöpft. Daher war er wahrscheinlich geneigt, gewissenlosen Vorschlägen zu folgen. Da ich keine Kenntnis über den Inhalt seines Testamentes hatte, konnte ich mich dem nicht widersetzen.

Jetzt ist mir der Inhalt bekannt. Auch Ihr kennt den Wortlaut des Testamentes. Es verlangt, dass die Herrschaft des Königreiches zwischen dem Prinzen von Condé, dem Herzog von Orléans, Kardinal Mazarin und mir aufgeteilt wird. Meine Herren, wir erinnern uns alle daran, dass der Prinz von Condé ein Rebell ist, der die alleinige Herrschaft über meinen verstorbenen Gatten übernehmen wollte, als er noch ein halbes Kind war. Wir kennen auch seinen Wankelmut und den seiner Familie in Fragen der Religion und der Loyalität.«

Ich atmete tief durch und beobachtete die Köpfe, die sich einander flüsternd näherten. Viele der Männer nickten zustimmend. In jenem Augenblick war mir ein wenig unbehaglich zumute. Sie hätten mich fragen können, warum wir dem Sohn das Kommando über die Nordfront anvertrauten, wenn wir dem Vater so sehr misstrauten. Zum Glück geschah das nicht.

»Der andere Mitregent soll Prinz Gaston, der Herzog von Orléans sein«, fuhr ich fort. »Ein Mann, der sich dem verstorbenen König auf jede erdenkliche Weise widersetzt hat und dessen Unterschrift unter diesem unflätigen Dokument steht, in dem angeboten wurde, Frankreich an den König von Spanien zu verraten. Kann so einem Mann die Herrschaft Frankreichs anvertraut werden?

Ich sage Euch, dass ich allein, seit fast dreißig Jahren die treue Gattin und Gefährtin Seiner verstorbenen Majestät ...« ein paar Lügen sind in solchen Zeiten immer notwendig, und vor allem, wenn das Gegenteil nicht bewiesen werden kann – »... , die Mutter seiner Söhne, die Vertraute Kardinal Richelieus in seiner Anstrengung, unserem Land zu Ansehen und Größe zu verhelfen, dass ich allein also geeignet bin, das Land zu regieren und im Namen meines Sohnes, Eures Königs, die Ehre und den Ruhm Frankreichs gegen all unsere Feinde zu bewahren.«

Sie jubelten und klatschten, doch einige waren auch anderer Meinung.

»Ihr habt Kardinal Mazarin nicht erwähnt«, sagte jemand, als der Applaus verstummte.

»Der Kardinal teilt meine Ansicht. Er strebt nicht nach einer Mitregentschaft. Er wünscht nur, unsere Staatsgeschäfte als mein Beauftragter unter meiner Schirmherrschaft und mit meiner Zustimmung zu leiten.«

Alle Blicke waren auf Jules gerichtet, der keine Miene verzog.

»Und der Krieg?«, fragte jemand. »Wollt Ihr Euch Eurem eigenen Bruder widersetzen?«

»Als Regentin Frankreichs werde ich mich jedem widersetzen, der es wagt, uns herauszufordern. Ich werde den Krieg erfolgreich beenden und Frankreich zum größten Land Europas machen.«

Wieder jubelten und klatschten die Abgeordneten.

Broussel wartete, bis der Lärm verstummte. Dann stellte er sich an meine Seite. »Wohl gesprochen, Eure Majestät. Meine Herren ...« Er sah auf die Abgeordneten hinab. »Wir haben die Königin gehört. Kann es bessere Argumente geben? Meine Herren, ich schlage vor, das Testament des Königs außer Kraft zu setzen, da er es zweifellos verfasst hat, als sein Geist bereits verwirrt war. Ferner schlage ich vor, die Königinwitwe, Anna von Österreich, zur alleinigen Regentin zu ernennen, bis König Ludwig XIV. die Volljährigkeit erreicht hat.«

Unglaublicher Jubel ertönte, und diesmal gab es keine Gegenstimmen.

☆

Ich kehrte mit Jules in der geschlossenen Kutsche in den Louvre zurück.

»Haben wir wirklich gesiegt?«, fragte ich.

»Das haben wir, Eure Majestät. Es liegen dennoch große Probleme vor uns«, erinnerte er mich.

»Das weiß ich.«

»Ich denke weniger an die beiden Prinzen als an den Krieg«, sagte Jules. »Wenn Rocroi fällt ...«

»Ihr habt mir doch vor ein paar Tagen selbst gesagt, wir müssen Vertrauen haben, Jules.«

☆

Die Gerüchte eilten unserer Kutsche voraus, und als wir den Louvre erreichten, war der ganze Palast in heller Aufregung. Jules musste mich verlassen, da es notwendig war, sofort eine Sitzung der führenden Verwaltungsbeamten einzuberufen. Sie mussten über die neue Situation unterrichtet und darauf vorbereitet werden, möglicherweise einer Belagerung standzuhalten, falls die Spanier weiter vorrückten.

Weil mich meine Zofen nicht unterstützten, musste ich allein in meine Gemächer gehen. Sofort war ich von Männern, Frauen und Musketieren umringt, die unbedingt erfahren wollten, was passiert war, und doch nicht wagten, Fragen zu stellen.

Natürlich wartete Marie auf mich.

»Niemand sagt mir, was passiert ist«, beklagte sie sich.

»Dann werde ich es dir sagen. Ich bin Regentin.«

»Ja, das weiß jeder. Ihr seid eine der Mitregenten, die im letzten Willen des Königs namentlich aufgeführt sind.«

»Du missverstehst die Situation. Der letzte Wille wurde vom Pariser Parlament für ungültig erklärt. Ich bin alleinige Herrscherin, bis Ludwig die Volljährigkeit erreicht hat.«

Sie riss den Mund auf. »Das sind hervorragende Neuigkeiten! Und die anderen?«

»Der Prinz von Condé und der Herzog von Orléans werden vom Parlament unterrichtet, dass ihnen die Macht entzogen wurde.«

»Und Mazarin?«

»Er setzt seine Arbeit als Staatsminister fort.«

»Ach, Ihr wollt Euch wieder in die Hände eines Priesters begeben?«

»Die Umstände sind in diesem Fall ein wenig anders.«

Sie hätte mir liebend gern weitere Fragen gestellt, doch ich wollte zu meinen Kindern gehen.

»Wird es einen Aufstand geben, Mama?«, fragte Ludwig. Wahrscheinlich hatte ihm irgendjemand etwas erzählt.

»Es wird keine Aufstände mehr geben«, versicherte ich ihm.

☆

Ich hoffte, mit dieser Aussage Recht zu behalten. Im Moment hielt die ganze Hauptstadt in gespannter Erwartung den Atem an, und hier herrschte Ruhe. Condé war auf dem Weg nach Norden zu seinem Sohn, vermutlich um den Befehl über das Heer zu übernehmen. Im Moment konnte ich ihn nicht daran hindern. Ich hegte beinahe die Hoffnung, er würde gegen das spanische Heer kämpfen und eine vollkommene Niederlage erleiden. Unsere politische Situation hätte sich dadurch allerdings zugespitzt.

Wo sich Gaston aufhielt, wusste niemand. Er hatte mit Sicherheit von der Entscheidung des Parlamentes erfahren. War er dabei, ein Heer aufzustellen? Ich überließ es Jules, das herauszufinden.

Mein Leben war plötzlich gänzlich ausgefüllt. Kaum war ich morgens aufgestanden, begannen die Audienzen. Ich erinnerte mich an eine Geschichte, die ich über Königin Elisabeth von England gehört hatte. Sie soll die meisten ihrer Bittsteller an ihrem Frisiertisch empfangen haben, da die

Bittsteller so früh und in so großer Anzahl erschienen. So weit wollte ich nicht gehen, doch ich war auch so schon von früh bis spät beschäftigt.

Zahlreiche Botschafter kamen zu mir. Sie waren ängstlich darauf bedacht, mir ihr Beileid auszusprechen und Angelegenheiten zu klären, die während Ludwigs Krankheit nicht entschieden werden konnten. Jules stand mir dabei zur Seite, und mit den meisten verabredete er Gespräche unter vier Augen zu einem späteren Zeitpunkt. Fast alle Adeligen von Paris wollten zu meinen Füßen niederknien, um ihr Beileid und ihre Ergebenheit auszudrücken.

Der 19. Mai war ein sehr anstrengender Tag, und am Abend war ich vollkommen erschöpft. Da der Hof trauerte, spielten wir am Abend keine Karten. Ich nahm nur ein leichtes Mahl zu mir und ging früh schlafen. Tatsächlich schlief ich tief und fest, doch am nächsten Morgen wurde ich vor der Morgendämmerung durch Lärm vor meiner Tür geweckt.

Ich richtete mich auf und zog die Decke bis an meinen Hals. Marie eilte zur Tür, um nachzusehen, was passiert war. Ich glaube, wir dachten beide zuerst an Gaston. Was hätten wir getan, wenn er mit einer Schar bewaffneter Männer vor der Tür gestanden hätte? Kurz darauf hörten wir Schreie: »Sieg! Sieg!«

Da ich meine Neugier nicht mehr zügeln konnte, stieg ich aus dem Bett, zog einen Morgenrock über und ging ebenfalls zur Tür. Im Vorzimmer standen etliche Männer und Frauen. Die Männer schwenkten ihre Schwerter und warfen ihre Hüte in die Luft. Als sie mich sahen, jubelten sie mir zu, und die ganze Schar Menschen kam auf mich zu, sodass ich im ersten Moment um mein Leben fürchtete.

Doch das Gegenteil war eher der Fall, wenn man so sagen kann.

»Eure Majestät!«, rief ein junger Mann begeistert. »Die Spanier wurden in die Flucht geschlagen. In Rocroi. Vom Herzog von Enghien!«

Ich war sprachlos. Ich konnte es kaum fassen. Kein französisches Heer hatte seit der Regentschaft Franz' I. eine größere Schlacht gegen eine feindliche Macht gewonnen, und das war hundert Jahre her. Heinrich von Navarra hatte alle seine großen Siege in Bürgerkriegen gegen Franzosen errungen. Und jetzt waren die Tercios, die gefürchteten spanischen Fußtruppen, in die Flucht geschlagen worden? Das war wahrlich unglaublich!

Und doch entsprach es den Tatsachen. Jules machte mich zu späterer Stunde mit den Einzelheiten vertraut. Als Enghien sich der Stadt näherte, war diese noch immer von den Spaniern belagert, und die Lage schien für sie recht Erfolg versprechend. Sie hatten alle Straßen zur Stadt blockiert, und scheinbar nahmen sie Enghien aufgrund seiner Jugend und seiner mangelnden Erfahrung nicht ganz ernst. Überdies erwarteten die Spanier eine Verstärkung von 6000 Mann, wodurch sie eine enorme Überlegenheit gewonnen hätten.

Daher beschloss unser junger Heerführer, nicht länger zu warten, sondern sofort anzugreifen. Er hatte dazu eine Möglichkeit gefunden, ohne die Straßen benutzen zu müssen.

Er zog also seine Streitkräfte am Abend des 18. Mai – jenes Tages, an dem ich meine alleinige Regentschaft durchsetzte – zusammen – und das entgegen dem Rat der älteren und »erfahreneren« Offiziere – und führte seine Truppe über einen schmalen Pfad, der auf einer Seite von dichten Bäumen und auf der anderen von Sümpfen begrenzt war. Dieser Weg wurde von den Spaniern als unpassierbar angesehen und war daher nicht blockiert worden, wie Enghiens Späher herausgefunden hatten.

Im Morgengrauen war das französische Heer in Position gegangen und schaute von der Höhe auf die Stadt und die Spanier hinab. Den Feind überraschte zwar die kühne Operation, doch er fasste sich rasch und schritt sofort zur Tat.

Die Spanier waren den Franzosen zahlenmäßig überlegen, und außerdem galten sie doch als beste Infanterie der Welt, oder? Sie hoben die Belagerung unverzüglich auf und marschierten los, um eine Stellung gegenüber der Stadt einzunehmen.

Beide Seiten biwakierten die Nacht hindurch. Kurz nach Einbruch der Morgendämmerung eröffnete Enghien den Erwartungen der Spanier zum Trotz und gegen den Rat seiner Offiziere die Schlacht und führte seine Kavallerie zum Angriff auf den linken Flügel der Spanier. Diese Taktik erinnert deutlich an Gustav Adolf und Pappenheim, deren Feldzüge der junge General offensichtlich studiert hatte.

Sein unerwarteter Angriff drängte den linken Flügel der spanischen Kavallerie zurück, führte aber fast zu einer Katastrophe. Der linke Flügel der *französischen* Kavallerie, der vollkommen ungeordnet war, wurde nämlich sofort angegriffen und vom rechten Flügel der spanischen Kavallerie in die Flucht geschlagen. Glücklicherweise hatte Enghien eine starke Reserve zurückgelassen, und die spanische Kavallerie wurde zerschlagen und mühelos besiegt, woraufhin sie vom Schlachtfeld floh.

Nach diesen kleineren Siegen blieben noch die spanischen Fußsoldaten in einer Stärke von 18 000 Mann zurück, die sich, wie in der spanischen Kriegsführung üblich, im Karree aufgestellt hatten. Sie galten – wie schon erwähnt – als beste Infanterie der Welt. Enghien hatte sie jedoch bereits verwirrt, indem er seine Pferde neu gruppierte und die spanische Nachhut angriff. Doch die Tercios blieben standhaft.

Jetzt begann die wahre Schlacht, eine blutige Angelegenheit. Zweimal schickte Enghien seine siegreichen Reiter gegen die Piken und Musketen, und zweimal wurden sie zurückgeschlagen. Er gab jedoch nicht auf und sammelte all seine Waffen sowie die von den Spaniern eroberten und feuerte aus kürzester Entfernung auf die Truppen. Dem konnten selbst die Infanteristen nicht standhalten. Sie boten die Kapitulation an, wenn die Franzosen ihnen Schonung versprachen. Diese wurde ihnen garantiert, und Enghien ritt mit seinen Offizieren auf den Feind zu, um die Schwerter der spanischen Offiziere entgegenzunehmen. Dann kam es zur Katastrophe.

Aus den spanischen Reihen feuerte jemand auf den Herzog. Enghien zog wütend das Kapitulationszugeständnis zurück und verkündete, dass es keine Schonung geben werde. Der Kampf wurde fortgesetzt, doch da das halbe spanische Heer schon seine Waffen niederlegt hatte, konnte kaum noch von einem Kampf die Rede sein. Was jetzt folgte, ist nur noch als Massaker zu bezeichnen. Das spanische Heer wurde vernichtend geschlagen und vollständig zerstört. Zigtausend spanische Soldaten starben. 6000 wurden gefangen genommen. Kaum ein Zehntel von Mellos hervorragendem Heer entkam dem Schlachtfeld.

Die spanische Infanterie gab es nicht mehr. Sicher würden die Spanier ein neues Heer aufstellen, doch der gute Ruf war für immer dahin.

Ich konnte es noch immer nicht glauben.

»Dieser junge Mann soll das vollbracht haben?«, fragte ich.

»Ja, Madame«, sagte Jules. »Ein zweiter Caesar wurde geboren.«

Dieser Vergleich gefiel mir nicht besonders.

»Doch der Sieg wurde nicht leicht errungen«, fuhr Jules fort. »Es sollen fünftausend Franzosen in der Schlacht gefallen sein.«

»Es ist trotzdem ein Sieg. Oh, Jules ...«

Ich lag in seinen Armen, und Jules drückte mich an seine Brust und küsste mich auf den Mund. Einen kurzen Moment dachte ich voller Mitgefühl an den armen Ludwig. Wäre er nur wenige Tage später gestorben, hätte dieser große Sieg seine Herrschaft unsterblich gemacht. Dennoch durchdrang mich eine Woge des Vertrauens, weil meine Regentschaft und die Herrschaft meines Sohnes einen so glorreichen Anfang genommen hatten.

»Madame?«, fragte Jules, der mich noch immer an sich presste.

»Ja«, sagte ich. »Ja, ja, ja!«

Unsere persönliche Siegesfeier begann. Ich war 41 Jahre alt und hatte seit mehr als zwei Jahren keinen Mann mehr geliebt. Ich war so begierig auf Sex wie ein junges Mädchen und jetzt viel besser in der Lage, meine und die Bedürfnisse meines Partners zu stillen. Jules, der ein Jahr jünger war als ich, hatte den Gipfel seiner Manneskraft erreicht, und ich nahm an, dass er noch viel länger als ich ohne sexuelle Kontakte gelebt hatte.

Wir zogen einander aus, küssten und streichelten uns und rekelten uns in meinem Bett. Wir gaben uns allen Liebesspielen hin, die uns in den Sinn kamen. Es war helllichter Tag, und wir waren in meinem Schlafgemach. Wir hatten noch nicht einmal daran gedacht, die Tür zu verschließen. Falls jemand ins Zimmer schauen sollte, würde derjenige sicher schnell wieder gehen. Niemand konnte die Regentin von Frankreich und ihren Staatsminister stören oder kritisieren.

Als wir erschöpft und eng umschlungen nebeneinander lagen, kehrte die Realität zurück.

»Condé«, sagte ich. »Der Prinz von Condé. Welche Rolle hat er in dieser Schlacht gespielt?«

»Soweit ich weiß, war er nicht dabei. Er hatte das Heer noch nicht erreicht.«

»Gott sei Dank. Dann kann er mit dem Sieg nicht prahlen. Wir müssen dieses Ereignis ganz groß in der Öffentlichkeit feiern, Jules.«

»Darüber habe ich schon nachgedacht. In Notre Dame wird ein Gottesdienst gefeiert, und Ihr werdet Gott für unsere Befreiung danken.«

»Alle Glocken müssen läuten. Es müssen Boten zu allen

Gouverneuren gesandt werden, um sie über den Sieg zu unterrichten und anzuordnen, ihn zu feiern.«

»Und Enghien? Wie wird er wohl nach einem derartigen Sieg auf die Information reagieren, dass sein Vater von der Regentschaft ausgeschlossen wurde? Könnte er nicht auf die Idee kommen, mit seinem Heer nach Paris zu marschieren?«

Ich richtete mich auf und strich mir eine Strähne aus der Stirn. »Er wird nicht sofort darauf reagieren. Erstens *weiß* der Prinz von Condé noch nicht, dass er von der Regentschaft ausgeschlossen wurde. Zweitens weiß ich zufällig, dass Enghien seinen Vater nicht liebt, weil er ihn zu einer sehr unglücklichen Ehe gezwungen hat.

Ich lasse zwei Briefe aufsetzen, die meine Unterschrift tragen werden. Der erste geht an Enghien. Ich spreche ihm meine herzlichsten Glückwünsche zu seinem Sieg aus und versichere ihm, dass ich ihn sehr großzügig belohnen werde. Außerdem befehle ich ihm, in den Spanischen Niederlanden zu bleiben, um sicherzustellen, dass die spanische Bedrohung nicht wieder auflebt.

Der zweite Brief geht an den Prinzen von Condé. Ich gratuliere ihm zum Sieg seines Sohnes und bitte ihn, sofort nach Paris zurückzukehren, da eine wichtige Staatsangelegenheit auf ihn warte. Der Bote muss uns treu ergeben sein, Jules, damit er keinen von beiden über die Vorgänge hier in Paris unterrichtet. Beide Briefe müssen morgen Abend ausgehändigt werden.«

»Ich kümmere mich darum.« Jules kleidete sich an. »Und wenn Condé zurückkehrt?«

»Dann entscheiden wir, was zu tun ist.«

☆

Nachdem der Prinz eiligst zurückgekehrt war, hatte er sofort von seinen Bediensteten von seinem Ausschluss aus der Regentschaft erfahren. Er stürmte in meine Gemächer.

»Was hat das zu bedeuten?«, fragte er.

Ich hatte mich auf seine Rückkehr vorbereitet. Meine Zofen umringten mich, und Marie stand unmittelbar neben mir. Im Vorzimmer hielten sich meine treuesten Musketiere auf, die nun von einem Hauptmann namens D'Artagnan befehligt wurden. Er war Gascogner, so unerbittlich und stolz wie alle Menschen aus dieser abgelegenen Region, und er war der Krone, also der Königinmutter und Regentin, treu ergeben.

»Was meint Ihr, werter Prinz?«, fragte ich zurück.

Er blickte meine Zofen an. Ein Gespräch unter vier Augen wäre ihm sicher lieber gewesen, doch er begriff, dass er darauf nicht hoffen konnte.

»Diese Verschwörung, die Ihr im Parlament angezettelt habt.«

»Es hat keine Verschwörung gegeben. Ich hielt den letzten Willen meines Gatten für einen Fehler. Das Testament wurde von einem sterbenden Mann verfasst, und daher bin ich vor das Parlament getreten, um darum zu bitten, es für ungültig zu erklären. Dem wurde zugestimmt.«

»Hinter meinem Rücken.«

»Es war Eure Entscheidung, Paris zu verlassen. Eure Anwesenheit hätte an der Entscheidung des Parlamentes jedoch nichts geändert.«

»Weiß der Herzog darüber Bescheid?«

»Mit Sicherheit. Er hat Paris ebenfalls verlassen, und ich weiß nicht, wo er sich aufhält.«

Er starrte mich mehrere Sekunden an. »Und wenn ich jetzt auch vor das Parlament trete und bitte, die Entscheidung rückgängig zu machen?«

»Zu Euren Gunsten?«

»Mir steht die Regentschaft zu.«

»Nein. Mir steht als Königinmutter die Regentschaft zu, und meine Position wurde bestätigt. Ich bin berechtigt, jeden Versuch, mich aus dem Amt zu drängen, als Verrat anzusehen. So werde ich es auch handhaben.«

Er riss ungläubig den Mund auf.

»Stehe ich unter Arrest?«

»Nein, um Gottes willen. Ihr habt Euch bisher nichts zuschulden kommen lassen. Ich rate Euch, es auch nicht zu tun. Es wird das Beste sein, wenn Ihr Euch auf einen Eurer Landsitze zurückzieht. Dort könnt Ihr das Leben eines Landjunkers führen, Euch in der Sonne aalen und Euch an dem großartigen Sieg Eures Sohnes erfreuen.«

»Ihr verbannt mich aus Paris?«

»Ja, werter Prinz. Ich verbanne Euch aus Paris.«

Noch einmal starrte er mich ungläubig an. Dann verneigte er sich und verließ den Raum.

»Ihr wart großartig«, sagte Marie.

»Ich fühle mich einer Ohnmacht nahe. Bring mir bitte einen Becher Wein.«

☆

Ich hatte kaum Zeit, über Condé oder Gaston, der offenbar freiwillig ins Exil gegangen war, nachzudenken. Allerdings beauftragte ich Hauptmann D'Artagnan herauszufinden, wo sich Letzterer aufhielt und was er im Schilde führte. Jetzt kümmerte ich mich um die zahllosen Beileidsschreiben, die aus allen Himmelsrichtungen kamen. Auch der Papst schrieb mir.

Selbst von meinem Bruder erhielt ich einen Brief. Er hatte unmittelbar, nachdem die Nachricht von Ludwigs Tod Madrid erreicht hatte, geschrieben. Da das am Tag vor der Schlacht von Rocroi war, wusste er noch nicht, welche Katastrophe sich für sein Heer anbahnte.

Meine liebe Anna! Isabella und ich sind über den Tod des armen Ludwig sehr betrübt. Isabella betrauert ihren Bruder, während ich nicht nur meinen Schwager, sondern auch einen tapferen Feind betrauere. Ich glaube jedoch, dass es nach dem Tod von Ludwig und Kardinal Richelieu keinen Grund mehr für den Krieg gibt.

Diese beiden Männer haben in ihrer unsinnigen Angst vor dem Namen Habsburg unsere beiden Länder über zehn Jahre in einen Konflikt gestürzt. Mit welchem Ziel? Das französische Heer wurde immer wieder besiegt. Meine Infanterie beherrscht noch immer das Schlachtfeld. Die Franzosen haben Unmengen an Soldaten und Geld verloren, ohne etwas zu erreichen.

Könnt Ihr nicht fordern, als Regentin für den jungen König eingesetzt zu werden, um diesem sinnlosen Gemetzel ein Ende zu bereiten? Ihr müsstet Eure Niederlage eingestehen, doch Ihr seid ja im Grunde auch besiegt worden. Ich fürchte, Ihr müsstet in dem Fall eine beträchtliche Entschädigung zahlen, aber das ist das Los der Besiegten. Sobald Ihr dem zugestimmt habt, kann ich meine Generäle sicher davon überzeugen, abgesehen von einer kleinen Neuregelung an der Grenze der Pyrenäen keine Gebietsansprüche an Frankreich geltend zu machen.«

Es machte mir richtig Freude, ihm zu antworten.

Lieber Bruder, wenn Ihr diesen Brief erhaltet, werdet Ihr bereits von den Neuigkeiten in Flandern gehört haben. Ich danke Euch für Euer Beileid, doch ich muss Euch unterrichten, dass dieses Land jetzt in strengeren Händen ist als in den vergangenen dreißig Jahren, und zwar in meinen, denn ich wurde als Regentin für König Ludwig XIV. eingesetzt.

Sicher werdet Ihr es nicht als Zufall ansehen, dass der erste Feldzug unter meiner Herrschaft zu einem so brillanten, entscheidenden Sieg führte. Ich wünsche ebenso wie Ihr, diesen endlosen Konflikt beizulegen. Aufgrund der neuen Situation schlage ich höflich vor, dass Spanien vor den überlegenen französischen Waffen kapituliert und Entschädigungsleistungen zahlt, falls das Land dazu in der Lage ist. Anderenfalls wird mein Heer die ganzen Niederlande überrollen.

Auf diesen Brief erwartete ich keine schnelle Antwort, und ich erhielt auch keine.

Henriette schrieb in überschwänglichen Tönen und war kaum in der Lage, mir ihr Beileid zu bekunden. Scheinbar liefen die Angelegenheiten von König Karl sehr gut. Er oder vielmehr seine Befehlshaber hatten beträchtliche Siege errungen, und er hatte wie wir einen fähigen General entdeckt.

Es handelte sich um den Sohn des Kurfürsten von der Pfalz, dessen Niederlage am Weißen Berg im Jahre 1620 den großen Krieg heraufbeschworen hatte. Dieser Konflikt war noch immer nicht beigelegt, wenn sich die Aufmerksamkeit nun auch weniger auf das Reich, sondern auf die Niederlande konzentrierte. Der neue General hatte Karls Schwester Elisabeth geheiratet. Dieser Mann, der den romantischen Namen Rupert vom Rhein beanspruchte, war wie Enghien ein hervorragender Kavalleriekommandant, und seine Einmischung in den englischen Bürgerkrieg war sofort von großem Erfolg gekrönt. Es gelang ihm, den Seehafen Bristol, einen strategisch bedeutsamen Ort, für die königliche Partei zu erobern.

Henriette schwebte im siebten Himmel, denn sie glaubte, dass der König in wenigen Monaten wieder die Herrschaft übernehmen würde.

☆

Ich freute mich für sie, doch als ich ihren Brief erhielt, nahmen mich die Regierungsgeschäfte, eine schwierige und zeitraubende Angelegenheit, vollauf in Anspruch.

Ich musste den Krieg in Flandern mit der Härte fortsetzen, wie ich sie meinem Bruder angedroht hatte. Allerdings war ich in einer prekären Lage. Einerseits vertraute ich voll und ganz Enghiens Fähigkeiten, aber andererseits durfte ich nicht vergessen, dass er der Sohn meines erbittertsten Feindes war und er sein Heer daher plötzlich nach Süden statt nach Norden führen könnte. Ich beschloss, das Problem zu lösen, indem ich ihm einen zweiten Befehlshaber zur Seite stellte. Für diese Aufgabe hatte ich auch schon den passenden Mann gefunden.

Ich entließ General d'Auvergne aus dem Gefängnis und empfing ihn im Louvre. Bei unserem Treffen bewies ich ihm meine Gunst, ernannte ihn zum Grafen von Turenne und sandte ihn nach Norden. Das war angesichts von Enghiens Arroganz und Stolz ein wenig gewagt, doch es funktionierte wunderbar. Die beiden Männer mochten sich, respektierten die Fähigkeiten des anderen und arbeiteten Hand in Hand. Sie errangen gemeinsam eine Reihe von Siegen, wodurch Spanien schon bald in arger Bedrängnis war.

Leider lief in unserem eigenen Land nicht alles so gut. Wir hatten wieder Missernten zu beklagen, auf die wieder Revolten folgten. Mir taten diese armen Menschen, die am Hungertuch nagten, schrecklich Leid, und ich hätte gern die staatlichen Kornkammern für sie geöffnet. Jules erklärte mir, dass das nicht durchführbar sei. Die größten Kornreserven des Landes waren in privater Hand, und wie zu Richelieus Zeiten konnten diese gemeinen Profitmacher viel mehr Geld verdienen, wenn sie ihre Reserven jenseits der Grenze in deutschen Landen verkauften, wo die Menschen ebenfalls hungerten. Für diese Wucherer waren die Preise in Frankreich entschieden zu niedrig.

»Die Vorräte müssen konfisziert werden«, sagte ich. »Oder zumindest requiriert, um sie an die Armen zu verteilen.«

»Das ist im Grunde ein und dasselbe«, erklärte mir Jules. »Die Krone hat kein Recht, Menschen ihres rechtmäßigen Besitzes zu berauben. Wir müssten eine Verfügung erlassen, um das Gesetz zu umgehen.«

»Dann müssen wir eben eine Verfügung erlassen.«

»Eure Majestät«, sagte er ernst. »Anna, das wäre nicht gut. Viele dieser Kaufleute haben Verwandte oder gute Freunde im Parlament. Ihr sitzt noch nicht fest genug im Sattel, um das Risiko eingehen zu können, das Parlament zu verärgern. Im Moment ist das Parlament noch Eure sicherste und stärkste Stütze. Das muss so bleiben, bis unsere Position unanfechtbar ist.«

Ich hatte fast das Gefühl, Richelieu würde vor mir stehen!

»Und wann soll das sein?«

»Ich glaube, wir sind auf dem besten Wege dorthin.«

»Indem wir uns wie Heuchler benehmen. Während mein Volk hungert.«

»Wir müssen hoffen und beten, dass die Ernte im nächsten Jahr besser ausfällt.«

»Wenn im nächsten Jahr überhaupt noch einer von ihnen lebt. Während diese fetten Typen immer dicker werden und ihre Geldbörsen auch.«

»Sie sind unser Rückhalt«, erwiderte Jules. »Da die ernste Lage im ganzen Land bekannt ist, müssten wir meiner Meinung nach das Recht haben, das von Richelieu während der letzten Hungersnot verabschiedete Gesetz wieder einzuführen und zu verbieten, dass Korn exportiert wird, solange die Notlage andauert.«

Ich klatschte in die Hände. »Hervorragend.«

»Ich verspreche mir allerdings nicht sehr viel davon«, fuhr er fort. »Wenn die Händler ihr Korn nicht im Ausland verkaufen können, müssen sie es in Frankreich verkaufen. Wir können sie nicht zwingen, die Preise zu senken. Außerdem wissen wir nicht, ob sie unter diesen Umständen überhaupt zum Verkauf bereit sind und nicht lieber auf eine Entspannung der Lage warten. Den meisten von ihnen geht es so gut, dass sie mühelos ein ganzes Jahr ohne Einnahmen überleben können.«

Ich seufzte. »Offenbar können wir nicht viel tun. Doch wir werden dieses Gesetz auf jeden Fall wieder einführen. Irgendwie müssen auch sie diese Misere zu spüren bekommen.«

»Die Revolten müssen dennoch niedergeschlagen werden«, sagte er ganz ruhig.

Ich starrte ihn an.

»Mein Volk, das Hunger leidet, soll auch noch erschossen, erhängt oder aufs Rad geflochten werden?«

Jetzt stieß auch Jules einen Seufzer aus. »Leider ist das nicht zu vermeiden. Ihr müsst zeigen, wer hier im Land herrscht.«

»Dann geht und herrscht«, fuhr ich ihn an.

☆

Die ersten ernsten Meinungsverschiedenheiten in Bezug auf die Herrschaft des Landes beeinträchtigten unser persönliches Verhältnis überhaupt nicht. Ich wusste, dass Jules in jeder Beziehung ein guter Schüler seines großen Meisters – und seiner eiskalten Logik – war, dem nur das Wohl des Landes am Herzen lag. Da ich in diesem Fall den Staat vertrat, konnte ich ihn kaum tadeln, obwohl ich einige Dinge anders geregelt hätte.

Wenn es nicht um Staatsgeschäfte ging, war Jules ein äußerst charmanter, rücksichtsvoller und großherziger Mann, der mich ebenso sehr liebte wie ich ihn und der mich sehr glücklich machte. Es störte mich nicht im Geringsten, dass er Italiener war und aus einer großen Familie stammte. Immerhin hatte er ein kleines Heer von Neffen und Nichten, für die gesorgt werden musste. Ich hatte das Gefühl, von einem ganzen Clan beschützt zu werden.

Unsere häusliche Glückseligkeit war leider immer von Kritik bedroht. Es war sehr wohl bekannt, dass der Kardinal ebenso viel Zeit in meinem Bett verbrachte wie im Rat. Natürlich wagte niemand, seinen Argwohn öffentlich zu äußern – zumindest nicht in Frankreich. So dachte ich jedenfalls.

Das Unwetter braute sich langsam zusammen. Es ging um einen niederländischen Mönch namens Cornelius Jansen, der vor ein paar Jahren eine Abhandlung verfasst hatte, in der er das Papsttum und die gesamte römisch-katholische

Kirche angriff. Jansen war Katholik und strebte danach, die vielen bedauerlichen, illegalen Praktiken, die sich in die Kirchenhierarchie eingeschlichen hatten, zu reformieren. Er war eine Art Savonarola unserer Tage, nur dass er mehr Verstand oder weniger Mut besaß. Savonarola hatte in Italien gelebt und danach gestrebt, über Florenz zu herrschen. Für das empörte Papsttum war er eine relativ leichte Beute, er wurde schließlich verbrannt. Jansen blieb im Schutze der Niederlande, wo die Inquisition keine Anwendung fand.

Wie ich schon erwähnte, zweifelte ich nie daran, dass das Papsttum von Zeit zu Zeit eine Mahnung brauchte, da seine Allmacht den Papst und die Kardinäle vom Pfad der Tugend und der Moral abgebracht hatte. Ich fand Jansens Abhandlung ein wenig beunruhigend, weil er auch die Gesellschaft Jesu angriff, deren Mitglieder Jesuiten hießen. Sie war gegründet worden, um die Reformation zu bekämpfen. Auch die Jesuiten hatten zweifellos an Qualität eingebüßt, seitdem Ignatius von Loyola im letzten Jahrhundert sein Banner erhoben hatte, doch sie blieben die wichtigsten theologischen Lehrer des Katholizismus. Mein Privatlehrer in Valladolid war ebenfalls Jesuit gewesen, und obwohl ich seine Ansichten damals als sehr streng erachtete, war er zweifellos ein ausgezeichneter Kenner seines Fachs. Unser ganzes Schulsystem in Frankreich baute auf den Jesuitenschulen auf.

Da in meinem Leben in den letzten Jahren so viel passiert war, hatte ich weder die Zeit noch die Neigung, mich für den Streit zwischen Amsterdam und Rom zu interessieren. Jetzt veröffentlichte jedoch ein französischer Gelehrter namens Antoine Arnauld eine Verteidigungsschrift des Jansenismus: *De la fréquente Communion.* Unter diesem relativ harmlos klingenden Titel griff er nicht nur Jansens Meinungen und Argumente auf, sondern führte sie auch weiter. Jansen forderte, die ganze Kirche müsse ihre moralische Haltung überdenken. Arnauld war der Meinung, dieses tue in der ganzen Gesellschaft Not.

Das führte zu heller Aufregung. Am Königshof gab es keinen einzigen Adeligen, der nicht eine Mätresse oder – wenn er das andere Geschlecht bevorzugte – einen Geliebten gehabt hätte. Und es gab am Königshof keine Adelige, die nicht einen Liebhaber oder eine Geliebte gehabt hätte. Auch wenn niemand namentlich erwähnt wurde, erstreckte sich diese Kritik bis ins Schlafgemach der Königinmutter.

»Was sollen wir tun?«, fragte ich Jules. Diesen Satz hatte ich, ohne es zu bemerken, von meinem verstorbenen Gatten übernommen.

»Beachte es einfach nicht«, erwiderte Jules. »Es wird einen kurzen Skandal geben, und bald ist alles wieder vergessen.«

Da war ich mir nicht so sicher.

»Mir wäre es lieb, wir würden heiraten.«

Jules war überrascht.

»Es gibt keine Hindernisse«, fuhr ich fort. »Ich bin Witwe, und du bist unverheiratet.«

»Meine liebe Anna, es wäre mein größter Wunsch, Euch zu heiraten, doch viele Dinge hindern uns daran. Glaubt Ihr denn allen Ernstes, die Franzosen würden einen italienischen Kleriker als ihren König akzeptieren?«

»Ihr wäret der Gemahl der Königin. Das seid Ihr schon.«

»Und wenn wir ein Kind hätten?«

»Ich hätte liebend gern ein Kind mit Euch, Jules. Leider ist das nicht mehr möglich. Ich bekomme meine Monatsblutung nicht mehr.«

»Es wäre ein Segen gewesen.«

»Und jetzt?«

»Es bleibt ein unüberwindliches Hindernis, meine Liebe. Ich bin Priester und habe das Keuschheitsgelübde abgelegt.«

»Das Ihr bereits gebrochen habt.«

»Aber das weiß niemand.«

»Ich bitte Euch!«

»Niemand kann es beweisen oder würde wagen, es zu beweisen.«

»Ändert sich nicht die Situation, da Ihr Euer Gelübde bereits gebrochen habt? Was habt Ihr zu verlieren?«

Er dachte einen Moment nach und schüttelte dann den Kopf. »Diesen Schritt können wir nicht wagen. Er würde das Königreich bis in die Grundmauern erschüttern. Das können wir nicht riskieren.«

»Gut, dann betrachte ich Euch von diesem Moment an als meinen Gemahl, und das wird bis ans Ende meines Lebens so bleiben.«

☆

Damit war das Thema zunächst erledigt. So gern ich Jules auch offiziell immer an meiner Seite gehabt, mein Bett mit ihm geteilt und mit ihm gemeinsam unsere Erlasse herausgegeben hätte, musste ich geduldig und mit dem zufrieden sein, was ich hatte. Nach reiflicher Überlegung kam ich zu dem Schluss, dass Jules mit seinem Urteil Recht hatte, auch wenn ich die Lage ein wenig anders beurteilte.

Der junge Ludwig war zwar noch ein Kind, aber er beobachtete schon alles, hörte gut zu und lernte Dinge, die er noch nicht richtig einschätzen konnte. Das würde im Laufe der Zeit noch geschehen. Er hielt Jules für den mächtigsten Mann im Königreich – natürlich nach sich selbst. Ich wusste nicht, ob er ihm als Stiefvater dieselbe Bedeutung beimessen würde.

Als die Trauerzeit für seinen Vater verstrichen war, musste Ludwig gekrönt werden. Wir fuhren nach Reims, da in dieser Kathedrale alle französischen Könige gesalbt wurden. Auch wenn wir die Zeremonie aufgrund all der Ereignisse eher verhalten feierten, wurde es ein großes Fest. Ludwig trat sehr selbstbewusst auf und ließ sich nicht aus der Ruhe bringen, als der kleine Philipp mitten in der Zeremonie ungeduldig wurde.

Am Ende des Jahres 1643 sah es so aus, als ginge es mit unseren Staatsangelegenheiten bergauf. Condé hatte sich geschlagen gegeben und sich aufs Land zurückgezogen. Sein Sohn war zu eifrig damit beschäftigt, Siege in den Niederlanden zu erringen, um uns zu schaden. Jetzt konnte ich Gaston zur Raison bringen. Er schrieb mir aus der Schweiz, wohin er geflohen war, und bat um ein sicheres Geleit nach Hause. Das gestand ich ihm wohlwollend zu. Als er ankam, führte ich ein Gespräch mit ihm und forderte ihn auf, seine Position als Onkel des Königs wahrzunehmen und sich darauf zu beschränken.

»Sobald ich das geringste Anzeichen für verräterisches Handeln entdecke, werdet Ihr in der Bastille landen. Und dort bleiben.«

»Ich bin und bleibe der ergebenste Diener Eurer Majestät«, versprach der Schurke.

Meine Machtübernahme schien reibungslos verlaufen zu sein. Darüber war ich sehr froh, doch ich bemerkte, dass auf den Fluren des Louvre ständig getuschelt wurde. Das hatte es auch früher schon gegeben, aber damals war ich in einer weniger einflussreichen Position. Jetzt war ich die mächtigste Frau im Palast und im ganzen Land, und ich wusste, dass um mich herum Ränke geschmiedet wurden. Besonders meine Zofen verstummten plötzlich, wenn ich mich näherte. Marie zuckte nur mit den Schultern, als ich sie nach dem Grund fragte. »Ihr wisst doch, wie diese Mädchen sind, Eure Majestät. Diese dummen Wesen müssen sich irgendwie beschäftigen.«

Ich glaubte ihr nicht, denn auch sie verstummte, sobald sie mich sah. Vermutlich tratschten sie alle über meine Beziehung zu Jules, über die zumindest im Palast jeder Bescheid wusste. Marie war schrecklich eifersüchtig, und das zeigte sie ganz unverhohlen durch ihre bissigen Bemerkungen. Ich war entschlossen, Jules' Rat zu befolgen und es auszusitzen. An meiner Beziehung zu Jules würden die Leute das Interesse verlieren, sobald sich etwas Interessanteres ereignete. Irgendetwas passierte immer.

Es geschah in der Tat etwas, womit ich allerdings niemals gerechnet hätte.

Eines Morgens saß ich an meinem Schreibtisch und verfasste mit Hilfe meines Sekretärs verschiedene Briefe. Dutoit diente mir so treu wie meinem verstorbenen Gatten. Plötzlich wurde mir mitgeteilt, dass der Kardinal eine Unterredung wünsche.

Wenn es um Staatsangelegenheiten ging, hielten wir uns an die Etikette, auch wenn jeder wusste, dass Mazarin zu jeder Tages- und Nachtzeit ohne Anmeldung zu mir kommen durfte.

Selbstverständlich gestand ich Jules die Unterredung sofort zu. Er trat ein und verneigte sich.

Offenbar wollte er unter vier Augen mit mir sprechen, und daher gab ich Dutoit ein Zeichen, sich zurückzuziehen.

»Ihr seht ungewöhnlich ernst aus«, sagte ich, als die Tür geschlossen war.

»Es geht auch um eine ungewöhnlich ernste Angelegenheit«, erwiderte er und setzte sich auf den Stuhl, den der Sekretär gerade frei gemacht hatte.

»Sagt nicht, wir haben eine Schlacht verloren.«

»Nein, nein. Diese Gefahr droht im Moment nicht. Ich habe hier im Louvre eine Verschwörung aufgedeckt.«

»Eine Verschwörung?« Ich runzelte die Stirn. »Um was ging es dabei?«

»Um meine Ermordung.«

Ich griff mir mit beiden Händen an den Hals. »Wer steckt dahinter?«

»Hm ...« Das schien ihn noch mehr zu bekümmern. »Ein Dienstmädchen hat es einem meiner Agenten verraten. Einige Adelige und einige Eurer Zofen sind in die Verschwörung verstrickt. Sie scheinen der Meinung zu sein, unser Verhältnis sei zu intim.«

»Habt Ihr die Übeltäter verhaftet?«

»Noch nicht. Diese Entscheidung müsst Ihr treffen. Wenn

sie erst verhaftet worden sind, werden sie dem Verhör unterzogen und ... Eine Verschwörung gegen den Staatsminister ist Hochverrat.«

»Ich verstehe. Sie werden mit der ganzen Strenge des Gesetzes bestraft, um wen es sich auch immer handeln mag.«

»Hm.«

»Habt Ihr eine Liste mit den Namen? Ich werde für jeden einen Haftbefehl ausstellen.«

»Ja, ich habe die Liste hier.«

Er reichte sie mir.

Ganz oben auf der Liste stand der Name der Herzogin von Chevreuse.

☆

Jules beobachtete mich. Wenn er auch nicht über alles im Bilde war, so wusste er sicher, dass Marie und ich fast 30 Jahre lang die engsten Freundinnen waren.

Der Grund für die Verschwörung konnte nur ihre Eifersucht sein. Marie hatte mit ihrem Talent, Intrigen zu schmieden und andere zu beeinflussen, vermutlich ihre Mitverschwörer davon überzeugt, dass es zum Wohl des Staates sei, sich Mazarins zu entledigen.

Sich Mazarins zu entledigen! Bei dem Gedanken überkam mich ein Frösteln.

Jules wartete geduldig.

Auf jeden Fall musste Marie verschwinden, und diesmal für immer. Ich konnte unmöglich in Erwägung ziehen, Marie nackt auf dem Scheiterhaufen verbrennen zu lassen. Wir hatten einfach zu viel miteinander geteilt, und ich wusste, dass ihrer gequälten Seele immer nur mein Wohl als ihre Geliebte und ihre Herrin am Herzen gelegen hatte. Trotzdem musste sie für einen so entsetzlichen Plan bestraft werden. Sie sollte gedemütigt und in Angst und Schrecken versetzt werden, um für ihre Schandtat zu büßen.

»Lasst die Haftbefehle ausstellen«, sagte ich und schaute mir die anderen Namen an. Es waren nur wenige bekanntere Namen darunter, auch zwei weitere Zofen. Ich war erleichtert, dass kein wirklich namhafter Adeliger in die Sache verstrickt war.

»Sollen sie verhaftet werden?«

»Ja, aber bringt mir bitte den Haftbefehl für die Herzogin von Chevreuse. Das übernehme ich persönlich.«

»Darf ich fragen, wann? Wenn einer vor den anderen verhaftet wird, werden die anderen hellhörig, und sie könnten uns möglicherweise entwischen.«

»Dann müssen sie alle zur gleichen Zeit verhaftet werden. Um Mitternacht.«

»Und die Herzogin?«

»Zur gleichen Zeit.«

☆

Ich befahl D'Artagnan zu mir und sagte ihm, dass ich heute Nacht zusätzliche Wachen vor meinem Zimmer wünschte.

»Sie brauchen erst um elf Uhr anzutreten, und wenn ich sie rufe, sollen sie hereinkommen«, sagte ich.

»In Euer Schlafgemach, Eure Majestät?« Er war erstaunt.

»In mein Schlafgemach. Es geht um eine Staatsangelegenheit.«

Das schien ihn noch mehr zu überraschen. Doch er verneigte sich und ging davon.

Wie so oft in kritischen Situationen, war es schwierig, den Tag zu überstehen. Ich speiste mit meinen Söhnen, mit Gaston und allen hohen Offiziellen der Stadt. Marie bediente mich wie immer und flüsterte mir Belanglosigkeiten ins Ohr. Am Abend spielte ich mit den Jungen und unterrichtete Ludwig in verschiedenen Dingen.

Als sie ins Bett gebracht wurden, befahl ich Marie zu mir.

»Ich möchte, dass du heute Nacht bei mir bleibst.«

Da Jules in letzter Zeit das Bett mit mir teilte, überraschte sie mein Wunsch.

»Ich, Eure Majestät?«

»Warum nicht?«

Sie riss den Mund auf. »Ich habe eine Verabredung.«

»Dann musst du die Verabredung absagen.«

Sie biss sich auf die Lippe. »Wie Eure Majestät wünschen.«

Nach dem Abendessen zogen wir uns zurück. Ich entließ meine Zofen – zwei von ihnen würden heute Nacht eine Katastrophe erleben – und erlaubte Marie, mich zu entkleiden.

»Das ist eine ungewöhnliche Ehre, Eure Majestät«, sagte sie.

Sie schaffte es einfach nicht, den Mund zu halten.

»Ich freue mich, dass du es zu schätzen weißt.«

Wir legten uns ins Bett und umarmten uns kurz. Was in Maries Kopf vorging, wusste ich nicht. Ich jedoch spitzte die Ohren, und um elf Uhr hörte ich das Poltern der Stiefel im Vorraum.

Marie hörte es auch und richtete sich auf. »Dort draußen sind Männer.«

»Ja, Musketiere. Meine Musketiere.«

Sie starrte mich entsetzt an. »Was geht dort vor?«

»Es geschieht alles nach meinem Willen. Leg dich hin.«

Sie gehorchte mir widerwillig.

Ich stützte mich auf einen Ellbogen und schaute sie an. »Berichte mir über die Verschwörung.«

»Verschwörung?« Sie erblasste. »Welche Verschwörung?«

»Meine liebe Marie, weißt du nicht, dass du verraten wurdest? Du hast eine Intrige geschmiedet, um Kardinal Mazarin zu ermorden.«

»Ihr habt keine Beweise.«

»In den nächsten Stunden werden wir alle Beweise der Welt in Händen haben. Deine Kumpane, die uns alle bekannt sind, werden in dieser Stunde verhaftet.«

Sie richtete sich abermals auf und rückte von mir weg.

»Was wird mit ihnen geschehen?«

»Du kennst die Strafe für Verrat genauso gut wie ich.«

»Und ich?«

»Warum solltest du anders als deine Mitverschwörer behandelt werden? Ihr seid alle schuldig.«

Sie griff sich an die Kehle. »Ich bin Eure Freundin.«

»Du warst meine Freundin. Du hast eine Intrige geschmiedet, um den Mann, den ich liebe, zu töten. Jetzt bist du meine Feindin.«

»Ich kenne all Eure Geheimnisse.«

»Wem wollt Ihr sie anvertrauen? Dem Kardinal?«

Sie funkelte mich an und stürzte sich wütend auf mich. Ich ergriff ihre Handgelenke, und wir kämpften miteinander, während ich nach Atem rang. Ihr plötzlicher Angriff hatte mich so überrascht, dass ich im ersten Moment kaum Luft bekam. Nach ein paar Sekunden schaffte ich es, meine Wachen zu rufen.

»D'Artagnan!«

Die Tür wurde aufgerissen, und zahlreiche Wachen stürmten in mein Schlafgemach. Wir müssen einen unvergesslichen Anblick geboten haben: Zwei nackte Frauen, von denen eine die Königin war, rangen im Bett miteinander.

»Nehmt sie mit«, keuchte ich.

Starke Hände ergriffen Maries Arme, und sie wurde abgeführt. Marie kochte vor Wut.

»Hure!«, schrie sie. »Ehebrecherin!«, brüllte sie.

Ich zog mir die Decke über meinen nackten Leib.

»Was sollen wir mit ihr machen, Eure Majestät?«, fragte D'Artagnan. Sein Schnurrbart sträubte sich, und seine Wangen waren vor Verlegenheit gerötet.

»Bringt sie in die Bastille.«

»Ja, Eure Majestät. Hm ...« Er schaute sich suchend nach Maries Kleidern um.

»Sie braucht ihre Kleider nicht«, sagte ich zu ihm.

»Heuchlerin! Zur Hölle mit Euch!«, schrie Marie, als sie zur Tür geschleppt wurde.

»Es wäre wohl besser, sie zu knebeln, sonst weckt sie noch den ganzen Palast auf. Bringt sie sofort in die Folterkammer.«

Ich kleidete mich an und fuhr mit D'Artagnan hinterher. Er stellte keine Fragen.

Als wir in der Kutsche saßen, legte ich meine Hand auf seinen Arm. »Seid Ihr mir bis in den Tod treu ergeben, D'Artagnan?«, fragte ich.

»Bis in den Tod, Eure Majestät.«

»Seid sicher, dass ich das immer hoch anerkennen werde«, versprach ich ihm.

☆

Ich wusste nicht, was ich mit Marie machen sollte. Auf jeden Fall würde ich sie für immer verbannen. Zuvor musste ihr so große Furcht eingeflößt werden, dass sie niemals wagen würde, zurückzukehren.

Die mitternächtlichen Ereignisse hatten alle Menschen in der Bastille geweckt. Im Hof standen Musketiere, Kerkermeister und wütende Gefangene, während andere Gefangene in ihren Zellen lärmten. Ich trug Kapuze und Maske, und D'Artagnan bahnte mir den Weg und klärte den Gouverneur, der sehr gereizt war, über meine Identität auf. Monsieur L'Avrack verneigte sich und war mir sofort eifrig zu Diensten.

Er und D'Artagnan begleiteten mich zur Folterkammer, vor deren Tür vier Musketiere warteten.

Ich schaute durch die Tür und sah, dass Marie nackt auf der Folterbank lag. Da sie noch immer geknebelt war, konnte sie keinen Ton von sich geben. Es war ihr anzusehen, dass sie am liebsten vor Wut gebrüllt hätte.

»Wo sind die Folterknechte?«, fragte ich.

»Sie sind unterwegs, Eure Majestät«, erwiderte L'Avrack.

Ich nickte. »Sie sollen sofort zu mir kommen.«

»Ich habe auch nach den Schreibern geschickt, Eure Majestät.«

»Die werden wir nicht brauchen. Schließt die Tür hinter mir.«

Als ich die Folterkammer betreten hatte, fiel die Tür hinter mir ins Schloss. Meine Begleiter konnten das Schauspiel von der Empore aus verfolgen, doch wenn ich leise sprach, würden sie meine Stimme nicht hören.

Ich stellte mich neben die Folterbank und schaute auf den prächtigen, üppigen Leib, an dem sich schon so viele erfreut hatten. Marie starrte mich an.

»Ich nehme an, du möchtest etwas sagen.« Ich nahm ihr den Knebel aus dem Mund.

»Heuchlerin!«, schrie sie. »Verräterin!«

»Wenn du weiterhin diese Verleumdungen ausstößt, muss ich dich wieder knebeln.«

Sie schluckte.

Es klopfte jemand an der Tür. »Die Folterknechte sind da.«

»Sie mögen eintreten.«

Es waren nicht dieselben Männer, die ich bei meinem früheren Besuch gesehen hatte, doch auch sie waren groß, kräftig, ungehobelt und bedrohlich und trugen nur Hosen ... Nach ihren Mienen zu urteilen, konnten sie es kaum erwarten, mit der Arbeit zu beginnen.

»Eure Majestät.« Sie verneigten sich vor mir, während sie Marie verstohlen musterten.

»Das werdet Ihr nicht zulassen«, stammelte Marie.

»Das werde ich wohl müssen«, sagte ich. »Dreht das Rad.«

Sie drehten es um eine Viertelumdrehung. Maries Körper spannte sich und ihr Mund wurde aufgerissen.

»Ich erinnere mich, dass es dir gut gefallen hat, die Concini auf der Folterbank zu beobachten. Wenn man selbst dort liegt, ist es weniger erfreulich, nicht wahr?«

»Ihr ...«

»Dreht das Rad weiter.«

Sie fing an zu schreien. »Ihr tötet mich!«

»Bemerkenswert. Das hat Eleonore auch gesagt. Jetzt hör mir gut zu, Marie! Gestehe, dass du dich verschworen hast, um Kardinal Mazarin zu töten. Dann verschone ich dein Leben unter der Bedingung, dass du Frankreich verlässt und nie mehr zurückkehrst. Ich schwöre dir jedoch, dass ich dieses Rad drehen lassen werde, bis dein Körper entzweireißt, und dass ich beide Teile öffentlich verbrennen lassen werde, wenn du dich mir widersetzen solltest!«

»Ihr seid der Teufel!«

»Ja, ich bin der Teufel! Das werde ich jedem beweisen, der versucht, meinem Staatsminister und Gatten Schaden zuzufügen.«

»Gatten?«, stieß sie verächtlich hervor.

»Vor Gott, wenn auch nicht vor den Menschen. Sprich.«

»Ich traue Euch nicht.«

»Du hast keine andere Wahl.«

»Ich werde mich Euch widersetzen.«

»Dreht das Rad weiter.«

Das Rad knarrte, und Marie schrie wie am Spieß.

»Ja«, keuchte sie, als sie wieder Luft bekam. »Ja, ich wollte diesen Mistkerl töten. Ich will es noch immer. Ja, verbrennt mich, aber erspart mir diesen Todeskampf.«

Ich nickte den Folterknechten zu, und sie drehten das Rad zurück. Maries Körper sackte zusammen, und sie fing an zu stöhnen.

»Gebt ihr einen Becher Wein«, befahl ich. »Wenn du dich erholt hast, wirst du nach Hause gebracht, damit du ein paar Dinge zusammenpacken kannst. Dann wird man dich an eine Grenze fahren und in ein anderes Land schicken. Du kannst dir aussuchen, wohin du möchtest, aber du darfst nie mehr nach Frankreich zurückkehren. Wenn du es tust, werde ich dich öffentlich hängen lassen. Vergiss das nie!«

13. Kapitel

Den anderen Verschwörern erging es nicht so gut, denn sie wurden verbrannt oder geköpft. Es bestand kein Zweifel daran, dass Marie die Anstifterin der Verschwörung war. Alle hatten sie beim Verhör beschuldigt, und dazu gehörten auch meine beiden Hofdamen. Jules wäre es lieber gewesen, Marie hätte die gleiche Strafe erlitten wie die anderen. Seiner Meinung nach war meine Gnade fehl am Platze.

»Solange diese Frau lebt, wird sie Intrigen schmieden«, sagte er. »Zweifellos wird sie jetzt nicht nur gegen mich, sondern auch gegen Euch intrigieren.«

»Dann soll sie es tun. Ihre Wut wird sie zugrunde richten.«

☆

Spürte ich kein Bedauern? Marie und ich kannten uns schon so lange, und wir hatten so viel miteinander geteilt. Eigentlich hatte ich sie jedoch nie richtig gemocht, auch wenn ich zu manchen Zeiten meines Lebens von ihr abhängig gewesen war. Jetzt hatte ich ihr Leben verschont und war ihr nichts mehr schuldig. Ich hatte das Gefühl, mit der Vergangenheit abzuschließen, indem ich sie aus dem Land verbannte.

Niemand von denen, die mich als junges Mädchen gekannt hatten – Ludwig, Maria von Medici, Richelieu, Pater Joseph, Buckingham und Marie – waren noch da. Ich hatte in gewisser Hinsicht reinen Tisch für einen Neubeginn gemacht. Sogar die Schwestern des Königs gingen von mir. Christine war wie ihr Bruder an Schwindsucht gestorben, und Anfang 1644 folgte ihr Isabella ins Grab. Da mein Bruder den Schriftwechsel mit mir eingestellt hatte, wurde mir die Nachricht vom spanischen Botschafter überbracht.

Ich ordnete eine Woche Trauer an.

Meine Mutter war schon längst verstorben, und zu den anderen Mitgliedern meiner Herkunftsfamilie hatte ich keinen Kontakt mehr.

Es blieben nur Gaston und Henriette-Marie. Ich war immer darauf vorbereitet, dass Gaston mir Schaden zufügen würde, und ich hätte ihn gegebenenfalls mit der ganzen Härte des Gesetzes bestraft. Jules ließ ihn von seinen Agenten rund um die Uhr beschatten. Ich nahm an, dass Henriette ihren Siegeszug an Karls Seite in England fortsetzte. Daher war ich vollkommen sprachlos, als ich eines Morgens im Sommer unterrichtet wurde, dass die Königin von England mich zu sprechen wünsche.

Nach der Verbannung von Marie de Chevreuse hatte ich alle meine Zofen entlassen und eine neue Dienerschaft eingestellt. Es waren allesamt junge Frauen, von denen die älteste Mitte 20 war. Diese wussten nichts über meine Vergangenheit, und es war auch unwahrscheinlich, dass sie sich irgendwelchen Verschwörungen anschließen würden. Sie waren alle noch sehr unerfahren, und daher glaubte ich zuerst, Marie-Claude habe sich verhört.

Ich hatte meine morgendlichen Verpflichtungen erfüllt und war mit meinen Söhnen und meinen Hunden in den Park gegangen. Wir spielten zusammen, und Prinzen und Hunde rannten fröhlich hinter dem Ball her, den ich ihnen zuwarf.

»Also wirklich, Marie-Claude. Die Königin von England kann doch unmöglich ohne Erlaubnis nach Frankreich kommen. Außerdem beschäftigen sie die Ereignisse in England viel zu sehr, als dass sie Reisen unternehmen könnte.«

»Die Ereignisse in England haben mich hierher geführt, Eure Majestät«, sagte Henriette, die im Heckenbogen stand.

Ich stand auf und starrte sie an. Vor 19 Jahren hatte ich sie zum letzten Mal gesehen. Als sie nach England aufgebrochen war, um dort ein neues Leben zu beginnen, war sie 15 Jahre alt gewesen – ein arrogantes kleines Mädchen, das sich seiner Schönheit und seiner Position sehr wohl bewusst war. Jetzt hatte ich das Gefühl, eine alte Frau zu erblicken. Ihr Haar war von grauen Strähnen durchzogen, und auf ihrem Gesicht spiegelte sich ihr Elend. Sie bewegte sich ein wenig zögernd, als ob ihre Glieder schmerzten. Ihre Kleidung war unordentlich und nicht ganz sauber.

»Henriette«, rief ich. »Mein liebes Mädchen!« Ich eilte zu ihr und schloss sie in die Arme. »Was um alles in der Welt ist geschehen?«

Ich führte sie zu einem Stuhl. »Marie-Claude, bring uns Wein.«

Das Mädchen eilte davon, während sich meine anderen Zofen hinten im Garten drängten und miteinander flüsterten.

»Mutter?«, fragte Ludwig. »Wer ist diese Person?«

»Das ist Eure Tante Henriette«, erklärte ich ihm. »Die Königin von England.«

»Dann heiße ich Euch willkommen, Madame«, sagte er.

Henriette starrte ihn an.

»Sie soll einen Hofknicks machen«, forderte Ludwig.

Der Junge war noch nicht einmal sechs Jahre alt!

»Ich glaube, Tante Henriette fühlt sich nicht gut, Eure Majestät. Ich bitte Euch daher, sie zu entschuldigen.«

»Seid Ihr krank, Madame?«, fragte der König.

Henriette schaute mich an. Sie wusste offenbar nicht, wie sie mit der Situation umgehen sollte.

»Sie wird es uns gleich erzählen«, sagte ich. »Was ist passiert, meine Liebe?«

»Es ist eine wahre Katastrophe«, murmelte sie.

»Als ich das letzte Mal von Euch hörte, lief doch alles gut.«

Das stimmte nicht so ganz. Der Bürgerkrieg war in eine Sackgasse geraten, und beide Seiten sammelten ihre Kräfte für einen neuen Angriff.

»Es hat eine Schlacht am so genannten Marston Moor stattgefunden. Unsere Truppen wurden vollständig zerschlagen.«

»Hattet Ihr nicht die stärkere Streitmacht und die besseren Generäle? Prinz Rupert ...«

»Ach, dieser dumme Junge!«, schimpfte sie wütend. »Die Schlacht war so gut wie gewonnen, doch er hatte seine Kavallerie unbeaufsichtigt gelassen und das Schlachtfeld verlassen. Als er zurückkehrte, war alles vorbei. Die Parlamentarier, die so genannten ›Rundköpfe‹, hatten eine eigene Kavallerie aufgestellt, und ihr Befehlshaber, ein verräterischer Bursche namens Cromwell, griff unsere Flügel an ... Es muss schrecklich gewesen sein. Karl wollte bleiben und mit seinen Männern sterben, doch sie zwangen ihn, das Schlachtfeld zu verlassen.«

Ich war sprachlos. So viel konnte von dem Ausgang einer einzigen Schlacht abhängen. Das wusste ich aus eigener Erfahrung, doch ich hatte mehr Glück gehabt.

»Dann ist der König wenigstens in Sicherheit.« Ich versuchte, sie aufzuheitern.

»Gott sei Dank, ja. Er versucht, seine Streitkräfte wieder zu sammeln, aber ...«

Da ich wusste, was sie sagen wollte, wechselte ich das Thema.

»Ist mit den Kindern alles in Ordnung?«

Sie zuckte mit den Schultern. »Karl ist mit seinen Schwestern in Holland, aber sie haben Jakob.«

»Das kann doch nicht wahr sein!«

»Er war in Oxford«, jammerte Henriette. »Die Rundköpfe haben die ganze Stadt erobert. Ich fürchte, er ist tot.«

»Sie würden es nicht wagen, ihm etwas anzutun.«

»Wer weiß schon, wozu sie fähig sind. Anna ...« Sie ergriff

meine Hände. »Wenn wir uns aus dieser Lage retten wollen, brauchen wir Hilfe.«

»Ja«, sagte ich zögernd.

»Wenigstens Geld. Und wenn Ihr vielleicht auch Soldaten ...«

»Können wir die Engländer nicht bekämpfen, Mutter?«, fragte Ludwig. »Es wäre mir eine Freude, gegen die Engländer zu kämpfen.«

Ich zweifelte nicht daran, dass Enghien oder Turenne diesen Cromwell mühelos besiegen könnte, aber ...

»Ich muss mit dem Kardinal darüber sprechen«, sagte ich.

»Ich dachte, der Kardinal sei tot.«

»Ich meine seinen Nachfolger, Kardinal Mazarin«, erklärte ich ihr.

Ich konnte es ihr nicht übel nehmen, dass sie über die Vorgänge in Frankreich kaum Bescheid wusste. Sie hatte in den letzten Jahren zu viele Sorgen gehabt, um sich dafür zu interessieren.

»Ihr seid doch die Königin-Regentin«, sagte sie. »Könnt Ihr das nicht entscheiden?«

»Ich werde mit dem Kardinal sprechen«, sagte ich noch einmal.

☆

Jules war entsetzt. Schon allein die Tatsache, dass die Königin von England ohne Einladung und ohne seine Kenntnis nach Frankreich gekommen war, machte ihn sprachlos.

»Das ist unerhört«, sagte er. »Wie ist sie hierher gekommen?«

»Es war sehr schwierig. Sie hat sich in Bristol eingeschifft und halb England umsegelt, und das in ständiger Angst vor der See und den Schiffen der Parlamentarier. Wusstet Ihr, dass sie Rundköpfe genannt werden?«

»Nicht die Schiffe«, sagte er, »die Männer. Ich habe davon gehört.«

»Es war eine abenteuerliche Reise.«

»Wahrscheinlich«, sagte er trocken. »Und jetzt bittet sie um Hilfe. Das wird nicht möglich sein.«

»Sie sind verzweifelt. Ihr habt von der Schlacht gehört?«

Er nickte.

»Und ...«

»Gerade wegen dieser Schlacht können wir ihnen unmöglich helfen, Anna. Ist es Euch in den Sinn gekommen, dass das Parlament nach der Schlacht am Marston Moor den Krieg gewinnen könnte?«

»Das ist unmöglich. Der König ...«

»Er wird in einer schwierigen Lage sein. Wir können nur für ihn hoffen, dass es zu einer Übereinkunft kommt, doch dann würde er nur noch über wenig Macht verfügen. Ich würde ihm dennoch dazu raten. Das Schlimmste wäre eine erzwungene Abdankung, sodass die Krone an seinen Sohn übergehen würde.

Diese Situation hat es in England schon gegeben. Denkt nur an Eduard den Zweiten und Richard den Zweiten. Für den König hat es in der Regel sehr schlimme Folgen, sobald er nicht mehr König ist. Für uns könnte das bedeuten, dass wir plötzlich einem Land gegenüberstehen, das von einem Parlament regiert wird. Und dann könnte ein Problem entstehen, wenn bekannt werden würde, dass wir den König im Krieg gegen das Parlament unterstützt haben.«

»Müssen wir denn Angst vor den Engländern haben?«, fragte ich. »Glaubt Ihr, diese Rundköpfe könnten sich Enghien und Turenne widersetzen?«

»Wahrscheinlich nicht. Es scheint Eurer Majestät jedoch entgangen zu sein, dass der Herzog von Enghien und Marschall Turenne bereits einen Krieg führen, um unsere Grenzen zu verteidigen, was für uns viel wichtiger ist als die Ereignisse in England. Und selbst wenn es keinen Krieg geben würde, so ist die Idee, in England einzufallen und ein Heer über den Kanal zu schleusen, der von der englischen Flotte bewacht wird ... Euer Großvater hat das einst versucht und stand vor einer Katastrophe.«

Ich seufzte. »Wir können gar nichts für die Königin tun? Wie sieht es mit Geld aus? Können wir ihr nicht wenigstens etwas Geld leihen?«

»Ich fürchte, das wäre eher ein Geschenk als eine Anleihe. Wir würden es nie zurückbekommen. Doch auch das könnte uns die Feindschaft des englischen Volkes einbringen, wenn es den Sieg davonträgt. Wir müssten außerdem überhaupt erst einmal Geld haben, das wir verleihen könnten. Unsere Finanzlage ist hoffnungslos.«

»Demnach können wir nichts tun. Gar nichts.«

»Leider nicht, Eure Majestät. Es betrübt mich sehr, die Bitte der Königin von England zurückweisen zu müssen ...«

»Das glaube ich nicht. Ihr habt ein hartes Herz, Jules.«

Er verneigte sich. »Ihr selbst habt mich belehrt, dass es meine wichtigste Aufgabe ist, für das Wohl des jungen Königs, Eurer Majestät und Frankreichs zu sorgen. Ich werde mich durch nichts von dieser Pflicht abbringen lassen.«

»Das weiß ich, und ich schätze es. Ich bin Euch unendlich dankbar. Es macht mich nur so wütend, dass ich die Herrscherin dieses großen Landes bin und meiner Schwägerin trotzdem nicht helfen kann. Erlaubt Ihr wenigstens, dass sie so lange hier bleiben kann, wie sie möchte?«

Er rieb sich über die Nase. »Für die Beziehung zwischen den beiden Ländern ist auch das sehr unklug. Da sie jedoch die Tante des Königs ist und dieses Land vor der Heirat ihre Heimat war, können wir wohl ein Auge zudrücken.«

☆

Die Erlaubnis, bei uns wohnen zu dürfen, half Henriette nicht viel. Immerhin war sie in Sicherheit. Leider hatte sie keine weitere Hilfe vom Staat zu erwarten, doch sie schaffte es, einige Gelder von begüterten Adeligen zu beschaffen. Ich wusste, dass ihr Sohn Karl in Holland ebenfalls versuchte, Gelder aufzutreiben.

Es stellte sich heraus, dass die Schlacht am Marston Moor nicht so eine große Katastrophe war, wie sie zuerst angenommen hatte. Der König hatte zwar 4000 Soldaten in der Schlacht verloren, und über tausend Soldaten waren gefangen genommen worden, aber er erhielt große Unterstützung vom Landadel und vom Landvolk. Bald erfuhren wir, dass er ein neues Heer aufgestellt hatte und sich darauf vorbereitete, wieder in die Schlacht zu ziehen.

Henriette war vor allem froh, dass ihr jüngerer Sohn Jakob der Gefangenschaft entkommen konnte. Er kehrte zu seinem Vater zurück, der ihn sofort zu seiner Mutter nach Frankreich schickte. Ein aufregendes Leben für einen Halbwüchsigen. Jakob war ein netter Bursche, dessen größter Wunsch es war, ein berühmter Soldat zu werden. Mit dem Segen seiner Mutter schickte ich ihn zu Turenne, damit er ihn in der Kriegskunst unterrichtete.

Henriette-Marie und ihre Probleme belasteten mich weniger, als ich befürchtet hatte. Allerdings schmiedete sie ständig Pläne und dachte dabei sogar an eine Vermählung meines Sohnes Ludwig mit einer ihrer Töchter. Ich hatte meine eigenen Vorstellungen, was die Gemahlin meines Sohnes, des Königs von Frankreich, betraf. Meistens hielt sie sich in ihren Gemächern auf, die ich ihr zur Verfügung gestellt hatte. Da sie nur wenige Bedienstete mitgebracht hatte, störte sie uns kaum.

Leider hatten wir nach all den Jahren kaum noch Gemeinsamkeiten. Ich fragte mich, ob wir sie je gehabt hatten. Allmählich sah ich sie immer seltener.

☆

In der schweren Zeit, die auf Ludwigs Tod folgte, fand ich mich langsam in meine Rolle. Die Herrschaft des Landes nahm nicht meine *ganze* Zeit in Anspruch. Die Arbeit faszinierte mich, wenn sie oft auch enttäuschend war. Im nächsten Jahr hatten wir glücklicherweise eine gute Ernte, und im Land herrschte zunächst einmal Frieden. Meine beiden Generäle an der Grenze wurden immer schlagkräftiger. Sie erlitten natürlich auch Rückschläge, doch sie verloren eigentlich nie eine Schlacht. Gelegentlich wurden unsere Truppen zurückgedrängt, doch meistens blieben sie die Sieger auf dem Schlachtfeld. Es war nur der Halsstarrigkeit meines Bruders und seiner Berater zu verdanken, dass der Krieg weiterging.

Philipp heiratete praktisch sofort im Anschluss an die Trauerzeit für seine Frau erneut. Maria Anna war die Tochter von Kaiser Ferdinand III., seinem Cousin. Dadurch wurde das Bündnis mit der österreichischen Linie unserer Familie weiter gefestigt. Vermutlich wollte er das schwindende Habsburger Glück stärken, und zudem war Maria Anna ein hübsches Mädchen, das seine Tochter hätte sein können.

Da wir noch immer nicht miteinander korrespondierten, schickte ich ihm bloß ein förmliches Gratulationsschreiben.

Wie schon erwähnt, stellte ich fest, dass mein Leben nicht nur aus der Herrschaft des Landes bestand. In meinem Privatleben lief alles bestens. Ich liebte Jules wie er mich, und wir lebten wie ein Ehepaar zusammen. Meine beiden reizenden Söhne machten mich sehr glücklich. Da sie noch halbe Kinder waren, wusste ich nicht, wie sie sich entwickeln würden. Trotzdem war ich sicher, dass aus beiden große Männer werden würden.

Außerdem konnte ich über ganz Paris verfügen. Die trostlosen Zeiten, die wir mit meinem verstorbenen Gatten erlebt hatten, gehörten der Vergangenheit an. Ich richtete eine Reihe von Maskenspielen und Bällen aus, und im Louvre wurden Spiele aufgeführt. Ab und zu gönnte ich mir lange Ausritte durchs Land, und ich verbrachte viele Stunden bei meiner Schneiderin ... Ein paar kurze Jahre lang genoss ich das Leben in vollen Zügen. Es war vielleicht die glücklichste Zeit meines Lebens.

Ich ließ mich sogar von Simon Vouet malen. Er war schon seit mehr als 15 Jahren Hofmaler und hatte mich zu verschiedenen Zeiten meines Lebens gemalt. Mir gefielen die Bilder alle nicht, und auch das neueste Porträt fand nicht meine Zustimmung. Verglichen mit dem Flamen Rubens war sein Stil sehr formal, und ich sah auf den Porträts aus wie eine Ausschneidepuppe.

Natürlich war das Leben nicht nur eitel Sonnenschein. Für Karl von England wurde die Lage immer bedrohlicher. Nachdem er ein neues Heer aufgestellt hatte, zwang er die Parlamentarier am 14. Juni 1645 in Naseby erneut zur Schlacht, und er erlitt eine noch schlimmere Niederlage als am Marston Moor. Der englische Bürgerkrieg war damit praktisch zu Ende, doch der König erlitt ein noch viel schlimmeres Unglück. Die königliche Kutsche wurde angegriffen. Der König konnte glücklicherweise entkommen. Seine und Henriettes gesamte Privatkorrespondenz, die eindeutig seine Suche nach holländischer und französischer Hilfe gegen die rebellierenden Untertanen bewies, geriet jedoch in die Hände des Feindes. Auch seine Flucht war ihm nicht von großem Nutzen. Karl floh nach Norden zu den Schotten – er selbst war Schotte –, doch das schottische Heer verriet ihn ans Parlament, und er wurde gefangen genommen.

Henriette war vor Kummer und Angst außer sich. Wir bemühten uns nach Kräften, sie zu beruhigen.

»Das habe ich befürchtet, Eure Majestät«, sagte Jules. »Euer Gatte muss versuchen, sich aus der Affäre zu ziehen. Er wird seine ganze Macht aufgeben müssen.«

»Das wird er niemals tun«, erklärte Henriette. »Er ist König von Gottes Gnaden.«

Mazarin strich sich über die Nase. An diese Theorie hatte er nie geglaubt, und vor allem nicht, wenn es um ausländische Könige ging.

»Ihr müsst seine Befreiung fordern«, bat Henriette. »Ein Land kann doch nicht seinen eigenen König einsperren.«

»Ihr Land, Madame«, sagte Jules, »hat das schon häufiger getan. Jede Einmischung von unserer Seite könnte schlimme Folgen für den König haben, befürchte ich.«

Henriette brach in Tränen aus.

☆

»Können wir denn *gar nichts* tun?«, fragte ich.

»Nichts«, erwiderte Jules. »König Karl ist entmachtet. Ich glaube, er hatte nie eine große Bedeutung. Wir müssen an die Zukunft denken. Es besteht kein Zweifel, dass dieser Cromwell England regieren wird, ob er sich nun zum König krönt oder eine Position wie der Statthalter in Holland einnimmt. Auf jeden Fall wird er die Herrschaft übernehmen. Meine Agenten haben mir mitgeteilt, dass das Heer ihm die Treue geschworen hat, und in England zählt im Moment nur das Heer.«

»Das ist ja fürchterlich.«

»Ich glaube, so schlimm ist die Lage gar nicht für uns, Eure Majestät. Einer meiner Agenten hat persönlich mit Cromwell gesprochen.«

Ich war verwirrt. »Darüber wurde mir nicht berichtet.«

»Ich hielt es für besser, Eure Majestät erst zu informieren, wenn ich konkrete Ergebnisse habe.«

Das erinnerte mich an Richelieu und unseren gescheiterten Versuch, ihn zu stürzen, weil er heimlich mit dem schwedischen König korrespondiert hatte.

»Und die habt Ihr jetzt?«

»Wie alle unrechtmäßigen Machthaber liegt Cromwell sehr viel daran, von anderen anerkannt zu werden. Dabei spielen wir für ihn eine besondere Rolle. Er und sein Land hassen Spanien. Wenn wir ihn als Oberhaupt des englischen Staates anerkennen, wird er meines Erachtens einem Bündnis mit uns gegen Spanien zustimmen.«

»Henriette würde kein Wort mehr mit mehr sprechen.«

»Es gibt leider Augenblicke, Eure Majestät, da müssen persönliche Freundschaften sogar unter Verwandten hinter der Politik zurückstehen. Dieses Bündnis wird nicht sofort zustande kommen. Es müssen erst langwierige Verhandlungen geführt werden. Ich nehme nicht an, dass die Königin von England zu ihrem Mann reisen möchte?«

»In die Gefangenschaft?«

»Meine Agenten versichern mir, dass er nicht in strenger Gefangenschaft gehalten wird. Der König behält alle seine Vorrechte. Ihm wurde nur die Herrschaft über das Land entzogen, und er darf den Ort seiner Gefangenschaft nicht verlassen. Das Haus, in dem er sich aufhält, soll jedoch sehr luxuriös sein, und er wird von vorn bis hinten bedient.«

»Trotzdem ist er ein Gefangener«, brummte ich.

Ich unterbreitete Henriette den Vorschlag, doch sie griff ihn nicht auf. Da sie ihren Gatten viel besser kannte als ich – ich hatte ihn nie kennen gelernt –, fürchtete sie sicher, dass Karls Gefangennahme mit einer Katastrophe endete, denn er glaubte an sein von Gott gegebenes Recht zu herrschen. Daher war es für ihn gar nicht der Überlegung wert, seinen einst geleisteten Schwur zu brechen, obwohl es in seiner Situation sicher das Beste gewesen wäre.

☆

Der Krieg war somit vorerst beendet. Das nahmen wir jedenfalls an, und daher brauchten wir uns im Moment nicht mit England zu beschäftigen. Karl verhandelte mit seinem Parlament und wahrscheinlich auch mit den Schotten, und wir verhandelten mit Cromwell.

Wir konnten uns mit weltlicheren und für den Verlauf der Geschichte möglicherweise wichtigeren Dingen beschäftigen. Es ging vor allem um Descartes, der seine absurden Theorien in einem unglaublichen Umfang präsentierte. Ich persönlich hatte keinen Grund, Anstoß an seinen Ideen, die er in seinem neuen Buch, *Meditationen,* ausführte, zu nehmen. Seine Theorie, dass der Mensch eigentlich voller Zweifel und Skepsis sei, fand meine Zustimmung. Doch er trieb es zu weit, als er behauptete, es müsse einen großen, bösartigen Teufel geben, der uns täusche, indem wir Dinge glaubten, die nicht wirklich existierten. Seine ganze Argumentation gipfelte in der Aussage: *Die einzige Wahrheit, von der wir absolut überzeugt sein können, ist, dass jeder von uns als Individuum existiert, auch wenn es kein anderer tut.*

Man könnte das für einen amüsanten und vielleicht auch tiefgründigen Syllogismus halten, doch das sah die Kirche anders. Die Bischöfe, die Kardinäle und sogar der Papst, die Descartes' Aussagen wortwörtlich nahmen, fragten, wer der große, böse Teufel denn sei. Das konnte in ihren Augen nur die Kirche selbst sein, da gerade die Kirche die Menschen aufforderte, Dinge zu glauben, die man weder erkennen noch wirklich beweisen konnte. Kann man glauben und gleichzeitig ein Skeptiker sein? Oder kann man ein Skeptiker sein und gleichzeitig glauben?

Noch ein Syllogismus.

Ich mochte Descartes. Mir gefiel seine Argumentation, und außerdem war er ein hübscher Bursche. Ich konnte einfach nicht zulassen, dass man ihm die Zunge herausriss, bevor er auf dem Scheiterhaufen verbrannt wurde. Daher sprach ich mit Jules darüber. Er versprach, die Sache im Auge zu behalten.

☆

Am 26. Dezember 1646 erfuhr ich, dass der Prinz von Condé verstorben war. Damit standen wir aufgrund der politischen Lage einer sehr heiklen Situation gegenüber.

Wir hatten nicht mit seinem Tod gerechnet. Condé war erst 58 Jahre alt, und er hatte sich unseres Wissens bester Gesundheit erfreut. Wahrscheinlich hatte er es sich am Weihnachtstag zu gut gehen lassen. Ludwig, der Herzog von Enghien, war jetzt der Prinz von Condé, der den großen Besitz und den noch größeren Reichtum seines Vaters erbte. Ganz nebenbei war er auch noch der Oberbefehlshaber des französischen Heeres, das ihn verehrte.

Ich hatte das Gefühl, dass das Haus der Bourbonen der größten Bedrohung aller Zeiten gegenüberstand. Es war eine Gnade, dass Condé selbst diesem Haus angehörte. Seinen Vater hatte das jedoch nicht daran gehindert, mehr als einmal den Verrückten zu spielen.

»Was wird er Eurer Meinung nach jetzt tun?«, fragte ich Jules.

»Wir wollen hoffen, dass er weiterhin seine Pflicht erfüllt«, erwiderte er.

☆

Der junge Condé musste die Grenze verlassen, um der Beisetzung seines Vater in Paris beizuwohnen. Diese wurde in Notre Dame feierlich begangen, und viele Menschen weinten und jammerten. Nach der Beisetzung in der Familiengruft begleitete mich der junge Mann in den Louvre zu einem Gespräch unter vier Augen.

»Ich hoffe, Ihr habt keine schlechten Erinnerungen an Euren Vater«, sagte ich vorsichtig.

»Es ist mir lieber, gar keine Erinnerungen an ihn zu bewahren«, erwiderte Condé.

»Werdet Ihr den Oberbefehl abgeben?« Ich hielt den Atem an.

»Daran habe ich nicht gedacht, Eure Majestät. Es sei denn, Ihr wünscht es.«

Ich atmete erleichtert auf. »Nein, nein. Ich möchte, dass Ihr den Oberbefehl weiterhin ausübt. Ihr seid unser bester Soldat.« Auf jeden Fall einer von ihnen. »Wir müssen diesen Krieg endlich erfolgreich beenden.«

»Das werden wir tun«, erklärte der Prinz. »Das Ende des Krieges ist in Sicht. Alle unsere Gefangenen sprechen von einem moralischen Verfall im kaiserlichen Heer. Wir haben auch erfahren, dass die Soldaten seit Monaten nicht bezahlt wurden und Nahrungsmittel und Munition knapp sind. Es scheint in jeder Hinsicht Knappheit zu herrschen.«

»Dann müssen wir nur weiterhin Druck ausüben, bis sie zusammenbrechen.«

»Ganz richtig. Das werde ich auch tun. Es gibt nur ein Problem.« Er warf mir einen verstohlenen Blick zu.

Wieder stockte mir der Atem. »Ja?«

»Meine eigenen Männer wurden auch seit einem Monat nicht bezahlt. Wir verstehen, dass diese Verzögerung unvermeidlich ist. Ich bitte jedoch um Eure Zusicherung, diese Rückstände so schnell wie möglich zu begleichen.«

»Gewiss, werter Prinz. Ich werde den Kardinal bitten, sich umgehend darum zu kümmern.«

☆

»Das liegt nur an unseren Problemen im letzten Jahr«, sagte Jules. »Unsere Steuereinnahmen sind niedriger als erwartet.«

»Die Truppen müssen dennoch entlohnt werden.«

»Ja, wir müssen das Geld auftreiben.«

»Und wie?«

»Ich fürchte, wir müssen die Steuern erhöhen. Zumindest hier in Paris.«

»Dann macht das.«

»Ich werde mit dem Parlament darüber sprechen.«

»Haben wir nicht das Recht, die Steuern durch eine Verfügung zu erhöhen?«

»Sicher, Eure Majestät. Es ist aber nicht immer klug, es so zu machen. Wenn wir die Steuern anheben, ohne zuvor die Zustimmung des Parlamentes zu erlangen, könnten wir es verärgern, und ...«

»Das Parlament ist meine Stütze. Darüber sprachen wir bereits. Die Parlamentsmitglieder sind aber sicher intelligent genug, um zu begreifen, dass die Soldaten rebellieren oder nach Hause gehen, wenn sie nicht bezahlt werden. Wenn wir kein Heer haben, sind wir der Gnade unserer Feinde ausgeliefert.«

»Ja, das müssen sie einfach verstehen, Eure Majestät.«

☆

Jules hatte diesmal Erfolg, wenn er auch vielen schmeicheln und einige einschüchtern und bestechen musste. Ich frage Sie, wie soll man ein Land regieren, wenn man das Volk, das nichts von Herrschaft und Diplomatie versteht, demütig um ein Almosen bitten muss? Uns wurde jedoch noch ein siegreiches Jahr beschert, und jeder wusste, dass der Krieg dem Ende zuging. Diplomaten und Politiker brachten dafür unterschiedliche Argumente wie Erschöpfung, Desinteresse und mangelndes Verständnis für den eigentlichen Grund des Krieges vor. Viele der Soldaten auf beiden Seiten waren noch nicht einmal geboren, als die Schlacht am Weißen Berg geschlagen wurde. Das lag immerhin schon ein Vierteljahrhundert zurück. Es bestand kein Zweifel, dass Frankreich und in gewissem Sinne auch unsere Verbündeten, die Schweden, als Sieger hervorgehen würden.

Dennoch gab es immer wieder Probleme. Die Spanier weigerten sich, Frieden zu schließen. Jules beschloss, sie an den

Verhandlungstisch zu zwingen, und schickte Condé persönlich in den Süden, um ins Feindesland einzufallen. Zu unserer Bestürzung erlitt er in Lerida eine Niederlage. Das erschütterte uns bis ins Mark. Es kam uns nicht in den Sinn, dass es dabei nicht mit rechten Dingen zugegangen sein könnte. Jules zog Condé sofort aus Spanien zurück und beorderte ihn wieder nach Flandern, wo es sofort zu einer Schlacht gegen die Spanier in Lens kam, die Condé gewann. Das war kaum begreiflich.

Condé selbst führte die Niederlage in Lerida auf das Glück der Spanier und seine mangelnde Ortskenntnis zurück. Aufgrund späterer Ereignisse stellt sich jedoch die Frage, ob er die Niederlage südlich der Pyrenäen erlitt, weil er bereits mit unheilvollen Absichten mit meinem Bruder verhandelte, während er dem jungen König und mir Loyalität zusicherte.

Ende 1647 kam der Krieg zum Stillstand, und es wurden Vereinbarungen für eine große internationale Konferenz in Westfalen getroffen. Notwendige religiöse und territoriale Regelungen sollten dort verhandelt werden. Man kann sich natürlich die Frage stellen, warum die Konferenz nicht schon 1620 einberufen wurde. Dann hätte es nicht die zahllosen Toten, all die Grausamkeiten und die Verwüstung der deutschen Territorien gegeben, doch es scheint in der Natur der Menschen zu liegen, erst über Gründe und Folgen zu sprechen, wenn das gegnerische Heer um die Hälfte dezimiert wurde.

Ich war überglücklich, dass dieses Morden nun ein Ende hatte, auch wenn mein halsstarriger Bruder noch immer keinen Frieden mit Frankreich schließen wollte. Der nahende Friede brachte wie immer eine Reihe ungeahnter Probleme in unserem Land mit sich. Eigentlich hätte man sie voraussehen müssen, doch solange der Konflikt andauerte, wurden sie verdrängt. Kriege sind wahrscheinlich nur deshalb durchzustehen, weil sich die Gedanken aller Beteiligten auf ein einziges Ziel richten: den Sieg. Sobald Sieger oder Verlierer feststehen, wendet man sich anderen Dingen zu, und zuerst geht es grundsätzlich um die finanzielle Situation.

Das Parlament hatte Jules und mich 1647 in unserer Bitte um Geld loyal unterstützt. Im Jahre 1648 hatte es jedoch seine Meinung geändert, da sich die Umstände geändert hatten.

»Broussel hat mich aufgesucht«, sagte Jules eines Morgens im Frühjahr zu mir, als ich gerade zu einem Ausritt in den Park aufbrechen wollte.

»Wahrscheinlich wollte er uns beglückwünschen«, sagte ich.

»Ja sicher. Doch es ging auch um etwas nicht so Erfreuliches.«

»Was denn?«

»Er und seine Kollegen sind der Meinung, dass die zusätzlichen Steuern, die wir letztes Jahr erhoben haben, wieder gestrichen werden müssen, da der Krieg zu Ende ist.«

»In der Tat? Muss das Heer nicht noch immer bezahlt werden?«

»Er schlägt vor, das Heer jetzt aufzulösen.«

»Ist er verrückt?«

»Wir müssen es vermutlich verkleinern. Ich habe ihm gesagt, dass das nicht über Nacht geschehen kann. Darüber war er nicht sehr glücklich.«

»Er und seine Freunde müssen mindestens noch ein Jahr die Zähne zusammenbeißen.«

»Ich habe versucht, ihm das zu erklären, aber daraufhin machte er eine recht bedeutsame Aussage. Das Parlament sei der Meinung, die Krone besitze zu viel Macht und diese müsse reduziert werden, und das betreffe vor allem die Steuern.«

Ich riss den Mund auf und starrte ihn an.

»Sie verfolgen die Ereignisse jenseits des Kanals natürlich mit großem Interesse.«

»Wo der König im Gefängnis sitzt und es eine Militärdiktatur gibt«, stieß ich hervor.

»Ja, Ihr habt Recht.«

»Was schlagt Ihr vor?«, fragte ich.

»Zunächst einmal hoffe ich, dass Broussel, der ein vernünftiger Mann ist, seine Kollegen überzeugen kann, ebenfalls Vernunft zu wahren. Ich habe ihm versprochen, die Steuern sobald wie möglich zu senken und das Heer zu verkleinern, so bald es die Sicherheit erlaubt. Darüber hinaus müssen meines Erachtens noch weitere Maßnahmen ergriffen werden.«

»Fahrt fort.«

»Ich würde gerne den Grafen Lamont, den militärischen Kommandanten der Pariser Region, befragen, wie es um die Loyalität seiner Truppen bestellt ist.«

»Gibt es da Probleme?«

»Es ist eine Garnison mit Frauen, Kindern, Brüdern, Schwestern, Vätern und Müttern hier in der Bevölkerung. Wenn wir sie brauchen sollten, müssten wir uns der Treue der Soldaten absolut sicher sein.«

»Langsam macht Ihr mir Angst, Jules. Und die anderen Maßnahmen?«

»Sobald ich mit Lamont gesprochen habe, würde ich gern mit Eurer Erlaubnis dem Prinzen von Condé schreiben, um ihn darauf hinzuweisen, dass wir ihn und einen Teil seiner Truppen möglicherweise in Kürze hier brauchen.«

»Diese Idee gefällt mir nicht«, sagte ich. »Wir sollten Condé nicht das Gefühl geben, der mächtigste Mann im Land zu sein.«

»Obwohl er es ist?«

»Ihr seid der mächtigste Mann im Land, Jules. Vergesst das nicht.«

»Das bin ich nur, solange ich Eure Unterstützung habe, Anna, die ich immer haben werde, und die Unterstützung des Heeres, das heißt, Ihres Kommandanten.«

»Ich verstehe. Das Heer hat jedoch zwei Befehlshaber. Wenn Ihr Condé mit der Situation hier vertraut machen wollt, solltet Ihr auch Turenne in diesem Sinne schreiben.«

»Ihr wisst, dass hier möglicherweise ein ähnlicher Bürgerkrieg wie in England ausbrechen könnte.«

»Wir werden aus den Fehlern der Engländer lernen«, erinnerte ich ihn.

Ich war wie immer optimistisch.

☆

In jenem Sommer war die Lage sehr angespannt. Ich versuchte, die Jungen nicht mit den Dingen zu belasten, die über ihren Köpfen schwebten, und ich war nicht in der Stimmung, mir die Probleme anderer anzuhören. Als Henriette mich in Tränen aufgelöst aufsuchte und jammerte, dass ihr Karl vor Gericht gestellt worden sei, war ich eher verärgert als beunruhigt.

»Wie kann ein König vor Gericht gestellt werden?«, fragte ich.

»Genau das sagt er auch«, klagte sie. »Er will das Gericht nicht anerkennen. Doch er kann nichts daran ändern.«

»Was soll ihm denn zur Last gelegt werden? Er ist der König. Er hat um seine Vorrechte gekämpft. Jeder König hat das Recht dazu.«

»Seine Korrespondenz wurde beschlagnahmt, und diese beweist, dass er offen mit den Anführern der Parlamentarier verhandelt hat, um England in eine so genannte konstitutionelle Monarchie zu verwandeln. Gleichzeitig hat er jedoch mit den Schotten verhandelt und ihnen versprochen, jede Einmischung in ihre religiösen Belange aufzugeben, wenn sie in England einfallen, um seine Macht zu verteidigen. Das Parlament, das nur aus Juristen besteht, sieht das als Verrat des Königs am englischen Volk an. Wie ist das möglich?«

Ich strich mir über die Haare. Ein weiterer Syllogismus.

Ich wusste, dass Katharina von Medici während der Religionskriege deutsche Landsknechte angeheuert hatte, damit sie in Frankreich einfielen. Sie sollten jedoch nur gegen die Hugenotten im Süden agieren und nicht gegen das ganze französische Volk. Ich wusste nicht, ob es so einen Fall schon einmal in der Geschichte gegeben hatte. Es drehte sich alles um das von Gott gegebene Recht der Könige. Wenn der König *König von Gottes Gnaden* war, konnte er nichts falsch machen. Wenn er nur deshalb König war, weil er der Sohn eines anderen Königs war – der zum Beispiel wie im Fall von Jakob I. nur auserwählt worden war, weil er der nächste legitime Nachfolger von Königin Elisabeth war – und er dann eine Invasion in sein Land durch eine ausländische Macht befehligte, konnte das sehr wohl als illegaler Akt ausgelegt werden.

Der ganze Sachverhalt wurde durch die Tatsache, dass die Schotten eigentlich auch die Untertanen von König Karl und seinem Vater waren, lange bevor er auf den englischen Thron gerufen wurde, noch verwirrender.

»Es ist eine ungewöhnliche Situation«, sagte ich.

»Die Schotten haben das Angebot angenommen und England überfallen«, ergänzte Henriette.

»In dem Fall, meine Liebe, müsst Ihr hoffen, dass sie die Schlacht gewinnen.«

☆

Sie gewannen jedoch nicht. Die Schotten wurden von dem ziemlich untauglichen Herzog von Hamilton befehligt und marschierten nach Süden bis Preston in Lancashire. Hier stellten sie fest, dass dieser Cromwell als General ein gewisses Talent entwickelt hatte: Obwohl er bisher noch keinem echten Gegner gegenübergestanden hatte, hatte er sie mit *seinem* Heer eingekreist. Hamilton befahl sofort den Rückzug und erlitt eine Reihe von Niederlagen bei seinem Versuch, Schottland zu erreichen. So sah die Aktion zur Rettung des Königs aus, dessen Lage immer bedrohlicher wurde.

Während all das geschah, spitzte sich auch bei uns die Situation immer mehr zu.

Ich hatte zwar genug eigene Probleme, doch genau zu diesem Zeitpunkt bat mich René Descartes um ein Gespräch. Das gestand ich ihm bereitwillig zu. Wie ich schon andeutete, mochte ich ihn sehr und spielte bereits mit dem Gedanken, ihn als Privatlehrer für König Ludwig zu engagieren. Der Junge musste nur erst alt genug sein, um die ausgefallenen Ideen des Philosophen zu begreifen. Ich war daher bestürzt, als mich Descartes bat, das Land verlassen zu dürfen.

»Frankreich verlassen?«, fragte ich. »Wohin wollt Ihr gehen?«

Ich war der Meinung, dass Italien, die Heimat vieler Philosophen, zu gefährlich für ihn sei, vor allem angesichts der gegenwärtigen Anschauungen des Papsttums. Spanien hätte ich ihm auch nicht empfohlen.

»Mir wurde die Position eines Hofphilosophen bei Ihrer Majestät der Königin Christine von Schweden angeboten.«

Ich war sprachlos. Wie Sie wissen, war König Gustav Adolf Frankreichs Verbündeter zu Beginn des Dreißigjährigen Krieges. Er hatte sich militärisch gut geschlagen, wurde jedoch 1632 bei der Schlacht von Lützen getötet. Wenn Männer jung sterben – Gustav war erst 32 Jahre alt – hinterlassen sie oft eine sehr problematische private Situation. Gustav hinterließ eine Tochter namens Christine, die Thronerbin, die damals noch ein Kind war.

Das lag 16 Jahre zurück, und Gustav hatte damals einen sehr tüchtigen Regenten, einen Mann namens Axel Graf Oxenstierna, der das Land regierte, bis Königin Christine dazu in der Lage war. In den letzten Jahren hatte das junge Mädchen die Volljährigkeit erreicht und brachte die schwedische Gesellschaft durch ihr empörendes Verhalten aus der Fassung.

Ich nenne es aus heutiger Sicht empörend. Natürlich kann ich nicht mit Sicherheit sagen, wie ich mich im Alter von 16 Jahren als Herrscherin Frankreichs verhalten hätte. Ich gebe auch offen zu, dass ich im Vergleich zur schwedischen Königin eine unzureichende Bildung oder gar keine Bildung besaß. Nach allem, was man hörte, soll sie eine Mathematikerin gewesen sein, die dem Vergleich mit Pythagoras, und eine Historikerin, die dem Vergleich mit Tacitus standhielt, dazu eine Linguistin, die mit beiden verglichen werden konnte. Darüber hinaus sprach sie mehrere Sprachen.

Es überraschte mich nicht, dass sie sich jetzt mit der Philosophie beschäftigen wollte, aber dass sie meinen Lieblingsphilosophen wählte ... Wie ich erfuhr, gab es noch andere Lebensbereiche, mit denen sie sich intensiv beschäftigte. Sie weigerte sich zu heiraten und verbrachte die Nächte mit Vorliebe mit ihren Zofen.

Ein Esel sollte den anderen nicht Langohr schelten, doch unsere beiden Lebenssituationen konnten kaum miteinander verglichen werden. Mich hatte als junges Mädchen die Gleichgültigkeit meines Gatten und meine verzweifelte Suche nach Liebe oder zumindest Zuneigung von irgendjemandem in die Irre geführt. Christine konnte unter allen infrage kommenden jungen Männern in Schweden wählen, und es stand sogar einer ihrer Cousins zur Verfügung, der sich in der Lage sah, König zu werden, aber Christine wollte keinen von ihnen zum Gatten nehmen.

Jetzt bat sie meinen Lieblingsphilosophen an ihren Hof. Welches Ziel verfolgte sie nur? Hoffentlich halten Sie mich nicht für zu argwöhnisch, wenn ich mich fragte, ob sie vielleicht mit ihm ein Wunderkind zeugen wollte.

»Ihr wollt Frankreich verlassen, um an einen ausländischen, ketzerischen Hof zu gehen?«, wunderte ich mich.

»Ja, Eure Majestät. Königin Christine hat mir versichert,

dass ich meine Studien in Stockholm ungehindert fortsetzen und meine Theorien weiterführen kann. Ihr möget mir verzeihen, aber hier spüre ich immer die Last der Kritik aus Rom und die möglichen Folgen auf meiner Schulter.«

»Habe ich nicht geschworen, Euch vor Rom zu beschützen?«

»Das war für mich ein großer Trost, Eure Majestät. Doch ich weiß, dass es eine Bürde für Euch ist. Außerdem brauche ich das Gefühl, die Luft einer Gesellschaft zu atmen, die frei ist von dem Makel religiöser Zensur und der Verdammung.«

Was sollte ich dazu sagen? Dieses Bedürfnis kannte ich auch. Ich gab ihm meine Erlaubnis und bat ihn zurückzukehren, wann immer es ihm möglich sei. Das versprach er mir.

Aber der Mensch denkt und Gott lenkt.

☆

Es gab genug andere Probleme in unserem Land, sodass ich Descartes sofort vergaß, nachdem er nach Skandinavien aufgebrochen war. Jules berichtete mir freudestrahlend, dass Lamont ihm die Loyalität der Pariser Garnison versichert habe. Er erhielt auch einen Brief von Condé, in dem er ihm seine volle Unterstützung im Falle von Unruhen zusicherte. Turenne hatte bisher nicht geantwortet, doch wir wussten, dass er noch zu Felde zog, wenn auch vor seiner Tür Frieden herrschte.

Mit diesen Waffen in der Hand trug Jules dem Parlament neue Vorschläge für Steuererhebungen vor, die leider abgelehnt wurden.

Ich war bestürzt. »Können sie das ablehnen?«, fragte ich.

»Nach dem Gesetz vielleicht nicht. Die Krone hat die Macht, über Steuererhebungen zu entscheiden. Wie Ihr allerdings wisst, kontrolliert das Parlament Paris, und wenn sich in der Stadt alle auf Anweisung des Parlamentes weigern, die Steuern zu bezahlen, wären wir in einer misslichen Lage.«

»Wie können wir das Problem lösen?«

»Ich schlage vor, Broussel und seine beiden Vertreter unter Arrest zu stellen.«

Dieser Gedanke entsetzte mich zutiefst.

»Jules«, sagte ich in ernstem Ton. »Hat König Karl das nicht vor ein paar Jahren in England versucht?«

Jules nickte. »Und durch seinen Misserfolg wurde der Bürgerkrieg ausgelöst. Wir werden jedoch nicht scheitern. Außerdem haben wir das Heer, und das hatte König Karl nicht.«

Hoffentlich wusste er, was er tat. Die Verhaftungen gingen tatsächlich problemlos über die Bühne. Jules machte nicht den Fehler, dem Parlament selbst mit der Unterstützung seiner Soldaten gegenüberzutreten. Er wusste, wo Broussel und seine Vertreter wohnten, und er ließ sie vor dem Morgengrauen verhaften.

Ich wurde früh am Morgen mit dieser Nachricht geweckt.

»Und was wird jetzt geschehen?«, fragte ich. »Ihr werdet sie doch nicht dem Verhör unterziehen?«

»Nein, nein«, erwiderte er. »Sie bleiben nur hinter Schloss und Riegel, bis das Parlament unseren Steuervorschlägen zustimmt.«

»Bis dahin wird das Parlament keinen Präsidenten haben.«

»Sie müssen einen neuen wählen.«

Ehrlich gesagt, fühlte ich mich bei der ganzen Sache nicht recht wohl. Auch ich zweifelte nicht daran, als Regentin für den jungen Ludwig das gleiche göttliche Recht zu besitzen wie jeder herrschende Monarch. Daher war ich über Jules' Skrupellosigkeit, die ich in dem Maße noch nicht einmal bei Richelieu beobachtet hatte, erfreut.

Gleichzeitig begriff ich, dass Richelieu niemals so gehandelt hatte, weil er nicht dazu gezwungen worden war. Er hatte das Parlament in der Hand gehabt, indem er die Abgeordneten einschüchterte, besänftigte und gegebenenfalls zurückwich. Allerdings hatte er auch nie das Parlament gebraucht, um Ludwig XIII. auf dem Thron zu unterstützen.

»Es wird Proteste geben«, gab ich zu bedenken.

»Gibt es nicht immer Proteste, Eure Majestät?«

Er hatte zu viel Vertrauen. Und diesmal machte ich mir berechtigterweise Sorgen. Es begann alles relativ harmlos. Kleine Jungen bombardierten die Kutsche des Kardinals mit Steinen, als er zum Parlament fuhr. Viele Jungen werfen gerne mit Steinen – ein Vergnügen, das in Frankreich damals *Fronde* hieß –, und daher war es nichts Besonderes. Doch zu diesen kleinen Jungen gesellten sich plötzlich Brüder, Onkel und Väter. Ich erfuhr davon, als Jules atemlos und beunruhigt zum Louvre zurückkehrte. Er hatte sogar einen blauen Fleck auf dem Arm, denn ein Stein war durch das Fenster der Kutsche gedrungen und hatte seinen Arm getroffen.

»Um Gottes willen, was ist geschehen?«, erkundigte ich mich besorgt.

»Steine«, erwiderte er. »Ganz Paris wirft mit Steinen. Ein Mann meiner Eskorte wurde aus dem Sattel geworfen.«

Ich lief zum vorderen Balkon, der glücklicherweise weit genug von den Toren entfernt war, sodass die Steine nicht bis hierher gelangen konnten. Ich sah eine große Menge Menschen, die Steine über das Gitter und auf die Zufahrt warfen. Meine Wachen brachten sich hinter den Bäumen in Sicherheit.

Zumindest versuchte der Pöbel nicht, in den Palast einzudringen.

»Soll ich Befehl geben, dass Feuer zu eröffnen?«, fragte Jules. »Das wird diesen Schurken eine Lehre sein.«

Er war vollkommen aufgelöst.

Ich wusste wirklich nicht, was wir tun sollten. Es war mir nie in den Sinn gekommen, gegen mein eigenes Volk Krieg zu führen. Das würde möglicherweise zu einer Revolution führen, und – wie wir in England gesehen hatten – nur wieder zu einer Katastrophe.

»Nur wenn sie das Tor stürmen«, antwortete ich. »Sollen sie doch Steine werfen. Dieser Sport wird sie bald langweilen, und dann gehen sie wieder. Wann kommt der Prinz von Condé hier an?«

»Ich habe ihn noch nicht rufen lassen. Es kam alles so plötzlich.«

Ich dachte nach. Wenn wir Condé jetzt riefen, bedeutete das, dass wir meinem Volk oder zumindest den Bürgern von Paris den Krieg erklärten.

»Was ist mit Lamont?«

»Seine Männer sind in der Kaserne. Ich glaube nicht, dass wir sie antreten lassen sollten. Diese Leute, die die Steine werfen, sind ihre Freunde und Verwandten.«

»Ja«, stimmte ich zu. »Sicher werden sie gleich dessen überdrüssig werden.«

Ich ging hinein, um meine Zofen zu beruhigen, die weinten und jammerten. Henriette war besonders aufgeregt, und Ludwig ging hin und her und schwenkte sein Holzschwert. »Gebt mir eine Kompanie von Gendarmen, Mama«, sagte er, »und ich werde diesem Abschaum eine Lektion erteilen.«

Philipp hopste neben ihm auf und nieder.

»Alles zu seiner Zeit«, versuchte ich Ludwig zu beschwichtigen.

☆

Leider wurde der Pöbel nicht überdrüssig, Steine zu werfen. Die Menschen erfreuten sich den ganzen nächsten Tag an diesem Zeitvertreib, während es in Paris brodelte, und es wurden sogar ein oder zwei Gebäude in Brand gesetzt. Wir erfuhren, dass die Pariser an jeder Ecke Barrikaden aus Karren und Pflastersteinen errichteten und jede Straße in eine bewaffnete Festung verwandelten.

»Ich werde die Truppen rufen lassen«, sagte Mazarin. »Die Sache gerät außer Kontrolle.«

Ich traf eine Entscheidung. »Nein«, sagte ich. »Ich werde zu meinem Volk sprechen.«

»Seid Ihr verrückt? Sie werden Euch sämtliche Glieder ausreißen.«

»Ich bleibe innerhalb der Tore.«

»Sie werden Steine auf Euch werfen.«

»Das bezweifle ich. Ich nehme den König mit.«

Meine Zofen und die Kinderfrauen waren entsetzt.

»Sie werden Euch töten«, protestierten sie.

»Das glaube ich nicht«, sagte ich mit fester Stimme, obwohl mir nicht ganz wohl dabei war. »Paris liebt mich.«

In der Vergangenheit hatte es immer so ausgesehen. Ich muss jedoch gestehen, dass ich schreckliche Angst hatte, als ich im Sonntagsstaat mit Ludwig an der Hand die Stufen des Louvre hinunterschritt und die Zufahrt betrat. Ludwig schien sich überhaupt keine Sorgen zu machen. Ich fürchtete, er würde den Wachen befehlen, das Feuer zu eröffnen. Die Wachen versteckten sich wieder hinter den Bäumen, doch sie kamen aus ihren Verstecken hervor, um uns zu eskortieren.

Das war nicht notwendig. Als ich erkannt wurde, verstummten die Rufe, und es wurden keine Steine mehr geworfen. Mutig schritt ich zum Tor. Ich wusste, dass Mazarin und die Bediensteten mich vom Balkon aus beobachteten.

»Liebes Volk«, sagte ich laut. »Ihr wisst, wer ich bin.«

»Ihr seid die Königin«, rief jemand.

»Ich bin die Königinmutter«, verbesserte ich ihn. »Das ist Euer König!«

Sie blickten auf Ludwig. In dem Moment begriff ich, dass ihn höchstens ein paar von ihnen je gesehen haben konnten.

»Der König und ich sind gekommen, um zu erfahren, welchen Grund es für diesen Tumult gibt. Was kränkt mein Volk?«

»Der Kardinal«, rief jemand.

Als andere das wiederholten, wurde mir ganz elend zumute, doch ich versuchte, mir nichts anmerken zu lassen.

»Gebt uns den Kardinal«, riefen sie.

»Und warum?«, fragte ich.

»Wir wollen ihn hängen«, rief jemand, und die anderen lachten. In dieser Stimmung waren sie.

Ich atmete tief durch. »Ihr könnt den Kardinal nicht haben. Er ist mein Staatsminister, und er genießt mein volles Vertrauen. Wollt ihr eure Königin auch hängen?«

Sie dachten nach.

»Sagt mir, was der Kardinal euch angetan hat, damit ich das Unrecht wieder gutmachen kann«, bat ich.

»Die Steuern sind zu hoch«, rief jemand.

»Er hat unseren Vater verhaftet«, rief ein anderer. »Monsieur Broussel.«

In diesem Punkt konnte ich ihnen helfen. Ich hatte nicht gewusst, dass Broussel so beliebt beim Volk war.

»Gut«, sagte ich. »Ihr werdet Monsieur Broussel bekommen.«

»Wann?«, rief einer aus der Menge.

»Ich werde verfügen, dass er augenblicklich freigelassen wird. Wenn ihr alle nach Hause geht und mit diesem Lärm aufhört.«

Sie überlegten und flüsterten miteinander. Ich sah, dass einige aus den hinteren Reihen sich schon davonschlichen. Andere folgten ihnen. Als sich die Menge auflöste, winkte ich den Menschen sogar zu.

»Werden wir sie nicht alle töten?«, fragte Ludwig.

»Ein anderes Mal«, erwiderte ich und ging mit ihm zurück zum Palast.

Sie brannten alle vor Neugier.

»Eure Majestät«, schwärmte Condés Schwester, die Herzogin von Longueville, eine hübsche, wenn auch etwas langweilige junge Frau. »So ein Mut!«

»So ein Risiko«, sagte Jules. »Wie habt Ihr es geschafft?«

»Ich habe versprochen, Broussel freizulassen. Das muss umgehend geschehen.«

»Aber ... wenn wir Broussel freilassen ...«

»Es wird wie ein Rückzieher aussehen, wie ein Eingeständnis, dass Ihr übereilt gehandelt habt.«

Er biss sich auf die Lippe.

»Es tut mir Leid, Jules«, sagte ich. »Ich hatte keine andere Wahl. Sie wollten Euren Kopf.«

Er verneigte sich. »Ich bin sicher, Ihr habt das Beste getan, Eure Majestät.«

☆

Wahrscheinlich. Doch eine Revolution kann nicht durch eine einzige Tat im Keim erstickt werden. Es sind einfach zu viele Menschen daran beteiligt, und es gibt zu viele unterschiedliche Standpunkte.

Nach Broussels Freilassung aus der Bastille ließ ich ihn zu mir bringen und empfing ihn im Ratszimmer des Louvre.

»Das war ein unglückliches Missverständnis, Monsieur«, sagte ich.

»Wenn es Eure Majestät so sehen.«

»Es wäre mir lieb, wenn wir beide es so sehen würden. Ihr wart mir in der Vergangenheit eine große Stütze, und ich würde mich freuen, wenn das in Zukunft auch der Fall wäre.«

»Das wird nicht möglich sein«, erwiderte er.

Ich runzelte die Stirn.

»Wenn die Belohnung eines Mannes für seine Unterstützung so aussieht, dass er in die Bastille gesperrt wird, muss er erneut über seine Position nachdenken.«

Das war offener Widerstand. Am liebsten hätte ich ihn sofort wieder in die Bastille werfen lassen, aber ich hatte dem Pöbel mein Versprechen gegeben.

»Wir müssen alle das tun, wozu uns unser Verstand und unser Gewissen drängt«, sagte ich. »Ich wünsche Euch einen guten Tag und viel Glück.«

☆

Damit war die Feindschaft besiegelt. Zumindest wurden im Moment keine Steine mehr geworfen. Ich stimmte dennoch mit Jules überein, dass wir etwas unternehmen mussten, um uns, unsere Herrschaft und unser Land zu schützen.

Obwohl uns Lamont seine Hilfe zugesichert hatte, gab er zu, dass er nicht gewagt hätte, seine Soldaten auf die Straßen zu schicken. Sie hätte sich mit dem Pöbel verbündet. Daher sandten wir unsere Botschafter zu unseren beiden Generälen und erhielten zwei unterschiedliche Antworten.

Condé schrieb, er sei unterwegs und er schicke ein Dragoner-Regiment voraus. Das war eine große Erleichterung.

Turenne informierte unseren Botschafter, er wolle über die Sache nachdenken.

»Was zum Teufel meint er damit?«, fragte Jules.

»Der General gab mir zu verstehen, das Pariser Volk habe nicht Unrecht«, erklärte der unglückliche Bursche.

Jules schaute mich an. »Ihr habt diesem Schurken seine Macht gegeben.«

Was sollte ich darauf erwidern? »Bedeutet das etwa, Marschall Turenne will die Rebellen unterstützen?«

»Ich weiß es nicht, Eure Majestät. Ich weiß nur, dass er sich nicht daran beteiligen will, den Aufstand gewaltsam niederzuschlagen.«

»Und wie will er sein Heer bezahlen, wenn wir nicht das Geld bekommen, das wir verlangen?«

»Darüber sprechen wir jetzt nicht, Eure Majestät.«

Ich schaute Jules an, der dem Botschafter ein Zeichen gab, sich zurückzuziehen.

»Wir müssen Turenne den Heeresbefehl entziehen. Ich

werde einen neuen General beauftragen, den Befehl zu übernehmen.«

»Haben wir denn einen, der die Fähigkeit besitzt?«

»Ja, Eure Majestät. César du Plessis-Praslin.«

»Du Plessis? Bedeutet das ...?«

»Er ist zwar ein entfernter Verwandter des Kardinals, doch er ist ein ausgezeichneter Soldat und der Krone treu ergeben.«

»Und wenn Turenne sich weigert, seine Entlassung anzuerkennen?«

»Du Plessis-Praslin wird den Befehl erhalten, ihn in diesem Fall unter Arrest zu stellen.«

Das gefiel mir alles ganz und gar nicht. Zudem trug ich in diesem Fall die Schuld an den Schwierigkeiten, und das machte mich schrecklich wütend. Ich hatte Turenne sogar nach seiner Verhaftung nach besten Kräften unterstützt. Auch er war in die Verschwörung von Cinq-Mars verstrickt, und dennoch hatte ich ihn so schnell wie möglich aus dem Gefängnis befreit, ihn befördert und ihm meine Gunst bewiesen. Jetzt wandte er sich gegen mich. Diese heimtückischen Menschen!

Condé war zum Glück unterwegs, doch die Lage blieb ernst. Es dauert eine gewisse Zeit, bis sich ein Heer absetzen und diese Strecke zurücklegen kann. In diesem Augenblick wurden die ersten Verträge in Münster und Osnabrück unterzeichnet. Damit war der Krieg wahrhaftig zu Ende. Frankreich und Spanien blieben weiterhin Gegner, aber die spanischen Soldaten wussten, dass der berühmte General, dessen militärische Fähigkeiten sie fürchteten, sofort herbeieilen würde, wenn sie hinterrücks in das durch Condés Rückzug entstandene Vakuum vorrückten.

Aufgrund der kritischen Lage feierten wir kein sehr glückliches Weihnachtsfest im Louvre, und unsere Unsicherheit verschlimmerte sich noch, als wir Nachrichten über König Karls Gerichtsverfahren erhielten. Wie er seiner Gattin versprochen hatte, weigerte er sich, das Recht eines Gerichtes, den englischen König vor Gericht zu stellen, anzuerkennen. Die Rundköpfe, die man vielleicht besser Hitzköpfe nennen sollte, wollten davon nichts hören, und obwohl das Verfahren sehr diszipliniert und gesetzestreu geführt wurde, bestand kein Zweifel daran, dass sie den König schuldig sprechen würden. Und dann ...

Ich versuchte, Henriette aufzuheitern. »Wenn er ins Exil geschickt wird, seid Ihr wenigstens wieder vereint.«

»Mittellose Flüchtlinge für den Rest unseres Lebens«, jammerte sie und brach in Tränen aus.

»Wir werden schon eine Lösung finden«, beruhigte ich sie, trotz meiner Sorgen um ihre Zukunft. Jules würde niemals einem Exil in Frankreich zustimmen, weil das unvermeidlich zu Spannungen mit den Herrschern Englands geführt hätte. Nachdem er die englische Monarchie im Geiste schon abgeschrieben hatte, vertraute er jetzt stark auf eine Übereinkunft mit dem englischen Parlament, um Spanien mit England gemeinsam endlich an den Friedenstisch zu zwingen. Solange der Krieg andauerte, konnte sich unsere Finanzlage nicht entspannen.

☆

Im neuen Jahr brach die Krise über uns herein. Jules, der die ganze Nacht auf den Beinen war, weckte mich noch vor der Morgendämmerung.

»Zieht Euch an«, sagte er zu mir. »Ich habe die Kindermädchen unterrichtet, dass sie sich um die Prinzen kümmern sollen.«

Ich strich mir verwirrt das Haar aus dem Gesicht. »Was ist geschehen?«

»Wir verlassen die Stadt.«

»Was? Gibt es eine Revolution?«

»In gewisser Weise schon. Das Parlament will uns kein

Geld geben, und es hat das Volk hinter sich. Es werden sogar Rufe nach Eurer Absetzung als Regentin laut, damit das Parlament die Macht übernimmt.«

»Das ist absurd.«

»Natürlich. Hier mitten in Paris sind wir ihnen jedoch auf Gedeih und Verderb ausgeliefert. Die Städter errichten wieder Barrikaden. Darum müssen wir die Stadt verlassen.«

»Und wo gehen wir hin?«

»Nach Saint-Germain. Ich habe den Ort befestigen lassen. Und Condés Heer ist nur noch zwei Tagesmärsche entfernt. Anna, wir müssen diese Schlacht gewinnen, sonst sind wir verloren.«

Damit hatte er Recht, und ich wusste, dass Broussel jetzt mein Feind war. Ich wurde angekleidet, und wir stahlen uns im Morgengrauen aus dem Palast. Vier Kutschen warteten auf mich, die Prinzen, Jules, seine Sekretäre und seinen Bibliothekar, Gabriel Naude, der auch schon für Richelieu gearbeitet hatte. Er war ein widerlicher Bursche, doch Jules war der Meinung, nicht ohne ihn auskommen zu können. Zu unserer Gesellschaft gehörten außerdem Albert, meine Zofen, mein Koch, meine Wäscherin und noch ein paar Leute, auf die ich nicht verzichten wollte. Wir mussten vieles zurücklassen, doch der Palast wurde bewacht, und ich konnte nur hoffen, dass meine Leute ihn verteidigen würden.

Ich übertrug D'Artagnan diese Aufgabe.

»Treu bis in den Tod«, erinnerte ich ihn.

»Treu bis in den Tod, Eure Majestät«, sagte er. »Niemand wird diesen Palast vor Eurer Rückkehr betreten, es sei denn über meine Leiche.«

Ich reichte ihm meine Hand zum Kuss und hätte ihm fast mehr angeboten. Die vielen ängstlichen Menschen, die uns umringten, hinderten mich daran.

Henriette begleitete uns. »Es ist fast wie unsere Flucht von

London nach Oxford«, sagte sie. Diese Bemerkung entmutigte mich noch mehr, denn ich musste daran denken, was *nach* diesem Vorfall geschehen war.

Trotz der frühen Stunde waren schon viele Menschen auf den Beinen, und unsere Kutschen wurden entdeckt. Wir waren noch nicht weit gekommen, als die Alarmglocke erklang und die Pariser auf die Straßen strömten. Ich hatte schreckliche Angst, besonders um Ludwig und Philipp. Jules gab den Befehl, durch das Chaos hindurchzufahren. Nach einer wilden Fahrt über das Kopfsteinpflaster erreichten wir Saint-Germain. Hinter uns läuteten die Glocken, und wir hörten sogar ein paar Schüsse. Ich weiß nicht, ob sie uns galten, doch von uns wurde niemand verletzt.

Das Haus in dem Ort wurde von Condés Dragonern bewacht. Sie hatten Geschütze aufgestellt und schienen zum Kampf bereit zu sein. Ich konnte mir allerdings nicht vorstellen, wie das Haus von einem Dragoner-Regiment verteidigt werden sollte, denn wir hatten es nicht einmal für möglich gehalten, den viel größeren Louvre zu verteidigen. Es war jedoch wichtig, dass wir die Stadtmitte verlassen hatten. Der Pöbel geriet durch unseren Ortswechsel ein wenig aus dem Konzept. Während ich mit den Prinzen ein verspätetes Frühstück genoss – wenn man diesen Ausdruck unter diesen Umständen benutzen kann –, schritt der Prinz von Condé in verschmutzten Kleidern und mit selbstbewusster Miene in den Raum.

Er verneigte sich, zog den Hut und schwenkte ihn so tief, dass die Feder – wie bei der Verbeugung seines Vaters – den Boden berührte, ehe er sich aufrichtete.

»Eure Majestät«, sagte er. »Wie ich sehe, wurde es höchste Zeit.«

»Wisst Ihr, was passiert ist, lieber Prinz?«, fragte ich.

»Die Pariser haben sich erhoben, Eure Majestät.«

Ich war mir nicht ganz sicher. Jules hatte entschieden, dass wir die Stadt verlassen mussten. In diesem Punkt verließ ich mich auf ihn. Er wusste viel besser über die Vorgänge Bescheid als ich.

»Hier seid Ihr in Sicherheit«, sagte Condé. »Mein Heer marschiert gerade in den Park.«

»Das will ich sehen«, schrie Ludwig und rannte hinaus.

Es waren viele Banner zu sehen, und die Militärmusik belebte den Morgen, als die Truppen aufmarschierten. Ich hatte allerdings mit mehr Soldaten gerechnet.

»Wie viele Soldaten sind es?«

»Zwölftausend Mann, Eure Majestät.«

»Könnt Ihr Paris mit zwölftausend Mann zurückerobern?« Das konnte ich nicht glauben.

Er lächelte. »Ich habe nicht vor, es zu versuchen. Ich habe auch noch meine Artillerie. Mit Eurer Erlaubnis, Eure Majestät, werde ich diesen hohlköpfigen Ladenbesitzern etwas Vernunft einblasen.«

Ich warf Jules einen Blick zu.

»Es ist die einzige Möglichkeit, Eure Majestät. Wir müssen diesen Kampf unbedingt gewinnen.«

Und so führte ich trotz allem Krieg gegen mein eigenes Volk.

14. Kapitel

Der Januar 1649 war einer der schwierigsten Monate, die ich je erlebte. Eigentlich lief alles auf sehr unglückliche Weise nach Plan. Condé nahm die Stadt unter Beschuss, und als die Häuser der Pariser zerstört waren, begriffen sie allmählich die Sinnlosigkeit ihrer Aktion. Es macht eine Königin jedoch nicht glücklich, wenn sie ihre eigenen Untertanen töten muss, um sich durchzusetzen.

Die Pariser richteten ihren Aufstand offenbar nicht gegen mich. Die Bürger nahmen größtenteils an, der junge König und ich seien nur Marionetten in den Händen des schändlichen Kardinals. Diese nicht ganz falsche Einschätzung der Lage war in den zurückliegenden Jahren sehr vorteilhaft für uns. Zu diesem Zeitpunkt war sie dennoch demütigend.

Zu unserer großen Erleichterung machte uns Turenne keine Schwierigkeiten. Er floh nach Holland, bevor Plessis-Praslin ihn verhaften konnte. Angesichts seines Mutes und seiner Loyalität, die er später bewies, glaube ich nicht, dass sein Verhalten von Verzagtheit oder Verrat gesteuert wurde. Er war einfach ein verwirrter Mann, dessen Herz für die Pariser schlug, und er wollte sie im Kampf gegen die überhöhten Steuern unterstützen, während sein Verstand und seine Erziehung ihm rieten, die Krone zu unterstützen.

Bei Condé lag der Fall ganz anders. Sein Verstand riet ihm, die Krone zu unterstützen, solange sich das für ihn auszahlte, doch sein Herz schlug immer für andere Ziele.

Turenne schickte Prinz Jakob nach Hause, um für die Sicherheit seiner Mutter zu sorgen. Er lobte den jungen Mann für seinen Mut in der Schlacht und seine Fähigkeiten.

Henriette war nicht in der Lage, ihn zu empfangen. Die

Lage ihres Mannes spitzte sich immer mehr zu und entpuppte sich als unglaubliche Katastrophe.

König Karl weigerte sich weiterhin, das Recht des Gerichtes, über ihn zu richten, anzuerkennen, und er wurde schuldig gesprochen. Das Urteil kam nicht ganz unerwartet, doch es war trotzdem bedrückend. Der nächste Botschafter aus England brachte die niederschmetternde Nachricht: Der König war zum Tode verurteilt worden!

Als Henriette das hörte, schrie sie laut auf und fiel in Ohnmacht. Ich fürchtete um ihr Leben.

»Das ist unerhört«, sagte ich zu Jules.

»Ja, es ist barbarisch. Leider haben die Engländer im Laufe der Geschichte schon häufig ihre Könige ermordet.«

»Sie haben so etwas seit fast zweihundert Jahren nicht mehr getan. Damals herrschten wahrlich finstere Zeiten. Wir müssen etwas unternehmen.«

Er seufzte, und ich begriff, was das zu bedeuten hatte.

»Wir können wirklich nichts tun, Anna. Wir haben weder das Recht noch die Macht, uns in die Angelegenheiten anderer Staaten einzumischen.«

Das war wahrlich eine abscheuliche Situation. Die Parallelen zu Frankreich waren nicht zu übersehen. Und wenn es uns nicht gelang, mit den Parisern fertig zu werden? Ich schickte Prinz Karl, der sich in Breda aufhielt, einen Brief, um mein Beileid auszusprechen. Mehr konnte ich nicht tun.

Der Prinz handelte hingegen schnell und bewies ungeheuren Mut. Er schrieb dem Parlament und bot an, dass das Haus Stuart auf den Thron verzichte, wenn das Todesurteil seines Vaters in ein lebenslanges Exil umgewandelt werden würde. Das Parlament weigerte sich, darüber zu verhandeln. In England hatte es schon zu oft hinterhältige Stuarts gegeben, und selbst wenn sie Prinz Karl trauen könnten, so wussten sie, dass dem Vater nicht zu trauen war. Karl hätte ganz sicher sofort nach seiner Freilassung seine

Intrigen weitergesponnen, welche Schwüre sein Sohn auch leistete.

Am 30. Januar wurde der König von England enthauptet. Wir kannten den genauen Tag und wussten, dass das Urteil kurz nach Mittag vollstreckt werden sollte. In meinem Haus schlief in der Nacht vor der Urteilsvollstreckung niemand, und am nächsten Tag trugen wir Trauer. Henriette war nicht in der Lage, das Bett zu verlassen.

☆

Dieses Unglück lenkte mich von der ebenfalls beunruhigenden Lage bei uns in Frankreich ab. Glücklicherweise ließen sich Mazarin und Condé durch nichts von ihrem Entschluss abbringen. Die Belagerung ging daher weiter. Kärgliche 20 000 Mann belagerten eine Stadt, die zehnmal so viele Einwohner hatte.

Die Einwohner von Paris waren vollkommen verwirrt. Sie waren mit ihren Barrikaden, Steinen und selbstgebauten Waffen in ihren Straßen und Gassen ein hervorragender Gegner. Doch sie hatten nicht die leiseste Ahnung, wie sie es gegen ein Regiment oder mehrere Regimenter aus Berufssoldaten aufnehmen sollten, sobald sie ihre Umgebung verließen. Außerdem waren sie der Krone im Grunde treu ergeben. Sie gaben Jules die Schuld an ihrem Unglück und zögerten, unwiderrufliche Verbrechen zu begehen.

Vermutlich unterschieden sich die Bürger von London nicht so sehr von den Parisern, doch sie schrieben die Schuld an ihrem Ärger dem König zu, und als es zu Auseinandersetzungen kam, fanden sie ein paar sehr gute Anführer. Die Klasse der kleinen Landedelleute, aus der Cromwell stammte, existierte in Frankreich nicht. Hier gab es nur Bauern und Adelige. Es war eine scheinbar unabänderliche Tatsache, dass die Adeligen den Ton angaben und die Bauern sich dem fügten. Die Adeligen, die in Paris wohnten, waren jedoch alle auf ihre Landgüter geflohen. Dadurch fiel nicht nur die Möglichkeit fort, sich einem entschlossenen Anführer anzuschließen, sondern es bedeutete auch eine ernste wirtschaftliche Krise für die Kaufleute der Stadt, deren wichtigste Kundschaft verschwunden war.

All diese Faktoren zwangen das Parlament, seine Lage noch einmal zu überdenken, und es dauerte nicht lange, bis eine Abordnung in Saint-Germain erschien, um über alles zu reden. Die Verhandlungen zogen sich ein wenig hin, bis am 11. März endlich ein Vertrag unterzeichnet wurde. Auf beiden Seiten mussten Zugeständnisse gemacht werden, wobei uns weniger abverlangt wurde. Da der lange Krieg zu Ende war, konnten wir einer Verkleinerung des Heeres und daher auch einer Steuersenkung zustimmen.

In dem Moment, da das englische Parlament die Monarchie abschaffte, kehrten König Ludwig und ich unter dem Jubel der Menge in den Louvre zurück. Zu unserer Überraschung fanden wir den Palast unberührt vor, und der tapfere D'Artagnan führte wie versprochen das Kommando.

☆

Natürlich waren unsere Probleme damit nicht gelöst. Irgendwo in finsteren Ecken braut sich immer Ärger zusammen. In diesem Fall traf er uns in Anbetracht der Lage ganz unerwartet, wenn der Grund auch naheliegend war.

In jenem Sommer herrschte zunächst einmal eitel Sonnenschein. Nur die arme Henriette machte uns Sorgen. Sie war so betrübt, dass ihre Anwesenheit kaum zu ertragen war. Jules übernahm wieder die Zügel der Herrschaft und nahm sofort mit Cromwell Bündnisverhandlungen auf.

Auch Turenne kehrte im Rahmen der Generalamnestie, der wir zugestimmt hatten, nach Paris zurück, doch ich weigerte mich, ihn zu empfangen. Es empörte mich, dass auch Marie de Chevreuse die Amnestie genutzt hatte, um nach

Frankreich zurückzukehren. Ich empfing sie ebenfalls nicht. Die Lage hatte sich zwar beruhigt, aber ich musste mich um dringende Angelegenheiten kümmern, und dabei ging es vor allem um meine Söhne.

Ludwig hatte – wie schon Ludwig XIII. selbst – seinen Vater in jungen Jahren verloren, wobei die Umstände ganz unterschiedlicher Art waren. Ludwig XIII. starb in seinem Bett und nicht durch die Hand eines Verrückten. Vater und Sohn hatten sich zwar kaum gekannt, aber der Verlust des Vaters wirkt sich immer auf ein Kind aus. Meines Erachtens war ich eine viel bessere Mutter als Maria von Medici, die allerdings auch in einer ganz anderen Situation gewesen war als ich. Maria musste sich mit dem von Condés Vater angeführten Widerstand des unzufriedenen Adels gegen ihre Herrschaft auseinander setzen, was kein großes Problem für sie war. Der junge König war nie gezwungen, aufgrund einer Revolution den Louvre zu verlassen, und sein Leben war nie in Gefahr gewesen.

Die Fronde, wie der jüngste Aufstand des Volkes genannt wurde, war eine andere Sache. Der Pöbel ist immer eine unstete Masse und sorgt sich nicht darum, wen er niedertrampelt. Ich glaube nicht, dass mein oder Ludwigs Leben je in Gefahr war, doch der Mob hatte Jules nach dem Leben getrachtet.

Ludwig sah den Kardinal immer mehr als Stiefvater an, und deshalb hätten wir sicher heiraten können. Da der Pöbel Jules auch nach dem Vertrag nach dem Leben trachtete, wäre eine Vermählung zu jenem Zeitpunkt aber sehr unklug gewesen. Ludwig verehrte Jules damals und traute ihm nicht zu, Fehler zu machen oder Unrecht zu begehen, worüber ich mich sehr freute. Die gegen sein Idol gerichteten Drohungen zwangen ihn indes, demütig sein Heim zu verlassen und in Saint-Germain zu leben, wo er der allgegenwärtigen Gefahr, vom Pöbel angegriffen zu werden, ausgesetzt war. Außerdem lebten wir während unseres Aufenthaltes dort ohne

Prunk und finanzielle Sicherheit, die ein König in der Regel genießt.

Aufgrund dieser unglücklichen Umstände hatte der zehn Jahre alte Ludwig eine heftige Abneigung gegen das Parlament und die Pariser entwickelt. Da sich der Zeitpunkt seiner Volljährigkeitserklärung näherte, beunruhigte mich dieser Umstand ein wenig. Ich hatte überlebt und mir die Zuneigung des Volkes bewahrt, auch wenn ich mich geweigert hatte, ihnen Mazarin auszuliefern. Wenn der König seine Thronfolge mit einer Abneigung gegen seine Untertanen antritt, verheißt das für beide Seiten nichts Gutes.

Ich bemühte mich nach Kräften, Ludwig abzulenken, indem ich ihn mit Spielkameraden umgab, die größtenteils aus Mazarins Familie stammten, und ihm erlaubte, sich seiner schon ausgeprägten Neigung für Uniformen, Scheingefechte und alle militärischen Dinge hinzugeben. Damit hatte ich ein wenig Erfolg. Philipp hingegen, von dem ich immer angenommen hatte, er würde seinem Bruder eine große Stütze sein, zeigte nicht das geringste Interesse an militärischen Belangen und brach schon beim Anblick eines gezogenen Schwertes in Tränen aus.

Ich hoffte auf die Zeit. Allerdings wusste ich nicht, wie viel mir davon zur Verfügung stand. Condé wohnte jetzt mit seiner abscheulichen Schwester, der Herzogin von Longueville, in der Stadt. Die Herzogin traf sich trotz ihres Ehestandes oft mit Turenne. Ich sah keine Bedrohung darin, auch wenn ich sie damals beide nicht mochte.

Condé hatte ich nie besonders gemocht. Natürlich war ich ihm für seine Hilfe im Januar sehr dankbar. Eigentlich hätten wir von Anfang an ahnen müssen, warum er uns zu Hilfe eilte. Bald nämlich wurde deutlich, dass ihm weniger daran gelegen war, den König wieder auf den Thron zu setzen, als zu beweisen, dass er der mächtigste Mann in Frankreich war. Da er die Stadt erobert hatte, sah er sie jetzt als seine an. Sein Verhalten erinnerte mich an das, was ich über Heinrich, den Herzog von Guise, der sich selbst als König von Paris bezeichnet hatte, gehört und gelesen hatte. So weit ging Condé nicht, doch er legte das Verhalten eines Königs an den Tag. Ihn begleitete immer eine Schwadron von Dragonern in glänzenden Uniformen, wenn er den Louvre besuchte und das Ratszimmer betrat, ohne im Geringsten um Erlaubnis zu bitten.

Er bewies öffentlich und privat ganz unverblümt seine Verachtung für Jules, indem er ihn oft unterbrach, über alle Äußerungen des Staatsministers lachte und sich ihm bei jedem Vorschlag widersetzte. Vor allem das mögliche Bündnis mit England gefiel ihm ganz und gar nicht.

»Dummes Zeug«, sagte er. »Die Engländer sind unsere Erbfeinde.«

»Wir müssen diesen Krieg beenden«, argumentierte Jules. »Wie Ihr wisst, zieht er sich bereits vierzehn Jahre hin. Und es ist kein Ende in Sicht. Wir haben die Spanier in Flandern und den Niederlanden besiegt, ohne dass wir einen Nutzen davon hatten. Wir sind in Spanien eingefallen, und auch das hat uns nichts gebracht.«

Condé errötete. Seine Niederlage in Lerida hatte diesem Plan ein Ende gesetzt.

»Wir brauchen ein größeres Heer«, forderte Jules. »Verzeiht mir, Madame, aber es muss stark genug sein, um Spanien an den Verhandlungstisch zwingen zu können. Nur England kann uns diese zusätzlichen Streitkräfte zur Verfügung stellen.«

»Cromwells gefürchtete Soldaten«, sagte Condé verächtlich. »Sie haben doch nur gegen ein paar Lords gekämpft und noch nicht einmal gewonnen. Glaubt Ihr, sie können die spanische Infanterie besiegen?«

»Das bleibt abzuwarten«, sagte Jules. »Schon allein die Bedrohung würde sie möglicherweise überzeugen.«

»Das glaube ich nicht, und davon will ich nichts wissen.«

Jules schaute mich an.

»Das ist nicht Eure Entscheidung, Condé«, sagte ich ganz ruhig.

»Glaubt Ihr das? Glaubt Ihr denn, Ihr hättet eine Streitmacht, Eure Majestät, wenn ich sie nicht befehligte? Oder sollen die Engländer den ganzen Krieg für Euch führen?«

Er leistete offenen Widerstand.

»Was sollen wir tun?«, fragte ich Jules, nachdem er gegangen war. »Wir haben uns ein Ungeheuer herangezogen.«

»Auch mit Ungeheuern kann man fertig werden.«

»Keinen Mord«, widersprach ich. »In seinen Adern fließt königliches Blut.«

»Wir stecken ihn eine Zeit lang in die Bastille. Damit er nachdenken kann. In der Zwischenzeit werde ich mit Cromwell verhandeln, ohne dass er sich einmischen kann«, sagte Jules grinsend.

»Können wir das tun? Können wir es wagen?«

»Wir müssen.«

»Er hat so viele Freunde.«

»Wir werden versuchen, uns um alle gleichzeitig zu kümmern.«

☆

Es lag Jules im Blut, Ränke zu schmieden. Leider war es eine Schwäche von ihm, die Umsetzung bei der Planung in Gedanken nicht bis zu Ende durchzuspielen. Vielleicht wurde er auch mitunter durch die Informationen seiner vielen Spione und Agenten schlecht beraten. Wie er angedeutet hatte, hielt er es für notwendig, Condé und seine Vertrauten gleichzeitig zu verhaften. Das sollte am 18. Januar 1650 beim großen Ball im Louvre geschehen. Er plante diese Aktion äußerst gewissenhaft, und ich unterstützte ihn, indem ich meine Musketiere mit Hauptmann D'Artagnan an der Spitze in seinen Dienst stellte.

Jules beachtete jedoch zwei ganz entscheidende Punkte

nicht. Erstens stellte er nicht sicher, dass Turenne und die Herzogin von Longueville den Ball besuchten. Zweitens brachte er nicht in Erfahrung, wie viele Freunde Condé hatte, und natürlich besuchten nicht alle den Ball.

Die Verhaftung selbst ging reibungslos über die Bühne. Der vollkommen überraschte Prinz und all seine anwesenden Gefährten wurden zwischen zwei Tänzen verhaftet. Sie erhielten sofort königliche Haftbefehle und wurden zur Bastille gebracht. Erst dort wurde aufgedeckt, dass Turenne und die Herzogin nicht zum Ball erschienen waren. Wir schickten sofort Wachen zum Haus der Herzogin, weil wir glaubten, sie dort beide zu finden. Sie hatten aber bereits erfahren, was vor wenigen Stunden im Palast geschehen war, und waren geflohen. Sie fuhren bis Stenay an der Ostgrenze der Champagne. Von hier aus konnten sie jederzeit ins Elsass und von dort in die Schweiz fliehen, falls sie verfolgt wurden.

Das hätten wir auch getan, wenn wir die Zeit zu einer solchen Verfolgung gehabt hätten. Sobald sich jedoch herumsprach, was Condé widerfahren war, stellten wir fest, dass er viel mehr Freunde hatte, als wir vermutet hatten. Jetzt wurden wir von seinen Anhängern innerhalb des Adels praktisch in Paris belagert!

☆

In dieser misslichen Lage betrübten mich außerdem Nachrichten aus Schweden. Descartes war verstorben.

Das war ein wahrlich schmerzlicher Verlust eines wertvollen Lebens und eines noch wertvolleren Geistes. Für den armen René war das Leben in Schweden doch nicht so, wie er es erwartet hatte. Königin Christine hatte ihm zwar die Freiheit zugestanden, zu schreiben und zu veröffentlichen, was er wollte, doch René musste ihr immer zur Verfügung stehen, wenn der Königin der Sinn danach stand, zu philosophieren. Diese Lust überkam sie immer um fünf Uhr morgens. Dann wurde der große Mann aufgefordert, Ihre Majestät aufzusuchen und ihr entweder etwas vorzulesen oder mit ihr über anspruchsvolle Themen zu diskutieren.

Christine, die Tochter von Gustav Adolf, überschätzte ihre intellektuellen Fähigkeiten. Wie schon erwähnt, war sie noch ein Kind, als sie ihrem Vater nach seinem Tod bei Lützen auf den Thron folgte. Sie war von einer Reihe katzbuckelnder Minister erzogen worden, die sie glauben machten, Schweden sei das mächtigste Land der Welt und sie die mächtigste Person. Ich lernte die junge Dame erst ein paar Jahre später kennen und kam zu dem Schluss, dass es um Schweden traurig bestellt sein müsse, wenn das den Tatsachen entsprach.

Christines Wunsch, sich mehr Wissen als jede andere Frau anzueignen – eine an sich lobenswerte Sache –, führte in Verbindung mit ihrer Allmacht dazu, eine unglaubliche Überheblichkeit zu entwickeln. Sie hielt ihren Ministern nicht nur über jedes Thema, das ihr in die Sinn kam, große Vorträge, sondern sie weigerte sich auch hartnäckig zu heiraten. Diese Haltung kann ich an sich nicht tadeln, da ich verstehe, dass sie ihre Macht nicht mit einem Gatten teilen wollte. Dadurch kam sie allerdings ihrer Pflicht, für einen Thronfolger zu sorgen, nicht nach. Eine Frau mit einem solchen Bildungsanspruch hätte eigentlich den Fall von Elisabeth von England studiert haben müssen. Auch sie war diesem Pfad der theoretischen Jungfräulichkeit gefolgt. Daher folgte ihr nach dem Tod ein ferner Cousin auf den Thron, und in England herrschte seitdem Chaos.

Christine schockierte den Hof überdies, indem sie offen verkündete, das weibliche Geschlecht dem männlichen vorzuziehen. Es steht mir nicht zu, dieses Verhalten zu kritisieren, doch ich führte meine Beziehung zu Marie de Chevreuse eher im Verborgenen, und außerhalb des Louvre erfuhr niemand davon.

Wie wir heute wissen, befasste sich die schwedische Königin mit dem römischen Katholizismus, und das war eine sehr ernste Angelegenheit in einem Land, das sich ganz dem lutherischen Glauben verschrieben hatte.

All das hatte mit René wenig zu tun. Die Zeit der Königin war indes so knapp bemessen, dass sie den Philosophen nur in den frühen Morgenstunden empfing. Diese Treffen fanden immer in einem ungeheizten Raum statt – Christine lebte sehr spartanisch –, und das trotz des rauen Klimas in Schweden. Schließlich zog sich René eine Lungenentzündung zu und starb sehr schnell.

☆

Descartes Tod erschütterte mich zutiefst. Ich hatte kaum Zeit, um zu trauern, denn wir standen einer ähnlichen Situation wie ein Jahr zuvor gegenüber. Diesmal erhob sich der Adel gegen uns, doch die Lage war nicht weniger gefährlich. Ich wusste nicht genau, was das Pariser Volk darüber dachte. Broussel suchte mich auf und sicherte mir die Loyalität des Parlamentes zu. Das Parlament hatte nicht vergessen, dass Condé das Ende der ersten Fronde erzwungen hatte. Jetzt standen wir der zweiten Fronde gegenüber. Broussel blieb auch diesmal hartnäckig dabei, dass Mazarins Intrigen Schuld an der ganzen Situation seien und er daher des Amtes enthoben werden müsse, um das Problem auf ganz einfache Weise zu lösen.

Ich weigerte mich, darüber nachzudenken.

Das Heer war ein zweiter unsicherer Faktor. Es bestand kein Zweifel, dass sich Condés Truppen ihrem Befehlshaber gegenüber loyal verhielten. Das konnte auch von Turennes Männern behauptet werden, wenn er überhaupt noch welche hatte. Unglücklicherweise gelang es ihm, eine Streitkraft aufzustellen, und außerdem verbündete er sich tatsächlich mit Spanien, was uns an die unheilvollen Zeiten von Cinq-

Mars erinnerte. Dadurch drohten uns große Probleme an unserer Ostgrenze. Natürlich hatte ich loyale Offiziere. César du Plessis-Praslin war einer von ihnen, und Charles de Moncy ein anderer. Plessis konnte Turenne kurz vor Weihnachten in Rethel besiegen. Dafür ernannte ich ihn zum Herzog von Choiseul.

Es wurde immer unwahrscheinlicher, dass wir diesen Bürgerkrieg gewinnen konnten. Doch wir hatten einen Trumpf in der Hand: den Prinzen von Condé. Daher war ich sehr zuversichtlich, als ein Treffen zwischen seinen Freunden und meiner Regierung vereinbart wurde.

»Werdet Ihr diesen sinnlosen Bürgerkrieg beenden, der unserem Volk nur Elend bringt und unseren Feinden hilft«, sagte ich, »wenn ich den Prinzen freilasse?«

»Das werden wir tun«, sagte ihr Sprecher. »Unter einer Bedingung.«

»Ihr stellt mir Bedingungen?«, fragte ich. »Und wenn meine Bedingung lautet, dass Condés Leben von Eurem Ja oder Nein abhängt?«

»Wenn Ihr den Prinzen hinrichtet, werdet Ihr keine ruhige Nacht mehr haben ... Und der König auch nicht«, fügte er hinzu.

Ich starrte ihn an, doch er senkte den Blick nicht.

»Ihr seid sehr offen, Monsieur. Und wie lautet Eure Bedingung?«

Er zeigte auf Jules. »Der Italiener muss weg.«

»Ihr seid sehr kühn. Kardinal Mazarin ist mein Staatsminister. Nur ich allein kann dieses Amt vergeben.«

Er verneigte sich und zog sich zurück.

☆

Während die Zeit ins Land zog, spitzte sich die Lage immer mehr zu. Es gelang uns kaum, unsere Macht in Paris zu behaupten. Unser einziger Vorteil war, dass die Bürger sich in diesem Streit zwischen Krone und Adel neutral verhielten. Wir brauchten das Bündnis mit England jetzt mehr denn je, doch Cromwell und seine Gefährten ließen sich mit ihrer Entscheidung Zeit.

»Sie vertrauen uns nicht, Eure Majestät«, erklärte Jules. »Der Aufenthalt von Königin Henriette in Frankreich ist für sie ein Beweis für unsere heimliche Unterstützung.«

»Erwartet Ihr allen Ernstes von mir, dass ich meine Schwägerin, die zudem noch Witwe ist, des Landes verweise?«

»Nun, Madame ...«

»Ich weiß, was Ihr sagen wollt. Die Politik kann auf Freundschaft oder sogar Verwandtschaft keine Rücksicht nehmen.«

»Mir geht es in erster Linie um Euch, Eure Majestät.«

»Wir werden es aussitzen. Es liegt in Condés Natur, immer wieder andere Menschen zu kränken. Es wird nicht lange dauern, bis er auch seine Freunde vor den Kopf stößt.«

»Hm«, brummte Jules.

»Was soll das heißen?«

»Er kann außer seinen Kerkermeistern niemanden kränken, weil er in der Bastille sitzt.«

Das hatte ich ganz vergessen.

Durch dieses Gespräch brachte ich Jules auf eine Idee. Im neuen Jahr befanden wir uns in einer ernsten Notlage. Wir hatten kaum Geld und wurden nur von einer kleinen Macht loyaler Gendarmen und Musketiere bewacht. Die Situation wurde noch schwieriger, weil König Karl II., wie sich der Sohn Henriettes fortan nannte, beschloss, in England einzufallen!

Oder zumindest in Schottland. Diese Angelegenheit war äußerst ernst, denn die Schotten, die ihren letzten König verraten hatten, änderten jetzt ihre Meinung. Cromwells Generalmajore nämlich zogen durch das ganze Land und machten ihnen Vorschriften. Ihre Versuche, sich aufzulehnen, endeten in mehreren schweren Niederlagen, und sie waren in einer ebenso verzweifelten Lage wie wir. König Karl ging nach Schottland und wurde auf einem Stein sitzend, der Scone genannt wurde, feierlich gekrönt – eine Zeremonie, der sich alle angehenden schottischen Monarchen unterziehen mussten.

Das konnte schlimme Folgen nach sich ziehen. Die beiden Königreiche, die von Jakob I., der zur Jahrhundertwende auf Elisabeth gefolgt war, so dürftig vereint worden waren, drohten wieder auseinander zu brechen. In diesem Fall wäre Frankreich Schottlands traditioneller Verbündeter gegen England. Ein mögliches Bündnis mit Cromwell hätte dann nicht mehr zustande kommen können. Es stellte sich auch die Frage, wo Karl das Geld für dieses Abenteuer aufgetrieben hatte. Wahrscheinlich größtenteils in Holland und größtenteils durch Anleihen mit dem Versprechen, sie nach seinem Sieg zurückzuzahlen. Einige Gelder waren zweifellos von Henriette in Frankreich gesammelt worden. Das wusste Cromwell sehr wohl.

»Damit wäre unser Plan gescheitert«, sagte Jules.

»Was sollen wir jetzt machen?«, fragte ich.

»Die Lage ist sehr ernst, aber ich habe eine Idee.«

»Das freut mich.«

»Ich glaube, wir sollten der Bitte Condés und seiner Freunde nachgeben.«

»Seid Ihr verrückt?«

»Bitte lasst mich ausreden. Sie wollen, dass ich das Amt niederlege. Ich werde es freiwillig tun.« Er hob die Hand, um mich am Sprechen zu hindern. »Ich werde nicht weit weg gehen – nur ins Reich. Dort stelle ich ein Heer auf.«

Das erinnerte mich an Katharina von Medici.

»Sobald ich das Land verlassen habe«, fuhr Jules fort, »lasst Ihr Condé und seine Freunde aus der Bastille frei, wenn sie schwören, sich nicht mehr der Krone zu widersetzen.«

»Und wenn sie sich weigern, diesen Schwur abzulegen?«

»Das glaube ich nicht. Ein Jahr in der Bastille ist sehr lang. Dann ist der Krieg beendet, und Ihr werdet beim Adel und beim Volk große Beliebtheit erringen, weil Ihr Euch den Italiener vom Hals geschafft habt.«

»Ihr kehrt doch zurück?«

»Natürlich. Sobald Ihr nach mir ruft.«

»Mit einem Heer?«

»Ja. Zu dem Abkommen, das Ihr mit Condé trefft, gehört auch, dass er und seine Freunde sich auf ihre Landsitze zurückziehen und dort bleiben, bis der Frieden im Lande gesichert ist. Ehe das erreicht sein wird, bin ich mit meinen Söldnern zurückgekehrt, und wir werden die Frage, wer Frankreich regiert, ein für allemal klären.«

Ich stand auf und lief erregt hin und her. Jules' Plan war wie so oft sehr gefährlich. Möglicherweise brachte er uns Erfolg, doch er barg auch ein großes Risiko. Unsere gegenwärtige Lage war jedenfalls nicht länger tragbar, und ich konnte die Gedankengänge meines Geliebten nachvollziehen. Die Macht, die er innehatte, basierte allein auf meiner Unterstützung, ohne die seine Position unhaltbar war. Ich hätte nur einen Herzanfall erleiden und am nächsten Tag sterben müssen. Ludwig hätte ihn möglicherweise gern als Staatsminister behalten, doch ein 13-jähriger Junge hätte sich wohl kaum gegen Condé und den Adel oder gegen Broussel und die Pariser oder beide Parteien durchsetzen können.

Es hätte sogar dazu kommen können, dass Condé König wurde!

Der Gedanke, ohne Jules leben zu müssen, wenn auch nur für ein paar Monate ...

»Wie soll ich ohne Euch zurechtkommen?«

»Ihr werdet sehr gut zurechtkommen, Eure Majestät, denn Ihr seid so willensstark und intelligent wie ein Mann. Außerdem lasse ich all meine Sekretäre und Beamten zurück, damit sie sich um die Regierungsgeschäfte kümmern. Ihr könnt Colbert blind vertrauen. Ihm liegt nur das Wohl der Monarchie am Herzen.«

»Dummkopf«, sagte ich schmollend. »Ich meine, wie ich es ohne Euch in meinem Bett aushalten soll.«

»Es ist nur für ein paar Monate. Dann werden wir für immer vereint sein.«

☆

Ich hatte das Gefühl, dass er mal wieder wie so oft zu optimistisch war. Dennoch stimmte ich zu und setzte mich sogar weiteren Demütigungen aus, um seinen Plan voranzubringen.

Nachdem Condé aus der Bastille freigelassen worden war, ließ ich ihn zu mir bringen. Er war so halsstarrig und arrogant wie immer und schaute sich neugierig um. Wir waren allein. Nur meine Zofen hielten sich im Hintergrund auf.

»Euer italienischer Affe ist ja gar nicht da, Eure Majestät«, sagte er.

Er war so unverschämt wie Broussel seinerzeit. Am liebsten hätte ich ihn sofort wieder in die Bastille gesperrt. Doch ich musste meine Rolle spielen.

»Der Kardinal hat sein Amt niedergelegt und verlässt in diesem Moment Frankreich«, sagte ich ganz ruhig.

Condé starrte mich an. So einfach hätte er sich seinen Sieg nicht vorgestellt.

»Und das soll ich glauben?«

»Es ist die Wahrheit. Das war doch Eure Bedingung, damit dieser sinnlose Krieg beendet wird, oder nicht?«

»Und wer wird das Land regieren?«

»Ich werde es tun, Condé.«

»Ihr, Madame?«

»Traut Ihr mir das nicht zu?«

»Hm ...« Natürlich traute er mir das nicht zu. »Keineswegs, Eure Majestät. Es ist nur ungewöhnlich.«

»Das ist es nicht. Königin Maria von Medici und Königin Katharina von Medici haben ebenfalls regiert, als es notwendig war.«

»Ja«, stimmte er trocken zu. »Dann bin ich jetzt also ein freier Mann?«

»Ja, Ihr habt die Freiheit, Euch auf Euren Landsitz zu begeben.«

Er runzelte die Stirn.

»Und Eure Freunde werden das ebenfalls tun. Vorerst müsst ihr Euch hundert Wegstunden von Paris entfernt aufhalten.«

»Warum glaubt Ihr das Recht zu haben, uns zu verbannen, Eure Majestät?«

»Wie Ihr eben selbst gesagt habt, bin ich die Königin von Frankreich, und das gibt mir das Recht dazu.«

Wir funkelten uns böse an. Es war eine wahre Kraftprobe.

»Ihr werdet schwören, meinem Befehl zu folgen, und das werden Eure Verbündeten auch tun, sonst landet Ihr alle wieder in der Bastille.«

»Ha! Seid Ihr Euch denn nicht darüber bewusst, dass Mazarins Amtsenthebung Eurer Kapitulation vor meiner Partei gleichkommt?«

»Ich habe Kardinal Mazarin nicht des Amtes enthoben. Es war sein Entschluss, das Amt niederzulegen, und das geschah gegen meinen Wunsch. Er hofft, dadurch unseren Konflikt beizulegen, und zwar unter der Bedingung, die ich gerade genannt habe.«

»Und wenn ich mich weigere, den Schwur abzulegen, und Ihr mich wieder in die Bastille sperrt? Glaubt Ihr nicht, meine Freunde könnten mich aus der Bastille befreien, selbst wenn sie den Palast stürmen müssten?«

»Das werden sie sicherlich nicht tun. Die Amtsniederlegung des Kardinals liegt nämlich weniger in Eurer Feindschaft als in der Feindschaft der Pariser Bürger begründet. Da er das Land verlassen hat, vertraue ich auf die Unterstützung der Bürger.« So ganz vertraute ich natürlich nicht darauf, aber ich war sicher, mich mit dem Pöbel einigen zu können. »Daher werden die Bürger für mich kämpfen. Sie könnten Euch sogar für mich hängen, wenn die Stadt angegriffen wird.«

»Dieser Abschaum?« Sein Ton bewies, dass er sich nicht mehr ganz so sicher war.

»Mein Heer wird sie unter dem Befehl des Herzogs von Choiseul unterstützen. Ihr würdet eine große Gefahr eingehen, und ich könnte nicht für Euer Leben garantieren.«

Wieder funkelten wir uns böse an. Er beschloss jedoch, der Sache nicht auf den Grund zu gehen. Da er ein wenig Angst hatte, meine Vorhersage könnte eintreffen, leisteten er und seine Kumpanen den Schwur.

☆

Es lag viel Arbeit vor mir, und außerdem musste ich viele Fragen beantworten. Vor allem Ludwig wollte genau über die Lage informiert werden.

»Warum ist Onkel Jules weggegangen, Mama?«, fragte er. »Ihr habt ihn doch nicht weggeschickt?«

»Natürlich nicht. Er ist fortgegangen, um einige Dinge für mich zu erledigen. Er kommt wieder zurück.«

»Das hat nichts mit dem Prinzen von Condé zu tun?«

»Indirekt.« Ich versuchte, der Frage auszuweichen.

»Ich hasse den Prinzen«, erklärte der König. »Warum können wir ihn nicht einfach enthaupten?«

»Hm ...«, murmelte ich, doch im Stillen gefiel mir dieser Gedanke ausgezeichnet. »Er hat viele Freunde.«

»Ich bin der König«, verkündete Ludwig. »Ich kann jeden hier im Königreich enthaupten lassen, wenn ich will.«

»Das ist richtig, aber es ist nicht immer ratsam, es zu tun.

Über Kardinal Richelieu wurde mir folgende Geschichte erzählt. Kurz vor seinem Tod soll er gefragt worden sein, ob er Feinde habe, denen er vergeben möchte. Daraufhin hat der Kardinal gesagt: *Ich habe keine Feinde, denn ich habe sie alle getötet.*«

Ludwig klatschte in die Hände.

»Versteht Ihr«, sagte ich, »bevor Ihr Euren ärgsten Feind tötet, müsst Ihr mit seinen Verbündeten fertig werden.«

Der König nahm das sehr ernst, während ich über den Chauvinismus der Männer nachdachte. Richelieu hatte sich zwar all seiner männlichen Feinde entledigt, doch er hatte es bis zu seinem Tod nicht geschafft, Marie de Chevreuse und mich aus dem Weg zu räumen.

Das war eigentlich eine Art Triumph.

☆

Abgesehen von Jules' Abwesenheit war auch meine neue Situation eine Art Triumph. Nachdem Condé und seine Freunde sich auf ihre Landgüter zurückgezogen hatten, bat ich Broussel um ein Gespräch.

»Ich nehme an, das Parlament wird mich jetzt unterstützen«, sagte ich, »da ich mich dem unvermeidlichen Schritt, den Ihr mir empfohlen habt, gebeugt habe.«

Er verneigte sich. »Es war immer mein sehnlichster Wunsch, Eure Majestät. Das Parlament und ganz Paris wünschen nur, dass es dem jungen König wohl ergeht.«

Obwohl er mein Wohlergehen nicht erwähnte, hielt ich es für besser, über Gelder für den Hof und Choiseuls Heer zu sprechen; das Heer konnte das Königreich bis zur Machtübernahme des Königs allein kontrollieren. Broussel stimmte bereitwillig zu, und daher sahen wir einem relativ friedlichen Sommer entgegen.

Das war nicht überall der Fall. Nachdem Karl II. in Schottland zum König gekrönt worden war, glaubte er, auch über

England triumphieren zu können. Daher führte er seine plündernden Schotten nach Süden. Sie kamen bis Worcester, wo sie von dem gefürchteten Cromwell angegriffen und besiegt wurden. Die Rundköpfe hätten ihn sicherlich wie seinen Vater geköpft, wenn sie ihn zu fassen bekommen hätten. Er konnte sich jedoch mühsam durchschlagen und immer wieder entkommen, da ihn ein Großteil des Volkes noch immer liebte. Daher schaffte er es, bis September zu überleben, und floh anschließend in die Niederlande.

☆

Inzwischen hatte sich unsere Lage verschlechtert. Condé hatte sich wie versprochen auf seinen Landsitz zurückgezogen, den er den ganzen Sommer nicht verließ. Ich nahm an, dass er sich an seinen Schwur hielt. Jules fehlte mir, doch abgesehen davon, hoffte ich allen Ernstes, dass wir die Krise gemeistert hätten. Nur Henriettes Jammern nach der Schlacht von Worcester nahm kein Ende. Sie wusste nicht, ob ihr ältester Sohn lebte, tot war oder im Gefängnis auf sein Urteil wartete.

Ich war der Meinung, unsere inneren Angelegenheiten ganz in die Hände des von Mazarin ausgewählten Mannes legen zu können. Jean-Baptiste Colbert, ein junger Mann von gerade 30 Jahren, war schon seit Jahren einer von Jules' Geheimagenten. Er war in Paris geblieben, als wir nach Saint-Germain geflohen waren, und hatte den Kardinal mit Informationen über die Stimmung des Volkes und des Parlamentes versorgt. Bei den Verhandlungen, durch die diese unglückliche Episode beendet wurde, hatte er eine wichtige Rolle gespielt. Er war ein großer, kräftiger, ansehnlicher Mann, der Ruhe ausstrahlte und gute Ideen hatte.

Da mir Colbert die laufenden Staatsgeschäfte abnahm, gönnte ich mir ein paar Vergnügungen und erfreute mich an dem neuesten Tanz, dem Menuett. Dieser Tanz sollte von einem Volkstanz aus Poitou abstammen, doch als er Paris erreichte, wurde er weiterentwickelt. Die Musik im Tripeltakt erlaubte durch die kleinen Schritte alle Arten von höfischen Bewegungen, wozu auch stilvolle Verneigungen und Hofknickse gehörten. Alles war sehr anmutig und hübsch anzusehen. Ich hielt mich stets strikt an die Etikette. Wenn ich an dem Tanz teilnahm, eröffnete ich ihn immer mit einem eifrigen jungen Mann.

So ging der Sommer ins Land. Im September erfuhren wir, dass Condé in der Gascogne war und mit spanischer Unterstützung ein Heer aufstellte! Das war schlimmer als Verrat. Es war ein Einfall in mein Land!

Ludwig war außer sich vor Wut und wollte das Heer persönlich anführen, um gegen seinen anmaßenden Cousin zu Felde zu ziehen. Da er erst 13 Jahre alt war, verbot das sein Alter, und außerdem stand uns kein Heer zur Verfügung. Wir hatten zwar eines, aber das hielt unter Choiseuls Befehl die Grenze nach Flandern. In meiner Verzweiflung schickte ich Botschafter zu Jules, der mir ausrichten ließ, dass er mit 7000 deutschen Söldnern, den gefürchteten Landsknechten, unterwegs sei.

Das war ein Trost, obwohl ich nicht wusste, wie gut diese Söldner kämpfen konnten. Ich hatte keine Ahnung, wie viele Soldaten Condé befehligte, doch da ihn Spanien unterstützte, waren es sicher eine ganze Menge. Mir stand kein General, der in der Lage gewesen wäre, sich Condé zu widersetzen, zur Verfügung. Jules hatte schon lange nicht mehr gekämpft, und er hatte nie ein hohes Kommando übernommen. Die Nachricht, dass der Kardinal auf dem Weg nach Frankreich war, warf eine Reihe neuer Probleme auf.

Broussel kam zu mir. »Eure Majestät«, sagte er. »Das wird nicht funktionieren. Die Bürger von Paris werden es nicht dulden, dass dieser Mann wieder die Herrschaft übernimmt.«

»Wer spricht denn davon? Er kommt zurück, um mich in meiner Notlage zu unterstützen.«

»Sie werden ihn nicht in die Stadt lassen, und dann steht Ihr einer neuen Fronde gegenüber.«

Die dritte Fronde! Ich verabschiedete den Präsidenten und dachte angestrengt nach. Es war wirklich eine ausgesprochen schwierige Lage. Ohne Jules war ich verloren. Mit Jules war ich ebenfalls verloren. Meine Gefühle gewannen die Oberhand, und ich beschloss, lieber mit ihm unterzugehen als ohne ihn. Ich plante die nächsten Schritte und mitten in der Nacht flohen wir zum zweiten Mal aus dem Louvre. Mich begleitete nur eine kleine Gefolgschaft, Hauptmann D'Artagnan mit seinen besten Musketieren und natürlich meine beiden Söhne, die unsere Flucht ganz verstörte.

Ich hielt es für das Beste, die Verwandten von Mazarin, die bei uns lebten, mitzunehmen, um zu vermeiden, dass der Pöbel sie gefangen nahm. Es handelte sich um eine bunt gemischte Gruppe, zu der auch eine Nichte von Mazarin, Maria Mancini, gehörte. Sie war eine Spielkameradin von Ludwig und ein hübsches Kind mit einem dunklen Teint und üppigem, gelocktem schwarzen Haar, das fast wie eine von Condés Perücken aussah. Ich förderte diese Freundschaft, da sie mir bewies, dass Ludwig die Neigung seines Großvaters und nicht die seines Vaters geerbt hatte, was mich sehr erfreute. Wenn ich sie daher gelegentlich in etwas heiklen Situationen antraf und sie sich küssten oder auf dem Bett rekelten, mischte ich mich nicht ein. Sie waren beide noch Kinder und kamen gar nicht auf die Idee, sich auszuziehen. Das glaubte ich jedenfalls.

Als ich endlich wieder in Jules' Armen lag, war ich viel zu glücklich, um auf das zu achten, was um mich herum vor sich ging. Und es geschah eine ganze Menge. Auf den ersten Blick schien meine Entscheidung, Paris für den Kardinal zu verlassen, eine Katastrophe zu sein. Wie sich später herausstellte, war diese Aktion jedoch einer meiner cleversten Schachzüge. Condé hatte überall Spione, und sobald ich den Louvre verlassen hatte, marschierte er in diesem schnellen Tempo nach Norden, das ihn zu einem hervorragenden Befehlshaber machte. Innerhalb einer Woche war er mit einer kleinen Eskorte in Paris, während sein Heer im Eiltempo folgte.

Condé ging ein ziemliches Risiko ein, denn die Pariser hatten die Kämpfe des letzten Jahres nicht vergessen. Durch meinen plötzlichen Aufbruch gerieten sie so aus der Fassung, dass es schien, als würde Condé einen großen Sieg erringen. Als er sein Heer gesammelt hatte, marschierte er mit der ihm eigenen Energie gegen uns.

»Was sollen wir tun?«, fragte ich.

»Wir müssen ihn zur Schlacht zwingen«, erklärte Jules.

Das machte mich nicht sehr glücklich. Auch wenn ich Jules liebte, bestand kein Zweifel, dass er Condé als Soldat nicht das Wasser reichen konnte. Dessen war er sich selbst bewusst, da er die beiden Prinzen und mich in eine sichere Entfernung vom Schlachtfeld bringen ließ.

Die Schlacht fand in St. Martin statt, und es war ein viel härteres Gefecht, als es viele für möglich gehalten hätten. Die deutschen Fußtruppen kämpften mit großem Elan gegen Condés Reiterei, und obwohl die deutschen Söldner am Ende gezwungen waren, sich zurückzuziehen, hatten sie so schwere Verluste in den Reihen der Rebellen verursacht, dass die Schlacht nicht fortgesetzt und die Niederlage nicht als endgültig betrachtet werden konnte.

Außerhalb des Schlachtfeldes sah es anders aus. Ich glaubte, dass die Sterne für den jungen König und mich nie so schlecht gestanden hatten. Wir *hatten* die Schlacht *verloren* und mussten daher unsere Hoffnung begraben, siegreich nach Paris zurückkehren zu können. Condé kontrollierte über die Hälfte des Landes. Hinzu kam, dass wir kein Geld hatten, um die Söldner zu bezahlen. Da wir ihnen nicht erlaubten, das Land, auf dem sie lagerten, zu verwüsten, wollten sie schnell wieder nach Hause.

Das war kein schönes neues Jahr. Sogar Jules war verzagt.

»Ich habe Euch Unglück gebracht«, sagte er, als wir in dem schmalen Bett in dem kleinen Schloss lagen, das wir zu unserem Hauptquartier gemacht hatten.

»Es wird sich alles zu unseren Gunsten wenden«, beruhigte ich ihn, obwohl ich nicht die geringste Ahnung hatte, wann und wie das passieren sollte. Doch die Wende zum Guten wurde schon eingeläutet, auch wenn es keiner von uns erkennen konnte.

☆

Im März erhielt ich Besuch vom Herzog von Bouillon. Eigentlich hatte ich keine Lust, diesen Herrn, Turennes älteren Bruder, zu empfangen. Ich hatte ihn erst ein- oder zweimal gesehen, und damals waren es glanzvollere Zeiten gewesen. Jetzt hatte sich meine Situation vollkommen gewandelt, und ich lebte in sehr bescheidenen Verhältnissen. Meine Zofen waren ständig damit beschäftigt, meine kärgliche Garderobe zu flicken. Nur meine treuesten Musketiere standen mir zur Seite. Unser Einkommen war so gering, dass wir nur selten Fleisch essen konnten. Da er jedoch betonte, dass es äußerst wichtig sei, gab ich schließlich nach.

»Eure Majestät«, sagte er, wobei er sich tief verneigte. »Euer Kummer betrübt mich sehr.«

»Er betrübt mich auch, mein lieber Herzog. Ihr habt mir etwas Wichtiges mitzuteilen?« Mir war nicht nach hohlen Worten zumute.

»Ich bin eigentlich im Auftrag meines Bruders hier.«

»Ach ja? Euer Bruder hat mich sehr enttäuscht.«

»Das bedauert er, Eure Majestät. Er möchte das wieder gutmachen.«

»Auf welche Weise?«

»Ihr wisst, dass er im letzten Jahr geheiratet hat?«

»Charlotte de Caumont. Ja, ich habe davon gehört. Sie ist Protestantin.«

»Das stimmt, Madame. Vielleicht könnte man darüber hinwegsehen. Durch seine Vermählung ist seine Verbindung zur Herzogin von Longueville abgebrochen.«

»Das kann ich mir vorstellen.«

»Und auch die Verbindung zum Prinzen von Condé.«

»Mein lieber Herzog, Euer Bruder hängt sein Mäntelchen immer nach dem Winde, und daher ist es schwierig, das ernst zu nehmen.«

»Dennoch wünscht er sich von ganzem Herzen, Eurer Majestät wieder zu dienen.«

»Und mir treu ergeben zu sein?«

»Auch das.«

»Ihr bittet mich, einem Mann zu vertrauen, der mich mehr als einmal enttäuscht hat?«

»Er ist der einzige General in Frankreich, der sich dem Prinzen von Condé widersetzen kann, Eure Majestät.«

Er schaute Jules, der in der Ecke saß, ein wenig geringschätzig an. Jules nickte unmerklich. Er wusste genau, dass wir in unserer Lage nach jedem Strohhalm greifen mussten.

»Ich fürchte, ich habe Eurem Bruder nichts anzubieten, mein lieber Herzog«, sagte ich, um Zeit zu gewinnen.

»Er verlangt nichts, außer dem Privileg, Seiner Majestät und Euch zu dienen.«

»Mir stehen kaum Soldaten zur Verfügung.«

»Darüber hat er bereits nachgedacht. Der Herzog von Choiseul soll in Flandern achttausend Mann unter seinem Befehl haben.«

Ich nickte.

»Der Krieg gegen Spanien ist im Norden zum Erliegen gekommen. Turenne bittet um die Hälfte des Heeres.«

»Viertausend Mann? Hat Condé nicht viel mehr?«

»Der Prinz soll Schwierigkeiten haben, seine Streitkräfte zu sammeln.«

Das war gut möglich. Meine angebliche Schwäche, die Hauptstadt zu verlassen und dem Prinzen zu ermöglichen, sie zu besetzen, hatte sich als genialer Schachzug entpuppt. Condé, den die Städter nicht mochten, war mit dem Parlament aneinander geraten, was mich kaum verwunderte. Ich dachte nach. Viertausend Mann ...

»Was habt Ihr zu verlieren?«, fragte Bouillon.

☆

Turenne küsste mir die Hand und führte eine Division meines Heeres aus Flandern in den Süden an die Loire. Der folgende Feldzug wurde hervorragend geführt. Mit seiner sehr kleinen Streitkraft von viertausend Mann besiegte der Marschall die Rebellen überall. Zu meiner Bestürzung begleitete ihn bei diesen Blitzangriffen der König.

»Frankreich ist ein kriegerisches Land, Mutter«, sagte Ludwig. »Daher muss es auch einen kriegerischen König haben. Ich muss lernen, wie man ein Heer befehligt, und wo finde ich einen besseren Lehrer?«

Diese Logik konnte ich nicht widerlegen. Ich konnte Turenne nur befehlen, ihn möglichst nicht der Gefahr auszusetzen. Prinz Jakob von England begleitete meinen Sohn. Die beiden Jungen – Jakob war sechs Jahre älter – waren die besten Freunde und kämpften Seite an Seite. Da ich meinem Sohn erlaubt hatte, in den Krieg zu ziehen, war Henriette gezwungen, es ihrem Sohn ebenfalls zu erlauben. Turenne schrieb mir, dass sie beide hervorragende Soldaten seien. Allerdings musste er immer wieder dafür sorgen, dass sie sich nicht unnötig der Gefahr aussetzten.

Der Feldzug hatte kaum begonnen, als sich eine Wende zu unseren Gunsten abzeichnete. Condé war mit dem Parlament und dem Pariser Pöbel zerstritten. Das hatte nichts mit seinen ausbleibenden Erfolgen auf dem Schlachtfeld zu tun, sondern eher mit seiner Arroganz, die den ebenfalls arroganten Bürgern nicht gefiel. Sie warfen Steine, und da Turenne ihm auf den Fersen war, konnte Condé nicht genug Streitkräfte sammeln, um die Stadt einzuschüchtern.

In der zweiten Oktoberwoche wurde ich unterrichtet, dass Monsieur Broussel mich zu sprechen wünsche. Ich empfing ihn argwöhnisch, doch er überbrachte wie Bouillon ein gutes Angebot.

»Eure Majestät«, sagte er, als er sich niederkniete. »Wisst Ihr, dass der Prinz von Condé aus Paris geflohen ist?«

»Ich habe Gerüchte gehört.«

»Das Parlament, das die Bürger vertritt, ist sich sehr wohl bewusst, welch großes Elend Ihr und der König in den letzten Jahren erleiden musstet. Können wir das wieder gutmachen?«

»Und wie?«, fragte ich kühl.

»Ihr seid die Königin. Ihr seid die Königin von Frankreich und die Königin von Paris. Wollt Ihr nicht in Euer Heim zurückkehren und unter uns leben?«

»Damit die Bürger immer mit Steinen nach mir werfen können, wenn ihnen der Sinn danach steht?«

»Das wird nie mehr geschehen, Eure Majestät. Ich schwöre es.«

»Auch wenn ich Euch sage, dass ich die Steuern im Moment nicht senken kann? Möglicherweise müssen sie sogar erhöht werden. Ich brauche Geld. Mein Heer muss bezahlt werden.«

»Das verstehen wir, Eure Majestät. Wissen Eure Majestät, dass Eure Steuern nur ein Zehntel von dem betragen, was der Prinz von Condé den Bürgern aufgebürdet hat?«

»Ach. Ihr habt demnach festgestellt, dass es strengere Zuchtmeister gibt als die Krone?«

Er verneigte sich.

»Ihr wollt mir Euer feierliches Versprechen geben, dass ...«

»Und dem König, Eure Majestät.«

»Und dem König selbstverständlich. Werden wir mit Achtung behandelt, wenn ich und Kardinal Mazarin nach Paris zurückkehren?«

»Hm. Ich halte es nicht für eine gute Idee, den Kardinal zu diesem Zeitpunkt einzuschließen. Die Bürger mögen ihn nicht.«

Er warf Jules, der sich im Hintergrund aufhielt, einen ängstlichen Blick zu.

»Es tut mir Leid, Monsieur, aber unter diesen Umständen kann ich das Angebot nicht annehmen. Ich werde nach Paris zurückkehren, sobald es möglich ist. Doch ich werde Paris an der Spitze meines Heeres betreten, sobald Condé besiegt wurde.«

Broussel warf Jules wieder einen ängstlichen Blick zu.

»Darf ich Eure Majestät bitten, über die Sache ernsthaft nachzudenken? Es ist noch niemandem gelungen, den Prinzen von Condé zu besiegen. Mit der Unterstützung von Paris könnte es Euch jedoch gelingen, Euch ihm zu widersetzen, bis ihm sein ungestümer Charakter das Genick bricht.«

»Ich werde darüber nachdenken«, stimmte ich zu.

☆

»Ihr solltet seinem Vorschlag folgen«, sagte Jules.

»Ich soll ohne Euch zurückkehren?«

»Wenn sich die Lage beruhigt hat, komme ich nach.«

»Oh Jules. In diesen leeren Palast zurückzukehren ...«

»Dort gehört Ihr hin. Broussel hat ganz Recht.«

☆

Ludwig kehrte nur widerwillig zurück, als ich ihn aus Turennes Heer zurückrief. Auch Broussels Angebot gefiel ihm nicht.

»Wir sollen uns wieder der Gnade und Ungnade des Pöbels aussetzen?«, fragte er.

»Uns wurde ein herzlicher Empfang versprochen«, erklärte ich ihm. »Und die Unterstützung des Volkes.«

»Und Ihr glaubt das?«

»Auf kurze Sicht, ja. Wir müssen uns zunächst einmal Condés entledigen. Er reißt das Königreich, Euer Königreich, Sire, entzwei. Darum müssen wir uns in erster Linie kümmern. Ich glaube, dabei wird uns Paris helfen. Die Bürger haben jetzt wahre Tyrannei kennen gelernt. Wenn wir das geschafft haben, müsst Ihr unsere Position stärken, damit sie unanfechtbar ist.«

Diese Worte aus dem Militärwesen gefielen meinem Sohn.

»Und Onkel Jules?«

»Wird sobald wie möglich zu uns kommen.«

Das machte ihn nicht ganz glücklich, doch er vertraute auf mein Urteil. Daher brachen wir am nächsten Tag auf. Philipp ritt fast wie ein Krieger mit einem großen Federhut auf dem Kopf an der Seite seines Bruders. Zu meinen Zofen gehörte auch Maria Mancini, die überglücklich war, dass der König wieder bei ihr war. Meine treuen Musketiere eskortierten uns. Zum ersten Mal wurde mir bewusst, dass in Kürze ein Problem auf mich zukommen könnte. Ich liebte Jules von ganzem Herzen, und meine Liebe erstreckte sich auch auf seine Familie ... Es war dennoch nicht möglich, dass der König von Frankreich die Tochter einer *dahergelaufenen* Italienerin (Marias Mutter war Jules' Schwester) heiratete.

Ich hatte bereits eine Braut für meinen Sohn ausgewählt, doch zuerst musste dieser ermüdende Krieg beendet werden.

☆

Unser Einzug in Paris war einer der glorreichsten Momente meines Lebens.

Noch bevor wir die Stadt erreichten, ahnten wir, welch

freudigen Empfang die Städter uns bereiten würden. Kapellen spielten, unser königliches Wappen flatterte in der Brise, Mädchen tanzten, Jungen jubelten, die Älteren klatschten, Hunde bellten, Hühner liefen umher. Paris hatte sich nicht verändert, und doch erkannte ich die Stadt kaum wieder. Waren das dieselben Menschen, die noch vor wenigen Jahren meine Wachen mit Steinen beworfen hatten? Ich erinnerte mich daran, dass sie nie mich mit Steinen beworfen hatten.

Der Jubel galt natürlich dem König, der würdevoll im Sattel saß. Er trug eine Uniform und eine Rüstung, und das Schwert steckte an seiner Seite. Er sah älter aus, als er war. Mir entging nicht, dass sein Lächeln und sein Winken etwas spärlich ausfielen. Ich fürchtete für die Zukunft.

Im Moment aber gab es keine Probleme. Wir wurden zum Louvre begleitet und begaben uns dort in unsere ehemaligen Gemächer, die von Condé und seinen Männern belegt worden waren. Ich befahl, alle Zimmer gründlich zu reinigen. Am nächsten Tag suchten wir das Parlament auf. Broussel hielt eine Willkommensrede und malte die Zukunft in schillernden Farben.

»Unsere erste Aufgabe wird es sein«, sagte er, »die Volljährigkeit Seiner Majestät zu verkünden.«

»Das erfreut mich sehr«, sagte der König. »Wenn ich jedoch die Herrschaft übernehme, werden keine Aufrührer mehr im Parlament sitzen.«

Und er war erst 14 Jahre alt!

Die Graubärte, an die er sich wandte, stimmten hastig zu. »Natürlich, Eure Majestät«, sagte Broussel.

»Danke«, erwiderte der König höflich. »Da ich mich im Moment um militärische Dinge kümmern muss, verfüge ich, dass meine Mutter weiterhin als Regentin für mich herrscht, bis ich in der Lage bin, die Regierungsgeschäfte selbst zu übernehmen.«

Die Abgeordneten schauten sich an und flüsterten miteinander. Wahrscheinlich hatten die Schurken gehofft, mich endlich los zu sein.

Sie waren eifrig darauf bedacht, dem König zu gefallen. »Natürlich, Eure Majestät«, sagte Broussel.

»Und da ich weiß, dass meine Mutter nicht ohne die Unterstützung und den Rat ihres Staatsministers im Amt bleibt, verfüge ich weiterhin, dass Kardinal Mazarin zurückgerufen wird.«

Diese Worte lösten Verwirrung aus.

»Eure Majestät«, sagte Broussel, als der Lärm verstummt war. »Ich weiß nicht, ob das möglich ist. Das Volk ...«

»Das Volk ist das Volk«, unterbrach ihn Ludwig. »Und ich bin der König.«

Die Abgeordneten schauten ihn ungläubig an.

»Ich werde sehen, was wir tun können, Eure Majestät«, sagte Broussel.

»Nein, nein, Monsieur«, sagte der König. »Ihr werdet es sofort tun.«

Broussel schluckte und schaute mich an, doch ich verzog keine Miene. In diesem Augenblick brauchten sie uns mehr als wir sie. Sie hatten uns allerdings vollkommen in der Hand. Broussel konnte gewissermaßen 20 000 Mann zu den Waffen rufen, indem er die Alarmglocke läutete. Wenn er den König jedoch ins Gefängnis stecken würde, wäre der Weg für Condé offen. Das Risiko wollten sie nicht eingehen. Gebranntes Kind scheut das Feuer, wie es so schön heißt.

Der Italiener war das geringere Übel, und daher wurde Mazarin zurückgerufen.

☆

Ich war überglücklich. Mir war alles in den Schoß gefallen – fast alles.

Ludwig sagte mir Lebewohl, bevor er aufbrach, um zu den Truppen an der Loire zu stoßen.

»Ich habe beschlossen, Mutter, dass ich nach diesem Feldzug heiraten sollte.«

»Ah ... Ich glaube nicht, dass das im Moment möglich ist«, sagte ich. »Aber in nächster Zukunft wird Eure Vermählung stattfinden.«

»Warum ist es nicht möglich?«

»Unsere beiden Länder führen Krieg gegeneinander. Dieser Punkt könnte allerdings auch in den Friedensvertrag aufgenommen werden.«

»Mutter, über wen sprecht Ihr?«

»Nun, über Prinzessin Maria Theresia. Die Tochter meines Bruders und Eurer Tante.«

»Meine Cousine.«

»Ja, ganz richtig.«

»Ist sie hübsch?«

»Ganz bestimmt.«

»Eigentlich ist es auch nicht wichtig. Ich möchte Maria Mancini heiraten.«

Jetzt stand ich meiner ersten Krise als Mutter gegenüber.

»Das wird nicht gehen.«

»Ich bin der König. Ich kann heiraten, wen ich will.«

»Leider heiraten Könige nie die Frau ihrer Wahl. Sie lieben die Frau ihrer Wahl, und sie schlafen mit der Frau ihrer Wahl, doch ihre Vermählung ist eine Staatsangelegenheit. Dabei geht es um Diplomatie und Politik. Bei der Heirat des Königs steht das Wohl des Landes im Vordergrund.«

»Hat mein Vater Euch darum geheiratet?«

»Mit unserer Vermählung wurde das Bündnis zwischen unseren beiden Staaten besiegelt.«

»Aber Frankreich und Spanien führen doch Krieg gegeneinander.«

»Nach unserer Eheschließung herrschte fünfzehn Jahre Frieden. Der Frieden wurde gebrochen, weil Richelieu die Spanier hasste. Er war entschlossen, die Übermacht meiner Familie in Westeuropa zu beenden. Das ist uns nach seinem

Tod gelungen. Jetzt wünschen beide Seiten Frieden. Onkel Jules glaubt, dass er mit der Unterstützung der Engländer Euren Onkel Philipp zwingen kann, seine Niederlage anzuerkennen. Wenn wir das erreicht haben, müssen unsere beiden Länder ein stärkeres Bündnis schließen als zuvor. Dieses Bündnis wird durch Eure Vermählung mit der Infantin Maria Theresia gefestigt.«

Er dachte kurz nach. »Sie ist Eure Nichte. Ist sie so hübsch wie Ihr, Mutter?«

»Sie ist zweifellos sehr attraktiv.« Genau wusste ich es nicht, doch ich hoffte, Recht zu behalten.

»Und Maria kann meine Mätresse sein?«

»Das hängt von Maria ab. Ihr dürft ihr jedoch unter keinen Umständen Hoffnungen machen, dass sie eines Tages Eure Gemahlin werden kann.«

☆

Kurze Zeit später brach Ludwig auf, um an Turennes Seite zu kämpfen. Damals fragte ich ihn nicht, welcher Art seine Beziehung zu Maria genau war. Ich wusste, dass sie sich oft sahen, aber ich wusste nicht, ob sie den Akt der Liebe schon vollzogen hatten. Ludwigs Verhalten erleichterte mich sehr, und niemand sollte meinen, ich sei als Mutter zu nachsichtig gewesen. Wenn Ludwig sich wie sein Vater entwickelt hätte, wären wir in einer hoffnungslosen Lage gewesen. In ihm war jedoch der junge Heinrich IV. vital und entschlossen aus dem Grab auferstanden. Heinrich war auf dem Gebiet der sexuellen Neigungen sehr zügellos gewesen, doch selbst das hätte ich bei Ludwig lieber gesehen als eine Neigung zu seinem Geschlecht.

Der einzige deutliche Unterschied zwischen meinem Ludwig und seinem Großvater war die Tatsache, dass Heinrich von Navarra sehr selbstständig gehandelt hatte. Ludwig war hingegen im Moment damit zufrieden, mir und Jules die Regierungsgeschäfte zu überlassen, was mir gut gefiel. Mein Sohn war auch noch viel jünger, als es Heinrich zum Zeitpunkt seiner Machtübernahme gewesen war. Sobald Ludwig die Herrschaft übernehmen wollte, würde er uns mit Sicherheit darüber informieren.

Meiner ruhigen, vertrauensvollen Stimmung entsprechend vollendete sich Condés Niederlage. Turenne besiegte die Truppen der Rebellen, die sich bald auflösten. Schließlich floh der Prinz über die Grenze nach Spanien. Dort wurde er willkommen geheißen. Condé war wahrscheinlich noch immer der berühmteste Soldat Europas, und mein Bruder war erfreut, ihm ein Kommando im spanischen Heer übergeben zu können.

Da Spanien weiterhin gegen Frankreich Krieg führte, kam das von unserer Seite her dem Landesverrat gleich. Jules legte dem Parlament diesen Fall vor, und Condé wurde in Abwesenheit der Prozess gemacht. Im November 1654 wurde der Prinz von Condé schuldig gesprochen und zum Tode verurteilt.

In Abwesenheit.

15. Kapitel

Damit ist meine Geschichte fast zu Ende. Die nächsten vier Jahre waren sicher die friedlichsten meines Lebens. Im Land herrschte Ruhe, und das Parlament war willfährig. Jules war ein so tüchtiger Staatsminister, dass er sich schließlich sogar einer gewissen Beliebtheit erfreute.

Die Bekanntschaft von Anne de Lenclos, die lieber Ninon genannt wurde, brachte etwas Unruhe in mein Leben. Sie gehörte zu diesen seltsamen Frauen, die die Gesellschaft von Zeit zu Zeit hervorbringt. Diese ausgesprochen hübsche Frau besaß überhaupt keine Moral. Das war nicht weiter verwunderlich, denn ihr Vater musste aus dem Land fliehen, nachdem er einen Mann getötet hatte. Nach ihren Worten kam ihm dennoch das Verdienst zu, ihr ein großes Interesse an der Philosophie vermittelt zu haben.

Diese Beschäftigung war allerdings kein Ersatz für die Bedürfnisse des Fleisches. In den vierziger Jahren, als ich mich um die Erziehung meiner Kinder kümmerte, richtete sie einen Salon ein, der schon bald einer der beliebtesten Treffpunkte der Pariser Jugend wurde.

Angeblich traf man sich dort, um über interessante Dinge zu diskutieren, doch in Wirklichkeit wollten die Gäste das Bett mit Ninon teilen, was viele auch taten. Einer ihrer Kunden war tatsächlich Condé!

Ich hatte nichts gegen Prostitution, wenn sie wie hier kultiviert betrieben wurde. Als ich erfuhr, dass während dieser amourösen Abende sehr beunruhigende Themen diskutiert wurden, die von ästhetischen Glaubensvorstellungen bis hin zu kaum weniger destruktiver Kritik am Königshaus gingen, erinnerte ich mich daran, dass diese Frau in der Vergangenheit eine Vertraute Condés gewesen war. Er war zwar aus dem Land verbannt worden, aber Verbannte haben die Gewohnheit zurückzukehren. Daher schloss ich auf Anraten meiner Minister das Bordell und steckte Ninon in ein Kloster. Ihre Freunde wurden vorstellig und schafften es, sie wieder aus dem Kloster zu befreien, doch in Zukunft war sie vorsichtiger.

Während dieser Zeit trat Christine von Schweden zum römisch-katholischen Glauben über, verzichtete auf den Thron und floh zu uns nach Frankreich. Jetzt lernte ich sie persönlich kennen und bot ihr Asyl an. Ihr Verhalten war so skandalös – besonders ihre Neigung, in Männerkleidern spazieren zu gehen –, dass ich mich nach einem Jahr gezwungen sah, sie zu bitten, das Land zu verlassen. Daraufhin ging sie nach Rom, wo sich ihre Gewohnheiten nicht geändert haben sollen.

Es war mein und Jules' Ziel, den Krieg zu beenden. Daher nahm Jules die Verhandlungen mit Cromwell wieder auf. Diese zogen sich eine Zeit lang hin, da die Engländer im Ratszimmer so rücksichtslos waren wie Cromwell auf dem Schlachtfeld. Er hätte niemals mehr die Institution einer Monarchie akzeptiert und zog es vor, sich Lord Protector zu nennen. Nachdem er ein paar kleinere Rebellionen niedergeschlagen hatte, genoss er die vollkommene Unterstützung des Heeres. Es war das erste Berufsheer, das England hatte, und daher besaß er im Grunde mehr Macht als die meisten Könige.

Der größte Streitpunkt in unseren Verhandlungen war der Seehafen Dünkirchen. Diese Stadt war schwer einzunehmen und aufgrund unserer anderen Probleme noch immer in spanischer Hand. Cromwell wollte die Stadt unbedingt erobern, da Dünkirchen der Stützpunkt einer Horde Freibeuter war, die auf dem Kanal und dem südlichen Teil der Nordsee ihr Unwesen trieb.

Dieses Vorhaben hielten wir zunächst für sehr gut, vor allem da der Lord Protector die Hilfe von 6000 Soldaten seiner schwer bewaffneten Kavallerie anbot. Er forderte indes, dass die Stadt nach der Eroberung an England übergeben werden müsse, um angeblich der Freibeuterei ein für allemal ein Ende zu setzen. Natürlich fragten wir uns, ob er nicht nach einem Stützpunkt auf dem Kontinent strebte, um den Verlust von Calais auszugleichen.

Von daher sträubten wir uns, diesem Vorschlag zuzustimmen. Unsere Verhandlungen wurden heimlich geführt, da die Engländer bei unserem Volk nicht beliebt waren. Auch Henriette-Marie wäre über ein Bündnis mit den Schurken, die ihren Gatten ermordet hatten, entsetzt gewesen. Falls es zu einem Vertrag käme, würden wir ihn später veröffentlichen. Das sollte geschehen, bevor Dünkirchen angegriffen wurde. Wir hofften, schnell einen Sieg erringen und den Seehafen erobern zu können, um die Unzufriedenheit über das Bündnis ein wenig abzuschwächen.

Wenn sich jedoch herausstellen würde, dass wir die Frucht unseres Sieges den Engländern aushändigten ...

Cromwell gab nicht nach, obwohl er zugestand, dass die Klausel über die Zukunft Dünkirchens als ein Geheimprotokoll in den Vertrag aufgenommen wurde, um erst nach der Eroberung der Stadt aufgedeckt zu werden. Das würde die Situation sicher nicht verbessern, doch Jules wollte es hinter sich bringen, und wir erhielten einen neuen Ansporn, als wir erfuhren, dass Condé das Kommando der Garnison übernommen hatte.

Das war unsere Chance, die Karriere des Schurken zu beenden. Daher stimmten wir der Geheimklausel zu.

☆

Turenne wurde umgehend aus dem Süden zurückgerufen, um unser Heer zu befehligen. Bei ihm waren der Marquis Jacques de Castelnau und der Marquis François de Crequi, die das Kommando über den linken und rechten Flügel übernehmen sollten. Turenne hatte insgesamt etwa 21 000 Mann unter sich, doch er hielt es für notwendig, 6000 von ihnen zurückzulassen, damit sie die Belagerung rund um die Hafenstadt fortsetzen konnten. Mit den 15 000 Soldaten zog er in die Schlacht. 9000 waren beritten, und einige Tausend waren die berühmten Ironsides.

Turennes Plan basierte auf zwei Faktoren. Erstens kannte er Condé und zweitens waren ihm die Gezeiten an der Kanalküste vertraut. Er wusste, dass Condé nicht darauf warten würde, hinter einer Befestigung angegriffen zu werden, sondern dass er herauskommen würde, um die Schlacht im Freien auszutragen. Condé vertraute auf seine großen taktischen Fähigkeiten. Außerdem wusste Turenne, dass bis kurz vor der Morgendämmerung Ebbe war und kurz vor Mittag die Flut einsetzte. Daher führte er seine Männer kurz vor der Morgendämmerung über die Sanddünen, um den Hafen anzugreifen. Durch die Ebbe war das Wasser ein Stück zurückgegangen.

Condés Mitgeneral war so eine Art Don Juan von Österreich, ein illegitimer Sprössling unseres Hauses, der Vizekönig der Niederlande. Er war zu Condé gestoßen, um die Hafenstadt zu verteidigen. Beide waren zu dem Zeitpunkt bereits ausgerückt, um sich dem Feind zu stellen. Sie kommandierten 16 000 Mann, 6000 davon gehörten zur Kavallerie, 8000 zur Infanterie, und 2000 waren englische Freiwillige. Mitunter lenkt uns das Schicksal über gewundene Wege, denn kein anderer als Turennes alter Freund und Schüler, Prinz Jakob, befehligte die englischen Freiwilligen.

Als das spanische Heer die Trommeln und Hörner hörte, während die Franzosen in zwei Kolonnen mit einer Reserve vorrückten, stellte es sich zur Schlacht auf. Turenne rückte absichtlich sehr langsam vor, denn die kommende Flut war sein Trumpf. Er wurde auch von einem englischen Flottengeschwader unterstützt, das sich fern der Küste aufhielt und im Moment zu weit entfernt war, um große Hilfe leisten zu können.

Die Spanier nahmen eine Position ein, durch die sie das Vorrücken der Franzosen gänzlich blockierten, wobei ihr rechter Flügel unmittelbar am Strand Aufstellung genommen hatte. Gegen acht Uhr griffen die Franzosen den Feind am Ufer, das bereits von der steigenden Flut überschwemmt wurde, mit ihrem linken Flügel an. Dieser Angriff wurde zurückgeschlagen, doch die spanischen Fußtruppen, die schon bis zu den Knien im Wasser standen, das immer weiter stieg, dachten allmählich nur noch an ihre eigene Sicherheit.

Jetzt startete Turenne seine Hauptattacke landeinwärts. Er nutzte die große Überlegenheit seiner Reiterei und überwältigte den linken Flügel der Spanier auf dem Schlachtfeld, während ihr rechter Flügel und die Mitte versuchten, sich aus der steigenden Flut zu befreien. Der linke Flügel wurde auseinander getrieben, und der Sieg war errungen. Es wurden nur etwa tausend Spanier getötet, und etwa 5000 legten ihre Waffen nieder. Wir verloren 400 Mann.

Leider konnte Condé entkommen, doch wir hatten das Gefühl, dass seine politische und militärische Karriere zu Ende war.

☆

Nach dieser so genannten Dünenschlacht begriff mein Bruder, dass er den Krieg verloren hatte. Die Verhandlungen wurden geführt, und der Pyrenäenfrieden wurde am 7. November 1659 unterzeichnet. Zu den Klauseln des Vertrages gehörte, dass Ludwig Maria Theresia heiratete. Die Vermählung fand im nächsten Jahr statt.

Am 9. März 1661 starb Jules. Sein Tod hatte sich angekündigt. Er hatte so hart gearbeitet, um Frankreich zur größten Nation Europas zu machen, und das hatten wir jetzt erreicht. Es gab ein wenig Unmut am Ende, besonders was die Übergabe von Dünkirchen an die Engländer betraf, doch niemand konnte abstreiten, dass er eine große Leistung vollbracht und das Werk Richelieus vollendet hatte.

Als ich sah, dass es mit ihm zu Ende ging, war ich nicht so betrübt, wie ich es im Fall seines plötzlichen Todes gewesen wäre. Wie alle Franzosen war ich erstaunt, als Ludwig schon am nächsten Tag verkündete, dass er die Zügel der Herrschaft nun selbst übernehmen und ohne Staatsminister regieren wolle. Er war erst 22 Jahre alt und bisher sehr froh gewesen, Jules die Regierungsgeschäfte zu überlassen. Jetzt stand er plötzlich mitten auf der Bühne.

Damit war auch meine Aufgabe als Regentin beendet. Ich war zufrieden.

Ludwig wird sicher ein großer König. Er hat mir seine Zuneigung und Achtung bewiesen, und ich werde meine alten Tage genießen und mich hoffentlich ebenso an meinen Enkeln wie an meinen Söhnen erfreuen.

Und ich werde meine Memoiren niederschreiben. Man weiß nie, wo man beginnen soll.

Epilog

Anna von Österreich starb am 20. Januar 1666.

Ludwig XIV., der als Sonnenkönig in die Geschichte einging, war der größte Monarch Frankreichs. Er lebte bis 1715. Seine Freundschaft zu seinem Cousin und Freund aus Kindertagen, Prinz Jakob, dem späteren König Jakob II. von England, währte sein ganzes Leben.

Es stellte sich heraus, dass Ludwigs Bruder Philipp seinem Vater, Ludwig XIII., sehr ähnlich war. Glücklicherweise wurde er nicht König von Frankreich.

Der Prinz von Condé versöhnte sich nach Annas Tod mit Ludwig und kommandierte wieder das französische Heer. Er starb am 11. Dezember 1686.

Marschall Turenne wurde am 27. Juli 1675 durch einen Kanonenschuss getötet. Er wurde bei den französischen Königen in St. Denis beigesetzt, bis Napoleon seinen Sarg in den Invalidendom überführen ließ.

Marie de Chevreuse starb am 12. August 1679 im Exil.

Henriette-Marie starb am 10. September 1669 in der Nähe von Paris.

Als Karl II. den Thron bestieg, verkaufte er Dünkirchen an Frankreich.

Ninon de Lenclos starb erst 1705. Da sie die Gelder für die

Erziehung des jungen Voltaire zur Verfügung stellte, kann sie für sich in Anspruch nehmen, ebenso viel Einfluss auf die Geschichte gehabt zu haben wie Anna von Österreich.

Peter Berling erzählt die fesselnde Geschichte der schönen Laurence, deren geheimer Wunsch es ist, ein Ritter zu werden. Unbeirrbar in ihrer Abenteuersucht, hält sie an dem Glauben fest, dass es einer wagemutigen Frau wie ihr gelingen müsste, in die Runde der Gralsritter aufgenommen zu werden.
Laurence lebt in einer der widersprüchlichsten, wildesten Epochen, die Menschen jemals geprägt haben: im Zeitalter der Kreuzzüge. Gläubige Inbrunst, Höllenangst und Abkehr von der Welt beherrschen diese Zeit. Die Geschichte schlägt einen Bogen um die ganze damals bekannte Welt: von den Pyrenäen bis zum Goldenen Horn, von den Wäldern der Ardennen bis zur Felsküste Siziliens.

ISBN 3-404-14627-1

BASTEI
LÜBBE

Der große Roman über die Epoche Elisabeths I

Robin Maxwell erzählt die Geschichte Arthur Dudleys, des unehelichen Sohnes der ›jungfräulichen‹ Königin Elisabeth I. Vor dem Hintergrund der drohenden Invasion der spanischen Armada in England reift der junge Arthur – ohne seine wahren Eltern zu kennen – heran, um gegen die Spanier zu kämpfen. Sein Adoptivvater verrät ihm erst auf dem Totenbett, welch bedeutender Liebesbeziehung er entsprungen ist. Beide Geschichten – die des jungen Arthur und die seiner illustren Eltern – werden verwoben zu einer faszinierenden Geschichte über das Elisabethanische Zeitalter, das von Intrigen, verzehrender Liebe und gewaltigen Umbrüchen geprägt war.

ISBN 3-404-14646-8

BASTEI LÜBBE